beck'sche reihe

bsr

Diese Psychologie des Humors, geschmückt mit 700 erlesenen Witzen, ist ein Klassiker, der lange vergriffen war und hier in einer erweiterten Fassung erneut vorgelegt wird. Ein willkommenes Lesebuch für alle, die gern lachen und nebenbei wissen möchten, warum sie das tun – soweit die Wissenschaft das herausbekommen hat.
Viel gelobt wurde das Werk auch wegen seiner Witzbeispiele, die für Anschaulichkeit und Vergnügen sorgen – und für Einsichten. Denn in dieser «Schule des Lachens» sind die Beispiele so intelligent gruppiert, dass sich nach und nach – in 67 Kapiteln – alle Techniken oder Tendenzen des Komischen erhellen.

Eike Christian Hirsch, geb. 1937, hat Theologie und Philosophie studiert und war Redakteur im Hörfunk des NDR. Einem breiten Leserkreis ist er durch sein Buch *Deutsch für Besserwisser*, Bücher über Glaubensfragen und seine Biographie *Der berühmte Herr Leibniz* (C. H. Beck ²2001) bekannt geworden.

Eike Christian Hirsch

Der Witzableiter

oder Schule des Lachens

Verlag C. H. Beck

Dir,
Zwilling Christoph,
du alter Ego ...

Die Deutsche Bibliothek – CIP-Einheitsaufnahme

Ein Titeldatensatz für diese Publikation ist bei
Der Deutschen Bibliothek erhältlich

Die ersten drei Auflagen dieses Werkes sind in den Jahren
1985–1987 im Verlag Hoffmann und Campe, Hamburg, erschienen.
Erweiterte und überarbeitete Neuauflage in der Beck'schen Reihe 2001.

Zweite Auflage 2002

Satz: Fotosatz Reinhard Amann, Aichstetten
Druck und Bindung: Druckerei C. H. Beck, Nördlingen
Umschlagabbildung: © Papan
Umschlagentwurf: +malsy, Bremen
Printed in Germany
ISBN 3 406 47560 4

www.beck.de

Inhalt

Teil III
Eine Theorie des Witzes

Anhang

Kann man Humor verstehen? Und wenn ja – warum nicht?

Das Lachen hat seine Gründe – und Abgründe. Vielleicht gibt es wirklich zwei Arten von Gelächter: das feindselige und das gutmütige. Oder ist es doch immer dasselbe Lachen – zugleich aggressiv und verbindend?

Als das Lachen erfunden wurde, lebten die Frühmenschen noch in Horden zusammen. Der Kampf gegen wilde Tiere oder gegen Nachbarstämme war ein Kampf auf Leben und Tod. War aber das Tier erschlagen oder der Feind geflohen, so brach aus den Männern ein keuchendes, brüllendes Gelächter heraus, Nachhall der Anstrengungen und befreiendes Ausatmen zugleich; aggressiver Triumph und Gruppen verbindendes Ritual in einem.

Wenn die Erforscher des frühen Humors mit dieser Deutung Recht haben, so wäre erkennbar, warum das Lachen einer Gruppe bis heute für die Außenstehenden feindselig klingt und es die Gruppenmitglieder zugleich versöhnt und zu Freunden machen kann. Erklärt wäre damit vielleicht auch, warum bis heute das brüllende Lachen ebenso wie die aggressiven Witze Männersache sind.

Das Lächeln hingegen könnte einen ganz anderen Ursprung haben. Der Säugling schläft lächelnd ein, wenn er sich satt getrunken hat. Das hat er nicht von seiner Mutter gelernt, das ist ihm angeboren. Lächeln, das ist ein Verhalten, das allen Menschen auf der Erde mitgegeben ist – als Signal der Freude und der guten Absichten. Und doch mischt sich oft noch ein anderer Ton in das Idyll. Gibt es nicht auch das anzügliche Lächeln, das hämische Grinsen, den arroganten Zug um die Mundwinkel? Ja, die sind alle dem Lächeln so verwandt, dass wir wieder stutzig werden und zugeben müssen, dass das Lächeln nicht weniger ambivalent ist als das Lachen.

Auch heute noch ist, wie gesagt, das laute Lachen wie der Nachhall eines harten Kampfes. Der Körper zuckt, die Zähne sind gebleckt, der Atem geht schwer, die Stimme grunzt und schreit. Es mag wohl so sein, dass Lachen immer noch dazu da ist, den Sieg über einen Feind zu feiern; freilich ist das gewöhnlich kein äußerer Feind mehr, sondern irgendein innerer Gegner, das Gewissen vielleicht oder eine Hemmung, ein moralisches Verbot oder ein unterdrückter Hass. Was da festsaß, das schüttet man nun im Lachen aus; man sprudelt es mit dem Ausatmen weg. Wie das vor sich geht, habe ich vor kurzem an mir selbst beobachten können, genauer an meinem Zwillingsbruder und mir, der hatte nämlich mit dem Lachen angefangen. Es war weit nach Mitternacht, er saß auf dem Sofa und wischte sich immerzu die Lachtränen aus den Augen. Anlass war ein Witz, den wir beide schon lange kannten, der uns aber plötzlich gepackt hatte:

Samuel Weizenbaum, soeben erst zum Katholizismus übergetreten, kniet zum ersten Mal im Beichtstuhl. «Ich habe mit der Frau meines Kompagnons geschlafen», sagt er. «Wie oft, mein Sohn?», klingt es zurück. «Nun, Pfarrerleben», entgegnet Weizenbaum, «bin ich gekommen, mich zu zerknirschen, oder bin ich gekommen, mich zu berühmen?»

Längst vom Lachen meines Bruders angesteckt, versuchte ich doch, den Vorgang als eine Art Selbstexperiment zu beobachten. Worüber lachten wir? Das erste, was mir auffiel: In diesem Witz werden zwei kaum vereinbare Positionen zugleich angeboten, denn Weizenbaum kann ja so – oder so. Hatte ich mich auf den zerknirschten, reuigen Katholiken eingestellt, so entwischte er mir, und ich sah den Kavalier vor mir, der sich doch eigentlich recht heldenhaft findet. Was mich lachen ließ, war offenbar mein Unvermögen, beide Haltungen in eins zu sehen: den knienden Sünder und den chauvinistischen Prahlhans.

Das konnte aber noch nicht alles sein, was mich so heftig lachen machte. Samuel Weizenbaum hatte offenbar genau einen Nerv bei uns Zwillingen getroffen. Unmöglich, wie er sich benahm, und doch wie bewundernswert! Die beiden Positionen, die er so virtuos anbot, schlummerten offenbar auch in jedem von uns Brüdern. Der Witz brachte einen seelischen Widerspruch zum Klingen, und das wirkte wie ein unwiderstehlicher Kitzel. Aber was war es? Ich wusste, als ich diese Selbstbeobachtung versuchte, schon, dass jeder Witz, über den man lacht, als Schlüssel zu seelischen Problemen dienen kann. Wenn ich mich selbst in diesem Augenblick richtig verstand, dann war es bei mir dies: Früh zur Zerknirschung angehalten und doch heimlich stolz wie jedermann (jeder Mann), lebte ich mit diesem unbewältigten Widerspruch, der nun im Witz zutage trat. Weizenbaum, der sich zu beiden Positionen bekannte, der so und auch so konnte, wurde zum Vorbild der Freiheit. Für einen Augenblick war die innere Zensur, die anerzogene Sittsamkeit, besiegt. Das Lachen folgte dem Triumph über einen inneren Gegner.

Offenbar hat das Lachen seine psychologischen Abgründe, und diese Abgründe scheinen mir noch aufschlussreicher zu sein als die Gründe des Lachens, die so ausführlich Thema der Humorforschung sind. Die Psychologie des Humors hat in den USA seit Jahren Konjunktur. Konnte man es 1972 noch wagen, eine Bibliographie zu veröffentlichen, so gestehen Fachleute jetzt, die Literaturangaben hätten selbst auf über hundert Seiten keinen Platz mehr und seien von niemandem zu überblicken. Da bleibt auch mir nur übrig, mich in diesem Buch allein auf die Arbeiten zu berufen, die entweder den Stand der Forschung referieren oder die selbst originelle Beiträge zur Erforschung des Humors geleistet haben.

Kann man das Komische oder den Humor überhaupt wissenschaftlich beschreiben? Saul Steinberg hat das in einem Aphorismus, der ein Paradox formuliert, bezweifelt: «Der Versuch, den Humor zu definieren, ist selbst eine Definition des Humors.» Jedenfalls des unfreiwilligen. Das wissen auch die mutigen Humorforscher. Als Harvey Mindess, Psychologe in Antioch (USA), im September 1979 den zweiten «Internationalen Humorkongress» vorbereitete, sagte er einer Journalistin ins Stenogramm: «Natürlich sind wir eine leichte Beute und ein gefundenes Fressen für alle, die sich über uns lustig machen wollen.» Aber er hatte doch die Hoffnung auf Erfolg nicht aufgegeben und fügte tapfer hinzu: «Bei der Analyse von Witzen wird man gewiss nicht lachen, aber nachher hat man vielleicht ein um so subtileres Vergnügen am Humor.»

Ja, wenn wir das hoffen dürften! Ich fürchte, bei allem Scharfsinn dieser ernsten Witzforscher ist eines doch allzu oft auf der Strecke geblieben: der Spaß. Wenigstens einer der einschlägig tatverdächtigen Humor-Autoren, Arthur Koestler, hat das zugegeben und sich für das artig entschuldigt, was er tat, nämlich für «die schmerzhafte Vivisektion des Komischen, an der teilzunehmen sich der Leser aufgefordert sieht» (Funke, 47). Nicht jeder Forscher ist so mitfühlend.

Bei den Theoretikern unterscheiden wir leicht zwei Gruppen. Das eine sind die Philosophen; ihr Ahnherr ist Arthur Schopenhauer, der auch schon den echt philosophischen Ton angeschlagen hat, indem er erklärte, «nach so vielen fruchtlosen Versuchen» anderer Philosophen habe er nun «die wahre Theorie des Lächerlichen» entwickelt und damit das «Problem definitiv gelöst» (Bd. 2, 100). Bravo! Ebenso humorvoll wie bescheiden gesagt. Dieser Ton blieb den Philosophen erhalten. Theodor Lipps glaubte 1898, frühere

Theorien «endgültig abgewiesen» zu haben (18). Ein gewisser Wilhelm Rullmann behauptete 1910, «dass alle bisherigen Definitionen des Komischen unzutreffend» seien (4). Da wollte Sophus Hochfeld im Jahre 1920 nicht zurückstehen, der sich bemühte, «die Unhaltbarkeit der bisherigen Theorien ins rechte Licht zu rücken» (Vorwort). Der Philosoph Werner Schweizer veröffentlichte 1964 ebenfalls ein ganzes Buch über den Witz und warf – Tradition verpflichtet – seinen Vorgängern «Spekulieren, Rätselraten und leeres Geschwätz» vor (10). Man fragt sich, ob das die Glaubwürdigkeit der Zunft erhöhen kann. Schließlich hat Albert Wellek eine Untersuchung über den Witz veröffentlicht (1970), in der er Sigmund Freuds, wie er sagt, «schon etwas abgedroschene psychoanalytische Theorie» erst gar nicht beachten will (13). Humoristen unter sich.

So weit die Philosophen. Doch seit 1905 erhebt sich in der sonst nur hügeligen Landschaft der Humorforschung ein wahrer Dreitausender: eben dieser Sigmund Freud mit seiner Abhandlung «Der Witz und seine Beziehung zum Unbewussten». Damit beginnt in der Forschung die Vorherrschaft der Psychologen und Analytiker. Erst ein halbes Jahrhundert später melden sich die empirischen Psychologen zur Stelle. Freud selbst aber war in dieser sehr frühen Arbeit auch noch recht empirisch vorgegangen und hatte zunächst einmal eine gute Sammlung von Witzen angelegt. Jeder Leser seines Buches, das sich ja immer noch gut verkauft, wird nicht zuletzt die Qualität dieser Witze beachtlich finden. Und auch sonst war Freud bestens vorbereitet, denn er hatte zuvor über Träume und über Fehlleistungen gearbeitet. Die Witze konnten von ihm als dritter Bereich hinzugenommen werden, weil sie sich in ähnlicher Weise wie Träume und Fehlleistungen aus dem Unbewussten deuten lassen.

Sein Buch über den Witz schien mir vorbildlich, seit ich es als Schüler zum ersten Mal gelesen habe. Und Freud ist mein Guru bis heute geblieben, auch wenn ich nach allerlei eigenen Überlegungen lieber sagen sollte: Es hat nur einen genialen Witzforscher gegeben – und der hat sich geirrt.

Ja, ein wenig Tragik umwölkt unseren Dreitausender, denn in einem Punkt scheint seine Theorie nicht zu stimmen, und das ist ausgerechnet der, mit dem Freud immer zitiert wird. Als er am Ende seines Buches alles auf einen Nenner bringen wollte (vielleicht soll man das lieber nicht tun), da formulierte er, «die Lust des Witzes schien uns aus erspartem Hemmungsaufwand hervorzugehen» (192). Diese Ersparnis spielt bei ihm überhaupt die Hauptrolle, es ist die Ersparnis an seelischer Energie oder an Unterdrückung verbotener Triebe. Aber ist das denkbar: Lust aus Ersparnis? Das klingt so, als wollte man sagen, ein Orgasmus sei das Glücksgefühl, sich nicht mehr anstrengen zu müssen. Das kann doch nicht alles sein – oder?

Der amerikanische Analytiker und Freudschüler Edmund Bergler erzählt, er sei einmal von einem Humoristen, der Freuds Buch über den Witz auch gelesen hatte, gefragt worden, ob Freud bei der Abfassung des Buches in finanziellen Schwierigkeiten gewesen sei. «Durchaus möglich», erwiderte Bergler, «die ersten Jahre der Analyse waren magere Jahre.» Da antwortete der Humorist: «Dacht' ich mir. Der Mann war ja wie besessen vom Sparen!» Und er wies ausführlich darauf hin, wo überall in Freuds Buch von Ersparnis die Rede sei (70). Bergler selbst fand das wohl auch einleuchtend. So entlarvt man den Meister Freud mit seinen eigenen Mitteln.

Einige Schüler Freuds haben seine Ansichten weiterentwickelt, wobei sie ihm kaum je offen widersprochen, sondern ihn lieber stillschweigend umgedeutet haben, zum Beispiel durch die Einführung ganz neuer Beobachtungen wie Schock und Angst und durch die Entdeckung des Lieblingswitzes als Mittel der Diagnose.

Die neuere empirische Forschung, die sich trotzig von den Analytikern losgesagt hat, werde ich, so gut es geht, in meine Darstellung einbeziehen. Im Anhang am Schluss des Buches finden sich einige zusätzliche Zitate, mit denen ich den fortlaufenden Text nicht belasten wollte. Nach jedem Zitat ist die Seitenzahl der Fundstelle in Klammern angegeben; welche Veröffentlichung des genannten Autors gemeint ist, ergibt sich aus dem Literaturverzeichnis, und sie wird, wenn Verwechslungen möglich sind, mit einem Stichwort angegeben.

Der Aufbau des Buches folgt der Unterscheidung von Techniken und Tendenzen des Witzes. In jedem Kapitelchen finden Sie Witzbeispiele für jeweils eine Technik oder Tendenz. Zugleich diskutiere ich in jedem dieser Kapitelchen auch ein Stück aus der allgemeinen Theorie des Humors, die ich im letzten Teil des Buches dann noch einmal als Ganze zusammenfasse. Theoriefreaks können den Schluss auch zuerst lesen.

Gründe des Lachens, lassen die sich angeben? Schule des Lachens, darf man davon reden? Sicher, ich habe da auch meine Zweifel. Aber ich finde die Suche nach diesem Urgrund des Humors bis heute spannend, gerade weil sich keine eindeutige Antwort geben lässt. Recht hat Arthur Koestler, der vermutet hat, «dass die Analyse der Gründe, warum wir lachen, vielleicht eine ebenso heikle Angelegenheit ist wie die Analyse eines Parfums mit seinen zahlreichen Komponenten» (Funke, 55).

Und doch will ich mich an die Analyse dieses sonderbaren Parfums wagen. Ich muss es! Denn, Sie wissen ja: Als echter Humorforscher bin ich der Meinung, alle meine Vorgänger hätten versagt.

Teil I

Die Technik des Witzes

Wortwitz

Blödeln als Regression

Fangen wir bei unserem Gang durch die Witzlandschaft ganz unten an. *«Warum haben Fische Schuppen?» «Na, wo sollten sie sonst ihre Fahrräder unterstellen?»* Nein, dieses Wortspiel ist noch viel zu anspruchsvoll.

Bitte, was ganz Verrücktes! Hinweis in einer Telefonzelle: *«Das zweite Geldstück erst nach dem ersten einwerfen!» Darunter handschriftlich: «Habe es umgekehrt versucht – ging trotzdem.»* Das ist Unsinn, und als solcher noch zu sehr dem Sinn verpflichtet. Steigen wir noch tiefer, damit wir der Wurzel des Komischen näherkommen.

Bitte, was Schwachsinniges! Zum Beispiel so: *«Was ist der Unterschied zwischen einem Sprungbrett?» «Je höher, desto platsch!»* Gut, das kann man als Blödeln bezeichnen, und nun haben wir unser Niveau für den Anfang erreicht. Die Regeln des Verstandes und der Verständigung sind endlich aufgehoben. Hier ist jede Pflicht zur Vernunft von uns abgefallen.

In einem Sketch der Berliner Blödeltruppe Insterburg & Co. hört man zwei männliche, verstellte Stimmen, die den Dialog eines Tanzstundenpaares vorführen. Während sie über das Parkett schieben, sagt er zu ihr: *«Nicht so gegen den Kartoffelsalat drücken.»* Ist man in der richtigen Stimmung, so kann man hemmungslos darüber kichern. Ist man es nicht, so bietet sich Gelegenheit zu schroffem Ärger.

Der Literat Dieter Wellershoff hat uns den Gefallen getan, das Blödeln ganz ernst zu nehmen und ihm heftig zu widersprechen. Während der Witz noch «an die herrschende Rationalität gebunden» sei, bilde das Blödeln «eine anarchische Subkultur des Humors» (338). Blödeln unterscheide sich vom Witzemachen dadurch, meint Wellershoff, dass beim Blödeln selbst die Pointe noch verwischt werde. Unser Literat ist darüber ernstlich böse und zugleich besorgt um die heutige Jugend, die mit dem Blödeln auch das «Erbe der Rationalität als lastende Entfremdung ausgeschlagen» habe (335). Aber ich finde, das ist doch gerade das Schöne am Blödeln. Zitieren wir also noch aus einem anderen Sketch der Insterburger, über den sich unser intellektueller Literat nicht weniger erregt hat. Es ist ein Verkaufsgespräch in einem Toupetgeschäft.

A: «Jetzt haben wir hier noch ein anderes Modell, das ist das Modell ‹Carola›. Da sehen Sie links und rechts ein paar Druckknöpfe, da können Sie eventuell Koteletten anknöpfen oder einen schönen, kurz geschorenen Vollbart.»

B: «Ja, sehr schön. Und was ist das da hinten, dieser Reißverschluss, was hat der zu sagen?»

A: «Ja, der Reißverschluss ist was ganz Feines. Da können Sie, wenn Sie offen fahren, einen Rallye-Streifen einlegen, einen silbergrauen, wir haben einen silbergrauen ...»

Das ist schwachsinnig, okay, genehmigt. Ich zitiere das ja auch nur, weil wir dem Komischen auf die Spur kommen wollen, und solch infantiler Schwachsinn ist eine der Wurzeln des Komischen – allerdings eine urtümliche, für viele Menschen ungenießbare Form. Eben ein «chaotisches und katastrophenhaftes Paradies der Unreife», das Wellershoff empört (356). Aber ist nicht alle Komik notwendig infantil?

Der Witz ist wohl immer eine Regression (ein Rückfall in die Kindheit). Solch ein Rückfall kann recht entspannend sein. Der französische Philosoph Henri Bergson, dessen Buch über das Lachen aus dem Jahre 1900 sehr einflussreich war, traute den Älteren keine «frische Freude» mehr zu und fragte sich, «ob die heiteren Empfindungen des erwachsenen Menschen etwas anderes sein können als wiederbelebte Kindheitserinnerungen» (51). So in dem Sinne von Aussprüchen wie: *Die Zwillinge Judith und Hanna sind sich sehr ähnlich – besonders Judith!*

Fünf Jahre nach Bergson veröffentlichte Sigmund Freud sein Buch über den Witz. Im Schlusssatz äußert er einen ähnlichen Gedanken: «Die Euphorie, welche wir auf diesen Wegen zu erreichen streben, ist nichts anderes als die Stimmung ... unserer Kindheit, in der wir das Komische nicht kannten, des Witzes nicht fähig waren und den Humor nicht brauchten, um uns im Leben glücklich zu fühlen» (193). Also ein entspannender Rückfall in die vorrationale Phase. Das Blödeln kannte Freud noch nicht, aber diesen jüdischen Witz hätte er vielleicht gemocht, er hat ja selbst so viele zitiert:

Der Vater: «Was lernst du da für die Schule, Moritzl? Den Erlkönig? Den kenn' ich noch ganz auswendig. ‹Den Vater grauset's, er reitet geschwind, er hält in den Armen das sechzehnte Kind ...›»

«Tate, es steht mit ‚A', das ‹achtzehnte Kind›!»

«Nu – wirst eine spätere Ausgabe erwischt haben.»

So ganz gelingt es mir nicht, hier das Blödeln vorzuführen, denn auch dies ist eher ein Witz. Das Blödeln hingegen ist die Kunst, einen Gedankenfaden fortzuspinnen, ohne eine Pointe zu erzeugen. Das Blödeln richtet sich damit gegen unser Denksystem, und es ist doch wiederum selbst ein «System», wie Friedmar Apel zu Recht sagt, denn nur dieses System unterscheidet es wiederum vom Blödsinn (364). Ohne Regeln kommt auch die Kunst des Blödelns nicht aus. Hans Weigel hat das in seinem «Blödeln für Anfänger» vorgeführt, wo er etwa zeigt, wie man darin wetteifern kann, Wörter wie «ruchbar» oder «schauderbar» als Namen von Nachtbars misszuverstehen.

Hier finde sich, meint Friedmar Apel, das «letzte Exil der Heiterkeit vor dem alles erdrückenden Ernst moderner gesellschaftlicher Wirklichkeit, das letzte Reservat der armen, geknechteten Phantasie» (373). Das könnte man allerdings von fast jeder Komik sagen: Sie ist Regression, ist albern, schwachsinnig und absurd – ein Reservat für den Unernst.

Sitzen zwei auf einer Bank. Sagt der eine: «Wie schön frisch die Luft heute morgen ist!» Sagt der andere: «Kein Wunder. Sie war ja auch die ganze Nacht draußen.»

Unfreiwillige Komik. Worüber Kinder lachen

An der Schießbude eines Volksfestes stand auf einem Schild: «In betrunkenem Zustand können wir Sie leider nicht bedienen.» Das ist formal kein Witz, weil die Dialogform fehlt. So etwas verbucht man gewöhnlich unter «unfreiwilliger Komik». Man kann diesen Ausspruch aber als Witz erzählen und damit einen Lacherfolg erzielen. Ich möchte Ihnen diese Geschichte schon deshalb anbieten, weil es uns hier um die Wurzeln des Humors und des Komischen geht. Wahrscheinlich ist die Gattung Witz, die es erst seit etwa dem Jahre 1840 gibt, unter anderem aus der unfreiwilligen Komik entstanden. Anregungen gibt es ja genug, so wie dieses *Inserat für ein Färbemittel: «Mit unserer neuen Tönung fällt Ihr Haar schon nach dem ersten Versuch gleichmäßig aus.»*

So groß ist der Schritt zum uns geläufigen Witz offenbar nicht. Auch da kommt unfreiwilliger Doppelsinn vor, nur dass meist die Form des Dialogs gewählt wird, etwa so: *Aufgeregt erscheint eine Dame beim Psychiater: «Können Sie mir helfen? Mein Mann denkt*

Tag und Nacht nur an sein Geld.» «Soso. Na, das werden wir bald haben!» Formal ein echter Witz.

Was amüsiert uns an solchen Fehlleistungen? Wenigstens zweierlei, denke ich: einmal das stolze Gefühl, den Fehler gleich erkannt zu haben; und zum anderen die Erleichterung darüber, dass uns diese Peinlichkeit nicht selbst passiert ist. Aus einem Nachruf: *«Still und zuverlässig lebte und starb er für sein geliebtes Theater.»* Aus einem Vernehmungsprotokoll: *«Herr S. bestreitet nachdrücklich, dass er irgendwelche sittlichen Berührungen mit Fräulein B. hatte.»* Kleinanzeige in einer Kulturzeitschrift: *«Welcher angesehene Verlag übernimmt Lyrikband eines bereits im Druck befindlichen Schriftstellers?»*

Dass wir es hier mit einer Wurzel der Gattung Witz zu tun haben, dafür gibt es noch ein anderes Indiz. In den fünfziger Jahren hat der Pädagoge Hermann Helmers untersucht, worüber Schulkinder besonders leicht lachen. Er fand heraus, sie lachten am meisten über Sprachschnitzer anderer Kinder (33). Ein Beispiel, erzählt von einem elfjährigen Jungen: *«Eines Tages lud mich mein Freund Fritz ein. Zuerst wussten wir nicht, was wir machen sollten. Plötzlich kam seinem kleinen Bruder eine gute Idee, und er sagte: ‹Wollen wir nicht lischen gehen?› Wir lachten so lange, bis uns der Bauch wehtat.»* Der jüngere Bruder hatte ‹fischen› sagen wollen.

Helmers vermutet, es gehe hier nicht um Überheblichkeit und Auslachen, sondern um die Komik (38). Ein Zwölfjähriger berichtete: *«Herbert sollte eines Tages in der Klasse lesen, und als er an der Reihe war, da hat er ‹Stiefen-Kehlchen› gelesen. Wir mussten uns den Bauch vor Lachen halten. Es heißt nämlich ‹Stief-Enkelchen›.»*

Mir scheint, die Elf- oder Zwölfjährigen sind schon so weit erwachsen, dass sie selbst nicht mehr ungeniert Worte verdrehen können. Da sind sie schon drauf angewiesen, dass andere Unsinn machen – und sei es unfreiwillig. Der Alltag bietet dazu ja immer Gelegenheit. *Sagt der Pfarrer in der Kirche: «Unser Organist kann heute nicht spielen. Ich stimme daher jetzt das Lied an, und danach fällt dann die ganze Kirche ein.»*

Solche Augenblicke schenken gleichsam ein Naturprodukt, während die üblichen Witze etwas von Fabrikware an sich haben. Wer Zeuge einer spontanen Entgleisung wird, hat die Komik an der Quelle erlebt. *Die Leiterin des Mädchenwohnheims einer amerikanischen Universität will zusammen mit dem Rektor gegen die nächtlichen Rendezvous im Park einschreiten. Ihre Ansprache vor den Studentinnen beginnt sie mit den Worten: «The president of the university and I decided to stop petting on campus.»*

Auch diese Geschichte ist formal ein Witz; ich habe ihn daher auch aus einer Witzsammlung und nicht aus einer Sammlung unfreiwilligen Humors. Die Technik, die uns erheitert, ist ohnehin hier und da die gleiche, es ergibt sich ein Doppelsinn, der schnell erkannt werden kann. «Der Unterschied zwischen einem Versprecher und einem Witz», sagt der Psychoanalytiker Theodor Reik, «entspricht etwa dem zwischen einem Einbrecher und einem überraschenden Gast» (Grenzland, 322). Und der Einbrecher hat für uns sogar den Vorteil, dass er uns mehr erschreckt. Nehmen wir diese Bewerbung: *Bei Ausbruch des Krieges musste ich ins Feld. Eine Schädelverletzung ermöglichte mir dann das juristische Studium.*

An dieser Stelle müssen wir natürlich noch des Schlesischen Schwans gedenken, des Genies der unfreiwilligen Komik Friederike Kempners (1836–1904). Über Goethes Faust schrieb sie: *«Oh Faust, du Bild des Menschen / Bald groß und klar, bald düster wild / Wer dich gemalt, er war an Kunst ein Riese / Gigantisch war der Stoff, und nett gelang das Bild!»* Die gute Frau wurde schnell berühmt und wusste nicht, weswegen. Es lag an dem Pathos mit kleinen Fehlern, das ihr keiner nachmachte. Über den Astronomen Johannes Kepler dichtete sie: *«Du sahest herrliche Gesichte / in finstrer Nacht / Ein ganzes Blatt der Weltgeschichte / Du hast es vollgemacht.»*

Heutzutage wird bei einigen Stilblütensammlungen dem Zufall schamlos nachgeholfen. *Papst Impotenz III. lehnte die Gesuche der Geistlichen ab, die heiraten wollten. Er erlaubte es nicht und sagte immer wieder: «Wir können nicht.»* Erkennbar werden hier Fehler kombiniert, um die Wirkung zu steigern. So auch bei dieser Probe: *Die Welt nahm einen anderen Lauf, als Luther mit seinen 95 Prothesen an die Schlosskirche von Wittenberg schlug.*

Aber komisch ist es trotzdem, weil es so absurd (und anschaulich) ist. Es gebe eine «Lust am befreiten Unsinn», schreibt Sigmund Freud, und doch, so meint er, getraue man sich nicht, Widersinn auszusprechen, das verhindere der anerzogene «Denk- und Realitätszwang» (Witz, 102). So wird es sein. Darum halten wir uns ja auch an den Unsinn, den andere fabrizieren. *Er litt zeitlebens so an Rheumatismus, dass er nichts auf die hohe Kante legen konnte.*

Kalauer erleichtern die Last des Denkens

«Meinst du es auch ernst mit der Schlankheitskur?», fragt der besorgte Ehemann. «Und ob, ich lese in der Zeitung nicht einmal mehr das Fettgedruckte!» So etwas tut weh. Offenbar ein Kalauer, ein Wortwitz also, auf den man mit «Aua!» reagiert (man könnte daher auch sagen: ein Kal-Aua). Die Bezeichnung Kalauer ist die Eindeutschung des französischen Calembourg, aber weder das französische Wort noch sein deutsches Gegenstück lassen sich zuverlässig ableiten.

Diese Art Wortspiele steht in keinem guten Ruf. Der Heidelberger Philosoph Kuno Fischer, der 1889 ein Buch über den Witz schrieb (die Originalausgabe war noch hundert Jahr später lieferbar), meinte, ein Kalauer dürfe «nicht Anspruch machen, für etwas Besonderes zu gelten» (78), das Wortspiel stehe weit höher. Er ist wohl der Proletarier unter den Witzen. Das macht ihn gerade stark.

«Warum hat Müller seinen Sohn Hamlet genannt?» «Ja, sein oder nicht sein, das ist die Frage.» Das Niveau kränkt uns, darum verziehen wir schmerzlich das Gesicht. Genommen wird so was aber doch gern. *Als die deutsche Reichshauptstadt 1943 unter Luftangriffen litt, erhielt ihr Gauleiter Goebbels den Ehrentitel «Berlins Schuttpatron».*

Ich habe eben von Niveau gesprochen. Ja, wir verlangen von einem Witz, dass er «geistreich» ist. Das liegt wohl daran, dass man uns die Albernheit einmal ausgetrieben hat. Darum erwarten wir, dass die Bedingungen unserer Erziehung auch dann noch erfüllt werden, wenn wir uns entspannen wollen. Das hat Arthur Schopenhauer, der sonst nicht viel Treffendes über «das Lächerliche», wie man es damals noch nannte, geschrieben hat, einmal mit einem Bild ausgedrückt. Er meinte, beim Witz sähen wir «diese strenge, unermüdliche, überlästige Hofmeisterin Vernunft einmal der Unzulänglichkeit überführt», und das sei «ergötzlich» (Bd. 2, 108). Das stimmt.

«Warum haben Sie Ihrem Nachbarn auf einer Postkarte geschrieben, er sei ein Betrüger?», fragt der Richter. Der Angeschuldigte rechtfertigt sich: «Andere schreiben ja auch Ansichtskarten.»

Auch beim Kalauer geht es, wie immer beim Wortwitz, um zwei Gedanken oder Bedeutungen, die zusammenprallen und auseinanderkommen wollen. Wenn es dabei etwas gewaltsam zugeht, ist es halt ein Kalauer. Der Stardirigent Hans von Bülow soll zwei füllige Sängerinnen seiner Oper als die beiden *Primatonnen* bezeichnet haben (Volkelt, 509). Nicht sehr taktvoll, aber wirksam. Da wird einem Wort ein zweiter Sinn abgepresst; eine Art zu denken, die eigentlich verpönt ist. Doppelsinn auch hier: *«Lieber Herr Doktor, ich war zwölf Jahre lang taub. Aber seit ich Ihre wunderbare Ohrensalbe benutze, höre ich wieder von meinem Bruder aus Amerika.»* In diesem Fall werden die beiden Bedeutungen, die das Wort «hören» haben kann, in eins gezwungen. Ohne Gewalt geht es auch dabei leider nicht ab.

Freud meinte, das sei die kindliche Art des Verstehens; auch für uns sei es sehr erfreulich, einmal die schwere Last des korrekten Denkens abzuwerfen. Darin sah er «eine große Erleichterung der psychischen Arbeit», weil es ursprünglich jedem Menschen näher liege, «sich an den Klang statt an den Sinn zu halten» (Witz, 97). Das glaube ich gern, allerdings frage ich mich, ob wir beim Witzhören wirklich eine «Ersparung an psychischem Aufwand» (ebd.) erleben, denn immerhin haben wir ja die Anstrengung des Verstehens zu leisten. Nehmen wir den Doppelsinn in diesem Fall als Beispiel: *«Wo hast du denn deine Armbanduhr gelassen?» «Ach, die geht immer vor, die ist sicherlich schon zu Hause.»* Die Lust scheint mir eher aus der Atmosphäre zu stammen, die besagt: Hier darf man sich mal gehenlassen.

Noch wieder anders sieht es Jürgen Habermas, der diesen Rückfall in die Verständigungsformen der vorgeschichtlichen Zeit für gefährlich hält: Wir lachten erleichtert, wenn wir den Witz verstünden, weil wir einen kurzen Rückfall hinter «die archaische Grenze zwischen vorsprachlicher und sprachlicher Kommunikation» sofort wieder überwunden hätten (147). Es gehe bei diesen Witzen nämlich um die «Verwechslung von Identität und Ähnlichkeit» (ebd.). Ja, gewiss. Zwei Worte, die nur ähnlich sind, werden als identisch angesehen, etwa in diesem Mischwort: *Nach dem Ende der Nazizeit sagte man, das Gegenteil von Arisierung sei Wiederjudmachung.* Die Ähnlichkeit von Wiedergutmachung und Wiederjudmachung will als Identität genommen und doch gleich durchschaut werden. Mich wundert es nicht, wenn der Witz aus solchen archaischen Tiefen gedeutet wird.

Der konservative Politologe Hans Speier hat den doppelsinnigen Kalauer sogar in die Nähe von Orakelsprüchen und «enthusiastischem Wahnsinn» gebracht und gefragt: Sollte unser «abweisendes Stöhnen» als Antwort auf den Kalauer am Ende «vielleicht dazu dienen, unbewusste Angst vor Tollheit (kindischem Verhalten) abzuwehren?» (28)

Etwas widerwillig erzählt Jan Meyerowitz in seinem wunderbaren Buch «Der echte jüdische Witz» einen der «besonders Angst erregenden» unter den «faulen Wortwitzen», über die in den zwanziger Jahren Abertausende von deutschen Juden «Tränen gelacht» hätten: *«Bilde mir einen Satz mit Buenos Aires, Sarasate und Mississippi!» «??» «Bu, e Nos eire Sarah hat se, und mies isse, pi!»* (47)

Schon weit vor Habermas hat der amerikanische Psychiater Silvano Arieti den Witz als eine «Verwechslung von Identität und Ähnlichkeit» gedeutet; hier werde «Paläologik» angewandt, die sich auch bei Schizophrenen finde (58ff.). Gleicher Klang wird für gleiche Sache genommen, wie bei diesem Patienten, den wir (obwohl er nur ein gewöhnlicher Trottel ist) hier zitieren wollen: *«Herr Doktor, seit Sie mir den Kopfverband angelegt haben, höre ich am Telefon immer: ‹Sie sind falsch verbunden!›»* Irgend etwas erschreckt einen, wenn man diese Dummheiten hört, vielleicht ist es wirklich der Schock, soeben in die Logik der Urzeit zurückgefallen zu sein.

Obwohl er sich über Witzbolde sehr abfällig geäußert hat, fand Sigmund Freud an einem Meister des Kalauers durchaus Gefallen. In seinem Buch über den Witz berichtet er von diesem Freund, er besitze die Gabe, wenn er in aufgeräumter Stimmung sei, durch längere Zeit jede an ihn gerichtete Rede mit einem Kalauer zu beantworten. «Als die Gesellschaft, die er einst so in Atem hielt, der Verwunderung über seine Ausdauer Ausdruck gab, sagte er: *‹Ja, ich liege hier auf der Ka-Lauer›*, und als man ihn bat, endlich aufzuhören, stellte er die Bedingung, *dass man ihn zum Poeta Ka-laureatus ernenne»* (37). Immerhin war dieser Mensch ja bereit aufzuhören. Und womit hören wir jetzt auf?

Ich traue mich, das Niveau weiter zu unterbieten, indem ich Ihnen einen der bekanntesten Kalauer aller Zeiten hier noch einmal erzähle: *«Was siehst du in der Kristallkugel?», fragt der Scheich seinen Wahrsager. «Eine große Dürre kommt auf uns zu...» Der Scheich überlegt eine Weile und sagt dann: «Lieber wäre mir eigentlich eine kleine Dicke.»*

Buddha nach der netten Fabel / starrt auf seinen fetten Nabel. Keine Frage, hier geht es um Schüttelreime, um jene Kunstgebilde, bei denen man nur die Konsonanten am Anfang der Reimworte auszutauschen braucht – und schon ergibt sich alles wie ein technisches Wunder. *Freunde, sorgt für die Gesundheit / eh ihr gänzlich auf dem Hund seid!* Die Seuche des Schüttelreimens wurde 1882 in Berlin vom Juxclub «Allgemeiner Deutscher Reimverein» ausgebrütet, wobei der Ingenieur und Schriftsteller Heinrich Seidel (1842–1906) der Vordenker war. Von ihm stammt der Vers: *Die Phantasie muss walten still / wenn Gutes sich gestalten will.* Natürlich wurden schon zuvor zufällig mal Schüttelreime hergestellt, aber Fachausdruck und Manie sind erst hundertzwanzig Jahre alt.

Oft hängt bei einem forschen Mädchen / die Tugend nur am morschen Fädchen. Das stammt von dem Pianisten Arthur Schnabel, der von sich selbst auch in gespielter Bescheidenheit gereimt hat: *Am Anfang war auch Schnabel nur / das Ende einer Nabelschnur.* (Im folgenden nenne ich die Autoren nicht mehr, obwohl Schüttelreime, im Gegensatz zu Witzen, Verfasser haben.) Weh dem, der sich auf dieses Spiel einlässt: *Der Geist, den man beim Schütteln rief / wird leicht vom vielen Rütteln schief.*

Zu den Witzen werden diese Produkte nicht immer gerechnet. Friedrich Hollaender meinte, «mit Witzen haben die Dinger glatterdings nichts zu tun». Auch Hans Weigel rechnet sie nicht dazu («eine literarische Hochform des Blödelns»). Aber Sigmund Freud bescheinigte 1905 den «neuerdings beliebt gewordenen Schüttelreimen», dass unser Wohlgefallen an ihnen «das nämliche ist, an dem wir den Witz erkennen» (73). Als Beispiel wählte Freud übrigens: *Und weil er Geld in Menge hatte / lag stets er in der Hängematte*, was uns nun wieder fragen lässt, warum er gerade diesen Vers mochte. (War er doch in finanziellen Nöten, zog er Lust aus Ersparung?)

Am Schüttelreim können wir wirklich etwas über Witze lernen. Sie vergreifen sich unausweichlich im Ausdruck, was auf eine zynische oder ungeschickte Weise komisch wirken kann. *Die Boxer aus der Meisterklasse / die hauen sich zu Kleistermasse.* Ebenso ungerührt heißt es von den römischen Christenverfolgungen: *Mit den Bekennern neuer Lehren / ließ Nero manchen Leu ernähren.*

Wie bei allen Witzen ist auch beim Schüttelreim die Pointe kurz, überraschend und unausweichlich. Von der Kürze sagte schon der deutsche Dichter und Ästhetiker Jean Paul im Jahre 1804, indem er Shakespeare zitierte, die Kürze sei «der Körper und die Seele des Witzes» (162). Prüfen wir das gleich am Vierzeiler über die alte Sängerin: *Krumme Beine / Mieder leer / brumme keine / Lieder mehr.* Das ist tatsächlich recht knapp und erfüllt insoweit bei aller Albernheit ein Kriterium des Witzigen. (Schüttelreime sind oft sehr kindisch.)

Aber was ist das Besondere an den Schüttelreimen? Ich glaube, es ist diese starre Form, mit der sich die Pointe ankündigt. *Da klagte unser Sängerlein...* wie's weitergeht, ist schon fast zwingend, nämlich... *mein Auftritt sollte länger sein.* Unweigerlich schlägt der Schlussreim zu. Das ist die Mechanik der Mausefalle. *Hier der Eunuch, der hodenlose / was trägt er in der Lodenhose?*

Und noch etwas: Mit dieser Strenge der Form kontrastiert angenehm der oft albern lose Sinn der Reime. Und dieser Gegensatz ist komisch. Kontraste sind ein Element aller Komik. Mechanik absurd: *Zwecks Heirat lief die Nichte Ski / doch klappte die Geschichte nie.* Immerhin mit der Pointe klappt es. Auch bei diesem Schmähvers über Probleme beim Stillen: *Nicht immer hat die feiste Mutter / fürs Baby auch das meiste Futter.*

Als der französische Philosoph Henri Bergson im Jahre 1900 sein Buch über das Lachen veröffentlichte, hat er den deutschen Schüttelreim gewiss nicht gekannt. Ihre englischen Gegenstücke, die Spoonerisms, die nach einem anglikanischen Geistlichen so heißen, sind keine Reime, sondern nur unfreiwillige Verdrehungen; die französischen Contrepets sind, wie der Historiker des Schüttelreims, Manfred Hanke, berichtet, auch keine Reime, jedoch «von bezwingender Unanständigkeit» (88). Wie gesagt, Bergson kannte den deutschen Schüttelreim nicht, aber seine Theorie des Komischen passt besonders gut auf dieses deutsche Produkt. Zur Erklärung des Komischen hat sich Bergson nämlich auch auf Kinderspielzeug berufen, etwa auf Hampelmann und Springteufelchen (das ist der Teufel, der aus dem Kasten springt, sobald man den Deckel aufmacht). Nach Bergson ist es immer komisch, wenn eine Mechanik lebendig wirkt – oder etwas Lebendiges mechanisch. Gilt beides nicht besonders vom Schüttelreim? Er folgt einem starren Schema und ist doch quicklebendig. Er lebt und läuft doch automatisch. *So manchem gilt die Treue nix / der sinnt auf immer neue Tricks.*

Dass auch Schüttelreime wie alle Wortspiele Ausdruck einer Regression sind, kann man schon daran erkennen, dass Fachmann Manfred Hanke sich zu Beginn seiner Darstellung an seine Kindheit erinnert: «Als wir noch Kinder waren und den unwiderstehlichen Reiz alles dessen zu begreifen begannen, was albern ist, machte es uns ausgesprochen Spaß, einander die Wörter im Munde herumzudrehen. So sagten wir Laschwappen statt Waschlappen, Stutterbulle statt Butterstulle ...» (9) Das kindliche Vergnügen wird später dadurch legitimiert, dass es recht kunstvoll hergestellt wird. *Man konnte schon in Jugendtagen / mich mit dem Worte ‹Tugend› jagen.* (Mich auch.)

Da springt der Sinn lebendig aus der Mechanik. Auch bei dieser Berufsberatung: *Bei wem sich Geist und Fresse paaren / wird stets gut bei der Presse fahren.* Das ist zugleich so albern wie in der Kindheit und so gekonnt, wie es unter Erwachsenen verlangt wird. Unter dem Schutz dieser etwas künstlichen Kunst darf man auch heikle Scherze machen, zum Beispiel diesen, den sich Österreichs Juden gern erzählt haben: *Gut jodeln kann der Steiermärker / im Jüdeln ist der Meyer stärker.* So laufen Schüttelreime mechanisch und doch lebendig, ich könnte auch sagen, unabänderlich und doch daneben. Oder: kindisch albern und doch von ausgereifter Kunstfertigkeit. Das ist der witzige Kontrast. Im nächsten Beispiel geht es um Möpse, die man auch Moppel nannte. *Weil die beiden Moppel dort / gar zu grässlich zwiegesungen / hat durch einen Doppelmord / man zum Schweigen sie gezwungen.*

Ich möchte Ihnen unbedingt noch die ganz kurzen vorführen *(Altes Haus / Halt es aus!)* und den Kampf um den kürzesten, den wohl dieser gewinnt: *Du bist / Buddhist.* Recht knapp ist auch das Geständnis des Berliner Geistlichen: *Ick war / Vikar*, der Ausruf des Spekulanten *Weh diesen / Devisen!* und das stille Lob *latente / Talente.* Oder der, den man am besten nur mit einem Wort zitiert, übrigens seinem letzten: ... *Kosacken.*

Man kann, wie Sie mal wieder sehen, unausweichlich auf Unpassendes zurollen wie bei den französischen Contrepets. Das tut auch ein Zweizeiler, der von dem Freiburger Cembalisten Fritz Neumeyer stammt, der morgens im verschneiten Schwarzwald war und dann Probe hatte: *Morgens der Berge schimmernde Weiße / abends der Geigen ...*

So in dem Sinne.

Wortspiele, von der Technik gepaart

«Wie geht's denn in Charlys neuer Ehe?» «Na, wie soll's schon gehen. Sie wirft ihm das Trinken vor – und er ihr das Essen nach.»

Zu den ersten Witzen, die in Umlauf kamen, gehörten geistvolle Wortspiele und witzige Formulierungen. Über die Anfänge dessen, was uns heute als Witz selbstverständlich scheint, weiß man wenig. Noch um das Jahr 1840 hatten diese Bonmots meist nicht die Form des Dialogs, die für den Witz typisch geworden ist. Die Theoretiker des Komischen haben sich im neunzehnten Jahrhundert daher vor allem mit dem Bonmot und dem sogenannten Oxymoron (der paradoxen, eigentlich «scharf-dummen» Formulierung) beschäftigt. Später kreuzte man diese Formen mit Schwank und Anekdote. Daniel Spitzer, ein Wiener Journalist, berichtete 1869 aus Bad Ischl: *«Das Ehepaar lebt auf ziemlich großem Fuß. Nach Ansicht der einen soll der Mann viel verdient und sich dabei etwas zurückgelegt haben, nach der (Ansicht) anderer wieder soll sich die Frau etwas zurückgelegt und dabei viel verdient haben.»* Dieses bald geflügelte Wort hat Sigmund Freud einen «geradezu diabolisch guten Witz» (26) genannt.

Die Technik ist tatsächlich hinreißend elegant, weil alles reibungslos läuft und mit einem Minimum an Veränderung den Sinn völlig herumdreht. Dass auch Freud diesen Ausspruch so besonders schätzte, soll uns wieder Gelegenheit geben, ihn mit der Frage zu necken, ob er nicht wirklich in finanzieller Not war, während er sein Witzbuch schrieb; geht es hier doch um Verdienen und Zurücklegen. (Gewinnt nicht auch seine These, Lust stamme aus Ersparung, einen ganz neuen Sinn, wenn wir hier erfahren, dass Erspartes aus Lust stammen kann?)

Immerhin, der Erfinder des Wortes Lustprinzip (im Witzbuch taucht der berühmte Ausdruck allerdings noch nicht auf) stand in einer Tradition. Wilhelm Wundt (1832–1920), einer der Begründer der experimentellen Psychologie, sah ebenfalls den Gegensatz von Lust und Unlust als grundlegend an. Und der Berliner Oberlehrer Franz Jahn, der ein Jahr vor Freud eine Abhandlung über den Witz schrieb, sprach aus, was damals wohl viele dachten, als er feststellte, dass Lust das Zeichen «eines letzten Grundes und Nervs unseres Wesens» sei (100). Als Illustration mag dieses Wortspiel passen: *Jeder Mann ist zweimal in seinem Leben tief enttäuscht. Das erste*

Mal, wenn es das zweite Mal nicht klappt, und das zweite Mal, wenn es das erste Mal nicht klappt.

Lustvolle Themen hat der Witz genug, ich möchte hier aber nur seine Technik untersuchen. Kann uns die Eleganz der Technik auch Lust bereiten? Freud meinte, «dass die Techniken des Witzes selbst Lustquellen sind» (Witz, 97). Bei den Wortspielen, die wir hier gerade betrachten, stammt unsere Lust wohl aus der Beobachtung, wie diese Witze mit der Sprache so mühelos zu spielen wissen. *Der junge Lyriker fragt den Verleger: «Sie meinen, ich sollte mehr Feuer in meine Gedichte legen?» «Umgekehrt», antwortet der Verleger, «mehr Gedichte ins Feuer!»* (Zugegeben, ein bisschen an den Haaren herbeigezogen.)

In den meisten Wortwitzen stoßen zwei Gedanken, die sich völlig fremd sind, unvermutet aufeinander. Das nannte Bergson eine «Interferenz», denn hier überschnitten sich zwei Ideensysteme (83). Diese beiden Systeme können sich auch fast von selbst finden wie in dem medizinischen Zynismus: *Je offener die Tb, desto geschlossener die Station.*

Mit einer Eigenschöpfung hat Arthur Koestler die gleiche Sache bezeichnet; er sprach von «Bisoziation», worunter er den Zusammenprall zweier «miteinander unvereinbarer Spielregeln und Assoziationsschemata» (Funke, 24) verstand. Schön, wenn es wirklich knallt, wie es, glaube ich, in diesem Beispiel geschieht: *Ein passionierter Jäger kauft beim Hundezwinger von Herrn Schindler einen Schweißhund, der seinen hohen Preis wert sein soll. Empört schreibt der Jäger nach zwei Wochen einen Brief: «Sehr geehrter Herr Schindler, das W, das in Ihrem Namen fehlt, hat Ihr Schweißhund zu viel!»*

Fragt man jemanden, was eigentlich ein Witz sei, so wird wohl jedem zunächst der Wortwitz mit seinem Doppelsinn einfallen. Kein Wunder, dass wir schon bei Immanuel Kant eine ähnliche, übrigens schon sehr vollkommene Definition finden. In seiner Vorlesung über Anthropologie ist sie 1798 veröffentlicht worden: «Der Witz paart (assimiliert) heterogene Vorstellungen, die oft nach dem Gesetz der Einbildungskraft (der Assoziation) weit auseinander liegen» (109). Populär geworden ist dieser Gedanke durch den Dichter Jean Paul, der in seiner «Vorschule der Ästhetik» im Jahre 1804 vom Witz sagte, er sei «der verkleidete Priester, der jedes Paar kopuliert» (159), was gewöhnlich etwas moderner so zitiert wird: «jedes Paar traut».

Diese Trauung sollte nicht gewaltsam sein, sondern elegant und leicht, etwa so: *«Unter uns wohnt ein kinderloses Ehepaar, über uns ein eheloses Kinderpaar.»*

Nun habe ich immer von der Technik der Witze gesprochen, um die es uns ja hier auch geht. Klar ist aber auch, dass die Technik bloß einen Teil der Lust produziert. Sie ist nur das Hämmerchen, das den Zündfunken auslöst. Was dann explodiert, ist von anderer Art; das ist nämlich unser angestautes Gefühl, das sich, durch den Witz befreit, endlich entladen kann. Irgendein Ärger, ein Abscheu oder eine triebhafte Lust. Nehmen wir wieder ein Beispiel: *Besser ein Haar in der Suppe als Suppe im Haar.* Die Technik ist durchaus bescheiden, es reizt uns eher der Gegenstand, die peinliche Vorstellung von Suppe im Haar. Die Unterscheidung von Technik und Tendenz, die mir für die Erklärung des Humors grundlegend scheint, hat Sigmund Freud eingeführt. Vor ihm sprach man von dem Gegensatz von Intellekt und Gefühl.

«Alle Achtung, Sie fahren Mercedes?» «Nun, das bin ich meinem Beruf schuldig.» »Und woher haben Sie so viel Geld ?» «Ach, das bin ich meiner Bank schuldig.» Die Brautleute gleichen sich in diesem Fall nicht ganz und werden doch getraut. Der verkleidete Priester hat das Paar «schuldig sein» und «Schulden haben» getraut, das zu paaren sich unser Verstand nicht getraut hätte.

Ein Gemisch wird verdichtet. Ein Witz explodiert

Zwei Freunde treffen sich. «Was sehe ich an deiner Hand? Hast du geheiratet?» «Ja, Trauring, aber wahr.» Jeder Witz ist, seiner Form nach, zu knapp erzählt und überlässt dem Hörer wenigstens einen Teil der Gedankenarbeit. Warum diese Verknappung zur Witztechnik gehört, diese Frage wird uns noch ausführlich beschäftigen. Selten ist diese Technik der Verkürzung jedenfalls so deutlich zu erkennen wie bei den Mischbildungen: Lenin war ein *Radikahlkopf.* Und Leopold Jessner, Generalintendant in Berlin und sehr empfindlich, hatte den Spitznamen *Mimoses.* Der jüdische Witz brillierte in diesen Verdichtungen, die wie das Gasgemisch im Ottomotor explodieren.

Heinrich Heine beschreibt 1829 in seinen «Bädern von Lucca» den Hühneraugen-Operateur Hirsch Hyazinth, der zugleich Lotteriekollekteur ist, und lässt ihn erzählen: «Ich habe auch die Ehre gehabt, den Baron Salomon Rothschild in Frankfurt kennenzulernen, und wenn ich mich auch nicht seines intimen Fußes zu erfreuen hatte, so wusste er mich doch zu schätzen.... Und so wahr mir Gott alles Guts geben soll, Herr Doktor, ich saß neben Salomon Rothschild, und er behandelte mich ganz wie seinesgleichen, ganz *famillionär*» (323). Ein Wortspiel, das sich als Beispiel durch viele Witztheorien zieht und im Jahr 1984 auch die Plakatwände erreicht hat, als Werbung für ein millionenfach verkauftes Familienauto.

Als sich zu Beginn des zwanzigsten Jahrhunderts in Wien viele Juden in der Votiv-Kirche taufen ließen, sagte man, dem dortigen Messdiener steige schon die *Schammesröte* ins Gesicht (der Schammes ist der Synagogendiener). Im heutigen Israel haben manche Sephardim (die orientalischen Juden) ein böses Wort für die Aschkenasim, also die herrschenden Juden aus Osteuropa, die sie *Aschkenazis* nennen.

Als Helmut Schmidt, damals Bundeskanzler, von einem neugierigen Journalisten bedrängt wurde, fertigte er ihn ab mit den Worten: «Ich bin kein *Indiskretin*!»

Kurz und knapp kann der Witz mit vielen Mitteln sein, es muss sich nicht immer um Mischbildungen handeln. Im folgenden Beispiel liegt die Verdichtung darin, dass in ein Wort eine zweite Bedeutung gelegt wurde. *«Acht Jahre waren meine Frau und ich die glücklichsten Menschen.» «Und dann?» «Dann haben wir uns kennengelernt.»* Auch das ist eine Verdichtung, die sich erst im Hörer entfaltet.

Offenbar spart sich der Erzähler einen vollständigen Wortlaut, die Hörer müssen dafür um so mehr eigenen Geist aufwenden. Ohne solche Ersparnis keine Komik. Das Merkwürdige ist nur, dass die Ersparnis ganz auf seiten des Erzählers, die komische Wirkung aber natürlich auf seiten der Hörer ist. Kann man daher sagen, die Lust komme aus der Ersparnis, wie Sigmund Freud das tut? Immerhin hat Freud sich in dem Punkt selbst nicht ganz geglaubt; seine Offenheit, mit der er sich selbst einen Einwand macht, ist bewundernswert. Er schreibt: «Außerdem finden wir den Mut zu bekennen, dass die Ersparungen, welche die Witztechnik macht, uns nicht zu imponieren vermögen. Sie erinnern vielleicht an die Art, wie manche Hausfrauen sparen, wenn sie, um einen entlegenen Markt aufzusuchen, Zeit und Geld für die Fahrt aufwenden, weil dort das Gemüse um einige Heller wohlfeiler zu haben ist» (35).

Der Hörer spart nichts, er muss sogar investieren, tut es aber offensichtlich gern. *Auf einer Party versucht ein Gast, dem bekannten Hals-Nasen-Ohrenarzt seine Rachenbeschwerden vorzustellen. Der Arzt aber versucht, sich dieser kostenlosen Diagnose zu entziehen. Als einem weiteren Gast die Sache zu dumm wird, ruft er dem Arzt zu: «Nun schauen Sie ihm doch schon in den Geizhals!»* Die Lust des Zuhörers stammt sicherlich nicht aus einer Ersparnis, sondern aus dem Aufwand an Verstehen, den er (erfolgreich!) getrieben hat. Das haben viele Autoren Freud vorgehalten, auch der Anthropologe Helmuth Plessner, dessen Buch über «Lachen und Weinen» in der Emigration erscheinen musste. Er schreibt: «Kürze als Sparsamkeit in Worten wird durchweg vermehrten Aufwand ... verbrauchen, beim Schöpfer des Witzes wie bei seinem Hörer» (115). Warum dieser Aufwand komisch wirkt, das haben wir also immer noch nicht verstanden; ich will die Frage im nächsten Kapitel wieder aufgreifen.

Fragen wir uns zunächst einmal, was im Kopf dessen vorgeht, dem eine witzige Bemerkung einfällt. Er drängt ja etwas zusammen, was sich später im Kopf des Hörers entfaltet. Wenn zum Beispiel der Chef fragt: *«Ist eigentlich auf unsere letzte Mahnung etwas von Schulz & Krause eingegangen?», und die Auszubildende antwortet: «Ja, die ganze Firma»* – was ist da passiert? Offenbar ereignet sich so etwas spontan, «der Witz ist kein künstlich erdachtes und überlegtes Urteil, sondern ein Einfall», sagt Kuno Fischer (52); und Sigmund Freud meint im gleichen Sinn: «Der Witz hat in ganz hervorragender Weise den Charakter eines ungewollten Einfalls. Man weiß nicht etwa einen Moment vorher, welchen Witz man machen wird. ... Man verspürt vielmehr etwas Undefinierbares, das ich am ehesten einer Absenz, einem plötzlichen Auslassen der intellektuellen Spannung vergleichen möchte, und dann ist der Witz mit einem Schlage da, meist gleichzeitig mit einer Einkleidung» (Witz, 136). Zwei Ideen werden gemischt, verdichtet und gezündet.

Das geschieht unbewusst, und niemand erkannte das besser als Freud, der, als er über den Witz nachdachte, schon in der «Psychopathologie des Alltagslebens» die später nach ihm benannten «Fehlleistungen» beschrieben hatte. Ebenso spontan und enthüllend wie die Fehlleistungen sind, wenn man sie so nennen will, die witzigen Leistungen. Etwa so: *«Sag mal, kennst du den Mike?» «Klar kenn' ich den, dem hab ich doch gerade erst fünfzig Mark geliehen.» «So, ich denk, du kennst ihn?»*

Einen Witz macht man nicht, er ereignet sich. Man lasse dazu, meint Freud, seinen Gedankengang fallen, «der dann plötzlich als Witz aus dem Unbewussten auftaucht» (137). Sein Schüler Theodor Reik verglich die Witzbildung mit «der Durchfahrt eines Eisenbahnzuges durch einen Tunnel» (Lust, 74). Nach Arthur Koestler entsteht ein Witz, «indem man sozusagen ‹wegdenkt› und die Aufmerksamkeit auf einen Grundzug der Situation verschiebt, den man früher ignoriert hat» (Funke, 90). Zur Verdeutlichung mag dieses dienen: *Zu Beginn der Hitlerzeit trifft Parteigenosse Müller seinen alten Nachbarn Kohn und sagt neckend: «Heil Hitler!» Antwortet Kohn: «Bin ich Psychiater?»*

Dass es unbewusste Vorgänge gebe, hatten vor Freud schon andere angenommen, so auch Theodor Lipps, den Freud dafür auch rühmt (Witz, 119, Anm.). Aber erst Sigmund Freud hat das Unbewusste ins allgemeine Bewusstsein gehoben (wenn man das so ausdrücken darf). Zunächst wurde er dafür scharf angegriffen. Auch Sophus Hochfeld, ein deutsch denkender Mann, der 1920 ein Buch über den Witz veröffentlicht hat, brauchte so etwas nicht. Man wisse doch, es gehe beim Witz allein um die Sprache, meint er und fragt, «warum man nicht da stehenblieb, sondern noch in den trüben Teich des ‹Unbewussten› untertauchen musste» (111). Er hat auch eine Probe eigener Einfälle parat: «Ich sehe z. B. eine Diakonisse daherkommen und wehre dem Lamento meines Begleiters über den mühseligen Beruf der alleinstehenden Frau mit den Worten: ‹*Aber, was willst du? Sie ist ja unter die Haube gekommen.*› Anlass zum Witze wurde die blendend weiße Haube auf dem Köpfchen der Samariterin.» Und stolz fügt unser Denker hinzu: «Ich brauchte wirklich nicht ins Unbewusste zu tauchen» (134).

Schon recht. Dazu wohl nicht.

Doppelsinn. Der Witzhörer erfindet mit

Ulli spricht eine dufte Biene auf der Straße an: «Wohin auf den hübschen Beinen?» «Ins Kino, wenn nichts dazwischenkommt.» Vom Wortspiel hat Kuno Fischer gesagt, es habe «nicht bloß zwei Bedeutungen, sondern zwei Gesichter, das eine ist Maske, das andere das wahre Gesicht; jenes sieht harmlos aus, dieses hat den Schalk im Nacken». Ja, unschuldig muss es klingen. Noch ein Beispiel?

Zwei Studentinnen treffen sich nach dem Karneval. «Bin ich froh, dass die Tage vorbei sind», sagt die eine. Erwidert die andere: «Und ich wäre froh, wenn sie wiederkämen.» Anspielungen mit ihrem Doppelsinn kommen immer da vor, wo Tabus herrschen und einen harmlosen Wortlaut verlangen. Deswegen gibt es Anspielungen vor allem auf sexuellem Gebiet, bei Beleidigungen und in Diktaturen. *Ein alter preußischer Beamter soll im Dritten Reich zum Abschied ein Bildnis des Führers bekommen und darf wählen, ob er ihn als Bild oder als Büste haben will. «Ich kann mich nicht entscheiden», sagt er nach langem Grübeln, «ob ich ihn lieber aufhängen oder an die Wand stellen möchte.»*

Wer eine Anspielung geboten bekommt, muss aufpassen, dass er sie versteht. Schließlich sind Witze darin den Rätseln verwandt, dass man die Lösung selbst finden muss. *Ein junger Anwalt trifft einen ebenfalls noch jungen Arzt. «Wie geht es Ihnen?» «Gut», sagt der Arzt, «ich kann nicht klagen. Und Ihnen?» «Schlecht. Ich kann nicht klagen.»*

Bis jetzt haben wir uns die Antwort auf die Frage noch aufgespart, wozu die Verkürzung oder Verdichtung (kurz: die ganze Unvollständigkeit des Witzes) eigentlich dienen soll und warum sie komisch wirkt. Vielleicht kommen wir weiter, wenn wir uns ansehen, was im Witzhörer passiert. Der ist jetzt als Thema dran, nachdem wir eben den Witzerfinder betrachtet haben. Wenn es um die Verständnisarbeit des Hörers geht, können wir nicht auf Sigmund Freud zurückgreifen, diesen Klassiker unter den Witztheoretikern. So treffend er den Witzerfinder beschrieben hat, so sehr hat er die Rolle des Witzhörers verkannt. Er meinte nämlich, dass der Zuhörer «die Lust des Witzes mit sehr geringem Aufwand erkauft. Sie wird ihm sozusagen geschenkt» (Witz, 120). Aber nein, Herr Professor! Da unterschätzen Sie die Witzarbeit des Konsumenten erheblich! Ganz so einfach ist das Verstehen nicht. Sogar Theodor Reik, ein Schüler Freuds, der dem Meister sehr ergeben war, wagte eine Korrektur: Der Witz werde dem Hörer nicht geschenkt, «sondern nur unter dem Selbstkostenpreis verkauft» (Lust, 77). Das ist schon besser gesagt – und ist doch immer noch zu wenig.

Vielleicht möchten Sie Ihren eigenen Anteil als Konsument einmal im Selbstversuch prüfen, anhand dieser alten Geschichte: *Ein Gardeoffizier, jung, arm, aber schneidig, bemüht sich um die Gunst einer Schönheit im Garnisonsstädtchen, die, sagen wir mal, als zugänglich gilt. Doch sie weist ihn ab mit den Worten: «Mein Herz ist schon vergeben.» Da erwidert der Leutnant: «So hoch hatte ich eigentlich auch nicht gezielt.»*

Nun, wie ist es Ihnen ergangen? Ich vermute, Sie fühlen sich, als hätten Sie selbst diese treffende Bemerkung gemacht, nur weil Sie sie verstanden haben. Zu Recht sagt Arthur Koestler, der Zuhörer müsse «den Vorgang der Erfindung des Witzes bis zu einem gewissen Grade wiederholen, ihn in seiner Phantasie neu schaffen» (Funke, 82). Genau! Machen wir noch einen Versuch. *Was ist ein Junggeselle? Das ist einer, dem zum Glück die Frau fehlt.* Wenn man die Pointe verstanden hat, war man selbst geistvoll. Herzlichen Glückwunsch!

Beim Witzverstehen werde eine Entdeckung gemacht, die nicht viel weniger originell und befriedigend sei als die «Entdeckung einer neuen Wahrheit», so hat es schon Emil Kraepelin gesagt (345), der Begründer der modernen Psychiatrie, der mit knapp dreißig Jahren 1885 über den Witz so treffend geschrieben hat, dass noch öfter von ihm die Rede sein wird. Wenig später fühlte sich auch der holländische Psychologe Gerardus Heymans durch den Witz an das «Aufleuchten» bei wissenschaftlichen Entdeckungen erinnert (38). Und schließlich hat Arthur Koestler in seinem Buch «Der göttliche Funke» den humoristischen Einfall sogar gleichberechtigt neben Kunst und Wissenschaft gestellt.

Jetzt können wir auch die Frage – wenigstens vorläufig – beantworten, warum ein Witz zu wenig Worte macht und darum komisch ist. Weil er auf diese Weise erreicht, dass sich in unserem Kopf etwas ereignet! Was sich da ereignet? Eine echte Entdeckung! Ein freudiger Schrecken!

Von der bekannten Schauspielerin wird gesagt, sie halte sich zwei Hausärzte. Den einen rufe sie, wenn sie was hat; den anderen, wenn ihr was fehlt. Wenn Sie an dieser Anspielung Freude gehabt haben sollten, dann wegen Ihrer eigenen Leistung. Machen wir gleich noch einmal die Probe. *Berni löst Kreuzworträtsel und fragt seine Mutter: «Wo ist Napoleon gestorben?» «Auf Helena.» «Oh, ausgerechnet.»* Es mag sein, dass Ihnen dieser Witz nicht sonderlich behagt, egal, ein bisschen Freude haben Sie doch dabei, behaupte ich, Sie fühlen nämlich Stolz. Arthur Koestler spricht zu Recht von der «Befriedigung, dass man schlau genug ist, um die Pointe zu erfassen» (83). Ich möchte noch weiter gehen. Wir verstehen nicht nur. Ich glaube, wir fühlen uns, als seien wir diejenigen, die den Witz gemacht haben.

Was ja auch halbwegs stimmt. Denn wo hat es denn geblitzt? In unserem Kopf! Oder mit einem anderen Bild gesagt, der Witz ist ja nur ein Halbfertigprodukt, das wir erst selbst vollenden und veredeln müssen. Zwar machen wir, genaugenommen, doch nur das Finish, aber wir sind dabei glücklich, als seien wir Erfinder und Hersteller in einer Person.

Beim Familienausflug merkt die Mutter, dass ihre Tochter und der Schwiegersohn verschwunden sind. Sie fragt ihren Mann: «Was werden die beiden wohl machen?» Da brummt er: «Nachkommen.»

Gedankenwitz

Definitionen

Sprüche und Aussprüche – alles paradox

Wenn man ganz intensiv acht Stunden täglich arbeitet, kann man es dazu bringen, Chef zu werden und täglich vierzehn Stunden zu arbeiten.

Wie schon dieser erste Aphorismus zeigt, sind jetzt Scherze unser Thema, die nicht mehr mit Worten spielen. Der Sinn hängt also nicht mehr am Wortlaut; es sind vielmehr Gedankenwitze – wie diese Definition: *Werbung ist der Versuch, Leuten Geld aus der Tasche zu ziehen, das sie nicht haben, damit sie Sachen kaufen, die sie nicht brauchen, um Leuten zu gefallen, die sie nicht mögen.* Typisch amerikanisch übrigens, diese Definitionen. Gleich noch ein Exemplar dieser erfolgreichen Standardware: *Die Ehe ist der Versuch, die Probleme zu zweit zu lösen, die ein alleinstehender Mensch gar nicht hat.*

So modern diese Spielart ist, Aphorismen sind eigentlich ziemlich alt und gewiss eine Wurzel des heutigen modernen Witzes. Wir brauchen uns nur daran zu erinnern, wie Jean Paul den Witz definierte, indem er aus der Definition einen Aphorismus machte und sagte, der Witz sei «der verkleidete Priester, der jedes Paar kopuliert». Noch achtzig Jahre später war für Kuno Fischer solch ein Bonmot oder Oxymoron der Inbegriff des Witzes. Der Heidelberger Philosoph, der damals wegen seiner Beredsamkeit und Eitelkeit weltberühmt war, meint von seiner Beschreibung des Witzes, sie passe auf weniges so gut wie auf den Aphorismus. Seine Definition lautet: «Der Witz ist ein spielendes Urteil» (51). Der Witz verbinde nämlich Vorstellungen, und das tue er spielend, weil er nicht schrittweise vorgehe, sondern «im Widerspruch mit der Hausordnung und den Hausgesetzen des Geistes» (54), was ja auch hübsch gesagt ist.

Dieser «Widerspruch», den Kuno Fischer bemerkt hat, zeigt sich meist als ein Paradox. *Feldwebel: «Huber, wie können Sie es wagen, die Zoologen auf eine so falsche Fährte zu locken. Die Herren suchen das Riesenfaultier in Südamerika, und Sie drücken sich hier in der*

Kaserne herum!» Der Kern dieser Beschimpfung ist eine Definition, allerdings eine, die etwas verrückt und umständlich eingeführt wird, nämlich die Definition des Soldaten Huber.

Weil wir hier nach den einfachsten Baumustern eines Witzes suchen, ist uns diese Einsicht willkommen: Eine ungewöhnliche Definition reicht. *«Was heißt hier Schlagerstar», sagt der Produzent verächtlich, «bei uns wird doch schon auf Platte genommen, wer einigermaßen gesund husten kann.»* Natürlich ist nicht jede Definition schon ein Witz, sonst wäre nichts so komisch wie ein Lexikon. Ein bisschen Pfiff muss schon sein. *«Hör mal, Anne», sagt die Freundin, «dein Mann erzählt, er führe ein Hundeleben.» «Stimmt», bestätigt Anne, «er kommt mit schmutzigen Füßen ins Haus, macht es sich vor dem Ofen bequem, knurrt herum – und lauert aufs Essen.»*

Wie Sie leicht feststellen können, ist das formal ein Witz, weil er als Dialog geboten wird. Aber offenbar ist das trotzdem eigentlich nur eine Definition. Ohne Dialog ist es ein Aphorismus wie in diesem Fall: *Wenn die Männer in das Alter kommen, wo sie keine schlechten Beispiele mehr geben können, fangen sie an, gute Ratschläge zu erteilen.* Zum Vergleich daneben eine «eingekleidete» Form, also ein Dialog: *«Mami», fragt die kleine Elfi, «bekomme ich später auch mal einen Mann?» «Natürlich – wenn du artig bist.» «Und wenn ich nicht artig bin?» «Dann bekommst du viele Männer.»*

Was diese Sprüche und Aussprüche auszeichnet, ist wohl, dass sie ein bisschen verrückt, widersinnig und verblüffend sind. Wir können uns vielleicht darauf einigen, diese Widersinnigkeit paradox zu nennen. Der Aphorismus definiert so, dass sich die Definition selbst sprengt. Hier zum Beispiel: *Die flotte Carmen zum Hausmeister: «Ich brauche noch fünf Schlüssel für mein Appartement.» «Sollten wir da nicht besser», brummt der, «eine Drehtür einbauen lassen?»* Sicherlich sprengt das Stichwort Drehtür die Definition von Carmens Problem. Das kann fast philosophisch werden wie in diesem Fall: *Oliver soll zur Oma in die Ferien fahren. «Hast du auch deinen Waschlappen eingepackt?», fragt ihn seine Mutter. «Waschlappen?», sagt Oliver, «ich denke, ich fahre in die Ferien.»* Das ist eine sehr kreative Bestimmung des Begriffs Ferien, finde ich.

Was diese Definitionen komisch macht, ist ihr Widersinn. Genauer: das Paradoxon, das sie enthalten. (Am deutlichsten wird das wohl in den Worten «gesund husten können».) Nun wollen Sie sicherlich von mir wissen, was denn der Unterschied zwischen widersinnig und paradox sein soll. Doch, da gibt es einen. Im Paradox ereignet sich zwar auch ein harter Zusammenstoß, aber sozusagen nicht frontal. Die Begegnung erweist sich vielmehr als fruchtbar und kann unseren Blick erweitern. «Ferien vom Waschzwang» ist nicht nur verrückt, sondern eröffnet eine neue Einsicht.

Diese Geschichte spielt in einem schwäbischen Dorf: *Die Luis' hat tausend Wehwehchen und daher eine halbe Apotheke mit Fläschchen, Salben und Pillen auf dem Nachttisch stehen. Meint ihr Mann: «Weib, du muascht aber arg gsond sei, dass du so viel Krankheite aushältscht.»* Es konnte nicht ausbleiben, dass diese besondere Art von Widersinn von den Witztheoretikern entdeckt wurde. Friedrich Theodor Vischer, ein Bewunderer und Schüler Jean Pauls, schrieb 1837 vom Widerspruch oder der «Contradictio» beim Komischen: «Der Zuschauer ruft aus: So klug und in dieser Klugheit so töricht! So viel Sinn und in diesem Sinn so viel Unsinn! Wie ist es doch nur möglich, man meint ja fast, es könne nicht sein!» (179) Ich halte das für eine sehr treffende Beschreibung. Bei Emil Kraepelin finden wir dann ausdrücklich das Stichwort «paradox» in der Beschreibung der Pointe; sie sei «die plötzliche paradoxe Lösung eines psychischen Spannungszustandes» (360). Und damit bin ich bei meinem Stichwort.

«Das Paradox ist das prototypische Paradigma des Humors», sagt Gregory Bateson, der kalifornische Anthropologe, der so viele andere Wissenschaftler angeregt hat und mit seiner Einsicht in die paradoxe Struktur der menschlichen Kommunikation auch Paul Watzlawick geprägt hat. In einem Aufsatz über den Humor meinte Bateson, im Alltag (nicht aber in der Wissenschaft) nähmen wir das eingeschlossene Paradox ständig hin. Die Alternative zu dieser Freiheit, die vom Paradox eingeführt wird, sei die starre Strenge der Logik (5). Das zeigt auch ein Ausspruch, den man Sacha Guitry zuschreibt: *Die Ketten der Ehe sind so schwer, dass man sie zu dritt tragen muss.* Offenbar ist nicht nur die menschliche Verständigung, sondern auch das menschliche Leben selbst paradox: *Eine der merkwürdigsten Sachen im Leben ist, dass die Armen, die das Geld am nötigsten brauchen, am wenigsten haben.*

Die Einsicht, Humor sei paradox, hat William F. Fry, ein Schüler von Bateson, gründlich ausgearbeitet: Das Paradox führe allgemein zu Kreativität und Lust, es schenke dem Leben Reichtum, nicht nur im Humor, auch im Spiel, in Träumen, im Drama und in der Psychotherapie (132). Ein Beispiel aus dem ehemaligen Ostblock: *Aufsatzthema in Budapest: «Warum haben unsere sowjetischen Freunde im Oktober 1956 in Ungarn interveniert?» Ein Schüler schreibt: «Weil die Ungarn versucht hatten, sich in ihre eigenen Angelegenheiten einzumischen.»*

Eine paradoxe Aussage scheint zu schweben und zu vibrieren. Gregory Bateson hat die Verständigung im Alltag verglichen mit einem elektrischen Summer, der zwischen Widersprüchen hin und her zittert (Position, 6). Der politische Witz der osteuropäischen Länder liebte diese Art der Darstellung. *«Sag mal, Genosse, was ist eigentlich Kapitalismus?» «Da beuten die einen Menschen die anderen aus.» «Und wie ist es im Kommunismus?» «Da ist es umgekehrt.»*

Der Autor von «Alice im Wunderland», Lewis Carroll, war von Beruf Mathematiker und kannte sich mit Paradoxa aus. Manchmal wird das sehr komisch, finde ich, zum Beispiel hier: *«Ich sehe niemanden auf der Straße», sagte Alice. «Ich wollte, ich hätte solche Augen», sagte der König verdrießlich, «niemanden sehen können! Und das auf solche Entfernung! Ich kann bei dieser Beleuchtung selbst Leute, die es gibt, bloß mit Mühe erkennen!»*

Das Paradox sei 1956 von Bateson und 1967 von Watzlawick wiederentdeckt worden, meint auch der französische Psychiater und Analytiker Paul-Claude Racamier anerkennend, verweist aber darauf, dass ein Paradox auch «ein psychotisches Gebilde» sein kann, wenn ein Patient zwei Annahmen unauflöslich miteinander verbindet, die doch nicht in Übereinstimmung zu bringen sind (117). Auf die Nähe des Humors zur Neurose werde ich später noch zurückkommen. Geschieht die Verbindung des Unvereinbaren freiwillig, so kann das brillant sein. *Eine Dame, die sich von dem Berliner Impressionisten Max Liebermann porträtieren ließ, war ungeduldig. «Wenn Sie nicht ruhig sitzen», drohte Liebermann, «male ich Sie ähnlicher, als Sie sind!»*

Das Paradoxe war auch Mode bei den Spontisprüchen an Betonwänden. *Spontaneität will wohl überlegt sein,* oder, was ich besonders mag: *Als Gott den Mann schuf, übte sie noch.* Die Edelausgabe des Paradoxons aber war schon immer der Aphorismus, so der Ausspruch, den man Oscar Wilde (oder auch anderen Autoren) zuschreibt: *Man kann eine Versuchung nur bestehen, indem man ihr erliegt.* Von Karl Kraus stammt die berühmte Bosheit gegen seinen

Wiener Mitbürger Sigmund Freud: *Die Psychoanalyse ist die Krankheit, für deren Therapie sie sich hält.* Zu ganzer Größe und Weisheit aber steigt die Gattung der witzigen Definition auf in diesem Dialog, der ein schlagendes Argument gegen den Antisemitismus fast wie Nonsens vorbringt: *«Alles Unglück kommt von den Juden.» «Nein, von den Radfahrern.» «Wieso von den Radfahrern?» «Wieso von den Juden?»*

Darstellung durchs Gegenteil, verblüffend

Ein Hotelgast morgens zum Ober: «Ich hätte gern zwei zu hart gekochte Eier, eiskalten Speck, verkohlten Toast, tiefgefrorene Butter und lauwarmen Kaffee.» Darauf der Ober: «Das dürfte etwas schwierig sein.» Der Gast: «Wieso, gestern ging es doch auch!» Diese Art, seine Meinung zu äußern, kann man wohl als «Darstellung durchs Gegenteil» bezeichnen. Darum soll es jetzt gehen. Fast die ganze Serie «Radio Eriwan» machte davon Gebrauch, etwa so: *Frage: «Ist es wahr, dass man alle Pilze essen kann?» «Im Prinzip ja. Einige Pilze allerdings nur einmal.»*

Wie leicht zu sehen ist, kann man auch diese Art, sich auszudrücken, paradox nennen. Das hat bereits Immanuel Kant getan, der 1798 in seiner Anthropologie sagt: «Launiger Witz heißt ein solcher, der aus der Stimmung des Kopfes zum Paradoxon hervorgeht», und er bezieht sich dabei auch auf die Stilform der Persiflage, wo «das Gegenteil des Beifallswürdigen mit scheinbaren Lobsprüchen erhoben wird» (111). Dieses Beispiel, noch nicht bei Kant, mag da passen: *Fragt die neue Kollegin: «Wie ist denn der Chef?» «Eigentlich hat er ein ziemlich ausgeglichenes Temperament. Er ist immer gleichermaßen ekelhaft.»*

Diese Technik dient dazu, uns erst einmal ordentlich in die Irre zu führen, um so größer ist dann die Verblüffung. Das meinte bereits Kant an besagter Stelle: «Ein solcher Witz ist durch die Überraschung des Unerwarteten sehr aufmunternd.» Von dieser Überraschung soll deshalb jetzt ausführlicher die Rede sein. Im letzten Augenblick umdenken, das müssen wir wohl bei jeder Pointe. Hier aber ist der Knick mit Händen zu greifen. *Der Ehemann steigt von der Personenwaage: «Mein Gewicht ist völlig in Ordnung», sagt er zufrieden zu seiner Frau, «nach der Tabelle sollte ich nur zwölf Zentimeter größer sein.»*

Wir bleiben, wie gesagt, beim Thema Verblüffung. Sie gehört notwendig zum Witz, macht aber niemanden glücklich. Die Lust am Witz wird daher wohl kaum aus der Verwirrung stammen, die er uns zunächst bereitet. Kein Mensch hat es gern, auch nur für einen Augenblick die Orientierung zu verlieren. Nehmen wir also besser an, das Vergnügen entstamme dem Augenblick, in dem wir uns wieder fangen und Herr der geistigen Lage sind. Was für eine Erleichterung ist das doch! Probieren wir es gleich mal aus. *Der Arzt nach gründlicher Untersuchung zum Patienten: «Lassen Sie es mich mal so sagen: Sie brauchen sich um die steigende Zahl der Verkehrstoten, um die zunehmende Kriminalität und um die Umweltverschmutzung keine Sorgen mehr zu machen.»*

Über die Verblüffung beim Witz sagt der Psychologe Peter R. Hofstätter wohl nicht zu viel, wenn er meint: «Beinahe – aber eben nur beinahe – wären wir in einen unauslotbar tiefen Abgrund gestürzt; ganz anders als gedacht, haben wir jedoch wieder festen Boden unter den Füßen.» Diese Beschreibung könnte Ihnen etwas übertrieben vorkommen. Hat der Boden geschwankt? Bringt uns ein Witz so durcheinander? Es könnte wirklich so sein, nur merken wir es kaum, weil alles so schnell geht. Unser nächstes Beispiel mag, weil es auch um eine schwierige Prüfung geht, thematisch passen – und um «Darstellung durchs Gegenteil» geht es auch. *Der Reitschüler wagt seinen ersten Sprung. Das Pferd scheut und wirft den Reiter über das Hindernis. «Schon ganz gut», lobt der Reitlehrer, «das nächste Mal müssen Sie nur noch das Pferd mitnehmen.»*

Ohne Verblüffung kein Humor, das ist fast selbstverständlich. Bei näherem Hinsehen ist aber alles noch komplizierter, vor allem wenn deutsche Philosophen sich so einer Sache annehmen. Der Ästhetiker A. Zeisig meinte 1855, genaugenommen müsse man «Schock» und «Gegenschock» unterscheiden (zit. nach Jahn, 74f.), das entspreche der Verblüffung und der Erkenntnis. Das finde ich auch ganz einleuchtend: Erst stutzen wir bei dem Gefühl, «da stimmt etwas nicht»; dann sind wir überrascht festzustellen, wie es sich doch reimt. Doppeltes Verstehen – doppelter Schock. *Der schwäbische Handwerksmeister zum Lehrling: «Es gibt Domme ond Saudomme. Von de Domme bischt du koiner!»* Na, wie war es bei Ihnen? Waren Sie zweimal verblüfft? Erst stutzt man beim Nichtverstehen, dann trifft einen die Erkenntnis ebenfalls ziemlich überraschend.

Am Ende des neunzehnten Jahrhunderts fiel Theodor Lipps (1851–1914), Philosoph und Psychologe in München, dennoch wieder in die einfachere Erklärung zurück: Erst verstehe man einen Witz, dann wundere man sich. Ihm widersprach, mit viel Lob vermischt, sein holländischer Kollege Gerardus Heymans (1857–1930) aus Groningen, wohl der bescheidenste Autor, der je über das Komische geschrieben hat. Aber in einem Punkt korrigierte er den bewunderten Lipps doch: Erst komme die Verblüffung, dann das Verstehen. «Ich glaube mich nun in dieser Sache einfach auf das Zeugnis der Selbstwahrnehmung berufen zu können» (37), rechtfertigte er seinen Einwand. Mir allerdings will der Streit müßig scheinen. Vielleicht wollen Sie sich selbst noch mal testen. Bitte. *«Hat es bei Ihnen in den Ferien auch so oft geregnet?» «Nein, nur zweimal. Zuerst drei Tage und dann zwei Wochen.»* Lipps, erheblich geschmeichelt, gab übrigens in dieser Nebenfrage nach und räumte als Kompromiss ein, es gebe bei aller Komik «drei Stadien» (95). Also noch komplizierter! Immerhin ein Philosoph, der etwas zugibt.

Sigmund Freud schloss sich in dieser Frage eher Heymans an, wenn er meinte, «dass die Verblüffung dem Verständnis um ein deutliches Zeitteilchen voraneilen kann» (Witz, 112, Anm.). Besser finde ich es noch, wie der Philosoph Karl Groos (1861–1946) im Anschluss an Zeisig von einem «Wechsel von Schock und Gegenschock» spricht, den wir so lange wiederholten, bis der Kontrast «schwächer und schwächer anklingt und schließlich zur Ruhe kommt» (400f.). Dieser Wechsel, das Hin und Her, scheint mir typisch für die komische Wirkung. (Davon wird später noch oft die Rede sein.) So schnell versteht man nicht. Man pendelt noch eine Weile hin und her.

Bei einem Treffen zwischen Chruschtschow und Kennedy wurde ein Wettlauf verabredet. Kennedy siegte um Längen. Große Niedergeschlagenheit bei den Russen. Die «Prawda» wusste dennoch, wie sie das Ergebnis melden konnte: «Genosse Chruschtschow belegte einen ehrenvollen zweiten Platz, während Präsident Kennedy als Vorletzter durchs Ziel ging.»

Ich möchte mich nicht in die Scholastik der Theoriebildung verlieren, aber erwähnen muss ich noch Theodor Reik, der als Psychoanalytiker «den Charakter des doppelten Schocks» (Lust, 112) neu entdeckte, ohne Zeisig und andere zu kennen. Rückblickend schrieb er 1950: «Freud hat dieses wesentliche Merkmal der Plötzlichkeit der humoristischen Wirkung übersehen. Ich entdeckte es im Jahre 1929» (Geschlecht, 157, Anm.). Nun, so kühn diese Worte klingen, Reik ist doch mit Grund ein wenig stolz. Als Analytiker hat er nämlich tatsächlich etwas Neues entdeckt. Er deutet die Überraschung «als eine plötzliche Bestätigung einer Erwartung, die unbewusst geworden ist» (Lust, 104f.). Damit greife ich meiner Darstellung allerdings voraus, denn noch geht es mir ja nur um die Technik der Witze. Der Schock aber, den der Analytiker Reik wieder entdeckte, gehört in die Tendenz des Witzes, die sich, gerade durch die Forschungen der analytischen Schule, als viel gefährlicher herausgestellt hat, als man zuvor annahm. Die Lust am Witz schreibt Reik, stamme daher, «dass man an einem Abgrund sozusagen mit heiler Haut vorbeigekommen ist» (Lust, 112). Diese Lust stammt also aus überwundener Angst.

Halten wir uns jetzt an die intellektuelle Seite des Witzes, an das schwierige Verstehen, das uns ja auch schon für einen Augenblick verwirren kann. *«Sie halten mich wohl für einen ausgemachten Trottel!» «Oh nein! Ich beurteile einen Menschen nie nach seinem Aussehen.»* Dass dabei auch eine Aggression (und unsere alte Angst vor Aggression) mitspielt, kann man aber wohl doch deutlich ahnen.

Zum Schluss empfehle ich Ihnen eine durchaus elegante Liebenswürdigkeit, die Sie vielleicht bei passender Gelegenheit selbst einmal anwenden können. *«Hoffentlich sind wir nicht zu lange geblieben», erkundigt sich der Besuch beim Abschied. «Aber nein», wehrt der Gastgeber ab, «um diese Zeit pflegen meine Frau und ich sowieso aufzustehen.»*

Auf dem Kopf, die doppelte Wirklichkeit

Zwei Bakterien treffen sich. «Ich hab dich seit Wochen nicht gesehen, warst du krank?», fragt die eine. «Ja», antwortet die andere, «ich hatte Penicillin.» Die Wirklichkeit in ungewohnter Perspektive. Die Welt steht Kopf – ganz wörtlich, wie in diesem Witz: *In einer Höhle hängen viele Fledermäuse, alle ordentlich mit dem Kopf nach unten. Nur eine hängt mit dem Kopf nach oben. «Was ist denn mit der los?», fragt eine Neue. «Ach, die hat den Yogafimmel.»*

Es muss nicht immer ein Tierwitz sein, der uns eine verrückte Welt vorführt. Umgekehrt als normal geht es auch sonst in vielen Witzen zu. *Der Ehemann nachts zum Einbrecher: «Gott sei Dank, dass Sie endlich da sind! Seit zwanzig Jahren weckt mich meine Frau jede Nacht, weil sie denkt, Sie seien gekommen!»* Diese Sorte von Witzen mag nicht allzu anspruchsvoll sein; ihre Art, die Realität zu verdrehen, ist wirklich ziemlich schlicht. Aber sie sind mir als Illustration für ein Merkmal allen Humors willkommen. Der Humor nämlich eröffnet immer eine Gegenwelt des Unernsten, die uns plötzlich einen Ausweg eröffnet aus dieser rationalen, eindeutigen und oft bedrohlichen Realität. Noch ein Beispiel, an dem deutlich wird, dass der Witz gerade das ganz Ernste ins Lächerliche – eben in jene Gegenwelt – zu ziehen sucht. *Die Bibel soll durch einen Sprachcomputer in modernes Deutsch gebracht werden. Auch den Satz «Der Geist ist willig, aber das Fleisch ist schwach» bewältigt die Übersetzungsmaschine spielend. «Das Kirschwasser ist gut, aber das Steak kann man nicht empfehlen.»*

Das ist, auf fast peinliche Weise, die Gegenwelt, nämlich die Welt des Unernsten. Mir hat es eingeleuchtet, als ich bei Johannes Volkelt, dem führenden Ästhetiker um 1900, las, fundamental für alle Komik sei die Unterscheidung von Ernstnehmen und Nichternstnehmen (351). Man könnte gegen diese Definition einwenden, sie ersetze das «Komische», das es zu definieren gilt, nur durch ein anderes Wort, nämlich «Nichternstnehmen». Aber Volkelts grundlegende Unterscheidung hat doch den Vorteil, dass sie uns immerhin auch das Gegenüber des Komischen benennt, nämlich das Ernstnehmen. Übrigens ist Volkelt mit dieser Unterscheidung nicht allein geblieben, auch der Freudianer Alfred Winterstein folgt ihm (516), und der Analytiker Hans Strotzka sah sich ein halbes Jahrhundert später zu einer Neuentdeckung veranlasst: «Ich habe seinerzeit versucht, den vernachlässigten Begriff des ‹Nicht-ernst-Nehmens› in die Humordiskussion einzuführen» (Witz, 311).

Noch ein Beispiel aus der Tierwelt. *Ein Menschenhai zum anderen: «In den Badeorten suche ich mir immer Journalisten aus. Du, ich sage dir – kein Rückgrat, unheimlich viel Sitzfleisch und sooo 'ne Leber!»* Und aus der gleichen Kiste noch diesen: *Schimpft die Taubenmutter: «Jetzt habt ihr schon wieder ins Nest gemacht. Könnt ihr denn nicht aufs Denkmal gehn!»*

Das Komische, das ist die Gegenwelt, die Welt des Lächerlichen, in das man etwas zieht. Ich möchte Sie noch auf drei Autoren hinweisen, die das, unabhängig voneinander, so ähnlich beschrieben haben. Ganz im Stil der deutschen philosophischen Tradition hat sich Joachim Ritter im Jahre 1940 über das Lachen geäußert; vielleicht musste er, dem Zeitgeist gehorchend, erkennbare Anleihen bei der Psychoanalyse vermeiden. Was sie das Verdrängte oder Unbewusste nennt, hat er jedenfalls auf seine Weise auch benannt, nämlich als das Nichtanständige, das Unwesentliche und das Unernste. Es sei all das, was wir aus unserer Ordnung und unserem Ernst ausgegrenzt haben. Im Lachen räumten wir ihm einen Platz ein. Denn dieses «Nichtige» stehe eben doch in einem geheimen Zusammenhang mit unserer ernsten Lebensordnung: «Was mit dem Lachen ausgespielt und ergriffen wird, ist diese geheime Zugehörigkeit des Nichtigen zum Dasein» (76). Ritter sieht im Lachen diese Gegenwelt in die Welt einfließen; man kann es auch umgekehrt sehen: Diese Realität wird in die lächerliche Gegenwelt hinübergezogen. Das kommt auf das Gleiche hinaus.

Eigentlich wollte Annemarie Schöne nur etwas über die Rolle des Grausamen in der Kinderliteratur schreiben, aber sie hat auch über das Komische dabei etwas grundsätzlich Richtiges beobachtet. Als Beispiel dient ihr das schlimme Ende von Max und Moritz; die beiden werden zu Schrot gemahlen. «Wahrlich ein ‹grausiges› Ende – wenn es realistisch dargestellt wäre», schreibt sie. Eben, die Realität wird aufgehoben! «Wir sehen in den drei letzten Zeichnungen nicht etwa ein Häuflein Schrot, nein, statt dessen liegen da – aus Schrotkörnern, wie aus den Steinen eines Zusammensetzspiels geformt – fein säuberlich die deutlich erkennbaren Umrisse der Buben, die dann allerdings von ‹Meister Müllers Federvieh› aufgepickt werden. Damit ist das Grausige aufgehoben, ist umgewandelt in eine Spielsituation, die dem Kinde vertraut ist, und zugleich wurde das Geschehen ins Komische hinüber transportiert. Jedes Kind weiß, dass es sich dabei um einen Scherz handelt und dass die groteske Unmöglichkeit nicht ernst zu nehmen ist» (110). Das Komische als die Gegenwelt, in der auch das Grausige nicht mehr ernst ist. Genauso ist es.

Nun die dritte Darstellung des Komischen. Der amerikanische Soziologe Erving Goffman hat es wie kein zweiter verstanden, seine Einsichten an Beispielen aus dem Alltag zu verdeutlichen. Zu seinem Buch «Rahmen-Analyse» wurde er vom kreativen Gregory Bateson angeregt, und darin geht es unter anderem um Humor. Missverständnisse beruhen, meint Goffman, darauf, dass man eine Mitteilung falsch «rahmt», sie also in einem anderen Kontext stehen sieht. Das kann auch zu unfreiwilligem Humor führen. Als ein Beispiel zitiert er die Rezension eines John-Wayne-Films aus dem Jahre 1958. Der Londoner Filmkritiker berichtete, das Publikum im Kino habe gelacht. Dann fuhr der Kritiker fort: «Das Schlimme an solchem Gelächter ist, dass es, wenn es einmal angefangen hat, schwer abzustellen ist. Als die knackige Loren sich die Tuareg-Kapuze vom Gesicht riss, ging im Publikum ein brüllendes Gelächter los, von dem sich der Film nicht wieder erholte. Es wurde gelacht, als Brazzi auf die Gebeine seines Vaters starrte und sagte: ‹Ich wusste, dass er tot war – sie haben ihn ermordet – aber ihn so wiederzusehen...› Man quietschte vor Lachen, als er im Mondlicht nach der schlafenden Loren tastete, die mit der schläfrigen Frage reagierte: ‹Was ist denn, Paul? Möchtest du mit mir reden?› ...» (398)

Man kann offenbar die ernsthaftesten Dinge so rahmen, dass sie als Unernst aufgefasst werden. Und die Witztechnik bringt wohl immer, wenn die Sache klappen soll, diese Veränderung des Rahmens zustande. Das Ganze gerät ins Lächerliche, in die Gegenwelt des Unernsten, in den falschen Rahmen, in die verkehrte Welt.

Diese Komik der verkehrten Welt ergibt sich auch, wenn ein Berufsjargon unpassend angewandt wird, das hat schon Bergson erwähnt (88). Besonders gelungen finde ich diesen jüdischen Witz (der bei anderen Menschen allerdings meist unwirksam bleibt, leider). *Im Strandbad an der Ostsee sagt sie zu ihrem Mann: «Schau, Cheskiel, die Abendröte! Wie e rosa Seidenkleid, was sich der Himmel angezogen hat! Und unten e Spitzenvolant von Brandung...» «Nu», brummt er, «und der Posten Möwen da oben, ist der Schund?»*

Falsch gerahmt! Mit einem absichtlichen Missverständnis zieht, um abzuwechseln, dieser letzte Witz eine Heldentat in die Welt des Lächerlichen. *Der Sieger des Marathonlaufs bricht im Ziel nicht zusammen, nein, er läuft im riesigen Stadion noch eine Ehrenrunde und hechtet zum Schluss noch über ein Turngerät. «Fabelhaft, nach solch einer langen Strecke noch diese Glanzleistung!» – «Kunststück, bei dem Anlauf!»*

Bergsons Theorie. Oder: was ist komisch?

Der Arzt trifft seinen Schneider, bleibt stehen, gibt ihm die Hand und fragt: «Bei Ihnen daheim alles gesund?» Der Schneider, eifrig: «Ja, danke, und bei Ihnen? Alle Anzüge gebügelt?»

Dem französischen Philosophen und Soziologen Henri Bergson

(1859-1941) würde dieser Witz wohl gefallen haben, denn er hätte zu seiner Anschauung vom Ursprung des Lachens gut gepasst. Bergson veröffentlichte 1899 drei Essays über das Lachen und das Komische, die später auch als Buch erschienen und einen Einfluss (auch in Deutschland) hatten, den man heute kaum noch begreifen kann. Denn, offen gesagt, Bergsons Theorie ist etwas einseitig. Er sah überall, wo es etwas zu lachen gibt, den Gegensatz von Lebendigem und Mechanischem. Ein Beispiel, das er selbst bietet, zeigt den Automatismus des Berufs: *Vor einigen Jahren ging ein großer Postdampfer bei Dieppe unter. Einige Passagiere retteten sich mit letzter Not in ein Boot. Die Zollbeamten, die ihnen mutig zu Hilfe geeilt waren, fragten als erstes, ob sie nichts zu verzollen hätten.*

Lebendig sei hier die Hilfsbereitschaft der Beamten, mechanisch ihre Frage, ob etwas zu verzollen sei. Die Theorie passt auf diesen Witz, sie passt jedoch nicht immer. Aber Bergson, der so elegant schrieb, dass er 1927 sogar den Literaturnobelpreis bekam, galt dennoch lange als großer Theoretiker des Humors. Auch dieser jüdische Witz hätte sich in seine Ansichten gefügt: *Erster Jude, verträumt: «Ich möcht' so reich sein wie der Schönfeld – jeden Tag könnt' ich ein neues Hemd anziehen.» – Der zweite: «Wenn der Schönfeld das schon kann, was macht dann erst der Rothschild?» Der erste: «Der Rothschild ? Der zieht an, zieht aus, zieht an, zieht aus, den ganzen Tag.»*

Wiederholung – etwa bei den Gebärden eines Redners – wirke lächerlich, meinte Bergson, «das wahrhaft lebendige Leben darf sich nie wiederholen» (30). Gegen diese Theorie hat Arthur Koestler allerdings boshaft eingewendet: «Wenn wir jedesmal lachten, wenn ein Mensch den Eindruck erweckt, er sei eine Sache, dann gäbe es nichts Komischeres als eine Leiche» (Funke, 39). Aber das ist ziemlich ungerecht, denn wenn Koestler die richtige Beobachtung von Bergson so übertreibt, muss sie falsch werden. Es gibt sehr wohl zum Beispiel die «automatischen Fehler» eines Menschen, die ihn zur Marionette und damit lächerlich machen. Das folgende Beispiel mechanischer Haltung stammt aus der Zeit, als der Ostblock den Westen unbedingt übertrumpfen wollte: *Frage an einen Varieté-Manager in Moskau: «Gibt es Zwerge nicht auch in den USA?» Antwort: «Ja, aber unsere Zwerge sind größer!»* (Das erinnert ein wenig an den unvermeidlichen Berufsjargon, den wir im vorigen Kapitel hatten.)

«Komisch ist das, wodurch sich ein Mensch unbewusst preisgibt, es ist die unwillkürliche Gebärde, das unbedachte Wort» (101), sagt Bergson. Das halte ich (auch im Sinne der Psychoanalyse) für seinen besten Satz. Diese Beobachtung hat er wohl an den Lustspielfiguren des Theaters gemacht, die überhaupt seine Quelle zu sein scheinen. Selbstpreisgabe kommt aber auch im Witz vor. *«Form und Farbe der Schuhe sind mir egal», sagt die junge Dame, «ich möchte nur ein Paar mit ganz flachen Absätzen.» «Wozu wollen Sie denn die Schuhe tragen?», fragt die Verkäuferin. «Zu einem kleinen, fetten Millionär.»* Das wäre nicht nur entlarvend für die junge Dame, es ist auch sonst ganz im Sinne Bergsons, weil der meinte, wir lachten immer dann, «wenn eine Person uns an ein Ding erinnert» (44). Der Millionär als Ding, als Kleidungsstück.

Es mag Zufall sein, aber als Anschauungsmaterial für diese Ansicht Bergsons habe ich nur Witze gefunden, in denen Männer von Frauen wie Dinge gesehen werden. *Der Arzt fragt: «Gnädige Frau, wollen Sie nicht auch etwas für unser neues Trinkerheim beisteuern?» «Ja, gern. Sie können meinen Mann kriegen.»* Bergson selbst beruft sich auf den Baron Münchhausen, der auf einer Kanonenkugel fliegt, oder auf einen Roman, in dem der Dorfbürgermeister den hohen Besuch so anredet: *«Der Herr Präfekt hat uns immer das gleiche Wohlwollen bezeugt, obwohl man ihn seit 1847 mehrmals gewechselt hat»* (47). Das gibt es so ähnlich auch im Witz. *«Wie geht es eigentlich deinem Verlobten Michael?» «Danke, gut, er heißt jetzt Sebastian.»*

Ausdrücklich als Zustimmung zu Bergsons These erwähnt Erving Goffman eine eigene Beobachtung: «Wenn sich jemand zum ersten Mal auf Tonband hört oder im Film sieht, dann bricht er oft in Gelächter aus, denn er selbst wurde durch eine Maschine ersetzt» (388). Komisch ist es nach Bergson ebenfalls, wenn umgekehrt eine Sache als lebendig gedacht wird. Auch dafür bietet der Witz reichlich Anschauungsmaterial. *Zwei Marsbewohner sind in der amerikanischen Spielerstadt Las Vegas gelandet und gehen in ein Casino. Ein Spielautomat fängt plötzlich an zu klingeln und gibt Dutzende von Geldstücken heraus. Da stößt ein Marsmensch den anderen an und sagt: «Sieh dir den an! Ich würde ja zu Haus bleiben, wenn ich solchen Durchfall hätte.»*

Auch ich habe mich von Bergsons Charme und Schreibstil beeindrucken lassen. Aber ich glaube doch auch, dass seine Theorie des Lachens lange überschätzt worden ist. Allzu weitreichend und tiefschürfend ist sie nicht. Ja, offen gesagt, sie erhellt nur einen kleinen Teil der Witzlandschaft. Aber manches klärt sie doch auf, so auch diesen letzten Witz, den ich Bergson unterschiebe. *«Oh Verzeihung! Da habe ich mich doch beinahe auf Ihre Brille gesetzt!» «Wär' auch nicht schlimm gewesen. Die hat schon ganz andere Dinge gesehen.»*

Übertreibungen schlagen den Ball hin und her

Der Milliardär aus Texas kommt während der Hauptsaison nach Saint-Tropez. Er erscheint mit diamantglitzernden Manschettenknöpfen in der Halle des teuersten Hotels. Eine Karawane dienstbarer Geister folgt mit Koffern, Skiern, Schlittschuhen, Pelzen und einer kompletten Winterausrüstung. Dem fassungslosen Empfangschef bleibt der Mund offen stehen. Dann wendet er sich an den Gast: «Verzeihen Sie bitte, aber es gibt hier keinen Schnee ...» «Keinen Schnee?», dröhnt der Texaner, «der kommt mit dem Rest des Gepäcks!»

Übertreibungswitze sind eine Spezialität der Amerikaner, nicht erst seit Mark Twain diese Art von Humor unsterblich gemacht hat. Es soll auch heute noch jährliche Wettbewerbe in den Staaten für die beste lügenhafte Übertreibung geben. Solche Witze kommen fast immer aus Amerika: *«Unser Badezimmer ist so klein – wenn die Sonne reinscheint, müssen wir rausgehen.» «Das ist noch gar nichts. Unsere Küche ist so niedrig, dass wir darin nur Omeletts und Schollen braten können.»*

Zugegeben, das Baumuster ist schlicht und lässt sich endlos variieren. Aber wer wird denn gleich die Nase rümpfen? Das tat ein deutscher Professor, Werner R. Schweizer, der schrieb: «Der Übertreibungswitz wendet sich vor allem an primitive Geister» (136). Also denn – mehr davon. *Ein Bauführer zu seinen Leuten: «Nehmt euch ein Beispiel an der Konkurrenz. Da wird nicht krankgefeiert. Wenn einer zum Beispiel Schüttelfrost hat, meldet er sich eben zum Sandsieben.»*

An den Übertreibungen kann man auch wieder gut erkennen, wie sie eine zweite Welt (die komische Gegenwelt) neben die Realität stellen. Diese komische, verkehrte Welt muss aber noch irgendwie glaubhaft sein, das heißt sie muss die gewohnte Welt noch widerspiegeln und erkennen lassen. Manchmal kommt es freilich auch zu absurden Überhöhungen, etwa hier: *Der Referent für kirchliche Entwicklungshilfe eilt zu seinem Vorgesetzten und meldet: «Bruder Nikodemus aus Niger klagt schon wieder über den dortigen Wassermangel.» «Das tut er doch in jedem Brief», sagt der Vorgesetzte. «Stimmt, aber diesmal ist die Briefmarke mit einer Reißzwecke befestigt.»*

Auch das Paradox finden wir hier wieder (es wäre ja auch schade, wenn sich das, was wir an einigen Witzen schon beobachtet haben, nicht auch anderswo bestätigen würde). Paradox klingt so manche Übertreibung wirklich. Aber Sie werden mich vielleicht fragen, wo die zwei einander widersprechenden Positionen erkennbar seien, die angeblich zu jeder Paradoxie gehören. Richtig, es ist nur eine zu sehen. Die zweite ist nämlich die Wirklichkeit selbst, von der sich die Übertreibung (wie von einem Hintergrund) abhebt. Die Lebenserfahrung, gleich zu wissen, was möglich ist, müssen wir immer schon mitbringen. *Ein Tourist fragt den Bürgermeister des Kurorts: «Ist das Klima hier wirklich so gesund?» «Und ob! Um den Friedhof endlich einweihen zu können, waren wir gezwungen, unseren ältesten Einwohner zu vergiften.»*

Von Übertreibungen machen wir in der alltäglichen Unterhaltung oft Gebrauch («Du bist ja wahnsinnig! Das stimmt tausendprozentig!») – ohne dass es komisch wird. Dazu muss es schon ins Absurde gehen. *Stumm stehen zwei Angler am Fluss. Nach sechs Stunden flucht der eine: «Jetzt hast du schon wieder den Fuß zur Seite gestellt. Angeln wir nun, oder tanzen wir Foxtrott?»*

Gegen so etwas hätte wohl auch Immanuel Kant nichts gehabt, der allerdings empfindlich war gegen Übertreibungen wie die, jemand habe «in einer Nacht graue Haare bekommen». In seiner «Kritik der Urteilskraft» aus dem Jahre 1790 erzählt er hingegen mit Behagen und als Gegenstück *die Geschichte von einem Kaufmann, «der, aus Indien mit all seinem Vermögen in Waren nach Europa zurückkehrend, in einem schweren Sturm alles über Bord zu werfen genötigt wurde und sich dermaßen grämte, dass ihm darüber in derselben Nacht die Perücke grau ward»* (410). Das Wort Perücke ließ Kant vorsichtshalber gesperrt drucken.

Gleich danach teilt Kant eine aufschlussreiche Beobachtung darüber mit, wie man gewöhnlich einen Witz versteht. Er meinte, dass wir uns zwar plötzlich in unserem ersten Verständnis der Geschichte getäuscht sähen, aber «unsere verfolgte Idee wie einen Ball noch eine Zeitlang hin- und herschlagen, indem wir bloß meinen, ihn zu greifen und festzuhalten» (410). Bezogen auf die Geschichte vom Kaufmann, wäre das unsere Idee, es müsse sich um grau gewordene Haare handeln. Dagegen setzen wir nach besserer Einsicht die Perücke. Und nun springen wir zwischen beiden Vorstellungen noch hin und her wie ein Ball. Oder, im Anschluss an den Streit zwischen Lipps und Heymans, können wir nun sagen, wir würden zwischen Täuschung und Einsicht, zwischen Verblüffung und Erleuchtung wechseln. Beide Deutungen springen um wie ein Vexierbild. Der Patient zum Arzt: *«Herr Doktor, mein Schielen hat sich verschlimmert. Wenn ich weinen muss, laufen mir jetzt die Tränen schon den Rücken kreuzweise hinunter.»*

Immanuel Kant spricht nicht nur vom Ball, den wir hin- und herschlagen, er verwendet auch das Bild einer schwingenden Saite (410). Heute würde man wohl von einer Rückkopplung sprechen; von der soll später noch ausführlicher die Rede sein (S. 215f.). Dieses Springen, Schwanken, Schwingen, Flimmern ist sehr typisch für den Witz. Ich nenne, damit Sie die Wirkung überprüfen können, noch eine weitere Übertreibung als Beispiel.

Strahlt der Buchhalter am Jahresende: «Chef, ich habe endlich mal einen Gewinn errechnet.» «Ausgezeichnet, dann können wir in der Bilanz also schwarze Zahlen schreiben.» «Schon, aber wir haben keine schwarze Tinte.» «So kaufen Sie eben neue!» «Gut, aber dann würden wir sie nicht mehr brauchen.»

Kants Beobachtung vom raschen Wechsel, vom Hin und Her im Witzhörer, ist in der deutschen Humordiskussion nie wieder ganz verlorengegangen. Zu neuer Blüte aber kam sie erst wieder 1872 in der Heil- und Pflegeanstalt in Görlitz. Dort wirkte als zweiter Arzt Ewald Hecker (1843–1909), den jeder ordentliche Psychiater als einen der Väter seines Faches kennt. Hecker hat nämlich als erster eine Form von Schizophrenie bei Jugendlichen beschrieben und ihr den bis heute üblichen Namen Hebephrenie gegeben. Dann wandte er sich, vielleicht angeregt durch die auffallend unangepasste, lachende Albernheit seiner Hebephrenie-Patienten, dem Problem des Komischen zu. Es ist auffallend, dass es nach Hecker noch zwei weitere bedeutende Seelenärzte waren, die die Humorforschung voranbrachten, nämlich Emil Kraepelin und Sigmund Freud. Wen wundert es da noch, dass auch der Arzt, dem Hecker seine Schrift widmete («Wenn ich Dir, lieber Kahlbaum, das vorliegende Büchelchen auf den Weihnachtstisch lege...»), einer der Begründer der modernen Psychiatrie ist, weil er die Katatonie als erster beschrieben und sie benannt hat. Es war Karl Kahlbaum (1828–1899), damals der Chef der Görlitzer Klinik.

Hecker versucht, das Komische mechanisch-naturwissenschaftlich zu deuten. Das war damals ganz modern. Er will «die Einzelfaktoren des geistigen Mechanismus» (VII) erkennen. Dazu vergleicht er das Komische mit einem Phänomen aus der Sinnesphysiologie, nämlich mit der Entstehung des Farbglanzes, wie ihn Wilhelm Wundt und Hermann Helmholtz beschrieben hatten. Die Empfindung des Glanzes entstehe durch den sehr schnellen Wechsel zwischen zwei Farbeindrücken. Für Hecker ergibt sich aus dem Vergleich «die völlige Analogie zwischen der Erscheinung des Glanzes und dem Komischen», weil er nämlich «das Wesen des Lächerlichen als einen beschleunigten Wechsel der Gefühle, d. h. als ein schnelles Hin- und Herschwanken zwischen Lust und Unlust» (80f.) versteht. Während Kant den Wechsel noch auf die gedankliche Wahrnehmung beschränkt hatte, sieht ihn Hecker also auch bei den Gefühlen, wofür er sich auf Friedrich Theodor Vischer berufen kann, der ebenfalls von einem Wechsel zwischen Lust und Unlust gesprochen hatte. Wirklich, ist auch Unlust dabei?

Ich nenne wieder ein Beispiel: *«Was denn?», braust der Arzt auf, «Sie können nur dreihundert Mark für die Behandlung bezahlen? Lieber Mann, dafür kann ich ja nicht mal Ihr Röntgenbild retouchieren!»* Ja wirklich, Unlust ist auch dabei.

Leider ist Heckers Schrift bald in Vergessenheit geraten; und wo sie erwähnt wurde, etwa 1904 bei Oberlehrer Jahn, da hat selbst dieser gerechte und behutsame Kritiker genau das Verdienst Heckers für eine Schwäche gehalten, nämlich die These, im Gefühl des Komischen gehe es auch um Unlust. «Ein Gefühlskontrast, ein Wechsel im Bewusstsein ist unmöglich», schreibt Jahn (86). So dachten damals viele; aber heute weiß man längst, dass das falsch sein muss.

Immerhin wurde Kants Beobachtung vom intellektuellen Hin und Her nicht mehr bezweifelt. Wer je längere Zeit hat lachen müssen, wird an sich selbst beobachtet haben, wie sich das Lachen immer wieder neu daran entzündet, dass Täuschung und Einsicht sich abwechseln und verdrängen. So sagt es auch Bergson: «Wir kommen vom falschen Urteil zum richtigen; wir pendeln zwischen dem möglichen und dem wirklichen Sinn» (69). Auch Arthur Koestler sieht uns «pendeln» (49) und beobachtet beim Verstehen «ein jähes Übertragen des Gedankenganges von einer Matrix auf eine andere» (93).

Nach so viel Theorie haben wir noch ein paar Proben aufs Exempel verdient. *«Sag mal, ist dein Freund Sigi immer noch so ein Casanova?» «Und ob, der hat sich schon in so vielen Kleiderschränken verstecken müssen, dass die Motten ihn bereits duzen.»*

Die Übertreibungen können auch herzloser sein. *Frau Schulze ist untröstlich: «Stellen Sie sich vor, mein Mann ist von einer Dampfwalze überfahren worden und liegt in der Klinik.» «Auf welchem Zimmer denn?» «Auf Zimmer sechs bis acht.»*

Und hier zum vorläufig letzten Mal der rasche Wechsel der Urteile und Gefühle: *Stephanie sitzt beim Zahnarzt. Nach kurzer Untersuchung sagt der Doktor: «Zähne und Zahnfleisch sind in Ordnung, mein Kind. Du müsstest nur mal dein Kaugummi erneuern.»*

Überbietungswitze. Wie man Orientierung gewinnt

Manche Geschichten sind offenbar erst dann zu Ende, wenn sie die schlimmste Wendung genommen haben. *Der Friseur zum Lehrling: «Warum hast du bloß so dreckige Hände?» «Es war heute noch keiner zum Haarewaschen da.»*

Die Technik ist beneidenswert schlicht. Man nehme eine peinliche Situation und überbiete sie noch deutlich. An Wirkung wird es nicht fehlen. *Familie Haas hat an eine Studentin vermietet. «Mutti», ruft Tobias, «bei der liegt ein fremder Mann im Bett!» Die Mutter lässt entsetzt die Zeitung sinken, als Tobias auch schon Entwarnung gibt: «Gar nicht wahr! Ist ja nur Vati.»* Nehmen wir an, der Bub war unschuldig.

Man kann das Ganze natürlich auch sauber inszenieren, etwa so: *Ein Hochzeitsgast macht sich an den Bräutigam heran. «Entschuldigen Sie», flüstert er, «haben Sie Aktaufnahmen von Ihrer Frau?» Der Bräutigam stammelt: «Nein, wie kommen Sie darauf?» Der Gast hilfsbereit: «Wollen Sie welche?»* Hochzeiten sind wohl ein heißes Pflaster für solche Ereignisse. Gleich noch ein Beispiel. *In der Hochzeitsnacht sagt sie leise: «Ich muss dir etwas beichten, ich war schon mal mit einem Mann zusammen ...» Da gesteht er: «Ich auch.»*

Die Technik scheint so einfach, dass wir zum ersten Mal das Gefühl haben können, ein Rezept in der Hand zu haben, um selbst Witze zu erfinden. Wenn die Sache so anfängt: *Der Schauspieler steht betrunken auf der Bühne und weiß seinen Text nicht mehr. Verzweifelt versucht ihm die Souffleuse das Stichwort zu geben ...* Wie könnte das weitergehen? Mit einer deutlichen Verschlimmerung – da sind wir uns einig. Etwa so: *«Da lallt der Mime: «K-keine Ein-zzelheiten! Wie heißt das Sch ... stück?»*

Die Bauform ist allerdings noch ein wenig raffinierter, als ich sie bisher beschrieben habe. Die schlimme Wendung zum Schluss wird nämlich gewöhnlich eingeleitet von einer scheinbaren Wende zum Besseren. So sagt der Schauspieler zuerst immerhin recht souverän: «Keine Einzelheiten!», als sei er noch Herr der Lage. Tobias, der Sohn der Vermieter, beruhigt seine Mutter zunächst noch mit: «Gar nicht wahr», und der Friseurlehrling schien eigentlich eine Rechtfertigung vorzubringen für seine schwarzen Hände. Erst dadurch, dass die Erzählung einen Haken schlägt, wird die Geschichte komisch. Auch hier: *In der Konditorei beißt ein Gast in den Christstollen. Vergebens. «Der ist ja hart wie Marmor!», ruft er. «Ich tausche Ihnen den Stollen gern in Apfelkuchen um», sagt der Ober. «Aber ich habe den Stollen doch schon angebissen.» «Das macht nichts, der Apfelkuchen ist auch angebissen.»*

Gut, wir müssen einen Haken schlagen. Aber wir verstehen dennoch sofort. Witze versteht man (im Gegensatz zu Rätseln) gleich, oder man hat gar nichts von ihnen. Wenn ich das hier so feststelle, werden Sie mir wohl zustimmen, obwohl wir uns eben noch darüber einig waren, dass das Verstehen ein ziemlich ausgedehntes Hin und Her zwischen Verblüffung und Begreifen ist. Also, was gilt nun: Plötzlichkeit oder Hin und Her?

Ich glaube, beides ist richtig. Wir verstehen sofort, aber Verblüffung und Erleuchtung klingen noch lange in uns nach. Die Orientierung, die uns der Witz raubt, finden wir zwar reflexhaft wieder, das endgültige Verstehen und Durchschauen jedoch dauert etwas länger. Dass wir im Witz an einen Abgrund geführt werden, habe ich schon früher, Hofstätter zitierend, erwähnt. Ein kleiner Schreck muss überwunden werden. Das Paradox verlangt nach Auflösung. Das hat schon der große Hegel gesagt: «Indem nun das Komische überhaupt von Hause aus auf widersprechenden Kontrasten beruht, so bedarf die komische Handlung dringender fast als die tragische einer Auflösung» (530). Und die finden wir schnell, eben weil wir sie brauchen. Ein Überbietungswitz, der uns spüren lässt, welche Zumutung er enthält, mag hier am Platze sein. *Tom schreibt aus dem Ferienlager, in dem es recht spartanisch zugeht: «Endlich haben wir jetzt die Erlaubnis bekommen, die Unterhosen zu wechseln. Andy wechselt mit Mark, Mark mit Christian, Christian mit ...»*

Im Widerspruch zwischen zwei Verständnisweisen hält man es schlecht aus, das weiß auch die Wissenschaft. «Nicht von ungefähr gehen wir im wirklichen Leben den Paradoxa aus dem Weg, wo immer wir können: Sie erzeugen eine grundlegende Verunsicherung, indem sie ... unser lebenswichtiges psychisches Instrumentarium zur Bewältigung der ‹Welt› in Frage stellen» (200f.), sagt der Psychiater Luc Ciompi in seinem Buch über Affektlogik. Und speziell vom Witz sagt Gerhard Szonn, man empfinde seine Unlogik als unbehaglich und lache, wenn man sich aus dieser Befangenheit befreit habe (80). In dieses Unbehagen führe ich Sie jetzt am besten durch eine jüdische Geschichte aus den Vereinigten Staaten, die sich bei Jan Meyerowitz findet: *Drei Juden in einer Sommerfrische in den Catskills (nicht weit von New York) streiten sich, welcher von ihren Rabbinern der liberalste sei. Der erste sagt: «Unser Rabbi kommt am Schabbes in die Synagoge gefahren.» Der zweite: «Der unsre isst am Versöhnungstag vor versammelter Gemeinde ein Schinkenbrot!» Der dritte übertrumpft sie: «Unser Rabbi hängt am Jom Kippur ein Schild an den Synagogeneingang: Wegen der Feiertage geschlossen!»* Die erste Reaktion ist wohl: Das kann nicht wahr sein! Es ist auch nicht wahr. Und nachdem man sich orientiert hat, kann man die Paradoxie hin- und herwenden, dass eine Synagoge «wegen der Feiertage geschlossen» sein sollte.

Ja, wir verstehen beim Witz unwahrscheinlich schnell, darüber kann man nur staunen. Das muss ein Reflex in der Not sein. So plötzlich wie die Entgegnung in folgendem Witz, so kommt auch unser Verstehen. *«Hast du etwa dem Chef gesagt, ich wäre ein Idiot?» «Nein, er wusste es bereits.»* Das ist keineswegs trivial gemacht, und doch begreifen wir auf Anhieb. Paul Watzlawick, als Erforscher der Kommunikation dafür zuständig, nennt so etwas eine Konfusion und meint, wir versuchten, sie zu vermeiden (Wie wirklich, 13). An anderer Stelle sagt er: «Im Bruchteil einer Sekunde, und ohne zu überlegen, können wir komplizierte, lebensrettende Entscheidungen treffen» (ebd., 40). Auch wenn es im Witz nicht um lebensbedrohende Dinge geht – eine ungemütliche Konfusion erschreckt uns auch hier und lässt uns augenblicklich reagieren. Erst danach setzt das Hin und Her der Rückkopplung ein.

Welche Anlässe uns zum Lachen reizen, hat der Anthropologe Helmuth Plessner untersucht. Er kam zu dem Ergebnis: «Unbeantwortbare Lagen, in denen der Mensch sich nicht orientieren, zu denen er kein Verhältnis gewinnen, deren Bewandtnis er nicht durchschauen kann, sind dem Menschen unerträglich» (152). Darum verstehen wir den Witz so schnell. Aber der Witz selbst ist eben noch schneller, denn es gelingt ihm ja, uns zu erschrecken, bevor wir wirklich verstehen können. Der Witz ist offensichtlich die Textsorte mit der schnellsten Kommunikation überhaupt. Hier verstehen wir intuitiv und reflexhaft, nicht rational und deduktiv.

Sie sagt zu ihrem Mann: «Es muss für eine Frau schrecklich sein, wenn sie merkt, dass sie alt wird.» Antwortet er: «Viel schrecklicher ist es, wenn sie es nicht merkt.» Wenigstens im Witz merken wir immer alles gleich. Das ist erstaunlich.

Zum Schluss noch eine Überbietung, die neben der Gedankenarbeit auch unsere Gefühle herausfordert. *Hein fährt seit Monaten zur See. Immer allein unter Männern, nur die Arbeit und das Wasser. Kurz vor Hamburg aber telefoniert er mit seiner Braut. «Wenn wir anlegen, dann stehst du am besten mit einer Matratze auf dem Rücken am Kai», sagt er. «Okay», flüstert sie, «aber mach ja, dass du als erster von Bord kommst.»*

Untertreibungen und Überlegenheit

Ein Arzt sitzt in seinem Behandlungszimmer und ruft: «Der Nächste bitte!» Die Tür öffnet sich, und ein Skelett betritt den Raum. Der Arzt blickt auf und brummt: «Sie kommen aber reichlich spät!»

Wir sind bei den Untertreibungen angelangt, die so viel trockener und leiser klingen als die auftrumpfenden Übertreibungen und Überbietungen. Man empfindet als Zuhörer solche Art, sich auszudrücken, als überlegen, als ruhig und abgeklärt. Seelenruhe auch in der Niederlage, wie sie dieser Mann zeigt: *Der Präsident eines Schwimmvereins versammelt nach dem Wettkampf seine Mannschaft um sich und hält eine kurze Ansprache: «Zu einem Sieg hat es nicht gereicht, aber wir freuen uns, dass wenigstens keiner ertrunken ist.»*

Die Kunst der Untertreibung ist sympathisch; witzig ist sie auch, weil wohl jeder Gegensatz witzig sein kann, der zwischen einer Situation besteht und den Worten, mit denen sie kommentiert wird. Das kann an Ironie erinnern, die bekanntlich auch nicht darin besteht, das platte Gegenteil dessen zu sagen, was man meint. Mehr so in der Art: *Anruf beim Wetterdienst: «Ich wollte Ihnen nur sagen, die Feuerwehr pumpt gerade einen Meter Ihrer leichten Bewölkung aus meinem Keller.»*

Wir haben uns bisher ausführlich angesehen, wie sehr ein Witz verunsichern kann. Nun ist wohl eine Bemerkung darüber dran, wie schön am Ende, wenn alles verstanden ist, doch auch das Überlegenheitsgefühl sein kann. Eine Spur dieser Souveränität bewundern wir bereits bei dem, der die witzige Bemerkung ursprünglich gemacht hat. Wir als spätere Hörer des Witzes meistern ja nicht mehr die Situation, sondern nur noch das Verstehen der Pointe. Also betrachten wir zunächst einmal die Überlegenheit dessen, der eine trockene Bemerkung macht. Dafür gibt es im jüdischen Humor viele Beispiele (so wie für die Übertreibungen im amerikanischen Humor). Bekannt sind die «No-na-Witze». *Rabinowitsch kommt auf den Bahnsteig und sieht nur noch den abfahrenden Zug. «Haben Sie den Zug verpasst?», fragt der Bahnhofsvorsteher. «No na», antwortet Rabinowitsch, «verscheucht werd ich ihn haben.»*

Bleiben wir gleich noch bei der Beobachtung des Helden, der ein solches Understatement verkörpert. Er hat die Situation gemeistert (nicht den Witz, sondern die Realität hat er gemeistert) und zeigt humorvolle Größe. *Zwei Juden wollen direkt an Hitler ein Gesuch, auswandern zu dürfen, stellen. Sie können sich aber über die Anrede im Brief nicht einigen. «Majestät? Passt nicht für einen Maler.» «Na, und Exzellenz?» «Passt auch nicht.» «Herr Diktator?» «Noch schlechter!» «Ich hab's! Wir schreiben: Sehr geehrter Herr! Durch Ihr Buch ‹Mein Kampf› auf Sie aufmerksam geworden ...»*

Und nun zum Witzhörer. Er hat ja nur den Witz (nicht die Lage) zu bestehen. Dazu aber muss er sich orientieren, nachdem er sich in einen absurden Gedanken hat hineinziehen lassen. Eben war er noch verstrickt in den Fängen eines Paradoxes, jetzt hat er sich erfolgreich befreit. (Und er schämt sich doch noch, dem Abgrund, der Orientierungslosigkeit, der Verrücktheit so nahe gewesen zu sein.)

Dass das Verstehen ein Triumph ist, das haben die Theoretiker oft gesehen. Recht abfällig äußert sich Hegel, der meint, bei manchen Leuten (er denkt wohl an die Zuschauer einer Komödie) sei das Lachen «nur eine Äußerung der wohlgefälligen Klugheit, ein Zeichen, dass sie auch so weise seien, solch einen Kontrast zu erkennen und sich darüber zu wissen» (528). Mag ja sein. In dem gleichen Sinne meint Arthur Koestler, das laute Lachen enthalte oft ein Element «der Befriedigung, dass man selbst schlau genug ist, um die Pointe zu erfassen. Diese Mischung von Bewunderung und Selbstbewunderung macht jene intellektuelle Befriedigung aus, die uns der Witz verschafft» (Funke, 83). Ja, aber so kritisch muss man das nicht sehen. Selbstbewunderung wäre, wenn sie vorkommt, jedenfalls auch nichts Schlechtes.

Wichtiger finde ich schon die Beobachtung, dass derjenige, der lachen will, sich zuvor in seinem Urteil sicher sein muss. Dem Umschlagen von Ernst in Unernst, meint auch Johannes Volkelt, müssten wir «mit spielender Überlegenheit gegenüberstehen» (362).

Lachen kann man offenbar nur, wenn man sich traut. Darf man hier lachen? Eine Untertreibung kann auch heikel sein. *«Was halten Sie von Frauen?» «Nun, wie man auch immer zu ihnen stehen mag – sie sind jedenfalls in ihrer Art das beste.»* Die amerikanische Anthropologin Margaret Mead hat in einer Debatte mit Bateson von den Bedingungen des Lachens gesagt: «Ich glaube, die Entspannung durch das Gefühl der Sicherheit ist das entscheidende» (Bateson, Position, 21). Auch das Kind braucht, um über etwas lachen zu können, ein Überlegenheitsbewusstsein, wie Annemarie Schöne (121) feststellt; es muss in seinem Urteil sicher sein, sagt Helmers (41). Schon die Angst, nicht richtig oder zu spät zu verstehen, kann die ganze Komik verscheuchen.

Davidowitsch lässt an seinem Geschäft die Läden herunter. Rabinowitsch, der gerade vorbeikommt, fragt: «Na, wie war heut das Geschäft?» «Am Vormittag schwach, es kam kein Mensch.» «Und am Nachmittag?» «Ach, am Nachmittag ein wenig schwächer.»

Das war's, worauf ich diesmal hinauswollte: Einen Witz kann man nur verstehen, wenn man seine intellektuelle Herausforderung mit spielender Überlegenheit und mit sicherem Urteil meistert. Und danach darf man sich seines Triumphes ruhig freuen, wie man das eben nach bestandener Prüfung tut. Ich glaube nicht, dass es sich bei diesem lachenden Hochgefühl um Schadenfreude oder Auslachen handelt. Darüber an anderer Stelle mehr (S. 119f.). Hier geht es mir nur darum, dass «der Verstand stolz ist auf seinen Sieg», wie der amerikanische Autor Ransom Carpenter feststellte (422), für den

Humor überhaupt Ausdruck triumphierender Gesundheit war. (Zu Beginn seiner kleinen Arbeit räumte er ein, kein Fachmann zu sein; er habe nur eine Idee gehabt und sei dann in die Bibliothek gegangen, um zu sehen, ob die Wissenschaftler auch schon diese Lösung auf die Frage nach dem Lachen gefunden hätten.)

Mein letztes Beispiel für Untertreibung ist weniger dem warmherzigen Humor als dem kalten Sarkasmus verwandt. Aber um Schadenfreude geht es auch hier nicht. Wie gesagt: nur um die Überlegenheit beim Verstehen. *Fleischermeister Kolbe unterhält seine Kunden: «Seh'n Sie, und da ist doch mein Kurtchen zwischen mir und dem Schweinerücken gekommen – wupps waren zwei Finger weg. Na ja, schwören kann er noch, nur mit der Tonleiter, da hapert's.»*

Absurde Ideen erweitern den Horizont

Die Kuh ist krank. Der Bauer stellt sich vor sie, reißt ihr das Maul auf und sagt zu seiner Frau: «Heb du den Schwanz hoch und probier mal, ob du mich sehen kannst.» Sie versucht es. «Nein», sagt sie schließlich. «Dann ist es», murmelt er, «also doch Darmverschlingung.»

Mit dieser Pointe haben wir diesmal echt abgehoben und die Realität weit unter uns gelassen. Die Sache fängt an, aberwitzig zu werden. Das Absurde ist nicht jedermanns Geschmack, aber es kann komisch sein.

Zwei Tropenforscher sprechen über einen dritten. «Ich verstehe nicht, wieso der ohne Moskitonetz schlafen kann.» «Das ist ganz einfach. In der ersten Hälfte der Nacht ist er so besoffen, dass er die Stiche nicht spürt. Und in der zweiten Hälfte sind die Moskitos so besoffen, dass sie nicht mehr stechen können.» Ein bisschen Unsinn muss sein. Schon Urvater Kant pflegte nachsichtig zu sagen: «Es muss in allem, was ein lebhaftes erschütterndes Lachen erregen soll, etwas Widersinniges sein», und er setzte mahnend hinzu: «woran der Verstand an sich kein Wohlgefallen finden kann» (Urteilskraft, 409).

Der Patient klagt über Potenzschwierigkeiten. Der Arzt rät zu einem Phosphor-Präparat. «Damit wir uns richtig verstehen, Herr Doktor», meint der Patient, «leuchten soll er nicht.»

Das Bedürfnis nach Absurdität hat sich bei den Witzkonsumenten wohl allmählich gesteigert. Man konnte eine immer größere

Dosis vertragen. Unersättlich war man nach dem Zweiten Weltkrieg, als die surrealistischen Witze Mode waren, in denen zum Beispiel ein Zebra eine Bar betrat. *In ein Lokal kommt ein Mann und bestellt einen Kaffee. Er trinkt ihn aus, isst die Untertasse auf, isst auch die Tasse auf und legt den Henkel beiseite. Dann bezahlt er den Kaffee sowie das Geschirr und geht. Langsam löst sich die Erstarrung der Gäste, und einer fragt den Ober: «Sagen Sie mal, verstehen Sie das?» Der antwortet: «Nein, wo doch die Henkel das beste sind.»*

Das war damals ein Klassiker unter den surrealistischen Witzen, und ich muss für das Aufwärmen die älteren Leser um Entschuldigung bitten. Die Mode wurde im Jahre 1952 von dem jungen Göttinger Soziologen Hans Paul Bahrdt existenzialistisch gedeutet: Hier erscheine eine «unverstehbare Welt», und dadurch sei «der Mensch auf sich selbst zurückgeworfen. Als nunmehr Unbehauster wird er eigentlich» (15). Das war aber damals schon im Ton der Selbstverspottung kommentiert.

Gast in einer ländlichen Wirtschaft: «Was war denn das gestern abend für ein Hahn, den ich gegessen habe?» «Wieso?» «Er ist mir nicht gut bekommen. Heute nacht bin ich um vier Uhr aufgewacht und konnte nicht mehr einschlafen.» Der Wirt bekommt feuchte Augen. «Um vier? Ja, ja, das war immer seine Zeit.»

Anderes von dem, was Hans Paul Bahrdt damals schrieb, war ernst gemeint und gilt noch heute: «Jeder Witz eröffnet in der Pointe einen neuen Horizont mit einer neuen Bedeutung und lädt den Zuhörer ein, sich diesen Horizont anzueignen» (14). Da ist was dran. Gehen wir also ruhig auf das Angebot ein und erweitern wir unseren Horizont. *«Wissen Sie, wer die hohen Absätze erfunden hat?» «Nein.» «Das war eine Frau, die immer nur auf die Stirn geküsst wurde.»*

Und weil wir gerade bei den Erfindungen sind, gleich eine weitere (schon damit Sie merken, dass sich Absurdität nicht nur mit Tiergeschichten erreichen lässt). *«Wann wurde eigentlich das Jodeln erfunden?» «So um 1895, als ein Schweizer Briefträger mit dem Fahrrad barfuß von einer Alm heruntersauste und mit dem großen Zeh in die Speichen kam.»* Man hat, wenn man so etwa Unmögliches hört, wohl wirklich das Gefühl, an eine Grenze geführt zu werden, an die Grenze des Zumutbaren. Und zugleich kann man mit Bahrdt sagen, es werde ein neuer Horizont eröffnet. Gehört diese Phantasie des Unmöglichen noch in meine Welt? Kann ich das noch hinnehmen und lachend gelten lassen? Jeder wird da seine Grenze anders ziehen. Liegt die Pointe aber gerade an der persönlich noch erreichbaren Grenze des Konsumenten, dann wird sie unfehlbar zünden.

«Mein Mann repariert alles selbst, Möbel, Elektrosachen, Uhren ...» «Auch Uhren?» «Ja, auch unsere Kuckucksuhr.» «Und geht sie wieder?» «Ja, ziemlich gut – nur dass der Kuckuck jetzt immer kurz vor voll rausgeschossen kommt und fragt: ‹Wie spät ist es?›» Wenn ich hier solche Witze zusammenstelle, hat das für Sie den Nachteil, dass Sie schon wissen, wie absurd es gleich wird. Das mindert die Wirksamkeit, leider. Oder kam es für Sie schon zu dick? So ein Witz ist wie eine kleine Komödie, die sich auf der inneren Bühne abspielen soll. Da kann es schon passieren, dass diese Bühne zu klein ist und einem das alles zu nah kommt. Oder es ist alles so weit weg, dass es einen nicht erreicht.

Vom jüdischen Witz sagt Jan Meyerowitz, der darüber ein gewichtiges, bezauberndes Buch geschrieben hat, er sei meistens ein Spiel mit dem Irrealen, mit dem Unglaublichen, aber doch noch Denkbaren, eben mit den absurden Möglichkeiten. Einen Eindruck davon haben wir schon durch den Witz von der Synagoge bekommen, die wegen der Feiertage geschlossen ist. Es geht oft, sagt Meyerowitz, um Situationen, «in denen ein Gedanke bis an den Rand, ja über den Rand des Passierenkönnens hinausjongliert wird» (36). *Geflüstertes Gespräch zwischen zwei Juden in der Bahn. «Jossel, ist die Dame neben dir deine Frau?» «Ja, ist sie.» «Jossel, was machst du dich lächerlich und schleppst dieses Menuwel (Scheusal) mit auf eine Geschäftsreise?» «Ach, ich konnte mich nur nicht entschließen, sie zum Abschied zu küssen.»*

Der jüdische Witz hat auch auf dem Gebiet des Absurden die leiseren, mehr gedanklichen Mittel. Die Absurdität erreicht hier seelische Tiefen (was sagt der letzte Witz nicht alles über diese Ehe). Oder es geht übermäßig logisch und spitzfindig zu. *Moritz kommt zu spät in die Schule. «Herr Lehrer, es ist so ein Glatteis draußen, dass ich bei jedem Schritt vorwärts zwei zurück gerutscht bin.» Der Lehrer skeptisch: «Ja, wieso bist du dann hier?» «Ich hab mich umgedreht und bin heimwärts gegangen.»*

Der nichtjüdische Witz hingegen hebt ruckartig vom Boden der Tatsachen ab, erreicht dann aber den gleichen Grad an Verrücktheit. *Der Oberarzt stürzt in die Leichenhalle. «Gute Nachricht für Sie, Herr Müller», ruft er, «nicht Ihr Puls ist stehengeblieben – nur meine Uhr!»* Eine Zumutung sind, finde ich, solche Witze doch manchmal;

irgendwie erinnern sie an die etwas gewaltsamen Kalauer. Erweiterung des Horizonts, schön und gut, aber immer mag man das auch nicht. Darum kehre ich zum Schluss zurück zu der stilleren Weisheit des Judentums mit seiner bizarren Logik.

Diese Geschichte vom Blinden und dem Schwan war ein Klassiker, ihre Pointe sprichwörtlich. *Der Rabbi hat sich zu einem blinden Säufer an den Tisch gesetzt und redet ihm gut zu: «Trink doch Milch!» Darauf fragt der Säufer abwehrend zurück: «Was ist Milch?» Der Rabbi: «Milch ist eine weiße Flüssigkeit.» «Nun, und was ist weiß?» «Weiß ist – zum Beispiel ein Schwan.» «Ja, und was ist ein Schwan?» «Ein Schwan, das ist ein Vogel mit einem langen krummen Hals.» «Gut, aber was ist krumm?» «Krumm?», wiederholt der Rabbi und sagt: «Ich werde meinen Arm biegen, und du wirst ihn abgreifen. Dann weißt du, was krumm heißt.» Der Blinde tastet sorgfältig den aufwärts gebogenen Arm des Rabbis ab und sagt: «Jetzt weiß ich, was Milch ist.»*

Indirekte Darstellung

Anspielung. Nur das Unvollständige wirkt komisch

Ein Bauer hat mit seinem Vieh Pech. Die Kühe werden nicht tragend oder verkalben. Darum bittet er den Herrn Pfarrer, ihm doch seinen Stall auszusegnen. Der Pfarrer kommt gern und besprengt die Tiere mit Weihwasser. Nach einigen Monaten fragt der Pfarrer, ob das Aussegnen denn geholfen habe. «Freilich», antwortet der Bauer, «nur hat unsere Tochter wohl auch einen Spritzer abbekommen.»

Eine Andeutung genügt im Witz allemal. Der Bauer hatte wohl auch Grund, sich mit einer Anspielung zu begnügen, denn je heikler eine Sache ist, desto dringender ist Diskretion geboten. Offenbar aber ist der Witz immer, wenn er zünden soll, darauf angewiesen, einen Sachverhalt verkürzt und verknappt auszudrücken. Diese Beobachtung hat uns schon einmal beschäftigt, und wir haben dabei noch keine vollständige Antwort auf die Frage gefunden, warum diese Verknappung zu den Bedingungen des Komischen gehört. Jetzt, wo es um lauter Witze mit Anspielungen geht, sollten wir einen neuen Versuch machen.

«Na, was hat der Sepp gesagt, als du ihn zur Rede gestellt hast?»

«Eigentlich nichts Besonderes. Und die Zähne wollte ich mir sowieso mal ziehen lassen.» Wieder geht es um eine Peinlichkeit; offenbar wirkt ein Sachverhalt dann komisch, wenn die Anspielung dringend nötig ist, damit man um die Sache herumreden kann. Genau dieses Verschweigen aber hat die paradoxe Eigenschaft, dass alles nur noch auffälliger wirkt. Als Technik ähnelt die Anspielung dem Flüstern oder den heimlich geworfenen Blicken: Was verborgen bleiben soll, tritt erst recht hervor. In diesem Widerspruch könnte ein Teil der komischen Wirkung stecken. *Als der Viertklässler nach Hause kommt, fragt ihn die Mutter nach dem Zeugnis. «Das habe ich dem Tim mitgegeben», sagt er, «der will damit seine Eltern erschrecken.»*

Der Wortlaut eines Witzes ist immer ein schadhafter Text. Damit meine ich einen Text, der absichtlich unvollständig, irreführend oder doppeldeutig ist. Die Anspielungen, die wir uns als Thema gerade vorgenommen haben, sind nur eine Technik unter vielen, um die Mitteilung zu verkürzen und das Verstehen zu erschweren. Diese Mängel des Witztextes haben alle den gleichen Zweck: Sie sollen den Witzhörer dazu bringen, den Witz selbst zu vervollständigen und damit zu zünden (siehe S. 32ff.) Der Hörer steigt dadurch in den Witz ein und erleidet dessen Absurdität. Die komische Wirkung ergibt sich für den Hörer aus seiner Verstrickung und Selbstbefreiung. Die Technik kann sogar noch etwas kunstvoller sein; das folgende Beispiel bietet in der Pointe auch eine hübsche Zweigliedrigkeit neben der Anspielung.

Ein Matrose der US-Navy schreibt während des Zweiten Weltkriegs an seine Eltern: «Ich darf nicht sagen, wo ich gerade bin, aber was ich gestern geschossen habe, war ein Eisbär.» Einen Monat später kommt wieder ein Brief. «Ich kann nicht schreiben, wo ich gerade bin, aber gestern habe ich mit einem Hula-Mädchen getanzt.» Zwei Wochen danach kommt ein weiterer Brief. «Ich kann nicht schreiben, wo ich gerade bin, aber der Mann im weißen Kittel sagt, ich hätte besser mit dem Eisbären getanzt und das Hula-Mädchen erschossen.»

Eine Beispielgeschichte, die Ludwig Eidelberg, ein Analytiker der Freudschen Richtung, einem Aufsatz über den Witz zugrunde legte, den er 1945 in den USA veröffentlichte, passt hierher. Sein Beispiel handelt von einer Sexbombe der Stummfilmzeit, die auch heute noch unvergessen ist. *Mae West kommt nach Hause und findet zehn Matrosen in ihrem Schlafzimmer. Sie sagt: «Ich bin müde. Zwei müssen gehen.»* Eidelberg vertritt die These, allein die Form der Pointe mache (in diesem und in anderen Fällen) den Witz komisch. Das ist wohl ganz überzeugend. Denn wäre die Pointe keine Anspielung, so wäre nichts komisch. Würde der Filmstar sagen «Acht bleiben hier», der Witz wäre weg. Alles hängt also davon ab, dass Mae West sich nur indirekt äußert (in einer Art, die man auch als Darstellung durchs Gegenteil bezeichnen könnte). Dass sie wenigstens acht Männer gerne behalten möchte, wird gerade nicht ausgesprochen – wir müssen es uns denken. In diesem Sinne hatte Theodor Reik zuvor schon gesagt: «Die witzige Anspielung setzt die Verhüllung voraus; wo sich die Gefahr der nackten Tatsachenfeststellung ergibt, muss sie erst den Zusammenhang verschleiern, damit eine Entblößung stattfinden kann» (Lust, 97) – im Falle des Witzes über Mae West muss erst mal verhüllt werden, dass man ihr einen riesigen sexuellen Appetit unterstellt.

Es ist übrigens für den Witzhörer gleichgültig, ob die witzige Bemerkung freiwillig (als gezielte Anspielung) oder unfreiwillig gemacht wird. Unfreiwillige Anspielungen sind in Witzen häufiger, absichtliche in Anekdoten. *Der Verbindungsstudent zu seinen Freunden: «Ihr seid ja ganz schön voll gewesen heute nacht. Fünfmal habt ihr mich fallen lassen!»*

Noch mal die Frage: Warum muss ein Witz unvollständig sein? Bisher habe ich nur die Antwort wiederholt, die wir schon kannten, dass der Witzhörer schließlich etwas zu tun kriegen muss, damit die Pointe in seinem Kopf entsteht. *«Warum kommst du so spät aus dem Büro?» «Ach, ein blöder Scherz der Kollegen. Keiner hat mich geweckt.»* Nun aber können wir eine zweite, vielleicht noch wichtigere Antwort geben. Die Witztechnik muss verknappen, weil sie verdecken muss. Die Phantasie des Hörers wird, wie Reik bemerkt, durch solche Verschleierung «zur vollen Enthüllung gereizt» (ebd., 95). Komisch wirkt nämlich nur das, was scheinbar verborgen bleiben sollte und plötzlich zu Tage tritt. Denn der Witz ist immer eine Entblößung, das gilt nicht nur von der Zote, von der das oft gesagt worden ist. Jeder Witz klingt, weil er chiffriert geboten wird, wie etwas, das schamhaft bedeckt bleiben sollte. *«Man bekommt selten, was man wollte», philosophierte Martin, «gestern habe ich bei einem Bankier um die Hand der Tochter angehalten, und was habe ich bekommen? Den Fuß des Vaters.»*

Nachdem wir den Reiz von Verhüllung und Enthüllung kennengelernt haben, möchte ich Sie noch auf einen weiteren Vorzug der Technik der defekten Kommunikation aufmerksam machen. Sie bietet die Möglichkeit, das Verstehen schwer und leicht zugleich zu machen. Sie muss ja sicherstellen, dass wir stutzen, sonst «sind die Gedanken des Zuhörers schneller als die Geschichte des Erzählers», wie Koestler schreibt (Funke, 80), und alle Wirkung wäre dahin. Die Hörer müssen also zwar einen Augenblick verwirrt sein, dann aber verstehen (und noch ein wenig hin- und herpendeln). Diese Wirkung haben wir ebenfalls schon kennengelernt. Es mag einleuchtend sein, dass die Bedingung für diese Wirkung nicht ganz einfach herzustellen ist. Eine Hürde wird verlangt, die nicht niedrig und doch bezwingbar ist. Gerade die Technik der Anspielung ist recht gut geeignet, dem Verstehen eine solche Hürde zu bieten.

Der beliebteste Schauspieler des Stadttheaters hat seine Frau verloren. Eine Woche später kondoliert ihm ein Bewunderer und sagt: «Ich habe in der Friedhofskapelle gesehen, wie sehr Sie gelitten haben.» «Da hätten Sie mich erst mal», entgegnet der Mime, «am offenen Grab erleben sollen.» Zu verstehen (im vordergründigen Sinne) ist diese Geschichte leicht. Aber sie setzt doch auch viele Einfälle frei und bringt uns in Schwingungen. War das eine unfreiwillige Selbstentblößung? Ist der Bewunderer nun ernüchtert? Immerhin handelt es sich um eine massive Tabuverletzung; denn auch bei einem Schauspieler muss die Trauer um die eigene Frau echt sein. Die Anspielung löst beim Hörer ganze Folgen von Vorstellungen aus. Darauf scheint es anzukommen.

«Du Mutti, heute hat mich die Lehrerin gefragt, ob ich noch Geschwister habe. Ich habe nein gesagt.» «Und was hat die Lehrerin dazu gesagt?» «Gott sei Dank.» Das ruft nun auch eine Menge an Vorstellungen hervor und weckt widerstreitende Gefühle, gerade wie ein Witz das tun soll. Anspielungen können aber auch fast niedlich sein: *Als es läutet, macht Mike die Wohnungstür auf. Seine Freundin Claudia steht davor. «Ich komme gerade von der Untersuchung beim Frauenarzt», sagt sie, «willst du uns nicht reinlassen?»* Das ist endlich einmal eine absichtliche und keine unfreiwillige Selbstentblößung.

Für den Hörer kommt beides auf dasselbe hinaus. Für ihn enthüllt sich ein Geheimnis, und ein Tabu wird indirekt ausgesprochen. Das ist es, was diese «Technik der beschädigten Mitteilung» komisch wirken lässt. *Ein junger Mann will frühmorgens im See splitternackt baden. Da warnt ihn ein Angler: «An Ihrer Stelle würde ich was anziehen, die Fische schnappen hier schon nach dem kleinsten Wurm.»*

Angedeutete Vorwürfe – eine erste Tendenz

Der alte Industrielle beabsichtigt, die frühere Geliebte eines guten Freundes zu heiraten. Er schreibt ihm einen Brief, in dem er um Verständnis dafür bittet, dass er ihn nicht einladen könne. Zur Hochzeit kommt ein Telegramm des Freundes: «Herzlichen Glückwunsch! Habe Rundschreiben erhalten ...»

Die Technik der Anspielung ist hier eingesetzt worden, um eine besondere Bosheit anzubringen. Es geht also immer noch um Anspielungen – aber es tritt eine deutlich erkennbare Tendenz hinzu. *Empört faucht die Ehefrau ihren Mann an: «Jetzt weiß ich auch, mit wem du mich betrügst – ich weiß bloß nicht, mit was!»* Wie viel die Technik der Anspielung für die Komik leistet, haben wir uns schon klargemacht; jetzt können wir uns auf die Frage konzentrieren, was denn eine solch aggressive Tendenz, wie diese Witze sie aufweisen, zur Komik beiträgt.

Eine erste Antwort mag ebenfalls noch fast eine Wiederholung sein. Die Technik der Anspielung kann dazu dienen, eine gesellschaftlich verpönte Tendenz, etwa eine Aggression, gesellschaftsfähig zu machen. Es fällt ja kein böses Wort! Wendungen wie «Rundschreiben» oder die Frage «... mit was?» sind so neutral, dass sie als überall erlaubt gelten können. Witze sind also unter anderem eine Einrichtung, Gefühle, die man nicht zeigen darf, so auszudrücken, dass alles scheinbar der konventionellen Vorschrift, diskret zu sein, entspricht. *Eine Frau kommt mit einem herrlichen Nerzmantel nach Hause und erklärt ihrem Mann, dass sie ihn bei einer Tombola gewonnen habe. Einige Tage später hat sie ein Perlenkollier gewonnen, ebenfalls bei einer Wohltätigkeitsverlosung. Am Samstag darauf möchte sie wieder allein zu einem Fest mit großer Tombola und bittet ihren Mann, ihr ein Bad einzulassen. Als sie hineinsteigen will, ist nur der Boden mit Wasser bedeckt. Sie blickt ihren Mann vorwurfsvoll an. Der entschuldigt sich: «Ich wollte nicht, dass das Los nass wird.»*

Wer Opfer einer solchen Anspielung wird, muss sich auch noch darüber ärgern, dass die Aggression nicht einmal ausgesprochen worden ist und dass ihm selbst die Rolle zugespielt wurde, den bösen Gedanken zu vollziehen. Der Pfeil sitzt wie mit Widerhaken fest. Die Diskrepanz zwischen der Schwere der Anschuldigung und der Leichtigkeit, mit der sie überbracht wurde, erregt das Opfer und uns Zuhörer, jeden auf seine Weise.

Wie Sie wissen, will ich in diesem ersten Teil des Buches die verschiedenen Techniken des Witzes vorführen. Aber jetzt machen wir doch eine Ausnahme und sehen uns die Tendenz, die zu fast jedem Witz gehört, schon einmal an, weil das bei diesen boshaften Anspielungen nahe liegt. Dass es beim Witz schließlich nicht nur um Gedankentechnik, sondern auch um Aggressionen und andere Gefühle geht, haben die Theoretiker schon früh erkannt. Vielleicht als erster hat 1856 der deutsche Philosoph und Psychologe Moritz Lazarus in seinem einflussreichen Buch «Das Leben der Seele» beide Seiten miteinander verknüpft. Er meinte, aus dem Kontrast im Denken entstehe ein «Widerspruch im Zustande der Seele», den man Affekt nenne (zit. nach Jahn, 75). Ja, wirklich, aus dem einen Kontrast ergibt sich der andere, das leuchtet uns ein. Ebenso klar finden wir das 1885 bei Emil Kraepelin wieder, der seine ganze Untersuchung des Komischen unterteilt in den «intellektuellen Kontrast» und den «Gefühlskontrast» und beide abschließend aufeinander bezieht. Ich nenne ein Beispiel, das insofern passt, als es auch aus dem neunzehnten Jahrhundert stammt. *In einem Residenztheater fragt nach der Premiere der neue Heldentenor den Intendanten: «Sagen Sie mal, hat meine Stimme das Haus gefüllt?» «Ja», entgegnet der, «einige Besucher haben sogar ihren Platz räumen müssen.»*

Beim Begreifen eines Witzes brauchen wir zunächst den Verstand. Haben wir den Witz jedoch intellektuell begriffen, so schlägt er auf die Gefühle durch. Zwar kann die Technik, die wir mit dem Verstand aufnehmen, uns auch belustigen, sie allein aber ist noch nicht komisch. «Auch die Anspielung ist nicht etwa an sich witzig», schreibt Freud (Witz, 64), denn es gibt genug Anspielungen, die gar nicht komisch sind. Die Technik erscheint damit auf die Rolle des Auslösers beschränkt; was dann zündet, ist die Tendenz, also die aggressive, sexuelle oder alberne Absicht, die der Witz verfolgt. *«Ihr Mann ist für sein Alter noch erstaunlich rüstig», sagt der Arzt zur jungen Ehefrau. «Für sein Alter vielleicht», gibt sie zurück, «aber nicht für meins.»*

Technik und Tendenz müssen zusammenwirken, und das nicht

nur so, dass die Technik den Kontrast aufbaut, der sich dann in der Tendenz fortsetzt. Die brillante Technik, an der wir unser intellektuelles Vergnügen haben, hat noch eine andere Funktion. Sie lenkt uns nämlich ab von der anstößigen Tendenz des Witzes, die wir vielleicht nicht billigen und damit auch nicht an uns herankommen ließen, wenn wir nicht durch die gleißende Fassade des Witzes «bestochen» würden, wie Sigmund Freud das genannt hat (Witz, 83). Ich sage das hier im Vorgriff auf eine ausführliche Darstellung (S. 120f.). Nicht einmal das Opfer einer Anspielung kann dann ganz böse sein, wenn wenigstens die Form glänzt. Hier ein Prachtexemplar von Takt: *Zwei Kollegen treffen sich in der Oper. «Darf ich Ihnen meine – äh – meine Nichte vorstellen?» «Danke, nicht nötig», sagt der andere, «war auch schon mal meine Nichte.»*

Nicht jede korrekt gebildete Anspielung ist witzig, hatte Freud gemeint. Sehen wir uns die Anspielungen aus den hier genannten Beispielen noch einmal an. Offenbar kommt zur Andeutung immer noch etwas hinzu, was sie erst komisch macht. Das Wort «Rundschreiben» war eine groteske Übertreibung; die Bemerkung «ich wollte nicht, dass das Los nass wird» ist eine absurde Benennung; die Vorstellung, Operngäste hätten der Stimme Platz machen müssen, ist verrückt; und schließlich ist die Behauptung «war auch schon mal meine Nichte» ein Widerspruch in sich, ein Eigentor oder eine gezielte Diskretion. Solche absurden oder paradoxen Elemente müssen offenbar zur Anspielung hinzutreten, wenn sie komisch sein soll. Dann aber ist sie, meine ich, auch «an sich» komisch, also auch ohne die Tendenz, die sie mitführt. Hier ein Beispiel, das nur eine geringe (aggressive) Tendenz hat und vielleicht als Beleg für meine Ansicht dienen kann. *Der Feriengast bekommt in der ländlichen Pension zum Frühstück nur einen winzigen Klecks Honig. «Ach wie nett», wendet er sich an die Wirtin, «eine Biene halten Sie sich auch?»*

Die von Freud eingeführte Unterscheidung von Technik und Tendenz ist von anderen Autoren bildhaft umschrieben worden: Arthur Koestler nannte die Tendenz, die den Witz erst richtig komisch werden lässt, «das Körnchen Salz» oder den «Tropfen Adrenalin» (Funke, 52). Ein amerikanischer Autor meinte, es gehe bei Freuds Theorie darum, wie der Witz «die Katze aus dem Sack lasse».

Ja, wie lasse ich die Katze so aus dem Sack, dass mir niemand etwas vorwerfen kann – und am Ende sogar noch lachen muss, weil die Katze so absurd verkleidet ist? Ein letztes Beispiel: *Morgens im Bett sagt er: «Du, Carmen, würdest du eigentlich gern ein Mann sein?» «Ach, nein, lieber nicht – und du?»*

Auslassung und doch kein Rätsel

Müller geht an Krücken. «Verkehrsunfall», sagt er. «Schrecklich!», ruft sein Nachbar aus, «werden Sie jemals wieder normal gehen können?» «Weiß nicht», sagt Müller, «mein Arzt sagt ja, mein Anwalt nein.» Die Pointe ist nicht ganz leicht zu verstehen. Und das war Absicht, denn ich möchte Ihnen jetzt Witze vorführen, die einen ganzen Gedankengang auslassen.

Eine auffallend attraktive Frau kauft in einer Pariser Parfümerie ein Eau de Toilette und bezahlt mit einem Fünfhundert-Franc-Schein. «Bedaure», sagt die Dame an der Kasse, «der Schein ist nicht echt.» «Oh», sagt die attraktive Frau, «dann hat man mich soeben vergewaltigt.» Ein bisschen Lebenserfahrung gehört gerade zum Verstehen dieser Witze dazu, denn der Hörer muss das Fehlende mit eigenen Kenntnissen überbrücken.

Die Auslassung ist als Technik verwandt mit der Anspielung, die uns eben beschäftigt hat; doch ist es bei der Anspielung eher so, dass wir an einen Graben geführt werden und das letzte Stück dann selbst springen müssen – während die Auslassung im Verlauf der Erzählung einen ganzen Gedanken übergeht, den wir dann im Verstehen der Pointe nachzutragen haben. *«Wünschen die Herrschaften noch etwas?», fragt der Hoteldiener, nachdem er das Gepäck des Paares abgesetzt hat. «Danke, nein», sagt der Mann. «Vielleicht noch etwas für die Frau Gemahlin?» «Ach ja, das ist eine Idee», sagt der Mann, «bringen Sie mir eine Ansichtskarte.»*

Diese Technik, die einen Gedankengang übergeht, hat der Anthropologe Helmuth Plessner als «witzige Prägnanz» bezeichnet (105). Zur Anschauung zitiert er den *Stoßseufzer eines Berliner Zoobesuchers angesichts einer Giraffe: «So'n Hals und denn 'n Kümmel!»* Diese Auslassung kann man wohl deshalb recht leicht verstehen, weil es sich hier um einen Einfall aus den Tiefen des Gemüts handelt.

Verschlüsselter ist schon ein Ausspruch, den Sigmund Freud als Beispiel für eine Auslassung zitiert (Witz, 63). Er stammt von einem Künstlerfest in Wien und lautet: *Eine Frau ist wie ein Regenschirm.*

Man nimmt sich dann doch ein Komfortabel (das ist ein Taxi). Freud erläutert das: «Ein Regenschirm schützt nicht genug vor dem Regen. Das ‹dann doch› kann nur heißen: wenn es tüchtig regnet, und ein Komfortabel ist ein öffentliches Fuhrwerk» (ebd.). Doppelsinn aus der Zeit der doppelten Moral.

Mit dem Rätsel ist der Witz allerdings immer verwandt, und beide sind oft miteinander verglichen worden. Beim Witz werden wir jedoch, im Unterschied zum Rätsel, nicht ausdrücklich nach einer Lösung gefragt. Die Aufforderung nachzudenken stammt eher aus der anfänglichen Verblüffung, die uns Halt suchen lässt.

Ober zum Gast: «Darf ich Ihnen eine schöne Ochsenzunge empfehlen?» «Nein, ich esse nicht, was andere schon im Maul gehabt haben. Bringen Sie mir lieber zwei Eier.» Man könnte diesen Witz auch als Rätsel formulieren, wenn man fragte: «Worin unterscheidet sich die Herkunft einer Ochsenzunge von der Herkunft eines Hühnereis?» Aber in dieser Form wäre das eine Denksportaufgabe und weder witzig noch prägnant.

«Warum bist du eigentlich nie Soldat gewesen?» «Keine Ahnung. Dabei habe ich bei der Musterung mit dem Stabsarzt um tausend Mark gewettet, dass ich tauglich bin.» Hier spürt man, finde ich, noch deutlicher die Verwandtschaft von Witz und Rätsel, denn diesen pfiffigen Gedanken kann man relativ unbeschadet in die Form eines Rätsels kleiden. Dann lautet er: «Wie kann man eine Musterung mit Geld beeinflussen, ohne zu bestechen?» Auch hier wird deutlich, dass der Witz eine Geschichte bis zu Ende, aber lückenhaft erzählt, während das Rätsel das Problem nur so weit benennt, bis die Bedingungen zur Lösung vollständig bereitgestellt sind. Die Antwort, nach der das Rätsel fragt (das Stichwort «Wette»), wird im Witz direkt ausgesprochen, dafür fehlt im Witz der entscheidende Hinweis («mit Geld beeinflussen»).

Vergleichen wir Witz und Rätsel noch weiter, so merken wir, wie sehr der Witz intuitiv begriffen wird; wir überblicken das Ganze und erfassen es augenblicklich (oder gar nicht). Das Rätsel will demgegenüber deduktiv Schritt für Schritt gelöst werden, darum ist es auch nicht schlimm, wenn wir ein wenig Zeit dazu brauchen. Es deutet sich hier schon an, dass der Witz mit einer anderen Gehirnleistung erfasst wird, als es Sprache, Mathematik oder Logik sonst von uns verlangen. Davon später mehr (S. 132f.).

Recht einfach ist die Lösung hier: *Sagt die Wahrsagerin: «Ihr*

Mann wird bald eines gewaltsamen Todes sterben.» «Und ich, werde ich freigesprochen?» An diesem Beispiel können wir aber (gerade weil es einfach ist) erkennen, dass im Witz oft die Lösung angegeben ist, während ein Zwischenglied fehlt. Freud hat das so ähnlich ausgedrückt mit dem Vergleich: Im Rätsel werde die Technik angegeben, und der Wortlaut der Lösung solle erraten werden, «während in den Witzen der Wortlaut mitgeteilt und die Technik versteckt ist» (Witz, 25, Anm. 1). Einen Endpunkt, die Pointe also, muss der Witz bekanntlich immer bieten. Das heißt, die Geschichte wird meist zu Ende erzählt. *Zwei Amerikanerinnen spazieren durch Neapel. Da stößt ein Ganove den anderen an: «Mensch, hast du den Schmuck gesehen?» «Nein», sagt der andere, «zeig her!»*

Rätsel waren früher beliebter, als sie es heute sind. Wahrscheinlich will der moderne Mensch lieber den schnellen Erfolg, den das Anhören von Witzen verspricht. So ungefähr das Schwierigste, was man heute den Witzkonsumenten noch zumutet, ist dieses Kaliber: *«Einer aus meiner Klasse», erzählt der Sohn seinem Vater, «hat behauptet, ich sähe dir ähnlich.» «So, so», sagt der Vater, «und was hast du ihm geantwortet?» «Nichts, er ist stärker als ich.»*

Früher, am Beginn der modernen Witztradition, hat man Witze geschätzt, die weit verschlüsselter waren. Jean Paul zitiert 1804 eine Anekdote, die schon in der Antike erzählt wurde. Er findet gerade ihre Kürze gelungen (162f.). So lautet sie bei Jean Paul wörtlich: *Ein römischer Kaiser fragte einen Fremden, über die Familienähnlichkeit spottend: «War deine Mutter nicht in Rom gewesen?» – und dieser versetzte: «Nie, aber wohl mein Vater.»* Heute ist dieser Witz schon deshalb unverständlich, weil man sich mit hochgestellten Herrschaften zum Glück nicht mehr so auskennen muss. Es geht hier – wenn beide Männer Halbbrüder zu sein scheinen – um die Frage, wessen Mutter dann das uneheliche Kind hatte. Der Kaiser nimmt natürlich an, sein Vater habe einen «Kegel» gezeugt; der Untertan wagt die Andeutung, die Mutter des Kaisers habe ein Verhältnis gehabt. Bis wir diesen Witz verstehen, vergeht so viel Zeit, dass wir ihn unmöglich komisch (allenfalls aggressiv und schlagfertig) finden können. Dennoch zitieren diese Geschichte Sigmund Freud (Witz, 55) und auch noch Arthur Koestler (Funke, 80) als Vorbild für eine gelungene Auslassung.

«Ich habe mich gestern mit meinem Mann gestritten.» «Und wer hat gewonnen?» «Der Juwelier.» Das ist doch wenigstens auf An-

hieb zu begreifen, auch wenn hier ebenfalls viel ausgelassen worden ist. Aber das Ende («der Juwelier») ist bekannt, und die Lücke schließen wir intuitiv. Ein Witz muss kurz sein. Eine glänzende Formulierung von Lipps, die auch Freud schon zitiert, lautet: «Der Witz sagt, was er sagt, nicht immer in wenig, aber immer in zu wenig Worten» (90). Das wird selten so schön deutlich wie gerade bei der Technik der Auslassung, um die es uns hier geht.

Einen wichtigen Grund für die Kürze des Witzes kennen wir schon: Der Witzhörer steigt in diese Lücke ein wie in eine Luke. Mit gefangen, mit gehangen. Auf Gedeih und Verderb. Die ganze Witzgeschichte wird damit emotional zur Geschichte des Hörers, die er selbst miterleben und erleiden muss – einschließlich der Befreiungstat am Ende, die man Pointe nennt. *Eine amerikanische Fluggesellschaft bot in einer Werbeaktion allen Ehemännern unter ihren Kunden an, sie könnten auf eine Geschäftsreise ihre Frau mitnehmen, zum halben Preis. Später wurden alle Ehefrauen, die das Angebot genutzt hatten, schriftlich gefragt, wie ihnen die Reise gefallen habe. Die Antwort lautete in allen Fällen: «Welche Reise?»*

Ich hoffe, Sie haben alle Pointen in diesem Kapitel gleich kapiert. Wenn es nicht so war, so sind Sie wenigstens um eine wichtige Erfahrung reicher, um die Erfahrung nämlich, wie man sich fühlt, wenn man einen Witz nicht gleich versteht. Das verunsichert den Hochmütigsten (es sei denn, er beharre darauf, der Witz sei eben falsch erzählt oder liege unter seinem persönlichen Niveau). Ein Groschen, der pfennigweise fällt, hat seinen Wert verloren. Leider. Aber hier wird sich der geneigte Leser nicht zu blamieren brauchen:

An einem heißen Sommertag gehen drei Damen in der Anlage ihres Tennisklubs spazieren. Plötzlich geraten sie an einen Mann, der nackt im Gras liegt und, um nicht erkannt zu werden, nur noch schnell sein Gesicht bedecken kann. Da sagt die eine Dame: «Im ersten Augenblick dachte ich, es sei mein Mann.» «Das hätte ich dir gleich sagen können, dass er das nicht ist», meint die zweite. Die dritte sieht noch mal kurz hin und sagt dann: «Der ist überhaupt nicht aus unserem Tennisklub.»

Missverständnis

Fremdwörter als Beispiel für einen Kontrast

Der Bauer erklärt seinen Feriengästen, wie das mit den Hennen ist: «Mit der Legalität sind wir nicht so zufrieden, eher schon mit der Brutalität.» Ich weiß, so was erzählt man nicht mehr gern. Früher war das anders, da liebte man Witzblattfiguren, denen man ungeniert nachsagen konnte, es fehle ihnen an Bildung. Dazu waren sie sogar erfunden. Damals gab es zum Beispiel die Familie Neureich. *Die Herrschaften haben ihre neuen Abonnementsplätze im Theater eingenommen. Nach ein paar Minuten flüstert sie: «Die Akustik ist hier ganz schlecht.» Der Gemahl prüft einen Augenblick und flüstert dann zurück: «Ja, jetzt riech ich's auch.»*

Ihre Blütezeit hatten diese Witze im Kaiserreich, und dafür gab es einen sozialen Grund. Das deutsche Bildungsbürgertum hatte wider Erwarten sein Sozialprestige verloren, weil ihm andere Schichten, vor allem Adel, Militär und Unternehmertum, vorgezogen wurden. Die Gebildeten rächten sich unter anderem dadurch, dass sie sich selbst den höchsten Bildungsstand nachsagten (wenn sie schon nicht der höchste Stand waren) und über die Unbildung der anderen lachten. Zum Beispiel über den schneidigen Leutnant. *Baron Kettelwitz ruft seinen Regimentskameraden an, ob er nicht mit zum Reiten kommen wolle. «Ich möchte nicht», wendet er ein, «ich liege gerade so schön auf der Veranda.» «Sei kein Frosch», sagte Kettelwitz, «bring sie doch einfach mit.»*

Fremdwörter seien eben Glückssache, sagten die Gebildeten. Oder, wie man sieht, Unglückssache. Die Technik ist für uns eigentlich nicht mehr neu, schließlich handelt es sich um eine Form des Doppelsinns, dem wir schon oft begegnet sind. Ein Wort gewinnt (in diesem Fall durch Verwechslung) eine neue, widersinnige Bedeutung. Am besten ist es natürlich, wenn es dann auch noch zur Selbstentblößung der Opfer kommt (vorausgesetzt, man mag das). *«Unsere Michaela hat schon einen richtigen Freund», verrät eine Frau beim Kaffeetrinken, «die zwei waren jetzt auch zum Camping weg.» «Und da haben Sie», fragt die andere Dame, «kein Veto eingelegt?» «Nein, wir haben nichts eingelegt. Die passen schon auf.»*

Auch unter den österreichischen und deutschen Juden waren die Unterschiede zwischen den Gebildeten und den Reichen so groß, dass die Spannung sich in Witzen entlud, die teilweise etwas gehässig waren. Zur Heldin einer ganzen Serie wurde die neureiche Frau Pollak von Parnegg. *Als Frau Pollak mit ihren Gästen in den Garten des neuen Landsitzes geht, dreht sie sich am Fuß der Freitreppe um und weist stolz auf die Fassade zurück mit den Worten: «Hier sehen Sie die verschlungenen Genitalien meines Mannes.»* Das ist doch wenigstens schön absurd.

Ein anderes Beispiel greift noch mal das alte Thema Berufsjargon auf: *«Mei Sohn, der Student, is so gescheit!», sagt Katz, «letzte Woch' hat er gemacht e große Abhandlung.» «Nu, und wie viel hat er abgehandelt?»* Der Widerspruch oder Kontrast zwischen beiden Bedeutungen der Wörter (der richtigen und der hier falschen) springt uns so ins Auge, scheint uns so selbstverständlich zur Technik des Witzes zu gehören, dass wir verwundert sind zu hören, unter Witztheoretikern habe die «Widerspruchs- oder Kontrasttheorie» immer nur als eine unter vielen und als typisch deutsch gegolten. Zitiert wird für die These vom Kontrast auch heute noch in der amerikanischen Literatur vor allem Arthur Schopenhauer. Dieser geniale Einzelgänger und stolze Misanthrop hatte schon früh, im ersten Band seines Hauptwerkes «Die Welt als Wille und Vorstellung» von 1819, die These aufgestellt, das Lachen entstehe «aus der plötzlich wahrgenommenen Inkongruenz zwischen einem Begriff und dem realen Objekt» (70). Das leuchtet uns ein. Wenn die Initialen als «Genitalien» bezeichnet werden oder eine «Abhandlung» als Skonto verstanden wird, dann geht es wohl wirklich um eine Inkongruenz von Begriff und Objekt. *«Möchten Sie nicht mal den herrlichen Eiswein probieren?» «Ja, aber nur einen Würfel.»*

Als Schopenhauer 1844 den zweiten Band seines Hauptwerks herausbrachte, kam er noch einmal auf seine Theorie des Lächerlichen (wie man damals das Komische nannte) zu sprechen. Er habe es für überflüssig gehalten, dem Leser Beispiele zu nennen, meinte er, ließ sich dann aber doch dazu herbei, nicht ohne vorher zu einer Publikumsbeschimpfung anzusetzen: «Um jedoch auch der Geistesträgheit derjenigen Leser, die durchaus im passiven Zustand verharren wollen, zu Hilfe zu kommen, will ich mich hier dazu bequemen ...» (100). Der knurrige Philosoph tat das auch aus einem weiteren Grund, nämlich «damit es unbestritten sei, dass hier, nach so vielen fruchtlosen früheren Versuchen, die wahre Theorie des Lächerlichen gegeben und das Problem definitiv gelöst sei» (ebd.).

Gelöst war es freilich dadurch noch nicht ganz. Eines seiner Beispiele will ich zitieren, obwohl man sich darüber im klaren sein muss, wie wenig es damals schon unseren pointierten Witz gab. Man darf also nicht zu viel erwarten. *Einer der freien Neger in Nordamerika, welche sich bemühen, in allen Stücken den Weißen nachzuahmen, hat ganz kürzlich seinem gestorbenen Kinde ein Epitaphium gesetzt, welches anhebt: «Liebliche, früh gebrochene Lilie»* (103f.).

Es mag ja stimmen, dass in aller Komik ein Kontrast sichtbar wird; aber er muss keineswegs immer zwischen Begriff und Objekt bestehen. Und zum anderen ist ein Kontrast allenfalls eine notwendige, kaum aber eine hinreichende Erklärung für das Komische. Das erweist sich schon an dem Umkehrschluss, dass ein Kontrast nur selten komisch ist (auch wenn alles Komische einen Kontrast enthalten mag). Es muss doch noch manches hinzukommen. *«Ihr Mann leidet an Delirium tremens.» «An was?» «An Säuferwahn!» «Niemals, Herr Doktor! Der säuft wirklich!»*

Gerade die Witze, die missverstandene Fremdwörter enthalten, zeigen, wie sehr Gefühle angesprochen werden müssen, soll irgendetwas komisch sein. Von dieser Einsicht findet sich nichts bei Schopenhauer, wohl aber bei Friedrich Theodor Vischer, dem Bewunderer Jean Pauls, der 1837 schrieb, das Komische beginne damit, dass etwas erhaben sein wolle, dann aber «plötzlich wie eine Blase» zerspringe (178). Erhabenes zerplatzt – da merken wir etwas von den Gefühlen. Diese Theorie Vischers träfe sogar auf Schopenhauers Beispiel vom feierlich-erhabenen Grabspruch zu, dessen Pathos in sich zusammenfällt. Ja, diese Theorie trifft auch auf viele Witzblattfiguren zu, die ihr Ansehen zum Vergnügen des Bildungspublikums plötzlich und jämmerlich verlieren. Noch ein uraltes Beispiel. *Herr Neureich blickt in der Frankfurter Oper auf die Uhr und sagt zu seiner Frau: «Die müßten längst angefangen haben.» Sie zeigt auf das Programm und flüstert: «Da steht die Musik ist von Offenbach. Werden sich halt verfahren haben.»*

Der Witz, das haben wir schon einmal erörtert, ist immer Abbild einer gestörten Kommunikation – sei es die Verständigung zwischen den Dialogpartnern im Witz, sei es die Verständigung zwischen Witzerzähler und -hörer. Wenn Witze so sind, wundert es uns nicht, dass Missverständnisse eine auffallende Rolle spielen. Auch im Alltag stammen die spontanen Erheiterungen oft aus Missverständnissen.

Die unfreiwillige Komik, die wir uns ziemlich zu Anfang angesehen haben, besteht ja auch nur aus Missverständlichkeiten – freilich zum guten Teil aus Worten, die wirklich missverständlich sind. Das Fremdwort hingegen wird im Witz falsch gebraucht oder verstanden, während es für Bildungsbürger eindeutig ist. Etwa so: *Der junge Mann will ihr den ersten Kuss geben. Sie zögert und haucht schließlich: «Ich habe aber Skrupel.» Da beruhigt er sie: «Macht nichts, ich bin geimpft.»*

Bevor ich ganz in den Ruf komme, den Hochmut zu predigen, will ich die Reihe der Beispiele lieber beenden. Doch zuvor noch diesen Klassiker, dessen Pointe weltweit unter Psychotherapeuten sprichwörtlich ist: *Die Eltern haben ihren Sohn zum Psychoanalytiker geschickt. Nach Wochen rückt er zu Hause mit der Diagnose heraus, er habe einen Ödipuskomplex. «Ach was», sagt seine Mutter und drückt ihn tröstend an sich, «Ödipus-Schnödipus! Hauptsache, du hast deine Mama lieb.»*

Und noch ein Beispiel, das ich deswegen gern nenne, weil man es erzählen kann, ohne Hochmut zu erzeugen, wird hier doch keine Minderheit, sondern ein ganz normaler Mann bloßgestellt. *Der Vater steht unter der Dusche. Da rufen seine beiden Kinder vom Flur aus: «Papi, dürfen wir Schweinchen Dick sehen?» «Ja», sagt der Vater, «kommt nur rein. Aber wo habt ihr denn bloß den albernen Ausdruck her?»*

Dummheit entblößt. Und ein Kontrast weckt Gefühle

Bei der Zimmerwirtin klingelt ein junger Mann und sagt: «Ich möchte zur Gabi.» «Die ist leider schon ausgezogen.» «Ach, das macht nichts, ich kenn' sie gut.»

Wir bleiben also den Missverständnissen treu, nur dass es jetzt nicht mehr um Fremdwörter geht. Wie gesagt, das Missverständnis gibt unzählige Anlässe für den typischen Witz. Da haben wir ziemlich viel Auswahl. Und immer noch spielen sie in der sogenannten guten alten Zeit. *«Anna, wenn Sie heute abend den Kalbskopf servieren, stecken Sie eine Zitrone ins Maul und Petersilie in die Ohren!» «Mein Gott, gnädige Frau, wie werd ich denn dann aussehen.»* Dieser Witz war vielleicht doch etwas zu schlicht, weil man nämlich den Doppelsinn, den die Worte der Hausfrau enthalten, bemerkt, bevor die Antwort Annas diesen Doppelsinn entfaltet. Und es ist immer schlecht, wenn der Hörer schon verstanden hat, bevor die Pointe kommt. Denn dann ist es keine mehr. *«Bringen Sie mir Karpfen», sagt Graf Bobby zum Ober. «Der Karpfen ist gestrichen.» «Interessant, in welcher Farbe denn?»*

Nun ist es so weit, dass mein systematischer Fleiß, mit dem ich Ihnen immer gleiche Techniken vorstelle, mir einen Streich spielt. Denn Sie erwarten jetzt nichts anderes als Missverständnisse von mir. Kein Wunder, dass Sie schneller verstehen, als der Witz seine Pointe erreichen kann. Sei's drum. *«Wie geht es Ihnen, Herr Schmidt?» «Ach, danke, es geht noch – einmal in der Woche.» «Ich meine doch, wie geht es zu Hause?» «Zu Hause? Da geht es überhaupt nicht mehr.»* Kein sympathischer Witz, aber diesmal haben Sie vielleicht den (etwas gewaltsam erpressten) Nebensinn nicht viel zu früh erraten.

Die Technik, die ich mit Ihnen betrachten möchte, ist weiterhin der Kontrast. Offenbar ist er nicht immer komisch. Wir haben aber noch nicht herausgefunden, was ihn denn manchmal komisch macht. Es war, wie wir gesehen haben, genau dies der Mangel der deutschen Humortradition, dass sie nicht erklären konnte, wann der Kontrast (die Inkongruenz) zum Lachen reizen kann. Der englische Philosoph und Schriftsteller Herbert Spencer, der 1860 einen Essay über das Lachen schrieb, schloss sich der Tradition vom Kontrast an und meinte, komisch sei dabei der Übergang von etwas Großem zu etwas Kleinem; das erinnert an Vischers Annahme, komisch sei es, wenn etwas Erhabenes zerplatze. Ähnlich sagte es eine Generation später der Münchner Psychologe Theodor Lipps: Komisch sei ein «Kontrast der Bedeutung und Bedeutungslosigkeit der Worte» (87).

Auch das entstammt der gleichen philosophischen Tradition, die «das Komische» dadurch erklärte, dass sie es dem »Erhabenen» entgegensetzte. War das Erhabene groß und tragisch, so war das Komische klein und lächerlich. Pech nur für die Theoretiker, dass keineswegs jeder Übergang vom Großen zum Kleinen oder von der Bedeutung zur Bedeutungslosigkeit komisch wirkt. Es wirkt jedoch oft gut, wenn Erhabenes im Witz abstürzt. *Das Dirndl beichtet, dass es einen Schatz hat. Der Pfarrer ermahnt es: «Den musst du lassen!» Darauf das Dirndl: «Ich tät'n eh lassen, aber er traut sich halt net!»* Aber Lipps' Theorie vom Kontrast zwischen Bedeutung und Bedeutungslosigkeit finden wir hier nicht wieder. Und auch die These vom Absturz des Erhabenen ins Lächerliche trifft nur selten zu. Beim folgenden Witz können wir wenig damit anfangen: *Gast zum Ober: «Das Steak kann ich nicht essen, rufen Sie sofort den Geschäftsführer.» «Hat keinen Zweck, mein Herr, der isst das auch nicht.»* Eher geht es hier schon um den Kontrast von Ernst und Unernst; immerhin wurde ja ein echtes Gefühl der Aggression vom Ober so aufgenommen, dass wir seine Antwort nicht mehr ernst nehmen können.

Jedes Beispiel scheint einen anderen Kontrast zu zeigen, auch wenn es sich immer um Missverständnisse handelt. *Ein Mann kommt ins Behandlungszimmer und nimmt seine Brille ab. «Na, wo fehlt's denn», fragt der Arzt, «ist die Alte nicht mehr scharf genug?» «Das geht Sie überhaupt nichts an», knurrt der Patient, «ich brauch 'ne neue Brille!»* Das Komische steckt hier wohl nicht in der Wahrnehmung eines intellektuellen Kontrasts, sondern nur darin, dass jemand unfreiwillig seine geheime Seelenverfassung entblößt.

Als er den Kontrast im Witz bestimmen wollte, schrieb 1940 der amerikanische Psychologe John M. Willman, komisch sei der Kontrast zwischen einer schockierenden und einer erfreulichen Sache (70; 77f.), was wohl heißt, die Gesamtwirkung einer Pointe ist zugleich schockierend und erfreulich. Prüfen wir diese Gesamtwirkung noch einmal an einem weiteren Missverständniswitz.

Der kleine Xaver zieht mit der Kuh am Strick durchs Dorf. «Wo willst du denn damit hin?», erkundigt sich der Pfarrer. «Ich muss die Kuh zum Stier bringen, zum Decken», sagt er. «Kann das denn nicht dein Vater machen?», fragt der Pfarrer besorgt. «Nein, das muss schon ein richtiger Stier machen.» Offenbar geht es um einen Kontrast zwischen dem Sinn der Worte des Pfarrers und ihrem Verständnis auf seiten des Jungen. Aber nicht die eine Position ist erfreulich, die andere schockierend, eher ist die Wirkung zugleich erfreulich und schockierend.

Es hat, wie man sieht, viele Theorien über den komischen Kontrast gegeben, aber eine möchte ich besonders hervorheben. Sie stammt von Emil Kraepelin, dem schon erwähnten Psychiater, der 1885 mit 29 Jahren eine Arbeit über das Komische veröffentlichte, als er zwischendurch nicht mehr an eine akademische Karriere glaubte. Er wurde später zum Begründer der psychiatrischen Systematik und ein bewunderter Arzt in München. Als Koryphäe seines Gebiets wurde er auch zu einer Art Gegenspieler Freuds, dessen

Jahrgangsgenosse er war (beide sind 1856 geboren). Beide haben am Anfang ihres wissenschaftlichen Publizierens eine Untersuchung über das Komische veröffentlicht, wenn auch Freud zwanzig Jahre später als Kraepelin; der hatte sogar schon mit 27 Jahren, auf Aufforderung und kurz nachdem er sich habilitiert hatte, sein erstes dünnes Kompendium der Psychiatrie verfasst, übrigens in den kurzen Osterferien 1883, so gering war damals der gesicherte Stoff der Wissenschaft. Später wuchs das Lehrbuch, Kraepelin wurde zum Papst der Psychiatrie, und «aus allen Ländern der Erde eilten die Psychiater herbei, Kraepelin zu hören und sich an seiner Forschung zu beteiligen», wie sein Biograph Kurt Kolle schreibt (20).

Bevor ich Ihnen sage, wie Kraepelin den komischen Kontrast definiert hat, noch ein Missverständniswitz, der ins Milieu passt. *«Ich träume immer wieder vom Gefängnis oder vom Friedhof.» «Waren Sie schon mal in einer Nervenklinik?» «Noch nie – immer Gefängnis oder Friedhof.»* Komisch wirke, so Emil Kraepelin, der «unerwartete intellektuelle Kontrast, der in uns einen Widerstreit der Gefühle erweckt» (361). Das ist es! Auf die Gefühle, die aus dem intellektuellen Kontrast folgen, kommt es an. Worin im übrigen der Kontrast formal besteht, das versucht Kraepelin klugerweise gar nicht erst zu bestimmen – es ließe sich nämlich auch gar nicht definieren.

Zwei Nachbarinnen unterhalten sich. «Mein Mann ist heute zum Zeugen geladen worden.» «Ach, das ist überhaupt eine Idee! Meinen sollte ich auch mal laden lassen.» Ich will nicht behaupten, der Witz sei besonders gut; aber an ihm kann man erkennen, dass wirklich allenfalls die Emotionen, die er weckt, komisch sind. Die Komik liegt nicht im intellektuellen Kontrast. Die Gefühle entscheiden! Mit dieser Einsicht fußt Kraepelin sicherlich auf der Vorarbeit anderer (Vischer, Lazarus, Zeisig, Hecker), was sein Verdienst jedoch nicht schmälert. Seine Arbeit wurde aber nicht anerkannt. Theodor Lipps meinte 1898 in einer Untersuchung über das Komische, Kraepelin leicht abtun zu können. Das glaubte er auch nur, weil er ihn nicht verstanden hatte. Sogar Kraepelins Formel des Komischen zitiert er nur verstümmelt, indem er das Entscheidende, nämlich den Hinweis auf die Gefühle, weglässt. Bei Lipps klingt Kraepelins Formel dann so: Komisch wirke der «unerwartete intellektuelle Kontrast, der in uns einen Widerstreit erweckt» (29). Ja, wenn man das Wichtigste, nämlich den Hinweis auf den Widerstreit «der Gefühle», auslässt, kann man leicht über den Vorgänger lächeln.

Sigmund Freud, der in seiner Abhandlung über den Witz leider Theodor Lipps ergeben folgt, schloss sich auch dessen Urteil über Kraepelin an, wenn er schreibt: «Es wird einem Kritiker wie Lipps nicht schwer, die völlige Unzulänglichkeit dieser Formel aufzudecken» (9). Diese Bemerkung war sicherlich nicht Grund für die scharfe Gegnerschaft zwischen den Altersgenossen und Antipoden Freud und Kraepelin in späterer Zeit. Der eine war eben der Revolutionär, der andere der Exponent der herkömmlichen Richtung. In seinem berühmten Lehrbuch der Psychiatrie (achte Auflage, 1913) schreibt Kraepelin über Sigmund Freud: Es müsse «vor den geradezu ungeheuerlichen Bestrebungen gewarnt werden, um jeden Preis alle möglichen geschlechtlichen Erinnerungen ans Licht zu ziehen und gar aus harmlosen Regungen und Erlebnissen der Vergangenheit die scheußlichsten geschlechtlichen Verirrungen herauszulesen. Wem die Schändlichkeit und Verwerflichkeit dieses Treibens beim Lesen von Freuds veröffentlichten ‹Bruchstücken einer Hysterieanalyse› nicht klar wird, dem ist freilich nicht zu helfen» (zit. nach Kolle, 83f.). Ein Urteil über Freud, das der deutsche Ordinarius leider zugleich im Namen der meisten seiner Kollegen sprach.

Ich bin ein wenig von unserem Weg abgeschweift. Halten wir fest: Der junge Kraepelin hatte sich zu Recht geweigert, den intellektuellen Kontrast näher zu bestimmen; er sagte nur, der wirke komisch, wenn es ihm gelinge, in uns auch einen Widerstreit der Gefühle zu wecken. Das ist eine weise Beschränkung auf das Kriterium des Erfolgs, geboren aus der Einsicht, dass die Fülle der intellektuellen Kontraste sich keiner gemeinsamen formalen Definition fügt.

Zwei Herren kommen in der Bar ins Gespräch. «Wissen Sie, ich hatte mit meiner Frau vor der Ehe nichts. Und Sie?» Der andere überlegt. «Keine Ahnung», sagt er dann, «wie war denn ihr Mädchenname?» Den intellektuellen Kontrast wollen wir nicht zu bestimmen versuchen. Erkennbar aber ist, dass er Gefühle von Peinlichkeit, Erstaunen, Überheblichkeit und Orientierungslosigkeit auslösen kann. Und darauf kommt es schließlich beim Witz an. Ja, es scheint so, als könne man mit einem Hinweis auf die provozierten Gefühle viel leichter erklären, warum ein Witz zündet. Noch haben wir es aber (hier im ersten Teil des Buches) mit der Technik zu tun. Und sie will auch durchschaut werden.

Noch zwei Missverständnisse: *Vater zum Sohn: «Für so ein*

schlechtes Zeugnis müsste es eigentlich Prügel geben!!» «Genau», stimmt der Junge zu, «ich weiß auch, wo der Lehrer wohnt.» (Auf diesen Nebensinn wäre man doch selbst nicht gekommen, oder?)

Der junge Mann zum Vater seiner Auserwählten: «Ich möchte Ihre Tochter heiraten.» «Waren Sie schon bei meiner Frau?» «Nein, aber offen gestanden, Ihre Tochter wäre mir lieber.»

Wörtlich genommen. Vom Kontrast zur Integration

Ein Soldat hat Urlaub und erfährt von seiner Frau, dass die Geburt unmittelbar bevorsteht. Der Urlauber schickt ein Telegramm an seine Dienststelle: «Erbitte Urlaubs-Verlängerung, Frau kommt täglich nieder.» Antwort der Dienststelle: «Verlängerung bewilligt. Verfahren patentieren lassen.» Es gibt Mitmenschen, die einen ständig missverstehen wollen, und sie müssen dafür nicht immer so viel Grund haben wie jener militärische Vorgesetzte. *«Von diesem Krimi bin ich wirklich absolut gefesselt.» «Sag mal, ist das nicht hinderlich beim Umblättern?»* Verteidigen will ich diese Scherzbolde nicht, auch wenn es hie und da vorkommen mag, dass sie uns das Leben mehr erleichtern als vergällen. Aber gesetzt den Fall, ich frage auf der Straße: *«Wenn ich in dieser Richtung weitergehe, liegt da der Hauptbahnhof?»*, und ich bekomme die Antwort: *«Der liegt auch da, wenn Sie nicht weitergehen»*, dann brauche ich Humor, um lächeln zu können.

Diese Scherzbolde versuchen eben, uns auch dann an der Zunge zu ziehen, wenn wir uns gar nicht missverständlich ausgedrückt haben. Fragt man so einen Verdrehungskünstler am Telefon, *«Können Sie mir mal Herrn Müller geben?», dann antwortet er: «Da müssen Sie schon selbst vorbeikommen und ihn einpacken.»* Nun gut, das nehmen wir hin. Sagen wir aber das nächste Mal: «Könnte ich wohl Herrn Müller sprechen?», dann hören wir nur ein «Ja», und es passiert nichts mehr, bis dieser Kindskopf weiter fragt: «Ja, wollen Sie ihn denn auch sprechen ?»

Vom Kontrast, der uns nun schon zweimal beschäftigt hat, wollte ich nicht mehr reden, wohl aber von seinem Gegenteil, von der Integration. Sie folgt im Verlauf des Witzes als Leistung des Hörers auf den gebotenen Kontrast. Ein Witz bietet ja nicht nur zwei auseinander strebende Bedeutungen, er sorgt auch dafür, dass wir sie dennoch in eins sehen können. Das ist die Kehrseite der Medaille, wie jeder weiß. Friedrich Theodor Vischer schreibt 1837: «Der Witz ist eine Fertigkeit, mit überraschender Schnelle mehrere Vorstellungen, die in ihrem inneren Gehalt einander eigentlich fremd sind, zu einer zu verbinden» (199). Man könnte auch sagen, der Witz entlässt zunächst die Doppelbedeutung, der Hörer muss sie wieder integrieren. *Die Kundin sagt zum Verkäufer: «Ich möchte gern das grüne Kleid da im Schaufenster anprobieren.» Darauf der Verkäufer: «Sehr gern, gnädige Frau, Sie dürfen aber auch eine Kabine benutzen.»* Der Doppelsinn, der vom Witz so offenkundig entfaltet wird, will schließlich auch wieder zusammengezwungen werden, indem wir feststellen: «das Kleid im Schaufenster anprobieren» ist wirklich die gemeinsame Form für zwei verschiedene Bedeutungen.

«Die besondere Leistung des Witzes besteht darin, mehrere Bedeutungen so in eins zu setzen, dass sie einander (bildlich gesprochen) überlagern und nicht verdrängen, gehalten durch einen Ausdruck von besonderer Prägnanz», schreibt Helmuth Plessner (109). Von den Wort- und Gedankenwitzen gilt das allemal. Die neue, unerwartete Bedeutung quillt aus einem Wort; wir stopfen sie zurück, und sie springt erneut heraus. Auch hier: *Der Steuerzahler bittet den Finanzbeamten inständig: «So nehmen Sie doch Vernunft an!» «Tut mir leid», entgegnet der kühl, «Beamte dürfen nichts annehmen.»* Das ist, was die Technik der Integration angeht, vielleicht doch etwas gewaltsam. Der Sinn «Geschenk zur Bestechung» will sich in die Formulierung «So nehmen Sie doch Vernunft an» nicht recht einfügen lassen.

Hans Jürgen Eysenck, Londoner Psychologe und in der Humorforschung ein eigenwilliger Experimentator und Zweifler an allen psychoanalytischen Dogmen, hat die Qualität eines Witzes auch danach bemessen wollen, wie gut er wirklich zwei Bedeutungen integrieren kann: «Die Komik eines Witzes», schreibt Eysenck, «ist unmittelbar abhängig von dem Maß an Widerspruch und der Qualität der Zusammenführung» (Appreciation, 307). Ein schon eher gelungenes Beispiel für diese Integration mag dieser Witz sein: *«Sagen Sie mal, junger Mann, ist eigentlich etwas zwischen Ihnen und meiner Tochter?» «Eigentlich nur Sie.»* Das ist ziemlich elegant, weil es auf überraschende Weise vorführt, dass die Redewendung «es ist etwas zwischen ihnen» mühelos auf zwei diametrale Arten verstanden werden kann.

Es mag ja sein, dass diese Integration, die immer zum Verstehen eines Witzes gehört, oft nicht extra erwähnt wird. Dennoch scheint es mir übertrieben, wenn der Literaturwissenschaftler Michael Böhler, als sei das eine Neuentdeckung, vorträgt: «Diese Integrationstechnik scheint mir nun der allgemeine Mechanismus witziger Sprachverfahren zu sein» (361). Aber stimmen wird es. Sonst wären Witze ja nicht so befriedigend für den Hörer. Zu Recht sagt der Schweizer Psychiater Luc Ciompi, es löse angenehme Gefühle aus, «wenn etwas ‹stimmt› und ‹aufgeht›, das heißt, wenn eine Übereinstimmung und Harmonie festgestellt wird», die auch immer eine Spannungslösung bedeutet (72f.).

Im Atelier sagt der Besucher: «An diesem Bild kann man sich wirklich nicht satt sehen.» Der Maler stimmt zu: «Ja, deswegen will ich es ja auch verkaufen.» Wir haben verstanden und sehen mit harmonischen Gefühlen, wie das Wort ‹sich satt sehen› eine neue Bedeutung entlässt und wieder integriert. Man erziele immer einen komischen Effekt, sagt Henri Bergson, «wenn man vorgibt, einen Ausdruck im eigentlichen Sinne zu hören, während er im übertragenen Sinn getan wurde» (80). Als eigenes Beispiel zitiert er aus einem Roman: «Er läuft dem Geist nach» als Charakterisierung eines eingebildeten Menschen und den witzigen Kommentar: «Ich setze auf den Geist» (80f.). *«Sag mal, wehrt sich deine Freundin auch immer wie ein Tiger, wenn du sie nur mal umarmen willst?» «Ich weiß nicht, ich habe noch nie einen Tiger umarmt.»*

Zum Kontrast, von dem so viel die Rede ist, gehört als sein Gegenstück also die Integration. Das ist es, was ich in diesem Kapitel deutlich machen wollte. Die Integration, im Witz angelegt, ist der Sieg des Hörers in der Herausforderung des Verstehens. *Ein kerniger Sechziger gibt einem jüngeren Mann einen Tipp. «Kennen Sie das Geheimnis des langen Lebens? Man sollte jeden Tag ein paar rohe Zwiebeln essen!» – «Ich weiß nur nicht, wie kann das ein Geheimnis bleiben?»*

Absichtlich missverstanden. Warum muss man lachen?

«Na, hören Sie mal, das ist doch wohl der Gipfel der Unverschämtheit!», faucht der Kollege, «ich erzähle Ihnen, dass meine Frau ein Baby erwartet, und Sie fragen, von wem!» «Nun regen Sie sich mal nicht auf», versucht der andere ihn zu beruhigen, «ich dachte ja nur, Sie wüssten es.» Ich habe schon mal den Tropfen Adrenalin erwähnt,

der nach Arthur Koestler zu jedem Witz gehört. Jetzt, wo wir uns den Missverständnissen zuwenden, die mit eindeutiger Absicht herbeigeführt werden, kommen die Gefühle noch schneller in Gang als je zuvor.

Bei der großen Abendeinladung ziert sich der Operettentenor erst noch, aber dann gibt er doch eine Arie zum besten. Großer Beifall. Die Hausfrau kommt mit Champagner, und der Tenor meint zufrieden: «Schließlich habe ich ja meine Stimme auch mit hunderttausend Mark versichern lassen.» «Nicht möglich», staunt die Gastgeberin, «... und jetzt will die Versicherung nicht zahlen, oder?»

Es ist, wir bemerken es nebenbei, nicht der Doppelsinn der Worte, der hier das Missverständnis nahelegte. Im Gegenteil. Das boshafte Gegenüber erlaubt es sich, die ganze Botschaft mit Hängen und Würgen anders aufzufassen, als es naheläge. *«Na, Herr Meyer, wie ist denn Ihr Prozess ausgegangen?» «Wie zu erwarten – die gerechte Sache hat gesiegt!» «Oh, das tut mir aber leid für Sie.»* Offen gestanden, ich finde die Aggression in diesem Fall schon etwas zu unverschleiert. Man möchte doch ein wenig mehr Diskretion. In dem folgenden Beispiel kann sich der Missversteher doch wenigstens auf einen Doppelsinn berufen – und außerdem sind wir gegenüber dem Typ, um den es hier geht, schon eher zu Aggressionen bereit. *«Für meinen letzten Hit habe ich zwanzigtausend Mark gekriegt.» «Sie Ärmster», entgegnet der Kritiker, «haben Sie bezahlt oder die Summe abgesessen?»*

Eins scheint sicher: Die Zielscheibe, also der Mensch, auf den diese Bosheiten abgeschossen werden, kann darüber nicht lachen. Auch derjenige, der die Pfeile verschießt, wird kaum lachen, dazu ist er zu sehr beteiligt; sein Vergnügen wird sich auf die Aggressionsabfuhr beschränken (das reicht ja auch). Die Umstehenden aber und alle, die von diesen Aggressionen hören, könnten von einem Lachen ergriffen werden. Voraussetzung dafür wäre, dass sie zugleich betroffen und erleichtert sind. Betroffen und erleichtert – damit ist jene Gefühlsmischung von Unlust und Lust präziser bezeichnet, der wir schon manchmal begegnet sind und die typisch für die Wirkung des Witzes ist. Die beiden Helden einer Witzgeschichte können, wie gesagt, selbst nicht lachen. *Schlecht gelaunt kommt der Ehemann nach Hause, wirft sich in den Sessel und greift zur Zeitung. «Du solltest dir mal ein Beispiel an unserem Nachbarn nehmen», sagt seine Frau, «wenn der nach Hause kommt, umarmt er seine Frau und küsst sie zärtlich. Warum tust du das nicht auch?» «Du bist gut!», ruft der Ehemann, «ich kenne die Frau doch gar nicht!»*

Ich erwarte nicht, dass Sie darüber haben lachen können, aber die Frage, wie es überhaupt zum Lachen kommt, sollten wir hier ruhig aufgreifen. Immanuel Kant hat dazu eine recht fruchtbare These aufgestellt. Es ist überhaupt auffällig, wie genau seine anthropologischen Beobachtungen waren. Genannt habe ich schon, dass für ihn der Witz heterogene Vorstellungen «paart»; dass der Witz nach Kant immer «etwas Widersinniges» enthalten muss; und dass wir nach Verblüffung und besserer Einsicht «unsere verfolgte Idee wie einen Ball noch eine Zeitlang hin- und herschlagen» (Urteilskraft, 410). Um das Lachen zu erklären, knüpft Immanuel Kant an dieses Hin und Her an. Nun ist (nach dem Verstand) nämlich das Gemüt (wir würden heute sagen: das Gefühl) dran. Angeregt vom gedanklichen Hin und Her, reagiert es so, dass es «durch schnell hintereinander folgende Anspannung und Abspannung hin- und zurückschnellt und in Schwankung gesetzt wird» (ebd.). Da sind wir fast schon, wie Sie wohl erraten haben, beim Lachen! Das Gemüt nämlich vermittelt zwischen Verstand und Körper. Der ist nun an der Reihe, die Bewegung aufzunehmen. Kant beschreibt die letzte Etappe dieser Hin-und-Her-Bewegung als «eine wechselseitige Anspannung und Loslassung der elastischen Teile unserer Eingeweide, die sich dem Zwerchfell mitteilt ... wobei die Lunge die Luft mit schnell aneinander folgenden Absätzen ausstößt» (ebd., 411).

Das ist eine sehr frühe und ansprechende psychosomatische Erklärung des Lachens aus der ursprünglichen Tätigkeit des Kopfes. Die andere bis heute gültige Erklärung stammt von dem naturwissenschaftlich orientierten englischen Philosophen Herbert Spencer, den wir schon als Verfasser einer Schrift über das Lachen aus dem Jahre 1860 kennen. Zur Einstimmung ein vielleicht passender Witz, der wieder ein absichtliches Missverständnis enthält. *Im Oberhaus begegnen sich zwei Lords auf dem Korridor. «Wie ich höre», sagt der eine, «waren Sie gezwungen, Ihre verehrte Gattin zu beerdigen, mein armer Freund.» «Ja», seufzt der andere, «was sollte ich tun? Sie war tot ...»*

Was sich als Witz herausstelle, meinte Herbert Spencer, habe doch zuerst einmal alarmierend auf uns gewirkt. Weil sich dieser Schrecken aber als unbegründet erweise, lache man die aufgestaute und nun überflüssige psychische Energie weg. Das nahm Spencer nach dem Grundsatz an: «Nervenreizung strebt immer dazu, eine Muskelbewegung zu erzeugen» (195). Auch wenn man heute wohl nicht mehr von «psychischer Energie» sprechen würde, bleibt doch festzuhalten, dass sich im Verlauf des Witzhörens eine Spannung aufbaut, die dann abzufließen scheint. Damit die Vermutung eines anfänglichen Schreckens glaubhaft wird, hier ein aggressives Beispiel: *«Mein Lieber, leihen Sie mir doch hundert Mark, Sie bekommen sie morgen zurück. Sie haben das Wort eines Ehrenmannes.» «Gut, aber wo ist der Ehrenmann?»*

Im Sinne Spencers nahm auch der Psychoanalytiker Theodor Reik an, dem Lachen liege zunächst eine Alarmstimmung zugrunde: «Ich glaube, der Gesichtsausdruck des Lachens war ursprünglich das Ergebnis einer Erleichterung nach einer ängstlichen Spannung. Diese plötzliche Veränderung spiegelt sich in unseren Muskeln wider» (Geschlecht, 157f., Anm.). Ja, irgendwie betroffen muss man zunächst wohl sein, um lachen zu können. *«Unser Sohn sieht genauso aus wie mein Mann.» «Ach, wissen Sie, das kann sich doch noch geben!»* Zunächst kann man als Hörer betroffen sein von der subtilen Gemeinheit, und diese Alarmbereitschaft kann sich dann, unter bestimmten Umständen, im Lachen entladen. «Lachen ist», sagte Arthur Koestler denn auch, «Aggression (oder Angst), die ihrer logischen raison d'être beraubt ist – das ‹Verpuffen› eines Affekts, den das Denken verworfen hat» (Funke, 49).

Aber auch Kants Deutung vom körperlichen Vorgang des Lachens als einem Hin und Her, das aus der Gedankenbewegung stammt, hat noch heute Anhänger. Der Freudianer Ernst Kris beschrieb das Lachen als einen solchen körperlichen Vorgang: «Das Lachen überfällt und entwaffnet uns. Wer lacht, ist schutzlos» (zit. bei Levine, Responses, 34). Und schließlich hat Gregory Bateson, dieser ungewöhnliche Anstifter, in einer Debatte kühn definiert: «Ich bin bereit zu behaupten, ein elektrischer Summer lache» (Position, 11). Das würde doch genau dem Hin und Her entsprechen, als das Kant die geistigkörperliche Bewegung des Lachens sah.

Vom Lachen wird in unserem Zusammenhang noch des öfteren die Rede sein. Für diesmal mögen die beiden genannten Ansätze genügen. Erlaubt sei aber der Hinweis darauf, dass die Anschauungen von Kant und Spencer sich keinesfalls ausschließen. Noch ein Beispiel für beide Auffassungen und natürlich wieder ein absichtliches Missverständnis. *Das alt gewordene Liebespaar sitzt auf dem*

Sofa. «Ich finde», meint die Frau, «wir sollten doch noch heiraten.» «Das finde ich auch», sagt ihr Freund, «aber wer würde uns denn jetzt noch nehmen?» Man kann es mit Spencer so sehen: Aufgestaute Gefühle erweisen sich als überflüssig und wollen im Lachen abfließen. Aber auch die polaren gedanklichen Positionen, zwischen denen das Verstehen schwankt, scheinen im Sinne Kants fähig, zuletzt die körperliche Bewegung des Lachens auszulösen.

Und zum guten Ende noch dieses tolle Stückchen. *Bei einem Presseempfang sagt Goebbels zu einem amerikanischen Zeitungskorrespondenten: «Wenn Ihr Roosevelt eine SS hätte, gäbe es bei Ihnen keine Gangster mehr.» «Gewiss», antwortet der Amerikaner, «die wären dann alle längst Standartenführer.»*

Denkfehler

Logikspiele und Double-bind

Ein schwäbischer Dorfältester: «I bin jetzt au schon übr neunzig. I muaß bald ans Schterbe denke. Aber des ischt net so arg. Des werd ich au no überlebe.» Mit den Tücken der Vernunft ringt der Mensch oft, und im Witz wird das als komisch vorgeführt. Wahrscheinlich könnte mancher, der von Beruf Logiker ist, seine Probleme mit Witzen illustrieren. Der alte Schwabe von eben hat sich, wie man sieht, einen Selbstwiderspruch geleistet. Wir können ihm daher auch noch diesen Ausspruch unterschieben: *«Manchr stirbt ganz loicht, und mancher werd fast he derbei.»*

Vom Paradox war schon die Rede (S. 37ff.), als es um die Sprüche und Aussprüche ging, deren Art, Dinge zu definieren, gewöhnlich genau diese Definition zu sprengen scheint. Manche Witze, von denen jetzt Beispiele vorgeführt werden sollen, unterscheiden sich von den Aphorismen nur dadurch, dass sie die Dialogform zeigen, die für den Witz typisch ist. *Geschäftsinhaber: «Ich habe eben mitgehört, wie Sie sich mit einem Kunden gezankt haben. Wissen Sie nicht, dass der Kunde immer recht hat?» Verkäufer: «Natürlich weiß ich das. Aber dieser Kunde bestand darauf, Unrecht zu haben.»* Dieses Aufbegehren gegen die Selbstverleugnung im Beruf eines Verkäufers könnte man sich auch als Aphorismus formuliert vorstellen. Ein bisschen absurder hebt der folgende Witz ab, der nicht eigentlich eine Definition enthält: *Eine Frau trifft ihre Nachbarin und fragt: «Nun, wie geht's Ihrer jung vermählten Tochter? Ist sie glücklich?» «Überglücklich sogar. Nur mit ihrem Mann hat sie dauernd Ärger.»* Irgendetwas kann da nicht stimmen, die Andeutung ist recht geheimnisvoll.

Die Paradoxien, um die es mir jetzt geht, sind nicht so sehr durch Missverstehen oder Dummheit entstanden, sondern eher Abbild einer Realität, die selbst widersprüchlich ist. Das können wir uns anhand der Religion klarmachen, bei der es nicht ohne Ungereimtheiten abgeht, die natürlich nie so deutlich aufgedeckt worden sind wie durch den grübelnden jüdischen Geist. Diese Geschichte hier stammt in ihrer ursprünglichen Form aus den Streitereien zwischen wundergläubigen und aufgeklärten Juden: *«Weißt du, was mir der Meiersohn erzählt hat? Gott der Allmächtige hat ihn persönlich besucht!» «Ausgerechnet der Meiersohn! Der lügt doch, sowie er den Mund aufmacht.» «Bist du meschugge? Wird Gott kommen zu einem Lügner?»* In diesem Witz steckt erkennbar das klassische Paradox des griechischen Philosophen Epimenides, der ein Kreter war, und sagte: «Alle Kreter lügen.» Noch kürzer ist das gleiche Paradox in der Form: «Ich lüge.» Die Lage des Verdächtigen wird nicht dadurch besser, dass er sich auf Gottes Beistand beruft, das ist ein Problem aller Offenbarung. Etwas säkularer taucht das Problem ebenfalls im Witz auf: *«Leihen Sie mir hundert Rubel, ich gebe sie Ihnen in einer Woche wieder. Dafür bürgt Ihnen mein Freund Moritz Kohn!» «Und woher soll ich wissen, ob ich Herrn Kohn vertrauen kann?» «Dafür bürge ich!»*

Noch ein Problem aus der Religion, nämlich die Ungewissheit über das Jenseits. Ebenfalls schon aus dem Altertum stammt die paradoxe Lösung dieses Problems: «Vor dem Tod brauche ich keine Angst zu haben, denn ich begegne ihm nicht. Bin ich, so ist er nicht da; kommt er, so bin ich nicht mehr da.» Ein wenig abgewandelt und mit einem kleinen Denkfehler versehen, klingt das in der jüdischen Tradition so: *Ein alter Jude erklärt. «Auf dieser Welt geht es uns sehr schlecht. Dafür wird es uns im Jenseits desto besser gehen. Das heißt, gelacht hätt' ich, wenn sich herausstellen würde, dass es das gar nicht gibt, das Jenseits.»*

Von Blaise Pascal wird der Ausspruch überliefert: «Gott ist nicht allmächtig, denn er kann keine Mauer bauen, über die er nicht hinwegspringen kann.» Eine Einsicht, die dieses großen christlichen

Denkers würdig ist. In einem Witz, der wohl auch jüdischen Ursprungs ist, aber von Pascal angeregt sein könnte, wird das Ganze zu einem Dialog erweitert: *«Sag, ist Gott allmächtig?» «Selbstverständlich.» «Er hat alles geschaffen? Auch die Steine?» «Ja.» «Kann er jeden Stein heben, auch den schwersten?» «Natürlich.» «Kann er einen Stein erschaffen, der so schwer ist, dass er ihn nicht heben kann?» «Auch das.» «Aber dann ist er doch nicht allmächtig!»*

Man könnte denken, in solche Widersprüche geriete eben nur die Theologie und die menschliche Dummheit im Witz. Doch das wäre nicht ganz richtig, wenn es auch einem populären Vorurteil entspricht. Selbst Arthur Koestler meinte noch, den Unterschied zwischen dem witzigen Funken und dem wissenschaftlichen Funken so definieren zu können: «Die komische Entdeckung weist auf ein Paradox hin, die wissenschaftliche Entdeckung hebt es auf» (Funke, 92). Das ist nicht ganz richtig, denn die Wissenschaft hat gezeigt, dass es unaufhebbare Paradoxien oder wenigstens unentscheidbare Alternativen in Mathematik und Logik gibt. Darauf hat sich bei der Deutung des Humors auch Gregory Bateson berufen (Position, 4), und Daniel E. Berlyne verweist zur Veranschaulichung auf eine der bekanntesten Paradoxien, die Geschichte vom Barbier (805). Die geht so: Ein Barbier bekommt die Anweisung, alle Männer im Dorf zu rasieren, diejenigen ausgenommen, die sich selbst rasieren. Das scheint ihm einfach, bis er sich selbst rasieren will. Darf er das? Wenn er sich rasiert, darf er es (als Barbier) nicht, weil er dann einen Selbstrasierer rasieren würde. Rasiert er sich nicht, so verletzt er seine Pflicht, weil er alle Nichtselbstrasierer zu rasieren hat. Es gebe «ein rasches Schwingen» zwischen beiden Positionen oder Klassen von Dorfbewohnern, meint Berlyne (806). Das erinnert an das Hin und Her bei der Wirkung eines Witzes. So sind wir nicht verwundert, wenn Gregory Bateson in diesem Zusammenhang die These aufstellt, das Paradox sei das Grundmuster des Humors (4).

Die Paradoxie bestimmt nicht nur die Grundlagen von Mathematik und Logik, sondern auch den Alltag, nämlich die menschliche Verständigung. Darauf haben Watzlawick, Beavin und Jackson hingewiesen. Eines ihrer schönsten Beispiele dafür ist die Aufforderung «Sei spontan!», ein Befehl, den man nur ausführen kann, wenn man gehorsam, also nicht spontan ist (184). Im Witz geht es nicht immer um solch verblüffende Paradoxien, aber es zeigen sich doch Widersprüchlichkeiten, die einem aus der alltäglichen Erfahrung durchaus bekannt vorkommen können. *Der alte Tortschiner klärt seinen Sohn über ökonomische Zusammenhänge auf: «Alles, was selten ist, ist teuer. Ein gutes Pferd ist selten. Darum ist es teuer.» «Aber Papa», erwidert der Sohn, «ein gutes Pferd, das billig ist, ist doch noch seltener.»* Der Sohn hat sicherlich recht, und die Definition des Vaters war leichtfertig, weil es seltene Dinge gibt, die wertlos sind. Und doch enthalten die Worte des Sohnes einen Widerspruch, weil sie einerseits die Begriffe des Vaters aufnehmen, sie andererseits erweitern (ein billiges Pferd müsste dann das teuerste sein). Die Deutungen werden, wie Bateson sagt, «abwechselnd zu Figur und Hintergrund» (3). *«Angeklagter! Man kann jede – jede! – Frage mit Ja oder Nein beantworten!» «Jede nicht, Herr Richter.» «Nennen Sie mir eine Frage, die ich nicht mit Ja oder Nein beantworten könnte!» «Gern, Herr Richter. Haben Sie aufgehört, Ihre Frau zu prügeln?»* Diese Frage ist eben nicht bloß eine Frage, sondern enthält bereits eine Unterstellung, ist also zugleich eine Behauptung. Und die muss der Richter schlucken, wenn er sich auf ein bloßes Ja oder Nein beschränken will.

Man könnte das eine Zwickmühle nennen, in die der Angeklagte den Richter gebracht hat. Eine Zwickmühle ist eine Falle, bei der es nur zwei Möglichkeiten gibt, und beide wären ein Verhängnis. Diese Struktur spielt in der menschlichen Kommunikation eine große Rolle. Sie kommt aber auch, weniger peinigend, in Definitionen und Sachzwängen vor. Nehmen wir erst ein Beispiel für Definitionen. *«Meine Damen und Herren! Der Schimpanse unterscheidet sich vom Menschen hauptsächlich dadurch, dass er nicht sprechen kann. Könnte er sagen: ‹Ich bin ein Schimpanse›, so wäre er schon ein Mensch.»* Dieser Vortragskünstler, dem man die Definition des Schimpansen in den Mund gelegt hat, mag sich falsch ausgedrückt haben – aber wir können auch sagen: Der ‹sprechende Schimpanse› ist eben ein Widerspruch in sich, was sich in dem Witz nur komisch offenbart. Der folgende Sachzwang hingegen ist keinesfalls nur ein Denkfehler, sondern spiegelt ein alltägliches Verhängnis. *«Was suchen Sie denn hier unter der Laterne mitten in der Nacht?» «Meinen Hausschlüssel.» «Sind Sie denn sicher, dass Sie ihn hier verloren haben?» «Nein, ich habe ihn wohl weiter da hinten verloren.» «Und warum suchen Sie ihn dann hier?» «Weil ich hier wenigstens etwas sehen kann.»* (Mir scheint, dieser Witz ist auch ein Gleichnis für die Naturwissenschaft; sie stellt nur Fragen, die sie auch beantworten kann. Und das sind nicht immer die, auf die man gerne eine Antwort hätte.)

Ich habe schon angekündigt, dass die Zwickmühle auch in unseren menschlichen Beziehungen eine heimlich-unheimliche Rolle spielt. Wie man einen Mitmenschen in dessen eigenen Worten verstrickt, zeigt dieses (mal wieder jüdische) Beispiel: *Dialog zwischen zwei Freunden: «Du Esel!» «Wahrscheinlich bin ich ein Esel. Ist bloß die Kasche (das Problem): Bin ich ein Esel, weil ich dein Freund bin, oder bin ich dein Freund, weil ich ein Esel bin?»* Da bleiben dem, der das Schimpfwort gebraucht hat, nur zwei Möglichkeiten, und beide wird er nicht gern wählen. Diese Struktur nennt man Double-bind. Der kalifornische Anthropologe Gregory Bateson, von dem hier schon so oft die Rede war, hat diese Beziehungsfalle 1956 zuerst beschrieben. Er hatte sie bei den Eltern von Schizophrenen beobachtet, als er herausfinden wollte, wie Schizophrenie entsteht. Diese Doppelbindung (Double-bind) besteht hauptsächlich darin, dass ein Mensch einem anderen widersprechende Befehle gibt, die zugleich jedes Ausweichen verbieten. Diese Struktur ist sehr berühmt geworden, auch wenn es unter Psychiatern bis heute umstritten ist, ob sie eine Ursache für Schizophrenie sein kann (nach Ciompi, 205ff.).

Die Double-bind-Struktur spielt auch in der Kommunikationswissenschaft eine große Rolle. Batesons Schüler Paul Watzlawick hat sie oft beobachtet. Dargestellt hat er sie übrigens auch durch einen bekannten jüdischen Witz (die jüdische Mutter, die Momme, gilt als sehr einflussreich und bindet oft gerade ihre Söhne stark an sich). *Eine Mutter schenkt ihrem Sohn zwei Krawatten. Freudig und dankbar bindet er sich gleich eine davon um. Meint die Mutter: «Die andere gefällt dir wohl nicht?»* Eine ebenfalls ausweglose Geschichte will ich hier gleich anschließen. *Der Kleinunternehmer zum Angestellten: «Wie können Sie von mir eine Gehaltserhöhung verlangen?» «Aber Sie haben doch gesagt, wenn Sie mit mir zufrieden sind, soll ich eine Zulage haben.» «Denken Sie doch einmal nach. Kann ich denn mit Ihnen zufrieden sein, wenn Sie von mir eine Zulage haben wollen?»*

Die Doppelbindung muss freilich nicht immer autoritär von oben herab angewendet werden. Das Beispiel vom Angeklagten, der den Richter fragte, ob er noch seine Frau prügele, mag das zeigen; ebenso ein Witz, der eher die Chuzpe eines Schnorrers als dessen

Dominanz zeigt. Diese alte jüdische Geschichte findet sich schon bei Sigmund Freud, wenngleich der natürlich vom Double-bind noch nichts wissen konnte. *Ein Verarmter hat sich von einem wohlhabenden Bekannten unter vielen Beteuerungen seiner Notlage 25 Gulden geborgt. Am selben Tage noch trifft ihn der Gönner im Restaurant vor einer Schüssel Lachs mit Mayonnaise. Er macht ihm Vorwürfe: «Wie, Sie borgen sich Geld von mir aus, und dann bestellen Sie sich Lachs mit Mayonnaise. Dazu haben Sie mein Geld gebraucht?» «Ich verstehe Sie nicht», antwortet der Beschuldigte, «wenn ich kein Geld habe, kann ich nicht essen Lachs mit Mayonnaise; wenn ich Geld habe, darf ich nicht essen Lachs mit Mayonnaise. Also wann soll ich eigentlich essen Lachs mit Mayonnaise?»*

Double-bind findet sich auch als eine innerliche Verstrickung, zu der es fast keines Mitmenschen bedarf. Viel Lebenserfahrung spricht aus der Frage, mit der dieser Witz endet: *Als sich der junge Mann seinem künftigen Schwiegervater eröffnete, rief er aus: «Ich kann ohne Inge nicht mehr leben!» Da wurde der Vater nachdenklich und fragte zurück: «Sind Sie denn sicher, dass Sie mit Inge leben können?»*

Auch der Züricher Psychiater Luc Ciompi findet Beispiele für Double-bind im Witz, so in der *Geschichte vom russischen Juden, der nach Israel auswandert und wieder zurückgeht und wieder auswandert und schließlich sagt: «Wohl fühle ich mich einzig auf der Reise!»* Dieser Mann sei, meint Ciompi, «in zwei konträren und unvereinbaren Bezugssystemen gefangen!» (211) Gerade dieser Witz erinnert mich an einen Fall, den der Psychiater Paul-Claude Racamier als Beispiel für eine lebensbedrohende Double-bind-Falle beschrieben hat. Es geht um einen jungen Mann, der schon mehrere Suizidversuche hinter sich hat. «Man fand schließlich, dass für ihn der Suizid eine unerlässliche Lebensbedingung war; um zu leben, musste er sich also töten. Als man dem – übrigens intelligenten – Patienten diese Paradoxie aufzeigte, war er verblüfft» (119f.).

Der Witz braucht von all diesen Schrecken nur einen Hauch. Dabei ist ihm die Beziehungsfalle deshalb willkommen, weil sie (wie auch der Witz) eine zugleich intellektuelle und seelische Verwirrung bietet. Klar, dass beide Schwierigkeiten im Witz nur gerade so groß sind, dass sie den angenehmen kleinen Schock auslösen. Mit einem klassischen Double-bind-Witz, der von einem autoritären Vorgesetzten handelt, will ich dieses Thema beschließen. *Dem neuen Ab-*

teilungsleiter erklärt der Prokurist der Firma die Umgangsformen: «Der Chef macht manchmal Witze. Lautes Lachen hält er für plumpe Vertraulichkeit, stilles Lächeln für Arroganz und völliges Ernstbleiben für ein Zeichen von Dummheit. Also richten Sie sich danach!»

Automatische Dummheiten und Selbstentlarvungen

Auf dem Oktoberfest schlendert ein kleines Mädchen zur Polizeiwache und fragt: «Ach bitte schön, Herr Polizist, haben Sie nicht eine Mutter ohne ein kleines Mädchen wie mich gesehen?» Man weiß wenigstens, was gemeint ist. Die Definition durch das Nichtvorhandene gelingt auch einem anderen bekannten Witz, der mit dem «ohne» jongliert: *Ein Gast: «Herr Ober, bitte einen Kaffee ohne Sahne.» Nach einer Weile kommt der Ober wieder. «Wir haben leider keine Sahne mehr. Nehmen Sie den Kaffee vielleicht auch ohne Milch?»*

Die definitorischen Schwierigkeiten mit dem halb vollen und dem halb leeren Glas sind ebenfalls bekannt; sie gehören auch hierher. *Ein Ehepaar ist in eine Nachtbar gegangen. Nach einer Weile flüstert sie: «Sag mal, findest du den Anblick dieser halbnackten Damen eigentlich erfreulich?» «Keineswegs», erwidert er, «aber sie dürfen wahrscheinlich nicht weniger anhaben.»* Dieser Witz aus der Bar gibt uns einen ersten Hinweis darauf, wie sehr unser Verstehen von den Interessen, die wir schon mitbringen, geleitet wird. Der Ehemann hat wohl eine etwas andere Auffassung von «halbnackt» als seine Frau. Das «erkenntnisleitende Interesse» (Jürgen Habermas) soll uns gleich noch weiter beschäftigen. Gehen wir schnell noch ein Stockwerk tiefer zu den ganz schwachsinnigen, aber nicht weniger wirksamen Dummheiten: *«Herr Meier, Ihr Spazierstock ist doch viel zu lang.» «Das weiß ich selbst, aber ich kann ihn doch nicht kürzen lassen wegen des silbernen Knaufs hier oben.» «Lassen Sie ihn doch unten kürzen.» «Aber wieso denn, da passt er doch!»*

Es sind alles Denkfehler, von denen man beim Hören weiß, dass sie einem selbst hätten passieren können. Ich glaube, das ist die Bedingung für ihre Komik: Sie müssen im Bereich des noch Denkbaren liegen, müssen passiert sein können, müssen uns einfühlbar sein. Schon ziemlich am Rande liegt diese alte Witzblattgeschichte: *Der Herr zu seinem Kammerdiener: «Ich höre, Sie haben ein künst-*

liches Auge. Sagen Sie mal, woraus ist das denn angefertigt?» «Aus Glas, mit Verlaub.» «Natürlich, natürlich! Sonst könnten Sie ja auch nicht hindurchsehen.»

Die Dummheiten müssen nicht nur nachvollziehbar sein, sie sollten auch einen ganzen Charakter offenbaren – einen vollständigen Menschen in einer einzigen Pointe. *«Gut, dass der Karl gestorben ist. Er hätte sowieso nicht mehr lange gelebt.»* Da erkennen wir denjenigen, der immer schon alles gewusst hat. Es gibt auch den Charakter, der uns mit Rekorden beeindrucken will: *Ein Strandgast unterhält sich mit einem alten Fischer. «Man hat mir von Ihrem hohen Alter erzählt, Vater Larsen.» «Ja, ja, das stimmt schon. Ich bin siebenundneunzig Jahre alt. Aber das ist noch gar nichts. Wenn mein Vater noch lebte, der wäre jetzt hundertdreiunddreißig!»* Sie werden es verstehen, wenn ich wieder eine jüdische Geschichte als Sublimierung auch dieser Technik anbiete. Ich finde diesen Witz ebenso rührend wie wahr: *Ein Jude betet: «Allmächtiger! Du erbarmst dich über ganz fremde Leut' – warum nicht über mich?»*

Als wir uns mit Henri Bergson beschäftigt haben, war schon die Rede von einer Einsicht: «Wirklich komisch ist nur, was automatisch vollbracht wird ... wodurch ein Mensch sich unbewusst preisgibt» (100f.). Diese Selbstentlarvung passiert im Witz anscheinend recht häufig den Laienpädagogen, die man Eltern nennt. *«Stephan, tu endlich, was ich dir gesagt habe, und spreng den Rasen.» «Aber Vati, es regnet doch so.» «Dann ziehst du dir eben was über!»* Das wird zum Charakterfehler, man meint eine Lustspielfigur vor sich zu sehen. Eltern sind ja immer ein beliebtes Objekt des Lachens, denn jeder hat sie, und fast jeder hat Grund, sich lachend von ihnen zu distanzieren. *«Ach Papi», bettelt Suse, «kann ich im Bett noch etwas lesen, bis ich einschlafe?» «Ja, in Gottes Namen. Aber keine Minute länger!»* Das erinnert an Karl Valentins unsterblichen Ausspruch: *«Du bleibst da, und zwar sofort!»* Und hier noch die reine Sorge um die Familienehre: *«Was ist nur mit dir los», sagt die Mutter seufzend zu ihrer Tochter, «alle deine Freundinnen sind schon geschieden – und du bist noch nicht mal verheiratet.»*

Unabhängig von Bergson entdeckte auch Sigmund Freud den komischen Automatismus, der das Gewohnte fortsetzt und «über die zweckmäßige Abänderung des Denkens und Äußerns» siegt (Witz, 52). Als Beispiel dient Freud der Beruf des jüdischen Heiratsvermittlers, des Schadchens. Dass der sich einen Versprecher leistet und damit die «Partie», also die angepriesene junge Dame, bloßstellt, ist oft belacht worden. *Jankl will heiraten. Der Schadchen fährt ihn zu einem Mädchen. Auf dem Heimweg erklärt Jankl: «Sie gefällt mir nicht, sie hat einen unechten Busen, falsche Haare, falsche Zähne, einen Buckel...» «Ja», bestätigt der Schadchen, «aber der ist echt!»* Freud meint, der Schadchen stehe nicht als «lächerliche» Person da, sondern als «eine bedauernswert sympathische», weil ihm die Wahrheit unbewusst und doch mit gutem Grund entschlüpft sei. «Die ganze Lächerlichkeit fällt nun auf die Eltern», denn jeder wisse, «die Heiligkeit der geschlossenen Ehen leidet arg durch den Hinweis auf die Vorgänge bei der Eheschließung» (Witz, 86). Dieser Deutung des Schadchens hat allerdings Jan Meyerowitz widersprochen, der meinte, «Freud irrt gänzlich, wenn er von der ‹Armseligkeit, Minderwertigkeit und Ohnmacht› des Schadchens spricht, der Beruf war im Prinzip ein würdiges, äußerst verantwortungsvolles Amt» (46). Wie dem auch sei, je geehrter der Schadchen war, desto komischer wirkte es, ihn stolpern und sich entlarven zu sehen.

Manche Juden lachten auch über die Kaufleute, die immer behaupteten, es gehe ihnen schlecht, und die doch zu leben wussten. *«Ich lege in meinem Geschäft jeden Tag drauf.» «Lieber Himmel, wovon lebst du denn?» «Nun – Samstag und Sonntag habe ich ja zu.»* Oder, noch etwas absurder und spitzfindiger: *«Ich arbeite seit einem Jahr nur noch mit Defizit.» «Ja, warum machst du in dem Fall nicht lieber dein Geschäft zu?» «So – und wovon soll ich dann leben?»* Diese Witze sind komisch, weil der Fehler dem passiert, der es nicht anders verdient hat. Und mit klammheimlicher Freude stellen wir auch fest, dass zum Glück nicht wir es waren, die reinfielen. Hier ist noch einer, der durch sein anfängliches Betragen in die Rolle dessen gerät, dem man den automatischen Fehler gönnt:

Rot will Schwarz während der Bahnfahrt Witze erzählen. Er beginnt: «Zwei Handlungsreisende...» Schwarz winkt ab: «Den kenn' ich schon.» Rot versucht es weiter: «Zwei Offiziere im Casino...» «Den kenn' ich auch schon.» Rot wird wütend und brüllt: «Ihre Frau betrügt Sie!» «Kenn' ich auch», meint Schwarz gleichmütig. «Sie Dummkopf!», schreit Rot, «das ist kein Witz, Ihre Frau betrügt Sie mit dem dicken Blau!» «Den dicken Blau – den kenn ich auch.»

Irrenwitze. Eine schizophrene Logik?

Zwei Idioten machen Ratespiele. Der eine streckt die Hand aus, schließt sie zur Faust und fragt: «Was hab' ich da drin?» «Ein Klavier!», schreit der andere. «Das gilt nicht», empört sich der erste, «du hast gekuckt!» Wenn der Gedankenfehler zu arg und die Komik allzu absurd wird, legt man einen Witzdialog gern den Irren in den Mund. Da scheint er hinzupassen, und da macht er uns Spaß. Sogar den surrealistischen Witzen haben die Irrenwitze schon Konkurrenz gemacht. *Der Arzt einer Anstalt sieht zwei Irre im Saal herumkriechen, während ein dritter lachend dabeisteht. Ihn fragt der Arzt, was hier vor sich gehe, und bekommt zu hören: «Ach, weiter nichts. Ich habe nur einen Kreidestrich auf dem Boden gezogen und demjenigen meinen Nachtisch versprochen, der als erster drunter durchkriechen kann.»*

Witz und Irrsinn haben sicherlich etwas gemein. Vom Witz sagt Alfred Adler, der Begründer der Individualpsychologie, das Wesentliche sei sein «doppeltes Bezugssystem». Und genau in diesem Punkt bestehe, schreibt Adler, auch die Verwandtschaft des Witzes «mit der anderen ‹Kunstform›, der Neurose. Tatsächlich kommt uns eine große Zahl nervöser Erscheinungen wie ein schlechter Witz vor. Sie suchen uns aus unserem Gleichgewicht zu bringen und überraschen uns manchmal wie ein Witz» (95f.). Also haben die Irrenwitze am Ende Ähnlichkeit mit dem, was die Geisteskranken wirklich tun und sagen? Das wollte Adler damit wohl nicht sagen. Auch wir Laien spüren meist, dass die Irrenwitze wohl nicht viel mit Irren zu tun haben. Da werden uns eher verschrobene Einfaltspinsel und liebenswerte Tölpel vorgestellt. *Zwei Irre kommen in den Waschsalon und setzen sich vor zwei Automaten, die gerade in Betrieb sind. Nach einer Stunde sagt der eine: «Komm, wir gehen. Die haben ja nur das Dritte Programm.»*

So harmlos solche Witze sind, man kann sich doch darüber wundern, warum Geisteskranke die einzigen Kranken sind, über die man lacht. Ist das nicht ungerecht? Schon 1925 hat der amerikanische Psychologe A. Meyerson in seinem Buch «Psychology of Mental Disorders» gemeint, es geschehe Unrecht, wenn «die Komik eines ihrer fruchtbarsten Themen in der Geisteskrankheit findet»; das könne nur daran liegen, «dass dadurch unsere Überlegenheitsgefühle geweckt werden» und wir keine Sympathie für diese Patienten empfänden (zit. nach Diserens/Bonifield, 112f.). Vor Jahren hat auch ein evangelischer Landesbischof dazu aufgerufen, keine Irrenwitze mehr zu erzählen, weil diese Witze Vorurteile gegen eine Minderheit erzeugten. Aber kann man nicht auch das Gegenteil behaupten? Immerhin erscheinen die Irren, die in Gruselfilmen und Sensationsmeldungen als gemeingefährlich, unberechenbar und hinterhältig dargestellt werden, in den Witzen als gutmütige Trottel. Etwa so: *Drei Irre haben Ausgang. Sie machen sich das Vergnügen einer Radtour und sitzen zu dritt auf einem Fahrrad. Ein Polizist bemerkt die drei, stellt sich an den Straßenrand und winkt, damit sie anhalten. Kopfschüttelnd meint einer der Irren: «Wieso will der, dass wir halten. Der sieht doch, dass wir schon zu dritt sind.»*

Hat das nicht sogar eine versöhnliche Wirkung, wenn die Kranken auf diese Weise als harmlose Spinner dargestellt werden? Diese Ansicht haben jedenfalls Johanne Peters und Uwe Henrik Peters in ihrem Buch über den Irrenwitz vertreten. Der Irrenwitz nährt keine Vorurteile, meint das Ehepaar Peters, denn er «vermittelt im Gegensatz zum Vorurteil ein freundliches und überhaupt menschlicheres Bild des Irreseins» (67). Dabei machen die Autoren den Leser auch darauf aufmerksam, dass derartige lustige Störungen des Denkens in Wirklichkeit bei Geisteskranken nicht beobachtet werden (35). Diese Verrücktheiten hätten keinerlei Ähnlichkeit mit dem Krankheitsbild (57). So lustig geht es in der Klinik also nicht zu, wie es hier erzählt wird: *In einer Irrenanstalt spielen zwei Patienten miteinander Mensch-ärgere-dich-nicht. Da schreit der eine plötzlich: «Schach matt!» Der andere erwidert seelenruhig: «Du Idiot, seit wann gibt es denn beim Halma einen Elfmeter?»*

Die Ähnlichkeit von Irren und Irrenwitz hat Silvano Arieti mehr als zwanzig Jahre früher anders beurteilt als das Ehepaar Peters, die dessen Arbeit jedoch nicht erwähnen. Der amerikanische Psychiater Arieti, der durch den Versuch bekannt geworden ist, die Gesetzmäßigkeit des schizophrenen Denkens zu erforschen, meint: «Viele Ausdrücke von Geisteskranken sind wirklich witzig» (56). So erzählt Arieti von einem Patienten, der sehr reich und mächtig tat. Auf die Frage des Arztes, warum er dann in der Klinik sei, antwortete der Patient: «Ich wundere mich über Sie, wissen Sie denn nicht das Neueste? Ich bin zum Direktor der Klinik ernannt worden» (ebd).

Eine Patientin, die in einem Test aufgefordert worden war, fünf Weltmeere zu nennen, sagte: «Was zum Teufel kümmern mich fünf

Meere, ich kümmere mich um meine fünf Kinder!» Diese Antwort (im Englischen ist das Wortspiel eleganter) nennt Arieti geschickt und in gewisser Weise witzig (57). Gut, aber solche Antworten sind doch weit entfernt von den (jedenfalls in Deutschland) üblichen Irrenwitzen, die meist Dummenwitze sind, wie dieser: *Zwei Irre betrachten einen Regenbogen. Da sagt der eine: «So was an den Himmel zu hängen, dafür haben sie Geld. Aber uns studieren lassen ...»*

Die Ähnlichkeit von Schizophrenie und Witz scheint Arieti nicht zufällig. Auch die «Logik der Schizophrenen» hatte er auf die archaische Logik zurückgeführt, die er mit v. Domarus eine «Paläologik» nennt. In dieser Logik ist vieles möglich, was dem Homo sapiens verboten ist. Als Beispiel nennt Arieti den logischen Schluss einer Patientin: Die Jungfrau Maria war eine Jungfrau; ich heiße Maria, und ich bin eine Jungfrau, also bin ich die Jungfrau Maria (47). Mit solchen Schlüssen arbeite auch der Witz, meint Arieti, womit er eine ähnliche Position vertritt wie nach ihm Habermas oder Speier, die im Kalauer (S. 22f.) ebenfalls eine archaische Denkweise vermutet haben, in die zurückgefallen zu sein uns erschrecke.

Zwei Irre sind in die Badeanstalt gegangen. Der eine spannt einen Schirm auf, bevor er unter die Brause tritt. «Nanu», sagt der andere, «warum gehst du mit dem Schirm unter die Dusche?» «Ja, weißt du», sagt der erste, «ich habe mein Handtuch vergessen.» Dieses Beispiel habe ich zitiert, um Sie darauf aufmerksam zu machen, dass man die meisten Irrenwitze auch von Betrunkenen erzählen könnte. Bei ihnen findet sich die gleiche Geistesschwäche wie bei den Irren im Irrenwitz; offenbar eine Verwirrung, die wir noch sympathisch und angenehm verrückt finden. *Ein Betrunkener hält sich am Briefkasten fest, die eine Hand hat er in den Schlitz gesteckt. Er versucht, sie wieder herauszuziehen, und murmelt dabei: «B-b-bissig scheint er n-nicht zu sein.»*

Auch von den Betrunkenenwitzen muss man wohl sagen, dass sie ein ganz unzutreffendes Bild zeichnen. Das Los dieser Menschen ist viel trauriger, denn oft sind sie aggressiv oder weinerlich, aber selten heiter. Und doch kommt der lustige Trunkenbold auch einmal in der Wirklichkeit vor. An diesen Typ hält man sich wohl schon deshalb, weil diese Art von harmlosem Klamauk genau der Stimmung entspricht, in der man selbst hofft, lustig und ausgelassen sein zu können. Leicht beschwipst lässt sich, wie viele Autoren zu Recht vermerken, am besten über Blödsinn lachen. Somit liefert der Betrunkenenwitz sowohl die Stimmung wie auch den Stoff für das Lachen. Das macht ihn so geeignet.

Und der Irrenwitz, warum ist der so beliebt? Wahrscheinlich weil er uns erlaubt, noch die entlegenste Dummheit und Verrücktheit darzustellen. Aber ein anderer Grund mag hinzukommen. Die latente Furcht vor dem Geisteskranken, die zuletzt die Angst davor ist, ebenfalls krank zu werden, lässt sich mit diesen albernen, wirklichkeitsfernen Späßen gut verscheuchen.

Zum Schluss ein Witz, der die Gemeinsamkeit von Betrunkenen- und Irrenwitz noch einmal belegt. *Ein Stabsarzt wird um drei Uhr nachts durch einen Anruf geweckt. «Was ist los?», schnarrt er in den Apparat. «Doktor», antwortet eine Stimme, «wir haben einen sehr vergnügten Abend im Casino verbracht, leider beunruhigt uns aber der Gesundheitszustand des Hauptmanns sehr.» «Ach, der sieht jetzt wohl weiße Mäuse, was?» «Nein, im Gegenteil, Herr Doktor, der Hauptmann behauptet, keine einzige zu sehen.»*

Verschiebung eines Gedankens

Die Gattin: «Jedesmal, wenn du eine schöne Frau siehst, vergisst du, dass du verheiratet bist.» «Im Gegenteil, gerade dann wird es mir bewusst.» Die Technik der Witze, denen ich mich jetzt zuwende, führt immer eine Verschiebung vor. Die Logik der Ehefrau wird vom Ehemann nicht übernommen, sondern abgelenkt. Das geht natürlich auch mit vertauschten Rollen. *«Dieses Abendkleid ist mehr als gewagt», sagt kopfschüttelnd der Ehemann vor der Party, «es verbirgt kaum etwas von deinen Reizen.» «Eine anständige Frau hat eben nichts zu verbergen.»*

Irgendwie mag Ihnen diese Technik bekannt vorkommen. Ja, richtig! War sie nicht schon bei den absichtlichen Missverständnissen dran? Da kann ich Ihnen nicht ganz widersprechen. Aber ich denke doch, es ging damals mehr um einen Doppelsinn, der für ein Missverstehen herhalten musste, während es mir scheint, als zeigten die Beispiele in diesem Kapitel, wie ein Gedankengang umgebogen wird. Das kann auch ohne Doppelsinn, der ein Missverständnis nahelegt, geschehen, wenn die Frechheit der Helden groß genug ist. *«Boris», sagt die Lehrerin, «das ist das dritte Mal, dass ich dich auf das Heft von Patricia schielen sehe.» «Das kommt nur davon, weil Patricia so undeutlich schreibt.»*

Die Technik der Verschiebung hat Sigmund Freud als erster definiert. «Die Verschiebung findet regelmäßig statt zwischen einer Rede und einer Antwort, welche den Gedankengang nach anderer Richtung fortsetzt, als er in der Rede begonnen wurde» (Witz, 43, Anm.). Ich könnte mir vorstellen, dass Freud auch an diesem Witz seinen Spaß gehabt hätte. *Bei der Musterung: «Zu welcher Einheit möchten Sie?» «Zum Generalstab.» «Sind Sie verrückt?» «Wieso, ist das Bedingung?»* Ohne Chuzpe (Ungeniertheit) geht es dabei nicht. Wer traut sich schon ohne Chuzpe, die Vorgaben seines Vorredners so krass zu verschieben, wie es auch hier wieder geschieht. *Chef zum Kassierer: «Man hat mir hinterbracht, dass du aus meiner Kasse stiehlst.» Kassierer: «Nu? Soll ich bei euch als Kassierer arbeiten und gleichzeitig bei einem anderen aus der Kasse stehlen?»*

Die Überraschung, die zu jedem ordentlichen Witz gehört, wird bei dieser Technik der Verschiebung dadurch erreicht, dass unser Vorurteil widerlegt wird. Oder, neutraler gesagt, unsere Erwartung wird enttäuscht. Wir erwarten ja, dass eine Ehefrau so sittsam ist, dass sie sich verhüllt; dass ein Schulkind sich wenigstens schämt, wenn es abschreibt; dass ein Rekrut sich bescheidet und nicht zum Generalstab will; wir erwarten natürlich auch, dass ein Kassierer überhaupt nicht aus einer Kasse stiehlt. Alle diese Erwartungen, die uns im ersten Teil des Witzes noch einmal nahegebracht werden, lösen sich im zweiten Teil recht überraschend auf. *Die junge Ehefrau heult los: «Du hast mich nur geheiratet, weil ich ein bisschen Geld habe.» «Unsinn, Liebes», tröstet er sie, «ich hätte dich auch geheiratet, wenn du viel Geld gehabt hättest.»*

Je fester die soziale Umgebung gefügt ist, in der der Witz spielt, desto gefestigter auch unsere Erwartung und desto überraschender die Verschiebung. Auch die sozialen Beziehungen zwischen Bettler und Hausfrau waren früher so sehr festgelegt, dass der Witz sich das gern zunutze gemacht hat. *«Geben Sie mir doch wenigstens einen Groschen!» «Einem gesunden Mann wie Ihnen gebe ich nichts.» «Soll ich mir etwa wegen Ihrer paar Groschen extra die Knochen brechen?»* Die Verschiebung funktioniert wohl immer nach dem Grundsatz: «Von den zwei Möglichkeiten, die Sie mir anbieten, möchte ich gern die dritte wählen.» Es gibt in der Welt zum Glück auch meist mehr als eine Alternative, nicht nur im Witz. *Beide sind eng umschlungen. Sie flüstert: «Ich liebe dich! Du mich auch?» Er, nach kurzem Zögern: «Ja – dich auch!»*

Auf diese Technik, die es im Lustspiel reichlich gibt, kommt auch Henri Bergson zu sprechen. «Geist besteht oft darin, den Gedanken eines Gesprächspartners weiterzuspinnen bis zu dem Punkt, wo dieser... sich in der eigenen sprachlichen Schlinge verfangen könnte» (81). Als Beleg dient ihm der *Dialog zweier Finanzleute: «Ist es auch anständig, was wir da tun? Schließlich ziehen wir den armen Aktionären das Geld aus der Tasche ...» «Na und? Wo sollen wir's denn sonst rausziehen?»*

Diese Frechheit, die wir zugleich bewundern können, erweckt in uns zwiespältige Gefühle. Der Zwiespalt der Gefühle ist überhaupt typisch für die Wirkung von Witzen. Ich möchte hier wieder aufnehmen, was ich schon einmal (S. 78f.) über die Beziehung zwischen intellektuellem Kontrast und Gefühlskontrast gesagt habe. An der Verschiebung können wir nämlich deutlicher als sonst beobachten, wie aus dem intellektuell erkennbaren Kontrast der Positionen der Zwiespalt der Gefühle wächst. Der Witz wecke immer, so hat man oft gesagt, «gemischte Gefühle». Davon soll später noch ausführlich die Rede sein (S. 155f.). Die Verschiebung gibt von dieser Mischung eine gute Anschauung. *In der Oper schwärmt die Gattin: «Wie himmlisch der Tenor singt.» Der Ehemann ungerührt: «Nu – wenn schon! Wenn ich mecht' haben seine Stimme, mecht' ich auch so schön singen.»*

Unerwarteter Standpunkt und eine Auflösung in nichts

Ein Kunde kommt wutschnaubend in den Tabakladen. «Ich habe von Ihnen Ihre beste Zigarre verlangt – und was haben Sie mir verkauft? Einen Dreck, einen Schund... Wieso sagen Sie nichts?» Der Ladeninhaber blickt melancholisch. «Was soll ich Ihnen denn sagen, Sie Glücklicher? Sie haben nur eine einzige solche Zigarre – ich aber habe den ganzen Laden voll davon!» Von der Verschiebung, die wir eben untersucht haben, sind wir damit gar nicht weit entfernt. Nur hat in diesem Fall der Kunde nicht eigentlich einen Gedanken vorgebracht, der abgebogen werden könnte. Und der Ladeninhaber hat sich auch nicht gerechtfertigt, er hat überhaupt nicht argumentiert. Er hat vielmehr nur einen etwas sonderbaren Standpunkt zu erkennen gegeben.

Auch die beiden berühmten Kölner Originale sind immer für eine überraschende Weltsicht gut. *Schäl erkundigt sich: «Wie geiht dat dem Pitter, den han ech lang nit jesehn.» «Der arbeitet», sagt Tünnes gleichgültig. «Dat ist möglich», meint Schäl, «vör Geld tut der alles.»*

Diese Witztechnik, einen unerwarteten Standpunkt vorzuführen, lässt sich heute etwas schwerer anwenden, weil die Normen und sozialen Rituale ziemlich verwischt sind und wir ohnehin (angeregt durch die Unterhaltungsindustrie) alles für möglich halten. Folgender Witz handelt von konfessioneller Enge; vor Jahren wirkte er noch deutlich aggressiver. Ich zitiere ihn trotzdem. *Drei junge katholische Novizinnen wollen ins weltliche Leben zurückkehren. Sie werden von der Schwester Oberin noch einmal gefragt, welchen Beruf sie draußen ergreifen wollen. «Verkäuferin», sagt die eine. Die Schwester Oberin hat Bedenken. «Mannequin», sagt die zweite, und die Oberin ist tief besorgt. «Und was willst du werden», fragt sie die dritte. «Prostituierte», sagt sie leise. Die Oberin fällt in Ohnmacht. Als sie wieder zu sich kommt, erkundigt sie sich noch einmal. Die Antwort ist wieder: «Prostituierte.» Da atmet die Oberin auf: «Gott sei Dank!», sagt sie, «ich dachte schon, du würdest Protestantin.»*

Wie leicht erkennbar ist, blühen solche Witze am besten, wenn die Hörer genügend Vorurteile darüber haben, was andere Menschen wohl für Vorurteile haben werden (in diesem Fall die Schwester Oberin). Im Zeitalter der Toleranz und des Pluralismus schwindet die Komik aus diesen Witzen. Statt dessen versucht man es mit Gags, die, wie gesagt, längst vom Film auf den Witz zurückwirken. *Aufgeregt kommt ein Passagier zur Stewardess: «Bitte, haben Sie eine Flasche Whisky, eine Dame ist ohnmächtig geworden.» Die Stewardess reicht ihm eine Flasche. Er nimmt einen kräftigen Schluck und sagt: «Das tut gut. Ich kann nämlich keine ohnmächtigen Frauen sehen.»*

Es ist erstaunlich, dass uns die Pointe eines Witzes noch überraschen kann, wo wir doch längst erwarten, dass wir überrascht werden. Das klingt paradox, ist aber genau der Rahmen, innerhalb dessen sich die Überraschung abzuspielen hat, soll sie komisch sein. Die Pointe soll erwartet sein, nur das Wie darf noch offen bleiben. Der französische Komödiendichter und Humorist Tristan Bernard (1866–1947) hat es so gesagt: «Natürlich wollen die Leute überrascht werden. Aber mit dem, was sie erwarten.» Das schließt sich nicht aus. Der Philosoph und Theoretiker des Spiels, Karl Groos, schrieb

1899, am besten sei ein Schock, «wenn wir ihn erwarten, aber doch nicht bestimmt wissen, wann oder in welcher Form er eintreten wird» (Spiele, 204). Einen Schock kann ich dem Leser nicht bereiten mit diesen Pointen, die einen «unerwarteten Standpunkt» bieten, wohl aber, hoffe ich, eine (erwartete) Überraschung. *«Man liest neuerdings ja so viel Schreckliches über das Rauchen», seufzt eine Raucherin, «ich konnte nicht mehr anders – ich habe das Lesen aufgegeben.»*

Überraschende Standpunkte, das mag es im Witz geben; aber ist nicht der Witz im übrigen Ausdruck einer Standpunktlosigkeit? Ist er nicht ein Scherz um des Scherzens willen? Die Frage, was ein Witz wert sei und was von ihm Dauer habe, ist gewöhnlich diskutiert worden an Hand eines Satzes von Immanuel Kant, der besonders umstritten ist: «Das Lachen ist ein Affekt aus einer plötzlichen Verwandlung einer gespannten Erwartung in nichts» (Urteilskraft, 409). Der Satz ist von einigen Humortheoretikern als Lob des Witzes verstanden worden. Die Komik, meinte Lipps, bestehe wirklich darin, dass etwas plötzlich «zu einem Nichts» werde (45). Voller Zustimmung äußert sich Hofstätter, und ein amerikanischer Psychologe, Jacob Levine, hat sogar Freuds ganze Witztheorie hier vorgeprägt gefunden: Kants Definition einer Erwartung, die sich in nichts verwandelt, meint Levine, biete Freuds ganze Theorie in einer Nussschale (Responses, 31). Gemeint ist damit wohl, Freud vertrete wie vor ihm Kant die Ansicht, im Witz löse sich etwas auf und fließe ab.

Umgekehrt ist Kants Definition von der «Verwandlung in nichts» auch heftig kritisiert worden. Schon Heymans fand, eine witzige Äußerung stelle sich keineswegs immer als nichtig heraus (37). Und Theodor Reik wollte sogar zeigen, «wie falsch jene Anschauung Kants ist», weil der Witz keine Enttäuschung bietet, sondern im Gegenteil «die Bestätigung einer unbewussten Erwartung» (Lust, 105). Das folgende Witzbeispiel scheint, weil gefühlsbeladen, Reik recht zu geben. *Als der Ehemann eines Abends früher als sonst nach Hause kommt, findet er seine Frau in den Armen seines besten Freundes. «Karl-Heinz», sagt er kopfschüttelnd, «ich muss es ja tun. Aber wer zwingt dich denn dazu?»* Wie ging es Ihnen bei diesem Witz? Ist unsere Erwartung nur ins Leere gegangen, ist nichts übriggeblieben? Ich glaube, Kants Definition ist falsch und richtig zugleich. Richtig ist sie, wenn man bedenkt, wie sich die Erwartung auflöst. Aber nicht alles ist weg! In der unerfreulichen Eheszene, die wir eben erleben mussten, ist etwas passiert, was in uns nachwirkt. Das ist es, was Reik als «die Bestätigung einer unbewussten Erwartung» bezeichnet hat. Die hässliche Bemerkung des Ehemannes kann auch den Hörer treffen und sich in ihm festsetzen. Dann könnten wir mit Müller-Freienfels, der sich ebenfalls gegen Kants Definition ausgesprochen hat, sagen: «Der gute Witz ist nicht eine zerplatzende Seifenblase, die ein paar Tropfen trüben Wassers hinterlässt» (84). Nein, es bleibt mehr. Allenfalls unsere intellektuellen Erwartungen werden zu nichts (so hatte es Kant wohl auch gemeint), nicht aber unsere Empfindungen.

Womit soll ich Sie am Ende dieses Kapitels noch verblüffen können, wo Sie doch auf jede Wende vorbereitet sind? Ich versuche es mit ein bisschen Absurdität. *Zwei Freunde treffen auf einem Spaziergang einen guten alten Bekannten, der sie freundlich grüßt. «Warum hast du denn den Gruß nicht erwidert?», wundert sich der eine. «Ich kann den Kerl nicht ausstehen.» «Seit wann denn das?» «Seit diesem Sommer. Ich hatte ihn in unser Landhaus eingeladen. Er hat mit meiner Frau geschlafen, meine Tochter verführt und mit unserem Hausmädchen wüste Orgien gefeiert. Und ich? Was hat er für mich getan? Nichts!»*

Dummschlau. Was steckt dahinter?

Zwei Freunde, Ruben und Nuchim, haben im Restaurant zusammen einen Fisch bestellt. Nuchim teilt den Fisch und nimmt sich selbst das größere Stück. «Pfui», sagt Ruben, «wenn ich zwei so ungleiche Teile gemacht hätte, dann hätte ich mir wenigstens das kleinere Stück genommen.» «Nun also, was willst du», meint Nuchim achselzuckend, «du hast doch das kleinere!» Der siegreiche Standpunkt ist hier sehr auffallend aus Schlauheit und Dummheit zusammengesetzt. Als Hörer weiß man nicht recht, auf wessen Seite man sich stellen soll. Es ist nicht einmal klar, wo die Sympathien des Witzerzählers liegen. Die Sache schillert, und das ist wohl auch genau die Absicht. Was von all dem zu halten ist, bleibt hinter einer leichten Ironie verborgen.

Auch die folgende Spitzfindigkeit gehört hierher, obwohl sie eher artistisch als provozierend ist. *Ein Gast bestellt beim Kellner Apfelkuchen. Dann überlegt er es sich, schickt den Apfelkuchen zurück und bestellt statt dessen ein Glas Kognak, trinkt ihn aus, steht auf und will gehen. Der Kellner: «He, Sie haben den Kognak nicht bezahlt!» Gast: «Ich habe Ihnen doch dafür den Apfelkuchen zurückgegeben.» Kellner: «Den haben Sie aber auch nicht bezahlt.» Gast: «Nu, hab ich ihn denn gegessen?»* Wirklich sehr verzwickt. Wenn ich richtig verstehe, dann will der Erfinder dieses Witzes doch sagen: Eigentlich hat so einer, der sich so dumm-schlau stellen kann, recht.

Die These, der Schlaue, auch wenn er scheitert, sei der heimliche Held, findet sich so ähnlich auch bei Sigmund Freud, der das jedenfalls vom Schadchen (dem jüdischen Heiratsvermittler) annimmt. Man lache über ihn, wenn er scheitert, aber gebe ihm heimlich recht, wenn er sein Amt unfreiwillig herabsetzt. Freud zitiert dies Beispiel: *Der Bewerber hat auszusetzen, dass die Braut ein kürzeres Bein hat und hinkt. Der Schadchen widerspricht ihm. «Sie haben Unrecht. Nehmen Sie an, Sie heiraten eine Frau mit gesunden, geraden Gliedern. Was haben Sie davon? Sie sind keinen Tag sicher, dass sie nicht hinfällt, sich ein Bein bricht und dann lahm ist fürs ganze Leben. Und dann die Schmerzen, die Aufregung, die Doktorrechnung! Wenn Sie aber die nehmen, so kann Ihnen das nicht passieren; da haben Sie eine fertige Sach'.»*

Natürlich weiß auch Sigmund Freud: «Niemand wird dem bereits ‹fertigen Unglück› gar noch einen Vorzug vor dem bloß möglichen zugestehen wollen» (50), und doch wolle die Geschichte sagen, der Schadchen habe im Grunde recht. Ich würde lieber sagen, das Vergnügen an diesem Witz besteht zum guten Teil darin, dass der Hörer vom Scheinargument überzeugt und doch wieder abgestoßen ist. Daraus folgt das bekannte Hin und Her. Eine noch klarere Parteinahme scheint mir in der folgenden Geschichte, die nicht bei Freud steht, erkennbar: *«Gedalje, was machste für e mieses Gesicht?» «Gott, hab ich gehabt e Ärger! Ich hab geheiratet vor drei Monaten, habe gemeint, mei Frau is unerfahren wie e Kind... und erwisch ich sie mit meinem Kompagnon Fleckeles!» – «Nu – was willste denn! Da siehste doch, dass de recht gehabt hast und dass se ist wirklich unerfahren wie e Kind. Sonst hätt se sich doch nicht so schnell erwischen lassen!»*

Die Technik der dumm-schlauen Argumentation ist der Ironie eng verwandt. Man weiß nicht so recht, woran man damit ist. Und genau das ist die Absicht. Die Sache spielt offenbar auf der Grenze zwischen Ernst und Unernst, über die wir den Sinn der Sache huschen zu sehen meinen. Oder mit einem anderen Bild: Der Wahrheitsgehalt der Pointe erscheint mal als das sprichwörtliche Körnchen, mal als hochkarätiger Anteil. Man weiß es nicht. Das gilt auch für die folgende Geschichte, die mich, als ich sie zuerst las, ziemlich gepackt hat.

Im Ersten Weltkrieg kommt der junge Samuel zu seinem Onkel Wertheimer. Er sei zur militärischen Musterung bestellt, sagt er ganz niedergeschlagen. Darauf Wertheimer: «Was beunruhigt dich das? Es gibt immer zwei Möglichkeiten: Schön, du gehst zur Musterung. Was ist dabei? Entweder du wirst ausgemustert. Ausgemustert ist gut! Oder du wirst genommen. Dann gibt es zwei Möglichkeiten: Entweder du kommst in die Schreibstube. Schreibstube ist gut! Oder du wirst mit der Waffe ausgebildet. Dann gibt es zwei Möglichkeiten: Entweder du kommst in die Etappe. Etappe ist gut! Oder du kommst an die Front. Dann gibt es zwei Möglichkeiten: Entweder du kommst zur Küche. Küche ist gut! Oder du musst kämpfen. Dann gibt es zwei Möglichkeiten: Entweder du kommst durch. Durchkommen ist gut! Oder du wirst getroffen. Dann gibt es zwei Möglichkeiten: Entweder du kriegst einen Heimatschuss. Heimatschuss ist gut! Oder du wirst totgeschossen. Dann gibt es zwei Möglichkeiten: Entweder du kriegst ein Einzelgrab. Einzelgrab ist gut! Oder du kommst ins Massengrab. Dann gibt es zwei Möglichkeiten: Entweder du kommst oben hin, oder du kommst unten hin. Aber das ist dann einerlei und kein Grund zur Beunruhigung mehr.»

Der deutsche Philosophieprofessor Richard Müller-Freienfels, in dessen Büchlein über das Lachen aus dem Jahre 1948 ich diesen schwachen Trost für einen Krieger gefunden habe, schreibt, man könne es «fast als volkspsychologisches Charakteristikum anführen, dass bei den meisten deutschen Witzen über die Dummheit, bei den meisten jüdischen Witzen über die Schlauheit gelacht wird» (75). Jedenfalls ergibt sich auch bei den sophistischen Witzen mal wieder, dass die jüdischen vom Feinsten sind. Allerdings, gelacht wird auch hier, meine ich, über den Anteil an Dummheit, der sich in alles raffinierte Argumentieren gemischt hat.

Fast ohne Anteil an Dummheit kommt der folgende jüdische Witz aus. *Levy hat mit einem Bekannten im Café Karten gespielt. Es kommt zum Krach. Levy schreit: «Wieso spiele ich überhaupt mit dir? Ich verstehe selbst nicht, wie ich mich nicht schäme, mit einem*

Menschen Karten zu spielen, der sich nicht schämt, mit jemandem Karten zu spielen, der mit einem Kerl, wie er einer ist, Karten spielt.» Das ist arg verschachtelt. Einfacher ist da schon dies Kompliment: *«Warum ist Lea eigentlich immer noch unverheiratet?» «Ja, sie ist wohl zu klug, um einen Mann zu nehmen, der so dumm ist, sie zu heiraten.»*

Es steckt hinter der intellektuellen Fassade dieser Witze eine Absicht, eine Haltung, die sich nicht immer zu erkennen geben will. Bei dem folgenden, meinem letzten Beispiel, vermute ich als Tendenz einfach die Botschaft, man solle alles von der besten Seite sehen. *Sterbende Gattin: «Ich kann das Geheimnis nicht mit ins Grab nehmen. Ich gestehe: der Isaak ist nicht von dir.» «Unsinn! Von wem soll er denn sonst sein?» «Von unserem Prokuristen Hirschfeld!» «Ich glaube kein Wort davon. Ein so schöner Mensch wie Hirschfeld und ein Menuwel (Ekel) wie du?» «Ich habe ihm», gesteht die sterbende Gattin, «zweitausend Rubel gegeben.» «Wie ist das möglich? Woher hast du das Geld gehabt?» «Aus der Ladenkasse.» «Na also, doch mein Kind.»*

Absichtlicher Unsinn gibt ein Signal

Der Besucher deutet auf das Hufeisen über der Haustür und fragt den Hausherrn: «Glauben Sie etwa daran?» «Nein», entgegnet der, «aber ich bin überzeugt, dass es auch dann Glück bringt, wenn man nicht dran glaubt.» Diesen Witz hätte ich auch unter den Logeleien zitieren können, die wir schon hinter uns haben. Der Gedankengang ist jedenfalls einigermaßen raffiniert, weil dabei eine Position zurückgewiesen und zugleich bejaht wird. Mir kommt es aber jetzt weniger auf die logische Struktur als darauf an, dass sich hier anscheinend jemand dumm stellt und dabei zugleich etwas Tiefsinniges zu erkennen gibt. Ich meine nämlich, dass in diesem Fall mit dem Paradox ziemlich genau das zwiespältige Verhältnis fast aller modernen Menschen zum Glücksbringer und zum Talisman ausgedrückt ist.

Ein Zuschauer der Bayreuther Aufführung des Parsifal wendet sich an seinen Nachbarn: «Ich kann dabei nicht lachen. Wirklich, ich kann dabei nicht lachen!» Da haben wir wohl, wenn auch weniger logisch verkleidet, den gleichen Fall. Theodor Reik, der diesen Witz zitiert, meint: «Das klingt wie Unsinn; niemand wird erwarten, dass ein Zuhörer der tief tragischen Vorgänge dieses Bühnenweihespiels lacht. Wer diesen Witz zu genießen vermag, hat sich unbewusst zu der Ansicht bekannt, dass auch er der Versuchung unterworfen war, jene Helden des Parsifalspiels als Kreuzritter von der traurigen Gestalt zu verhöhnen» (Lust, 200f.).

Es ist mit diesen Witzen so ähnlich wie mit den dumm-schlauen, die wir im vorigen Kapitel kennengelernt haben, nur dass hier die offenkundige, widersinnige Dummheit zu überwiegen scheint. *«Wie geht's dir?» «Gut – wenn nicht die Daiges (Sorgen) wären!» «Mach's so wie ich. Nimm dir einen Daiges-Träger. Dem gibst du fünftausend Gulden, und er nimmt dir ab alle Daiges.» «Und wo nehm ich die fünftausend Gulden her?» «Das ist eben seine erste Daige.»* Auch hier kann man das Gefühl haben, in dem blühenden Blödsinn stecke eine Botschaft, vielleicht der Rat, die eigenen Sorgen nicht so ernst zu nehmen.

In der Sammlung jüdischer Witze, die Sigmund Freud zusammengetragen und seinem Buch über den Witz zugrunde gelegt hat, findet sich auch dieses absonderliche Beispiel. *Itzig ist zur Artillerie assentiert worden. Er ist offenbar ein intelligenter Bursche, aber ungefügig und ohne Interesse für den Dienst. Einer seiner Vorgesetzten, der ihm wohlgesinnt ist, nimmt ihn beiseite und sagt ihm: «Itzig, du taugst nicht zu uns. Ich will dir einen Rat geben: Kauf dir eine Kanon' und mach dich selbständig.»* Zu diesem Witz sagt Freud, der Offizier stelle sich nur dumm, um Itzig zu zeigen, wie dumm er sich benimmt (45). In unverstellter Rede habe der Offizier sagen können: «Itzig, ich weiß, du bist ein intelligenter Geschäftsmann. Aber ich sage dir, es ist eine große Dummheit, wenn du nicht einsiehst, dass es beim Militär unmöglich so zugehen kann wie im Geschäftsleben» (47).

Sich dumm stellen, um einem anderen zu zeigen, wie dumm er ist, das kommt im Alltag wohl ziemlich häufig vor und muss nicht immer komisch sein. Der folgende Witz bietet lange nicht so viel bizarre Phantasie wie die vorangehenden Witze – er ist wohl auch nicht jüdischen Ursprungs. *«Sind Sie das, Herr Professor, oder ist das Ihr Bruder, der letzten Monat gestorben ist? Ich meine, ich habe die Todesanzeige gelesen ...» «Das werde ich wohl sein, verehrter Kollege, denn mein Bruder lebt noch, soviel ich weiß.»*

Deutlich liebenswürdiger und zugleich feinsinniger ist eine Anekdote, von der übrigens gesagt wird, der Philosoph unter den großen Physikern, Niels Bohr, habe sie gern erzählt. *Ein kleiner Junge kommt in den Kramladen und sagt: «Ich möchte für einen Pfennig gemischte Bonbons.» «Hier hast du zwei Bonbons», sagt der Krämer, «aber mischen musst du sie dir selbst.»* Was an der Antwort deutlich wird, ist wohl die Unanwendbarkeit des Wortes «gemischt» auf eine kleine Anzahl.

Wie macht man das eigentlich, sich dumm stellen? Wahrscheinlich muss man dazu ein todernstes Gesicht machen und seine Worte ganz beiläufig fallenlassen. Je trockener eine witzige Bemerkung vorgebracht wird, desto wirksamer ist sie. Leider und zu unserem Pech steigt im gleichen Maße auch das Risiko, dass niemand den Witz als Witz erkennt. Nehmen wir eine Anekdote. *Ein Kunsthändler zeigt Picasso einen Picasso, den er eben erworben hat. «Eine Fälschung», brummt der Meister. «Aber ich habe Sie doch selbst das Bild malen sehen», stammelt der Händler. Darauf Picasso: «Ich male häufig Fälschungen.»* War das ein Wort im Zorn, war es ernst gemeint – oder doch ein Scherz mit Hintergrund? Wir müssten des Meisters Mienenspiel sehen können. Doch auch das würde nicht alles verraten. Und selbst wenn wir erfahren, dass Picasso Bonmots liebte wie «Die Kunst ist eine Lüge, die uns die Wahrheit erkennen lässt», so sind wir am Ende doch noch nicht sicher.

Zu jeder witzigen Bemerkung gehört, damit sie als Witz erkannt werden kann, das Signal: «Das ist Spaß!». Diese Beobachtung hat Gregory Bateson gemacht, dessen Anregungen für das Verstehen des Humors als überaus fruchtbar erscheinen.

Ein Schüler Batesons, der uns auch schon bekannte William F. Fry, hat diese Beobachtung vom Signal, das jeden Witz begleiten muss, aufgegriffen. Es könne in der Floskel «Kennen Sie den?» bestehen, mit der man eine Witzkonserve ankündigt; es könne mit einem Augenzwinkern oder einer leicht verstellten Stimme geboten werden; oder so, dass die witzig gemeinte Bemerkung allzu absurd ist. Für letzteres können wir diesen *Ausspruch eines Schnorrers nehmen, der, in den Anblick von Rothschilds grandiosem Grabmal versunken, seufzt: «Die Leute führen ein Leben!»* Da verweist schon das Paradox auf die witzige Absicht des Schnorrers.

Das begleitende Signal (Dies ist Spaß!) wird auf einer Meta-Ebene ausgesandt, denn es sagt etwas aus über die Botschaft des Witzes. Das scheint einfach zu verstehen. Damit aber geraten wir, meint William F. Fry, in ein Paradox. Denn das Signal sei ja in gewisser

Weise auch Bestandteil des ganzen Witzes, den es für Unernst erklärt. Damit aber stellt das Signal sich auch selbst in Frage und erklärt sich ebenfalls zum bloßen Spaß. Wie man leicht versteht, hat das die Wirkung, dass nun der ganze Witz kein begleitendes Signal mehr besitzt, also zum Ernst wird. In diesem Augenblick muss auch das Signal wieder für bare Münze genommen werden – und der Witz wird von ihm erneut zum Spaß erklärt. Es sei ein «Zirkel-Paradox», sagt Fry (143), ähnlich wie das Paradox des Epimenides «ich lüge». Was Fry hier behauptet, ist nicht nur blasse Theorie. Man kennt es aus der Alltagserfahrung, dass ein Spaßmacher seine Signale dadurch aufhebt, dass er sie nicht überzeugend vorbringt – und schon wirkt sein Spaß wie Ernst.

Als Beispiel dafür, wie wenig überzeugend ein Scherz sein kann, dieser jüdische Witz: *Goldweins Frau soll beerdigt werden. Die Trauerversammlung ist vollzählig, nur Goldwein fehlt. Man sucht ihn im ganzen Haus. Schließlich findet man ihn in der Mansarde beim Dienstmädchen. «Aber Goldwein? Wie kannst du nur!» «Weiß ich», antwortet er, «was ich tu in meinem Schmerz?»*

Witzkonserven sind ja als Scherzartikel meist gleich zu erkennen und brauchen kein weiteres Signal, das ihren Unernst andeutet. Und doch stürzen uns einige Witze in Verwirrung, weil sie zu sonderbar sind und gleichsam keine Gebrauchsanweisung für das richtige Verständnis mit sich führen. Ein solcher Witz, ein sächsischer, soll hier folgen, weil er mit der Verstiegenheit und Güte der jüdischen mithalten kann. Wilhelm Pinder, der ihn erzählt hat, meinte dazu, im sächsischen Witz sei «die Selbstaufhebung alles Gegebenen» möglich (9f.). Unsinn mit Tiefe. *Zwei Kinder ziehen einen recht großen Handkarren mit Grünfutter. «Was habt ihr denn da?» «Fudder.» «Für wen denn?» «Fürs Vieh.» «Was habt ihr denn für Vieh?» «Ganinchen.» «Wie viele habt ihr denn?» «Eens.» «Ja, wenn ihr dem das ganze Futter gebt, dann wird's doch hin.» «Is schon.»*

Nur einen einzigen anderen Witz kann ich nach dieser sächsischen Mystik noch zu zitieren wagen; es ist einer meiner Lieblingswitze, was nicht nur daran liegt, dass es hier um Theologie geht. Der Witz schillert ironisch, so dass er seinen Sinn nur wie durch mehrere Farbschichten hindurch ahnen lässt: *«Was ist der Unterschied zwischen Kommunismus und Christentum?» «Na, sag schon!» «Das Christentum hat die Armut immer nur gepredigt. Der Kommunismus aber hat sie verwirklicht.»*

In der Religionsstunde fragt der Lehrer: «Was passiert, wenn du eines der Zehn Gebote brichst?» Der Schüler überlegt: «Dann sind es nur noch neun ...» Es heißt, Kinder und Narren sagten die Wahrheit. Man könnte auch formulieren: Die Antwort des Schülers ist so töricht, dass sie schon wieder wahr ist. Denn die moderne Einstellung zur Moral wird hier unabsichtlich ausgesprochen: Wenn man ein Gebot nur oft genug bricht, zählt es nicht mehr. *Im alten Amerika stand ein Landstreicher vor dem Friedensrichter, der ihn wegen fortgesetzter Bettelei zu drei Wochen Gefängnis verurteilte. Als man ihm ein letztes Wort zubilligte, sagte er: «Wie ist es nur möglich, dass Betteln als Vergehen unter Strafe gestellt ist, während das Geben von Almosen als Tugend gilt?»* Es muss wohl nur jemand die Unstimmigkeiten dieser Welt einmal aussprechen. Die Technik dieser Witze bedient sich des Tricks, die vernünftige Botschaft in das Gewand einer verwunderlichen Feststellung zu kleiden. *Der alte Mendel hat angefangen, mit sich selbst zu reden. Die Söhne sind beunruhigt und holen den Arzt. Mendel, erbittert: «Zum ersten Mal in meinem Leben unterhalte ich mich mit einem vernünftigen Menschen – und da will man mir einreden, ich sei verrückt.»*

Vom Narren macht man sich gewöhnlich die Vorstellung, er sei bei Hofe derjenige gewesen, der es als einziger habe wagen dürfen, scherzend die Wahrheit über den König zu sagen. Eine andere Auffassung hat der holländische Soziologe Anton C. Zijderveld in seinem Buch über «Humor und Gesellschaft» vertreten. Im Mittelalter habe sich der Hofnarr ganz im Sinne des Königs an den Hofstaat und den Klerus gewandt und habe somit als Stütze der Moral gewirkt. «Sein Verspotten und Lächerlichmachen der traditionellen Werte und Normen der Gemeinschaft hatten zum Ziel, die Menschen an die Wichtigkeit dieser Werte und Normen zu erinnern» (181). Das wäre auch eine ziemlich genaue Beschreibung der Rolle heutiger Witze in der Gesellschaft. Das Gelächter, das sie erzeugen, bringt keineswegs immer die Moral ins Wanken, sondern gibt oft nur der Revolte gegen die Moral ein Ventil, um die Normen damit wieder zu festigen. Ein unschuldiges Beispiel: *«Du bist auf der Welt», donnert der Lehrer, «um den anderen Menschen Gutes zu tun!» Der Schüler, kleinlaut: «Und wozu sind die anderen Menschen da?»* Für einen Augenblick darf man über diesen Moralapostel lachen – und bestätigt doch in diesem Lachen die Norm, dass wir für einander dazusein haben.

Der Witz ist ganz allgemein als Konflikt der Werturteile verstanden worden. So schreibt Ralph Piddington: «Wir können das Schema formulieren, in das jedes Beispiel für Komik passt. Wir haben nämlich gesehen, dass jede komische Situation zwei gegensätzliche Werturteile aus dem sozialen Bereich enthält, die sich beide auf diese Situation beziehen» (97, vgl. 103). Ähnlich meint auch Hermann Bausinger: «Die Grundstruktur des Witzes ist bestimmt durch den Zusammenstoß verschiedener Normbereiche» (Volkspoesie, 132f.). So allgemein wird das aber nicht immer zutreffen. In den Witzen dieses Kapitels werden allerdings Normen in Frage gestellt – oder doch wenigstens geheiligte Kühe in Bedrängnis gebracht, hier zum Beispiel eine Ikone des Kulturlebens. *Bei der Probe ermahnt der Dirigent den Tenor: «Ich bitte doch um mehr Leidenschaft. Haben Sie denn noch nie richtig geliebt?» «Doch, sicher», stammelt der Sänger, «aber noch nie dabei gesungen.»* Da wir gerade versuchen, die Normen der Kultur mit den Mitteln des gesunden Menschenverstandes zu attackieren, füge ich gleich noch ein Gegenstück an. *Moische Thaler sitzt im Theater bei «Maria Stuart». Es wird immer tragischer, und er weint bitterlich. Plötzlich sagt er zu sich selber: «Mein Gott, was treib' ich da? Ich kenn' sie nicht, sie kennt mich nicht – was reg ich mich so auf?»* Man möchte rufen: Er hat eigentlich recht! Und doch klingt es einfältig, was er sagt, denn wir spüren zugleich, um welche Erfahrung er sich damit bringt. Also stehen die Normen des Theaters nach diesem Lachen nur um so fester. Die moralische Anstalt hat uns wieder.

Eine der am meisten verehrten Heiligtümer unserer Zeit ist die Medizin. Kein Wunder, wenn auch hier eine Närrin im Gewand der Unschuld einmal die Wahrheit sagen muss. *Eine schwäbische Bauersfrau kommt aufs Rathaus, um den Tod ihres Mannes anzuzeigen. «Todesursache?», fragt der Standesbeamte. «Ha, g'schtorbe ischt'r ebe.» «Wer hat denn Ihren Mann behandelt?» «Ha, i, wer denn sonscht?» «Ärztliche Hilfe haben Sie nicht in Anspruch genommen?» «Noi», sagt die Witwe, «mir hän kai ärztliche Hilfe braucht. Dear Ma' ischt ganz von allai g'schtorbe.»* Man kann den Witz verschieden deuten, ich sehe eine Kritik an den Ärzten darin. Auch die Fragen des Beamten werden nebenbei bloßgestellt.

Geht es immer um Normen? Eine so allgemeine Behauptung

möchte ich nicht aufstellen. Aber bei dieser Art Witzen wird wirklich an den Grundüberzeugungen gerüttelt, selbst an der üblichen Verachtung für Alkoholiker. *Ein Leutnant schnauzt auf dem Kasernenhof einen Kameraden, der stark angeheitert ist, an: «Menschenskinder, wenn Sie nicht so viel trinken würden, könnten Sie längst Hauptmann sein!» «Mir egal», lallt der Kamerad, «wenn ich trinke, bin ich General.»*

Die törichte Antwort enthält eine absurde Wahrheit, darin besteht die paradoxe Technik dieser Witze. *Der Pfarrer in der Schule: «Was müsst ihr tun, damit euch eure Sünden vergeben werden?» Einer weiß es: «Sündigen!»* Das ist ebenso wahr wie vorhin die Antwort zu den Zehn Geboten. *Frage an Radio Eriwan: «Kann man als guter Kommunist auch ein guter Christ sein?» Radio Eriwan antwortet: «Im Prinzip ja, aber warum wollen Sie sich das Leben doppelt schwer machen?»*

Situationswitz

Handgreifliche Situationskomik

Niels überrascht seine Mutter mit einem Kunststück auf dem Fahrrad. «Schau mal, Mutti, ohne Hände!» Nach einer Weile kommt er wieder vorbei und jetzt ruft er: «Schau mal, Mutti, ohne Hände und ohne Füße!» Als er wieder ankommt, sagt er leise: «Schau mal, Mutti, ohne Sssz-ähne!» Der Witz muss natürlich, was ich hier nur andeuten konnte, so erzählt werden, dass die Pointe etwas kleinlaut gelispelt wird, klar. Es ist auch bisher schon vorgekommen, dass ein Witz sozusagen mit einer Regieanweisung für den Sprecher hätte ausgestattet werden müssen. Und doch ist an diesem Witz auch etwas neu. Bisher haben wir uns nämlich nur mit Witztechniken beschäftigt, die mit Worten oder Gedanken spielen. Dieser Witz hingegen lässt eine Handlung entstehen; sie zeigt uns zuerst einen jungen Artisten und schließlich einen geschlagenen Helden.

Allzu groß mag Ihnen der Unterschied zu den bisher betrachteten Techniken nicht scheinen. Das folgende Beispiel lebt sogar, wie ich zugeben muss, vom Dialog, wie fast alle Witze. *Ein Mann steht händeringend vor seinem Hausarzt und sagt: «Sie haben mir doch diese Flasche mit dem Stärkungsmittel verschrieben ...» «Na, und?», fragt der Arzt und betrachtet die Flasche. «Ich krieg sie nicht auf!»* Ja, es ist ein Dialog, und wie üblich wird in der Pointe ein Sachverhalt angedeutet, den wir uns denken müssen. Hier aber ist es kein Gedanke, den man nachvollziehen, sondern eine Szene, die man sich lebhaft vorstellen muss; die Szene nämlich, wie der arme Mann so schwach war, dass er die Flasche nicht öffnen konnte.

Um Ihnen zu beweisen, dass es jetzt wirklich um Vorgänge (und nicht mehr um Wort- und Gedankenspiele) geht, begebe ich mich sogar auf die Ebene eines etwas schwachsinnigen Gags. *Die Krankenschwester reicht dem jungen Vater das Neugeborene. Er beugt sich über das Kind und ruft: «Fabelhaft! Ein Junge!» «Nein!», schreit die Schwester zurück, «lassen Sie meinen kleinen Finger los!»* Hier ist nun von Gedanken keine Rede mehr, die Komik (wenn es denn eine gibt) stammt allein aus dem handgreiflichen Irrtum des Vaters, also aus einer Handlung. Sicher, auch diese Handlung wird im Witz nur angedeutet, und das mit denselben sprachlichen Mitteln, die wir auch bisher schon beobachtet haben; wenn die Krankenschwester ihren kleinen Finger erwähnt, so ist das, als Technik betrachtet, eine Anspielung. Diese Anspielung aber lässt nun einen Vorgang deutlich werden. Bleiben wir gleich bei den Heilberufen und den körperlichen Symptomen. *Ein Patient konsultiert den Arzt: «Was soll ich bloß machen, ich zittere so an den Händen!» «Sie trinken wohl zu viel», sagt der Arzt. «Überhaupt nicht viel, Herr Doktor, das meiste verschütt ich.»*

Man vermutet, dass diese Art von Witzen, historisch gesehen, aus dem Schwank hervorgegangen ist (wobei der Schwank selbst schon die Schwundstufe umfangreicherer Vorgänger war). Früher, als man noch Zeit hatte zum Erzählen und auch die Konkurrenz der Medien dem Fabulierer noch nicht im Nacken saß, da schmückte man die Begebenheiten aus. Solche komischen Ereignisse werden heute in die pointierte Form des Witzes gepresst und zugleich noch etwas ins Verrückte verzerrt. *Im Restaurant auf dem FKK-Gelände kann ein Gast den Kellner nicht verstehen und schimpft: «Mann, so reden Sie doch deutlicher!» «Kann nicht», nuschelt der splitternackte Ober, «hab den ganzen Mund voll Wechselgeld.»*

Seit wann es diese Situationskomik im Witz gibt, weiß man nicht genau. Wahrscheinlich ist sie der jüngste Spross unter den drei Techniken des Witzes (Wort-, Gedanken- und Situationswitz). In dem Witzbuch von Kuno Fischer, dessen letzte Fassung von 1889 stammt, gibt es überhaupt nur Aphorismen und Anekdoten. Bei Sigmund Freud finden wir 1905 schon die Witze in Form eines Dialogs; eine Situationskomik fehlt jedoch. Wir können auch sicher sein, dass Freud sie nicht übersehen hat, denn er rühmt sich (gewiss zu Recht), er könne behaupten, «dass die häufigsten technischen Mittel des Witzes sich meiner Aufmerksamkeit nicht entzogen haben» (136). Sonst hätte Freud vielleicht auch Witze wie diesen analysiert (den ich hier anführe, obwohl er schlecht zum Begründer der Psychoanalyse passt). *«Mein Neffe ist jetzt beim Psychoanalytiker in Behandlung, weil er sich so entsetzlich hässlich findet.» «Und was hat der Analytiker gesagt?» «Er hat gesagt, mein Neffe solle sich während der Behandlung aufs Gesicht legen.»* Formal ist das ein Dialog, aber er dient doch der Schilderung einer Begebenheit. Freilich wird der Vorgang auch hier mit der gleichen Technik der Auslassung angedeutet, die für Witze so typisch ist. Die Komik aber stammt wieder aus der fast handgreiflichen Dinglichkeit der Szene.

Was ein Witz ist, glauben die meisten Menschen zu wissen. Sie denken dabei an Wortspiele, Andeutungen oder Doppelsinn – jedenfalls an eine Technik, die sich allein sprachlicher Mittel bedient. Daran kann man sehen, wie jung der Situationswitz ist; er ist uns noch so ungewohnt, dass er weit davon entfernt ist, uns als «typischer Witz» zu erscheinen. Auch die Theoretiker des Witzes sind da nicht besser als die Laien, wenn sie zu definieren versuchen, was ein Witz ist. Für Helmuth Plessner etwa ist Witz «sprachlicher Ausdruck» (107); ebenso eng definiert der Germanist Wolfgang Preisendanz, für den sich die Pointe aus einer bestimmten «sprachlichen Bezeichnung» eines Sachverhalts ergibt (30). Solche Definitionen decken nicht ab, was der Situationswitz leistet. Und, nebenbei gesagt, nicht einmal der Gedankenwitz hängt immer an der sprachlichen Formulierung, wieviel weniger die Situationskomik, in der die Handlung das Komische ist. *«Mit mir war es schlimm die letzten Wochen. Ich hab in der Vorstellung gelebt, ich wär ein Hund.» «Schrecklich! Und nun sind Sie geheilt?» «Ja, völlig. Hier, fühlen Sie mal meine Nase. Ganz kalt!»*

Handlung als wichtiger Teil der Witzkomik, das stammt wohl aus den Filmkomödien, bei denen die Sprache ebenfalls nur einen Teil des Komischen ausmacht. *Stürzt ein Mann zum Psychiater rein: «Herr Doktor, überall Schmetterlinge, lauter Schmetterlinge», ruft er und wedelt mit den Armen. «Doch nicht alle zu mir rüber!», wedelt der Doktor zurück.* Das könnte man sich auch als Film denken, dort hat sich ja der Witz längst neu etabliert. Mit Erfolg. «Aus dem Witz ist im Kino der Gag geworden», schreibt die Filmkritikerin Frieda Graefe; und diese Verwandlung sei möglich gewesen «durch die Verlagerung von der Wortebene in die Welt der Objekte und der realen Anschauung». Genau so ist es gemacht worden – nur könnte man dem Zitat hinzufügen: Der Gag hat nun wiederum zurückgewirkt auf den erzählten Witz.

Das jedenfalls will ich mit den hier angeführten Beispielen zeigen. *Elfi schreibt aus den Ferien an ihre Freundin: «Stell dir vor, ich hab hier einen tollen Kerl kennengelernt. Wir lieben uns immerzu, er kann gar nicht genug kriegen. Tschüss, deine Elfi.» Und dann findet sich da noch ein Postskriptum: «Bitte entschuldige die verwackelte Schrift.»*

Mit einer kleinen Pointe, die wirklich nur vom Gagspezialisten einer Filmklamotte stammen kann, hoffe ich auch die letzten Zweifler davon zu überzeugen, dass die Situationskomik eine eigene Kategorie unter den Witzen ist. *Kommt ein Skelett in die Kneipe und ruft: «Bitte ein Bier- und einen Aufwischlappen!»*

Die Situation ist da – und das Lachen ist zwiespältig

Bei der Musterung wird in Los Angeles der Gezogene gefragt: «Beruf?» «Ich erfinde Gags für Filme.» «So, so. Können Sie mal erklären, wie Sie das machen?» Der junge Mann geht wortlos zur Tür, reißt sie auf und ruft den draußen wartenden künftigen Rekruten zu: «Ihr könnt alle nach Hause gehen. Die Stelle habe ich bekommen!» So ungefähr hatte ich mir das mit den Gags auch gedacht, selbst zu Witzen lassen sie sich verarbeiten. Wie der alte Adenauer zu sagen pflegte: Die Situation ist da.

Manchmal endet die Geschichte ausweglos in einer Peinlichkeit, die das Opfer förmlich schmoren lässt. *Stolz sitzt der frisch ernannte Abteilungsleiter in seinem neuen Büro. Als ein Mann hereinkommt, greift er demonstrativ zum Telefon: «Aber ja, Herr Direktor! Wirklich reizender Abend gestern!», hört man ihn sagen. Er legt auf und wendet sich an den Besucher: «Was kann ich für Sie tun?» «Danke, nichts, ich wollte nur Ihr Telefon anschließen.»* Die Technik ist diesmal etwas anders als im vorigen Kapitel. Da wurde eine Einzelheit nicht erzählt, während hier die ganze Geschichte zu Ende geführt wird – aber zu was für einem Ende! Bei der letzten Information erfüllt sich das Schicksal.

Mit vorgehaltener Pistole stürmt ein maskierter Räuber die Bank und schiebt dem Kassierer einen Zettel zu. Der liest und gibt den Zettel zurück: «Muss ein Irrtum sein», sagt er, «auf dem Zettel steht: drei Pfund Kartoffeln, sechs Eier – und vergiss die Wäsche nicht.» Mit allzu viel Mitgefühl kann dieser Mann nicht rechnen, hier dürften wir, wenn wir wollten, einmal schadenfroh lachen. Bei dem Abteilungsleiter eben auch, der sich seiner Beziehungen zum gewaltigen Boss rühmen wollte. Das war beim Gag-Erfinder anders, der stellte sich als strahlender Sieger heraus, er hatte den großen Auftritt; der Rekrutierungsoffizier aber, der nur einmal neugierig war, hatte das Nachsehen. Und wie ist es hier? *«Du, Vati, was ist ein Transvestit?» «Das musst du Mutti fragen, der weiß das.»* Wer ist da reingefallen? Jedenfalls auch der Hörer oder Leser – also Sie (hoffe ich wenigstens). Dass jemand reingefallen ist, scheint hier die Bedingung fürs Lachen zu sein. Das wäre keine ehrenwerte Herkunft.

Die ausweglose Lage, von der die Witze in diesem Kapitel handeln, erinnert mich an Theorien über den Ursprung des Lachens. Ist es als Triumph einer siegreichen Gruppe entstanden? In einer soziologischen Analyse hat E. Dupreel 1928 das einschließende vom ausschließenden Lachen unterschieden; das Lachen schließe nämlich diejenigen zusammen, die gemeinsam lachten, während sich die Außenstehenden doppelt ausgeschlossen fühlten. Das ist leicht zu beobachten, selbst auf Partys, worauf der holländische Soziologe Anton C. Zijderveld hingewiesen hat (75). Ob das Lachen in der Zeit, als es von den Frühmenschen entwickelt wurde, eindeutig freundlich oder böse war, ist natürlich nicht bekannt. J. C. Gregory vermutete 1924 in seinem Buch über das Lachen, «zuerst und ursprünglich hat wohl die reine Erleichterung das Lachen begleitet» (207), das Lachen sei also offen für gut und böse: «Es kann in einem Atemzug bitter und süß sein» (ebd.). Anders sieht es Albert Rapp, ein amerikanischer Altphilologe, der sich eine eigene Archäologie des Lachens rekonstruiert hat. Entstanden sei es aus dem Zweikampf: «Lachen hat seinen Ursprung in Hass und Aggression. Es ist grundsätzlich und seinem Wesen nach brutal. Unmöglich kann man seine Wirkung, seine Vorzüge und Gefahren, seine Kraft zum Bösen und Guten verstehen, wenn man diese Tatsache nicht eingesehen hat» (Origins, 13). Aber selbst für Rapp ist das Lachen heute nicht nur feindselig, sondern hat auch Charme und Humor, so dass er das Lachen für zwiespältig, ja für ein Paradox hält (ebd., 14).

Ein Witz präsentiert gewöhnlich ein Opfer. Wenn man über den Witz lacht, kann man sich fragen, ob das nicht ein Auslachen ist. *«Mama», sagt eine Zwanzigjährige, «ich habe eine Anzeige aufgegeben: Suche kultivierten Herrn im besten Alter zwecks Freizeitgestaltung. Spätere Heirat nicht ausgeschlossen.» «Und ?», fragt die Mutter, «hast du schon Zuschriften bekommen?» «Ja, eine – von Papa.»* Da glauben wir, sogar gleich drei Opfer in dieser peinlichen Familiengeschichte ausmachen zu können. Das Lachen möchte einem im Halse steckenbleiben. Und wenn man doch lacht, dann entschuldigt man sich entweder mit dem Gedanken, diese Leute hätten es nun wirklich verdient, oder man redet sich ein, das eigene Lachen sei doch nur gutmütig und kein Auslachen. Emil Kraepelin, der Schadenfreude nicht gern zugeben wollte, musste doch einräumen, dass gerade im Alltag anderen Menschen manches Missgeschick passiert, über das die Nichtbetroffenen lachen. «Jede Situationskomik», urteilt Kraepelin, «ist strenggenommen Tragikomik, tragisch für die Betroffenen, komisch für die Zuschauer» (334).

Nicht lange nach Kraepelin hat der Philosoph Karl Groos in seiner Ästhetik das Lachen beschrieben und kommt zu dem Schluss: «Aus der ganzen Untersuchung über das Wesen des Komischen springt der Gedanke mit großer Klarheit hervor, dass das Lachen beim Komischen zunächst ein Verlachen ist» (402). Mich hat diese Feststellung enttäuscht, vielleicht weil ich diesen bösen Ursprung des Lachens nicht wahrhaben wollte. Um so mehr war ich erleichtert, als ich las, dass Groos bei diesem Urteil nicht stehenbleiben wollte. Das Verlachen sei nur «das außerästhetische Lachen», das «seinen Schwerpunkt in der spöttischen, unbrüderlichen Erhebung über das verkehrte Objekt» habe (408). Das wahre Lachen hingegen mache mit dem in Verlegenheit geratenen Mitmenschen «gemeinsame Sache» und versuche, «an seiner Verkehrtheit brüderlich teilzunehmen», wodurch wir zu «Mitschuldigen des Verkehrten» würden. Groos beschließt seine Untersuchung daher mit dem Satz: «Wenn auf diese Weise das Gefühl unserer Überlegenheit ganz in den Hintergrund rückt, so verwandelt sich der lachende Pharisäer in einen lachenden Zöllner, und an die Stelle der komischen Betrachtung tritt die humoristische» (ebd., 408f.).

Mir hat das echte, spontane Lachen nie wirklich böse und gemein geklungen, darum finde ich diese Deutung von Groos richtig. Ist man wütend oder hegt man Hassgefühle, so kann man nicht lachen. Die These vom allein aggressiven Ursprung des Lachens ist mir daher zweifelhaft. Um lachen zu können, muss man mit dem Opfer sogar ein wenig mitfühlen oder sich wenigstens in die Lage des Verunglückten versetzen können. Freilich kann das Opfer es nicht als eine Form der Anteilnahme empfinden, wenn die Umstehenden lachen, das ist verständlich. Hier noch ein Beispiel, wieder aus der Kiste der Situationswitze. *Die Sekretärin ist mit ihrem Chef verreist. Kaum haben sie das Hotelzimmer bezogen, klingelt das Telefon. Sie hebt ab. Der Portier sagt, hier sei ein Ferngespräch. «Wer ist es denn?», fragt sie. Darauf der Portier: «Sie selbst, gnädige Frau.»* Wir haben ja nichts gegen die Arme, wir haben ihr den Reinfall nicht einmal gewünscht. Wir versetzen uns sogar in ihre Lage, wir leiden mit ihr – und lachen nur deshalb, weil wir (bei allem Mitfühlen) eben doch zum Glück und um Haaresbreite selbst nicht betroffen sind.

Manès Sperber, der Schriftsteller, der als Psychologe ein Schüler Alfred Adlers war, hat die Wirkung der großen Komiker des Stummfilms, Charly Chaplin und Buster Keaton, untersucht. Auch sie wurden bemitleidet – und verlacht. Dem Zuschauer dieser Filme sei nicht bewusst gewesen, «dass er mit dem Leidenden mitfühlen und zugleich bis zur Selbstvergessenheit über ihn lachen konnte. Hier und da empfand der Lacher die eigene Heiterkeit wie einen tiefen, aber unsinnigen Schmerz, der blitzschnell vorüberging» (107). Das erinnert an die tiefe Einsicht von Karl Groos: Wir nehmen an der Verkehrtheit des Verlachten brüderlich teil.

Damit verlasse ich das Thema Lachen und kehre zur Technik der Situationskomik zurück. In all unseren Beispielen wurde mit den letzten Worten die endgültige, peinliche Lage klar, die sich ergeben hatte. Der arme Held des Witzes erfährt sein Schicksal auch nicht einen Augenblick früher als der Hörer. Auch nicht dieser besorgte Vater: *Bäckermeister Brinkmann macht sich auf die Reise zu einem überraschenden Besuch bei seinem Sohn, der in Göttingen studiert. Morgens um neun klingelt er in der Altstadt bei der Zimmerwirtin und findet die Tür angelehnt. Er ruft hinein: «Wohnt hier der Student Brinkmann?» Da hört er die Vermieterin aus der Wohnküche: «Ja, tragt ihn nur rein, diesen Saufbruder!»* Ich denke, wir empfinden mit dem bloßgestellten Vater, erfassen blitzschnell, was auch er erkennen muss – und haben ihm gegenüber doch das Privileg, die Komik der Lage mit Lust betrachten zu können.

«Mutti», sagt der eben achtzehnjährige Sohn, «ich hätte doch auf Opa hören sollen und wäre besser nicht in die Peep-Show gegangen. Opa sagte, da würde ich sehen, was ich besser nicht sehen würde.» «Und was hast du gesehen?» «Opa.»

Ein Detail wird nachgeschoben, die Gestalt wird erkennbar

Den Autofahrer stoppt eine Polizeistreife. «Was ist denn mit Ihren Rücklichtern los?», will ein Beamter wissen. Der Fahrer steigt aus, umrundet seinen Wagen, wird kreidebleich und fällt fassungslos auf die Knie. «Nun übertreiben Sie mal nicht», sagt einer der Polizisten aufmunternd, «ich will doch nur wissen, was mit Ihren Rücklichtern ist.» «Was interessieren mich denn die Rücklichter», brüllt der Fahrer verzweifelt, «wo zum Teufel ist mein Wohnwagen?» Keine Frage, wir sind immer noch bei der Situationskomik. Und wieder ist das Missgeschick da, die Lage aussichtslos. Doch einen kleinen Unterschied gibt es zu den anderen Situationswitzen, die wir zuvor angesehen haben: Hier sind wir zunächst mal in die Irre geführt worden. Wir wussten nicht so viel wie der arme Held des Stückes und standen vor einem Rätsel. Es ist ein fruchtbares und wirksames Witzmuster, zunächst eine Szene aufzubauen, die der Witzhörer nicht ganz richtig deuten kann. Erfährt er dann die Lösung, so ist die Verblüffung groß. Wir wissen bereits von den Wort- und Gedankenwitzen, wie viel plötzlicher die Pointe vor einem steht, wenn man erst mal in die falsche Richtung gewiesen wurde.

Der Porschefahrer sieht im Seitenspiegel einen Mofafahrer, der gerade zum Überholen ansetzt. Er drückt das Gaspedal herunter, aber das Mofa lässt sich nicht abschütteln. Bei rasender Fahrt kurbelt der Porschefahrer schließlich die Scheibe runter und brüllt: «Wohl 'n Tiger in Ihrem Tank?» «Nein», schreit der Mofafahrer zurück, «Jacke in Ihrer Tür!» Das ist, zugegeben, kein reiner Situationswitz, weil die Pointe kunstvoll mit einem kleinen Wortspiel geschmückt worden ist. Aber das kommt nur noch hinzu.

Dass es ohne Dialog nicht geht, habe ich schon erwähnt. Nachdem es eben mit dem Mofafahrer schon recht spannend war – so spannend, dass die These, der Situationswitz entstamme dem Schwank, durchaus an Glaubwürdigkeit gewonnen hat –, jetzt noch eine kleine Steigerung ins Melodramatische. *Nach dem Übungsmarsch von fünfzig Kilometern tritt der Leutnant der 5. Kompanie vor seine Leute: «Um es denen von der 6. mal richtig zu zeigen, marschieren wir die Strecke auch noch zurück!» Tiefe Bestürzung. Der Offizier: «Ich hoffe, Sie melden sich alle freiwillig. Wer unbedingt ins Lager zurückgefahren werden will, der soll drei Schritte vortreten!» Alle Soldaten treten vor, außer dem Schützen Müller. Der Offizier zeigt stolz auf ihn: «Müller ist stehengeblieben, weil er als einziger noch einmal fünfzig Kilometer auf sich nehmen will!» «Nein, zu Befehl, Herr Leutnant, weil ich keinen Schritt mehr vortreten kann.»*

Die Technik ist immer dieselbe: Ein Detail wird zum Schluss nachgeschoben, wodurch alles in neuem Licht erscheint. Auch wenn Sie das als Leser wissen, können Sie dennoch von der Pointe überrascht werden, weil man, während man den Witz in sich aufnimmt, eben doch nur weiß, es wird sich alles noch als ganz anders herausstellen. Man weiß eben nicht, wie. So werden Sie hoffentlich auch hier nichts vorausahnen: *Weil die Bäuerin in den Wehen liegt, fährt der Bauer in die Stadt und holt den Arzt. Der geht mit seinem Instrumentenkoffer ins Schlafzimmer. Nach einer Weile streckt er den Kopf durch die Tür, ruft den Bauern und verlangt einen Schraubenzieher. Wenig später will er auch noch einen Holzbohrer haben, endlich eine Handsäge. Der Bauer wundert sich, muss aber noch eine halbe Stunde in Ungewissheit warten, dann hört er, es sei ein gesunder Junge geworden. «War es eine schwere Geburt?», fragt er besorgt. «Es ist alles gut gegangen», sagt der Arzt. «Und wozu haben Sie das Werkzeug gebraucht?» «Ach, das? Ja, wissen Sie, ich bekam den Koffer nicht auf.»*

Die Lösung des Rätsels lag diesmal nicht in einer Wendung zur Katastrophe, sondern in einer freundlichen Auflösung aller Sorgen «in nichts» im Sinne Kants. Auch in dieser technischen Kategorie, die Witze enthält, bei denen ein Detail nachgeschoben wird, ist es erstaunlich zu beobachten, wie schnell man sich am Schluss, nach der Pointe, umorientieren kann. *«Mutti, schau mal, der Mann am Nebentisch isst die Suppe mit der Gabel.» «Sei still, mein Engelchen.» «Mutti, jetzt trinkt er aus der Blumenvase.» «Aber Kind, ich habe dir doch gesagt, du sollst still sein.» «Mutti, kuck mal, jetzt isst er sogar den Bierdeckel!» «Ich glaube, du solltest ihm mal seine Brille zurückgeben!»* Dieser Witz arbeitet mit geradezu unerlaubten Mitteln, indem er die Mutter zunächst so reden lässt, dass der Hörer notwendig falsch verstehen muss. Leider, das ist seine Schwäche, muss er doch Unschuldstöne wie «mein Engelchen» am Schluss zurücknehmen. Auffallend ist aber, dass die Plötzlichkeit unseres Verstehens davon gar nicht beeinträchtigt wird. «Gut, jetzt soll also alles anders gewesen sein», sagt man sich, wenn man die Pointe hört, und schon hat man blitzschnell die Einzelheiten neu geordnet und die ganze Geschichte anders verstanden.

Die Gestalttheorie will unter anderem dieses intuitive Begreifen erklären. Heute ist weniger die Gestalttheorie oder -psychologie (vom Anfang des 20. Jahrhunderts) als deren späte Blüte, die Gestalttherapie, populär. Ursprünglich war das eine psychologische Schulrichtung in Berlin (später auch in Leipzig), zu deren Annahmen es gehörte, dass der Mensch die Fähigkeit besitzt, ein Ganzes wahrzunehmen, ohne es aus den Einzelheiten zusammenzusetzen.

Diese fruchtbare These musste sich am Witz, der so plötzlich verstanden wird, beweisen lassen. Das hat als erster, soviel ich weiß, der amerikanische Psychologe Norman R. F. Maier im Jahre 1932 getan, indem er sich vor allem auf Arbeiten des Gestalttheoretikers Max Wertheimer berief, der gezeigt hatte, «dass die Bedeutung der Teile von der Gestalt abhängt, von der sie ein Teil sind» (69). Der ganze Witz erst, so die These, weist seinen Teilen die Bedeutung zu. Das leuchtet ein, denn die Pointe hat (zum Beispiel eben im Witz mit der Brille) die Funktion, alle vorher gegebenen Teile in neuem Licht erscheinen zu lassen. Die Beschreibungen des Kindes von dem, was der Mann am Nebentisch alles tut, bekommen durch die Pointe einen anderen Sinn. Wir müssen umdenken, erkennen dabei, warum der Mann sich so merkwürdig benimmt, und sehen in dem scheinbar bloß neugierigen Mädchen die Übeltäterin. Zu Recht kann Maier feststellen: Wenn die Gestalt eines Gedankens humoristisch sein soll, dann muss sie die Fähigkeit haben, einen Wandel in der Bedeutung ihrer Teile herbeizuführen (73).

Auch Gregory Bateson wird der gestalttheoretischen Schule zugerechnet. Er arbeitet in seiner Deutung des Humors nicht mit dem Gegensatz von den Teilen und dem Ganzen, sondern mit der Alternative Vordergrund/Hintergrund. Sei die Pointe erreicht, meint Bateson, dann trete plötzlich in den Vordergrund, was bis dahin als Hintergrundmaterial aufgefasst werden musste (Position, 3). Als Beispiel bietet Bateson einen Witz, den ich hier etwas gekürzt nacherzähle: *Ein Fabrikarbeiter kennt einen der Wachleute am Tor etwas besser. Eines Tages kommt er mit einer Schubkarre voll Holzwolle ans Tor und sagt: «Das ist nur Holzwolle, die wird sowieso weggeworfen, ich kann sie zu Hause brauchen.» Der Wachmann lässt sich darauf ein, nachdem er sich vergewissert hat, dass es wirklich nur Holzwolle ist. So geht das viele Tage. Der Wachmann bekommt allmählich Bedenken und sagt: «He, da ist doch was faul.» «Nur Holzwolle!», sagt der Arbeiter. Weil der Wachmann aber so in ihn dringt, sagt er schließlich: «Wenn es unter uns bleibt – ich habe zu Hause jetzt schon ein Dutzend Schubkarren.»* In der Pointe tritt, so meint Bateson, die unbeachtete Schubkarre aus dem Hintergrund nach vorn. Batesons Schüler William F. Fry meint ebenfalls, der Sinn eines Witzes bleibe latent, bis die Pointe ihn hervorziehe. Dadurch werde das Implizite explizit (152f.).

Die Unterscheidungen der Gestalttheorie (das Ganze/die Teile,

Vordergrund/Hintergrund, implizit/explizit) scheinen mir allerdings nicht zur Deutung aller Witztechniken geeignet. Oft nämlich fügt die Pointe dem Ablauf etwas ganz Neues hinzu; das würde bedeuten, dass nicht nur ein Wechsel von Vordergrund und Hintergrund, von implizit und explizit stattfindet. Nein, wir sehen die Sache schließlich nicht nur in anderem Licht, wir sehen auch etwas anderes! Dafür ein Beispiel. *Mr. John Smith ging in eine Filiale des «New York Herald», um dort eine Annonce aufzugeben. Die Katze seiner Frau war verschwunden, und er versprach dem ehrlichen Finder hundert Dollar. «Donnerwetter», sagte der Herr am Annoncenschalter, «das ist eine stolze Summe für eine Katze!» «Keine Angst», entgegnete Smith, «ich habe sie schon ertränkt.»* Ich meine, bei diesem Witz (und bei so vielen anderen) tritt in der Pointe eine neue Information auf, von der man nicht sagen kann, sie habe sich bisher implizit im Hintergrund aufgehalten. Aber in einem Punkt scheint sich die These der Gestalttheorie auch bei diesem Beispiel zu bewähren: Wir sehen, wie das Ganze die Teile bestimmt. Nachdem wir von der heimtückischen Tat des Mr. Smith wissen, ordnen sich die bekannten Teile (Annonce, hundert Dollar) neu, und die fehlenden werden von uns ergänzt (wie der Mann die Katze seiner Frau nicht mehr ertragen konnte und einen teuflischen Plan ausführte).

Die Leistung der Gestalttheorie für die Deutung des Witzes muss ich nun aber auch wieder einschränken. Gut, sie erklärt uns, wie es kommt, dass man zusammenführen kann, was im Witz widersprüchlich klang. Es war aber schon vor der Gestalttheorie klar, dass der Witz (und der Witzhörer) beides leistet: den Kontrast erfassen und ihn integrieren. Davon war bereits die Rede (S. 81f.). Und noch eine zweite Einschränkung der Verdienste, die sich die Gestalttheorie erworben hat: Was sie erklärt, hatte man zuvor mit dem Stichwort Intuition bezeichnet. Damit ist die Fähigkeit gemeint, blitzschnell «das Ganze so zu verstehen, wie es gemeint ist» (Schweizer, 52). Ich werde bald noch referieren, wie sich die Gehirnforschung diese Fähigkeit, intuitiv eine Gestalt wahrzunehmen, heute erklärt (S. 130ff.).

Wieder Situationskomik mit Detail: *Mitten auf dem Ozean fällt ein achtjähriges Kind über Bord. Der verzweifelte Vater verspricht dem, der das Kind rettet, zehntausend Dollar. Während sich alle Passagiere noch entsetzt über die Reling beugen, ist Sali Bleimschein schon mit einem Sprung in den Fluten, taucht mit dem Jungen im*

Arm auf, ergreift einen Rettungsring und wird an Bord gezogen. Der glückliche Vater nimmt das Kind und zieht Sali zur Kabine, damit er ihm den Scheck ausstellen kann. «Von Geschäft reden wir später», wehrt Sali ab, «zuerst möcht ich wissen, wer mich getreten hat in den Hintern, dass ich gestürzt bin über Bord!» Es ist doch offenbar eine Kleinigkeit für unsere Intuition, aufgrund der neuen Information («getreten hat in den Hintern») die alte, die uns irreführen sollte («mit einem Sprung in den Fluten»), auszulöschen und dadurch das Ganze (die Gestalt, wenn man so will) neu zu sehen.

Besonders schön, edel gebaut und überraschend ist die folgende Geschichte, die allerdings so verbreitet ist, dass ich annehmen muss, Sie werden sie kennen. Um so entspannter können Sie dann auf die Bauweise achten und über die Art spekulieren, wie man die Geschichte am Ende plötzlich richtig versteht. *Der Chefarzt erzählt einem Freund von seinem Dienstjubiläum: «Ich komme in die Klinik, kein Mensch gratuliert mir, nichts. Aber abends fragt mich unsere hübscheste Schwester, ob ich noch mit zu ihr nach Hause kommen will. Gesagt, getan. In der Wohnung verschwindet sie im Schlafzimmer und flüstert mir noch zu: ‹Sie dürfen aber erst reinkommen, wenn ich rufe!› Ich warte also, sie ruft endlich, ich rein ins Schlafzimmer – und da steht das ganze Personal der Klinik mit einem riesigen Blumenstrauß.» Der Freund des Chefarztes: «Da warst du aber von den Socken, was?» «Nein, die Socken waren das Einzige, was ich noch anhatte.»* Hier wendet sich die Szene ja zweifach: Erst sind wir mit dem Arzt überrascht, dass da das ganze Personal steht, und dann erfahren wir, wie sich der Arzt vor der Schlafzimmertür verändert hat. Solche doppelte Wendung ist an sich schon eine Kostbarkeit. Hinzu kommt noch, dass wir die Pointe als Wortspiel geliefert bekommen, also noch mal Extraklasse.

Die letzte Witzgeschichte dieser Art habe ich bei Friedrich Hollaender gefunden. Er liebte es, alte jüdische Anekdoten auszuschmücken; aber es gibt kein Wort, das nicht der Atmosphäre diente. Sicherlich der längste Witz, den ich Ihnen in diesem Buch anzubieten habe.

Ein Mann kommt zum Wunderrabbiner. «Rabbi», sagt er, «mich drückt etwas. Jemand hat mir gestohlen meinen schönen Regenschirm. Den mit dem wertvollen Goldknauf. Was mich aber viel mehr aufregt als der Verlust, ist: Ich kann den Gedanken nicht loswerden, dass es einer von der Mischpoche war. Der Schwager, die

Schwiegermutter, das Dienstmädchen, was weiß ich, womöglich gar der Vater Gottbehüte oder mein eigener Bruder. Stell dir vor: ein Dieb mitten in der Familie!»

«Lass mich klären», sagt der Rabbiner. Und nach einer Weile: «Hör gut zu, Mendel. Lad ein die ganze Mischpoche zu Kaffee und Kuchen. Den Schwager, die Schwiegermutter, das Dienstmädchen, was weiß ich, den Vater Gottbehüte und den Bruder. Und wenn getrunken ist der Kaffee und gegessen ist der Kuchen, holst du mit schöner Bedächtigkeit das Gute Buch von nebenan und zündest an die Kerzen. Dann, wieder mit schöner Bedächtigkeit, legst du es vor dich auf den Tisch, und mit schöner Stimme liest du ihnen vor die Zehn Gebote. Und wenn du kommst zu dem Siebten Gebot: Du sollst nicht stehlen, blickst du zum ersten Mal auf von dem Buch und siehst dir an in der Runde die ganze Mischpoche. So aus dem Augenwinkel, du verstehst. Den Schwager, die Schwiegermutter, das Dienstmädchen, was weiß ich, den Vater Gottbehüte und den Bruder. Und was wirst du bemerken, Mendel? Der Schuldige wird sich verraten. Geht mit Gott, Mendel, und kommt wieder, berichten.»

Schon zwei Tage später ist Mendel wieder da. «Nu, was war?», fragt ihn der Rabbi. «Was soll ich dir sagen, Rebbe», antwortet Mendel mit strahlendem Gesicht. «Es war – es war einfach großartig! Genau wie du mir hast vorausgesagt, Rebbe! Nach dem Kaffee und Kuchen hab ich angezündet die Kerzen, und mit schöner Stimme, so wahr mir Gott helfe, hab ich vorgelesen die Zehn Gebote. Dem Schwager, der Schwiegermutter, der Schickse, was weiß ich, dem Vater Gottbehüte und meinem Bruder. Und was soll ich dir sagen: Wie ich komme zu dem Gebot ‹Du sollst nicht ehebrechen› – da ist mir eingefallen, wo ich hab stehenlassen den Schirm!»

Angedeutet – und die Aufmerksamkeit ist abgelenkt

Das Aufsatzthema hatte geheißen: «Eine schöne Geschichte.» Nun kommt der Lehrer mit den Heften und fragt Charly: «Was soll das bedeuten? Du hast überhaupt nur ein einziges Wort hingeschrieben, und das lautet: Ausgeblieben.» Charly rechtfertigt sich: «Ich habe gehört, wie mein Vater unser Hausmädchen gefragt hat: ‹Na, was ist?› Da hat sie ihm zugeflüstert: ‹Ausgeblieben.› Und da hat mein Vater gemurmelt: ‹Eine schöne Geschichte›.»

Das ist vielleicht für manchen unter meinen Lesern keine schöne

Geschichte (eben merke ich auch: immerhin der dritte Witz hintereinander, der von außerehelichen Beziehungen handelt), aber Sie müssen mir zugeben, es ist Situationskomik, und zwar eine, die technisch ein wenig anders hergestellt ist, als wir es schon kennen. Dieser Witz nämlich arbeitet mit einer Anspielung, die der Hörer (Leser) erraten muss. Die Kombinationsgabe, die von Ihnen erwartet wird, ist in solch einem Fall beachtlich *«Wie war der Urlaub?», fragt Michael einen Freund. «Grauenvoll», erzählt der, «wir hatten Zimmer 100, und vom Türschild war die 1 runtergefallen.»* Das müssen Sie nicht verstehen, wenn Sie nicht mehr die Zeit erlebt haben, wo auf der Tür der Hoteltoiletten ein 00 zu lesen war.

Die Anspielung ist uns als Witztechnik wohlbekannt; im Situationswitz funktioniert sie nicht anders als im Wort- oder Gedankenwitz. Allerdings ist es für manchen (für mich zum Beispiel) noch schöner, wenn eine Andeutung eine ganze Geschichte entstehen lässt, wie das bei Situationswitzen möglich ist, als wenn nur ein fehlender Gedanke zu ergänzen ist. In jedem Falle aber gilt, je zarter die Andeutung, desto größer das Vergnügen. Im folgenden Fall ist die Aufgabe wohl doch zu leicht: *Eine nette alte Dame macht ihre erste Schiffsreise. Der Steward erkundigt sich, ob sie auch zufrieden sei. Sie strahlt. «Ja, vielen Dank», sagt sie dann und deutet auf das Bullauge, «besonders begeistert bin ich davon, wieviel in den Wandschrank reingeht.»* Es ist mit dem Wort «Wandschrank» ziemlich deutlich ausgesprochen worden, welche Szene sich da wohl in der Kabine abgespielt hat. Noch besser ist die Wirkung eines Witzes, wenn die Andeutung viel kleiner und die Wirkung, die sie auslöst, schlimmer ist. Das zu erreichen, ist allerdings schwierig.

Wieweit diese Diskrepanz zwischen Andeutung und Wirkung gelingt, ist geradezu ein Maßstab für die Qualität eines Witzes. Das können Sie hier testen. *Ein Mädchen will mit einem ganz jungen Hund U-Bahn fahren und steckt ihn, bevor sie einsteigt, zum Schutz gegen das Gedränge in ihre Bluse. Ein älterer Herr, der das gesehen hat, steht neben ihr und bemerkt, dass die junge Dame unruhig wird. «Ist er noch nicht stubenrein?», erkundigt er sich. «Doch», sagt das Mädchen, «aber noch nicht entwöhnt.»*

Die eigene Gedankenarbeit zwingt den Witzhörer dazu, in die Geschichte einzusteigen, das haben wir uns schon bei früherer Gelegenheit klargemacht. Ich möchte jetzt auf eine andere Funktion dieser intellektuellen Herausforderung ausführlicher zu sprechen kommen, die ich bisher nur kurz erwähnt habe. Bei Sigmund Freud findet sich an eher versteckter Stelle die Bemerkung, die knifflige Aufgabe des Verstehens solle uns vom eigentlichen Witzinhalt ablenken. Als ich diese Behauptung Freuds zum ersten Mal las, dachte ich, ich hätte falsch verstanden. Aber Freud meint es wirklich so, und er hat recht. Das Eigentliche am Witz ist nämlich meist sein anstößiger Inhalt; damit wir den nicht abwehren, müssen wir durch die geschliffene Form des Witzes beschäftigt und abgelenkt werden. Der Witz muss seine Fracht an unserer Kritik vorbeischmuggeln. Die ausgefallene Technik soll, meint Freud, «offenbar der Absicht dienen, die Aufmerksamkeit des Hörers überhaupt vom Witzvorgang abzuziehen, den Letzteren automatisch verlaufen zu lassen» (Witz, 122).

Probieren wir das gleich aus an einem Witz, dessen Tendenz wir wohl nicht leicht zulassen werden. *Ein Mann läuft keuchend am Flussufer entlang und ruft einem Angler zu: «Haben Sie vielleicht eine Frau im grünen Kleid vorbeikommen sehen?» «Ja, vor fünf Minuten.» «Gut, dann kann sie ja noch nicht weit sein.» «Nein – heute ist die Strömung ja nicht so stark.»* Der Witzinhalt ist grausig und würde unter normalen Umständen zur gefühlsmäßigen Ablehnung der Geschichte führen. Die Technik der Anspielung aber beschäftigt uns mit dem Verstehen – und schon ist der grausige Inhalt an unserer Zensur vorbeigeschlüpft. Damit wir das Thema überhaupt erträglich finden, müssen wir uns wohl an die «Form» halten und behaupten können: brillant gemacht! Dann sind wir als Genießer des Witzes entschuldigt.

Freud kennt aber nicht nur die Ablenkung durch die intellektuelle Beschäftigung, er sieht auch die Komik des Witzes in der gleichen ablenkenden Funktion. Die komische Fassade des Witzes fessele ebenfalls die Aufmerksamkeit, meint er, und sie «erleichtert auch die Abfuhr vom Witz her, indem sie eine Abfuhr vom Komischen her vorausschickt» (Witz, 123). Diese komische Fassade können wir uns an einem Beispiel deutlich machen, das ein unhygienisches Thema durch Komik mehr als nur erträglich macht. *«Mit meinem Hund hab ich einen Zustand in meinem Geschäft! Erst hatte ich einen Kommis namens Katz, da hat der Hund den Katz gebissen. Ich hab schließlich den Katz entlassen müssen. Der neue Kommis heißt Eckstein – und nun ist es noch viel schlimmer!»* Das etwas anrüchige Thema, das der Witz andeutet, ist sichtbar das, was uns an ihm freut. Die Technik der Anspielung und die grotesk komische Fassade machen die Freude (durch Ablenkung) möglich.

Schon Emil Kraepelin, Freuds späterer Gegenspieler, hatte in seiner Jugendarbeit über das Komische festgestellt: Je einseitiger die Aufmerksamkeit im entscheidenden Moment beschäftigt sei, desto stärker drängten die Gefühle zum Lachen (360). Am allerbesten aber hat dasselbe 1892 Karl Groos in seiner Ästhetik beschrieben, weil er diese Ablenkung auch noch in ein treffendes Bild gekleidet hat: «Der gut vorgetragene Witz muss den Hörer überlisten, so dass es dem Bewusstsein ergeht wie jenem Hausbesitzer, der den zur Verbesserung des Torverschlusses bestellten Schlosser hereinließ und es im Dunkeln nicht sah, dass zu gleicher Zeit der gefürchtete Dieb durch die geöffnete Türe geschlüpft war» (397). An diesem Satz gefällt mir alles, besonders aber der Hinweis darauf, dass hier das «Bewusstsein» überlistet wird. Das Bewusstsein also ist der Hausbesitzer, der nicht merkt, was im Dunkeln während des Witzes passiert. Das ist doch – dreizehn Jahre vor Freuds Theorie über den Witz – der vorweggenommene Kern der psychoanalytischen Witzdeutung!

Wenn uns ein Witz getroffen hat, dann ist die Wirkung tatsächlich dem Schrecken vergleichbar, mit dem wir merken: Wir haben den Dieb hereingelassen, den wir gerade aussperren wollten. Der Witz ist eben dazu da, uns abzulenken, damit Verbotenes zur Sprache kommen kann. Darum möchte ich dieses Kapitel beenden mit einer Geschichte, die man weder zu den Zeiten von Emil Kraepelin noch zu denen von Karl Groos oder von Sigmund Freud hätte erzählen können, nicht einmal hinter einer glänzenden Fassade. *Teenager-Party bei Milliardär Vanderbildt in dessen Landhaus, der Höhepunkt der Wintersaison. Nach Mitternacht beordert der Hausherr den jungen Edward in die Bibliothek. «Edward, was sind das für Sachen, ein Junge aus so gutem Hause wie Sie!» «Ich weiß, was Sie meinen, Sir. Ich hatte wohl schon ein Glas zu viel getrunken, als ich da hinter dem Haus meinen Namen in den Schnee ge ... pipit habe. Verzeihung.» «Das mit dem Namen im Schnee würde ich noch durchgehen lassen, mein lieber Edward. Aber ich habe die Handschrift meiner Tochter erkannt.»*

Eine Auslassung – nicht für die rechte Gehirnhälfte

Zwei junge Berliner Männer treffen sich nach einem Jahr wieder. «Biste noch mit det dufte Meechen valobt?» «Nee.» «Wat war'n?» «Die hatte so eene ordinäre Lache.» «So? Is mia janich uffjefalln.» «Ach, warste denn dabei, als ick ihr jesacht ha'e, wat ick vadiene? ... Siehste!»

Als ich in einer Witzsammlung wieder mal lustlos gelesen hatte, überfiel mich dieser hinterrücks, und ich musste lachen. Nun, das liegt ja auch immer an sehr persönlichen Tabus und Verlegenheiten, die da bei einem zum Klingen kommen. Aber mir fiel später ebenfalls auf, wie kunstvoll dieser Witz gebaut ist. Die tatsächliche Begebenheit dieser Entlobung wird in Teilen erzählt, und das in falscher Reihenfolge. Zunächst weiß man nur, eine ordinäre Lache soll am Scheitern der Beziehung schuld sein. Nun fehlt noch ein einziges Stichwort, nämlich «wat ick vadiene», und die Szene ist komplett. Oder besser: Sie ist nicht komplett, denn wir müssen uns nun die vorher genannte «ordinäre Lache» selbst dazu denken. Sie klang, als ich den Witz las, schrecklich an mein Ohr. Und schon wurde ich mit dem abschließenden «Siehste!» weitergeführt, zurück auf die Erzählebene. Ein Kunstwerk!

Ein Rekrut hatte nach dreimonatiger Grundausbildung seinen ersten Ausgang. Eilig verließ er nach dem Dienst die Kaserne. Denn schon um zehn war wieder Zapfenstreich, und seine Frau wartete sehnsüchtig in einem Hotel auf ihn. Zwei Stunden nach dem Zapfenstreich kehrte er in die Kaserne zurück. «Nun? Haben Sie eine Entschuldigung?», brüllt der Unteroffizier vom Dienst. «Also», beginnt der Soldat, «als ich ins Hotel kam, lag meine Frau noch in der Badewanne. Und nachher dauerte es vier Stunden, bis meine Uniform trocken war.» Jetzt wird es wohl noch deutlicher, worum es mir geht: um die Technik, im Erzählfluss eine Lücke zu lassen; hat doch der Rekrut bei seinem Bericht den wichtigsten Augenblick, als seine Uniform nass wurde, übergangen. Wir müssen diesen entscheidenden Vorgang selbst ergänzen – und was könnte lebhafter leuchten als eine Szene, die wir in uns durch Kombination selbst entstehen lassen.

Die Auslassung klappt sogar in ganz kurzen Witzen. *«Schnell, einen Kuss – meinem Mann ist gerade der Zwicker in die Bowle gefallen.»* Das ist schon tollkühn in seiner Kürze, aber wir haben alles gehört, was wir brauchen, um uns den spannenden Augenblick auszumalen. *Im Umkleideraum eines Tennisklubs ziehen sich zwei Männer aus. Als der eine schon nackt dasteht, muss sich der andere noch aus einem Hüftgürtel befreien. «Seit wann trägst du denn so was?», will der andere wissen. «Seit meine Frau das Ding im Handschuhfach unseres Autos gefunden hat.»* Auch über diesen Witz habe ich einmal sehr lachen müssen. Vielleicht wirkt es bei mir eben besonders stark, wenn man mir erst das Ende einer Geschichte (ein Mann trägt einen Hüftgürtel) und dann den Anfang (die Ehefrau findet das gute Stück) erzählt, so dass ich mir das Ganze erst kombinieren muss. Es wird so meine eigene Geschichte – und durch die Plötzlichkeit der Erkenntnis trifft mich das alles außerdem mit voller Wucht.

Freuds Schüler Theodor Reik hatte von seinem Lehrer die Tugend übernommen, bei Witzen auch auf die kleinsten Details der Technik zu achten und sie kühn ausgreifend zu deuten. Er hat einen Aufsatz über die Technik der Auslassung (über die «elliptische Entstellung», wie er das nannte) geschrieben. Mit einer Auslassung werde, meint Reik, ein Mensch totgeschwiegen, sogar in Gedanken getötet. Als Beleg zitiert er eine Anekdote aus dem zeitgenössischen Wien. *Der Athlet und Ringkämpfer Jagendorfer erzählt seinen Freunden beim abendlichen Stammtisch folgendes Erlebnis des Tages: «Denkt's euch, wie ich heut in mein Kaffeehaus komm und meine Billardpartie spielen will, ist mein Queue nicht da. Ich such überall und find's nicht. Da seh ich einen Herrn am anderen Billardtisch spielen und seh, dass er mit meinem Queue spielt. Ich geh also hin und sag ihm: ‹Herr, das ist mein Queue.› Sagt er: ‹Nein, das ist meines.› Sag ich: ‹Herr, geben S' das Queue her, wenn ich Ihnen schon sag, es ist mein Queue.› Er aber gibt nicht nach und sagt immer wieder, dass es seines ist. Wie's ihn dann mit Essig g'waschen habn, seh ich erst, dass es wirklich nicht mein Queue war.»*

Natürlich hängt die Komik daran, dass ausgerechnet das Entscheidende, nämlich das Niederschlagen, nicht erzählt wird. Das Prügeln, meint Reik, scheine dem Athleten selbstverständlich zu sein. «Gerade diese Unbekümmertheit und Selbstverständlichkeit der Aggression wirken zusammen, um unsere Entrüstung über eine solche Brutalität ersparen zu helfen und uns lachen zu machen» (Lust, 27). Wenn Theodor Reik freilich in einer solchen Auslassung auch einen «Todeswunsch» sieht, weil «wir uns noch durch die Auslassung, die es uns verschweigen sollte, unbewusst zu unseren mörderischen Gedanken bekennen» (32), so möchte ich ihm darin nicht ganz folgen. Mir würde es reichen anzunehmen, dass die Selbstverständlichkeit der Aggression uns erschreckt und zugleich erleichtert.

Die Auslassung als Technik kann auch aus anderen Gründen, als es die Aggression ist, angewandt werden, etwa dann, wenn sich jemand nicht zu seiner Schuld bekennen will und damit um so mehr bloßstellt. Zwei Beispiele, die voneinander wiederum recht verschieden sind: *Timmi läuft schluchzend zur Mami: «Papi hat sich mit dem Hammer auf den Finger gehauen.» «Deshalb musst du doch nicht weinen», tröstet ihn die Mutter. Darauf Timmi: «Zuerst hab ich ja auch gelacht ...»*

Hier dient die Auslassung sicherlich nicht der Aggression (oder gar dem Todeswunsch), sondern viel eher dem Verschweigen des eigenen Schuldanteils. So ähnlich auch bei diesem Beispiel: *Zitzewitz trägt die Hand geschient. «Herr Baron, wo haben Sie sich so schwer verletzt?» «Jestern abend, Casino! Besoffenes Schwein druff jetreten.»* Immerhin, man kombiniert sofort. Dass diese Schnelligkeit an unserer Fähigkeit zur intuitiven Erfassung einer Ganzheit liegt, habe ich schon erwähnt (S. 122f.). Das lässt sich vielleicht noch näher erklären:

Zum Zweiten Internationalen Humor-Kongress trafen sich im August 1979 in Los Angeles einige Witzforscher und lasen sich ihre Papiere vor. Ein Vortrag hieß: «Schimpansensprache und Humor». Der junge Wissenschaftler, der ihn hielt, R. S. Fouts, trug darin eine These vor, die sich seitdem als sehr fruchtbar für die Erforschung des Humors erwiesen hat. Vier Jahre zuvor sei von einigen Gehirnphysiologen, meinte Fouts, nachgewiesen worden, dass die linke Hälfte des Gehirns mehr das aufnehme, was nach und nach zu verstehen sei, vor allem die Sprache, während die rechte Gehirnhälfte eher dazu neige, eine Situation intuitiv und plötzlich zu erfassen. Diese These wandte Fouts nun auf die Humorforschung an, indem er vermutete, zuerst nehme, wenn ein Witz erzählt wird, die linke Gehirnhälfte den Tatbestand nach und nach auf; dann aber sei, sobald die Pointe erscheint, die rechte Gehirnhälfte gefordert, die in der Lage sei, die verwirrende Information blitzschnell mit der gespeicherten Erwartung zu vergleichen und die Komik zu erfassen.

Beide Gehirnhälften sind, meinte Fouts, gleichermaßen am Verstehen des Witzes beteiligt, jede auf ihre Art. So frage nach dem plötzlichen Verstehen nun die linke Gehirnhälfte zurück, warum der Witz komisch sei und was die Pointe ausgelöst hat (nach Mc Ghee, Handbook, 31).

Es hat nicht an Forschern gemangelt, die aufgrund dieser Anregung ausgeschwärmt sind, um einigen Unfallopfern, deren rechte Gehirnhälfte nicht mehr richtig funktionierte, zur Probe einige Witze zu erzählen. Und siehe da, die meisten dieser Versehrten (die ohnehin schon lange von den Gehirnphysiologen und anderen Forschern getestet worden waren) konnten die Witzgeschichte zwar Schritt für Schritt verfolgen (was Aufgabe der linken Hemisphäre ist), einige merkten auch noch, dass am Schluss bei der Pointe irgend etwas nicht stimmte, aber sie waren fast alle nicht in der Lage, die Unstimmigkeit zu benennen oder intuitiv eine Lösung zu finden.

Offenbar tun diese Patienten ohne rechte Gehirnhälfte sich schwer, Zusammenhänge zu überblicken und schnelle Schlüsse zu ziehen. Das hatten zuvor auch die Gehirnforscher schon herausgefunden. Neu war aber die Einsicht darin, welche unterschiedlichen Fähigkeiten offenbar zum Verstehen von Humor gehören. Was man sich so ungefähr schon gedacht hatte, schien sich zu bestätigen: Die plötzliche und intuitive Erleuchtung kommt aus einer anderen Quelle als das schrittweise Verstehen der Witzerzählung – nämlich aus der rechten Gehirnhälfte.

Es wird Zeit, dass wir in einem Experiment auch unsere eigenen Gehirnhälften einmal überprüfen. *Tobias fragt seine Lehrerin, ob er mal austreten dürfe. «Kannst du das schon alleine?», fragt sie den Erstklässler. «Natürlich!», sagt Tobias und geht. Nach einiger Zeit kommt er zurück, nass von oben bis unten. «Was ist denn passiert?», fragt die Lehrerin, «du sagtest doch ...» «Ja», unterbricht sie Tobias, «bei mir ist ja auch alles gut gegangen. Aber dann kam der Rektor rein, und der hat mich einfach übersehen.»*

Situationskomik mit Auslassung, dazu noch in verkehrter Reihenfolge erzählt, das ist die Technik auch in dem folgenden Exemplar, das mich (diese Technik liegt mir wohl) ebenfalls einmal ziemlich erwischt hat: *Nach langer Abwesenheit kommt ein englischer Gentleman in seinen Club, trinkt zwei, drei Whiskys und bemerkt plötzlich am Fuß der Theke ein nur etwa dreißig Zentimeter großes Männchen in der Uniform eines englischen Kolonialoffiziers, die*

Brust von Orden glänzend. Er neigt sich zum Keeper und fragt, ob er wohl träume ... Der Mixer kommt um den Tresen herum, hebt den Kerl auf und setzt ihn neben die Gläser. «Bitte, Colonel», sagt er zu ihm, «erzählen Sie noch einmal die Geschichte, wie Sie damals im Kongo zu dem Medizinmann ‹du Hurensohn!› sagten.»

Verschiebung der Szene und eine Doppelrahmung

Ort der Handlung: ein Stoffgeschäft. Eine Dame will roten Stoff kaufen. Acht Ballen sind für sie bereits aufgerollt worden, aber das gewisse Rot, das sie benötigt, war nicht darunter. Die acht Ballen werden wieder zugerollt und – Leiter rauf, Leiter runter – im Regal verstaut. Ziemlich anstrengend. Achtzehn weitere Ballen werden aus dem Lagerraum herangeschleppt und der Dame vorgerollt. Auf dem Ladentisch sieht's aus wie am Roten Meer. Die Dame prüft, hält ans Licht, wiegt den Kopf, kann sich nicht entscheiden. Endlich, beim letzten Ballen, sagt sie (und das gesamte Personal atmet auf): «Hier, das ist es, genau das richtige Rot!» Der total erschöpfte, erholungsreife Verkäufer holt von irgendwoher ein Lächeln: «Wieviel Meter, gnädige Frau?» «Meter?? Nein, nein. Ich brauche höchstens, sagen wir, einen Zentimeter. Beim letzten Umzug ist nämlich meiner ausgestopften Katze die Zunge abgegangen.»

Eine Geschichte im Stil von Friedrich Hollaender, von ihm formuliert. Was uns in dieser Pointe geboten wird, erinnert an die Verschiebung, die wir auch aus den Gedankenwitzen kennen. Doch wird jetzt (beim Situationswitz) nicht nur ein Gedanke, sondern gleich eine ganze Handlung anders fortgesetzt, als sie begonnen hatte; sie wird eben «verschoben». Noch ein Beispiel dafür, wieder von Friedrich Hollaender (eine andere Fassung gibt es von Karl Valentin). *«Herr Konditor, können Sie mir ein schönes, großes ‹B› backen?» «Wird gemacht. Kommen Sie Donnerstag wieder.» «Ach, mein lieber Mann, das ist aber gar nicht, was ich mir vorgestellt habe. Viel zu streng! Viel zu gotisch! Sieht ja aus wie 'ne Kirche!» «Kommen Sie Dienstag wieder.» «Aber mein lieber Mann, jetzt sind Sie ja ganz und gar ins Extrem gegangen! Lauter Kringel und Ornamente! Man sieht ja gar nicht mehr, dass das ein B sein soll.» «Kein Problem. Übermorgen können Sie Ihr B haben.» «Ja! Ja doch, Mann!! Jetzt haben Sie's! Genau, was ich wollte! Nicht zu viel Kringel, nicht zu viel Kirche, und trotzdem elegant! Was für ein B! Ein*

Ideal-B!» «Freut mich, dass ich's doch noch getroffen habe. Darf ich's Ihnen einpacken?» «Nicht nötig. Ich ess es gleich hier!»

Der Witz mit dem B, das so überraschend gegessen wird, dient dem amerikanischen Psychologen William F. Fry als Anschauungsobjekt für die These, zwischen Witzverlauf und Pointe gebe es einen paradoxen Widerspruch. Es wird uns nicht verwundern zu hören, dass Fry als Schüler Batesons überall ein Paradox entdeckt, nicht nur (was ich schon auf S. 109f. zitiert habe) zwischen Erzählung und Rahmen, wobei der Rahmen das Signal sein kann, das den Spaß andeutet. Nein, innerhalb dieses Paradoxes gibt es, als eine Puppe in der Puppe, noch ein anderes. Dieses innere Paradox besteht zwischen der Erzählung (Mann bestellt ein B) und der Pointe (plötzliches Aufessen). Nun kann Fry vier Fälle unterscheiden: 1. Betrachten wir die ganze Begebenheit ungerahmt (das heißt ohne Witzsignal), dann ist a) die umständliche Bestellung des Gebäcks verrückt und b) das Aufessen normal, «denn wozu ist schließlich ein Gebäck da», wie Fry fragt. So, und nun betrachten wir das Ganze 2. als Witz, also mit dem Rahmen (der besagt, dies ist eine Witzgeschichte, das ist Spaß). Dann erscheint a) die sonderbare Bestellung des B als das, was man in einem Witz erwartet, während b) das Aufessen ziemlich verrückt erscheint «im Kontext einer Witzerzählung» (150f.).

Ich füge ein weiteres Beispiel an, das Frys These illustrieren kann. *Der junge Ehemann ist nicht sehr liebevoll zu seiner Frau. Dennoch fühlt sie eines Abends ihr Herz in froher Erwartung schlagen: Ihr Mann hat, als er aus dem Büro kommt, glänzende Augen, und seine Hände zittern. «Liebling», sagt er mit rauher Stimme, «schließ schnell die Fensterläden, und mach das Licht aus ... schnell!» Ergriffen tut sie es und wartet auf ihn in der Dunkelheit. Er zieht seine Jacke aus, krempelt die Manschette seines linken Hemdärmels hoch und ruft verzückt: «Sieh mal, wie toll meine neue Uhr leuchtet!»* Fry würde wohl auch hier sagen, es kommt ganz auf den Rahmen an, ob man entweder die Handlung oder die Pointe verrückt findet. Ungerahmt (nicht als Witz betrachtet) ist die Handlung verrückt und der Ausspruch alltäglich; für einen Witz ist die Handlung angemessen und die Pointe unerwartet banal.

Es mag umstritten sein, ob diese feinsinnigen Unterscheidungen die Witztheorie weitergebracht haben, mir jedoch leuchten sie ein. Und Fry meint sogar, es ergäben sich noch Folgerungen. Füge man das doppelte Paradox von Handlung/ Rahmen und Geschichte/ Pointe zusammen, so ergäben sich viele Möglichkeiten. «Der Witz gewinnt eine außerordentlich vielschichtige Struktur von Paradoxa ... so dass ein Mensch Monate brauchte, um auch nur die Diagramm-Analyse eines einfachen Witzes zu erarbeiten» (159). Aus diesen Worten spricht wohl ein wenig der Stolz des Entdeckers.

Der Herr, der im Liegewagen oben liegt, schläft den Schlaf des Gerechten. Da kratzt die Frau unter ihm leise an seinem Bett und flüstert: «Sind Sie noch wach?» «Jetzt bin ich wieder wach!», knurrt der Herr. «Hier unten ist es schrecklich kalt. Können Sie mir nicht eine Decke besorgen?», fragt sie. «Ich habe eine bessere Idee. Wollen wir nicht so tun, als wären wir verheiratet?» Von unten tönt es lieblich: «Das ist eine wunderbare Idee.» «Gut», brummt der Herr von oben und dreht sich zur Wand, «dann halt endlich den Mund und hol dir deine Decke selber!» Diese Begebenheit ist für die Beteiligten kein Witz, sie ist für die Frau sogar ärgerlich und kränkend. Für den Witzhörer ist sie abwechselnd peinlich und komisch. Am Ende hat Fry also doch nicht unrecht, wenn er zwischen gerahmter Erzählung (mit dem Signal «dies ist Spaß») und ungerahmter Begebenheit unterscheidet. Erst die Rahmung macht die traurige Geschichte zum (leidlichen) Witz – und verändert damit auch den Sinn der Bestandteile. Die von Fry behauptete Kompliziertheit der Strukturen ergibt sich auch daraus, dass der Witzhörer die Geschichte sowohl als Witz hört wie auch als ernste (abstoßende) Begebenheit mit ihren Aggressionen und Verletzungen.

Um die Struktur noch komplizierter zu machen, erwähne ich, dass wir als Witzhörer durchaus abwechselnd mit den beiden Helden einer solchen Witzgeschichte empfinden, also auch da hin- und herspringen – und am Ende mit dem Sieger fühlen. So ist der Mensch nun mal, er nimmt gern an Siegen teil.

Auf wessen Seite schlagen wir uns in diesem Dialog? *Die Internatsvorsteherin geht mit vier Schülerinnen durch den dunklen Wald. Sie beschließt, die wohlbehüteten Damen zu prüfen. «Was würdet ihr tun, wenn jetzt ein wilder Mann käme?» «Wir würden weglaufen!», rufen drei der Schülerinnen wie aus einem Munde. «Und du?», fragt die Vorsteherin erregt die vierte. «Ich würde erst einmal stehen bleiben», antwortet sie. «Und dann?» «Dann würde ich meinen Rock hochheben.» «Und dann?», kreischt die Vorsteherin vor Entsetzen. «Dann würde ich dem Mann die Hose runterziehen.»*

«Und dann?», keucht die Vorsteherin atemlos. «Dann würde ich testen, wer von uns beiden schneller laufen kann.»

Es ist wohl denkbar, dass wir solch eine Geschichte, mit Fry zu sprechen, sowohl als bloße Begebenheit verstehen (bei der der Dialog verrückt, die Pointe vernünftig wäre) wie auch als Witzgeschichte (in der die Dialoge dem entsprechen, was ein Witz gewöhnlich bietet, während die Pointe aus diesem Erwartungsschema herausfällt). Es kommt hinzu, dass wir uns zunächst in die entsetzte Vorsteherin einfühlen und schließlich auf die Seite der strahlend gerechtfertigten Schülerin springen.

Verschiebung im Situationswitz ist das Thema. Ein Beispiel habe ich gefunden, das aus dem 19. Jahrhundert stammen könnte und das meine Behauptung, der Situationswitz sei wesentlich jünger, ins Wanken bringt. Oder ist es doch eher ein Gedankenwitz? *In einem Zugabteil erster Klasse sitzt ein Jude einem schlafenden Offizier gegenüber. Plötzlich wird ihm schlecht, und er erbricht sich auf die Uniform des Offiziers. Der Jude erschrickt, fasst sich aber rasch und beginnt eifrig, den Offizier abzuwischen. Dann weckt er ihn auf und fragt teilnahmsvoll: «Ist Ihnen schon besser?»* Wohl doch nur ein Gedankenwitz, aber immerhin ein Gedanke, der die Rettung in höchster Not gebracht hat. Von der Verschiebung der Handlung durch einen rettenden Einfall erzählt auch mein letztes Witzbeispiel.

Ein besonders sportlich trainierter junger Mann kommt zur Musterung und erklärt dem Arzt, er könne so schlecht sehen, dass er so gut wie blind sei. Es werden alle denkbaren Tests mit ihm angestellt, aber schließlich muss man ihn untauglich schreiben. Überglücklich geht der junge Mann gut essen und leistet sich auch noch einen Besuch im Kino. Die Vorführung wird durch eine Panne unterbrochen, das Licht geht an, und unser Held muss feststellen, dass er genau neben dem Arzt sitzt, der ihn untersucht hat. Ohne die Ruhe zu verlieren, starrt er durch ihn hindurch und fragt: «Entschuldigen Sie, mein Fräulein, bin ich hier richtig– im Autobus nach Mariendorf?»

Missdeutete Szene. Die Mehrdeutigkeit des Witzes

Ein Pfarrer schlägt die Morgenzeitung auf und liest dort seine eigene Todesanzeige. Ganz außer sich ruft er seinen Bischof an, um die Sache richtigzustellen. Der Bischof weiß gleich Bescheid: «Ja, natürlich habe ich die Zeitung gelesen. Aber sagen Sie – von wo aus rufen Sie an?» Glaubensstark, wie man sich einen Bischof so vorstellt! Und doch – wir würden uns nicht über diese Fehldeutung freuen, wenn wir sie ihm nicht nachempfinden könnten. Solch ein Irren ist allzu menschlich. Von den Situationswitzen, die wir schon kennen, unterscheiden sich diese dadurch, dass der Hörer bei ihnen den vollen Durchblick hat, während der arme Held des Witzes im Dunkeln tappt. *Oma sitzt zum ersten Mal im Auto. Ihr Enkel fährt sie spazieren. Sie sieht dem schaltfreudigen Fahrer eine Weile lang zu und sagt dann energisch: «So, jetzt tust du beide Hände mal besser ans Lenkrad, und ich rühre das Benzin um.»*

Bisher waren wir als Hörer ja immer auf dem falschen Dampfer und mussten uns am Ende blitzschnell umstellen; jetzt sehen wir genau, wie die negativen Helden scheitern, und amüsieren uns doch wie bisher. Das ist erstaunlich: Die Witztechnik funktioniert so und so herum. Hauptsache, wir müssen, durch die Pointe dazu provoziert, plötzlich umschalten (entweder von unserem Irrtum zur Wahrheit oder von der Wahrheit zum Irrtum des Opfers). *Flitterwochen an der Riviera. Als der junge Ehemann an der Decke des Hotelzimmers den Spiegel entdeckt, sagt er zu seiner Frau: «Jetzt kann ich mich wenigstens mal im Bett rasieren.»*

Irgendwie erinnern mich diese Witze an das Kasperletheater, wo Kasperle auch manches falsch deutet und die Kinder ihm alles zuschreien, was er nicht verstanden hat. «Dazu ist der Spiegel doch gar nicht da!», möchte man rufen, aber der gute Mann hört uns ja nicht.

Manche dieser Szenen erinnern an Verwechslungskomödien. *«Meine Frau ist schrecklich», klagt ein Freund dem andern, «jeden Tag nörgelt sie an mir herum.» «Da ist meine aber das genaue Gegenteil, immer zu Scherzen aufgelegt», erwidert der andere, «erst gestern hatte sie einen ihrer Brüder, den ich noch gar nicht kannte, bei uns im Kleiderschrank versteckt!»* Auf der Bühne ist ja auch nicht komisch, was die Zuschauer verwechseln, sondern nur diejenige Verwechslung, die wir selbst durchschauen, während sich die anderen auf der Bühne lächerlich machen. Der Bruder im Kleiderschrank – da müssen wir den einfältigen Ehemann einfach lustig finden.

Henri Bergson, der seine Theorie des Lachens von den Figuren der Komödie abgeleitet hat, sagt von der Verwechslung auf der Bühne, dass sie «zwei Sinndeutungen zulässt. Die Schauspieler geben ihr einen möglichen Sinn, die Zuschauer den wirklichen, weil man ihnen alle Aspekte gezeigt hat» (69). So auch in dieser Art von Witzen. *Kalle geht jede Woche einmal zum Skat, wo er um kleine Einsätze spielt. Einmal kommt er ungewöhnlich spät zurück und will seine Frau nicht stören. Deshalb zieht er sich im Wohnzimmer ganz leise aus und schleicht nackt ins Schlafzimmer. Dort starrt ihn seine Frau an und sagt: «Ach du meine Güte, hast du denn alles verspielt?»*

Ich habe angefangen, die Witze zu interpretieren, habe vom glaubensstarken Bischof gesprochen, vom einfältigen Ehemann und hätte jetzt beinahe auch etwas zu dem Eindruck gesagt, den die entsetzte Ehefrau auf mich macht. Aber ich sollte mich hüten, denn es darf nicht der Anschein entstehen, als sei jeder einzelne Witz nur in einer einzigen Weise zu verstehen und als könnte eine Deutung vorgeschrieben werden. Darum habe ich mich auch fast immer darauf beschränkt, Hinweise auf die Baumuster zu geben. Ein Witz hat nämlich gewöhnlich viele Facetten. Das merkt man leicht, wenn man mal über einen Witz mit einem Mitmenschen ins Gespräch kommt. Offenbar nimmt jeder Mensch einen Witz anders wahr.

Oder, um es mit J. C. Gregory zu sagen: «Fast jeder Witz kann auf sehr verschiedene Weise verstanden und in sehr unterschiedlichem Sinne genossen werden» (200). Das Beziehungsgeflecht seiner logischen und emotionalen Aspekte ist wirklich verwirrend, wie William F. Fry es ja schon (siehe voriges Kapitel) behauptet hat. In diesem Sinne sagte Ewald Hecker: «In einer Anekdote stecken häufig sechs bis acht verschiedene Gefühlsquellen» (37). Auch wenn das übertrieben scheinen mag, ein paar werden es bei guten Witzen schon sein.

Einer Verwechslungskomödie kommt dieses gute und lange Stück recht nahe: *Wolff und Rosen sind Kompagnons. Rosen hat sich in die Gattin seines Partners verliebt, aber ihre Tugend ist unerschütterlich. Eines Tages bietet er ihr tausend Rubel. Da wird sie schwach und sagt, morgen werde ihr Gatte verreisen, da möge er sie besuchen. Als Wolff am nächsten Morgen noch einmal ins Kontor kommt, bittet ihn Rosen um tausend Rubel. Er brauche sie nur ganz kurz und werde sie noch am selben Tag Wolffs Frau zurückbringen. Wolff ist bereit dazu. Als er abends nach Hause kommt, ist seine erste Frage: «War Rosen da?» Seine Frau sagt verlegen: «Ja.» «Hat er dir tausend Rubel gegeben?» Die Frau erbleicht und stammelt: «Ja.» Wolff atmet erleichtert auf. «Siehst du, er hat es mir heute früh versprochen, und er hat sein Wort gehalten. Was ist er doch für ein hochanständiger Mensch!»*

Es ist wohl nicht zu viel gesagt, wenn wir feststellen: Je verschiedener ein Witz aufblitzt und gesehen werden kann, desto besser ist er. Auch in den Komödien müssen die Charaktere durchwachsen und muss die Stimmung wechselhaft sein. Zu Recht verlangt Willibald Ruch, einer der wenigen deutscher Psychologen, die sich mit Witzen befasst haben, dass es dem Hörer möglich sein muss, den Personen, die im Witz auftreten, unterschiedliche Motive zuzuschreiben, weil es nämlich immer mehr als eine ‹richtige› Interpretation eines Witzes gebe (270). In diesem Sinn «interpretationsoffen», wie Ruch das nennt, ist wohl auch dieses Exemplar. *Die fünfzehnjährige Tochter sitzt vor der Haustür und strickt an einem Babyjäckchen. Die Mutter sagt zur Nachbarin: «Ein Glück, dass sie noch andere Interessen hat, als mit den Jungen herumzupoussieren.»*

So ganz zufrieden bin ich noch nicht. Ich glaube, der folgende jüdische Witz hat doch das noch reichere Bukett (erkauft freilich dadurch, dass wir nicht mehr so recht wissen, woran wir sind). *Ein orthodoxer Rebbe und sein Gabbe (Gemeindeschatzmeister) kommen nach Tel Aviv und spazieren am Strand. Sie sehen Frauen, die dort in der Sonne liegen. «Was machen die da?», fragt der Rebbe erstaunt. Der Gabbe: «Sie lassen sich in der Sonne braten.» Der Rebbe: «Nu – und roh sind sie schlecht?»*

Missverständliche Handlungen. Ein Test mit Gewichten

Eine Nonne ist unterwegs zu einem Krankenbesuch, als ihr Auto auf der Landstraße liegenbleibt. Kein Benzin mehr, und sie hat keinen Reservekanister. Bevor sie sich zur nächsten Tankstelle aufmacht, überlegt sie, in welchem Gefäß sie das Benzin holen könnte. Kurz entschlossen entnimmt sie der Krankenpflege-Ausrüstung eine Bettflasche. Der Tankwart wendet seine ganze Kunst auf, die Flasche zu füllen, und die Nonne macht sich auf den Rückweg. Sie versucht gerade, den Inhalt der Bettflasche vorsichtig in den Einfüllstutzen zu gießen, als ein Lastwagenfahrer vorbeikommt. Er hält an, kurbelt das Fenster runter und sagt: «Schwester, Ihren Glauben möchte ich haben.»

Wieder eine Szene, wieder eine falsche Deutung – und doch ist vieles anders. Jetzt möchten wir nämlich dem Interpreten der Szene recht geben, schließlich hat die Nonne etwas sehr Missverständliches getan. Ich hoffe, dieser Unterschied rechtfertigt es, dass ich diesen Witzen ein eigenes Kapitel widme. Allzu oft kommt so etwas allerdings bei Witzen nicht vor. Doch dieser gehört dazu. *Die Düsenmaschine überquert bei ruhigem Wetter den Atlantik. Die Passagiere hören deutlich den Kapitän sagen: «Alles, was mir jetzt noch fehlt, ist eine Tasse Kaffee in der Hand und die blonde Kollegin auf dem Schoß!» Um die Fehlschaltung zu melden, eilt die Stewardess nach vorn. Da zupft ein Fluggast sie am Ärmel und flüstert: «Sie haben den Kaffee vergessen.»* Es ist wieder erkennbar, dass die neue Lage fast notwendig falsch verstanden werden muss. Und wieder findet sich ein Mensch, der diese Lage, wie er sie auffasst, freundlich-nachsichtig kommentiert.

Diese Fehldeutungen erinnern an die Missverständnisse aus den Wort- und Gedankenwitzen, die ich zu Anfang vorgestellt und bei denen ich auf die sogenannte Inkongruenz-Theorie verwiesen habe. Die beiden möglichen Deutungen (die falsche und die richtige) sind in der Tat inkongruent; und bei dem Versuch, sie kongruent zu sehen, empfindet man die komische Lust. Diese Inkongruenz-Theorie ist durch ein Experiment erhärtet worden, das ich Ihnen kurz schildern will. Der schwedische Psychologe Göran Nerhardt bat seine Testperson zu schätzen, wie schwer verschiedene Gewichte waren, die er in einer Reihe aufgebaut hatte. Während die Versuchsperson die Gewichte anhob und prüfte, stieß sie unversehens auf Attrappen, die federleicht waren, oder auch auf Gewichte, die unerklärlich schwer waren. Die Testpersonen fühlten sich dadurch gefoppt, und die meisten mussten lachen. Der Versuch sollte die Inkongruenz-Theorie des Humors stützen, nämlich die Annahme, dass die Neigung zum Lachen um so größer ist, je mehr das tatsächliche Gewicht vom erwarteten abwich (185). Offenbar wird sich das Lachen im gleichen Maße steigern, wie die «Erfahrung der Inkongruenz vergrößert» wird (194). Ich finde es verblüffend, wie schön sich das, was Lachen auslöst, in diesem Experiment darstellen lässt. Nicht alle Experimente der psychologischen Humorforschung sind so gewitzt und ertragreich, deswegen ist das Experiment auch des öfteren nachgemacht worden.

Dass mir Göran Nerhardts Test gerade im Zusammenhang mit den «missverständlichen Handlungen» einfällt, mag Zufall sein oder damit zu tun haben, dass auch bei diesen Witzen die Diskrepanz (oder Inkongruenz) zwischen dem Erwarteten und dem Erfahrenen zutage tritt. Das leuchtet Ihnen vielleicht bei dem folgenden Witz, der geradezu an eine Versuchsanordnung erinnert, besonders ein.

Im Offizierskasino stiftet Itzenplitz einen Fresskorb für die beste Antwort auf die Frage: «Wo ist der schönste Platz auf Erden?» Ein Leutnant wagt zu sagen: «Mit Verlaub, bei meiner Frau im Bett.» Großes Hallo, erster Preis! Am nächsten Tage muss der Leutnant seiner Frau die Herkunft des Fresskorbes erklären und berichtet, er habe ihn mit der Antwort verdient, der schönste Platz sei in der Kirche. Seine Frau ist gerührt. Bald trifft sie zufällig mit Itzenplitz zusammen. «Gnä' Frau», beginnt der, «Ihr Gatte – neulich ganz vorzügliche Antwort gegeben, ganz vorzüglich!» Sie wehrt bescheiden ab. «Ich weiß, Herr Baron, er hat es mir erzählt. Nur eins ist schade: Viel zu selten kriege ich ihn mal hinein, und wenn er endlich mal drin ist, schläft er sofort ein.»

Ich sagte schon, der Witz erinnert an eine Versuchsanordnung. Tatsächlich gibt es den Witz in verschiedenen Fassungen. Die von mir gewählte Form bietet eine besonders krasse Inkongruenz durch den Vergleich von Ehebett und Kirche (oder auch Genitale und Kirchenbank). In einer anderen Version gibt der Ehemann zu Hause vor, geantwortet zu haben, am schönsten sei es für ihn beim Segeln. Die Ehefrau kommentiert dann vor dem Spender des Preises: «Er hat es nur zweimal gemacht, das erste Mal hat er seine Mütze verloren, und das zweite Mal wurde ihm speiübel.» Versucht man, diese Beschreibung mit der Erfahrung im Ehebett in Einklang zu bringen, dann ergibt sich tatsächlich eine absurde Inkongruenz – und genau das ist ja auch beabsichtigt.

Die Versuchspersonen von Göran Nerhardt haben natürlich einen kleinen Schrecken bekommen, als ihr Arm etwas ganz anderes wahrnahm, als zu vermuten war. Dieser kleine Schrecken, der wohl jedem Lachen vorausgehen muss, stellt sich bei den Witzen, die ich hier genannt und mit Nerhardts Versuch verglichen habe, dadurch ein, dass sie ein heikles Tabu berühren (die Bettflasche, die Lüsternheit des Piloten, das Ehebett). Fehlt diese Peinlichkeit, so ist auch die irrtümliche Handlung nicht eigentlich komisch. Ein solches harmloses Beispiel wäre dieses: *Skandal im Theater. Tomaten und rohe Eier fliegen auf die Bühne. Nachdem der Vorhang gefallen ist, klatscht nur noch ein einziger Zuschauer, was das Zeug hält. «Sie be-*

klatschen diese Nieten auch noch?», fragt sein Nachbar vorwurfsvoll. «Nein, nein, die sollen nur noch mal rauskommen, ich habe noch ein Dutzend Tomaten.» Allenfalls wegen der erkennbaren Aggressivität mag diese missverständliche Haltung auch noch als komisch gelten.

Mit religiösen Gefühlen kann man, wenn sie tangiert werden, ebenfalls jenen kleinen Schrecken verursachen, der jeder Komik vorausgehen sollte. Versuchen wir es mit dieser jüdischen Geschichte. *Zitrinbaum kommt nach einem Autounfall mühsam unter dem Wagen hervor, richtet sich auf und tastet sich vorsichtig ab. Ein Pater, der zu Hilfe geeilt war, ist hocherfreut: «Das erste, was Sie nach Ihrer wunderbaren Errettung getan haben, war, dass Sie das Kreuz geschlagen haben!» Zitrinbaum, etwas verwirrt: «Das Kreuz geschlagen? Ja, ich hab' wollen sehen nach der Lesebrille, nach der Brieftasche, nach der Krawatte – und ob auch unten alles in Ordnung ist.»*

Zweistufen-Steigerung. Was steigert die Wiederholung?

Ein Geschäftsmann kauft in Italien ein Renaissancegemälde. Damit er es nicht verzollen muss, lässt er schnell eine moderne Landschaft drübermalen. Zu Hause übergibt er das Bild einem Restaurator. Der ruft nach einer Woche an und sagt: «Die Landschaft ist weg, das Renaissancebild ebenso. Darunter war ein alter Heiliger, und jetzt kann man bereits Mussolini erkennen. Soll ich weiter restaurieren?»

Dieser Witz kann als Beispiel dienen für eine Situation, die sich allmählich zur Katastrophe steigert. Aber dafür ist dieses Beispiel vielleicht doch ungeeignet. Immerhin, das Erreichte (das Stichwort ‹Mussolini›) ist vernichtend genug. Und dann hat der Witz noch diesen charmanten Schluss, der höflich nach weiteren Wünschen fragt. Eine gewisse Steigerung findet sich in manchen Witzen aber doch.

Zwei Revuegirls sprechen über die Erfahrungen, die sie bisher mit ihren Verehrern gemacht haben. «Wie war es denn neulich mit deinem exzentrischen Millionär?», fragt die eine. «Grausam, er schenkte mir ein Kollier und wollte mich in einem Sarg lieben.» «Mach keine Witze», rief die Freundin, «das muss dir ja einen Wahnsinnsschrecken eingejagt haben.» «Ja, das schon – aber keinen so schlimmen wie den sechs Sargträgern.»

Wenn es nach meinen Wünschen ginge, würde ich Ihnen hier

filmreife Steigerungen vorführen, aber solche Exemplare habe ich nicht gefunden. Es sei denn, man zählte diesen etwas überdrehten Klassiker dazu, der Ihnen wohl nicht ganz unbekannt ist. *Der Ehemann ruft den Hausarzt an: «Kommen Sie schnell, meine Frau hat eine Maus verschluckt.» «Ich komme!» «Was soll ich denn tun, bis Sie kommen?» «Ihre Frau soll den Mund aufmachen, und Sie locken mit einem Stück Käse die Maus an.» Als der Arzt erscheint, sieht er, wie der Ehemann einen Hering vor den geöffneten Mund seiner Frau hält. «Ich habe doch gesagt, Sie sollen Käse nehmen!», brüllt der Arzt. «Ja, schon», sagt der Ehemann, «aber jetzt müssen wir die Katze herauslocken.»*

Das erinnert doch wenigstens von ferne an die unwahrscheinlichen Albernheiten im Film, von denen Frieda Graefe sagt: «Der Gag ist übertriebene, verstärkte Realität. Statt Lösungen zeitigt er häufig Katastrophen.» So ist es in diesem Fall, wenn wir glauben sollen, dass nun auch die Katze schon verschluckt ist. Mit dem Stichwort «Maus verschluckt» fing der Witz schon vielversprechend an und stürmte dann in den Himmel der Unwahrscheinlichkeit.

Es ist oft festgestellt worden, dass ein Witz durch Wiederholung an Wirkung verliert. Jean Paul sagt 1804 mit einem technischen Bild, das man dieser Zeit noch gar nicht zugetraut hätte, vom Witz: «Sein erster elektrischer Schlag ist sein stärkster; liest man denselben wieder: Er ist entladen» (184). Steigert sich ein Witz, so darf er sich ebenfalls nicht selbst wiederholen. *Ein Student macht in Geschichte sein Examen. «Wie heißt der Franzose, der General war, dann Erster Konsul und später Kaiser?» Der Kandidat denkt angestrengt nach, schüttelt dann den Kopf und sagt: «Weiß nicht.» «Napoleon Bonaparte!», brüllt der Professor. Der Kandidat steht auf und geht zur Tür. «Halt, wohin wollen Sie?», ruft der Professor. «Ach so, Verzeihung», murmelt der Kandidat, «ich dachte, Sie hätten schon den nächsten aufgerufen.»* Das ist doch wenigstens zweistufig, mit eingebauter Steigerung, obwohl man dachte, der Offenbarungseid des Kandidaten werde sich nicht mehr überbieten lassen.

Auf einen wichtigen Unterschied zwischen Witz und Humor einerseits und der derben Komik der Clowns andererseits hat Arthur Koestler aufmerksam gemacht. Der Clown nämlich darf, ja muss sich wiederholen. Die mechanisch wiederholte Handlung oder Redensart lädt das Publikum unweigerlich auf. «Zwar verhindert», schreibt Koestler, «die Wiederholung den Überraschungseffekt, hat aber die kumulative Wirkung der Affektladung» (Funke, 77). Der Witz wird durch Wiederholung entladen, die Clownerie wird aufgeladen. Das liegt, scheint mir, auch daran, dass sich das Publikum des Clowns eigentlich gegen diese Wiederholung innerlich wehrt und die Erfüllung der Erwartung doch jedesmal wie einen Kitzel genießt. Der Witz hingegen, der viel intellektueller ist, verliert fast alles, wenn man seine Überraschung schon kennt.

Durchaus reizvoll ist auch diese Geschichte, soweit ihre zweite Pointe die erste steigert. *Schlafenszeit in Boston. Die Kinder betteln: «Oma, bitte erzähl uns noch eine Geschichte!» «Na schön, wenn ihr unbedingt wollt. Also: Es war einmal ein alter Schweinehund...» «Nein, bitte, Oma, nicht immer von Opa. Erzähl uns aus der Zeit, als du in Chicago Hure warst.»* Zugegeben, das ist zwar eine komische Situation, aber doch kaum eine Situationskomik. Ich fürchte, ich habe diesmal nicht genug passende Beispiele zur Hand. Nur ein einziges gutes Stück will ich Ihnen noch vorführen, es bringt uns in die Welt der Liebhaber von Antiquitäten zurück, in die uns schon der erste Witz dieses Kapitels versetzt hatte.

Bemerkenswert daran ist, dass die Geschichte von Anfang an als ein Streich bezeichnet wird und dadurch auf jede Überraschung zu verzichten scheint. Und doch klappt es mit der Stimmung irgendwie hervorragend. Eine Steigerung ohne Verblüffung? Mag sein. *Einem reichen amerikanischen Bibliophilen soll ein Streich gespielt werden. Freunde bringen einen Schauspieler mit, und als das Gespräch auf Bücher kommt, erwähnt der mitgebrachte Gast, er habe viele Jahre lang eine alte Bibel im Hause gehabt; sie habe aber so gestunken, dass er sie einer Tante geschenkt habe. Der Gastgeber stutzt: «Wie alt war das Buch?» «Weiß nicht, gedruckt von einem gewissen Gurkenberg oder Guggenheim in Mainz.» Der Gastgeber lässt die Gabel fallen: «Gutenberg?» «Ja, so hieß er!» Der Gastgeber springt auf: «Los, wir chartern ein Flugzeug. Wo wohnt Ihre Tante?» Der Schauspieler winkt ab: «Lassen Sie nur! Der Schinken ist völlig verdorben. Er muss ursprünglich einem gewissen Mack Lutter gehört haben – und der hat ihn total verkritzelt!»*

Schwerer Jagdunfall während einer Safari im Innersten Afrikas. Eine Löwin hat einem der tapferen Männer in den weißen Tropenhelmen ein intimes Körperteil abgebissen. Der Arzt ist ratlos, kein Spenderorgan ist greifbar. In seiner Not näht er den Rüssel eines soeben erlegten Elefanten als Ersatz an. Alles verheilt gut, und die Männer bewahren tiefstes Stillschweigen über die Sache. Als der Arzt nach Jahren seinen Patienten wiedertrifft, fragt er, wie es gehe. «Alles okay», sagt der Mann zufrieden, «ich darf auf Partys nur nicht an einer Schale mit Erdnüssen vorbeikommen.»

Welche Szene! Nun haben wir den festen Boden der Tatsachen endgültig verlassen, aber ich will nicht behaupten, das sei zugleich auch die absolute Steigerung der Qualität. Wir schließen mit diesem Kapitel unseren Rundgang durch die Situationskomik (und damit durch die Witztechniken überhaupt), da müssen wir eben die ganz absurden Geschichten auch noch zur Kenntnis nehmen.

Achtung, es wird hirnrissig! *Kommt ein Mann zum Patentamt und meldet eine Fliegenfangmaschine an: «Hier ist das Gerüst», erklärt er dem Beamten, «darunter ein Wasserbecken. Vom Gerüst führt eine Stange zum Becken. Sie ist oben mit Honig und unten mit Schmierseife bestrichen.» Der Beamte staunt, und der Erfinder erklärt weiter: «Wenn die Fliege durch den Honig angelockt wird und sich auf die Stange setzt, rutscht sie auf der Schmierseife aus und fällt in das Wasserbecken.» «Schön und gut», meint der Beamte, «aber was soll die kleine Leiter am Beckenrand ? Da kann die Fliege doch wieder rausklettern!» «Tja», sagt der Erfinder, «das ist ja der Trick. Die Sprossen sind angesägt!»*

Welche Absurdität wir denn wohl noch erträglich und sogar komisch fänden, fragte sich Henri Bergson. Kriterium dafür sei, meinte er, der Traum: «Wir lachen über Gedankengänge, von denen wir wissen, dass sie falsch sind, die wir aber im Traum für richtig halten könnten. Sie klingen eben noch überzeugend genug, um den eingeschläferten Geist zu täuschen» (125). Das könnte für die beiden Witze, die ich Ihnen wegen ihrer Absurdität hier aufgetischt habe, zutreffen. Im Traum schiene uns so etwas gerade noch denkbar.

«Hallo, junger Mann, Sie müssen ja vollkommen verrückt sein, bei diesem Wetter und dem furchtbaren Sturm mit dem Fallschirm

abzuspringen!» «Irrtum, mein Herr», keucht der niedergegangene Mann, «ich bin vom Campingplatz mit meinem Zelt rübergeweht.» Das ist dem Traum schon sehr nahe, und siehe da, genau deshalb ist dieses Produkt einer blühenden Phantasie wohl auch noch erträglich. Man kann das noch weitertreiben. *An der Ampel steht ein Sportwagen, daneben ein junger Mann in Turnschuhen. Bei Grün rasen beide los, der Läufer zieht unerreichbar davon und verschwindet am Horizont. Nach einer Weile kommt der Sportwagenfahrer an einem riesigen Krater vorbei, mitten drin sitzt der Jogger. «Um Gottes Willen, ist was passiert?», fragt er. Der junge Mann schüttelt den Kopf und fragt zurück: «Ist Ihnen schon mal bei Tempo 200 der Turnschuh geplatzt?»*

Die Ähnlichkeit von Witz und Traum war Sigmund Freud bei der Arbeit an seiner «Traumdeutung» aufgefallen; die Träume erinnerten ihn manchmal an (schlechte) Witze. Die Gemeinsamkeit von Traum und Witz sah Freud allerdings weniger in ihrer beider Absurdität (wie Bergson) als in den Techniken der Verdichtung oder Verschiebung, die beiden gemeinsam sind. Zu den Unterschieden zählt Freud hingegen, dass der Witz «die sozialste aller auf Lustgewinn zielenden Leistungen» ist, weil man andere daran teilhaben lässt. Und: «Der Traum dient vorwiegend der Unlustersparnis, der Witz dem Lusterwerb» (Witz, 146).

Mit einem Witz, in dem Traum und Wirklichkeit ineinander übergehen, beende ich dieses Kapitel und damit die Darstellung der verschiedenen Techniken des Witzes. Wir haben uns dann nur noch mit den vielfältigen Tendenzen zu beschäftigen, aber das wird Stoff und Arbeit genug sein. *Damals, als im amerikanischen Süden noch die Rassen getrennt wurden, kam Herb Fitzgerald spät abends in El Paso an. Alle Hotels waren ausgebucht. Schließlich ging er ins Tally Hoo. «Pardon», sagte der Clerk, «wir vermieten nur an Farbige.» Herb Fitzgerald wusste Rat. Er kaufte im Drugstore Schuhcreme, rieb sein Gesicht und die Hände schwarz ein, versuchte es noch einmal im Tally Hoo – und diesmal hatte er Erfolg. Dem Portier schärfte er ein, ihn pünktlich um 5 Uhr 40 zu wecken, damit er die Maschine nach New Orleans noch bekomme. Am nächsten Morgen gab es eine neue Überraschung. Am Ticketschalter sagte ihm der Herr von der Fluggesellschaft: «Bedaure, mein Herr, wir befördern keine farbigen Passagiere.» Herb sah in den Spiegel, musste lachen und eilte zum nächsten Waschraum, um die Schuhcreme abzuwaschen. Seine Hände und das Gesicht blieben schwarz. Wie konnte das sein? Im Hotel hatte man den falschen Farbigen geweckt.*

Teil II

Die Tendenzen des Witzes

Harmlose Tendenz

Kindermund. Oder: Alle Witze haben eine Tendenz

Der kleine Ernst fühlt sich nicht wohl. Besorgt fragt die Mama: «Ernstchen, was tut dir denn weh?» Nach schmerzlichem Schweigen: «Das ganze Ernstchen tut mir weh.» Nun ist alles anders, jetzt, im zweiten Teil des Buches soll nicht mehr die Technik eines Witzes das Thema sein. Jetzt geht es um die Gefühle, die er transportiert und provoziert. Wie ist es bei diesem Witz? Rührung vielleicht? Da heißt es zunächst mal unterscheiden; der kleine Ernst hat natürlich keinen Witz machen wollen (also hat, von ihm aus gesehen, die Pointe keine Absicht). Wenn ein Erwachsener diesen Dialog hört, mag er den Jungen herzig finden, naiv im sympathischen Sinn. Aber worüber amüsiert man sich? Nicht doch über die Einfalt des Kindes? Es schwingt auch ein wenig Bewunderung für die gelungene Formulierung mit. Ich nenne noch ein ähnliches Beispiel. *Der kleine Tobias muss beim Essen furchtbar husten. Erschrocken fragt ihn sein Vater: «Hast du dich verschluckt?» «Nein», bringt er mühsam vor, «nein, ich bin noch da.»* Das nennt man wohl «Kindermund», und solche Aussprüche sind bei Erwachsenen so beliebt, weil sie den Abstand zum Kind beweisen und Gefühle auslösen, wie es das Kindchenschema (kindliche Gesichts- und Körperform) auch tut.

Ich habe hier am Anfang des zweiten Teils, der sich mit den «Tendenzen» befassen soll, mit Absicht das Thema «Kindermund» gewählt, weil es, wenn überhaupt eine Tendenz, dann eine recht schwache zeigt. In der Witzforschung stammt der Fachausdruck «Tendenz» von Freud (auch wenn Kraepelin schon vorher von «aggressiver Tendenz» gesprochen hat, 348). Unter Tendenz verstand Freud eine leicht feindselige Absicht, in diesem Sinne nannte er auch die Ansichten seiner Gegner über seine Psychoanalyse gern «tendenziös». Tatsächlich kannte Freud beim Witz im wesentlichen zwei Tendenzen: feindselige und obszöne (Witz, 77f.), wobei für ihn auch die obszöne Tendenz aggressive Züge trägt. Daneben kannte Freud auch den tendenzarmen, sogenannten harmlosen Witz. Er weckt wenig Emotionen, weil er kaum eine erkennbare Absicht verfolgt. Auch diesen Witz hätte Freud wohl für harmlos gehalten: *Ein Besucher kommt auf den Bauernhof und fragt den Sohn des Bauern:*

«Ach, wo kann ich denn deinen Vater finden?» «Im Schweinestall», sagt der Junge, «Sie können ihn am braunen Hut erkennen.»

«Die Lustwirkung des harmlosen Witzes ist zumeist eine mäßige; ein deutliches Wohlgefallen, ein leichtes Lächeln ist alles, was er beim Hörer zu erreichen vermag», schreibt Freud (77). Aber mal angenommen, der Junge, der unabsichtlich seinen Vater von den Schweinen zu unterscheiden sucht, habe uns doch amüsiert – was haben wir gespürt? War es nicht doch ein bisschen Aggression und Überheblichkeit? Freuds Annahme, es gebe tendenzarme, harmlose Witze, hat relativ viel Widerspruch erregt, selbst bei seinen Schülern. «Auch jene ‹harmlosen› Witze sind Ausdruck rebellischer Regungen gegen den von außen kommenden Zwang», schreibt Reik (Nachdenkliche Heiterkeit, 61). Und Martin Grotjahn baut uns sogar eine kleine Zwickmühle: Entweder sind wir dumm oder folgen seiner Ansicht. Er schreibt nämlich: «Der kluge Leser wird in jedem Witz aggressive Trends feststellen» (IX). Ebenso finden Koestler (Funke, 44) und Robert Neumann (Die Zeit, Nr. 52) überhaupt keinen Witz harmlos, sondern alle (wenigstens ein wenig) aggressiv. Gilt das auch von diesem rührseligen Kitsch? *«Mutti», erklärt Tanja nach der Schule ganz stolz, «wir haben heute gelernt, wozu die Bienen da sind.» «Ja, und?» «Sie fliegen zu den Blumen, um Staub zu wischen.»* Eben, auch das sei aggressiv, würden diese Autoren sagen – nicht, weil das Kind es aggressiv gemeint hat, sondern weil diejenigen, die sich darüber kringeln können, eine Spur Verachtung für das Kind zeigen.

«Ein Kind auszulachen, ist ein Verbrechen», hat Konrad Lorenz geschrieben (Böse, 410). Gilt das nicht auch von diesen Kindermund-Witzen? Erving Goffman hat daran erinnert, dass viele Menschen gewohnt sind, «das Kind als bloßen Anwärter auf die Stellung eines Gesprächspartners zu behandeln», wobei die Kinder mit ihren Aussprüchen zum Opfer des erwachsenen Publikums werden können (405). Weil diese Gefahr groß ist, wird mir nie ganz wohl sein bei den sogenannten kindlichen Witzen, obwohl einige von ihnen ihren Reiz haben und nicht nur selbst unschuldig sind, sondern auch ein unschuldiges Lächeln hervorrufen können, wie in diesem Fall: *Ein kleiner Junge zur freundlichen älteren Dame: «Nein, meine Mutti zieht mich nicht groß – ich wachse von alleine.»* Immerhin lachen Schulkinder über ähnliche Schnitzer anderer, etwas jüngerer Kinder genauso wie die Erwachsenen über die Kinder, man kann also nicht sagen, dass die Kinder nur die Opfer wären; das habe ich

(S. 19f.) mit Hinweis auf Beobachtungen von Helmers schon kurz beschrieben.

Freud war der Ansicht, Kinder hätten noch keinen Humor, sie lachten aus «reiner Lust» (Witz, 183). Diese Ansicht ist längst widerlegt worden, unter anderem von dem amerikanischen Psychologen Paul E. McGhee, der sich wie kein anderer um die Beschreibung der Entwicklungsstufen des kindlichen Humors bemüht hat. Das Kleinkind lacht, genau wie die Erwachsenen, dann, wenn etwas verkehrt ist, zum Beispiel, wenn sich die Mutter einen Schnuller in den Mund gesteckt hat. Wenn Freud auch den Fehler gemacht hat, den Kindern den Humor abzusprechen, so hat er einen anderen Fehler nicht gemacht, nämlich den Kindern bei ihren Aussprüchen eine halb bewusste sexuelle Absicht zu unterstellen. Das wurde erst bei einigen seiner Schüler üblich. Abraham A. Brill meinte, die Scherze der Kinder handelten «ohne Ausnahme» von kindlicher Sexualität (737), und Gershon Legman glaubte, die Sexualität der Eltern sei das Thema, um das sich der Humor der Kinder drehe (18). Ich finde nicht, dass sich diese These halten lässt. Freud selbst vermutete Naivität bei kindlichen Äußerungen wie bei dieser: *Für ein kleines Mädchen wird eine «Französin» als Gouvernante aufgenommen, deren Person aber nicht ihren Beifall findet. Kaum dass die neu Engagierte sich entfernt hat, lässt die Kleine ihre Kritik verlauten. «Das soll eine Französin sein! Vielleicht heißt sie sich so, weil sie einmal neben einem Franzosen gelegen ist!»* Zu Recht sagt Freud, das Kind habe keine Ahnung von dem Doppelsinn gehabt (Witz, 149).

Um so erstaunlicher ist, was Freuds Schüler Theodor Reik Kindern an Humor zutraute. Umlaufende billige Erwachsenenwitze hielt er für kindliche Fehlleistungen mit absichtlicher Anspielung. Etwa diesen Witz: *Ein Vater sagt zu seinem elfjährigen Sohn: «Seit du, Fratz, auf der Welt bist, habe ich noch keine freudige Stunde von dir gehabt!» – «Aber früher, Vater?»* (Soll ein Hinweis auf das Vergnügen bei der Zeugung sein.) Oder diese angeblich kindliche Leistung: *Der Lehrer erzählt: «Die Tochter des Pharao ging am Ufer spazieren und fand Moses in einem Kästchen auf dem Wasser schwimmen.» – «Sagt sie, Herr Lehrer!»* (Lust, 9). Reik meinte doch (gedruckt 1929!) tatsächlich von solchen Herrenwitzen, die man Kindern in den Mund gelegt hat: «Sie zeigen das Seelenleben der Kinder in der Enthüllung, wie es unter der Oberfläche der Erziehung und der Konvention tatsächlich aussieht. Sie lüften den

Schleier der gesellschaftlichen Legende, die den Kindern geschlechtliche Unwissenheit und Unschuld andichtet» (ebd., 10). Nun, das ist längst widerlegt, und man kann es getrost vergessen.

Erst der Erwachsene, der darüber lacht, gibt dem Wort des Kindes eine Tendenz. *Die Mutter fragt ihren kleinen Sohn: «Möchtest du lieber ein Brüderchen oder ein Schwesterchen?» «Wenn es nicht zu schwer für dich ist, möchte ich am liebsten ein Pony.»* Passiert ist die Geschichte wohl wirklich mal, ich könnte mir denken, dass viele Witze mit Kindern auf tatsächliche Begebenheiten zurückgehen. In einem Fall glaube ich das sogar zu wissen; in meiner Kindheit wurde über einen Nachbarjungen (der Großvater war Theologieprofessor) diese Geschichte erzählt: *Die Lehrerin fragt in der dritten Klasse, ob jemand wisse, was Autorität sei. Schließlich meldet sich zögernd der kleine Heiner: «Das trägt man unterm Nachthemd.» Die Lehrerin fragt, woher er das wisse. «Ja, meine Großmutter hat neulich zum Großvater gesagt: ‹Wenn du immer im Nachthemd über den Flur gehst, verlierst du noch deine ganze Autorität.›»*

Schon unser erster Versuch, uns der Tendenz zu nähern, hat sich als schwierig erwiesen. Man ist sich nicht einmal einig, ob es tendenzlose Witze gibt; auch nicht darüber, ob die Aussprüche der Kinder eine latente Absicht haben oder erst dadurch eine Tendenz bekommen, dass Erwachsene sie belachen und weitererzählen. Zugleich ist der Streit darüber sichtbar geworden, ob alles Lachen ein Auslachen ist. Über Kindermund-Witze schmunzelt man wohl meist im behäbigen Gefühl der eigenen Überlegenheit – obwohl das auch ziemlich unangebracht sein kann, wie diese theologisch scharfsinnige Geschichte zeigt. *Jessica geht mit ihren Eltern ins Naturhistorische Museum. Da ist auch ein menschliches Skelett aufgestellt. Darüber fällt Jessica in tiefes Grübeln und fragt dann: «Kommt denn bloß der Speck in den Himmel?»*

Vorläufig können wir nur feststellen, dass die Tendenzen recht vielfältig sind, bei einigen Witzen bilden sie sogar ein unentwirrbares Knäuel. Selbst die Kategorie Kindermund reicht vom Dummenwitz bis zu humorvoller Überlegenheit. *Es regnet in Strömen. Vater und Sohn eilen nach Hause. Plötzlich bleibt der kleine Lars vor einer herrlichen Pfütze stehen und sagt: «Vati, warum patschst du denn nicht mal richtig da durch? Dir kann das doch keiner verbieten!»*

Der Elefant sieht eine Maus und ist ganz erstaunt: «Bist du aber klein!» Die Maus, mit dünnem Stimmchen, sich zierend: «Bin ja auch krank gewesen – nöch?» Wenn Tiere auftreten, sei es nun in der Fabel oder im Witz, so sind Menschen gemeint, das ist sowieso klar. Man erkennt die menschlichen Schwächen, auf diese Weise verfremdet, wesentlich leichter. Die Geschichten vom Elefanten und der Maus wollen oft den Elefanten als Mann, die Maus als Frau darstellen. *Elefant und Maus kommen aufs Standesamt: «Was? Ihr beide wollt heiraten?», fragt der Standesbeamte. Die Maus, verschämt: «Was heißt hier ‹wollt›?»*

Diese Witze erscheinen uns vor allem niedlich, so ähnlich wie der Kindermund. Aber es gibt auch Tierwitze mit anderen Gefühlskomponenten. Da ärgern uns die Kleinen zum Beispiel mit ihrer Selbstüberschätzung. *Ein Floh wird mit einer Elefantenkuh zärtlich. In diesem Augenblick wird die Elefantin von einer Wespe gestochen und stöhnt laut auf. Sagt der Floh: «Ich bin gut, gell?»* Es sind hier wenigstens zwei Gefühle, die im Hörer miteinander streiten, weil wir so etwas zugleich niedlich und anmaßend finden. *Ein Ochse geht vor dem Pflug. Eine Fliege sitzt auf seinem linken Horn. Eine zweite Fliege setzt sich dazu und fragt: «Was machst du denn hier?» Brummt die erste Fliege: «Stör nicht! Wir pflügen.»* Das kennt man wohl: Am Erfolg sind immer mehr Mitmenschen beteiligt als an der Arbeit.

Als ich den intellektuellen Kontrast, auch «Inkongruenz» genannt, beschrieben habe (S. 79f.; 141f.), da war schon von dem Gefühlskontrast die Rede, der dem intellektuellen Kontrast folgt und entspricht. Es war vor allem der Psychiater Emil Kraepelin, der beide Kontraste aufeinander bezogen hat. Er schlug vor, «das Gefühl des Komischen als ein Mischgefühl aus angenehmen und unangenehmen Regungen anzusehen» (329). Mir scheint das sehr einleuchtend, immerhin geben uns die genannten Tierwitze auch einen Eindruck von der Unlust, die sie in uns wecken, weil die Tiere dumm, arrogant oder sonstwie unsympathisch sind, bei aller Niedlichkeit, an der wir uns freuen. Im Tierwitz kommt auch Aggression vor, allerdings immer etwas verfremdet und gemildert. *Verkäuferin zum Kunden in der Tierhandlung: «Das ist ein besonders intelligenter Papagei. Wenn Sie das Kettchen am linken Bein ziehen, sagt er*

‹Guten Morgen›, ziehen Sie das Kettchen am rechten Bein, sagt er ‹Gute Nacht›.» Der Kunde: «Und was sagt er, wenn ich beide Kettchen zugleich ziehe?» Papagei: «Dann falle ich auf die Schnauze, du Idiot!»

Dem Komischen hat man schon lange nachgesagt, es rufe gemischte Gefühle hervor. Der wohl älteste Beleg dafür findet sich bei Plato im «Philebos», wo es hauptsächlich um die Lust geht; dort heißt es vom Lachen, es entstehe, «wenn wir Lust der Unlust beimischen» (50a), man kann auch übersetzen: Freude dem Schmerz. René Descartes hat beobachtet, gerade eine mäßige Freude könne dann Lachen hervorrufen, wenn sie «mit etwas Verwunderung oder Hass gemischt ist» (64). Andere Autoren haben hingegen heftig bestritten, dass es Gefühlsmischungen geben könne (Lipps, Jahn), auch bei Freud findet der Gedanke keinen Anklang. Was stimmt nun?

Es ist merkwürdig, die Lösung des Problems kam wieder aus der psychiatrischen Forschung, genauer aus der Erforschung der Schizophrenie. Diese Krankheit, an deren Beschreibung Kahlbaum, Hecker und Kraepelin maßgebend beteiligt waren, erhielt ihren endgültigen Namen Schizophrenie von Eugen Bleuler (1857-1939), einem Züricher Psychiater, den mit Freud eine gegenseitige Achtung verband. Bleuler prägte im Jahre 1910 den Ausdruck «Ambivalenz» für den Zustand konkurrierender Bestrebungen, Haltungen und Gefühle in einem Menschen. Mit diesem Fachausdruck, den Freud bald übernahm, wollte Bleuler ein Hauptsymptom der Schizophrenie benennen, räumte aber ein, ambivalente Affekte kämen auch bei Normalen vor. In der Witztheorie hat sich der Ausdruck bald durchgesetzt. Schon 1913 schrieb der Freudschüler Sandor Ferenczi in sein Notizbuch, ein «ambivalenter Mensch» könne deshalb leicht lachen, weil er zugleich von seinem Gewissen und der «Lust am Schlechtsein» bestimmt werde (Lachen, 189). Ohne das Stichwort «Ambivalenz der Gefühle» könnte heute niemand mehr die Wirkung des Komischen beschreiben.

Es ist schon auffällig, dass dieser besondere – man möchte sagen: paradoxe – Gefühlskontrast zuerst an Schizophrenen beobachtet worden ist. Sollte die Wirkung des Komischen so etwas wie eine vorübergehende Schizophrenie der Gesunden sein?

Die Witzbeispiele, an denen ich diese Ambivalenz deutlich machen möchte, sind alle Tierwitze. Also wenden wir uns von den

Schizophrenen über die Gesunden wieder den Tieren zu, die ja doch nur das Menschliche darstellen. *Vor dem Bau hockt ein kleiner Fuchs. Kommt ein Hase vorbei und fragt: «Ist dein Vater da?» «Nein.» «Deine Mutter?» «Auch nicht!» «Haste Geschwister?» «Nein, keine.» Da baut sich der Hase drohend vor dem kleinen Fuchs auf und fragt: «Willste vielleicht 'ne Ohrfeige?»* Der Hase, der plötzlich so mutig sein kann, weckt vielleicht unser Mitgefühl (wer fände sich nicht auch selbst darin wieder), seine hinterhältige Feigheit mag uns aber auch ärgern. Erst beide Gefühlsreaktionen zusammen bringen die komische Wirkung hervor. Es sind eben Gefühle, die sich eigentlich ausschließen und die damit an das Paradox erinnern, das für den Witz auf der intellektuellen Ebene nicht weniger typisch ist als die Ambivalenz auf der Gefühlsebene.

Wer den Tierwitz behandelt, muss wenigstens kurz erwähnen, dass wir in den Jahren 1976 und 1977 eine Häschenplage hatten. Da grassierten die Witze, die das süß-hinterhältige Nagetier zum Helden hatten, überall. *Häschen kommt ins Schallplattengeschäft. «Hattu Platten?» «Ja, hab' ich.» «Muttu mal aufpumpen!»* Entstanden war das alles in der DDR als Persiflage auf die leeren Geschäfte, denn im Ur-Witz dieser Reihe fragt Häschen einen Apotheker wochenlang vergeblich nach Möhren, und als der Mann verzweifelt ein Schild raushängt «Möhren ausverkauft», bekommt er vom tief gekränkten Häschen zu hören: «Hattu doch Möhren gehabt.» In der Bundesrepublik entwickelte sich der Hase dann zum ebenso niedlichen wie bösartigen Tier, das, obwohl schwach und arm, alle Leute reinlegt. Etwa so: *Häschen ruft beim Metzger an: «Hattu Schweinebauch?» «Ja.» «Hattu auch Schweineohren?» «Ja, sicher.» «Muttu schrecklich aussehen!»* Sehr geistvoll war das nicht, hatte aber zweierlei Vorteile. Kinder konnten sich mit der Figur leicht identifizieren, wie der Freiburger Volkskundler Lutz Röhrich in seinem Buch über den Witz schreibt (82). Und außerdem war die Masche so einfach zu stricken, dass es zum Volkssport werden konnte, abgegriffene Wortspiele und alte Witzmodelle zum Häschenwitz umzuarbeiten und den Zeitungen zuzuschicken, die den Abdruck gern belohnten.

Ein Gefühlskontrast kann komisch wirken – und jede Komik beruht auf einem solchen Kontrast. Das scheint klar zu sein, nur ist damit noch nicht erklärt, warum der Gefühlskontrast manchmal komisch ist (oder umgekehrt: warum das Komische einen Gefühlskontrast auslöst). Die Frage, wie Komik entsteht, muss uns noch oft beschäftigen, eine Antwort aber, die mir besonders wichtig ist, will ich hier schon herausgreifen.

Die Unlust, um die es in dieser Gefühlsmischung geht, ist ihrem Kern und Wesen nach Angst. Das hat Freud noch nicht so gesehen, aber unter seinen Schülern setzte sich dieser Gedanke immer mehr durch. J. Y. T. Greig, ein amerikanischer Autor, der von Freud stark beeinflusst war, vermutete 1923 als erster, dass Furcht in der Gefühlsambivalenz eine entscheidende Rolle spiele (auch Liebe und Hass übrigens). Kurz darauf nannte Theodor Reik das Lachen eine «Bewältigung der Angst» (Lust, 114); schließlich setzte sich dieser Gedanke durch, als Ernst Kris 1934 die Unlust eindeutig als etwas Angsterregendes definierte (Karikatur, 463). Von der Angst als Wurzel des Komischen soll noch oft die Rede sein – jetzt will ich versuchen, eine Art Beweis aus dem Gegenteil zu führen, indem ich einen Witz zitiere, der keine Angst auslöst und gerade darum von schwacher Wirkung ist. *Ein kleiner Igel hat sich im Gewächshaus verirrt und sucht verzweifelt den Heimweg. Immer wenn er an einen Kaktus stößt, sagt er leise: «Bist du es, Mami?»*

Irgendwas fehlt hier. Ohne Schock kein Lachen. Ich glaube, es ist nicht richtig, wenn englische Humorforscher wie Max Eastman und später Piddington dekretierten, dass der Witz nichts Unerfreuliches enthalten dürfe, wolle er komisch sein. «Es ist allgemein bekannt, dass die kleinste Spur von Furcht, Ärger oder moralischer Entrüstung sofort das Lachen verhindert und unsere Zustimmung zum Komischen aufhebt», schrieb Ralph Piddington (92). Nein, das kann nicht stimmen. Umgekehrt meinte im Jahre 1940 John M. Willmann, ein amerikanischer Psychologe, es gehe im Witz immer um das Obszöne, Vulgäre, Tragische oder Unglückliche, allerdings müsse der Schock begleitet werden von einem angenehmen Impuls. Nur wenn «etwas Sanftes auf unvereinbare Weise hinzukommt», werde es komisch (81). Ja, ein Schock muss sein. Willmann, dessen Witzdeutung mir auch in anderen Punkten gefällt, verweist interessanterweise auf eine schwedische Arbeit über die Anlässe zum Weinen. Bei Beerdigungen weine man gerade dann, wenn ein lustvoller Impuls gegeben werde, etwa indem der Pfarrer den Charakter des Verstorbenen rühmt oder von seinen heldenhaften Taten berichtet. Die Tränen flössen bei großer Niedergeschlagenheit nur und gerade dann, wenn ein solch lustvolles Element hinzutrete (84). Umgekehrt gehöre zum Lachen das schockierende Element. So wird es sein.

Womit soll ich das Kapitel beenden? Vielleicht mit einem Witz, der geeignet war, die schreckliche Häschenwelle 1977 zu brechen, weil er das Muster durchkreuzte (und damit wenigstens ein bisschen Aggression und Überraschung erreichen konnte). *Häschen kommt zum Apotheker: «Hattu Möhren?» Der Apotheker: «Ja!!» Häschen: «Hattu mir ganzen Witz versaut.»*

Auslachende Tendenz

Witzblattfiguren, Opfer einer Herabsetzung?

In einem Münchener Theaterfoyer begrüßt ein Herr den bekannten Finanzmann und dessen Gattin mit den Worten: «Guten Abend, wie geht's, gnädige Frau, Herr Konsul?» Darauf die Konsulin, korrigierend: «Napoleon war Konsul – mein Mann ist Generalkonsul.» Es ist ja immer erwünscht, von jemandem zu hören, über den man, weil er es wirklich verdient hat, ungeniert lachen kann. Da muss man kein schlechtes Gewissen haben. Witzblattfiguren wie Frau Neureich brauchen kein Mitleid. Früher gehörte zu diesen Figuren auch der Herr Geheimrat, der immer mit den Gedanken woanders war. *Der zerstreute Professor erkennt seine Besucherin nicht. Sie will ihm einhelfen und sagt: «Ich bin die Studentin, die Sie einmal heiraten wollten!» «Interessant! Und... habe ich es getan?»*

Im zwanzigsten Jahrhundert hat wohl niemand die alte These, Lachen sei die Degradierung eines anderen, so entschieden vertreten wie Henri Bergson. Für ihn, den Soziologen, war das Lachen ein Auslachen zum Zwecke der gesellschaftlichen Anpassung; Außenseiter sollten zur Konformität gezwungen werden. Weil das Lachen immer etwas demütigend ist, meint Bergson, «kann man es als eine wahre soziale Züchtigung betrachten» (94). Ich glaube, es handelt sich eher um süße Rache, zum Beispiel an den Neureichs, denen man auf diese Weise nachsagen kann, ihnen fehle das Entscheidende, nämlich Bildung. *«Die Premiere hat vor zehn Minuten begonnen», sagt der Logenschließer zum verspäteten Besucher, «bitte gehen Sie ganz leise hinein.» «Wieso – schläft denn schon alles?»*

Zu einer solchen Aggression gehören immer drei, schreibt Sigmund Freud, der Angreifer, der den Witz erzählt, der abwesende Angegriffene und der Hörer des Witzes, den der Erzähler gewinnen will, «Partei zu nehmen» (83). In diesem Sinne sagt man ja auch, wie Freud bemerkt, der Witzerzähler wolle «die Lacher auf seine Seite ziehen» (ebd.). Tatsächlich, wir werden durch die Witze über Neureichs bestochen, uns der Meinung des hochmütigen Kritikers anzuschließen. Einen gewissen aggressiven Zug kann man an diesen Witzen wohl nicht übersehen; fragt sich nur, wie diese Aggression beschaffen ist.

An der genannten Stelle im «Philebos» lässt Platon Sokrates sagen, im Auslachen stecke Missgunst, selbst gegen die eigenen Freunde (50a). Ähnlich äußert sich Cicero in «De Oratore»: Lachen sei Ausdruck von Hochmut. In der Neuzeit hat der englische Philosoph Thomas Hobbes (1588-1679) diese These pointiert vertreten. Seine viel zitierte Definition lautet: «Die Leidenschaft des Lachens ist ein plötzliches Hochgefühl (a sudden glory), das entsteht, wenn wir in uns unverhofft eine Überlegenheit gegenüber der Schwäche eines anderen entdecken.» Obwohl Hobbes eher an das alltägliche Missgeschick gedacht haben wird, über das die Umstehenden lachen müssen, können wir seine Deutung auch auf die Witze und besonders die Witzblattfiguren beziehen. Etwa auf diese Offiziere. *Regimentstreffen. Oberst Barck zu Major von Brummstein: «Erfreut, Sie zu sehen, von Brummstein. Wie jeht's der Frau Jemahlin?» Da fällt ihm ein, Frau von Brummstein ist seit Jahren tot. Um die Situation zu retten, fährt er fort: «Immer noch uff' m selben Friedhof?»*

Es lässt sich wohl nicht leugnen, dass man über den reingefallenen Oberst mit allen Anzeichen von Dünkel und Missgunst lacht, weil man sich ihm überlegen fühlt. Auch ein vielseitiger und abwägender Wissenschaftler wie Gregory Bateson, den ich schon zitiert habe, schließt sich vorsichtig der Annahme an, Humor sei Schadenfreude (wobei er natürlich das deutsche Wort verwendet, weil es im Englischen dafür kein Gegenstück gibt). Bateson hat für sein Urteil auch eine sehr gute Begründung: Die Schadenfreude gehöre zu den Dingen, die wir bei uns lieber nicht zur Kenntnis nähmen; sie sei in den meisten Kulturen als Form der Feindseligkeit tabu und werde beiseite gedrängt, bis sie im Witz gezeigt werde (Position, 6).

Die deutsche Tradition hat Schadenfreude und Überlegenheit nie so recht wahrhaben wollen. Das beginnt schon mit dem Urahn der deutschen Humorforscher, dem Vielschreiber Karl Friedrich Fröger, der 1784 eine vierbändige «Geschichte der komischen Literatur» veröffentlichte und darin das Komische eher als Selbstkritik auffasste. Das hat er in einem besonders liebenswerten, anschaulichen Bild gesagt: «Die Aufsuchung des Lächerlichen ist ein herrliches Mittel, seinen Stolz loszuwerden; der verständige Mensch denkt, dass er in diesem Hospitale auch seine Kammer habe» (zit. nach Rommel, 164). Auch Hegel sah das Komische in dieser Tradition, nämlich als die Fähigkeit, «durchaus erhaben über seinen eigenen Widerspruch» zu sein – also über das eigene Unglück, weniger über das Unglück anderer. Das blieb der Grundton in der deutschsprachigen Literatur. Als der Holländer Gerardus Heymans andeutete, beim Humor könne man spüren, wie ein Selbstwertgefühl im Entstehen begriffen sei (41), übernahmen das weder Lipps noch Freud. Nur als Freud auf die Komik des Clowns zu sprechen kam, räumte er ein, unser Lachen könne «Ausdruck der lustvoll empfundenen Überlegenheit» sein (Witz, 159). Viele Freunde hat die Überlegenheitstheorie in Deutschland also wirklich nicht gefunden – und das ausgerechnet in dem Land, in dem das Wort Schadenfreude zu Hause ist.

Schadenfreude nimmt man eben an sich selbst nicht gern wahr. Wer dennoch davon spricht, tut es meist mit Bedauern, wie Charles Baudelaire in seiner Studie über das Komische. «Das Lachen kommt aus dem Bewusstsein eigener Überlegenheit», meint er, woraus sich ergebe, «dass das Komische eines der klarsten Satansmale am Menschen ist, einer der vielen Kerne im sinnbildlichen Apfel» (16).

Gut, geben wir es zu. Aber nicht zugestehen könnte ich, dass Überheblichkeit und Schadenfreude sozusagen rein aufträten. Im letzten Kapitel habe ich schon zu zeigen versucht, dass es immer um eine Ambivalenz der Gefühle geht, also um wenigstens zwei Gefühle. Was für ein Affekt könnte das sein, der das überhebliche, schadenfrohe Lachen begleitet? Ich wage die Behauptung, es sei Mitgefühl. Es ist wenigstens ein bisschen Sympathie dabei, die das allgemein Menschliche in der Niederlage mitempfindet und die spürt: Das könnte auch mir passiert sein. Als naheliegenden Beweis für meine Behauptung nehme ich die sympathischste unter den Witzblattfiguren. *Graf Bobby ist bereits ein Vierziger geworden, und da hält es seine Frau Mama doch für höchste Zeit, dass er heiratet. Sie schlägt ihrem Sohn verschiedene junge Damen vor, die er alle ablehnt. Zum Schluss ist er ganz desperat und seufzt: «Du hast gut reden, Mama, du hast einfach den Papa geheiratet, und mir mutest du zu, einen wildfremden Menschen zu nehmen.»*

Ein liebenswürdiger Trottel ist das, dem man nicht böse sein kann und von dem man doch annimmt, er könne unser Gelächter vertragen, immerhin ist er ja ein echter Graf und hat es gut. *Graf Bobby lässt die Zeitung sinken und sagt zu seiner Hausdame: «Da haben doch wieder Leute Falschgeld gemacht und sind prompt geschnappt worden. Ich weiß gar nicht, warum machen die denn kein echtes Geld?»* Graf Bobby sei ein großes Kind, das sich weigere zu lernen, schreibt der amerikanische Analytiker Martin Grotjahn, der als gebürtiger Berliner den Wiener Grafen gut kennt. Er gebe sich als Kind, als alter Narr – und trotze damit der Intelligenz der Erwachsenen, meint Grotjahn. «Wir identifizieren uns mit dem Kind und freuen uns an dem Narren, weil er das siegreiche Kind repräsentiert» (68). Man muss Grotjahns Deutung nicht zustimmen, aber sie scheint mir doch schön zu zeigen, wie vielschichtig das Bukett der Gefühle ist, das selbst eine Witzblattfigur in uns auslösen kann. Um Häme und Zynismus kann es allein nicht gehen, das habe ich früher schon (S. 120) in Anlehnung an Groos und Sperber zu zeigen versucht. In unserem scheinbaren Auslachen sind wir selbst auch das Objekt.

Ein wenig von dieser humorvollen Selbstkritik mag auch in unserem Vergnügen an anderen Witzblattfiguren stecken. Ich zitiere deshalb noch einen jüdischen Witz, der mal wieder die Emporkömmlinge und Geldprotze zur Zielscheibe wählt. *Silberstein, reich geworden, geht zum bekanntesten Modemaler der Stadt, um sich Bilder für seine Villa auszusuchen. Vor einem Gemälde bleibt er stehen: «Was stellt das dar?» «Die zwölf Söhne Jakobs.» «Hat nicht auch Reichstein von Ihnen ein Bild mit den zwölf Söhnen Jakobs?» «Ja ...» «Gut, dann malen Sie für mich vierzehn Söhne.»*

Eigentore. Verbotene Gefühle werden annehmbar

Der Patient gesteht dem berühmten Professor, er sei vorher bei einem Heilpraktiker gewesen. Der Professor höhnisch: «Da bin ich aber mal gespannt, welchen Unsinn der Ihnen empfohlen hat.» Der Patient: «Er hat mich zu Ihnen geschickt.» Das war wohl ein Eigentor des Herrn Professors. So was hört man gern, weil es endlich mal einen getroffen hat, dem man es gönnt reinzufallen. Das erinnert an die Figur des betrogenen Betrügers, den man auf der Bühne auch so gern als Opfer sieht. Offenbar sind wir darauf angewiesen, dass der Witz es uns leicht macht, unsere sonst verpönten und verdrängten Gefühle (Schadenfreude zum Beispiel) herauszulassen. Wie der Witz das macht, dass ein sonst verachtetes Gefühl für uns genießbar wird, das ist eine Frage, die wir vielleicht an Hand dieser Eigentore erörtern können.

Der Oberkellner beobachtet seit Tagen, wie der Hotelgast sein Besteck am Tischtuch putzt. «Ich möchte Sie höflich bitten, das zu unterlassen», sagt er, «erstens ist das Besteck sowieso sauber, und zweitens machen Sie damit nur das Tischtuch schmutzig.»

Auch wer sonst Pauschalurteile über Witze scheut, weil solche Behauptungen fast nie so allgemeingültig sind, wie sie es sein wollen, hier darf er mal grundsätzlich werden. Im Witz wird ausgesprochen, was sonst nicht geduldet wird: Gemeinheit zum Beispiel, Unglück, Verbrechen, Ekelhaftes, Unanständiges, Blamagen, Reinfälle, Beleidigungen, Übertreibungen ... was man will. Die ganze Kloake der Gesellschaft, die sonst schön verschwiegen wird, die Gegenwelt, das «Nichtige», wie Joachim Ritter es vornehm genannt hat (siehe S. 45). Offenbar sind diese Themen heimlich durchaus begehrt; mit Abscheu sieht der Mensch dem Verbrecher zu und dem Unglücksfall, und doch empfindet er dabei eine heimliche Lust. Der Witz ist so eingerichtet, dass er diese (sonst verschwiegene) Lust wecken darf. Wie macht er das? Eine Teilantwort habe ich früher schon genannt: Der Witz führt das Erschrecken als irreal vor und macht es deshalb erträglich; die Absurdität sorgt dafür, dass das Verpönte annehmbar wird. Dazu noch ein weiteres Beispiel aus einem Gasthaus. *Ein Gast winkt den Wirt herbei und zeigt auf seinen Teller: «Ich habe aber schon bessere Steaks gegessen!» Darauf der Wirt: «Aber nicht bei mir!»*

Warum freuen wir uns am Reinfall dieses Wirts? «Selber schuld!», sagt man sich. Dieses Urteil erleichtert es dem Hörer, seiner Schadenfreude freien Lauf zu lassen. Das erinnert uns wieder daran, dass jede Komik eine Ambivalenz der Gefühle auslöst. Das Stichwort Ambivalenz muss auch die endgültige Antwort auf die Frage enthalten, warum im Witz ein verbotenes Gefühl (und eine sonst nur heimliche Lust) als zulässig empfunden wird: weil in der Ambivalenz das verpönte Gefühl mit einem erlaubten verbunden ist. Im Falle des Wirts etwa sagen wir uns: Hat er verdient! Und während wir uns behäbig und selbstzufrieden zurücklehnen, darf sich das andere, das verpönte Gefühl («Gut, dass mal einer reinfällt!») ebenfalls breitmachen, das eingedrungen ist durch die geöffnete Tür wie der Dieb in der Nacht, um das Bild von Karl Groos aufzugreifen (S. 129). Während wir glauben, nur der Gerechtigkeit die Haustür geöffnet zu haben, ist das verbotene, ordinäre Gefühl der Schadenfreude mit hineingeschlüpft, gegen das gerade ein Schloss eingebaut werden sollte.

Frau Müller wird gefragt, warum sie ihrem jungen Untermieter gekündigt hat. «Ja, wissen Sie, ich bin ja nicht misstrauisch. Aber wenn jemand von innen sein Schlüsselloch zuklebt, dann ist er nicht ehrlich.» Da sagt sich der Witzhörer: Wer anderen eine Grube gräbt, fällt selbst hinein – und schon ist seine heimliche Lust am Reinfall eines anderen gerechtfertigt und darf sich ausbreiten.

Witze können verdrängte und geächtete Gefühle von sehr verschiedener Art auslösen. Weil ich Ihnen hier nur Beispiele aus der Kategorie Eigentor zeige, kann der Eindruck entstehen, die verbotene Lust sei immer nur so etwas wie Schadenfreude. Es kann sich aber auch um andere aggressive Tendenzen handeln, um Freude an Bosheiten (um Verachtung, Überheblichkeit, Hass), um sexuelle Lust oder um einen heimlich erwünschten Abscheu und Ekel. Worum es mir hier geht, ist nur die grundsätzliche Feststellung, dass all diese Empfindungen im Witz begleitet und legitimiert werden von einem erlaubten Gefühl, das zusammen mit dem verbotenen die Ambivalenz oder Gefühlsmischung ausmacht. Bei dem folgenden Beispiel ist es wohl wieder ziemlich deutlich, was unsere Aggression legitimiert: das Gefühl, hier walte beim Reinfall eine höhere Gerechtigkeit. *Der erfolgreiche Geschäftsmann zum Inhaber eines Eheanbahnungsinstituts: «Reich braucht sie nicht zu sein, das bin ich selber! Tüchtig braucht sie nicht zu sein, das bin ich selber. Gescheit braucht sie nicht zu sein, das bin ich selber. Aber anständig muss sie sein!»*

Man kann den Witz definieren als «erlaubte Aggression». Warum das Verdrängte im Witz plötzlich erlaubt ist, genau um diese Frage geht es. Wahrscheinlich rumort ein unterdrückter Wunsch nach Aggression in jedem Menschen. Diesen Wunsch lebt man im Alltag nicht aus, weil das für einen selbst gefährlich wäre. Um sich zu bremsen, sagt man sich: Ich muss mitfühlend und gerecht sein. Der Witz aber weiß, so scheint es, einen Ausweg. Er ist so eingerichtet, dass er unsere Forderung an uns selbst, mitfühlend und gerecht, ordentlich und anständig zu sein, einhält und gerade dadurch den Wunsch nach Aggression abdeckt und zulassen kann. Damit leistet der Witz ein fast paradoxes Kunststück.

Der Witz hat freilich noch andere Tricks, um unsere Aggressionen und die anderen Abwässer unseres Gefühlshaushaltes zu rechtfertigen. Nicht ohne Grund lässt der Witz nämlich (meist in der Form eines Dialogs) zwei Personen auftreten; wir können uns dann aussuchen, mit wem wir es halten wollen. Ein Beispiel. *Ein alter Junggeselle, steinreich und schwerhörig, kommt spät nach Hause. Sein Diener, der lange auf ihn hat warten müssen, hilft ihm aus dem Mantel und murmelt: «Na, du stocktauber Schwerenöter, wieder bei den Weibern gewesen und das Geld verspielt?» «Nein, Johann, in der Stadt gewesen, Hörapparat gekauft.»* Wenn Sie einmal verfolgen, auf wessen Seite Sie während des Witzverlaufs gestanden haben, so merken Sie vielleicht, dass Sie zuerst auf der Seite des Dieners standen (schließlich ist die Person des Reichen auch zu unsympathisch). In der Pointe aber werden die meisten unter Ihnen auf die Seite des Siegers geschwenkt sein. Das liegt wohl daran, dass alle Menschen gern an einem Sieg teilhaben; aber es könnte auch noch den anderen Grund haben, dass die Aggression dieses Siegers als Revanche legitimiert ist. Damit ist auch unser eigenes aggressives Gefühl zugelassen, wenn wir uns mit dem sympathischen Sieger freuen.

Noch einen Trick will ich hier erwähnen, der es dem Witz erlaubt, auch Verbotenes anzudeuten. Es ist seine Diskretion. Die Technik besteht ja im wesentlichen aus Andeutungen, Anspielungen und Auslassungen – den Rest muss der Witzhörer ergänzen. Durch diese Diskretion werden die verbotenen Gefühle ebenfalls zulässig. Es fällt ja kein böses Wort, auch kein obszönes, und das Elend des Opfers wird nicht in Großaufnahme gezeigt. Genau diese Zurückhaltung erlaubt es dem Witz, die schlimmen Dinge zur Sprache zu bringen. Das zeigt sich vielleicht am deutlichsten in der Technik der Kabarettisten, die einem Tabu nur nahekommen und es damit viel wirksamer vergegenwärtigen, als wenn sie es platt aussprechen würden. Zugleich sind sie entschuldigt, denn sie haben ja nichts gesagt!

Diese Technik wurde gut beschrieben vom amerikanischen Altphilologen und Witzforscher Albert Rapp, der überhaupt der Meinung ist, das Komische könne nur da entstehen, wo ein Thema unterdrückt ist: «Wenn die Grenzlinie erst einmal gezogen und das Verbotsschild (‹the Verboten sign›) aufgestellt ist, werden die Komiker merken, dass sie die herzlichsten, brüllendsten Lacher ernten, wenn sie sich wie zufällig einmal an diese Grenze verirren» (Origins, 111). Die Tabuverletzung, um die es dem Witz (fast) immer geht, ist um so eher geduldet, je diskreter sie geschieht. Aus der Gruppe der Eigentore habe ich jedoch als Anschauungsmaterial für Diskretion allenfalls dieses Beispiel: *Der Vertreter verkauft Frau Neumann einen Staubsauger. «Wir machen jetzt einen sehr günstigen Ratenvertrag», sagt er, «in den ersten drei Monaten zahlen Sie sowieso nichts ...» Frau Neumann entrüstet: «Wer hat Ihnen das erzählt?»* Der Reinfall ist nur angedeutet, und diese Diskretion erlaubt uns eine um so ungeniertere Reaktion.

Obwohl ich hier schon etwas viel Theorie aufgetürmt habe, will ich noch einen Hinweis hinzufügen. Es geht mir immer noch um eine Antwort auf die Frage, wodurch der Witz das sonst Verbotene legitimiert und zulässt. Wie gesagt: durch die Ambivalenz, genauer: dadurch, dass er im Hörer polare Gefühle weckt, wobei ein Gefühl gesellschaftlich anerkannt ist und es übernimmt, das andere, unterdrückte zu legitimieren. Diese Sicht der Dinge, die den Kern meiner eigenen Ansichten über den Witz darstellt, findet sich in etwas anderer Form auch in Sigmund Freuds Buch über den Witz. Ich fasse seine Ansichten über Norm und Zensur kurz zusammen. In diesem Frühwerk ist die psychoanalytische Theorie noch nicht weit ausgebildet. Freud verwendet hier noch die Vorstellung von den gestauten Trieben, die auf Abfuhr drängen. Diese Triebabfuhr wird verhindert von der gesellschaftlich vorgeschriebenen Norm, die der Mensch durch innere Zensur einhält. Indem der Witz diese Zensur besticht und umgeht, gelingt ihm die Triebabfuhr. Das ist Freuds Theorie, in aller Kürze skizziert. Wie man leicht merken kann, ist meine eigene Ansicht von den zwei polaren Gefühlen, von denen eins das andere legitimiert, dieser Auffassung Freuds verwandt.

Noch mehr Unterstützung kann meine eigene Auffassung in der These der späteren Psychoanalyse finden, dass Wünsche, Regungen, Triebe und Gefühle oft paarweise auftreten und sich dabei gegenseitig blockieren. Dieser Zustand ist mit dem Stichwort «Ambivalenz» schon angedeutet. Die Psychoanalyse spricht auch von «Besetzung und Gegenbesetzung»; damit ist ebenfalls gemeint, dass oft ein Impuls den anderen in Schach hält, wodurch wenigstens ein inneres Gleichgewicht geschaffen wird und sichergestellt ist, dass zum Beispiel die Aggression nicht immer durchbricht.

Gleichgewicht – es ist wohl eine grundsätzliche Entscheidung, ob man die seelische Struktur des Menschen so sehen will. Ich muss gestehen, dass ich von dem Schema komplementärer Kräfte angetan bin und der Psychoanalyse darin gern folge. Sehr eindringlich hat sich der Schweizer Psychiater Luc Ciompi in seinem Buch über Affektlogik für diese «polare» Grundstruktur unserer Gefühlswelt ausgesprochen, wobei er auch die Komplementarität von «Lust und Angst» erwähnt, die der Psychoanalyse «längst geläufig» sei (75). Das ist ein Schlüsselbegriff meiner eigenen Erklärung des Komischen. Genau um diese Polarität der Gefühle ging es mir in diesem Kapitel, in dem ich darstellen wollte, wie Hass, Angst, Triebe und

Befürchtungen plötzlich im Witz zur Sprache kommen können, weil sie mit ihrem polaren Gegenstück zusammen auftreten.

«Herr Stabsarzt», sagt der Eingezogene bei der Musterung, «ich bin fast blind.» «Lesen Sie laut vor, was auf der Tafel steht», befiehlt der Stabsarzt. «Auf was für einer Tafel?», fragt der Eingezogene, «ich sehe keine Tafel.» «Sehr gut!», donnert der Arzt, «ist auch keine da ... Tauglich!» Bei Lichte besehen, ist das eigentlich kein Eigentor, sondern ein Gedankenfehler des allgewaltigen Stabsarztes. Mir war das Beispiel willkommen, weil sich an ihm nachempfinden lässt, wie zwiespältig und vielfältig die Gefühle sein können, mit denen ein Hörer auf einen Witz reagiert. Ist man nicht auch empört über diese Gemeinheit? Andererseits, weiß man denn, ob der Gezogene wirklich schlecht sehen kann? In dieser Ungewissheit entsteht jenes Chaos an Affekten, das der Komik offenbar bekömmlich ist. Mit welchem der beiden Helden wir auch immer empfinden, es bilden sich genug Gegengefühle, die unsere latenten Aggressionen entschuldigen.

Nicht einmal der Überheblichkeit macht sich derjenige schuldig, der über das Opfer dieser selbstverschuldeten Panne lächeln muss: *Eine junge Frau geht regelmäßig zum Arzt, der aber nichts finden kann. Dann kommt sie vier Wochen lang nicht mehr. Als sie wieder ins Sprechzimmer tritt, fragt der Arzt: «Warum waren Sie denn so lange nicht da?» «Ich konnte nicht», erklärt die Frau, «ich war krank.»* Sicher, selbst schuld, Überheblichkeit erlaubt! Und doch – spüren wir nicht auch Mitleid oder gar Sympathie? Und nebenbei gesagt, die Frau hat ja recht, weil es ein Paradox in der Sache selbst ist, dass man nur solange zum Arzt gehen kann, wie man nicht richtig krank ist. Lachen wir also über die Frau – oder über die Wahrheit, die sie ausspricht?

Im meinem letzten Beispiel wird die Sache dadurch noch komplizierter, dass wir es mit gleich zwei Reingefallenen zu tun haben. Das gibt reichlich Gelegenheit, hämisch und mitleidig zugleich (oder im Wechsel) zu sein. Eine Gelegenheit zur Selbstbeobachtung. *Ein Patient fragt den Chirurgen: «Wird die Operation sehr teuer, Herr Professor?» «Bleiben Sie ganz ruhig, und überlassen Sie diese Sorge getrost Ihren Erben.»*

Lachen mit dem Sieger – der Ursprung des Lachens?

In einem ganz feinen Restaurant. Einer der Gäste hat sich seine Serviette um den Hals geknotet. Der Geschäftsführer bittet den Oberkellner: «Machen Sie dem Herrn mal klar, dass sich das hier nicht gehört – aber bitte mit Takt!» Der Oberkellner geht zum Gast und fragt ihn freundlich: «Was darf es sein, der Herr – Haare schneiden oder rasieren?» Wir haben das Thema gewechselt. Nun sehen wir den Helden des Witzes nicht mehr hereinfallen, sondern er ist der strahlende Sieger. (Wie man als Hörer schnell auf die Seite des Siegers wechselt, war schon im vorigen Kapitel zu beobachten.) Ein bisschen Triumph fühlt auch derjenige, der nur Zeuge dieser Vorgänge wird. *Ein ‹Nordlicht› lässt sich am Stuttgarter Hauptbahnhof in die Polster eines Taxis fallen und schreit: «Ja, Mensch, nun fahren Sie schon endlich los mit Ihrer Mistkarre!» Gelassen meint der Fahrer: «Lieber Mo, nur net hudla! Schließlich muss i ja erscht amal wissa, wo i de Mischt ablada soll.»*

Ob man über den Verlierer oder mit dem Sieger lacht, das mag freilich am Ende aufs gleiche hinauslaufen. Wohl schon in grauer Vorzeit ist das Lachen ein Vorgang auf der Grenze gewesen, durchaus ambivalent: das Lachen als Triumphgeschrei der Sieger und als Spott über die Besiegten. Ich greife jetzt noch einmal auf, was ich schon in der Einleitung angedeutet habe. Man weiß nicht sicher, wann und wie sich das Lachen herausgebildet hat, es mag aber zu Zeiten des Neandertalers gewesen sein, als die frühen Menschen noch in Horden auf die Jagd und in den Kampf zogen. Angestimmt wurde das Lachen als Zeichen der Erleichterung, wenn der Feind besiegt oder in die Flucht geschlagen oder wenn die Beute erlegt war. Wenn diese Annahme stimmt, dann hätten wir wieder eine Situation auf der Grenze: Entspannung nach überwundener Gefahr. Die Bewegungen beim Lachen wären dann Nachwehen der Anstrengungen beim Kampf; zugleich wäre das Lachen das Signal dafür, dass man nun aufatmen und sich freuen kann.

Bedrängnis und Erleichterung spiegeln sich (in dieser Abfolge!) selbst noch in manch einem bescheidenen Witz wie in diesem: *«Andi», mahnt die Großmutter, «du weißt doch, dass Rotkäppchen vom Wolf gefressen wurde, als es nicht folgsam war.» «Ja», nickt Andi, «die Großmutter aber auch!»* Was für ein Triumph über die mächtige Vertreterin der Erwachsenenwelt. In der amerikanischen

Humorforschung, die sich oft und gern mit dem Lachen beschäftigt hat, ist die These vertreten worden, Lachen entspringe immer einer Phase der Entspannung, wenn ein Schrecken nachlässt, so von J. C. Gregory im Jahre 1924. Donald Hayworth hat vier Jahre später die These aufgestellt, in der Urhorde sei Lachen das Signal gewesen: «Entspannen erlaubt!» Also eine frühe Form der Entwarnung, durch denjenigen gegeben, der als erster das Ende des Kampfes kommen sah (369f.) Beide Autoren haben dafür viel Zustimmung geerntet.

Diese Hypothese hat Albert Rapp 1949 zusammengefasst und, da er Altphilologe war, um eine Variante bereichert: Der Witz entstamme dem Entschluss unserer Vorfahren, den körperlichen Zweikampf mit seinem anschließenden «schlagenden Lachen» (thrashing laughter) durch einen Erzählwettbewerb zu ersetzen, den es im Altertum wirklich (statt des Schwertkampfes der Vorkämpfer) gegeben haben soll. Dabei sei es dann vorgekommen, dass der Sieger im Wettbewerb seinen Partner habe überreden können, in sein Siegerlachen mit einzustimmen, also das Ganze als Spaß zu sehen (90). Alle zivilisierteren Formen des Lachens und Lächelns will Rapp aus jenem anfänglichen Triumphgeheul ableiten können.

Besonders willkommen ist heute noch ein Ereignis, bei dem eine Respektsperson der Verlierer ist, während wir mit dem Sieger in den Triumph einstimmen können. *Während eines Manövers kreuzt unerwartet der General auf. Vom Bataillonsgefechtsstand ruft er eine Batterie-Stellung an. Die verschlafene Stimme des Funkers meldet sich: «Was gibt's?» «Was es gibt?», schnauft der General aufgebracht. «Na, das ist doch ...» «Alter Idiot!», schimpft der Funker, «du kannst mich mal!» Dem General bebt die Stimme, als er brüllt: «Wissen Sie nicht, mit wem Sie sprechen, Sie ... ?» «Nö», tönt es gleichmütig zurück. «Mit dem General», röhrt der Gewaltige. Tiefes Schweigen. Endlich die Frage: «Wissen Sie denn, mit wem Sie gerade sprechen?» «Nein!», schreit der General außer sich. Da sagt der Funker: «Gott sei Dank!» und legt den Hörer auf.*

Als dem Angeschnauzten klar wurde, dass er fürs erste gerettet war, da mag er erleichtert aufgelacht haben. Und seine Kameraden haben das sicherlich auch getan, als sie von der Geschichte erfuhren.

Die Verhaltensforschung hat natürlich versuchen müssen, Vorstufen des Lachens bei höheren Säugetieren wiederzufinden. Eine gewisse Anerkennung hat dabei die Hypothese des Holländers J. A.

R. A. M. van Hooff (er hat wirklich fünf Vornamen) aus dem Jahre 1971 gefunden. Er unterscheidet Lächeln von Lachen. Das Lächeln gehe aus dem Zähnefletschen bei der Verteidigung hervor; das Lachen hingegen sei (bei höheren Säugetieren) im «Spielgesicht» wiederzufinden; die Schimpansen zum Beispiel öffnen dabei entspannt den Mund und lassen ein rhythmisches Grunzen hören. Das Zähnefletschen sei, ehe es endlich zum Lächeln werden konnte, stark umgewandelt worden, meint Hooff. Mir scheint diese Erklärung dennoch zu einfach zu sein, und ich möchte mich dem Urteil von J. R. Andrew anschließen, der es zwar auch für möglich hält, dass das menschliche Lächeln von einer Beißbewegung abstammt; die Geschichte des Lächelns sei jedoch im ganzen «zu vielschichtig für eine so schlichte Erklärung» (Facial, 1038).

Überzeugender klingt mir die Vermutung von Konrad Lorenz, das Lachen entspreche dem «Triumphgeschrei» der Gänse. Trifft sich das nicht überraschend mit der These vom Ursprung des menschlichen Lachens im Siegesgeheul? Lorenz, der auf diese These nicht eingeht, sieht die Parallele zwischen Lachen und Triumphgeschrei der Gänse darin, dass auch dieses Geschrei aus einer ursprünglichen Drohbewegung hervorgegangen sei. Wie dieses Triumphgeschrei erzeuge auch das Lachen «neben der Verbundenheit der Teilnehmenden eine aggressive Spitze gegen Außenstehende» (Böse, 409). Besonders willkommen ist mir der Hinweis von Konrad Lorenz darauf, dass ein «Lachen bei plötzlicher Entspannung einer Konfliktsituation» auftreten kann. Genau das ist ja auch die These der amerikanischen Forscher. Lorenz schreibt: «Hunde, Gänse und wahrscheinlich viele andere Tiere brechen in intensive Begrüßung aus, wenn eine peinliche Konfliktlage sich plötzlich entspannt» (ebd., 277). Ich sehe mich dadurch bestärkt in der Annahme, dass das Lachen in doppelter Weise auf der Grenze steht: Es ist (sozial gesehen) nach innen freundlich, nach außen aggressiv; und es ist (physiologisch gesehen) angesiedelt zwischen konflikthafter Erregung und beginnender Entspannung.

Irenäus Eibl-Eibesfeldt beruft sich auf seinen Lehrer Lorenz, zitiert ihn allerdings nicht mit dem Stichwort «Triumphgeschrei», das mir so wichtig scheint, sondern mit dem Stichwort «umorientierte Drohhandlung» (Krieg, 111). Auch die These von van Hooff deutet er etwas um, wenn er das Lachen «als ritualisierte Beißintention» deutet (ebd., 112). Die bringt van Hooff nämlich mit dem Lächeln, nicht mit dem Lachen in Verbindung. Das Lachen stammt für ihn vom Spielgesicht. Mir scheint, damit verschiebt Eibl-Eibesfeldt das Lachen ins Aggressive. Dieter E. Zimmer schreibt, für Eibl-Eibesfeldt sei die tiefste Wurzel des Lachens das «Hassen», eine bei vielen Tierarten verbreitete Drohung gegen Feinde (Natur, 41). Das würde ebenfalls bedeuten: Eibl-Eibesfeldt sieht das Lachen eher als Teil eines Kampfes, nicht als Ausdruck des Triumphes nach dem Kampf. Immerhin kann er sich für diese Annahme auf das «Mobbing» berufen, ein Gruppenverhalten, das dem Necken entspricht und bei vielen primitiven Volksstämmen ebenso verbreitet ist wie bei Primaten. Bei afrikanischen Buschleuten hat er beobachtet: Sie «spotten und lachen einander gerne über abweichendes Verhalten aus. Stößt jemandem ein kleines Missgeschick zu, dann wird darüber gelacht» (ebd., 193). Aggressiven Humor, Auslachen und Schadenfreude sieht der Autor allenthalben (ebd., 111). Das so zu deuten, ist wohl eine Frage der Einstellung.

Ein Zahnarzt zu seinem zitternden Patienten: «So, und nun reißen Sie bitte mal den Mund so weit auf wie damals auf dem Kasernenhof, Herr Feldwebel.» Eine süße Rache, die ich dem Zahnarzt nachempfinden kann, auch wenn sie sadistische Züge trägt und am Ende dem Verdikt eines moralisch hochstehenden Menschen verfallen muss. Aber so im Witz – da gefällt sie mir, und ich habe den Eindruck, mich dafür nicht einmal entschuldigen zu müssen.

Triumph, dieses Stichwort werde ich noch öfter nennen, um das Wesen des Lachens zu umschreiben. Jetzt davon nur so viel: Was als Triumph über den Feind im Zweikampf begonnen hat, ist längst zum Siegesgeheul über den eigenen inneren Feind, über Gewissensangst und Verklemmung sublimiert worden. Im Humor wandelt sich dieser Triumph noch einmal zur Erhebung über das eigene ungünstige Geschick. In diesem Kapitel aber waren wir den Anfängen näher, stammten die Beispiele doch aus der gängigen Komik des witzigen Dialogs. Lachen mit dem Sieger, hier eine letzte Gelegenheit:

«Rebbeleben, Ihr sagt, Gottes Auge sieht überall hinein – auch in meinen Keller?» «Ja, auch in deinen Keller.» «Oj, Rebbe, schon verloren! Ich hab gar keinen Keller.»

In der Alabama-Bar in Laramie spielt jeden Abend der einäugige Joe gefühlvoll Klavier. Wieder mal gibt es eine Schießerei. Die erste Kugel trifft Joes gesundes Auge. Begeistert dreht sich Old Joe um und ruft: «So ist's richtig, Jungs, immer zuerst auf die Lampen.» Dieser arme Teufel, der sein Unglück noch gar nicht begriffen hat, lässt uns vielleicht noch lachen, im übrigen aber sind Behinderungen und Krankheiten für uns nicht mehr komisch. Im Altertum galten Krüppel als Inbegriff der Komik, im Mittelalter galt der Zwerg noch als lächerlich, und im 16. und 17. Jahrhundert haben selbst Denker wie Francis Bacon und Hobbes noch gemeint, Missbildungen seien (neben Gebrechen und Verkrüppelungen) am komischsten, wie Gregory nachweist (9f.). Noch 1885 musste Emil Kraepelin feststellen: «Eine sehr ergiebige Quelle der Anschauungskomik bilden für das unerzogene Gemüt die mannigfachen Missbildungen und Verkrüppelungen der menschlichen Gestalt» (135). Immerhin nur «für das unerzogene Gemüt». Kuno Fischer stellte 1889 fest, Kinder lachten über den Anblick eines Buckligen, und man müsse sie erst zum Mitleid anhalten (44f.). Im Witz kommt das heute zum Glück kaum mehr vor. Oder nur unter besonderen Bedingungen. *Beim Gruppenfoto sagt ein Buckliger zu einem Stotterer: «Halt einen Augenblick deinen Mund, sonst verwackelt das Bild.» Da entgegnet der Stotterer: «Und w-wenn d-dein Rücken mit d-d-draufkommt, g-eht's A-a-album nicht zu.»* Dass man diese Aggression erträgt, liegt vielleicht daran, dass sich hier zwei Behinderte gegenseitig kränken, was als erlaubt gelten könnte.

Witze über Gebrechen habe ich kaum anzubieten. Das könnte auch daran liegen, dass ich sie mir nicht merken kann. So etwas kommt vor. Seit ich mich mit dem Humor beschäftige, bin ich von meinen Mitmenschen nichts so oft zu diesem Thema gefragt worden wie dies: «Woher kommt es nur, dass ich mir keine Witze merken kann?» Eine Antwort darauf gibt Martin Grotjahn, der darauf hinweist, «dass eine zensierende Macht am Werk ist. Wenn ein Witz erzählt wird, werden im Zuhörer unbewusst Triebregungen aktiviert, die jedoch die Zensur zu verdrängen gebietet. Indem wir den Witz vergessen, entgehen wir der Schuld, an einer Aggression beteiligt zu sein» (156f.). Diese Eigenart der Witze habe Freud vergessen zu erwähnen, meint Grotjahn (156), aber das ist nicht so. Freud schreibt, Witze stünden einem «häufig nicht zur Verfügung», und nennt das einen Hinweis «auf ihre Abkunft aus dem Unbewussten» (Witz, 137). Damit ist schon fast alles gesagt. Die Themen der Witze sind eben gewöhnlich tabuisiert, sie halten sich in unserem Keller auf; der Witz befreit diese Gemeinheiten, diese Ängste und diese Gier für einen Augenblick – dann aber müssen sie zurück in den Keller. Oft sind sie schon nach Minuten dem Gedächtnis wieder entzogen.

Vor einem schielenden Richter stehen drei Angeklagte. Der Richter wendet sich an den ersten: «Wie heißen Sie?» Der zweite antwortet: «Müller.» Der Richter: «Ich habe nicht Sie gefragt!» Darauf der dritte Angeklagte: «Ich habe doch auch gar nicht geantwortet.» Ja, Schielen geht noch, ebenso wie Stottern, über das im Witz ebenfalls noch gelacht wird. Eine Erklärung dafür, warum so etwas überhaupt zum Lachen reizt, hat Henri Bergson versucht: «Komisch kann jede Verunstaltung werden, die ein wohlgestalteter Mensch nachzuahmen vermöchte» (23f.). Heute gilt das aber nicht einmal mehr für Hinkende oder Bucklige, allenfalls noch für Schwerhörige. *Eine alte Dame sitzt im Zugabteil, ihr gegenüber ein junger Mann, der gelangweilt auf seinem Kaugummi herumkaut. Nach einer Weile sagt die alte Dame: «Es ist reizend von Ihnen, dass Sie sich mit mir unterhalten wollen, aber ich bin leider ganz taub.»*

Dass man es im zwanzigsten Jahrhundert verlernt hat, über Behinderungen zu lachen, halte ich für einen der wenigen nachweisbaren Fortschritte an Humanität – fast schon für einen Beweis, dass doch nicht früher alles besser war. *«Und hier eine letzte Meldung», sagt der Nachrichtensprecher im Fernsehen, als ihm ein Zettel zugeschoben worden ist: «Sie haben Spinat zwischen den Zähnen ...»* Das habe ich nur zitiert, weil es uns ein Gefühl dafür geben kann, wie viel leichter man es erträgt, wenn ein Etablierter komisch wirkt.

Krankheit und Behinderung sind für uns zunächst nur erschreckend und nicht komisch. Es kann aber sein, dass sie als komisch empfunden werden, weil sie uns erschrecken. Dann wäre das Lachen die Abwehr einer verdrängten Angst, die plötzlich wieder da ist. In diesem Sinne hat Theodor Reik gemeint, das Wesentliche an der Witzwirkung sei immer die Bestätigung einer unbewussten Erwartung, nämlich der Erwartung, dass das Verdrängte wiederkehrt: «Es ist so, als wären unsere unbewussten, sexuellen, egoistischen und feindseligen Triebregungen immer ausbruchsbereit und lauerten an den Gittern des Käfigs, in die wir sie eingesperrt haben, auf den Augenblick, loszubrechen» (Lust, 106). Das kräftige Bild, das Reik malt, soll auch um Verständnis für seine These werben, dass Witze (manchmal unbemerkt) Schock und Schrecken hervorrufen können (ebd. 111). Ich nenne ein Beispiel, das von einer Krankheit handelt und wie wenige andere Witze Schrecken und Abscheu weckt, weil es mehr als nur den guten Geschmack verletzt. *Was ist der Unterschied zwischen einem Grießpudding und einem Epileptiker? Der Grießpudding liegt in Zucker und Zimt, der Epileptiker liegt im Zimmer und zuckt.* Das trifft uns. Warum? Vordergründig deswegen, weil wir vorgeben, Diskretion und Takt gegenüber diesen Kranken walten zu lassen, so dass wir es ablehnen müssten, solche grausigen Scherze zu machen. Dahinter könnte freilich noch etwas anderes stecken: Man hat Grund, der erschreckenden Anfallskrankheit aus dem Wege zu gehen. Schock und Abscheu, die wir empfinden, sollen uns vor allem selbst schützen. Solch ein Witz illustriert, was Reik mit der «unbewussten Erwartung» meinte; es ist die Erwartung, die verdrängte Angst vor der Krankheit könne hervorbrechen.

Ein Mann kommt in eine Bäckerei gestürzt und ruft: «Bitte eine Dose Kondensmilch, aber bitte schnell, ich hab's eilig!» «Nun schreien Sie doch nicht so», tadelt ihn der Bäcker, «ich bin nicht taub. Mit oder ohne Sahne?» Dieses Beispiel ist nun wieder von der harmloseren Art. Es ist mir aber willkommen, weil ich gern noch auf William McDougall zu sprechen kommen möchte, der eine Professur für Psychologie in Harvard innehatte und im Jahre 1903 eine originelle Erklärung für die biologische Notwendigkeit des Lachens veröffentlicht hat. Es sei nämlich von der Evolution zur Vermeidung des sozialschädlichen Mitleids entwickelt worden. Diese sozialdarwinistische Deutung möchte uns also raten, dass wir mit dem schwerhörigen Bäcker und anderen Gestalten besser nicht allzu viel Mitgefühl haben sollten. «Das Lachen ist in erster Linie ein fundamentales Gegenmittel gegen sympathisierenden Schmerz», meint McDougall, weil so viel Gefühl der Menschheit nicht bekommen wäre. «So erwarb sich der Mensch als Schutzreaktion die Fähigkeit zu lachen» (zit. nach Moody, 55).

Sehr viele Anhänger hat diese Theorie allerdings nicht gefunden. In einem Punkt mag McDougall trotzdem recht haben, in der Beobachtung nämlich, dass der Mensch ein Unbehagen fühlt, das er im

Lachen abzuschütteln sucht, um sich danach wieder wohl zu fühlen. Nur könnte dieses Unbehagen eher jene «unbewusste Erwartung» und jener «Schock» sein, von denen Reik schreibt. Und richtig ist auch, dass Lachen dazu dienen kann, ein sympathisierendes Mitgefühl zu vertreiben. Wer wüßte das besser als der Feind des Mitleidens, Friedrich Nietzsche, von dem das treffende Wort stammt: «Der Witz ist das Epigramm auf den Tod eines Gefühls.»

Damals, als man noch einen richtigen Walzer tanzte, sieht ein Herr auf einem Faschingsball in München eine Dame, die den Walzer auch linksherum tanzen kann. Er engagiert sie für den nächsten Walzer, und die beiden wirbeln links herum, dass es den anderen den Atem verschlägt. Doch der Tänzer wundert sich, dass seine Partnerin immer größer wird. Da flüstert sie ihm bei voller Fahrt ins Ohr: «Bitte a Stückerl rechts rum, damit sich mein Holzbein wieder 'neidreht.»

Aufsitzer. Dazu die Betrachtung einer Kleingruppe

«Sie, Herr Ober! Das Sauerkraut ist aber gar nicht sauer!» «Mein Herr, das ist nicht Sauerkraut, das ist Nudelsuppe.» «Nun, für Nudelsuppe ist es sauer genug.» Offenbar ein Unsinn, den der Hörer des Witzes nur mit Humor nehmen kann. Er fühlt sich hereingelegt oder, sagen wir es neutral, in seinen Erwartungen enttäuscht. (Immerhin sind Sie jetzt schon auf Unsinn vorbereitet, Sie kann es nicht so treffen.) *«Schloime, was ist das: Es hängt an der Wand, ist grün und pfeift?» «Nu, sag schon!» «Ein Hering!» «Unsinn, der hängt doch nicht an der Wand.» «Kannst ihn ja hinhängen.» «Und grün ist er auch nicht.» «Kannst ihn anstreichen.» «Und er pfeift auch nicht.» «Nu – pfeift er halt nicht.»*

In seiner verqueren Logik erinnert dieses gute Stück an den Witz vom Schadchen: «Da haben Sie eine fertige Sach'» (S. 105). Als Zuhörer bekommt man einen Dialog geboten, in dem zunächst ja nur ein Dialogpartner hereinfällt. Aber der Hörer empfindet doch mit dem Hereingelegten und fühlt sich selbst angeschmiert. Schließlich geht ja auch der Hörer leer aus, weil die Pointe sich so offenkundig im Sande verläuft. Diese Witze, zu denen der Witzhörer gute Miene machen muss, hat Sigmund Freud als «Aufsitzer» bezeichnet und dafür dieses Beispiel genannt: *«Das Leben ist eine Kettenbrück.» «Wieso?» «Weiß ich?»* Man finde keinen Sinn, schreibt Freud, obwohl man danach suche, denn Aufsitzer seien wirklich Unsinn und bereiteten allenfalls «dem Erzähler eine gewisse Lust, indem sie den Hörer irreführen und ärgern» (Witz, 112, Anm.). Der Hörer des Witzes, meint Freud ergänzend, dämpfe seinen Ärger, indem er sich vornehme, demnächst den Witz selbst zu erzählen und sich so ein eigenes Opfer zu suchen.

«Weißt du, was man zu einem Gorilla sagen kann, wenn er in einem Ohr eine Banane und im anderen einen Spargel hat?» «Nein, was denn?» «Man kann sagen, was man will, er hört es doch nicht.» Das erinnert an eine Fopperei, an einen Streich. Man kann auch nicht leugnen, dass die Sache aggressiv ist wie ein Streich und dass die Freude ziemlich einseitig beim Erzähler liegt. Das bekannteste Beispiel für Nonsens-Witze aus den letzten Jahrzehnten ist wohl dies: *«Wie steckt man vier Elefanten in einen Volkswagen?» «??» «Ganz einfach: Zwei vorne und zwei hinten.»* Es hat mich etwas gewundert, bei dem holländischen Soziologen Anton C. Zijderveld zu lesen, dieser Witz sei nur ein «harmloses Spielen, mehr nicht». Und er fährt fort: «Natürlich, in gewissem Sinn wird der Angesprochene an der Nase herumgeführt, aber es wäre doch etwas weit hergeholt, wollte man das Aggression nennen» (176f.). Dafür beruft sich Zijderveld ausgerechnet auf Max Eastman, der gesagt habe, Nonsens-Witze seien nicht aggressiv; doch ist Eastman dafür bekannt, dass er in keinem Witz eine unangenehme Komponente, also auch nicht eine Aggression, erkennen konnte. Das einzige, was ich noch zugeben würde, ist, dass der reingefallene Hörer humorvoll genug sein kann, über seinen Reinfall zu lachen. Klar ist jedenfalls, der Hörer ist bei diesen Witzen das Opfer. Einen Dritten als Opfer gibt es nämlich nicht. Und ohne Opfer – das wage ich so allgemein zu behaupten – kein Witz!

Wenn jemand fragt: «Was ist der Unterschied ...», dann ist das schon die Warnung, dass es nun einen Reinfall geben soll, und man erwartet nichts Gutes. *«Was ist der Unterschied zwischen einem Klavier und einer Geige? – Das Klavier brennt länger.»* Es mag ja sein, dass man nichts anderes hören wollte, gerade bei diesem berühmt-berüchtigten Witzmuster. Aber wer will denn leugnen, dass so ein Witz – darin dem Kalauer verwandt – unser Niveau schmerzhaft unterläuft. Diese Masche kann, weil allzu bekannt, auch so variiert werden: *«Wie bekommt man eine Kuh in den Kühlschrank?» «??» «Tür auf, Kuh rein, Tür zu! Und wie bekommt man ein Pferd in den*

Kühlschrank?» Der Angesprochene weiß es: «Tür auf, Pferd rein, Tür zu.» «Falsch! Tür auf, Kuh raus, Pferd rein, Tür zu!»

Historisch gesehen, sind Witze mit solchen Foppereien wohl recht jung, wie überhaupt der Witz nicht alt ist. «Witz» hieß zunächst menschliches Wissen (im Gegensatz zur göttlichen Weisheit), dann am Ende des 17. Jahrhunderts diente Witz als Übersetzung des bewunderten französischen Esprit, wie Karl Otto Schütz nachgewiesen hat. Anschließend wurde «Witz» mit der Verachtung alles Französischen abgewertet zum seichten Scherz, für Kant etwa ist Witz die leichte Unterhaltung der Salons. «Erst im 19. Jahrhundert wurde der heute vorherrschende Sinn ‹Schnurre›, ‹belustigende, pointierte Anekdote›, immer mehr ins Zentrum der allgemeinen Vorstellung gerückt», schreibt Schütz (241).

Diese Witzkonserven zum Weitererzählen sind ein Drei-Personen-Stück. Der Erzähler will etwas loswerden, er will im Mittelpunkt stehen und einen Erfolg erzielen. Außerdem verschafft sich der Witzerzähler den Vorteil, den Witz noch einmal genießen zu können, denn, wie Bateson meint, einen Witz möchte man zwar nur dreimal hören, aber zwanzigmal erzählen (Position, 20). Die zweite Person in diesem Stück ist natürlich der Hörer, der auf ein lustvolles Erlebnis aus ist. Dann gibt es noch als Dritten das Opfer des Witzes, gegen den der Erzähler den Hörer einnehmen will. Allerdings kann auch das Opfer mit dem Hörer identisch sein, wie in den Foppereien, um die es in diesem Kapitel geht. Das ist eine späte, heute immer noch weiterentwickelte Witztechnik. Der Reinfall ist Absicht. *«Kennst du den Witz von der Frau, die eine Schere verschluckt hat, und der Ehemann sagt zu ihr: ‹Macht nichts, ich kauf dir 'ne neue›?» «Nein, erzähl mal.»*

Der Hörer trägt nicht nur ein Risiko, er kann nicht nur reinfallen oder als schwerfällig und begriffsstutzig bloßgestellt werden. Er kann auch zum Richter werden, der einen Witz als unpassend zurückweist oder sich über das Niveau beschwert. Das könnte er etwa in dem folgenden Fall durchaus tun. *Der neue Briefträger klingelt an der Tür einer Villa, an der ein Schild mit der Aufschrift «Warnung vor dem Hunde» hängt. Als die Tür geöffnet wird, entdeckt er einen kleinen, schüchternen Hund. «Warum haben Sie denn das Schild da angebracht?», will der Briefträger wissen. «Weil ich solche Angst habe, dass man auf ihn tritt.»* Das mag wirklich nur ein Kalauer in verlängerter Form sein.

Jeder Witz ist natürlich, davon war schon die Rede, auch eine Herausforderung an den Hörer. Der Witzerzähler, meint Robert Neumann, gehe voraus und springe, er lade den Hörer ein, hinter ihm den gleichen Sprung zu wagen. Noch gefährlicher erscheint Albert Rapp die soziale Kleingruppe Erzähler/Hörer. Den Witzhörer warnt er: «Ein Witz ist vor allem ein Wettkampf zwischen Ihnen und dem Witzerzähler. Wenn Sie die Pointe verstehen, lachen Sie und zeigen damit, dass Sie den Wettkampf gewonnen haben» (Origins, 120f.). Das mag ein wenig übertrieben sein. Aber Vorsicht ist am Platze, schon weil, wie gesagt, der moderne Witz auch den Hörer zum Opfer machen kann. Da werde vor allem im Aufsitzer der Witz zum Streich (zum «practical joke»), und der Rahmen (also das Signal «Dies ist nur Spaß») werde zerbrochen, meint William F. Fry (168f.). Denn diese Witze bieten keinen Humor, sie verlangen ihn.

Viel gute Laune braucht man auch hier: *Ein Spaziergänger beobachtet einen Angler. Schließlich fragt er ihn: «Warum werfen Sie eigentlich immer die großen Fische zurück und behalten nur die kleinen?» «Weil meine Frau nur eine ganz kleine Bratpfanne hat.»* Da soll man wissen ...

Nichts auf der Welt ist ohne Risiko, nicht einmal das Vergnügen, einen Witz erzählt zu bekommen. Und denken Sie nicht, Ihnen wäre jedes Muster bereits aus leidvoller Erfahrung vertraut. *Ein junger Mann fragt den anderen: «Kennst du den Unterschied zwischen Legosteinen und Mädchen?» «Nein.» «Na, dann spiel mal weiter mit Legosteinen.»*

Missverständlich erzählt. Zuerst der Erregungs-Zacken

Bittend sah die junge Frau zu dem Mann auf. Einem Mann mit groben Zügen und harten Augen. Gefährlich langsam strich er über die Schneide seines langen Messers und fragte kalt: «Nun?» «Haben Sie denn kein Herz?», flehte die Frau. «Nein», gab der Mann schroff zurück. «In Gottes Namen», seufzte sie ermattet, «dann geben Sie mir eben Leber.» Zu den Aufsitzern, die wir eben betrachtet haben, gehört dieser Witz wohl nicht, obwohl man auch hier reinfällt. Aber man hat ja seine erwünschte Überraschung bekommen, und der Erzähler hat es sich keineswegs leicht gemacht. Im Gegenteil, er hat uns mit einer missverständlichen Szene reingelegt, aber so elegant, dass wir keinen Humor brauchen.

Ganz so leicht und täuschend echt gelingt die Irreführung nicht immer. *«Ich bin ein richtiger Mustergatte», erzählt ein Mann seinen Kollegen. «Ich rauche nicht, ich trinke nicht, ich bin meiner Frau treu, ich gehe weder in die Kneipe noch zum Fußball. Abends um acht liege ich im Bett, und im Morgengrauen stehe ich auf, um meine Arbeit zu machen.» – Nach einer nachdenklichen Pause springt der Mann plötzlich auf und schreit: «Aber das eine sage ich euch, das hört sofort auf, wenn ich aus diesem verdammten Gefängnis raus bin!»* Wenn Sie sich haben irreführen lassen, so soll es mir recht sein (in gewissem Sinne bin ich ja der Erzähler, das vergesse ich nur meist).

Der Unterschied zu den Aufsitzern ist nicht scharf zu definieren, allenfalls durch die Reaktion des Hörers. Muss er sich zu sehr ärgern, war's doch eher ein Aufsitzer. Wie ist es hier? *«Stell dir vor», ruft der Ehemann, als er aus dem Büro nach Hause kommt, «bei uns haben heute vier neue Kollegen angefangen. Der eine heißt Lenz, der andere Sommer, der dritte Herbst – und nun rate mal, wie der vierte heißt.» «Natürlich Winter!» «Wie kommst du denn auf so'n Quatsch. Nee, der heißt Schmarrwagerl.»* Hier wird man wohl zu Recht etwas ungehalten sein, weil die Irreführung zu plump war. Aber eine Verblüffung gab's, sie gehört zu jedem Witz. Man kann sie auch als Schock bezeichnen, wie das in der deutschen wissenschaftlichen Tradition (Zeisig, Lazarus, Reik) vorgekommen ist. Oder sagen wir bescheidener: Ein kleiner Schrecken gehört dazu. Er muss der befreienden, komischen Wirkung vorausgehen. Das hat schon unsere Betrachtung der verwirrenden Technik ergeben.

Ohne Schrecken keine anschließende Erleichterung, kein Lachen. Das mag einleuchten. Bleibt die Frage, warum ist dieser Schrecken denn bloß so erwünscht? Beantworten lässt sich diese entscheidende Frage nur mit einer sehr grundsätzlichen Feststellung: Der Mensch braucht Reizungen! Oder, um es im grässlichen Fachjargon zu sagen, der menschliche Organismus braucht «ein optimales Niveau der allgemeinen sensorischen und emotionalen Stimulation» (Levitt, 124). Optimales Niveau, das bedeutet, nicht zu viel und nicht zu wenig Reize. Experimente haben gezeigt, dass kleine Reizveränderungen als angenehm gelten, große hingegen als unerwünscht (Andrew, Facial, 1040). Irgendwie hat man sich das ja auch gedacht. Ein bisschen angeregt und aufgeschreckt möchte man schon werden, nur nicht zu viel. Wieder soll mir ein Witz, der (auch) den Hörer irreführt, als Probe dafür dienen, wo denn die Grenze zwischen kleiner und großer Reizung wohl liegt.

Tünnes führt als Fremdenführer einen Amerikaner und macht auch eine Dombesteigung mit ihm. «Von he us kann m'r am weiteste sehe», erklärt Tünnes. «Bis Holland?», fragt der Geführte skeptisch. Tünnes: «Vill wigger.» Darauf der Amerikaner: «Bis England?» Tünnes: «Noch vill wigger.» Der Amerikaner: «Bis Amerika?» Tünnes: «Noch wigger.» «Wieso?» «Bis zum Mond.»

Immerhin hat Tünnes mit seiner Ankündigung recht gehabt, also mag sich der Hörer zwar reingefallen fühlen, wirklich reingelegt worden ist er kaum. In jedem Fall hat er eine Veränderung seines ständigen Reizpegels erfahren, und die gilt, wie gesagt, als erwünscht. Was passiert, während man einen Witz hört? Wie sieht die Kurve von Reizerhöhung und -abbau genau aus? Niemand hat sich um die Erregungskurve beim Humor mehr bemüht als der kanadische Psychologe Daniel E. Berlyne, auf den die These zurückgeht, der Humor-Stimulus (also ein Witz, ein Cartoon) verursache im Test zunächst einmal einen Erregungs-Zacken («arousal jag»), Humor biete aber auch Elemente, um die Erregung wieder zu mindern. «Komische Situationen enthalten immer Faktoren, die offenbar die Erregung steigern, und andere Faktoren, die anscheinend die Erregung verringern oder jedenfalls in Grenzen halten» (806). Die Unterscheidung dieser zwei gegensätzlichen Elemente jeder Komik scheint mir besonders wichtig; es kommt uns ja auch irgendwie bekannt vor, dass Humor aus zwei einander widersprechenden Komponenten besteht. Hier scheint es sich wieder zu bestätigen.

Berlyne hat zu Testzwecken Studenten Cartoons und Witze vorgelegt. Wir können uns dem Verfahren anschließen und uns ein weiteres Beispiel missverständlicher Erzählung ansehen. *Ein bekannter Pianist gab in einem gräflichen Hause in Wien ein Konzert. Als der Applaus verklungen war, trat der Hausherr leutselig an den Pianisten heran und sagte: «Ich habe schon Rubinstein gehört ...» Der Pianist verbeugte sich geschmeichelt. Der Graf fuhr fort: «Ich habe auch Serkin gehört ...» Der Pianist verbeugte sich noch tiefer. Der Graf beendete seinen Satz: «... aber wie Sie hat noch keiner geschwitzt.»*

Wieder sind wir Zeugen eines Scherzes, der Züge eines bösen Streichs trägt. Berlyne hat zwischen Witz und Streich einen Unterschied gemacht, den man sich anhand dieses giftigen Witzes verdeutlichen kann. Beim Witz nämlich könne man die zwei Phasen (Erregung/Beruhigung) meist klar unterscheiden: «eine Periode der Verwirrung, des Unbehagens oder gar des Ärgers, die plötzlich der Klarheit, Gewissheit und Erleichterung (‹levity›) Platz macht. In anderen Fällen, etwa bei komischen Ereignissen oder bei Schabernack, sind die Faktoren, die die Erregung steigern und verringern, vermischt» (806). Auf den Witz vom schwitzenden Pianisten angewendet, heißt das: Als Witz betrachtet, wirkt die Geschichte zunächst verwirrend, bietet dann jedoch Klarheit und Erleichterung. Für den Pianisten aber ist es ein übler Streich, und für ihn mischen sich Ärger und Beruhigung noch lange, weil man sich aus solchem Reinfall nicht durch Verstehen befreien kann.

Andreas, seit langem mit Silvia verlobt, gesteht einem Freund, sie hätten sich getrennt. Dem entsetzten Freund sagt er zur Erklärung: «Würdest du vielleicht ein untreues und verlogenes Wesen heiraten? Würdest du dich fürs ganze Leben an einen egoistischen, faulen, sarkastischen und anmaßenden Menschen binden?» «Nein, gewiss nicht», stimmt der Freund ihm zu. Und Andreas fährt fort: «Stell dir vor, sie auch nicht.» Um mit Berlyne zu sprechen, stellt sich bei diesem Witz, nach einer ersten Phase der Verwirrung, bald Klarheit und Erleichterung ein. Viel Ärger bleibt wohl deshalb nicht, weil die Lösung doch elegant war und man die Irreführung deswegen gern verzeiht.

Bleibt nur die Frage: Warum ist eine leichte Erregung so erwünscht? Es scheint dafür keine Erklärung zu geben, die elementarer wäre als die These, dass der Organismus eben auf eine ständige Reizzufuhr angewiesen ist. Man selbst kennt das ja auch; wozu blättert man sonst in Illustrierten, macht den Fernseher an oder sucht Anregung in einem Gespräch? Ein «Anstieg der Erregung» werde, sagt Berlyne, als Gewinn betrachtet und ausdrücklich von den Testpersonen gewünscht. Und wozu dient das abschwächende Element? Der Abfall der Erregungskurve werde ebenfalls als Vorteil angesehen, berichtet Berlyne; erklärt werden könne das mit der Vermutung, die von viel Evidenz gestützt werde, «dass starke Erregung Widerwillen erzeugt, weshalb es ein Vorteil ist, wenn sie plötzlich verringert wird» (806).

Berlynes Theorie hat viel Zustimmung gefunden. Paul E. McGhee hat aber noch eine zusätzliche Forderung erhoben: Berlyne müsse nun bitte auch noch erklären, warum einige Stimuli Humor hervorriefen, andere aber Angst weckten. Dieser Aufgabe hat sich Mary Rothbart gestellt. In Tests mit Kindern hat sie dabei etwas Überraschendes herausgefunden: Auf ein und denselben Reiz reagieren einige Kinder mit Weinen, andere mit Lachen. Sie schließt daraus, es könne nur von der Verfassung des Kindes (und von seiner Umgebung) abhängen, ob es mit Weinen oder mit Lachen reagiert. «Statt einige Reize als Angst erregend und andere als lustvoll zu bezeichnen», schlägt Mary Rothbart vor, «scheint es besser, beide auf einer Skala von Überraschung und Fremdheit anzuordnen» (248). Fremd und überraschend sind diese Reize offenbar für alle Kinder gewesen, nur dass die einen den kleinen Schrecken überwunden und in Lust verwandelt, die anderen ihn aber beibehalten haben. Der Reiz könne das Gefühl von Gefahr auslösen, und das müsse durch «Problemlösen» überwunden werden. Erst wenn Gewissheit und Sicherheit wiedergewonnen sind, kann das Kind lachen. Mary Rothbart nennt ihr Erklärungsmodell daher auch, in Anlehnung an Berlyne, ein Erregungs-Sicherheits-Modell.

In relativer Sicherheit ist der Hörer eines Witzes ohnehin – jedenfalls verglichen mit dem armen Opfer: *Kritiker zum berühmten Tragöden Jacob P. Adler: «Ich kenne einen, der bereit wäre, eine Million zu zahlen, wenn er Sie sehen dürfte. Und er meint es ernst!» Adler, geschmeichelt: «Tatsächlich?» Kritiker: «Ja, er ist nämlich blind.»* Es ist mir fraglich, ob die beruhigenden Elemente dieses Witzes ausreichen, um den Erregungsanstieg beim Hörer wieder zu stoppen. Die Gehässigkeit ist groß und bietet uns nichts Versöhnliches, allenfalls die schlechte Beruhigung, wenigstens nicht selbst betroffen zu sein. Und doch nehme ich auch mein letztes Beispiel wieder aus der gleichen Kategorie. *Zu einem jungen Komponisten, der noch immer bescheiden zur Untermiete wohnt, sagt ein Freund: «Schau, nach deinem Tode wird hier am Hause eine Tafel hängen mit der Aufschrift ...» «Aber geh!», unterbricht ihn der Komponist, leicht errötend. «Es hat ja keinen Sinn, dass du mich unterbrichst», sagt der Freund, «da wird also eine Tafel hängen, auf der steht: ‹Zimmer zu vermieten›.»*

Aggressive Tendenz

Anekdoten zeigen die Abfuhr einer Stauung

Nach der Machtergreifung wurde unter Schriftstellern diskutiert, ob sich jetzt auch Gottfried Benn zu den neuen Machthabern bekennen werde. Bert Brecht sagte: «Es wäre verfehlt, aus der Unverkäuflichkeit seiner Bücher auf die Unverkäuflichkeit seiner Seele zu schließen.» Anekdoten werden meist nicht zu den Witzen gezählt, aber es muss erlaubt sein, sie hier als nahe Verwandte unterzubringen. Außerdem brauche ich sie zur Veranschaulichung einer alten und einleuchtenden Theorie über das seelische Geschehen beim Witz, die der Anschauung Berlynes vom Erregungs-Zacken zu widersprechen scheint: Ich meine die These von der Triebabfuhr durch den Witz, die ihre klassische Form bei Freud gefunden hat. Während Empiriker wie Berlyne im Test herausgefunden haben, dass die Erregung beim Witzhören ansteigt, scheint die Abfuhrtheorie anzunehmen, dass der Witz zu einer Entladung und Verringerung der Spannung führt. Wer hat nun Recht?

Freud hat seine Ansichten unter anderem entwickelt an den boshaften Formulierungen eines Wiener Zeitgenossen, des «Herrn N.», wie er ihn nennt. Es sind brillante Anekdoten. Über einen Mann des öffentlichen Lebens habe er einmal gesagt: *«Ja, die Eitelkeit ist eine seiner vier Achillesfersen»* (20). Und über einen abgedankten Landwirtschaftsminister, der selbst Landwirt war, sagte Herr N.: *Er ist auf seinen Platz vor dem Pflug zurückgekehrt* (21). Wenn man sich vorstellt, wie dem Herrn N. diese Bosheiten eingefallen sind und wie er damit herausgeplatzt ist, so wird einem sofort klar, warum Freud den Witz als Triebabfuhr ansehen konnte. Freud dachte vom Witzerfinder aus, der im Augenblick, wo der Witz entsteht, Dampf ablässt. Die moderne Humorforschung aber, für die Berlyne nur ein Beispiel ist, geht vom Witzkonsumenten aus, also von der Testperson, der man einen Witz oder Cartoon vorgelegt hat und die nun darauf reagiert («Humor-Response-Test»). Die Testperson wird, vom Reizpegel Null aus, durch den Humor-Stimulus überhaupt erst in Erregung versetzt.

Ein Offizier und ein Pfarrer saßen in einer Postkutsche. «Hätte ich das Pech, einen unbegabten Sohn zu haben», stichelte der Offizier, «ich würde ihn Pfarrer werden lassen.» Der Pfarrer entgegnete:

«Dann denken Sie also anders als Ihr Herr Vater.» Wer diese Anekdote hört, mag sich durch sie angeregt fühlen und den Erregungs-Zacken spüren, von dem Berlyne spricht. Der Pfarrer jedoch hat diese Erregung verspürt, bevor er die witzige Bemerkung machte und damit seine aufgestaute Aggression ablassen konnte, ganz im Sinne Freuds.

Die Unterschiede zwischen beiden Theorien spiegeln zugleich die Verschiedenheiten zweier Epochen in der Geschichte des Witzes. Während es zu Freuds Zeiten noch nahelag, unter Witz eine selbstgemachte bissige Pointe zu verstehen (in der Tradition von Anekdoten und Bonmots), ist das, was man heute (nicht zuletzt in den USA) unter Humor versteht, das Genießen von Fertigware, die in der Hoffnung konsumiert wird, sich damit stimulieren zu können.

So sehr Freuds Ansicht, die Lust am Witz liege in der Abfuhr, offenbar ihr Recht hat, hat er diese These doch auch zu einseitig vertreten. Er war nämlich Anhänger des sogenannten Konstanzprinzips, das besagt, der Mensch strebe danach, die seelische Spannung konstant auf niedrigem Niveau zu halten. «Unlust entspricht einer Steigerung der Erregungsmenge, Lust einer Verminderung», so fasst Humberto Nagera dieses Prinzip Freuds zusammen, für das dieser sich übrigens auf viele Vorgänger berufen konnte, darunter auch Spencer und Lipps.

Freuds Witztheorie wird gewöhnlich mit dem Konstanzprinzip erklärt, etwa von seinem Schüler Abraham A. Brill: «Der Witz hilft, den Organismus ständig auf einem niedrigen Niveau von Spannung zu halten» (741). Dabei wird aber übersehen, dass Freud später selbst Zweifel an seiner Annahme bekommen hat, Lust sei immer Abfuhr und Verringerung von Spannung. Zu offensichtlich lässt sich allein schon am Beispiel der Sexualität zeigen, dass auch eine Erhöhung der Spannung lustvoll sein kann. Endlich, im Jahre 1924, hat Freud dann seine These revidiert: «Diese Auffassung kann nicht richtig sein. Es ist nicht zu bezweifeln, dass es lustvolle Spannungen und unlustige Entspannungen gibt.»

Zwei schriftstellernde Schauspielerinnen begegnen sich auf der Buchmesse. «Ihr neues Buch ist ganz ausgezeichnet, meine Liebe, wer hat es denn geschrieben?» «Nett, dass Sie mein Buch kennen, wer hat es Ihnen denn vorgelesen?» Das darf man wohl für eine gelungene Abfuhr halten, während es den Lesern nachträglich den kleinen Erregungsschub versetzt, den man sich wünscht. Eine echte Anekdote war das nicht. Die folgende Geschichte, sei sie nun wahr oder nicht, aber ist eine. *Papst Leo XIII. (1810–1903) bot aus einer Schnupftabakdose einem Kardinal an. «Danke, Eure Heiligkeit, dieses Laster habe ich nicht.» Der Papst entgegnete: «Wenn es eines wäre, dann hätten Sie es.»*

Bisher habe ich den Witzerfinder und den Witzkonsumenten unterschieden, weil der Erfinder eine Abfuhr, der Konsument einen Anstieg der Erregung spürt. Sieht man sich die Sache genauer an, so sollte man allerdings zu dem Schluss kommen, dass es sich nur um eine Phasenverschiebung handelt. Während der Witzerfinder im Augenblick, da er seine Bemerkung macht, schon aufgeladen ist, wird der Witzkonsument durch das Anhören des Witzes erregt. Schließlich ebbt aber bei beiden die Erregung ab, beim Witzkonsumenten kann das sogar durch Lachen geschehen, während der Mensch, der selbst einen Witz macht (oder auch nur erzählt), gewöhnlich nicht lacht. Beiden dient der Witz aber im Endeffekt zum Entspannen.

Die amerikanische Anthropologin Margaret Mead nannte in einer Diskussion das Lachen einmal einen Spannungslöser und ein Sicherheitsventil; die Leute lachten, «wenn der Korken von der Flasche gezogen wird». Bei dieser Gelegenheit erzählt sie auch ein eigenes Erlebnis. Sie leitete eine allzu feierliche Konferenz über Familienfragen; es war kurz vor Schluss der Konferenz, und am nächsten Tag war Muttertag. Um die Schlussstimmung etwas zu entspannen, sagte Frau Mead: «Jeder wird es verstehen, wenn einige schon gehen, um morgen eine gute Mutter zu sein.» Und dann wollte sie die Männer nicht ausschließen und sagte: «... oder wenn jemand heim will, um seiner Frau zu helfen, eine Mutter zu sein.» Das Publikum habe vor Freude geschrien, erzählte Margaret Mead (bei Bateson, Position, 21). Da versteht man ihr Wort, die Leute lachten, wenn der Korken von der Flasche gezogen wird.

Besondere Sympathie habe ich für diesen Fall der Aggressionsabfuhr: *Auf einer Party diskutierte man kritisch das neueste Buch eines der Anwesenden. Allmählich wurde der Autor wütend und fuhr einer der scharfzüngigsten Damen über den Mund mit der Bemerkung, sie könne das wohl nicht beurteilen, immerhin habe sie wohl noch nie ein Buch geschrieben. «Ich habe auch noch nie ein Ei gelegt», sagte die Dame, «und doch verstehe ich mehr von Omelettes als alle Hühner zusammen.»* Das hat schön gesessen. Wer mit der Frau mitfühlt, wird die Aggressionsabfuhr richtig nachempfunden haben. Und wenn Sie das nicht so erlebt haben, dann war doch wenigstens ein kleiner Erregungs-Zacken zu spüren. Oder?

Es lag mir daran, die beiden Theorien von der Abfuhr und vom Anstieg der Erregung miteinander zu versöhnen, weil beide ihr Recht haben. Dass beide Theorien gewöhnlich als Gegensätze behandelt werden, ist nur ein Zeichen dafür, wie sehr sich die psychoanalytische und die empirische Humorforschung voneinander entfernt haben.

Der engste, langjährige Mitarbeiter des Premiers ist gestorben. Trotz der allgemeinen Trauer ist schon ein karrierebewusster Aufsteiger zur Stelle und spricht den Premier an: «Was würden Sie davon halten, wenn ich die Stelle des Verstorbenen einnehmen würde?» «Das würde mich sehr freuen», entgegnete der Premier, «reden Sie doch mal mit dem Leichenbestatter.»

Chuzpe. Die Abwehr der Triebe

Der Student wird in Zoologie geprüft. Der Professor hat neben sich einen Vogelkäfig, der aber so zugedeckt ist, dass man nur die Krallen des Vogels sieht. «Was für ein Vogel ist das?», will der Professor wissen. «Da muss ich schon mehr zu sehen bekommen», meint der Student. «Durchgefallen!», donnert der Prüfer. Als der Student schon an der Tür steht, ruft der Professor: «Welcher von den Kandidaten sind Sie überhaupt?» Da zieht der Student ein Hosenbein hoch und sagt: «Raten Sie mal.»

Das nennt man wohl heutzutage Chuzpe. Das ist die jiddische Form zum hebräischen Chuzpa, beide bedeuten Frechheit, aber im Deutschen ist das Wort inzwischen für eine besonders kühn kalkulierende, etwas ruppige Selbstsicherheit üblich. In der jüdischen Tradition konnte Chuzpe sich auch verschmitzt äußern oder gar dumm stellen. Man tat, als sei nichts, wie in diesem sprichwörtlichen Dialog: *«Ist es wahr, du hast Prügel gekriegt vorige Woche in Jeschow?» «Auch 'ne Stadt, Jeschow!»* Was heißen soll: Wie kann man überhaupt von Prügel reden, die man in einer so unbedeutenden Stadt bekommen hat. Mehr der neuen deutschen Bedeutung entspricht diese Definition: *Chuzpe ist es, wenn ein Mann, der verurteilt werden soll, weil er Vater und Mutter erschlagen hat, um ein mildes Urteil bittet, er sei schließlich Vollwaise.*

Ich glaube, in ihren Tagträumen sind viele Menschen so unverschämt dreist, aber im Alltag hat man Angst davor, so zu handeln. Da tritt die Abwehr in Funktion, die warnend sagt: «So darf man nicht sein. So etwas tut man nicht!» Sich etwas wünschen – und es sich doch verbieten, damit sind wir wieder bei der Ambivalenz. Jetzt möchte ich den Gedanken weiterführen und fürchte nur, es wird etwas kompliziert werden.

Die Gelegenheit, erneut die Ambivalenz zu betrachten, ergibt sich durch unser Thema «Chuzpe». Der Witzhörer erlebt sie mit Bewunderung und Empörung, also mit Lust und Unlust – und das sind bekanntlich Komponenten, die Ambivalenz erzeugen. Machen wir noch eine Probe aufs Exempel. Diesmal wird vielleicht die Unlust (also die Empörung) etwas überwiegen. *Der große Therapeut zum Patienten: «Als erstes muss ich Ihnen sagen, dass eine Konsultation bei mir hundert Mark kostet.» «Ich weiß», sagt der Patient resigniert. «Zweitens: Für dieses Honorar kann ich Ihnen nur zwei Fragen beantworten.» «Hundert Mark für zwei Antworten – finden Sie das nicht ein bisschen teuer?» «Mag sein», antwortet der Therapeut, «und wie lautet Ihre zweite Frage?»*

Eine solche Arroganz weckt gemischte Gefühle, etwa Bewunderung und Abscheu. Ich meine aber, der Witz kann solche Ambivalenz nur wecken, wenn sie schon in uns angelegt ist. Es geht mir also jetzt um die innere Ambivalenz des Menschen, auf die ein Witz trifft. Bevor ich das erkläre, sollte ich erwähnen, dass wir damit das Zentrum der Witztheorie betreten. Denn offenbar lockert und löst jeder zündende Witz – wenn auch nur für einen Augenblick – eines der seelischen Probleme des Lachenden. Anders kann man sich die Wirksamkeit eines Witzes kaum erklären. Um es ganz allgemein zu sagen: Im Menschen halten sich Kräfte und Gegenkräfte in Schach; der Witz aber vollbringt das Kunststück, sie beide gleichzeitig freizusetzen. Diese These soll nun näher ausgeführt werden.

Freud ist immer davon ausgegangen, dass sich seelische Kräfte im Menschen gegenseitig blockieren. In seinem Buch über den Witz sind das auf der einen Seite die (sexuellen und aggressiven) Triebe, auf der anderen Seite die Hemmungsmechanismen, die er als Zensur bezeichnet. Später hat er statt von Zensur von Abwehrmechanismen oder Gegenbesetzungen gesprochen. Mit dieser Terminologie könnten wir dann sagen, dem Witz gelingt es, die Forderungen von Besetzung (also etwa von verdrängten Trieben) und von Gegenbesetzung (Zensur, Ängste, Zwang zur Erfüllung von Normen) zugleich zu erfüllen.

Das lässt sich gut an der Chuzpe veranschaulichen. Die Besetzung wäre dann der Wunsch, rücksichtslos, frech und erfolgreich zu sein; die Gegenbesetzung wären die innere Stimme «Das tut man nicht!» und die Angst vor den Folgen. Mit etwas Chuzpe kann man es schaffen, dass sich beide, Besetzung und Gegenbesetzung, behaupten können. Wieder ein Beispiel. *Ein Freund zum anderen: «Ich finde, du übertreibst es wirklich. Früher, als du kein Geld hattest, hast du nie deine Schulden bezahlt. Jetzt, wo du die große Erbschaft gemacht hast, ist es immer noch dasselbe!» «Schon recht», entgegnet der Freund, «aber ich wollte nicht, dass man mir nachsagt, das Geld habe mich verändert.»* Wieder fragen wir, warum kann man diese Chuzpe komisch finden? Ich meine, weil sie auf eine Ambivalenz beim Witzhörer trifft. So geizig zu sein, so rücksichtslos, so ungeniert – und zugleich so elegant scheinbar die Form des Anstands zu wahren mit der Behauptung, das Geld habe einen nicht verändert, diese beiden Wünsche mögen den Lachenden an einen alten Zielkonflikt erinnert und eine fundamentale Ambivalenz berührt haben.

Im Witz geht es nicht immer nur um lustvolle Triebe, die von der Zensur unterdrückt werden. Es geht auch um Ängste, die verdrängt werden. Man kann in einer groben Unterscheidung von Lust- und Angstwitzen sprechen. In Freuds Witztheorie geht es noch etwas einseitig zu, denn er kennt als das, was im Witz ans Tageslicht will, nur die Lust (genauer: die Triebe «Aggression» und «Sexualität»). Das liegt sicherlich auch daran, dass zu Freuds Zeiten die Themen der Witze beschränkt waren; sie handelten hauptsächlich von treffenden Bosheiten, oder sie waren Anzüglichkeiten und derbe Zoten. Die anderen Witze aber, die latente Ängste wecken, die Gruselwitze und der Schwarze Humor etwa, die gab es noch nicht. Freud hat die Angst im Witz nur unter dem Stichwort «Galgenhumor» behandelt. Etwas vereinfacht gesagt: Freud hat sein Leben lang an der Unterscheidung festgehalten, dass der Witz allein mit der Lust umgehe, der Galgenhumor aber mit der Angst. Diese Unterscheidung ist von seinen Schülern zu Recht aufgehoben worden, übrigens, wie auch bei anderen Änderungen üblich, ziemlich stillschweigend.

Um zu veranschaulichen, dass ein Witz sowohl Lust- wie auch Angstkomponenten enthalten kann, nenne ich hier noch einmal eines der schönsten Beispiele für Chuzpe, obwohl ich es zu Beginn in der Einleitung schon gedeutet habe. *Samuel Weizenbaum, soeben erst zum Katholizismus übergetreten, kniet zum ersten Mal im Beichtstuhl. «Ich habe mit der Frau meines Kompagnons geschlafen», sagt er. «Wie oft, mein Sohn?», klingt es zurück. «Nun, Pfarrerleben», entgegnet Weizenbaum, «bin ich gekommen, mich zu zerknirschen, oder bin ich gekommen, mich zu berühmen?»* Ich finde hier zwei Haltungen wieder, die ich von mir selbst als Besetzung und Gegenbesetzung kenne. Die Besetzung ist die Lust, mich meiner Heldentaten zu rühmen; die Gegenbesetzung ist die Pflicht, einsichtsvoll Reue zu zeigen. Beides zugleich geht nicht, beide Einstellungen oder Kräfte blockieren sich gegenseitig. Aber Weizenbaum macht es doch vor, wie es zugleich geht. Das vorgeführt zu bekommen, muss auf einen Menschen, der beide Standpunkte nur als solche kennt, die sich gegenseitig unterdrücken, durchaus befreiend wirken. (Wieviel besser wäre es doch, sowohl ein fröhlicher Sünder zu sein wie auch zu wirklicher Einsicht fähig, statt meist weder das eine noch das andere zu sein.)

Die Geschichte von Weizenbaum kann aber, wie gesagt, auch dazu dienen, einmal anzudeuten, welche Rolle in einem Witz die Angst spielt. Der Selbstruhm, gerade auch auf sexuellem Gebiet, macht Angst, weil er verboten ist. Angst macht vielleicht auch der Gedanke an die Notwendigkeit, seine Taten (im Beichtstuhl oder anderswo) vertreten zu müssen. Es geht also auch um das, was Reik als den Schock durch die Bestätigung einer unbewussten Erwartung bezeichnet hat. Oder man könnte mit Freud Weizenbaums Haltung auch als Ausdruck eines Galgenhumor betrachten, der mit einer schwierigen Situation spielend fertig wird und damit die eigene Angst überwindet. Ich habe die Angstwitze hier schon einmal vorab erwähnt, weil sich an ihnen schön das Kunststück des Witzes zeigt, das Unmögliche möglich zu machen. Die Angst, die so gut verdrängt ist, wird im Witz befreit, und zwar zur Erleichterung des Lachenden. Das wird später noch ausführlicher zu untersuchen sein. Hier sei nur schon angemerkt: Auch Angstwitze lösen im Hörer einen alten Ambivalenz-Konflikt, indem sie Besetzung (Angstgefühle) und Gegenbesetzung (Verdrängung) gleichzeitig zum Zug kommen lassen.

Eine Mischung von Angst- und Lustwitz ist dieser, der in auswegloser Lage noch eine Lösung anbieten will: *Das junge Paar kommt in die Stammbar des Ehemannes. Dort lächelt ihm eine aufregende Dame vertraulich zu. Die Ehefrau fragt argwöhnisch: «Wer ist die denn?» Der Ehemann: «Fang du nicht auch noch an, ich werde es schon schwer genug haben, ihr zu erklären, wer du bist.»* Oder sollte man lieber zugeben, dass die Chuzpe in diesem Fall auch nicht mehr half? Zwei Frauen zugleich für sich zu gewinnen, das schafft man auch mit Witz (und im Witz) nicht. Aber andere Konflikte werden im Witz, wenigstens zum Schein, gelöst.

Die amerikanischen Psychologen Dollard und Miller haben 1950 eine Studie veröffentlicht, die Freuds Theorie von Besetzung und Gegenbesetzung mit den Mitteln der empirischen Psychologie überprüfen und bestätigen wollte. Es ging um Ambivalenz-Konflikte, doch sprachen Dollard und Miller lieber von einem «Annäherungs-Vermeidungs-Konflikt». Es scheint oft vorzukommen, dass ein Mensch zugleich etwas will und sich davor fürchtet (er will eine Liebesbeziehung und ist gehemmt; jemand will zugleich ehrlich und taktvoll sein). Solch ein Doppelwunsch kann zur Sackgasse werden und verursacht Angst. Ich erwähne diese Untersuchung, weil mir der Ausdruck «Annäherungs-Vermeidungs-Konflikt» ebenso gut auf den Witz zuzutreffen scheint wie Freuds Ausdrücke «Besetzung» und «Gegenbesetzung». Außerdem meine ich, dass sich damit zeigen lässt, was der Witz leistet. Während diese Konflikte im Alltag gewöhnlich ausweglos sind, scheint das Kunststück des Witzes gerade darin zu bestehen, die ambivalenten Wünsche zugleich zu befriedigen – auch den Wunsch, ein Falschspieler zu sein und doch ganz ruhig zu bleiben: *Kahn und Bollag spielen im Café Karten. Plötzlich springt Kahn außer sich vor Zorn auf und schreit: «Bollag! Sie betrügen!» «Nu», antwortet Bollag gemütlich, «das weiß ich selbst. Also – wozu das Geschrei?»* Sehr unwahrscheinlich, aber eine komisch-absurde Lösung für den Annäherungs-Vermeidungs-Konflikt, in dem sich Bollag befunden haben mag, wollte er doch offenbar zugleich betrügen und ehrlich sein.

Witze mit Chuzpe führen es zwar besonders deutlich vor, wie der Witz einen Zielkonflikt löst, aber ich glaube, das später auch bei anderen Witzen zeigen zu können. Hier noch ein Beispiel für die gleichzeitige Erfüllung vom Wunsch nach Sexualität und nach bürgerlicher Anständigkeit. *Im D-Zug nach Düsseldorf. Ein Herr setzt sich neben eine junge Dame, legt lässig seine Hand auf ihr Knie und guckt gelangweilt aus dem Fenster. Die Dame beugt sich schließlich zu ihm herüber und flüstert: «Verzeihung, aber Sie irren sich.» «Wieso?», fragt er und sieht immer noch aus dem Fenster, «ist das denn nicht Ihr Knie?»*

Es war meine Absicht, in diesem Kapitel zu ergründen, was man unter der Ambivalenz zu verstehen hat, die im Witzhörer bereits vorgegeben ist. In ihm scheint eine Pattsituation vorzuliegen, in der sich Besetzung und Gegenbesetzung oder Annäherung und Vermeidung (wobei es sich nur um eine andere Terminologie handelt) gegenseitig blockieren. Oder wieder mit anderen Worten: Vorgegeben ist das Gegeneinander von Trieb und Zensur oder von Angst und Verdrängung. Der Witz ist eine vorübergehende, paradoxe Lösung dieses Konflikts. Wie widersprüchlich diese Lösung ist, kann man an der Chuzpe gut studieren.

Während der Aufführung der «Räuber» unterhält sich ein Besucher ziemlich laut mit seiner Frau. Darüber beschwert sich sein Nachbar: «So seien Sie doch endlich still, man kann ja kein Wort von der Bühne verstehen.» Vernichtende Blicke treffen ihn: «Ein gebildeter Mensch kennt die Räuber!» Jubel und Empörung – mir scheint, dass daraus die paradoxe Kombination der Gefühle besteht, die die Chuzpe auslöst.

Ein katholischer und ein evangelischer Geistlicher diskutieren über das Christentum. Endlich sagt der Katholik begütigend: «Wir dienen schließlich beide dem gleichen Herrn. Sie auf Ihre Weise und ich auf seine.»

Frauenfeindlich – zwei Parameter der Hörer(innen)

Ein Ehepaar beschwert sich über die hohe Hotelrechnung. «Mein Herr», erklärt der Manager des Hotels, «das ist der normale Preis für ein Doppelzimmer mit Fernseher.» «Aber wir haben den Fernseher doch gar nicht benutzt.» «Tut mir leid», entgegnet der Hotelmanager «aber er stand zu Ihrer Verfügung.» «Also gut», lenkt der Gast ein, «aber dann berechne ich Ihnen auch, dass Sie mit meiner Frau geschlafen haben.» «Mein Herr...», stottert der Manager, «das ist doch gar nicht wahr!» «Schön, aber sie stand zu Ihrer Verfügung.»

Diesen Witz mögen manche gar nicht für frauenfeindlich halten, aber das scheint er mir doch zu sein, denn die Ehefrau wird dargestellt als ein Objekt, das der Ehemann anderen zur Verfügung stellen kann – eben weil er sie besitzt. Es muss ja im frauenfeindlichen Witz nicht immer so plump und gehässig zugehen wie in diesem: *«Meine Frau ist ein Engel», bemerkt ein Mann an der Bar. «Sie Glückspilz», gratuliert sein Nachbar, «meine lebt noch.»* Wenn man (Mann) sich über diesen Witz freuen kann, dann wohl deshalb, weil er einen Todeswunsch ausdrückt oder doch wenigstens die Behauptung aufstellt, Frauen seien nur dann Engel, wenn sie schon im Himmel sind.

Jedoch muss man sich hüten, diese Witze als Ausdruck von Männerherrschaft zu nehmen. Zwar herrschen die Männer faktisch noch, aber diese Witze sind recht weinerlich und drücken meist bloß den ohnmächtigen Wunsch aus, Macht zu haben («meine Frau gehört mir») oder von der Ehe freizukommen («wenn meine Frau doch schon ein Engel wäre»). Die reale Herrschaft vollzieht sich anders.

In einigen anderen Witzen kann die Frau auch eher zufällig das Opfer sein, so wie es vielen Menschen ergeht: *Brunhilde möchte ihren Mann mit ihrer neuen Zweitfrisur überraschen und besucht ihn nach Geschäftsschluss in seinem Büro. Mit verstellter Stimme flötet sie: «Gibt es ein Plätzchen in Ihrem Leben für eine Frau wie mich?» und schwenkt dabei neckisch ihre Hüften. Der Mann blickt kurz auf und winkt ab: «Keine Chance, Sie erinnern mich zu sehr an meine Frau.»* Von diesem Witz muss ich gestehen, dass ich ihn gut finde. Sicher, bei ruhigerer Betrachtung sollte ich mit der Ehefrau Mitleid haben, und das habe ich ja durchaus – nur dass ich ihren Reinfall leider auch komisch finde.

Witze waren immer vor allem Männersache. Warum das so ist, weiß niemand; es könnte sein, dass das Lachen, wie schon erwähnt, aus dem männlichen Siegesgeheul der Urzeit stammt, dann wäre das Lachen (und alles, was lachen macht) ein männliches Erbe. Wie dem auch sei, Männer erzählen frauenfeindliche Witze, den umgekehrten Fall gibt es bislang kaum. Frauen seien zwar nicht weniger feindselig als Männer, meint Martin Grotjahn, aber sie seien genötigt, «ihre Feindseligkeit in anderer Form auszudrücken oder sie zu tarnen» (38). Immerhin gibt es seit Jahrzehnten einen Protest von Frauen gegen die dümmsten und gängigsten Klischees des Männerwitzes. Diese Muster sterben aber auch deswegen aus, weil sich selbst unter Männern mehr Geschmack durchzusetzen scheint. Hier eines der Uraltmodelle. *Fahrlehrer zur Schülerin: «Können Sie nicht aufpassen und beim Rückwärtsfahren in den Spiegel sehen?» «Wieso, sitzt mein Make-up nicht ordentlich?»* Heute geniert man (Mann) sich, so was auch nur mit spitzen Fingern anzufassen.

Die Journalistin Karin Huffzky hat den Männerwitz untersucht, zuerst für den Funk, dann in einem Buch. Während ihrer Studien hat sie auch eine Männerrunde aufgefordert, sich Witze zu erzählen. Sie selbst verließ so lange den Raum, nur das Tonband lief. Einer der Männer hatte sogar einen Preis für den besten Witz ausgesetzt. Am meisten belacht wurde dieser, von dem der Erzähler zuvor angekündigt hatte, er handele von der «Entpersönlichung der Frau». *Ein Mann und eine Frau liegen im Bett. Der Mann gibt sich mächtig Mühe und will sein Nümmerchen schieben. Plötzlich fängt die Frau auch an und macht mit. Darauf hält der Mann ganz erstaunt inne und sagt: «Wer fickt hier eigentlich, du oder ich?»*

Zu diesem prämiierten Witz teilt Karin Huffzky mit, trotz der Bedenken des Witzerzählers «siegte der Genuss an der Pointe, die die männliche Überlegenheit bestätigte» (51). Ich möchte den Witz und das Lachen der Männerrunde allerdings anders deuten. Die komische Figur ist der Mann, der wohl kaum eine zutreffende Vorstellung davon hat, wie ein gelungener Geschlechtsverkehr zu sein hätte. Die Ansicht des Mannes würde dann also verlacht – nicht das Verhalten der Frau. Ich muss jedoch zugeben, dass der Witz für Männer noch eine andere Komponente hat, die ihn komisch macht. Es steckt in vielen Männern der elementare und abwegige Wunsch nach einer willenlosen Partnerin. Dieser Wunsch, der mit der wahren Liebe unvereinbar ist, lässt einen Annäherungs-Vermeidungs-Konflikt und eine Ambivalenz entstehen, die im Witz zutage treten. Das bedeutet jedoch nicht, dass der Witz frauenfeindlich wäre.

Karin Huffzky deutet auch viele andere Pointen in ihrem Buch anders, als es mir richtig scheint, ohne dass ich annehme, ich könne diese Witze (und die Gefühle von Frauen) nur nicht verstehen. Hier zwei Beispiele, ziemlich beliebig aus einer Seite des Buches herausgegriffen. *«Was möchtest du einmal werden?», fragt die Lehrerin. «Ein Filmstar», sagt Angelika begeistert, «mit einem Busen wie Brigitte Bardot. Wenn ich keinen Busen kriege, dann will ich Lehrerin werden.»* Karin Huffzky meint, die Pointe richte «sich gegen die berufstätige Frau, die, hier als Lehrerin, so lächerlich ist, weil sie ihr eigenes Geld verdienen muss, und das muss sie, weil sie keinen Busen hat. Kein Mann hat sie gewollt» (16). Von alledem enthält der Witz allerdings gar nichts. Er sagt nicht, ob die Lehrerin oder der Filmstar verheiratet sind, berufstätig sind sie beide. Der Witz stellt nur den Beruf Filmstar gegen den Beruf Lehrerin, freilich mit deutlicher Abwertung der Lehrerin, und das ausgerechnet mit dem Vorwurf, sie sei kein Busenwunder. Frauenfeindlich finde ich diesen Witz eher aus einem ganz anderen Grund, nämlich weil er selbst die Bardot (die wirklich auch andere Qualitäten hat) am Busen messen und diesen Maßstab auch auf die Lehrerin anwenden will. Männer werden kaum nach körperlichen Vorzügen beurteilt.

Das andere Beispiel auf derselben Seite bei Karin Huffzky: *«Was meinst du wohl», sagt die Mutter zu ihrer kleinen Tochter, «was mit den kleinen Mädchen geschieht, wenn sie ihre Suppe nicht essen?» «Die bleiben schlank und werden Mannequin.»* Gegen diesen Witz (gegen dessen Güte sich viel sagen ließe) wendet Karin Huffzky vor allem ein: «Mannequin-Sein ist ja keine emanzipatorische Tätigkeit, sondern reduziert die Frau auf ihre körperliche Funktion» (16f.). Diese Feststellung (ob man ihr nun folgt oder nicht) scheint mir doch den Sinn dieses Witzes zu verfehlen. Immerhin siegt hier mal ein Kind über Erwachsene ...

Ich will die Streitschrift von Frau Huffzky nicht auf die Goldwaage legen, aber ich möchte doch noch fragen, ob die Methode überhaupt sinnvoll ist, nach dem «Menschenbild» von Witzen zu fragen, hier also nach dem «Frauenbild» im Männerwitz. Darf man den Wortlaut von Witzen für bare Münze nehmen? Ich glaube, Witze drücken Ängste und Sehnsüchte aus, nicht aber das Bewusstsein derjenigen, die diese Witze erzählen, und schon gar nicht den Charakter derer, über die da gelacht werden soll. Man kann es niemandem raten, nach dem «Judenbild» im jüdischen Witz zu fragen, dann erschienen die Juden als unreinlich oder als unehrlich und verrückt ... Dabei kann der jüdische Witz über den Schmutzfinken oder Gauner doch gerade deshalb spotten, weil Unreinlichkeit und Unehrlichkeit unter Juden so überraschend und absurd wirkten, war den Juden doch jedes Fehlverhalten von der Religion verboten. Auch andere Witzopfer wie die Ostfriesen, die Beamten oder die Kinder werden im Witz anders dargestellt, als sie wirklich gesehen werden. Der Witz ist eben eine besondere Textsorte. Wer über sadistische Grausamkeit lacht, sollte nicht verdächtigt werden, ein Sadist zu sein, im Gegenteil. Er lacht wahrscheinlich deshalb über die Grausamkeit, weil er solche Regungen bei sich gründlich verdrängt hat. So scheint mir auch der Hass auf die Frauen, wo er im Männerwitz vorkommt, ein Zeichen dafür, dass sich der Lachende diesen Hass gewöhnlich nicht erlaubt, so dass der Witz als Probebühne herhalten muss.

Knut hat ein entzückendes Mädchen kennengelernt. Im Verlauf des Gesprächs sagt sie: «Wenn ich einen Mann kennenlerne, der mir nicht gefällt, dann sage ich immer, ich wohnte noch bei meinen Eltern.» «Und wo wohnst du wirklich?» «Bei meinen Eltern.» Nun fragen Sie sich vielleicht, wo da eine Frauenfeindlichkeit zu entdecken wäre. Ist auch keine da. Ich wollte Sie vielmehr mit einem noch recht neuen Phänomen bekannt machen. Es gibt den männerfeindlichen Frauenwitz. *Ein Ehepaar streitet sich. «Schrei du nur», brummt er, «das geht bei mir zum einen Ohr rein und zum anderen wieder raus.» «Kein Wunder», faucht sie, «es ist ja auch nichts dazwischen, was es aufhalten könnte!»* Diese gelungene Botschaft habe ich in einer umfangreichen Witzsammlung gefunden, in der es solche Triumphe für Frauen dutzendweise gibt. Die Sammlung ist herausgegeben von B. Bornheim. Wer mag sich hinter dem «B.» verbergen? Ich habe beim Verlag angerufen: Es ist wirklich eine Frau. Wollen Sie noch ein Beispiel hören? *«Ich hätte ja wirklich mehr Vertrauen zu deinen Ratschlägen, Mutti», sagt die flügge gewordene Tochter, «wenn du Papa nicht geheiratet hättest.»*

Denkbar ist es, dass solche Witze ein durchaus anderes Publikum finden als die frauenfeindlichen. Soll ein Witz ankommen, muss ja zweierlei erfüllt sein. Es muss einerseits eine verdrängte Triebregung geben, die durch diesen Witz angesprochen und hervorgelockt wird (der Wunsch von Frauen, auch einmal im Witz zu triumphieren, wäre ein denkbares Motiv); zum anderen darf die Abwehr oder Zensur nicht übermächtig sein, sie sollte vielmehr bestechlich oder wenigstens ablenkbar sein. Wenn jemand eine gusseiserne Moral und rechtwinklige Ordnungsliebe besitzt, so wird er kaum einen Witz zulassen.

Es müssen also im seelischen Haushalt des Witzkonsumenten zwei Größen passend vorgegeben sein, soll der Witz zünden: die verdrängte Triebregung und die beeinflussbare Zensur. Es handelt sich fast um messbare Größen, man darf sie als Parameter bezeichnen, die im Witzhörer richtig eingestellt sein müssen. Wie man leicht bemerkt, handelt es sich bei diesen beiden Parametern nur wieder um die gleichen Instanzen, die wir schon als Trieb und Zensur, als Besetzung und Gegenbesetzung und als Annäherungs- und Vermeidungswunsch kennengelernt haben. Von ihnen ist das ganze Witzgeschehen abhängig.

Die Party ist richtig in Schwung gekommen. Ein alter Herzensbrecher zieht den Gastgeber in eine Ecke. «Wundervolle Frauen hier. Sag mal, könnte ich mal kurz in dein Gästezimmer?» «Gern, aber sei vorsichtig wegen deiner Frau.» «Keine Sorge, die wird mich nicht vermissen.» «Das nicht», sagt der Gastgeber, «aber sie hat vor ein paar Minuten selbst nach dem Gästezimmer gefragt.» Komisch kann diese Begebenheit nur wirken, wenn jemand damit seine verdrängten Triebe angesprochen fühlt – und wenn seine innere Zensur so liberal und locker ist, dass sie diese Triebabfuhr zulässt (abgelenkt und bestochen worden durch eine komische Fassade ist hier die Zensur wohl wirklich – oder?).

Enden will ich mit einem Witz, den ich immer für eine Kritik am männlichen Helden der Geschichte gehalten habe. Durch Karin Huffzky weiß ich, dass man diesen Witz auch als frauenfeindlich deuten kann wegen der «inneren Unberührtheit» ebendieses Mannes (42). Aber bitte urteilen Sie selbst. *Zwei Golfspieler sehen, als sie von ihrem Sport aufblicken, einen Leichenzug vorüberziehen. Einer der beiden Golfer hält inne und verneigt sich. Danach sagt der andere: «Das war eine noble Geste von Ihnen.» «Ja», murmelt der erste Golfer, «wir waren fünfundzwanzig Jahre verheiratet.»*

Männerphantasien. Zwei Parameter auch im Witz

«Toller Mantel! Weißnerz, stimmt's?» «Ja, hat mir Direktor Finck geschenkt.» «Warum denn?» «Nur so. Ich war bei ihm eingeladen – ganz allein. Da hat er mir den Mantel angezogen, und ich durfte ihn behalten.» «Und was hast du machen müssen?» «Ärmel kürzen – das war alles.» Sind wir damit nicht noch beim Thema «frauenfeindlicher Witz»? Das lässt sich schwer mit Ja oder Nein beantworten. Jetzt wird die Frau jedenfalls nicht mehr offen verhöhnt oder angefeindet, sondern als willige Partnerin vorgeführt. Die leichtfertige, zugängliche und dabei naiv-einfältige junge Frau ist als Männerphantasie leider die fragwürdige Heldin so mancher Witze. *Kurz vor Schalterschluss betritt ein maskierter Mann die Filiale der Bank. Er zückt die Pistole und schreit: «Alles hinlegen, keine Bewegung, verstanden!» Alle Angestellten legen sich schweigend auf den Bo-*

den. Da wendet sich der Zweigstellenleiter an seine jüngste Mitarbeiterin: «Bitte legen Sie sich anständig hin. Das ist ein Raubüberfall und kein Betriebsausflug.»

Ich hätte diese Witze nicht als eigene Gruppe zusammenstellen müssen, wenn ich nicht das Thema «Gefühlskonflikt» aus dem vorletzten Kapitel wieder hätte aufgreifen wollen. Die Gefühle der Männer, das zeigen diese Witze, müssen sehr gegensätzlicher Natur sein; ja, die Ambivalenz der Gefühle zeigt sich hier besonders deutlich. Es wird nämlich einerseits überheblich und empört gelacht, andererseits erscheint die sexuell zugängliche Person als überaus anziehend. Ebenso wie der Filialleiter kann der männliche Hörer empört sein («Diese Jugend!»), womit die Zensur befriedigt ist. Andererseits ist doch auch eine triebhafte Vorstellung geweckt («Beim Betriebsausflug macht die das immer so!») und kann genossen werden. Pflichtgemäße Empörung und heimliche Befriedigung – was will der Spießer mehr?

Ein Pilot und eine Stewardess haben sich bei einem Flug kennengelernt. Wieder zurück am Einsatzflughafen, fragt er: «Darf ich Sie nach Hause bringen?» «Gern», sagt sie, «wo wohnen Sie denn?» Es sind immer wieder die gleichen Berufe: Sekretärin, Stewardess, Hausmädchen und Starlet. Aber um das «Menschenbild» im Witz wollen wir uns nicht schon wieder kümmern. Wichtiger ist mir jetzt die Frage: Warum können Männer darüber lachen? Ich glaube, es ist ein doppelter Vorgang. Zum einen projiziert der Mann seine eigenen Wünsche in die Frau, die er sich dann als sexbesessen vorstellen kann. Zum anderen zieht er sich selbst zurück in die Rolle dessen, der so etwas nicht billigt. In Wirklichkeit aber ist es umgekehrt, die Frauen wollen sich nicht mit ihm einlassen, er aber will sie haben und hat doch Angst vor ihnen. Die Einbildung vieler Männer, Frauen seien eigentlich sexuell begierig, geht bis zu Wahnvorstellungen; ein Bundestagsabgeordneter erlangte vor Jahren als «Busengrabscher» traurige Berühmtheit und versuchte, sich und anderen auch noch einzureden, die Frauen hätten das doch gern. In diesen Witzen wird ebenfalls die Wahrheit über die Frauen auf den Kopf gestellt, so dass jeder Mann die Triebabfuhr genießen kann, ohne sich dazu bekennen zu müssen – denn die Bedingungen der Zensur (nämlich scheinbare Empörung) sind ja erfüllt.

Die junge Filmschauspielerin stellt sich bei einer Verführungsszene sehr ungeschickt an. «Verdammt noch mal», ruft der Regisseur, «das gibt's doch nicht! Haben Sie denn noch nie in Ihrem Leben einen Mann abgewehrt?» «Nein.» Als Witzhörer kann man (Mann) sich entrüsten, kann gleichzeitig genießen und muss vielleicht, in diesem ambivalenten Gefühlsgemisch gefangen, sogar lachen. Zu einer Erregung im sexuellen Sinn kommt es natürlich nicht. Das erwähne ich nebenbei, weil in der Humorforschung gelegentlich von der Befriedigung sexueller Wünsche im Witz die Rede ist. Wie auch Freud schreibt Reik von «Triebbefriedigung» im Witz (Nachdenkliche Heiterkeit, 91), auch Eidelberg meinte, Sexwitze gäben dem Hörer eine Befriedigung von Sexualwünschen (48). Man sagte besser, es werde nur eine leicht laszive Atmosphäre geschaffen und eine Schaulust befriedigt wie beim Striptease. Am wichtigsten ist, dass die sonst verpönten Gefühle hier zugelassen scheinen, weil sie durch ein «anständiges» Motiv gedeckt sind. Oder, um das Gleiche etwas anders auszudrücken, die Gegenbesetzung, nämlich die Angst vor sexueller Initiative («Das tut man nicht! Die Frauen wollen nicht! Ich werde scheitern!»), wird im Witz aufgehoben. Es ist plötzlich problemlos Gelegenheit: *Im Kino hört man eine empörte Frauenstimme: «Nehmen Sie sofort die Hand von meinem Knie!» Nach einer Weile dieselbe Stimme, diesmal sanft: «Nein, Sie doch nicht.»*

Manches von dem, was über die Ambivalenz, die Gegenbesetzung oder den Annäherungs-Vermeidungs-Konflikt zu sagen war (siehe S. 190f.), lässt sich hier gut erkennen. Lachen kann über einen Witz immer nur derjenige, dessen Konflikt im Witz abgebildet worden ist (hier: der männliche Spießer), weil der Witz einen Scheinausweg aus seinem Konflikt erlaubt, nämlich die gleichzeitige Erfüllung der beiden sich gegenseitig aufhebenden Wünsche (in diesem Fall: lüstern und anständig sein). Der Ambivalenz-Konflikt kann sich besonders klar zeigen, wenn der Witz sich eines Paradoxes bedient. *Ein Mädchen hat den Wunsch, ihren Pullover mit dem Spruch verzieren zu lassen: «Wenn Sie das lesen können, sind Sie zu nahe.» Der Verkäufer: «Wünschen Sie Block- oder Schreibschrift?» «Nein», sagt das Mädchen, «am besten nehmen Sie Blindenschrift.»*

Diese Witze mögen überhaupt nicht Ihr Typ sein, das könnte ich gut verstehen. Ich schlage Ihnen vor, dass wir das noch einmal zum Anlass nehmen, uns zu überlegen, woran das liegen kann. Im letzten Kapitel haben wir schon einen Blick auf die Disposition der Hörer(innen) von Witzen getan. Löst der Witz bei Ihnen nichts aus, so kann das an zweierlei liegen. Entweder sagen Sie: «Das Thema des

Witzes spricht bei mir nichts an, weil an der Stelle, auf die er zielt, bei mir gar kein Wunsch oder Problem sitzt.» Gut, das wird häufig vorkommen. Oder Sie müssten (versehen mit viel Selbsterkenntnis) sagen: «Eigentlich bin ich getroffen, aber meine Hemmung (Zensur, Gegenbesetzung) ist so mächtig, dass sie kein Vergnügen zulassen kann.» Der Fall wird nicht selten vorkommen, bleibt aber wohl meist unerkannt.

Auch vom Witz selbst hängt natürlich seine Wirkung ab. Zwei Parameter entscheiden darüber. Erstens muss der Witz etwas Erregendes haben, sonst lässt er uns kalt. Das können wir seine «Ladungshöhe» nennen. Zweitens muss er etwas Einnehmendes haben, das in der Lage ist, unsere innere Zensur zu befriedigen und die Erregung zu begrenzen. Gewöhnlich spricht man einfach von der Qualität des Witzes oder von seinem Niveau. Man könnte auch mit Berlyne von seiner Fähigkeit zur Erregungsverminderung (siehe S. 180f.) sprechen. Oder auch von seiner «Lösungskraft», mit der es ihm gelingt, das erregende Thema zugleich als harmlos, als erlaubt, als irreal oder gar liebenswert darzustellen. Ich nenne dafür zwei Beispiele, ein halbwegs gelungenes und eines, das mir nicht gefällt. *«Und denk dran, mein Kind», ermahnt die Mutter ihre Tochter, «dass du mit deinem Zukünftigen nicht schon vor der Ehe ... nun, du weißt schon, was ich meine.» Die Tochter verwundert: «Und warum ausgerechnet mit dem nicht?»*

Ich will lieber nicht zu erklären versuchen, warum mir dieser Witz noch als halbwegs komisch erscheint. Mein Unbewusstes fühlt sich jedenfalls getroffen und meine Zensur bestochen. Und jetzt das andere, das negative Beispiel. *«Nun, wie war es denn gestern abend im Kino?», fragt die Mutter ihre Tochter. «Schrecklich! Ich musste viermal den Platz wechseln.» «Hat dich ein Mann belästigt?» «Ja. Der fünfte.»* Übrigens einer der am meisten nachgedruckten Witze, was nicht gerade für die deutschen Witzbücher spricht. Die Technik mag ja noch einigermaßen verblüffend sein, die Tendenz aber ist ungenießbar.

Die gefährliche Männerphantasie, die sich ausmalt, gerade die aufregenden Frauen seien ganz willig, findet im Witz auch harmlosen Ausdruck, manchmal wenigstens. Ich kann Sie vielleicht mit einem Witz wieder aufmuntern, den Friedrich Hollaender erzählt – auf die ihm eigene Art. Seine Leser hat er vorher ermahnt, die Heldin Anna müsse die zwei Worte, die sie sagt, lispeln. «Darin liegen fünfzig Prozent des Erzählerfolges. Nicht vergessen!» Na gut, versuchen wir es:

Baronin von Trittgenstein zeigt dem neuen Dienstmädchen deren Zimmer. «Hier steht Ihr Radio, hier Ihr Fernseher und dort das Haustelefon.» Anna: «Klasse!» – «In diesem Schrank können Sie achtzig Kleider hängen, und seh'n Sie mal das: Hier haben Sie Ihr eigenes Sitzbad.» – «Klasse!» – «Ausgang Samstag ab fünf Uhr nachmittag und Sonntag. Und jährlich zwei Wochen bezahlte Ferien.» – «Klasse!» – «Sagen Sie mal, können Sie kein anderes Wort als Klasse?» – «Doch. Bumsen!» – «Was ist denn das?» – «Klasse!»

Volksgruppenwitze. Macht Angst aggressiv?

Was ist der Unterschied zwischen einem Münchner Automechaniker und einem Berliner? Wenn der Münchner die Ursache des Defekts endlich gefunden hat, sagt er: «Man lernt halt nie aus.» Hat der Berliner Mechaniker den Defekt endlich gefunden, so sagt er: «Det ham wa schon lange jewusst.» Ein besseres Beispiel für den ethnischen Witz habe ich leider nicht gefunden, jedenfalls kein deutsches. In anderen Ländern gibt es mehr davon: Die Engländer lachen über die Schotten (und ihren angeblichen Geiz), die Franzosen über die Belgier, jeder Schweizer Kanton über die Bewohner der anderen Kantone – und natürlich die einzelnen Volksgruppen der USA über die jeweils anderen, alle zusammen aber über Polen und Schweden. Da geht es recht brutal zu: Wie fängt man einen Polen? Indem man ihn beim Trinken erwischt und den Klodeckel zuschlägt. Diese Witze hätten niemals Charme und Fröhlichkeit besessen, wollten auch niemanden bessern oder versöhnen, meint der Münchner Amerikanist Gert Raeithel in einer erhellenden Studie zu diesem Thema (110).

Auch über die deutschstämmigen Amerikaner gibt es Witze, in denen «Herr Schmidt» sich zum Beispiel seinen größten Wunsch erfüllt und ein Orchester mietet, um es zu dirigieren. Das Ganze endet mit seiner schneidig gebrüllten Frage: «Wer von euch Kerlen war das?» Die Deutschen sind plump, gutmütig und vor allem militaristisch. *Ein deutsch-amerikanischer Fabrikarbeiter will einen Kinderwagen basteln und klaut über Monate das Material dazu in der Fabrik. An einem Wochenende baut er alles zusammen. Nach ein paar Stunden kommt er zu seiner Frau gelaufen und sagt: «Ma-*

ria, wie ich es auch zusammensetze, es wird immer ein Maschinengewehr.» Besonders gehässig waren die Witze über ‹Neger›, die als unehrlich, sexuell aktiv und dumm geschildert wurden. Ein noch harmloses Exemplar ist dies: *Ein Farbiger wird gefragt, warum die Selbstmordrate seiner Rasse so niedrig sei. Er antwortet: «Wenn ein Weißer denkt und grübelt, kommt er auf schlimme Gedanken. Grübelt ein Neger, so schläft er bald ein.»* Das lässt man im Witz auch noch den Schwarzen selbst sagen! Solche Witze hätten vielleicht manchmal doch ein Pogrom verhindert, meint Raeithel, weil sie immerhin Aggressionen freigesetzt hätten, «die sich sonst auf gemeinere, brutalere, sozial schädlichere Art Ventile suchen würden», insofern sei Humor ein Weg, stärkere Mittel zu vermeiden (110f.).

Auch die Rassisten wurden die Zielscheibe von Witzen. *Ein weißer Autofahrer macht sich im Feld neben der Straße zu schaffen, als eine Polizeistreife stoppt. «Was machen Sie da?», fragt einer der Polizisten. «Ich vergrabe ein paar Nigger, die ich versehentlich überfahren habe.» «Das ist blöd, das muss ich melden. Wie viele waren's denn?» «Vier Stück.» «Und alle tot?» Darauf der Autofahrer, immer noch schaufelnd: «Also, einer behauptete, er lebe noch. Aber diese Nigger lügen ja, sobald sie den Mund aufmachen.»*

Allmählich unterliefen die Schwarzen Amerikas den Hass der Weißen und zeigten ihr Selbstbewusstsein gerade dadurch, dass sie sich nicht treffen ließen. Anton J. Zijderveld verweist auf eine Studie aus dem Jahre 1959, die zeigte, dass die schwarze Bevölkerung die Anti-Negerwitze beinahe genauso komisch fand wie die weiße (194). Die Schwarzen spürten, dass mit diesen Angriffen ihre Identität gestärkt wurde. Der bekannte schwarze Komödiant Godfrey Cambridge zitierte gern die gängigen Vorurteile gegen seinesgleichen. Seine Witze klangen wie eine Selbsterniedrigung, drückten in Wirklichkeit aber eine selbstsichere Überlegenheit aus (Zijderveld, 190). Dieser Vorgang erinnert mich an die Art, wie die Juden die antisemitischen Witzeleien teilweise übernommen haben – auch ein Ausdruck von Größe und heimlichem Stolz; darauf komme ich später noch ausführlich zurück (S. 262ff.). Heute gilt es in den USA längst als unfein, Witze über Farbige zu machen. Es gebe nur noch die paradoxe Intention, meint Raeithel, dass jemand einen besonders bösen Witz erzählt, um zu beweisen, dass er gerade keine Vorurteile habe (109).

Was bei uns in den siebziger Jahren als «Ostfriesenwitze» umlief, kann man kaum unter ethnischen Humor rechnen, weil diese Witze nicht Ausdruck von Spannungen waren. Ihre Geschichte hat freilich mit solchen Rivalitätsgefühlen angefangen, denn diese Witze entstanden in einem Gymnasium in Westerstede, einem Städtchen im Ammerland, und das wiederum liegt zwischen Oldenburg und Ostfriesland. Ein Primaner namens Borwin Bandelow redigierte im Jahre 1970 die Schülerzeitung, den «Trompeter», in dem er eine Spalte «Aus Forschung und Lehre» einrichtete, die dazu diente, den «Homo ostfrisiensis» vorzustellen. Dass es gerade die Ostfriesen sein mussten, lag an einer uralten Konkurrenz zwischen Ammerländern und Ostfriesen, also waren die Witze zu Beginn doch aggressiver Volksgruppenhumor. Der «Homo ostfrisiensis» wurde denn auch bezeichnet als «eine Spezies von exemplarischer Begriffsstutzigkeit und kerniger Stupidität». Wie der Journalist Karl Koch in einer Sendung des NDR berichtet hat, schmunzelte bereits im Sommer 1970 ganz Westerstede über den neuen Witztyp, bald kursierten erste Exemplare unter Rundfunkmoderatoren, und im Sommer 1971 druckte der «Spiegel» einige Proben. Diese einfältigen Scherze beginnen meistens mit einer Warum-Frage. *Warum wird bei Trauungen in Ostfriesland ein Mistwagen hinter dem Brautpaar hergefahren? Damit die Fliegen nicht an die Braut gehen.* Die anderen Witze sind auch nicht besser. Die meisten stammen aus alten Beständen, waren etwa in den USA schon Schweden- oder Polenwitze.

Echten, aggressiven Volksgruppenhumor gibt es inzwischen aber auch in der Bundesrepublik, weil auch wir unsere ‹Neger› haben, die Türken. Aus dem Hamburger Arbeiterviertel Wilhelmsburg – ein Drittel der Bewohner sind Türken – berichtet Hans-Georg Behr von dieser Blüte des Volkshumors: *Warum sollen nun in Wilhelmsburg transparente Mülleimer aufgestellt werden? Damit auch die Kanaker einen Schaufensterbummel machen können.* Solche Witze erzählten sich fröhliche Abendschüler und Sozialdemokraten, und ihr Lachen sei nur herzlich, nicht «brüllend faschistisch», berichtet Behr. Er habe sich das erklären lassen: Das seien gutwillige Menschen, die solche Witze erzählten, «aber Angst machen die vielen Kümmeltürken letztendlich doch, wenn auch nicht bewusst ... Also werden Witze gerissen, und das Lachen befreit; man kann wieder gutwillig sein» (166). Angst als Grund von Witzen und das Gefühl von Befreiung als ihre Folge – das ist wahrscheinlich gut beobachtet.

Die alte Theorie, etwa von Henri Bergson, das Lachen diene

dazu, eine sozial abweichende Gruppe zur Norm zurückzubringen («es soll einschüchtern, indem es demütigt», 131), erklärt vielleicht den Humor der Komödie, nicht aber die kleinen Hassausbrüche im ethnischen Witz. Überzeugender ist die Annahme, die von Doris und Fierman experimentell gestützt worden ist, dass es gerade die Angst ist, die den Humor aggressiv macht. Dann müssten diejenigen, die mit ihren Witzen Angst verbreiten, gerade selbst von Angst getrieben sein und versuchen, sie mit Witzen loszuwerden. Andere Forscher, Levine und Abelson, haben experimentell nachgewiesen, dass der ganze Lustgewinn beim Witz aus der Verringerung bestehender Angst stammt («Je größer die Reduzierung der Angst, desto größer der Lustgewinn», 192). Man mag einwenden, nicht die Deutschen, sondern die Türken hätten doch allein Grund, Angst zu haben. Das wäre aber ein Urteil aus den oberen Etagen unserer Klassengesellschaft. Die deutsche Unterschicht fühlt sich wahrscheinlich von der türkischen Bevölkerung bedrängt und reagiert aus dieser Angst aggressiv. In intellektuellen Kreisen gibt es diese Angst verständlicherweise nicht, dafür wiederum andere Ängste, zum Beispiel die vor einer politischen Katastrophe.

Was geschehen kann, fasst ein böses Wort zusammen, von dem man nicht weiß, ob es aggressiv oder sarkastisch gemeint ist. *Was ist der Unterschied zwischen Juden und Türken? Die Türken haben es noch vor sich.*

Die Bosheit des Witzboldes

Zwei Freunde streiten sich. «Du brauchst nicht zu glauben, dass ich ein vollkommener Idiot bin!» «Nein, nein – kein Mensch ist vollkommen.» Mal ehrlich – finden Sie das gut? Ich bin da ziemlich im Zwiespalt. Einerseits finde ich die Begabung zu solchen schlagfertigen Antworten glänzend und beneidenswert, andererseits kriege ich es doch auch mit der Angst bei so viel kaum verhüllter Aggression. Es gibt ja Mitmenschen, die einen todsicheren Instinkt für die treffendsten Bosheiten haben. *Der Filmstar beklagt sich bei seiner Frau über die Lügen, die über ihn in der Presse stehen. «Sei doch froh», beruhigt sie ihn, «dass sie wenigstens nicht die Wahrheit schreiben.»*

Der geistvoll-boshafte Zeitgenosse steht in keinem guten Ruf. Selbst derjenige, der nur mit harmlosen Witzen zu glänzen sucht, kann den Umstehenden «stark auf die Nerven fallen», weil er beständig Witze aus der Unterhaltung anderer herausschlägt, «wie Buben Funken aus Kieselsteinen», hat Müller-Freienfels beobachtet (83). Freud meinte gar, dieser Trieb, seinen Geist zu zeigen, sei der sexuellen Exhibition gleichzustellen (Witz, 115). Und wer dann noch Gemeinheiten verstreut, wie dieser Ehemann, der hat völlig verspielt. *Fragt ihn seine Ehefrau: «Wirst du mich auch noch lieben, wenn ich alt und hässlich bin?» «Aber Liebste! Du kannst wohl älter werden, aber doch nicht hässlicher.»*

Er habe als Arzt einen Witzbold kennengelernt, erzählt uns Freud, und sei von der Entdeckung selbst überrascht gewesen, «dass dieser witzige Kopf eine zwiespältige und zu nervösen Erkrankungen disponierte Persönlichkeit» war. Freuds Diagnose: Triebe zahlreich, Hemmung labil. Das sei gut für die Produktion von Witzen, für die Persönlichkeit wohl weniger (Witz 115). Nicht einmal ihre Freunde schonen diese Leute. *«Ich habe in der Ausstellung dein Bild bewundert. Es war das einzige, das man sich überhaupt ansehen konnte.» «Du Schmeichler!» «Nein, wirklich! Vor den anderen Bildern standen einfach zu viele Leute!»*

«Lieber einen Freund verlieren als einen guten Witz», so hat es Horaz spöttisch in seinen Satiren definiert. Das ist immer noch das Motto unserer Witzvirtuosen. *Ein Mann hat die Frau seines Lebens gefunden und wendet sich an seinen Freund: «Meinst du, dass Silvia mich wirklich liebt?» «Natürlich liebt sie dich! Warum sollte sie denn gerade bei dir eine Ausnahme machen?»* Zack, elegant gemacht, nichts Primitives, ziemlich unblutig. Als Zuschauer müssen wir uns nicht schämen, uns daran gefreut zu haben. Nur eins können wir nicht behaupten: dass diese Antwort zu den kleinen Geschenken gehört, die die Freundschaft erhalten. Nein, das sind wohl alles letzte Worte – unter Freunden. *«Was gibt's Neues?», fragt ein Freund den anderen. «Schreckliches! Stell dir vor, meine Frau hat einen Liebhaber!» «Ich fragte doch, was es Neues gibt.»*

Meine heimliche Sympathie für solche Gemeinheiten, fürchte ich, hat wohl etwas mit Selbstrechtfertigung zu tun. Ich zitiere aber der Objektivität halber weiterhin, was Fachleute zu diesem Phänomen geschrieben haben. «Witzbolde sind von Haus aus feindselig», urteilt Martin Grotjahn, «häufig zeigen sie eine geschickte, durchtriebene, hochentwickelte, intelligente Niedertracht. Der Witzbold ist ein Mensch mit der unbezähmbaren Art, Feindseligkeit freizusetzen; ohne dies Ventil würde er wahrscheinlich aus dem Häuschen geraten oder einen Migräneanfall bekommen» (43f.). Migränepatienten seien häufig witzig, hat Grotjahn auch noch beobachtet (Migräne habe ich nicht). *Eine Frau gesteht ihrem guten alten Freund: «Ich glaube, ich habe das Zweite Gesicht.» «Wenn du noch ein zweites hast», sagt er, «warum trägst du dann immer dieses?»* Kommt unser Fachmann Grotjahn gegen Ende seines Buches auf den Sadisten zu sprechen, so fällt ihm auch noch dies ein: «Eng verwandt mit dem Sadisten ist der Typus des Witzboldes.» Er sei «im Grunde ein Sadist» und durchaus geeignet, sein Opfer im Geiste zu ermorden» (209). Also, ich weiß nicht ... Spricht da ein Opfer?

Zwei Freundinnen haben einen Schminkraum betreten. Die eine wird und wird nicht fertig. «Du findest mich bestimmt eitel», sagt sie schließlich mit einem letzten Blick in den Spiegel. «Ach nein», entgegnet die andere, «ich finde dich einfach – tapfer.» Man möchte nicht in der Haut der Getroffenen stecken, das muss ich zugeben. Wird man nur Zeuge eines solchen Dialogs, so hat man aber den Vorzug, eine Ersatzbefriedigung gratis geliefert zu bekommen. Denn selbst eine nur miterlebte Aggression kann entspannend sein.

Zwei Frauen treffen sich nach fünf Jahren wieder. «Na so was, Gabi, zeig dich mal. Lass dich ansehen. Älter bist du geworden. Ich hätte dich beinahe nicht erkannt.» «Ja, ja, Helga», entgegnet die andere und mustert ihr Gegenüber, «dich habe ich auch nur noch an diesem Kleid erkannt.» Wenn wir dem Moraltheologen Werner Lauer folgen wollen, dann will so jemand triumphieren und andere abwerten, «weil er im eigenen Inneren gedemütigt und geängstigt ist oder, noch schlimmer, grenzenlos allein und einsam» (172). Allein sein wird er wohl wirklich, wenn er so weitermacht.

Ich möchte Ihre Aufmerksamkeit jetzt gern noch auf den Witzerzähler lenken, auf den Menschen also, der keine eigenen Bemerkungen macht, sondern fertige Witzkonserven öffnet und taufrisch serviert. Er hat, leider, eine ebenso schlechte Presse. Georg Friedrich Jünger kriegt ganz kleine Augen vor lauter Verachtung: «Ein Mensch, der Witze erzählt, die er gehört oder gelesen hat, erweckt sofort den Verdacht, dass er keinen eigenen Witz besitzt. Diese Münze ist so gering, dass das Entleihen ein Zeugnis der Bedürftigkeit ist» (113). Also, wie man es auch macht, ist es nicht recht.

Levine und Redlich haben ebenfalls den Verdacht, dass notorische Witzeerzähler nur deshalb zu humoristischen Formen greifen, weil ihnen andere Mittel, ihre Mitmenschen zu beherrschen, nicht zur Verfügung stehen (570). Geht es also um Herrschaft? Indem die notorischen Witzeerzähler andere lachen machten, zeigten sie ihre eigene Stärke und Schwäche, meinen Levine und Redlich: «Die Lachenden sind auf hilfloses Lachen reduziert und also nicht mehr furchteinflößend. Der Wunsch, andere zum Lachen zu bringen, ist daher teilweise ein aggressiver Wunsch» (ebd.). Das sollte sich wohl auch jemand wie ich, der über den Witz (mit Beispielen!) schreibt, zu Herzen nehmen. Wenn Sie trotzdem mögen ... *Nach dem Schlusspfiff hat sich ein Zuschauer an den Schiedsrichter herangemacht. «Haben Sie drei Sekunden Zeit?», fragt er ihn hastig. Der nickt wohlwollend. «Dann erzählen Sie mir mal alles, was Sie über Fußball wissen!»*

Ich kann der verbreiteten heftigen Kritik am witzigen Unterhalter, wie Sie gemerkt haben, nicht ganz zustimmen. Mit Helmuth Plessner möchte ich darauf aufmerksam machen, dass es neben den feindseligen Witzen (wie ich sie für dieses Kapitel ausgesucht habe) auch nettere Formen witziger Unterhaltung gibt: «Witz kann einfach aus Freude an Beweglichkeit und Indirektheit, am Spiel von Hemmung und Lösung kommen» (116).

Und noch eine Beobachtung übernehme ich gern, nämlich die, dass auf dem Witzigen auch eine Tragik liegt. Der unterhaltsame Mitmensch hat ja selbst nicht viel zu lachen, er macht nur lachen. Er versucht zwar, sich seine «Angst erträglich zu machen», aber sein Lachen ist allenfalls «ein Echo auf das Lachen der anderen», kaum eine Aufhebung seiner inneren Spannung, meint Grotjahn (113). Er müsse «sich immer neue Witze ausdenken und – indem er sie erzählt – um Verzeihung bitten», nämlich um Verzeihung dafür, dass er seine Zuhörer zur eigenen Therapie einspannt (ebd.). Der Erzähler selbst lacht nicht.

Das hat Gershon Legman zum Anlass genommen, das Lachen der Zuhörer zu deuten als «die dem Erzähler erteilte Absolution». Diese lachend gewährte Vergebung sei für den Erzähler «die Zusicherung, dass er nicht ertappt worden sei, dass der Zuhörer an der Feindseligkeit des Witzes teilgenommen habe» (13). Bei dieser Deutung des Witzgeschehens kommt doch wenigstens die Einsicht zu ihrem Recht, dass auch die Zuhörer vom Witz profitieren können. Und wahr ist wohl auch, dass das Witzemachen weniger Symptom einer Krankheit ist als der Versuch ihrer Therapie.

Nachdem ich damit (nebenbei) auch meine Art gerechtfertigt habe, Witze als Beispiele zu zitieren, hier zwei kurze Gemeinheiten zum Abgewöhnen. *In der Bar sitzen noch zwei letzte Besucher. Sie sind ins Gespräch gekommen, und schon glimmt die Wut auf. Da fasst der eine sein Gegenüber scharf ins Auge und sagt: «So alt, wie Sie aussehen, werden Sie gar nicht mehr.»*

Und der folgende letzte Dialog ist als Sozialkritik sogar moralisch gerechtfertigt: *Ein Millionär hat seinen Gast durch sein Anwesen geführt und beschließt den Rundgang mit den Worten: «Jede Mark, die ich besitze, wurde ehrlich erworben.» «Ja natürlich», entgegnet der Besucher, «aber – von wem?»*

Skeptische Witze ersparen Hemmungsaufwand

Zu Abrahamson kommt ein Mann in den Laden, legt einen Schilling auf den Ladentisch, sagt: «Den haben Sie mir gestern zu viel herausgegeben» und geht. Ganz verwirrt grübelt Abrahamson: «Um Gottes Willen. Wie viel muss ich ihm zu viel herausgegeben haben, dass er mir bringt zurück einen ganzen Schilling.» Diese verzwickte Geschichte ist vielleicht weniger ein Witz als eine kleine psychologische Studie. Sie handelt vom Zweifel. Ein Mann bezweifelt die Aufrichtigkeit seiner Mitmenschen, und die Ehrlichkeit macht ihn erst recht misstrauisch. Der Zweifel erscheint hier als besonders subtile Form der Aggression. Er ist im Witz selten. Als Sigmund Freud alle ihm bekannten Witzarten geordnet hatte, da schien ihm der folgende in keine Kategorie zu passen, und so machte er für ihn eine eigene auf: den «skeptischen» Witz. *Zwei Juden treffen sich im Eisenbahnwagen einer galizischen Station. «Wohin fährst du?», fragt der eine. «Nach Krakau», ist die Antwort. «Sieh her, was du für ein Lügner bist», braust der andere auf. «Wenn du sagst, du fährst nach Krakau, willst du doch, dass ich glauben soll, du fährst nach Lemberg. Nun weiß ich aber, dass du wirklich fährst nach Krakau. Also warum lügst du?»*

Diese «kostbare Geschichte» (94) war, wie gesagt, Freuds einziges Fundstück für die Abteilung «skeptische Witze». Hier werde die Frage gestellt, meinte Freud, was Wahrheit sei; der Witz greife «die Sicherheit unserer Erkenntnis» an (ebd.). Mir scheint das wohl richtig, zugleich sehe ich in diesem Witz aber auch eine deutliche Aggression und, was Freud auch erwähnt, eine spitzfindige «Technik des Widersinns» (ebd.). Ich möchte sie gern zum Anlass nehmen, mir nochmals Freuds Witztheorie im Überblick anzusehen, vor allem im Hinblick auf die Frage, was es denn nun wirklich mit seiner Behauptung, die Witzlust stamme auch aus «Ersparnis» (eine These, über die ich gelegentlich schon gespottet habe), auf sich hat. An dieser Ansicht, es gebe im Menschen eine hemmende Zensur und diese Hemmung sei schwere Arbeit, hat Freud auch später festgehalten. Im Buch über den Witz aus dem Jahre 1905 hatte er seine Ansicht so zusammengefasst: «Die Lust des Witzes schien uns aus erspartem Hemmungsaufwand hervorzugehen» (192). Zehn Jahre später schrieb er in der Arbeit «Die Verdrängung» ganz Ähnliches: «Wir dürfen uns vorstellen, dass das Verdrängte einen kontinuierlichen Druck in der Richtung zum Bewussten hin ausübt, dem durch unausgesetzten Gegendruck das Gleichgewicht gehalten werden muss. Die Erhaltung einer Verdrängung setzt also eine beständige Kraftausgabe voraus, und ihre Aufhebung bedeutet ökonomisch eine Ersparung» (Ges. Werke 10, 253f.). Da haben wir es mit klaren Worten noch einmal: Die Aufhebung der Verdrängungsarbeit (der «Zensur» im Witz-Buch) bedeutet eine «Ersparung».

Ich nenne zunächst noch, als Anschauungsmaterial gleichsam, einen weiteren skeptischen Witz. *Treffen sich zwei Juden. «Wo warst du die letzten sechs Monate?» «Verreist.» «Warum hast du nicht Berufung eingelegt?»* Ebenfalls eine Kostbarkeit in dieser Kürze, allein schon der Technik wegen. Betrachten wir an diesem Dialog die Rolle von Trieb und Hemmung (oder von Verdrängtem und Verdrängung, mit Freuds späteren Ausdrücken). Ich erkläre mir das so: Es war der triebhafte Wunsch des zweiten Juden, die verdrängte Wahrheit «Du warst doch im Gefängnis!» aggressiv herauszuschreien. Die Zensur, die so etwas gewöhnlich hemmt, wurde umgangen, indem die Aggression nicht ausgesprochen, sondern nur der nächste logische Gedanke («Berufung eingelegt») geäußert wurde. Freuds Modell von Trieb und Zensur bewährt sich demnach auch bei diesem skeptischen Witz. Was mir weniger gefällt, ist die Betonung der Ersparnis als Lustquelle. Denn nicht die Ersparnis beim Hemmungsaufwand ist typisch für diesen Witz (und für den Witz überhaupt), sondern die Eleganz, mit der die hemmende Zensur, die durchaus weiter tätig ist, dennoch umgangen wird. Und zum anderen, kann denn eine Ersparnis lustvoll sein? Mir scheint, nur der Zustand, der vom Witz endlich erreicht wird, macht glücklich.

Lustvoll wäre demnach das Empfinden, die Zensur sei umgangen, der Zwang zur Anständigkeit sei für einen Augenblick aufgehoben, die Blockade von Druck und Gegendruck vorübergehend gelöst. In die Pattsituation kommt Bewegung, die Stimmung ist locker, die Hemmung geschmolzen. Das ist in Wahrheit der lustvolle Zustand.

Als Theodor Reik auf den skeptischen Witz zu sprechen kam, erwähnte er ein anderes Beispiel, das er in einer Humorzeitschrift gefunden hatte: *«Auf dem Blatte eines bekannten Zeichners sieht man einen Herrn im Gespräch mit seiner hübschen Geliebten. Sie spricht eindringlich und eifrig auf ihn ein. Die Zeile unter der Zeichnung gibt seine Antwort: «Ich bitte dich, hör auf zu lügen; ich glaub dir so schon.»* Der Mann habe, meint Reik, die Untreue seiner Geliebten durchschaut, möchte ihr aber ihre Beteuerungen glauben. Die analytische Theorie habe gezeigt, dass solch ein paradoxes Nebeneinander vorkomme (Grenzland, 293). Ich möchte es so deuten: Die Zensur ist bei diesem Mann durchlässig, denn er zeigt seine wahren Gefühle («hör auf zu lügen»). Die Zensur wahrt jedoch auch die Fassade des Anstands durch die Worte: «ich glaub dir so schon.» Die Lust bei diesem Witz besteht wieder darin, dass Druck und Gegendruck weichen, dass Besetzung und Gegenbesetzung in Bewegung kommen – und das nicht nur für den gebeutelten Liebhaber, sondern auch für den Witzhörer, der die Sache komisch zu finden weiß.

Wenn ich mit zwei Worten sagen sollte, worin die Lust bei jedem Witz besteht, dann würde ich behaupten, es wäre dies: dass man den Trieb zulassen und zugleich den Anstand wahren kann. Meine beiden Stichwörter wären also «zulassen» und «wahren». Bekanntlich hat Freud es ähnlich gesehen, sich aber auf ein anderes Stichwort festgelegt, auf die «Ersparnis» an Aufwand, Zensur zu üben. Diese These von der Ersparnis ist eigentlich nur kritisiert worden, von Anhängern, Schülern und Gegnern der Lehre Freuds. Unter anderen hat Hans Strotzka sich gegen dieses Stichwort mit dem Argument gewandt, Lust könne man schlecht als die Verringerung einer Mühe definieren. Er wagt einen Vergleich: «Das Lustgefühl beim Aufhören von Zahnschmerzen unterscheidet sich trotz einer gewissen positiven Euphorie doch ganz wesentlich von genitalen oder prägenitalen Lusterlebnissen im eigentlichen Sinne» (Witz, 316). Er hat auch einen guten Rat an Freud zur Hand: «Sein Konzept wäre verständlicher, hätte er den Akzent weniger auf Ersparung als auf Befreiung und Entlastung gelegt» (ebd., 311). Das ist ein guter Rat.

«Befreiung» des verdrängten Triebes und «Entlastung» von der drückenden Norm und von der Pflicht zum Gegendruck und zur Zensur – das wären bessere Ausdrücke gewesen für das, was Freud sagen wollte. Und doch bliebe mir auch dann noch ein Unbehagen. Ich meine nämlich, es wäre immer noch unerklärt, wie beide Vorgänge (Befreiung des Triebes, Entlastung vom Zwang der Zensur) denn miteinander zusammenhängen. Es muss doch zwischen beiden ein Zusammenspiel geben – am Ende eines, in dem sich beide gegenseitig verstärken.

«Ich bin stolz, ein Jude zu sein.» «Wieso?» «Werd ich Ihnen erklären. Bin ich nicht stolz, bin ich auch ein Jude. Bin ich lieber gleich stolz.» Ob man diesen paradox begründeten Standpunkt auch zu den skeptischen Witzen rechnen darf, ist vielleicht umstritten. Mir hat er hier gepasst als Objekt, an dem sich zeigen lässt, wie dreierlei in einem guten Witz zusammenkommt: Erstens ist die Technik widersinnig. Zweitens befindet sich der Held des Witzes in einer Pattsituation von Besetzung und Gegenbesetzung (er will Jude sein und zugleich stolz). Und drittens kann der Witzhörer bei sich eine Ambivalenz der Gefühle feststellen, die teils aus der Technik stammt (die Sache ist einleuchtend und geht doch nicht auf) und teilweise aus gegensätzlichen Gefühlen für den Witzhelden, der (wie es etwa Charly Chaplin auch war) erbärmlich und siegreich zugleich ist.

Noch ein bisschen verwickelter geht es in einem jüdischen Witz zu, den Theodor Reik erwähnt, allerdings ohne ihn zu den skeptischen Witzen zu rechnen. Immerhin meinte auch er, dieser Witz stelle den Glauben an die Liebe in Frage, «diese am sorgsamsten beschützte Illusion des Abendlandes» (Lust, 72). Um den gemeinten Witz verstehen zu können, muss man wissen, dass der Schauspieler Sonnenthal im Wien um 1900 der Inbegriff des jugendlichen Liebhabers auf der Bühne war. *Vater: «Warum willst du das Mädchen heiraten? Sie hat ka Mitgift, sie is' nicht schön, sie ...» Sohn: «Ich liebe sie, Vater!» «Was heißt, du liebst? Bist du Sonnenthal?»* Für Reik stammt bei diesem Witz die «tiefere Lustquelle» aus dem Angriff gegen die Liebe. Offenbar wollte der Vater ja sagen, gefühlvolle Liebe gehöre allein auf die Bühne, im übrigen würden Ehen geschäftsmäßig ausgehandelt. (Nebenbei beobachten wir das Paradox, dass der Vater ausgerechnet einen Schauspieler auf der Bühne als Beispiel für echte Liebe nimmt.)

Wenn ich nun wieder nach der Rolle von Trieb und Hemmung frage, so geraten wir diesmal in ein wahres Dickicht. Die triebhaft-aggressive Tendenz des Witzes liegt wohl in der Skepsis des Vaters, mit der er die romantische Liebe leugnet (mag man der Tendenz nun freudig zustimmen oder sich an ihr ärgern). Die Zensur oder Hemmung sagt in diesem Falle: «Die Liebe ist der höchste Wert des Abendlandes.» Aber diese erhabene Norm bricht hier für einen Augenblick zusammen, weil sie in ein falsches Argument gedrängt wird, nämlich in den Satz: Die wahre Liebe gibt es, aber eben nur auf der Bühne. Damit wankt diese Norm, und der Trieb kann sich befreien.

Es mag deutlich geworden sein, wie weitgehend Freud mit seiner Theorie vom Witz Recht hat. Man muss eigentlich nur den Ausdruck «Lust aus Ersparnis» zur Seite rücken und eher von Befreiung und Konfliktlösung sprechen. Damit sind allerdings noch lange nicht alle Rätsel der komischen Wirkung gelöst. Offen ist vor allem noch, wie die beiden wichtigsten Instanzen in diesem Spiel, Trieb und Zensur (oder wie man sie immer nennen mag), zusammenwirken. Davon soll im nächsten Kapitel die Rede sein.

Eindeutig aus dem Leben gegriffen ist wohl auch dieses Beispiel von skeptischer Menschenkenntnis: *«Welch ein liebes und unschuldiges Gesicht doch Ihre kleine Tochter hat», sagt die Besucherin. «Ach, danke», entgegnet die Mutter und fragt ihr Kind: «Also, Natascha, was hast du ausgefressen?»*

Nach Freud soll der skeptische Witz die Wahrheit selbst in Frage stellen. Das geschieht auf wenig aggressive und dafür um so tiefsinnigere Weise in diesem bekannten Witz: *Ein Jude kommt zum Rabbi und führt Klage gegen seinen betrügerischen Lieferanten. Der Rabbi hört aufmerksam zu und erklärt dann: «Du hast Recht.» Bald danach kommt der beschuldigte Lieferant und klagt seinerseits über den Ankläger. Der Rabbi hört wieder sehr aufmerksam zu und sagt schließlich: «Du hast Recht.» Die Frau des Rabbiners hat beide Entscheide mit angehört. Als der Lieferant weggegangen ist, sagt sie zu ihrem Mann: «Es können doch nicht beide Recht haben!» Da nickt der Rabbi und sagt nachdenklich: «Du hast Recht.»*

Mein letzter skeptischer Witz ist unter Juden sprichwörtlich. Man muss zu seinem Verständnis eigentlich nur wissen, dass ein Jude am Jom Kippur, dem Versöhnungstag, allen Glaubensgenossen vergeben soll. *Am Versöhnungstag erblickt ein Jude in der Synagoge seinen ärgsten Feind und Konkurrenten. Tapfer streckt er ihm die Hand hin und sagt: «Ich wünsche dir alles, was du mir wünschst.» Darauf der andere: «Was, fängst du schon wieder an?»*

Obszön und skatologisch

Erotik. Die Rückkopplung pfeift

Aus dem Brief eines Logierbesuchs: «Ich danke Ihnen sehr, liebe gnädige Frau, dass ich wieder einmal in Ihrer Mitte habe weilen dürfen.» Das ist nur der Auftakt zu den erotischen Witzen, die ich Ihnen in diesem Kapitel bieten will. Eine heikle Sache, denn wir werden an die frauenfeindlichen Witze und die Männerphantasien erinnert. Immerhin aber können diese Beispiele auch gut illustrieren, was ich nun zu erläutern habe: das Zusammenspiel von Lust und Unlust im Witz. Insofern hat die Peinlichkeit, die Sie vielleicht empfinden werden, doch auch ihr Gutes für die Theorie, weil sich die Unlust-Komponente in der peinlichen Betroffenheit deutlich zeigt.

Claudia hat ein neues Kleid. Es ist schön, es sitzt fantastisch und ist auch noch selbst gemacht. Sebastian ist hingerissen. Abends bei ihr zu Hause sagt er: «Wir haben uns nun ausgiebig über das Kleid unterhalten, beim Essen, in der Theaterpause und auf dem Heimweg. Wollen wir das Gesprächsthema jetzt nicht endlich einmal fallenlassen?» Fragt man nach dem Anteil von Lust und Unlust in der Wirkung dieses Witzes, so mag sich die Unlust als klein herausstellen. Andererseits spürt man das Risiko, das die Aufforderung zum Fallenlassen enthält; so etwas kann auch schiefgehen. Die Form ist jedoch zu elegant, um uns zu ärgern. Weit höher wird der Unlustanteil bei diesem Beispiel sein: *Die Braut in der Hochzeitsnacht: «Entweder rein oder raus! Aber dieses ewige Hin und Her macht mich ganz nervös.»* Da steht schon mehr auf dem Spiel, und manchem Hörer mag das zu nahe gehen oder zuviel sein. Unlust droht.

Es gab schon vor Freud eine lange Tradition, im Humor Lust und Unlust im Streit miteinander zu sehen, das liest man bereits 1837 bei Vischer und ebenso deutlich bei Hecker 1873. Um so mehr kann es einen verwundern, dass sich das Wort Unlust in Freuds Witzbuch nicht findet. Das liegt bestimmt auch daran, dass Lipps, auf den sich Freud so sehr stützte, nichts von Unlust wissen wollte. Mischgefühle gebe es gar nicht, hatte Lipps behauptet. Und Freud konnte auf das Wort verzichten, weil er ja ein anderes kämpfendes Paar kannte: Trieb und Hemmung. Das ist auch ein anschauliches Bild (es erinnert an einen gestauten Fluss, an ein Wehr), aber wie jede bildliche

Darstellung hat es den Nachteil, einiges nicht abbilden zu können. Vor allem kann man mit Freuds Bild von Trieb und Hemmung nicht zeigen, wie der Kampf zwischen beiden hin- und hertobt. Das ganze Hin und Her (ich meine jetzt nicht den eben zitierten Witz) ist Freud unverständlich.

Ich nenne für dieses Hin und Her von Lust und Unlust, das uns schon bei der Technik des Witzes begegnet ist, noch ein Beispiel. *Die junge Schauspielerin hat in ihrer ersten Rolle nur einen Satz zu sagen. Sie muss den eintretenden Diener unwillig fragen: «Was willst du schon wieder!» Bei der Premiere hat sie einen unerwarteten Erfolg, als sie im Lampenfieber fragt: «Was? Willst du schon wieder?»* Auf der Ebene der Technik und des Verstehens scheint klar: Man geht zwischen beiden Bedeutungen hin und her (siehe S. 51). Etwas Ähnliches geschieht jedoch auch mit den Gefühlen des Witzhörers. Ewald Hecker nannte das «einen beschleunigten Wettstreit der Gefühle, d. h. ein schnelles Hin- und Herschwanken zwischen Lust und Unlust» (80f.). Mit einem modernen technischen Bild könnte ich auch sagen: Die Mischung von Lust und Unlust ist explosiv wie Knallgas oder wie das Gasgemisch im Explosionsmotor. Freuds Bild von Stauung und Hemmung ist hingegen weit unbeweglicher und lässt die Vorstellung vom Wettkampf der Gefühle leider nicht zu.

Missmutig sagt der Ehemann zu seiner Frau: «Manche Frauen können anziehen, was sie wollen, denen steht einfach nichts.» Da gibt sie zurück: «Manche Männer können ausziehen, was sie wollen – da ist es genauso!» Wie war die Wirkung bei Ihnen? Es zeigte sich wohl ein kleiner Schrecken, eben die Unlust, die Scheu, sich auf diesen Witz einzulassen. Und außerdem (nehme ich an) die Lust, die in diesem Wettstreit Siegerin blieb. Freud jedoch hat das gar nicht sehen können; nicht einmal auf intellektueller Ebene hat er ein Hin- und Herschwanken gelten lassen (Witz 153, Anm.), allenfalls konnte er eine Aufeinanderfolge von Vorstellungen erkennen (Witz, 191). Aber von Unlust und Gefühlsmischung keine Spur.

Freuds Schüler pflegten den Meister nur lautlos zu verbessern. Theodor Reik sprach 1929 von der Angstbewältigung im Witz (114), und Winterstein beobachtete 1932 ein «Mischgefühl» im Humor, «ein beständiges Hin- und Hergehen» (517). Das ist der vielleicht wichtigste Neuansatz in der psychoanalytischen Humordiskussion nach Freud. Wir werden gerade der Angst als Bestandteil der Witzwirkung noch öfter begegnen. Ich begnüge mich hier damit zu wiederholen, im Gefühl, das der Witz auslöst, stritten Lust und Unlust miteinander. Und nun möchte ich noch einen Schritt weitergehen und noch einmal die Frage, die im letzten Kapitel unbeantwortet blieb, aufnehmen: Was passiert bei diesem Streit? Gibt es da eine Wechselwirkung? Nehmen wir diesen Fall: *Der Frauenheld des Dorfes steht wegen eines Vaterschaftsprozesses vor Gericht. Die Resi ist als Zeugin benannt worden. Vor dem Gerichtssaal fragt der Richter sie leutselig: «Na, hast du denn auch eine Ladung bekommen?» «Nein», antwortet sie, «mich hat er nur geküsst.»*

Wenn ich schon nach der Wechselwirkung von Lust und Unlust frage, dann will ich natürlich auf die Behauptung hinaus, es gebe eine. Genauso ist es. Hat man erst einmal diese beiden Komponenten unterschieden, so liegt die Vermutung allzu nahe, sie putschten sich gegenseitig auf, und darin liege die Wirksamkeit des Witzes. Tatsächlich findet sich schon bei Vischer die Formulierung, die Lust im Witz sei «Lust durch Unlust, doppelte, weil durch Unlust gewürzte Lust». Auch Johannes Volkelt teilt die Ansicht, beide Komponenten verschärften sich gegenseitig. Er spricht statt von Unlust und Lust zwar von «Spannungs- und Erleichterungsgefühl», aber das muss uns nicht stören. Volkelt jedenfalls sieht: «Das Erleichterungsgefühl wirkt verschärfend auf das Spannungsgefühl zurück» (385). So sind wir nicht mehr erstaunt, den gleichen Gedanken bei Freuds Schüler Theodor Reik zu finden: Trieb und Angst zusammen ergäben eine «reaktive Wirkungsverstärkung» (Lust, 114). *«Heute nacht habe ich wunderschön von Ihnen geträumt», sagt der Abteilungsleiter zur neuen Mitarbeiterin. «Oh», sagt sie kühl, «haben Sie?» «Nein», antwortet er bedauernd, «ich bin vorher aufgewacht.»*

Von einem Hin und Her wollte Freud nichts wissen, und das Kitzeln mochte er darum als Beispiel für die Wirkung des Komischen nicht gelten lassen (Witz, 153, Anm.). Aber auf einem anderen Gebiet hat er doch eine Verbindung gesehen: Die Triebe Sexualität und Aggression seien gewöhnlich gemischt, meinte er; komme es zu einer «Triebentmischung», träten also Liebe und Hass auseinander, wie das in der Eifersucht geschehe, so seien beide Triebe weit wirksamer und gefährlicher als in der Mischung. Das ist eine schöne Analogie zu dem, worum es in der Gefühlsmischung aus Lust und Unlust im Witz auch geht. Agieren beide einzeln und gegeneinander, so steigern sie sich und schaukeln sich zu großer Wirkung auf.

Das kann man, mit einem Ausdruck aus der Nachrichtentechnik oder der Systemtheorie, auch als «Rückkopplung» bezeichnen. Lust und Unlust jagen sich gegenseitig in einer positiven Rückkopplung hoch. In der Elektroakustik kommt es bei diesem Vorgang zu den bekannten Pfeifgeräuschen zwischen Mikrophon und Lautsprecher, weil die Ausgangsgröße (die aus dem Lautsprecher kommt) auf die Eingangsgröße (die in das Mikrophon geht) zurückwirkt. Die Fachleute nennen das auch «Anfachen der Eigenschwingung» oder «Entdämpfung». Ist das nicht genau das, was sich in der Witzwirkung ereignet? Sogar von «Selbsterregung» sprechen die Elektroakustiker. Gerade bei längerem Lachen kann man an sich beobachten, wie man sich immer wieder selbst ansteckt. Und wie es zwischen den vorhandenen Gefühlen zu einer Art Selbsterregung kommt.

Die recht üppige neue Stewardess steckt den Kopf durch die Tür zum Cockpit und fragt den Kapitän: «Would you like coffee or milk?» Der Kapitän dreht sich rum, starrt auf den Busen der Kollegin und fragt: «Which one is coffee and which one is milk?»

Der amerikanische Psychologe John H. Willmann, den ich schon einmal erwähnt habe, hat im Jahre 1940 erklären wollen, warum sich im Witz die entgegengesetzten Gefühle (er nennt sie Angst und Freude) verstärken und nicht aufheben. Er berief sich dafür auf den russischen Physiologen Iwan Pawlow (den mit dem Hund, dem der Speichel läuft, ganz recht). Der habe das «Prinzip der positiven Induktion» eingeführt, durch das erklärt werde, warum sich gegensätzliche Reaktionen verstärken könnten (82). Als ich bei Willmann diese Erklärung las, war ich ein bisschen enttäuscht, denn ich hatte bis dahin geglaubt, ich hätte mit dem Begriff Rückkopplung eine eigene Entdeckung für die Humorforschung gemacht; es ist eben alles schon einmal dagewesen. Wie dem auch sei – mit der positiven Rückkopplung lässt sich jedenfalls endlich erklären, wieso es zum Aufschäumen der Gefühle im Lachen kommen kann. Wer hingegen von «Abfuhr» spricht, kann gerade das Hochschießen der Stimmung nicht erklären. In diesem Sinne hat Freud in seinem Alter ja auch eingeräumt, dass Spannungszunahme lustvoll sein könne, und dabei auf die Sexualität verwiesen. Das Lachen hätte er ebenso nennen können.

Sie verstehen jetzt sicherlich, warum ich meine Theorie von der positiven Rückkopplung gerade anhand erotischer Witze erläutern wollte.

Ein Zebra besucht einen Bauernhof. Lange sieht es sich zuerst die Hühner an und fragt dann: «Wozu seid ihr da?» «Wir legen Eier für die Menschen», sagen sie. Das Zebra kommt in den Kuhstall und fragt die Kühe dasselbe. «Wir geben Milch für die Menschen», ist die Antwort. Im nächsten Stall fragt das Zebra: «Und wer bist du?» «Ich bin der Stier!» «Und wozu bist du da?» «Zieh erst mal deinen Pyjama aus, dann zeig ich's dir.»

Sexwitze sollen die Strafangst besiegen

Rekrutenaushebung in den USA im Jahre 1890. Der eingezogene Farmersohn steht splitternackt vor dem Militärarzt und erklärt, seine Augen seien nicht in Ordnung. Der Arzt reckt zwei Finger hoch und fragt: «Was sehen Sie?» «Nichts.» Der Arzt winkt stumm eine Krankenschwester heran, knöpft ihre Bluse auf und beginnt, den Inhalt zu massieren. «Was sehen Sie?», fragt er wieder. «Nichts, nur was ganz Verschwommenes.» «Ihre Augen mögen nicht viel taugen, mein Junge, aber Ihre Nudel zeigt schnurstracks nach Fort Dix!» Ich komme zu den etwas härteren Witzen. Ist eben, im vorigen Kapitel, schon das Wort Unlust gefallen, so liegt es jetzt nahe, von Angst zu sprechen. Übrigens auch von meiner Angst, Witzbeispiele zu bringen, die von den Leserinnen und Lesern verworfen werden könnten. Das Thema ist also rundum mit Angst besetzt.

Der einzige Autor, der sich ebenso wissenschaftlich wie ausführlich mit dem schmutzigen Humor befasst hat, ist Gershon Legman, dessen Buch auf deutsch «Der unanständige Witz» heißt. Er ist der Meinung, Sexwitze seien für den, der sie macht, nicht das reine Vergnügen. Sie sollten Ängste ausdrücken und zugleich lindern (15). Legman setzt voraus, dass des Witzerzählers Furcht und Unruhe dadurch gelindert werden sollen, dass der Zuhörer der gleichen Furcht und Unruhe ausgesetzt wird (14). «Hier wird nämlich der Zweck verfolgt, die tiefe Angst, die sowohl der Erzähler wie der Zuhörer empfindet, mit Hilfe scherzhafter Darstellung und befreienden Gelächters zu absorbieren, zu kontrollieren, ja sogar loszuwerden» (17f.).

Ein Börsenmakler sagt leise unter der Bettdecke zu seiner Frau: «Die Aktien steigen, der Kurs ist fest.» «Nein», antwortet sie, «die Börse ist geschlossen.» Brummend dreht sich der Makler auf die Seite. Nach einer Weile hat es sich seine Frau überlegt und sagt:

«Liebling, die Börse ist jetzt geöffnet, ich nehme die Aktien zum Höchstwert.» «Zu spät», brummt der Ehemann, «ich habe sie bereits unter der Hand verschleudert.»

Vielleicht ist Legmans These von der männlichen Angst auch nur Ausdruck von Selbstmitleid. Die streitbare Autorin Karin Huffzky hat Legman jedenfalls einen Frauenhasser genannt (9), der nur vorgebe, sich um die unterdrückten Frauen zu bemühen. Viele der Witze dieser Kategorie machen nun wiederum Frauen Angst, das ist offenkundig. Angst scheint also so oder so im Spiel zu sein. Und doch mag Sie, liebe Leserin, lieber Leser, die Behauptung, bei den meisten Witzen sei Angst im Spiel, wundern oder gar ärgern. Ich habe mich auch gewundert, als ich zuerst davon gehört habe. Inzwischen glaube ich es. Nehmen wir dieses Beispiel, bei dem es wohl um die Angst von Frauen vor zu großer (und um die Angst von Männern vor zu kleiner) Potenz geht: *Im Zoo zeigt ein kleiner Junge auf einen Elefantenbullen, der es gerade auf eine Elefantenkuh abgesehen hat. «Was ist das, was da so runterhängt?», fragt er. Das junge Kinderfräulein sagt: «Das ist der Rüssel.» «Nein, ich meine hinten.» «Das ist der Schwanz.» «Nein, da so unterm Bauch!» «Ach», sagt das Kindermädchen verlegen, «das? Das ist gar nichts.» «Oha», brummt ein Herr, der dabei steht, «mein Fräulein, Sie sind verwöhnt.»*

Natürlich machen Witze nicht nur Angst, sondern auch Lust. Das ist sogar die Wirkung, die wir an ihnen vor allem wahrnehmen. Gerade das Thema Sexualität ist schon an sich lustvoll. Aber man darf auch nicht vergessen, dass jedem von uns in seiner Kindheit einmal diese Lust als minderwertig dargestellt und ausgetrieben worden ist. Solche Lust gilt im Alltag als verpönt. Das macht Sexwitze zugleich begehrt und gefährlich. Strafangst kommt auf. Strafangst, das bedeutet: Man entsinnt sich der Strafe, die auf jeder Tabuverletzung steht. Ich merke das zum Beispiel daran, dass ich Hemmungen habe, Ihnen diesen unverblümten Witz als Anschauungsmaterial vorzuführen.

«Stell dir vor», sagt die ältere Krankenschwester zu ihrer jungen Kollegin, «der Seemann auf Zimmer acht ist tätowiert, sogar auf dem Glied. Da steht ‹Rumbalotte› oder so ähnlich.» Die junge Schwester kommt nach einer halben Stunde zurück und sagt: «Da steht aber in Wirklichkeit ‹Ruhm und Ehre der Baltischen Flotte›!»

Alles, was Spaß macht, ist entweder verboten, macht dick oder ist zu teuer. Dieser moderne Stoßseufzer lässt sich gut auf den Witz anwenden. Alles, wovon Witze handeln, macht Spaß und ist verboten. Wenn wir für einen Augenblick unser Thema Sex verlassen, können wir schnell einmal aufzählen, wovon Witze sonst noch handeln: vom lustigen Unsinn, von Hass und Grausamkeiten, von Schadenfreude oder unserem Wunsch nach Überlegenheit. Alles lustvoll und unerlaubt. Daher die Angst. Wobei wir nicht vergessen wollen, dass die Angst die Lust erst recht steigert.

Die Straßenbahn ist überfüllt. Die junge Dame dreht sich um und sagt zu dem Mann hinter ihr: «Bitte drängeln Sie nicht so!» «Entschuldigen Sie», sagt er, «aber ich habe heute eine Zulage in Hartgeld erhalten.» «Nun sagen Sie bloß», zischt die Frau, ohne sich umzudrehen, «Sie hätten seit der vorletzten Haltestelle noch eine Gehaltserhöhung bekommen.»

Angst ist vielleicht zu viel gesagt. Aber so ein kleiner Schrecken, das Gefühl, die Sache sei nicht ungefährlich – diese Unlust gehört dazu, wenn etwas komisch sein soll. Noch 1930 konnte der Freudianer Eduard Hitschmann schreiben: «Der Witz kann nur bei Angstfreiheit entstehen» (581); aber bald setzte sich in der Schule Freuds (bei Reik 1929, Winterstein 1932 und Kris 1934) die Einsicht durch, bei allem Komischen gehe es auch um Angst. Als der amerikanische Psychologe Jacob Levine im Jahre 1956 referierte, wie Freuds Witztheorie aussehe, verwendete er schon nicht mehr die Ausdrücke Stauung und Hemmung oder Abfuhr und Zensur, sondern sprach von innerer Spannung und von der Angst, die die Lösung dieser Spannung verhindere. Levines Zusammenfassung lautet: «Ein Witz wirkt nur komisch, wenn er Angst erregt und zugleich von dieser Angst befreit» (31). Sei die Angst allerdings zu groß, meinte er, so wirke der Witz abstoßend. Damit ist (unausgesprochen) der Umbau der Freudschen Witztheorie vollzogen. Die Unlustkomponente, die Freud noch nicht kannte, ist zum entscheidenden Bestandteil des Witzes geworden und wird Angst genannt.

Ganz, ganz eng schmiegt sich Jörn beim Tanzen an Silvia. Plötzlich bleibt Silvia stehen und führt Jörns Hand an ihren linken Busen. «Ist der etwa platt?», fragt sie. Jörn schüttelt den Kopf. Sie führt seine Hand an ihren rechten Busen und fragt wieder: «Ist der etwa platt?» Wieder schüttelt Jörn den Kopf und wird dabei rot. «So», meint Sylvia beruhigt, «dann kannst du ja deinen Wagenheber wieder einziehen.» Ich habe diese Geschichte, die vielleicht etwas Unbehagen bei Ihnen auslöst, hier zitiert, weil ich noch genauer erörtern will, was für eine Angst das wohl sein könnte, die man beim Hören solcher Witze empfindet. In der unübersehbaren analytischen Literatur zur Angst finden sich viele Unterscheidungen, meist wird jedoch der Unterschied betont zwischen der natürlichen Angst vor Tod und Verderben und der durch Erziehung erworbenen Angst vor Strafen. In diesem Sinne unterscheiden die Neo-Freudianer (unter anderen Karen Horney und Erich Fromm) zwischen Primär- und Sekundärangst. Man kann die zweite Art von Angst auch als Strafangst bezeichnen. Dass es im Witz um Tabus geht, die mit Sanktionen versehen, also durch Strafandrohung geschützt sind, mag einleuchten. Hört man einen solchen Witz, so werden alte elterliche Verbote wach, und die Strafangst muss erst überwunden werden.

Das soll aber nicht heißen, Sie hätten, wenn Sie meine Witzbeispiele nicht komisch finden können, nur Ihre Angst vor den Eltern noch nicht überwunden. Es gibt ja auch noch andere Gründe, einen Witz wie den folgenden abzulehnen. *Nachts auf der Straße fragt der ältere Herr: «Was soll es denn kosten, Süße?» «Zweihundert Mark im Bett, fünfzig Mark im Auto.» Der Herr nickt, greift in die Brieftasche und holt zwei Hundertmarkscheine heraus. «Nicht wahr, Alterchen, im Bett ist es doch gemütlicher», sagt die Dame und nimmt die Hunderter. «Was heißt hier Bett? Viermal Auto!»*

Nicht nur Witze, auch Wörter können Tabus tangieren; es sind «unanständige Wörter», die, wie Experimente gezeigt haben, sowohl Furcht (vor elterlicher Bestrafung) wie auch Lust auslösen. Gedeutet hat man diese sich blockierenden Reaktionen mit der These von Dollard und Miller über den Annäherungs-Vermeidungs-Konflikt (siehe S. 190). Während die Tabuwörter bei den Testpersonen einen solchen Konflikt nur hervorrufen (siehe Krohne, Theorien zur Angst, 57), kann ein unanständiger Witz, behaupte ich, die Fähigkeit besitzen, den Konflikt auch zu lösen. Das tut er mit verschiedenen Mitteln, unter anderem dadurch, dass er «geistreich» ist. Wenn unanständige Witze geistreich sind, werden sie zugelassen, weil sie den Konflikt lösen; sie halten ja das elterliche Verbot formal ein! Das Wort «geistreich» bedeutet hier, so definiert es Gershon Legman, «dass der Erzähler alle tabuierten Ausdrücke und anschaulichen Beschreibungen vermeidet» (17). Sehr schön definiert Legman auch, was im Gegensatz dazu «dumme» Witze sind; es sind Witze, die «von einer unentrinnbaren Deutlichkeit sind und die verhüllte Anspielung vermissen lassen – verbale Notzucht im Gegensatz zu verbaler Verführung» (ebd.).

Knecht Ruprecht kommt nach alter Sitte durch den Schornstein und landet im Kaminzimmer, wo eine wunderschöne Frau nackt auf dem Sofa liegt. Er legt die Geschenke ab und ist unschlüssig, ob er sich der Frau nähern soll. «Tu ich's, dann komme ich nicht wieder in den Himmel», sagt er sich, «tu ich's nicht, komm ich nicht wieder durch den Kamin.» Das ist, nach Legmans Definition, kein «dummer» Witz. Was einem die Eltern verboten haben, kommt hier nicht vor. Der Witz also versteht es, die Lust zu wecken, ohne das Tabu zu verletzen. Wenn ich das so hinschreibe, merke ich, dass die Komponente «Unlust» in Freuds Witzdeutung doch vorkommt! Wir haben sie ja als Angst gedeutet, genauer als Strafangst, als Angst, ein Tabu der Eltern zu brechen. Hat nicht Freud mit dem Wort «Zensur» oder «Hemmung» das Gleiche gemeint? Die Zensur als Gegenspielerin der gestauten Triebe, die auf Abfuhr drängen, das ist doch einfach die Instanz der Strafangst! So findet sich schließlich in den späteren Ausformungen der analytischen Witztheorie doch nur wieder, was der Meister auch so ähnlich schon gesehen hatte.

Angst der Frauen vor den Männerwitzen, Angst der Männer vor den Verboten der Eltern, Angst schließlich auch der alten Männer vor dem Versagen: *Ein älterer Herr, offenbar stark angetrunken, steht in der Toilette eines vornehmen Hotels und wühlt in seiner Hose. Dabei murmelt er immer wieder etwas vor sich hin. Der Toilettenwärter geht näher ran und hört: «Komm raus, du Feigling, du brauchst nur zu pinkeln.»*

Haben wir die Angst als Strafangst gedeutet, so verstehen wir auch endlich, warum sie geeignet ist, die Lust noch zu steigern. Was verboten ist, das macht uns gerade scharf. Das ist das Geheimnis der Rückkopplung zwischen Lust und Unlust. Eine wohldosierte alte Angst vor Strafe verschärft die sexuelle Begierde. Und so kommen wir zu einem fast paradoxen Schluss: Ohne die Erziehung zum Tabu, die wir leider haben genießen müssen, hätten wir heute kaum etwas zu lachen. Wo alles erlaubt ist, ist nichts mehr komisch.

Der Fabrikant kommt nach Hause und muss seiner Frau erklären, woher er das blaue Auge hat. «Mir fehlte ein Hosenknopf. Da habe ich die Frau unseres Hausmeisters gebeten, ihn mir anzunähen. Das tat sie auch, aber ich behielt natürlich die Hose an.» «Das ist doch kein Grund für ein blaues Auge.» «Nein, natürlich nicht, aber ihr Mann kam rein, als sie gerade den Faden abbiss.»

Über jeden Dreck lachen, als werde man gekitzelt

Ein Schotte bittet auf dem Sterbebett seinen Freund: «Nimm die Flasche Whisky, die ich dreißig Jahre gehütet habe, und schütte sie später bis auf den letzten Tropfen auf mein Grab.» Der tief betrübte Freund fängt an zu schluchzen und sagt: «Würde es dir etwas ausmachen, wenn ich aufgrund unserer Freundschaft den Whisky zuerst durch meine Kehle rinnen lasse?» Das geht ja noch. Aber richtige Fäkalien sind für viele Menschen völlig indiskutabel. Das war nicht immer so. Vom Mittelalter bis in die Aufklärungszeit hinein reichte «die bloße Nennung eines unappetitlichen Vorganges, um wieherndes Gelächter auszulösen», bemerkt der Germanist Richard Alewyn (zit. nach Speier, 70). Diese Quellen der Lust sind heute durch Tabus verstopft. Das mag auch daran liegen, dass die hygienischen Verhältnisse heute so keimfrei sind, dass allzu Menschliches uns schon fremd geworden ist. Der Witz wird heute nicht mehr gebraucht, um die tägliche Kloake erträglicher zu machen, wie das früher der Fall war. Zum Beispiel:

Der Schwabe Hannes zecht ausgiebig mit seinen Saufkumpanen. Zum «Bröckle lache» eilt er auf den Abort. Dabei fällt ihm das Gebiss in die Röhre. Jammernd kommt er zum Stammtisch zurück. «Macht nix», sagt der Beizer, «heut morge airscht hot mr de Abtritt gleert. Nemmscht halt e Loiter ond steigscht na, noh fendscht dei Gebiss sicher glei.» Der Hannes befolgt den Rat. Als er aber ausbleibt, geht einer zum Häusle und ruft hinunter: «Was isch, Hannes, lebscht nah? Ond hoschd dei Gebiss noh net gfonde?» Da tönt's von unten herauf: «Doch, schoa drei – aber kois will passe!»

Das stellt man sich mit Ekel und Abscheu vor. Und doch mischt sich wohl noch ein urtümliches Behagen hinein, ein Gefühl aus frühen Kindertagen, als der Kot noch lustvoll und ein Fürzchen schreiend komisch war. Aus dieser Tatsache, dass Kinder über einen Flatus vor Vergnügen kreischen können, hat Martin Grotjahn den Schluss gezogen, der Flatus sei der infantile Vorläufer des späteren Lachens (65), eben eine «anale Version des Lachens» (169). Das muss man dem Analytiker nicht unbedingt glauben. Gewiss aber richtig ist, dass Kinder am Flatus ungeniert Vergnügen haben und an ihm das Lächeln lernen. «Das erste Lächeln beruht auf Blähungen», berichtet Berlyne (798). Das Kind «lernt erst unter den Einflüssen der Erziehung dieses Gefühl zu unterdrücken und verwandelt es in das gegensätzliche des Ekels», schreibt Theodor Reik (Nachdenkliche Heiterkeit, 92). Da haben wir wieder genau die gegensätzlichen Gefühle, die man zur Komik braucht; in diesem Falle sind es Lust und Ekel. *Klein-Erna und Heini küssen sich leidenschaftlich. Da unterbricht Heini das Schmatzen und sagt: «Jetzt hab ich gerad dein Kaugummi verschluckt.» «Nee», sagt Klein-Erna, «das war kein Kaugummi. Ich hab ja man bloß so'n Schnupfen.»*

Diese Art von Witzen spricht Kinder an, und als Erwachsener muss man sich schon etwas kindlich gestimmt fühlen, um darüber lachen zu können. Selbst die handelnden Personen bekommen etwas Infantiles, wenn sie sich auf dieses Thema einlassen. *Ein Benediktiner und ein Kapuziner gehen miteinander eine Treppe hinauf. Dem Kapuziner entwischt ein kräftiger Furz. Der Benediktiner sagt: «Oh!» Der Kapuziner darauf: «Hochwürdiger Herr Confrater, das war doch keine Sünde wider die heilige Keuschheit!» Darauf der Benediktiner: «Das nicht, aber gegen die heilige Armut. Denn aus dem hätte man leicht zwei machen können.»*

Unter den vielen Witzen, die Sigmund Freud zitiert, findet sich kein unappetitlicher, kein «skatologischer», wie das fachmännisch und neutral heißt (vom griechischen Wort für den Kot, skor, Genitiv skatos, abgeleitet). Diese Witze waren wohl zu Freuds Zeiten unter Erwachsenen nicht erlaubt. Nur einmal erwähnt Freud in seinem Buch über den Witz «das Exkrementelle» und verweist es in das Gebiet der Zote, denn im Kindesalter gehörten die Exkremente noch zur Sexualität, die in der Vorstellung als Kloake existiere (78). Das leuchtet ein, deshalb habe ich die Fäkalienwitze auch hier in der Nähe der Sexwitze plaziert.

Die andere große Quelle des Lachens im Kindesalter ist das Kitzeln. Beide Quellen haben erkennbare Ähnlichkeiten, zum Beispiel die, dass sie sich auf körperliche Vorgänge beziehen und zugleich erschreckend und erwünscht sind. Bevor ich näher auf das Kindervergnügen Kitzeln eingehe, noch einen Witz zur Anschauung. *Zwei Spatzen halten Mahlzeit auf einem Haufen Pferdeäpfel. Sagt der eine: «Ich weiß einen tollen Witz!» Piepst der andere: «Aber bitte keinen unappetitlichen, jetzt beim Essen!»*

Das Kitzeln sei für viele Humortheoretiker eine harte Nuss, meint Patricia Keith-Spiegel in ihrem Übersichtsreferat; man könne sich nicht selbst kitzeln, und überhaupt verstehe sich nicht ein jeder auf diese Kunst. «Es muss freundlich und spielerisch gemacht werden, damit die Folge nicht Schock, Angst und Ärger ist» (18). Ja, wird es freilich so definiert, dann kommt man schwerlich auf die Lösung des Problems. Die liegt nämlich gerade in der Ambivalenz des Kitzelns. Es geht nicht um den Gegensatz ‹Freundlichkeit/Angst›, sondern um die richtige Verbindung von beiden! Das ist auch oft genug so beschrieben worden, und es gibt wenig Grund, mit Dieter E. Zimmer anzunehmen, «niemand seit Darwin scheint sich Gedanken über das Kitzeln gemacht zu haben» (Natur, 44). Zum Beispiel schreibt Emil Kraepelin 1885, das Kitzeln erwecke in uns «eigentümliche Mischgefühle von Lust und Unlust» (351). Gerardus Heymans meint, beim Kitzeln würden wir zwischen zwei Vorstellungen hin- und hergeworfen, zwischen Angst und der Einsicht, dass es «sich um nichts Gefährliches handelt» (42). Noch besser hat es Arthur Koestler getroffen, der das Kitzeln einen Scheinangriff nennt, «eine Liebkosung in leicht aggressivem Gewand». Die Mutter könne das bei ihrem Kind am besten. Die Spielregel für das Kind dabei laute: «Mach mir nur ein klein wenig Angst, damit ich es genieße, keine Angst mehr zu haben!» (Funke, 76). Diesen letzten Satz halte ich für sehr tiefschürfend. Er deutet zugleich die Funktion einer ganzen Reihe von grausamen, Angst erregenden Witzen an, denen wir uns nun bald zuzuwenden haben. Für das Kitzeln ist er aber ebenso aufschlussreich.

Um Ihnen ein klein wenig Angst zu machen, füge ich diesen Witz ein, der, wenn er pantomimisch unterstützt wird, noch weit stärker wirkt. *In einem englischen Eisenbahnzug erregt ein Betrunkener bei den Mitreisenden Anstoß. Er bohrt in der Nase, er kratzt sich den Belag von der Zunge und schmiert ihn unter den Sitz, er langt in den Hosenlatz und schiebt umständlich seine Genitalien zurecht. Ein Engländer, der ihm gegenüber sitzt, hat ihm gelassen zugeschaut und sagt schließlich: «Glauben Sie, mein Guter, dass Sie diese Nummer noch mit einem mitreißend schönen Furz abschließen könnten?»* Gershon Legman, der diesen Witz einen «scheinbar äußersten Tiefpunkt in der Vorstellungswelt eines Vergnügungssüchtigen» nennt (176), meint vom skatologischen Humor, sein Ziel sei es, mit Tabus «dreist zu prunken». Gleichzeitig werde dem widerspenstigen Zuhörer untergeschoben, er sei es gewesen, der gegen das Tabu verstoßen habe, «und damit wird die Angst auf ihn abgewälzt» (18). Das gilt wahrscheinlich von jedem Witz, aber hier besonders. Der Hörer ist – mitgefangen, mitgehangen – Teilhaber geworden, er sitzt in der Falle und hat doch nur den kleinen Finger reichen wollen.

Den Deutschen, diesen auf Reinlichkeit fixierten Leuten, sagt man nach, dass sie gern mit Fäkalien um sich werfen, wenigstens verbal, wenn sie aggressiv werden. Das hat schon der Schimpfwortexperte Reinhold Aman beobachtet; andere Nationen, meint er, bevorzugten hingegen erotische Gemeinheiten. Wegen dieser Hassliebe zum Dreck spielt auch der skatologische Witz im Deutschen eine recht auffallende Rolle. Der amerikanische Volkskundler Alan Dundes hat der ganzen deutschen Kulturnation einen analen Grundton bescheinigt und das in seinem Buch «Sie mich auch!» mit einer solchen Fülle von Exkrementen belegt, dass zartfühlenden Gemütern schlecht werden kann. Ein Beleg, der sich bei ihm nicht findet, ist dieser: *Im Ersten Weltkrieg schrieb eine deutsche Soldatenzeitung im besetzten Lille einen Preis für die beste Kurzgeschichte aus; sie durfte aber nicht mehr als zweihundert Worte umfassen. Den ersten Preis bekam diese: «Am Ende unseres Laufgrabens befand sich eine Latrine. Der Balken war angesägt. Das sind zwölf Worte. Die übrigen 188 sagte Feldwebel Huber, als er sich draufgesetzt hatte.»*

Und noch ein Beleg aus der deutschen Kultur, diesmal anders herum, ein Beweis dafür, wie stark verpönt selbst die Andeutung körperlicher Vorgänge war. *Der neue Kurgast weiß nicht, dass es unerwünscht ist, bei Tisch über körperliche Beschwerden zu reden. Er spricht seinen Nachbarn an: «Welche Wirkung beobachten Sie eigentlich nach dem Brunnentrinken?» Der Nachbar wehrt ab: «Psch-psch!» Da nickt der neue Gast und sagt: «Ja, ja, bei mir auch.»*

Bei unserem Gang durch die Witzlandschaft sind wir an einer Wegscheide angekommen. Bislang ging es um Witze, die verbotene Lust zutage fördern, etwa Aggression und Sexualität. Das Eklige aber steht an der Grenze, es ist nicht nur lustvoll und verboten, es gehört gleichzeitig zu dem, was uns Angst macht (wie Krankheit, Horror, Tod). Mit den Ekelwitzen sind wir also übergegangen von den Lustwitzen zu den Angstwitzen. Bei Lustwitzen hören wir die Stimme der Zensur, die fordert: «Das darf man nicht aussprechen!»

Bei Angstwitzen empfindet man: «Davon will ich nichts wissen!» Es ist der gleiche Unterschied wie der zwischen Verbot und Selbstschutz.

Und warum machen Angstwitze dennoch Spaß? Weil es dabei zugeht wie beim Kitzeln oder bei der Therapie: Mach mir nur ein klein wenig Angst, damit ich es genieße, keine Angst mehr zu haben. Auch diese Witze befreien uns also – auf ihre Weise. Der kleine Schrecken darüber, im Witz mit den eigenen Ängsten in Berührung gekommen zu sein (mit dem Ekligen, dem Tod, dem Grausigen), löst sich auf, weil es nur Scherz war. Und der kleine Schrecken, der verfliegt, nimmt den großen mit hinweg.

Zwei Lebemänner machen Rast in einem Gasthaus und müssen zur gleichen Zeit die Toiletten aufsuchen. «Ach, Kalle», ruft der eine seinem Freund in der Nachbarbox zu, «kannst du mir etwas Klopapier rüberreichen, hier ist nichts.» «Hier ist auch keins», tönt es zurück. «Irgendeine Zeitung?» «Nein, nichts.» «Hast du einen alten Umschlag einstecken? Oder eine Drucksache?» «Leider nichts.» «Na schön, kannst du mir wenigstens einen Hunderter wechseln?»

Grausame Scherze

Schwarzer Humor weckt die Angstlust

Schwere Panne bei den Außenaufnahmen zu einem Western. Aus Versehen wurde ein Revolver verwendet, der scharf geladen war. Der Hauptdarsteller sinkt tödlich getroffen zu Boden. Da springt der Regisseur auf und schimpft: «Stopp, stopp! Mensch, Charly, lass dich doch nicht einfach umkippen wie'n Sack Hafer!»

Solche Angstwitze, um die es nun geht, treiben mit Entsetzen Scherz und bieten dabei Schrecken und Erleichterung zugleich. Die Angst, die der Unfalltod des Hauptdarstellers auslösen kann, ist von anderer Art als die Strafangst, die wir im vorletzten Kapitel untersucht haben. Jetzt geht es um Existenzangst. Wer über den Tod lacht, lacht zugleich über die Angst vor dem eigenen Tod. Fragt sich nur, warum wir den komisch finden – und ihn überhaupt zum Thema machen. Wird hier Existenzangst in Lust verwandelt? *Zwei Patienten beschweren sich bei der Nachtschwester, dass ihr dritter Mitpatient so entsetzlich röchelt. «Kann man denn den Schwerkranken nicht in das Sterbezimmer verlegen?», fragen sie. Da lächelt die Nachtschwester verwirrt und sagt: «Aber meine Herren, das ist doch das Sterbezimmer.»*

Um es noch mal zu sagen: Nicht Strafangst wird hier geweckt. Nein! Gut verdrängte eigene Ängste, alte Traumata, tiefsitzende Unlustgefühle werden in diesen Witzen zum Thema gemacht. Das ist in der Geschichte der Witzforschung bisher kaum gesehen worden, und es gibt noch keine ausführliche Erklärung dafür, warum im Witz ein solch angstbesetztes Thema zum Lustspiel wird. Wenn es wirklich in diesen Witzen um tief verdrängte Existenzängste geht, warum lässt man sie nicht lieber da wohlverschlossen ruhen, wo sie sind?

Wir wollen uns zunächst einmal, schlage ich vor, darauf verständigen, dass es wirklich um unsere eigene Angst vor dem Sterben geht und nicht um Aggression oder Schadenfreude. Ich nenne noch ein Beispiel. *«Tut mir leid», sagt der Chirurg, «aber ich muss Ihnen beide Beine abnehmen.» «Herr Doktor, wenn Sie das tun, setze ich nie wieder einen Fuß über Ihre Schwelle!»* Das geht dem Witzhörer nahe, er schaudert und versucht, seinen Schrecken in ein Lachen zu verwandeln, so wie man das von den jungen Medizinstudenten in der Anatomie erzählt, wenn sie zum ersten Mal an der Leiche sezieren sollen. Dann machen sie oft Witze, um ihren Ekel und ihre Angst zu überwinden. Lachen wir deshalb über den armen Patienten? Oder ist es wie das Pfeifen im dunklen Wald? Kinder lachen auch manchmal angesichts einer Behinderung, die sie erschreckt. Das wäre eine Art Flucht aus der Realität. Ist es das? *Als der Elektrikerlehrling hereinkommt, ruft ihm der Meister zu: «Stell den Strom nicht an, ich arbeite noch an der Leitu...u...u...»* Das ist auch nicht gerade harmlos, und man kann wohl vermuten, dass man es nur komisch findet, um nicht betroffen zu sein.

Wie Existenzangst in Lust verwandelt wird, diese Frage will ich in zwei Schritten zu beantworten suchen. Die erste Antwort wird sich also als vorläufig erweisen. Sie setzt bei der Beobachtung an, dass schauerliche Gefahr auch sonst als lustvoll empfunden wird. Grusel- und Schauergeschichten sind ein Beispiel dafür. In einer Diskussion über jene «Lust an der Angst», die die Leser von Schauerromanen erleben, meinte der Psychiater Horst-Eberhard Richter, es sei eben «entlastend», wenn man eine Lage aktiv herbeiführe, von der man, würde man sie passiv erdulden müssen, überwältigt werden würde; daher die alte Lust an den Schauerromanen (bei Ditfurth, 54). In der gleichen Debatte erinnerte sich Konrad Lorenz an Gefahren, die sogar sehr real und dennoch lustvoll waren: «Meine Freude am Tauchen in Florida beruht zum Teil auf meiner entsetzlichen Angst vor den Barracudas. Es ist wunderschön, mit ihnen zu spielen. Wann werden sie böse, wie weit darf ich hin?» (ebd., 56) Wir anderen Sterblichen begnügen uns damit, die Existenzangst im Witz oder im Fernsehkrimi zu erleben.

Ein Vater besteigt mit seinem Sohn ein Sportflugzeug, um einen Rundflug zu machen. «Wenn Sie es durchhalten, kein Wort zu sagen, während wir oben sind», verspricht der Pilot, «haben Sie den Flug kostenlos.» Nach einer Stunde mit vielen akrobatischen Leistungen des Piloten setzen sie zur Landung an. «Meine Hochachtung», sagt der Pilot, «Sie können wirklich schweigen, mein Herr.» «Es ist mir allerdings nicht leichtgefallen, und beinahe hätte ich Sie angesprochen, als beim letzten Looping mein Sohn herausfiel.»

Ein wenig erinnert dieser Witz an den Nervenkitzel, den viele Menschen im Abenteuer suchen, weil er sie anregt und lustvoll zu Siegern macht. Michael Balint, ein englischer Psychoanalytiker, hat dieser Angstlust (englisch: thrill) eine Untersuchung gewidmet. Sie geht zwar nicht auf den grausamen Witz und den Schwarzen Humor ein, trägt aber dennoch etwas zur Erhellung unseres Problems bei. Was Balint nämlich von den Achterbahnen oder Schaukeln eines Vergnügungsparks sagt, gilt auch von den Angstwitzen. Sie geben uns die Möglichkeit, große traumatische Erlebnisse «in erträglichem Ausmaß zu wiederholen». Dabei sei sichergestellt, dass nichts passiere und wir «nach der gemilderten Wiederholung des Traumas – dem thrill – wieder unsere Sicherheit zurückgewinnen werden». Man könne dabei, meint Balint, etwas von seinem Trauma abreagieren und bekomme das Gefühl, fähig zu sein, «mit einigen Ängsten fertig zu werden» (112). Diese Beobachtung kann man genauso gut bei Angstwitzen machen.

Ein Passagier zu seinem Nachbarn: «Haben Sie das gelesen? Die Zeitung berichtet von einem weiteren Flugzeugunglück.» «Ja, ich habe es gelesen. Wir stehen auf der Liste der Toten.»

Was uns die sonst verdrängte Angst suchen lässt, ist also eine Art selbst verordnetes Trainingsprogramm. Die geringe Dosierung soll, wie bei einer Impfung, gegen die große Krankheit immun machen. Oder, um die Worte zu wiederholen, die Arthur Koestler über das Kitzeln gesagt hat: «Mach mir nur ein klein wenig Angst, damit ich es genieße, keine Angst mehr zu haben» (Funke, 76). Eine Immunisierungsstrategie, eine Verhaltenstherapie, könnte man sagen. Oder, mit Reik gesprochen: «Indem man die Gefahr noch einmal spielt», wird der traumatische Eindruck «in kleinen Raten bewältigt» (Nachdenkliche Heiterkeit, 61). Das mag einleuchtend sein, auch wenn mir diese erste Antwort noch nicht ausreicht. Denn noch ist nicht klar, was uns veranlassen sollte, diese Therapie im Witz aufzusuchen. Und zugleich ist nicht klar, was die Therapie im Witz von den anderen Verhaltenstherapien gegen die Angst unterscheidet.

Im Krankenhaus sagt der Elektriker zum Patienten, der in der Eisernen Lunge liegt: «Atmen Sie tief durch, ich muss mal für zehn Minuten den Strom abstellen.» Dieser Witz, der ebenso erschreckend wie absurd ist, kann als Überleitung zu meiner zweiten Antwort dienen. Ich behaupte nämlich, der Witz sei deshalb eine so wirksame und gesuchte Form, Angst in Lust zu verwandeln, weil die Angst, die er benennt und hervorruft, nicht ernst genommen zu werden braucht. Nicht nur die Dosierung der Angst ist erträglich gering (das war meine erste Antwort), diese Angst ist überhaupt unwirklich und stellt sich als bloßer Schreckschuss heraus.

Damit wäre eine doppelte Antwort auf die Frage gefunden, warum Angstwitze überhaupt beliebt sind. Offenbar dienen sie dazu, die latente Angst für einen Augenblick zu befreien und sofort abzuschwächen. Diese These muss jetzt aber noch im Rahmen der seelischen Instanzen verdeutlicht werden. Da ist einmal das Verdrängte, also die Angst; zum anderen gibt es die verdrängende Instanz, also die Abwehr, die dafür sorgt, dass die Angst nicht zutage tritt. Wie arbeitet in diesem Gegensatz der Kräfte der Angstwitz? Es ist sein Trick, die Bedingung der Abwehr zu erfüllen und die verdrängte Angst doch hervorzuholen. Dieses Kunststück erinnert nun wirklich sehr an die Funktion des Lustwitzes, bei dem ja auch das Verdrängte so an der Abwehr (der Zensur) vorbeigeschmuggelt wird, dass die Gebote der Abwehr formal eingehalten werden. Es ergibt sich eine Parallele zwischen Angst- und Lustwitzen.

Bei den Angstwitzen sagt die Abwehr: «Die Angst soll verdrängt sein! Es soll sie nicht geben! Sie ist überhaupt nicht wahr!» Der Witz sagt am Ende dasselbe. Er stellt die verdrängte Angst, die er kurz hervorholt, zugleich als irreal dar, als nicht existierend. (Den Vater, der beim Looping schweigt, gibt es nicht. Niemand steht auf der Liste der Toten eines künftigen Flugzeugunglücks. Kein Elektriker stellt den Strom an der Lungenmaschine ab.) Auf diese Weise schafft es der Angstwitz tatsächlich, die Forderung der Abwehr zu befriedigen und die Angst als nichtig zu erweisen. Zugleich vermag er es, die Angst so zu wecken, dass der Witzhörer sie spürt und wiedererkennt, aber auch zulässt und triumphierend überwinden kann. Das ist genau das paradoxe Kunststück, das wir auch aus den Lustwitzen kennen: die gleichzeitige Befriedigung antagonistischer Bestrebungen (siehe S. 188f.).

«Warum sitzt eigentlich die Oma schon seit Monaten am Fenster und bewegt sich nicht?» «Damit ihre Rente nicht gestrichen wird.»

Bei zwei Autoren habe ich eine ähnliche Erklärung für den Angstwitz und seine befreiende Wirkung gefunden. Gershon Legman nennt den Witz, der sich mit Tod, Krankheit und ähnlichen Schrecken beschäftigt, einen Schutzmechanismus, mit dessen Hilfe der Ernst dadurch «verleugnet und bagatellisiert werden kann, dass man die Situation ganz einfach als einen Witz hinstellt» (22). Der Witz, der scheinbar die Angst erst weckt, dient also doch ihrer Verleugnung. Vom Schwarzen Humor sagt Gerd Henniger, in ihm klinge ein verdrängtes Trauma an. Das werde im Witz oder Humor zwar wiedererkannt, aber doch sogleich auch wegen seiner «absurden Verfremdung als komisch empfunden» (22). Auf diese Weise sorgt der Witz dafür, dass man über das, was einen eigentlich schrecken müsste, nur noch lachen kann. Das gibt dem Witzhörer ein Gefühl, als habe er die Angst überwunden – obwohl alles vielleicht eher eine raffiniertere Form der Verdrängung ist.

Der Schwerverbrecher Joe aus dem Zentralgefängnis von Illinois darf mit seinem Anwalt telefonieren. «Hören Sie, Boss, hier geht was Komisches vor», sagt er, «heute früh haben sie mir die Hosenbeine an der Seite aufgeschnitten und die Rockärmel an den Handgelenken auch. Was hat das zu bedeuten?» «Danke», sagt der Anwalt, «ich verstehe schon. Ja, mein Guter, da kann ich Ihnen nur den Rat geben: Wenn man Ihnen morgen einen Stuhl anbietet, bleiben Sie stehen!»

Sick humor, der Witz als Therapie

Ein Vampir kommt in die Apotheke und fragt: «Ham Se Bluuut?» Der Apotheker verneint. Dennoch erscheint der Vampir die ganze Woche hindurch täglich wieder mit der gleichen Frage. Am Freitag schließlich kommt er aufgeregt und eilig in die Apotheke gestürzt: «Ham Se Weißbrot? Ham Se Weißbrot?» Der Apotheker fragt zurück: «Weißbrot, wozu denn das?» «Zum Stippen! An der Ecke ist ein Verkehrsunfall!» Es wird jetzt mit den Witzen noch härter, als es eben schon war. Ich sollte Sie wohl besser warnen. Der «sick humor», der kranke, der perverse Humor, die Greuelwitze, sie kamen in den fünfziger Jahren auf. Niemand weiß, wieso. Weil damals die Angst vor dem Atomkrieg zu leidenschaftlichen Protesten führte («Kampf dem Atomtod»), lag es nahe, die grausigen Witze als Echo auf den Overkill zu deuten. «Was bleibt dem Humor anderes übrig, als irrational zu werden?», fragte deshalb Karl Günter Simon 1958 und deutete das makabre Lachen als ein Lachen über den eigenen Tod (415). Besonders verbreitet waren die «Mutti-Witze», etwa dieser: *«Nein, Mutti», schreit der kleine Junge, «ich möchte nicht mehr im Kreis rumlaufen!» «Halt den Mund», sagt die Mutter, «und lauf schön weiter im Kreis rum!» «Ich möchte nicht mehr! Ich kann nicht mehr…» «Wenn du nicht gleich still bist, nagele ich dir auch noch den anderen Fuß fest!»*

Es wird stimmen, dass mit diesen Grausamkeiten eine noch

größere andere Angst bewältigt werden sollte. Wie eine solche Bewältigung aussehen könnte, haben wir schon im letzten Kapitel untersucht. Ich will den Gedanken gleich noch fortführen. Zuvor aber muss ich referieren, dass es für diese Art Witz auch noch eine andere, mehr soziologische Herleitung gibt.

«Mutti, wann gibt's mal wieder Zunge zu Mittag?» «Hng, hngg, hnggg!» Man kann sich diese Gruselwitze auch damit erklären, dass schließlich jede Generation gezwungen ist, mit neuen Witzen neue Tabugrenzen zu verletzen, weil die alten Witze allmählich harmlos werden. Mit diesem Gedanken hat Hermann Bausinger die Welle der Gruselwitze erklärt (Volkspoesie, 139f.). Ähnlich sieht es der holländische Soziologe Anton C. Zijderveld, der vom «sick humor» schreibt, er versuche, unseren Gefühlen Schmerz zuzufügen, «indem er in oftmals brutaler Weise die akzeptierten Grenzen verletzt» (32). Dann zitiert er einen solchen Witz, von dem er sagt, er sei ein besonders drastisches Beispiel, bei dem man nicht wisse, ob man lachen solle oder nicht. Ich habe den Witz einmal in einer Veröffentlichung zitiert und dabei gemerkt, wie sehr er einige Leser verstört hat. Darum sage ich hier lieber warnend, dass ich ihn nicht einfach zu Ihrer Unterhaltung vorführe, sondern als Beispiel einer Grenzverletzung.

Ein Mann, der gerade Vater geworden ist, hört vom Arzt, dass nicht alles nach Wunsch verlaufen sei. Der Vater will sofort sein Kind sehen und wird in eine Sonderabteilung gebracht. Dort haben die Neugeborenen alle schwere Behinderungen, aber keines davon ist sein Kind. Auch nicht das Baby ohne Gliedmaßen. Das nächste Bett beherbergt nur einen Kopf. Der Doktor teilt mit, auch das sei nicht sein Kind, und führt ihn zum letzten Bettchen. «Hier ist es», sagt er. Der Vater sieht nur ein Auge, das ihn anstarrt. Er gibt sich einen Ruck, beugt sich über das Bett, winkt mit den Armen und sagt: «Tralalala!» «Das hat keinen Sinn», sagt der Arzt, «Ihr Kind ist blind.» Erbarmungslos verletze diese Geschichte einige fundamentale Tabus, räumt Zijderveld ein, witzig sei allenfalls «die totale Absurdität» (33). Und dann stellt er die interessante Frage, ob derjenige, der einen solchen Witz erzähle, nicht grausam und unmenschlich sei. Es dient wohl auch ein wenig der Selbstverteidigung des Autors, wenn er meint: Greuelwitze würden uns kaum ansprechen, wenn wir wirklich grausam wären (34).

Ich weiß nicht, ob solch ein Witz überhaupt jemanden «anspricht»; auch wer darüber lachen kann, hat doch zunächst einmal einen Schrecken bekommen. Als ich diesen Witz, wie gesagt, einmal veröffentlicht hatte, haben mir einige Leser vorgeworfen, ich kränkte damit Eltern behinderter Kinder. Mir scheint, das könnte ein vorgeschobenes Argument sein; gerade Eltern, die eine ähnliche Erfahrung gemacht haben (ich rechne mich dazu), haben diese Angst schon weit mehr bearbeitet als andere, die zumeist eine diffuse, uneingestandene Furcht vor Behinderungen empfinden.

Was diesem Witz vom blinden Auge fehlt, ist die beruhigende Irrealität; die Geschichte ist so erschreckend, weil man sie für realistisch halten könnte. Andere Greuelwitze tragen ihre Auflösung in sich, weil sie erkennbar unmöglich sind. Das gilt zum Beispiel auch von dem Mutti-Witz, dessen Pointe lautet: «Ich mag mein Brüderchen aber nicht», womit ein Kannibalismus angedeutet ist, den niemand ernst nehmen muss. Auch Kinderverse wie die vom Massenmörder Haarmann («Warte, warte nur ein Weilchen, bald kommt Haarmann auch zu dir...») oder das bei Kindern beliebte Schauergedicht von dem Massaker in Havanna, das von Menschenfressern, Leichen und Eiter handelt («In der großen Badewanne sucht die Frau nach ihrem Manne, doch sie findet nur die Knochen, die noch etwas nach ihm rochen»), sind erträglich, ja sogar erleichternd, weil und soweit sie irreal und somit komisch sind. Das hat, Sie entsinnen sich, schon Annemarie Schöne über Wilhelm Buschs Max und Moritz gesagt (siehe S. 45). Der Scherz jagt die Schreckgespenster fort, schützt vor dem Grauen.

In einem kleinen Dorf in Wisconsin wurde 1957 entdeckt, dass ein Mann namens Gein seit Jahren Frauen ermordet und sich an ihren Leichen vergangen hatte. Der Fall erregte ungeheures Aufsehen. Während die Dorfbewohner schockiert waren und die herbeiströmenden Journalisten abwiesen, überboten sich die Menschen in den Nachbardörfern mit makabren Scherzen, den sogenannten «Geiners». Diese Nachbarn standen dem Grauen schon nicht mehr zu nahe. Ganz ungehindert schienen vor allem die Kinder sich an den Themen Kannibalismus und Perversion zu erfreuen, wie Zijderveld berichtet. Die Kinder konnten die Brutalität vertragen, weil sie nicht alles verstanden. Die Eltern jedoch reagierten schockiert, ließen die Kinder aber gewähren, «weil sie tief in ihrem Herzen die Tabuverletzung auch lustig fanden» (184). Die Eltern hätten, meint Zijderveld, mit Abscheu und zugleich mit wohligem

Schauer reagiert und dabei gemerkt, «dass es Tabus, Normen und Werte geben muss, denn ohne sie sind sie in der Gefahr, selber auch Monstren zu werden» (ebd.).

Ich könnte mir denken, dass die Geiners von den Kindern noch zu einem besonderen Zweck erzählt wurden, nämlich um die Erwachsenen herauszufordern. Diese Funktion hatten wohl auch die sogenannten Judenwitze, die zuerst 1977 an westdeutschen Schulen erzählt wurden. Sie trieben grausigen Scherz mit dem Tod im KZ, indem sie etwa fragten, wozu Juden gut seien. Es waren unverantwortliche Geschmacklosigkeiten, die wahrscheinlich als Mutprobe vorgebracht wurden, als Auflehnung gegen das letzte Tabu der Erwachsenenwelt.

Es scheint so, als seien Greuelwitze eine Flucht vor der Realität. In den Nachbardörfern erzählte man sich deshalb Geiners, um die eigene Angst auf fragwürdige Weise zu bewältigen. Besonders Kinder verscheuchen die Angst, wenn sie zum ersten Mal von Massenmorden hören, seien es die von Haarmann oder die in den KZs. Weil sie mit dem Schrecken nicht fertig werden können, machen sie Witze darüber. Reagieren auch noch Erwachsene so, dann würden wir nicht zögern, von Unreife und Gefühlsarmut zu sprechen. Oder können Witze doch mehr sein als eine Flucht? Man muss vielleicht unterscheiden. Wenn eine grausige Nachricht bekannt wird (von Leichenschändung im Nachbardorf oder während des Schulunterrichts vom Völkermord an den Juden), dann wird es zur Flucht ins Nicht-Ernstnehmen kommen können. Dann wird ein plötzlicher Ansturm von Eindrücken abgewehrt, weil er nicht verarbeitet werden kann.

Anders ist es, wenn es um verdrängte Ängste eines Menschen geht, die von einem Witz geweckt und zugleich gemildert werden können. «Auf den Gräbern alter Ängste gedeihen Witze am besten», sagt Martin Grotjahn (94). Im letzten Kapitel habe ich schon zwei Gründe für die therapeutische Wirkung von Witzen genannt. Der Witz wiederholt das Trauma in erträglicher Dosis; und er löst die Angst auf, indem er sie ins Lächerliche verschiebt. Von einer «Angstbewältigung» im Witz hat als erster im Jahre 1933 Theodor Reik gesprochen. Er ging so weit, den Witzvorgang mit der Psychoanalyse zu vergleichen, weil auch im Witz eine alte Angst zu kathartischen Zwecken aktualisiert werde. «In dieser künstlichen Produktion von Schrecken liegt wohl auch der psychotherapeutische Wert des Witzes. Der Hörer lacht wie einer, der heftig erschrocken ist und plötzlich erkennt, dass er nicht zu erschrecken brauchte» (Nachdenkliche Heiterkeit, 60). Ähnlich meinte 1940 Ernst Kris, dass der Witz zugleich Verteidigung gegen die Angst biete, Bewältigung der Angst und Lustgewinn (333).

Das ist eine starke Behauptung, die noch weit über die bisher genannten Funktionen «Wiederholung in erträglicher Dosis» und «Auflösen ins Komische» hinausgeht. Wirkliche Bewältigung – wie soll das gehen? Das Problem wird uns weiter beschäftigen, wenn ich im nächsten Kapitel auf das Lachen und im übernächsten auf den Lieblingswitz zu sprechen komme. Ich glaube, um das jetzt schon zu sagen, dass die Bewältigung der Angst nur dann möglich ist, wenn der Lachende erkennt, dass es hier um eine alte eigene Angst geht. Ohne ein Bewusstwerden keine Bewältigung. Ich füge hier einen leicht makabren Scherz ein, der nicht so schlimm ist, dass er bewusste Wahrnehmung nicht noch zuließe. *Beim Direktor des Krematoriums klingelt das Telefon, ein verzweifelter Angestellter meldet sich. «Wir haben Schwierigkeiten mit dem Liliputaner», sagt er «der ist uns schon wieder durch den Rost gefallen.» «Hm. Dann lassen Sie ihn zu mir bringen», entscheidet der Direktor, «ich werde ihn in der Pfeife rauchen.»*

Es gibt in der Psychiatrie eine Behandlungsmethode, die zwischen Psychotherapie und Verhaltenstraining liegt, die «Paradoxe Intention», deren Konzept auf Viktor Frankl zurückgeht. Die Art, wie sie Angstneurosen zu beheben versucht, hat mich an die Funktion des Witzes erinnert. Frankl nimmt zunächst an, «dass sich die Angst des angstneurotischen Patienten zu einer Angst vor der Angst potenziert» hat (716). Deshalb will er die Patienten dazu bringen, «paradoxerweise zu intendieren, wovor sie sich fürchten». Frankl gab einer Frau, die unter Herzklopfen litt, die Anweisung, «trainingsmäßig alle ihr unangenehmen Situationen aufzusuchen» (718). Der Mann mit den Schweißhänden soll sich vornehmen, den Mitmenschen recht viel vorzuschwitzen; die vor Angst und Ehrfurcht zitternde junge Ärztin soll sich sagen: Nun, dem Chef werde ich jetzt einmal was vorzittern – er soll nur sehen, wie gut ich zittern kann! (717) Die Ähnlichkeit mit dem Angstwitz, den sich jemand anhört, um dieser Angst absichtlich zu begegnen, scheint mir erkennbar. Was man sonst vermeiden will, wird in beiden Fällen bewusst aufgesucht.

Und noch eine Gemeinsamkeit gibt es: Frankls Therapie heißt paradox, und paradox ist auch der Witz. Beide lösen das Paradox dadurch auf, dass sie die Lage nicht ganz ernst nehmen. Auch Frankls Patienten dürfen über ihr verrücktes neues Tun lächeln, das gehört mit zur therapeutischen Anweisung. Davon soll später, wenn es um die Rolle des Humors in der Therapie geht, noch die Rede sein (S. 246). Gibt es das im Witz: Bewältigung der Angst? Das Wort mag etwas hoch gegriffen sein, aber Lockerungsübungen mit befreiender Wirkung darf man vermuten.

Eine neue Serie von Gruselwitzen ist gereimt und gibt sich harmlos. Verwendet wird immer ein Vorname, etwa so: *Alle saßen ums Feuer / außer Brigitte / die saß in der Mitte.* Das geht natürlich auch mit anderen Vornamen. *Allen stand das Wasser bis zum Hals / nur nicht Heiner / denn der war kleiner.* Bei dieser liebenswürdig klingenden Reimkunst beißen sich nach meiner Meinung wirkungsvoll Form und Inhalt. Alte Ängste, leicht verfremdet und doch erkennbar – zum Abgewöhnen.

Am Ende des Witzvorgangs kann sogar, nachdem man getroffen worden ist, das Gefühl stillen Triumphes stehen. Eine Prüfung ist bestanden, ein Sieg errungen. Das Stichwort «Triumph» ist uns schon bei den Spekulationen darüber, wie das Lachen in der Urhorde entstanden ist, begegnet. Ein Triumph steht auch am Ende der lustvollen Witze, nämlich als Triumph über die Hemmungen der guten Erziehung (über die Strafangst). Und nun ist ein Triumph auch als Abschluss der Angstwitze zu erkennen. Verdrängung und Verleugnung sind überwunden; Angst und Schrecken waren einen Augenblick da und sind doch besiegt worden. Und noch ein viertes Mal wird uns der Triumph begegnen: als Wirkung des Humors, der nach Freud ein Triumph des Ichs ist. Zum Abgewöhnen noch zwei gereimte Gruselwitze. *Alle sahen auf das brennende Haus / nur nicht Klaus / der schaute heraus.* Und ein letztes Beispiel: *Alle gingen hinter dem Sarg / nur nicht Hagen / der wurde getragen.*

Das Unheimliche im Lachen wegsprudeln

Das junge Ehepaar sitzt in der Bar. «Hör mal, Liebste», fängt er vorsichtig an, «nun wohnt deine Mutter schon fast ein Jahr bei uns. Meinst du nicht auch, dass wir versuchen sollten, eine eigene kleine Wohnung für sie zu finden?» «Meine Mutter!», schreit die junge

Frau, «meine Mutter? Ich denke, es ist deine Mutter!» Man nennt wohl dasjenige unheimlich, was uns plötzlich die Vertrautheit mit unseren Lebensumständen nimmt. Das Unheimliche sei das, meint Freud, «worin man sich sozusagen nicht auskennt» (Unheimliche, 244). Es kann uns nicht wundern, dass der Witz sich auch dieses Themas annimmt, denn er lebt ja davon, uns den Boden wegzuziehen (wenigstens für einen Augenblick) und uns damit die Orientierung zu nehmen. Das war schon die Aufgabe der Witztechnik (siehe S. 41; 54f.), dahin zielen ebenfalls die Tendenzen des Witzes. *Anruf bei der Polizei: «In meinem Zimmer tickt eine Bombe. Was soll ich machen?» «Wir kommen! Solange sie tickt, haben Sie nichts zu befürchten.»* An diesem Witz wird deutlich, wie wenig genau sich das Unheimliche abgrenzen lässt von anderen Anlässen zu Angst und Schrecken.

Unheimlich seien, meint Sigmund Freud, auch beunruhigende Zufälle und Wiederholungen. So sei er selbst einmal in einer italienischen Kleinstadt in eine Bordellstraße geraten, sei fortgeeilt und habe sich trotzdem noch zweimal dahin verirrt. «Dann aber erfasste mich ein Gefühl, das ich nur als unheimlich bezeichnen kann» (Unheimliche, 260), berichtet der Entdecker des Unbewussten, ohne sich an dieser Stelle nach seinen verdrängten Wünschen zu fragen. Wie komisch man das Unheimliche darstellen kann, hat Freud bei Mark Twain (260), Nestroy und Oscar Wilde (274) beobachtet. Genau diese Komik aus dem Unheimlichen versucht auch der Witz zu gewinnen. *Die Fluggäste sehen, dass die rechte Tragfläche Feuer gefangen hat. Nach einer Weile fängt auch die linke an zu brennen. Der Pilot kommt aus dem Cockpit, den Fallschirm umgeschnallt. «Kein Grund zur Aufregung», sagt er beschwichtigend, «ich hole schnell mal Hilfe.»*

Inbegriff des Unheimlichen sind freilich die Gespenster, was auch Freud weiß (264), obwohl er sagen kann, dass er selbst diese «animistischen Überzeugungen bei sich gründlich und endgültig erledigt hat», weswegen er eher den von ihm entdeckten Kastrationskomplex als unheimlich ansieht (270f.). Ich hingegen finde die Spuk- und Geistergeschichten noch schauerlicher und lustvoller, und der Witz scheint das auch zu bestätigen. Jedenfalls bedient er sich dieses Themas mit Erfolg.

Mitternacht. Eben verhallt der letzte Glockenschlag. Der einzige Gast trinkt hastig seinen Wein aus und wendet sich an den Gastge-

ber: «Zwölf Uhr, ich muss jetzt nach Hause.» Und dann setzt er leise hinzu: «Übrigens, haben Sie schon mal einen Geist gesehen?» «Wie kommen Sie denn auf so einen Quatsch?» «Ich meine, einen richtigen, im weißen Hemd mit Blutflecken dran?» «Ich sag Ihnen doch, ich glaub nicht an so was!» «Ohne Kopf natürlich.» «Mensch, machen Sie'n Punkt.» «Ich find's einfach schön, wenn einer nicht schreckhaft ist. Dann kann ich ja jetzt nach Hause gehen.» «Wie meinen Sie das?» «Steht nämlich einer hinter Ihnen.»

Die literarische Spukgeschichte gibt es seit 1764, da hat sie der englische Landedelmann Sir Horace Walpole erfunden. Sie hat sich seitdem gehalten, denn hier genießt man seine eigene ängstliche Beklemmung, schreibt Karl Groos (Spiele, 208). Der Germanist Richard Alewyn spricht von einer «Konversion von Angst in Lust» und von der «Lust an der Angst» (52). Da haben wir also genau die paradoxe Verbindung von Angst und Lust, die uns schon früher für den Witz typisch zu sein schien. Und ich füge hinzu: Nicht nur die Geistergeschichte und der Angstwitz, auch Achterbahn und Fernsehkrimi und sehr viele andere Vergnügungen wandeln Angst in Lust. Charakteristisch für den Angstwitz ist dabei vor allem, dass diese Wandlung bei ihm so schnell geht. Die Pointe, die den Schrecken auslöst, ist an sich schon sehr kurz; noch kürzer ist die Schrecksekunde des Hörers, die vergeht, bis er sich wieder fängt und seinen Triumph hat. Und noch etwas hebt den Witz aus den anderen Medien der Angstlust heraus: Er provoziert das heilsame Lachen. Dem sollten wir uns gleich noch ausführlicher zuwenden. Zuvor noch ein weiteres Beispiel dieser Witzgattung.

Eine Frau träumt schon seit Wochen den gleichen Traum. Sie sieht im Schlaf ein altes Haus, in dessen Sälen ein Gespenst spazieren geht. Ein tief verhülltes Gespenst. Eines Tages macht sich die Frau auf die Suche, setzt sich ins Auto und fährt durch die Gegend. Dabei entdeckt sie das Haus! Das gleiche Haus, das sie jede Nacht im Traum sieht. Sie steigt aus, geht auf das große Portal zu, wo sie ein brummiger Portier empfängt. «Ich möchte das Haus kaufen», sagt sie kurz entschlossen. «Können Sie», sagt der Portier, «aber ich mache Sie darauf aufmerksam, es spukt hier.» «Oh, ein Urahn der Besitzer?», fragt die Frau ungläubig. «Nein», sagt der Portier, «das sind Sie, Madame.»

Im Deutschen heißt es, man wolle «sich ausschütten vor Lachen». Ich glaube, das ist eine sehr gute Beobachtung, denn Lachen ist Ausatmen. Darin erinnert es an das Stöhnen, das so erleichternd wirkt und bei dem man auch einen inneren Druck wegatmet. Das Seufzen hingegen ist ein Ringen um Luft. Vom Ein- und Ausatmen schrieb schon Goethe: «Jenes bedrängt, dieses erfrischt, so wunderbar ist das Leben gemischt.» Noch drastischer hat es der erste Schüler Freuds, der sich mit dem Lachen beschäftigt hat, Sandor Ferenczi, 1913 in ein Notizbuch geschrieben: «Lachen ist Erbrechen von Luft aus der Lunge, Weinen ist Saufen von Luft» (Lachen, 190). Das halte ich für richtig, obwohl ich selbst zu der Minderheit von Leuten gehöre, die beim Lachen auch laut einatmen; wichtiger ist immer das Ausatmen. Wahrscheinlich atmet man im Lachen den Schrecken aus, den einem soeben eine komische Situation oder ein Witz eingejagt haben. Die Erwähnung etwa von Leichen, die nicht sterben können, ist unheimlich, da ist man froh, wenn es komisch wird und man den unangenehmen Eindruck abschütteln kann – und sei es mit Slapstick-Humor wie in diesem Falle: *Ein Arzt geht über den Friedhof. Da hört er eine leise Stimme: «Herr Doktor… Herr Doktor…» Als er der Stimme nachgeht, hebt sich ein Grabdeckel: «Herr Doktor, haben Sie nicht etwas gegen Würmer?»*

Die alten traumatischen Erinnerungen, die der Witz in uns weckt, kann man mit Martin Grotjahn als Introjekte bezeichnen. Er schreibt: «Die Pointe des Witzes befreit, schüttelt böse und bedrohliche Introjekte ab und atmet sie in Form von Gelächter aus. Das ist es, was wir meinen, wenn wir sagen: Lachen befreit. Es ist die Freiheit von bösen Introjekten, und wir fühlen uns danach reiner und besser» (170). Warum das Lachen befreit, ist damit gut beschrieben. Das Lachen erweist sich auf diese Art als genaue körperliche Entsprechung zu den intellektuellen und emotionalen Vorgängen, die der Witz zuvor in uns auslöst. Auch dort gibt es nach Schreck und Bedrückung eine Befreiung, und so nun auch am Schluss auf der Ebene der körperlichen Reaktionen. Auch sie bilden eine Hin- und Herbewegung, weil das Lachen, wie gesagt, aus Luftschnappen und hörbarem, betontem Ausatmen besteht.

Vom Lachen sagte der Anthropologe Helmuth Plessner, es sei eine Reaktion auf eine Lage, «auf die es keine andere Antwort gibt» (149). Lachen sei eine Reaktion, «die zugleich Selbstbehauptung und Selbstpreisgabe verrät» (153), wobei ich hinzufügen möchte, dass die Selbstbehauptung doch den Schluss bildet und das letzte Wort behält. Von einem ungewöhnlichen Lachen berichtet Peter

Sloterdijk, und es gab den Anstoß zu seiner «Kritik der zynischen Vernunft», in der er den ursprünglichen «Kynismus» hochhält (den er mit «K» schreibt), um den verwerflichen Zynismus zu kritisieren. In einem Fernsehinterview habe Hannah Arendt von ihrer Arbeit beim Jerusalemer Prozess gegen Eichmann berichtet. «Man muss gehört haben, wie diese Frau versicherte, sie sei beim Studium der viele tausend Seiten umfassenden Vernehmungsprotokolle immer wieder in lautes Gelächter ausgebrochen, das der komischen Dummheit galt, die über Leben und Tod unzähliger Menschen ihre Gewalt ausübte. Es war in Hannah Arendts selbstbewusstem Geständnis etwas Frivoles und im präzisen Sinn des Wortes Kynisches, das sich nach der ersten Verblüffung als befreiender und souveräner Ausdruck der Wahrheit erwies. Als dann Frau Arendt als Zugabe sogar noch die Bemerkung fallenließ, ihr habe das Exil auch öfter Spaß gemacht, denn man sei jung gewesen und das Improvisieren im Ungewissen habe ja seinen eigenen Reiz, musste ich auch lachen, und mit diesem Lachen begann ‹es› an diesem Buch zu schreiben» (II, 447, Anm.). Sloterdijk hat als Zuhörer offenbar die Schicksalsüberlegenheit der Philosophin als so befreiend empfunden, dass sich auch seine eigene Bedrückung im lauten Lachen lösen konnte. In einem solchen Fall ist Lachen nicht nur ein äußeres Zeichen des Triumphes, sondern selbst noch an diesem Triumph beteiligt: Lachen ist die Schlussphase im Prozess der Befreiung durch Komik.

Beim Witz und beim Lachen denkt man gewöhnlich an verspielte Albernheit, obwohl es doch oft genug um verdrängte Angst, ja um Leiden geht. «Vielleicht weiß ich am besten, warum der Mensch allein lacht: Er leidet so tief, dass er das Lachen erfinden musste», sagt Friedrich Nietzsche. Man lacht manchmal unter Tränen. Witze, die das Unheimliche vorführen, können nur eine Andeutung davon geben, obwohl es auch hier schauerlich genug zugehen kann.

Kurz vor Weihnachten. Es hat Neuschnee gegeben. «Ich habe dir doch gesagt, du sollst vor der Kellertür keine Schneemänner bauen!», schimpft die Mutter. «Wie komme ich jetzt in den Keller?» «Aber ich hab keine Schneemänner gebaut, Mutti!» «So, und was ist das da?» «Der ist bestimmt nicht von mir!» «O Gott – dann haben wir Opa gestern im Garten vergessen.»

Falls noch eine Steigerung möglich ist, muss sie wohl auf Kosten des Niveaus gehen. Ich versuche es trotzdem. *Ein Mann besucht seinen Freund. Der sitzt wie regungslos auf einem Stuhl, den Mantel-*

kragen hochgeschlagen, die Revers fest zugepresst. «Mein Bester, was ist denn mit dir los», will der Besucher wissen, «wieder beim Rennen verloren?» Der Vermummte nickt. «Viel?» Der Unglückliche nickt. «Waren es denn mehr als fünfzigtausend?» Wieder das entsetzliche Nicken. «Du lieber Himmel! Wenn mir das passiert wäre, ich glaube, ich würde mir die Kehle durchschneiden.» Da schlägt der Freund wortlos seinen Mantelkragen auseinander.

Auflehnung gegen den Überbau

Zynismus kann zum Lieblingswitz werden

«Mutti», sagt Kai-Christian, nachdem er im Fernsehen einen Boxkampf miterlebt hat, «von denen können Papi und du noch was lernen. Die geben sich hinterher wenigstens die Hand.» Kai-Christians Bemerkung mag als naiv erscheinen, der Witz jedoch ist zynisch, weil er gefühlskalt über die Tugend der Gatten- und Elternliebe hinweggeht. Dem Zynismus ist nichts mehr heilig; wobei es auf das Gleiche hinausläuft, ob die zynische Bemerkung aus kaltem Herzen kommt oder nur dazu dienen soll, die Tränen zu verscheuchen, wie Grotjahn das bei Reportern und Krankenwagenfahrern beobachtet hat (57). Das kann einem die Sprache verschlagen. *Nach einem Verzweiflungsschrei sagt die Ehefrau: «Ich kann nicht mehr! Ich gehe ins Wasser. Und den Hund nehme ich mit!» «Kommt überhaupt nicht in Frage», sagt ihr Mann, «der Hund bleibt hier!»*

Diese Roheit trifft den Hörer. Ein Quentchen Zynismus aber steckt wohl in jedem Witz, sofern jeder Witz etwas, was sakrosankt ist, nicht ernst nimmt. «Ohne Zynismus kann es im Komischen gar nicht abgehen», meint Friedrich Theodor Vischer, «alle Humoristen sind nach einer Seite Zyniker gewesen» (173). Sich an Tabus vergreifen, Gefühle nicht respektieren, seinen Mitmenschen die Achtung versagen, das ist es, was der Witzbold tut. Manchmal wird der Held des Witzes jedoch den Zynismus halb unschuldig vorbringen, wie in diesem Fall. *Im Herbst ist Vinzenz mit der Schule fertig, und darum berät die Mutter mit dem Lehrer seine weitere Ausbildung. Der Lehrer fragt: «Für was hat der Bub denn eine besondere Vorliebe?» «Die Tiere mag er so arg gern», sagt die Mutter nachdenklich, «wir haben gedacht, am Ende wär Metzger was – oder?»*

Nicht die Witze seien zynisch, meint Peter Sloterdijk, nein, umgekehrt, sie machten sich über die «Kardinalzynismen» wie etwa Militär, Politik, Sexualität oder Religion lustig und hätten darin einen moralischen Sinn (555). Die Witze funktionierten im kollektiven Bewusstsein wie ein Drainagesystem, als «ein allgemein akzeptierter regulativer Mini-Amoralismus, der klug davon ausgeht, dass es gesund ist, sich über das lustig zu machen, was über unsere Empörungskapazitäten hinausgeht» (556). Amoralismus im Dienste einer besseren Moral; Lachen, wo man sich nicht mehr empören kann – das scheint mir eine richtige Deutung mancher zynischen Witze. Im folgenden Witz höre ich einen ohnmächtigen Protest gegen den vorgeführten Zynismus heraus. *«Warum weinst du denn, mein Junge?», fragt die Sommerfrischlerin. «Papa hat alle fünf Kätzchen von unserer Muschi ersäuft!» «Schrecklich, schrecklich», seufzt die Dame, «nicht jeder hat so ein gutes Herz wie du.» «Und nicht ein einziges», bringt der Junge schluchzend vor, «durfte ich ersäufen!»*

Es gibt freilich auch den Zynismus als Auflehnung gegen eine fraglich gewordene Moral. Diesen Gedanken finden wir ausgerechnet bei dem katholischen Moraltheologen Werner Lauer, der mit einem gewissen Respekt (wenn ich richtig verstanden habe) ein Wort von Oscar Wilde über die unendliche Güte des Allmächtigen zitiert: *«Erkennt man denn nicht, dass Missionare die Gott gesandte Nahrung für Kannibalen sind?»* (207) Zynismus könne auch heißen, Werte wie das Gute, Wahre, Schöne lächerlich zu machen, meint Lauer, die man heute ohnehin nur noch ironisch zitieren könne. Er nennt Heinrich Heines Ausspruch als Beispiel: *«Apfeltörtchen waren nämlich damals meine Passion – jetzt ist es Liebe, Wahrheit, Freiheit und Krebssuppe ...»* (ebd.) Ebenfalls aufbegehrend gegen die überkommene Vorschrift, schreibt Theodor Reik in seinem Aufsatz über den zynischen Witz: «Moral ist der Stock, der uns zum Krüppel schlägt. Dann dient er uns als Krücke» (Lust, 13), ein Aphorismus, der selbst zynisch ist. Der zynische Witz habe einen psychotherapeutischen Wert, meint Reik, da er «zu den gelungenen Abzugsquellen jener Regungen gehört, welche in ihrer Stauung zum Verbrechen, zur Neurose und zu Wahnbildungen führen müssten» (ebd., 24).

Die Geliebte des kaiserlichen Leutnants schluchzt: «Es war der schrecklichste Augenblick meines Lebens, Otto, als ich deinen Trennungsbrief bekam. Ich wollte mich erschießen, aber ich hatte kein Geld, mir einen Revolver zu kaufen.» Darauf er: «Aber Liebste, hättest du nur ein Wort gesagt ...»

Die zynische Kälte des Leutnants hat es mir angetan. Aber ich weiß, dass ich mich mit meiner Begeisterung nur schützen will, weil mich nämlich Zynismen besonders verletzen. Schon Horaz sagte: «Warum lachst du? Ändere die Namen, und schon handelt die Geschichte von dir.» In diesem Sinne müsste ich wohl einsehen, dass ich mich in der gekränkten Geliebten wiederfinde und nur lache, um nicht mit getroffen zu sein. «Durch nichts bezeichnen die Menschen mehr ihren Charakter», schreibt Goethe, «als durch das, was sie lächerlich finden.»

Der Lieblingswitz ist ein Spiegel zur Selbsterkenntnis. Auch der Junge mit dem folgenden Witz rührt mich: *Der kleine Patrick kommt mit einem blauen Auge aus der Schule. «Einer von den Großen aus unserer Klasse war das», klagt er. «Morgen bringst du ihm eine Tafel Schokolade mit», meint die Mutter, «dann werdet ihr bestimmt Freunde.» Am nächsten Tag kommt Patrick mit einem zweiten blauen Auge nach Hause. «Das war wieder der große Junge», sagt er, «er mag keine Schokolade.»* Dies ist zwar nicht genau mein Lieblingswitz, aber ich hätte auch den nennen können, wenn ich auf der Couch eines Therapeuten nach meinem Lieblingswitz gefragt worden wäre.

Einer der frühen Schüler Freuds, der Amerikaner Abraham A. Brill, der Freuds Buch über den Witz übersetzt und für die zweite Auflage bereichert hat, veröffentlichte im Jahre 1940 selbst eine Arbeit über den Humor. Darin berichtet er, es sei ihm zur Gewohnheit geworden, seine Patienten nach ihrem Lieblingswitz zu fragen. Von einem jüngeren Wissenschaftler hörte er diesen: *Der zerstreute Professor stellt sich ans Klobecken, knöpft seine Weste auf, zieht die Krawatte heraus und pinkelt in die Hose.* Damit habe der Patient, meint Brill, seinen eigenen Vater verspottet, unter dessen Dominanz er litt. Der Vater hatte ihn früher getadelt, wenn er in die Hose gemacht hatte. Außerdem symbolisiere die Krawatte hier den größten Wunsch des Sohnes, der einen Komplex wegen seines zu kleinen Penis gehabt habe. Seine Erfahrungen fasst Brill so zusammen: «Die Lieblingswitze meiner Patienten ließen einige Saiten ihres Unbewussten anklingen. Sie passten zu ihrem Kampf und verschafften ihnen eine gewisse Lust, indem sie ihnen halfen, ihre Schwierigkeiten auf die leichte Schulter zu nehmen» (743). Damit bestätigt sich, was wir immer vermutet haben, dass nämlich dort, wo ein Mensch lachen muss, eines seiner Probleme verborgen liegt. Das Ergebnis ist hier nur auf einem anderen Wege gefunden worden. Erst war dem Analytiker das Problem bekannt und dann der Witz, den dieser Patient komisch findet; nun konnte der Analytiker prüfen, ob der Witz etwas mit dem psychischen Problem des Patienten zu tun hat. Offenbar ließ sich das nachweisen.

Ich bleibe weiter bei dem Thema Lieblingswitz, auch wenn das meine Systematik durcheinanderbringt. Denn eigentlich wollte ich

Ihnen ja in diesem Kapitel zynische Witze vorstellen. Von diesem Vorsatz muss ich nun, einmal auf das Thema Lieblingswitz gekommen, abweichen, denn die Lieblingswitze verschiedener Menschen sind natürlich aus sehr verschiedenen Kategorien.

Fünfzehn Jahre nach Brill veröffentlichte ein anderer amerikanischer Therapeut, Israel Zwerling, ohne von Brill etwas zu wissen, ebenfalls eine Studie über den Lieblingswitz in der Therapie. Auch er kam zu dem Schluss, dass «genau die Themen, die den Patienten am meisten Angst machten, die Themen ihrer bevorzugten Witze waren» (112). Eine Patientin hatte ihm diesen erzählt: *Ein Mann wird gefragt: «Wer war denn die Dame, mit der ich Sie gestern abend gesehen habe?» Und er antwortet: «Das war keine Dame, das war meine Frau.»* Nachdem sie diesen Witz erzählt hatte, habe die Patientin angefangen zu weinen und gesagt, die früheste Erinnerung an ihre Mutter sei der Anblick gewesen, wie sie das Klo geputzt habe. Sie selbst wolle niemals so erniedrigt werden wie ihre Mutter. Offenbar war das, was der Witz sagte, genau das, was die Patientin am meisten fürchtete.

Gershon Legman, der über den unanständigen Witz ein Buch geschrieben hat, meint ebenfalls, der Lieblingswitz könne «das tiefste Problem» eines Menschen verraten, weil der Witzerzähler unbewusst um Verständnis dafür werbe (21). Selbst dieser Kenner weiß leider nichts von seinen Vorgängern Brill und Zwerling (es ist überhaupt erstaunlich, wie viel über die Witztheorie publiziert wird, ohne dass jemand die Literatur kennt). Legman nennt es eine «Faustregel», die sich «axiomatisch behaupten» lasse, dass der Lieblingswitz ein Schlüssel zum Charakter eines Menschen sei (20). Er bringt das Beispiel einer Engländerin, die im Zweiten Weltkrieg ein Bein verloren hatte und daran litt, dass «ihr erotisches Image in ihren eigenen Augen zerstört» war. Sie wurde dennoch von (perversen?) Männern angesprochen. Als man sie in Gesellschaft drängte, einen Witz beizusteuern, fiel ihr nur dieser ein: *«Jeder kann sich irren», sagte der Igel und kletterte von der Haarbürste.* Diese Frau hat, das darf man mit Legman vermuten, ihr Trauma unbeabsichtigt genannt wie bei «der Inszenierung einer selbst entlarvenden Scharade» (21).

Auf wieder andere Weise hat schon Freud den Zusammenhang von persönlichem Problem und Lachenmüssen erkannt. Es geht dabei nicht um Witze. Offenbar kann auch zuerst die Einsicht kommen und dann das Lachen. Freud schreibt: «Viele meiner neurotischen, in psychoanalytischer Behandlung stehenden Patienten pflegen regelmäßig durch ein Lachen zu bezeugen, dass es gelungen ist, ihrer bewussten Wahrnehmung das verhüllte Unbewusste getreulich zu zeigen, und sie lachen auch dann, wenn der Inhalt des Enthüllten es keineswegs rechtfertigen würde» (Witz, 138, Anm.). Man könnte also sagen: Wo ein Lachen ist, ist auch die Erkenntnis eines psychischen Problems; und wo ein psychisches Problem erkannt wird, ist auch ein Lachen.

Ein deutscher Professor, der sich mit Witzen, nicht aber mit der Psychoanalyse auskennt, erzählte in der Zeit nach den Studentenunruhen keinen Witz so oft wie diesen: *Auf dem WC der Uni trifft ein Student seinen Professor und sagt zu ihm: «Endlich kann ich mir Ihnen gegenüber mal was herausnehmen.» Aber der Professor erwidert: «Machen Sie sich keine Illusionen, Sie werden auch diesmal den kürzeren ziehen.»* Dieser Witz, das darf man vermuten, führt nicht nur die Wunschvorstellung des Herrn Professors unverhüllt vor, sondern auch seine Angst davor, nicht Sieger zu sein.

Die Frage nach dem Lieblingswitz ist wahrscheinlich nicht nur ein diagnostisches, sondern auch ein therapeutisches Instrument. Israel Zwerling jedenfalls hat festgestellt, allen seinen Patienten hätte ihr Lieblingswitz, nachdem er durchgearbeitet worden sei, geholfen, mit der Angst fertig zu werden (113). Immerhin zeigt doch die Wahl des Witzes, dass der Patient bereit ist, sein Problem auch lächerlich zu finden. «Wenn der Neurotiker lernt, über sich selbst zu lachen, ist er auf dem Wege zur Selbständigkeit, vielleicht sogar zur Heilung», sagt Gordon W. Allport, auf den sich Viktor Frankl mit seiner Forderung beruft: «Der Patient soll lernen, der Angst ins Gesicht zu sehen, ja ihr ins Gesicht zu lachen» (717). Dieses Lachen erlaube es dem Patienten, sich von seinen neurotischen Symptomen zu distanzieren (ebd.). Ähnlich sagt es der Analytiker Heinz Kohut: Wenn sich der Patient gegen Ende der Therapie selbst mit Humor sehen könne, so sei das, «als ob die Sonne unerwartet durch die Wolken bräche», denn die Fähigkeit zu echtem Humor sei ein Zeichen dafür, dass die Fixierungen umgewandelt seien (364).

Umgekehrt kann es ein Zeichen von Fixierung und Verengung sein, wenn jemand einen Witz nicht verstehen kann. Vielleicht begreift er ihn nicht, weil der Witz ihm zu nahe tritt. Das ist Jacob Levine aufgefallen, als er Testpersonen Witzzeichnungen vorlegte.

Manche Menschen waren für einige der Zeichnungen wie blind. Dem Dekan einer Universität wurde ein Cartoon gezeigt, auf dem ein Angestellter den Kasten mit betrieblichen Verbesserungsvorschlägen öffnet und eine Flasche findet, die die Aufschrift «Gift» trägt. Der Dekan verstand die Zeichnung nicht, selbst die stark hervortretende Aufschrift «Gift» musste ihm erst gezeigt werden. Auch nachdem er die Pointe verstanden hatte (es war der anonyme Vorschlag, der Chef solle Gift nehmen), fand der Dekan die Sache überhaupt nicht komisch. Eine mögliche Erklärung für dieses Versagen sieht Levine darin, dass der Dekan große Schwierigkeiten hatte, seinen Fachbereich zu leiten (34). Also kann auch das Nichtverstehen manchmal aufschlussreich sein.

Ich möchte jetzt gern zum Thema «zynischer Witz» zurückkehren und ein Beispiel finden, das zugleich zeigt, wie jemand sein eigenes Problem erkennt. Vielleicht hilft mir diese berühmte jüdische Geschichte aus der Klemme, deren Held zynisch ist, doch irgendwie auch sich selbst kennt. *Ein sehr armer Jude kommt zum Kommerzienrat. «Herr Baron, ich bin schwer herzleidend, meine Frau ist gelähmt, mein Sohn ist von der Pferdebahn überfahren worden, meine Tochter ist lungenkrank, meine alte Mutter ist ...» Da klingelt der Kommerzienrat mit der Schelle und sagt zum eintretenden Kammerdiener: «Jean, schmeißen Se ihn 'eraus, er zerbrecht mers Herz!»*

Der politische Witz, soziologisch gesehen

Ein bekannter bayrischer Politiker wurde vom Papst in Privataudienz empfangen. Der Papst erlaubte ihm, sich eine besondere Gnade auszubitten. «Heiliger Vater», sagte der Politiker, «ich wünsche mir nur eines, dass ich schon zu Lebzeiten heilig gesprochen werde.» «Zu Lebzeiten, das geht nicht», erwiderte der Papst, «das ist erst möglich, wenn Sie tot sind. Aber ich mache Ihnen einen Vorschlag: Stellen Sie sich scheintot, und ich spreche Sie mit Vergnügen scheinheilig.» Sie werden den Witz gekannt (und den Politiker erkannt) haben. Gute politische Witze gibt es bei uns so gut wie gar nicht. Allenfalls mal ein Bonmot, das natürlich auch ein «böses Wort» sein darf. Als Johannes Rau im Mai 1985 seine Landtagswahl gewonnen hatte, sagte er vor dem Präsidium seiner Partei und laufender Fernsehkamera: *Mainz ist die Rache, spricht der Herr, und Kohl sollt ihr fressen bis ans Ende eurer Tage.* Die Damen und Herren waren in der Stimmung, prustend zu lachen; der Evangelische Arbeitskreis der CDU jedoch nahm Anstoß am Missbrauch des göttlichen Wortes – was ja durchaus für den Witz sprechen könnte.

Als wolle er beweisen, wie tief der politische Witz in unserem Land gesunken ist, veröffentlichte ein sonst geistvoller Verleger im Herbst 1983, Helmut Kohl war an die Regierung gekommen, sogenannte «Witze der Wende», von denen der Herausgeber flunkerte, er habe sie sich überall erzählen lassen. In Wahrheit sind es meist ziemlich dürftige Aufgüsse von Dummenwitzen wie dieser: Helmut Kohl schenkt seinem Jüngsten zwanzig Blitzlichtbirnen und sagt: «Sie funktionieren prima, ich hab sie alle ausprobiert.» Dieses Produkt habe ich, Sie werden es verstehen, lieber nicht kursiv setzen lassen. Oder nehmen wir als letztes Beispiel (versprochen!) den ersten Witz dieser Sammlung: «Alfred Dregger ist entführt worden. Die Täter verlangen drei Millionen. Sonst lassen sie ihn wieder laufen.» Wie man sieht, ergeben Hass und Dummheit zusammen noch keinen Witz. Oder genauer gesagt: Der politische Witz gedeiht (wie alle Witze) nur da, wo die Aggression schon vorhanden ist, nicht aber, wo sie erst geschürt werden soll. Ideal ist natürlich als Nährboden eine Diktatur. Also flüchte ich mich, um ein gutes Beispiel zu finden, in den ehemaligen Ostblock. *In der Straßenbahn liest ein Musiker eine Partitur. Ein Staatsschützer hält das Notenblatt für Geheimschrift und verhaftet den Musiker unter Spionageverdacht, obgleich der versichert, das sei eine Fuge von Bach. Der Verhaftete wird am nächsten Tag einem Kommissar vorgeführt, der ihn anschreit: «Also, raus mit der Sprache! Bach hat schon gestanden!»*

Unsere eigenen politischen Verhältnisse werden wahrscheinlich besser von Aphorismen getroffen: *Jeder kann seine Meinung frei äußern, es sei denn, er hat eine.* Oder dieses Wort, das zum Dialog erweitert wurde und damit formal ein Witz ist: *«Wenn ein Politiker sagt, wir säßen alle in einem Boot, muss man wachsam sein.» «Warum denn das?» «Weil er dann meint, er sei der Kapitän, und wir sollten rudern.»* Auch Wortspiele oder Spottnamen gehen noch. So zum Beispiel der Spottname für die IG Bergbau und Energie, als sie für Kernkraft eintrat: *IG Sargbau und Energie*. Und meinetwegen auch noch ein Aphorismus wie dieser: *Kohl regiert so, wie er angelt. Er hält die Rute so lange ins Wasser, bis eine Entscheidung vorbeischwimmt und anbeißt.*

Das Klima in der Bundesrepublik ist dem politischen Witz nicht günstig, weil der Leidensdruck fehlt; und wenn er da ist, richtet sich die Aggression nicht gegen einzelne Politiker, sondern gegen die Verhältnisse. Unsere Politiker sind austauschbar. Wer hat schon was gegen den Kanzler? Das galt schon von Helmut Kohl. Als er angetreten war, berichtete Hans-Georg Behr im Kursbuch: «Ich frage in Kneipen, im Bekanntenkreis – kein einziger Witz über Helmut Kohl, nicht einmal über Birne, von verkrampften Bemühungen einiger Berufshumoristen abgesehen.» Das mit «Birne» sollte gepuscht werden. Behr notierte: «Auf der Buchmesse. Freimut Duve ist Verlagslektor, Bundestagsabgeordneter und als solcher Medienexperte der SPD. Ein vielbeschäftigter Mann, sich selbst als Intellektuellen einstufend, und zufällig kommt das Gespräch auf Kohl. ‹Nicht Kohl›, schreit er. ‹Birne! Das muss man jetzt einführen und durchsetzen!› Aber Birne wurde doch schon anno Daumier serviert, damals aus Gründen der Zensur. ‹Das macht doch nichts. Da gibt's doch wenigstens schon einige Witze, und zu Birne kann man ja mühelos welche machen›» (167). Immerhin, darin hat Duve recht, aus Birne ließ sich etwas machen. Als sei er Prophet, hatte Hermann Bausinger im Jahre 1968 als Beispiel für mehrdeutige Worte, aus denen man Witze formen kann, ausgerechnet das Wort Birne gewählt: «Birne als Frucht, Birne als Leuchtkörper, Birne als burschikose Bezeichnung des Kopfes – daraus lässt sich schnell ein Witz konstruieren» (Formen, 138). Doch selbst das half nicht weiter.

Das waren noch Zeiten, als Johann Nestroy gegen die Zensur aufstand. In Graz war 1830 der «Don Carlos» abgesetzt worden, weil das Publikum bei dem Satz «Arm in Arm mit dir, so fordr' ich mein Jahrhundert in die Schranken!» seinen Freiheitsdrang gezeigt hatte. Statt dessen kam «Figaros Hochzeit» auf den Spielplan. Nestroy, der die Rolle Bartolos sang, nahm den Intriganten Basilius unter den Arm und führte ihn dicht an die Rampe. Dort zögerte er unter wachsender Spannung des Publikums und sagte schließlich: *«Arm in Arm mit dir, so fordr' ich Beschränktheit fürs Jahrhundert.»* Nach einem orkanartigen Lachsturm musste Nestroy verkleidet aus dem Fenster klettern, um der Polizei zu entkommen, wurde später aber dennoch in Wien verhaftet (Speier, 30f.).

Ob der politische Witz überhaupt eine Form des Widerstandes oder nicht vielmehr der Anpassung ist, war lange umstritten. Reik sah den Witzerzähler noch als Helden, den Witz als «Ersatz der Tat»

(Lust, 86). Auch Hofstätter meint, «die Pfeile des Witzes werden von unten nach oben geschossen». Aber Franz Schoenberner, einst Chefredakteur des «Simplicissimus», warnte nach der Emigration vor der Überschätzung des politischen Witzes, er ändere nichts (106), der Untertan mache sich lustig, ohne deswegen den Gehorsam zu verweigern (102). Auch Friedrich Hacker sieht im politischen Witz eine «harmlos sichere Aggressionsabfuhr», die wirklichen Widerstand leider überflüssig mache (158). Das Gleiche haben Untersuchungen über den Flüsterwitz in der Tschechoslowakei unter deutscher Besetzung ergeben, über die Zijderveld berichtet (173f.). «Das Lachen über Flüsterwitze erleichtert die Anpassung», urteilt ebenfalls Hans Speier (78).

In den ersten Jahren der Bundesrepublik sagte man (und es passt schon wieder): *Dem deutschen Arbeiter geht es immer besser. Erst ging er zu Fuß, dann kam er mit dem Fahrrad. Danach fuhr er Moped, nun hat er schon ein Auto, und bald wird er fliegen.* Es mag sein, dass es dafür einen Verfasser gibt, ich kenne ihn nicht. Von dem folgenden Wortspiel ist der Verfasser bekannt, es ist der Kabarettist Werner Finck: *Was ist der Unterschied zwischen DKP und SPD? Die DKP will alles gleich machen, die SPD will alles sofort machen.*

Aphorismen, Geflügelte Worte, Limericks, Schüttelreime – sie alle haben meistens überlieferte Urheber, der Witz hat nie einen Autor. Es ist schon oft gerätselt worden: Wer erfindet Witze? Eine Antwort weiß niemand. Der Volkskundler Hermann Bausinger hat einmal von einem Mann gehört, der in englischer Kriegsgefangenschaft täglich einen nagelneuen Witz erzählte (Schwank, 709f.), Heinrich Lützeler glaubte zu wissen, die Tünes-und-Schäl-Geschichten würden von einem gewissen Franz Peter Kürten in Umlauf gesetzt. Dor und Federmann vermuten, der Witzerfinder rede wohl mit Gleichgesinnten, denn «das Gespräch allein gibt dem Witz Raum» (198). Und der Satiriker Gabriel Laub gesteht, er habe noch nie einen Witz erfunden, und das kränke ihn schon lange, aber er habe auch noch keinen Menschen getroffen, der sich einen Witz ausgedacht habe (11f.). Zugleich zeigt Laub aber auch, wie Witze durch stetes Umfrisieren erneuert werden. Gerade die politischen Witze sind Wanderanekdoten, die auf alle Diktaturen angewendet werden (279ff.). Also – allgemeine Ratlosigkeit.

In den USA freilich, wo die Filmindustrie Gagschreiber braucht und Komiker wie Bob Hope Schreibknechte beschäftigen, gibt es

«Humorberater», die davon leben, Managern (etwa für die Rede auf der Hauptversammlung) Witze zu schneidern. Ein Beispiel aus solch einer Werkstatt lautet: «Einige Leute leiden unter Lampenfieber. Ich nicht. Die Lampen machen mir nichts aus. Es sind die Zuhörer, durch die ich in Panik gerate.» Diese Pointe ermutigt mich allerdings noch nicht zu glauben, dass diese Profis mehr können als witzige Formulierungen erfinden.

Warum schafft es niemand, sich planmäßig Witze auszudenken? Das müsste doch gehen. Allen Witzen liege ein einheitliches Schema zugrunde, meinte Georg Friedrich Jünger, darum liege der Gedanke an ein Rezeptbuch zur Anfertigung von Witzen nahe (114f.). Aber das glaube ich nun doch nicht, auch wenn Arthur Koestler mit seiner «Bisoziation» ein solches Rezept zu haben glaubte und ausprobierte (Funke, 60). Nein, so einfach ist es wohl doch nicht, obwohl die meisten Witze so schlicht sind, dass man glauben möchte, das könne man selbst auch.

Nicht anders ist es mit dem Witz, den ich zum Abschluss zitieren möchte. Es ist nicht eigentlich ein politischer Witz, eher eine Sozialsatire, aber ganz treffend und liebenswert. *Mitten in der Abendsendung gibt die Bildröhre zischend ihren Geist auf. Die Mutter knipst das Licht an. Der Vater sieht sich um und sagt zum Sohn: «Junge, bist du groß geworden.»*

Am Sakrileg zeigt sich das Wesen des Komischen

Eine junge Frau klagt dem Priester ihre Eheschwierigkeiten. «Und wenn es nicht anders geht», sagt sie, «lass ich mich scheiden!» «Was?», entgegnet der Priester, «scheiden wollen Sie sich lassen, bloß weil Ihr Mann Sie verprügelt? Prügeln Sie in Gottes Namen zurück, aber kommen Sie mir nicht mit so sündhaften Gedanken!» Die kirchlichen und religiösen Tabus sind immer noch so stark, dass sich damit leicht Witze machen lassen – ganz anders als mit politischen Themen, wie wir eben gesehen haben. Aber auch über die Verletzung eines religiösen Tabus kann sich nur freuen, wer Sinn fürs Religiöse zeigt; wer dafür kein Empfinden hat, bleibt unberührt; wer allzu sehr am Religiösen hängt, ist nur verletzt. Für viele ist die Grenze hier schon überschritten: *Nach Jesu letztem Abendmahl erscheint der Kellner und fragt: «Alles zusammen?» «Nein», sagt Judas, «bitte getrennt.»* Ich weiß aus früherer Gelegenheit, wie sehr dieser Witz einige Christen trifft, obwohl doch nur Judas hier verspottet wird – wirklich, ich habe es nicht verstanden, warum der so schlimm sein soll.

«Der Witz ist von Natur ein Geister- und Götter-Leugner, er nimmt an keinem Wesen Anteil», sagt Jean Paul (186). Auch mit Gott geht er ohne Ehrerbietung um oder mit unangebrachter Vertraulichkeit. Ein jüdisches Bonmot sagt: *Gott ist nicht so reich, wie man glaubt. Was er dem einen gibt, nimmt er dem anderen.* Dieser Spruch stehe, meint Theodor Reik, an der Grenze der Blasphemie und wolle doch Gott nur seinen Verehrern nahebringen (Nachdenkliche Heiterkeit, 81f.). In der jüdischen Tradition gibt es in der Tat diese naive Zutraulichkeit, die mit Gott von gleich zu gleich verkehrt – jedenfalls im Witz. *Schapiros Sohn hat sich taufen lassen. Der Rabbiner macht dem alten Schapiro Vorhaltungen: «Wenn einst der Allmächtige Sie fragen wird, wie Sie es zulassen konnten, dass sich Ihr Sohn taufen lässt – was werden Sie dann antworten?» «Nun», sagt Schapiro, «ich werde antworten: ‹Und Ihr Herr Sohn?›»*

Über das Heilige macht man keine Scherze, heißt es. Aber diese Ermahnung wäre nicht nötig, wenn nicht genau das für viele Menschen so verlockend wäre. Und wenn es auch nur eine pubertäre Revolte gegen eine Hierarchie wäre, der religiöse Witz befreit jedenfalls vom Druck einer Autorität. *Eine Nonne spricht im Religionsunterricht lange und ausführlich über die hohe Würde und Begnadung des Priestertums. «Habt ihr noch Fragen?», sagt sie schließlich. Da meldet sich ein kleines Mädchen: «Müssen Priester auch aufs Klo?» Die Nonne zögert, peinlich berührt, und sagt dann: «Ja, aber nicht so oft.»*

Ich möchte denen, die sich in religiösen Fragen nicht so gut auskennen, gern noch versichern, dass solche Scherze (über Niveau reden wir hier nicht) so wenig eine Form des Widerstandes sind wie der Flüsterwitz in der Diktatur. Diese Witze dienen nur dazu, gegenüber dem Heiligen, das den Gläubigen ergreift, etwas Abstand zu gewinnen. Es sind Witze für glaubenstreue Insider, und von denen werden sie auch erzählt. *Auf dem Pastorenkonvent haben sich die Herren zum Mittagessen versammelt. Alle stehen hinter ihren Stühlen zum stillen Gebet, bis der Superintendent das Zeichen zum Platznehmen gibt. Da fragt einer seinen Nachbarn: «Sagen Sie, Herr Amtsbruder, wieviel Zeit nehmen Sie sich für das stille Gebet?» Darauf der andere: «Ich zähle bis 25. Es gibt jedoch deren etliche, die bis 35 zählen – aber das finde ich schon recht scheinheilig.»*

Der deutsch-amerikanische Psychoanalytiker Martin Grotjahn hat einmal an sich selbst beobachtet, wie auf ihn religiöse Autorität und befreiender Witz gewirkt haben. Er erzählt, er sei beim Lesen auf einen Satz gestoßen, der mit den Worten begann: «Gott ist der Mann, der...» In diesem Augenblick habe er an all das denken müssen, was er einmal über Gott gelernt habe. Ein Bild sei in ihm aufgestiegen, «alt, unergründlich, drohend, allwissend, allmächtig und unbekannt». Dann aber habe er den Satz zu Ende gelesen und gemerkt, dass es nur ein Scherzwort des amerikanischen Autors David Frost war. Der Satz heißt vollständig: *Gott ist der Mann, der die englische Königin beschützt.* Plötzlich sei all das, was ihm als Kind eingeprägt wurde, verflogen, alle Geister seien zerstört gewesen bei der Erkenntnis, dass dieser Satz als Scherz endet. Grotjahn wörtlich: «Wir sind von den Geistern befreit, und wie Fledermäuse fliegen sie aus uns heraus, laut lachend wie die Teufel, die Jesus dem Besessenen austrieb und in die Säue fahren ließ, die sich im Meer ertränkten» (169). Den Vergleich mit einer Heilung Jesu verstehe ich so: Jesus heilt auch die Wunden der religiösen Erziehung. Der Witz hilft gegen falsche religiöse Angst, er kann uns lockern und eröffnet die Chance, dem wahrhaft Religiösen neu und unbefangen zu begegnen.

Über Gott kann man keine Witze machen, weil er zu erhaben ist. Allenfalls scharfsinnige Polemik scheint möglich. Friedrich Nietzsche bedauert im «Ecce homo», dass folgender Aphorismus nicht von ihm, sondern von Stendhal ist: *Die einzige Entschuldigung Gottes ist, dass er nicht existiert.* Aber Jesus ist menschlich und damit vom Witz zu treffen.

Ein Jesuit, der Archäologe ist, kommt in großer Aufregung zu seinem Ordensgeneral und erstattet Bericht über Ausgrabungen, die er in Jerusalem gemacht hat. Er habe das Grab Jesu entdeckt. «Das ist ja wunderbar», sagt der General. «Ja, ja», entgegnet der Archäologe bedrückt, «aber das Grab war nicht leer. Das Skelett Jesu lag darin.» «Was Sie nicht sagen», antwortet der Ordensgeneral erstaunt, «dann hat er also wirklich gelebt?»

Ich glaube, dass Grotjahns Beobachtung von der bedrängenden Erinnerung und vom Ausfahren der bösen Geister nicht nur den religiösen Witz, sondern allgemein die Komik beschreibt. Das Komische ist, das wird hier bestätigt, diese Abfolge von Betroffenheit und Befreiung. Die religiöse Scheu und Ergriffenheit bietet da nur ein besonders geeignetes Anschauungsmaterial. *Der Hannes ist beim Obstbaumschneiden von der Leiter gefallen. Am Krankenbett besucht ihn der Herr Pfarrer. «Trotz allem», meint er, «hatten Sie ja noch einen Schutzengel.» «Wie man's nimmt», gibt Hannes zu bedenken, «gescheiter wär's gewesen, er hätte mich gleich auf der Leiter gelassen.»*

Die Komik nimmt das nicht ernst, was uns eigentlich bedrohlich erscheint. Selbst das religiöse Tabu (das Numinose) wird dadurch erträglich. *Eine Dame betritt die Buchhandlung und sagt, sie suche etwas für einen Kranken. «Etwas Religiöses?», fragt der Buchhändler. «Nein», sagt die Dame, «es geht ihm schon wieder besser.»*

Das Komische bewirkt diese Abfolge von Provokation und Entschärfung, von Alarmierung und Entwarnung. Oder, im Anschluss an das österreichische Lebensprinzip formuliert: Für das Komische ist die Lage verzweifelt, aber nicht ernst. *«Mein Gott», sagt die Frau zu ihrem Mann, «wir haben vergessen, Tante Magdalene zu unserem Gartenfest einzuladen. Ruf sie doch gleich mal an!» Der Ehemann tut es und entschuldigt sich ausführlich. «Ich wusste davon», unterbricht ihn die Tante, «aber ich komme nicht. Es ist zu spät, ich habe schon um Regen gebetet.»*

Die religiöse Ehrfurcht kippt in ein amüsiertes Nicht-Ernstnehmen. Diesen Klimawechsel können wir mit zwei Ausdrücken Sigmund Freuds bezeichnen, die er selbst allerdings noch nicht auf den Witz angewandt hat: Die Bedrohung durch ein «Tabu» wechselt plötzlich zu einem Sieg des «Lustprinzips». Einer seiner amerikanischen Patienten, so erzählt Theodor Reik, konnte nicht lachen, weil das in seinem puritanischen Elternhaus verpönt war. Der Analytiker hält dem die Überzeugung entgegen, «dass dem lieben Gott ein guter Witz wohlgefälliger sei als eine miserable Predigt» (Lust, 115). Ich habe mir, offen gesagt, Gott auch immer humorvoll vorgestellt. Ich glaube, auch solche Witze sind deshalb nicht gegen den Geist des Glaubens: *Ein Betrunkener liegt im Rinnstein wie tot. Ein Passant beugt sich über ihn: «Soll ich den Arzt holen?» Keine Antwort. «Oder die Polizei?» Der Mann rührt sich nicht. «Oder lieber doch den Priester mit der Letzten Ölung?» Da richtet sich der Mann auf und ächzt: «Um Himmels willen, jetzt bloß nichts Fettes!»*

Noch eine letzte Frage: Was lässt die Stimmung kippen? Es ist nicht nur die (sich aufhebende) Widersprüchlichkeit der Positionen, sondern auch die Absurdität des Dargestellten. Auch im religiösen

Witz ist der Schrecken nur für einen Augenblick da, dann merken wir: Das ist ja übertrieben, das kann ja gar nicht sein! Und schon wechselt Bedrückung in Befreiung, Betroffenheit in Triumph.

Jesus und die Apostel werden zu einem Sterbenden gerufen. «Rette ihn», bittet Petrus. Jesus legt dem Sterbenden die Hand auf und sagt: «Steh auf und geh!» Der Sterbende steht auf und geht. Nach drei Wochen kommen Jesus und seine Jünger in dieselbe Gegend und werden wieder in das Haus gerufen. Dem Kranken geht es schlechter denn je. Jesus beugt sich über ihn, schüttelt aber gleich den Kopf und murmelt: «Dann war es also doch Krebs.»

Versöhnter Witz

Der Humor hat den Konflikt überwunden

Die junge Kellnerin stolpert und gießt einem älteren Gast etwas von der heißen Soße über die Glatze. Der Gast fährt herum, betastet seinen Kopf und fragt erstaunt: «Glauben Sie wirklich, dass das noch helfen könnte?» Der Mann hat Humor, und genau der soll auch die letzte Strecke unseres Weges durch die Witzlandschaft eröffnen. Vielleicht sind Sie verwundert, dass der Humor in einer Darstellung des Witzes auftaucht. Tatsächlich gibt es da definitorische Probleme. Im Englischen hat man die nicht, da ist alles Humor; das setzt sich bei uns auch weitgehend durch: Humor als Oberbegriff alles Komischen. Nach alter deutscher Tradition aber wird unterschieden zwischen Witz und Humor, wobei es auch Übergangsformen gibt: den humorvollen Witz und den witzigen Humor. *«Sie treffen ja ständig daneben!», mault der Förster. «Macht doch nichts», entgegnet der Sonntagsjäger, «die Hasen sehen jedenfalls meinen guten Willen.»*

Man kann Witz und Humor auf wenigstens dreierlei Weise unterscheiden. Die erste Entgegensetzung lautet: «Verstand» gegen «Gemüt», so bei Kraepelin (342); kalt gegen warm oder «Geist» gegen «Herz» (Pinder, 3). Wenngleich der Humor bei dieser Unterscheidung weit höher rangiert, wird doch eingeräumt, dass es Übergangsformen gibt (Schoenberner, 101). Die zweite Art, Witz und Humor zu unterscheiden, läuft etwa so: Der Witzige lacht über andere, der Humorvolle über sich selbst. Das ist ja auch nicht ganz falsch. Ausgerechnet «Exzellenz» Kuno Fischer, jener Heidelberger Philosoph, der, wie gesagt, vor hundertzwanzig Jahren als Weltmeister der Eitelkeit berühmt war, rang sich am Ende seiner Betrachtung über den Witz zu der Erkenntnis durch: «Das Höchste und Tiefste, was der Mensch an sich vollbringen kann, ist es, sich selbst lächerlich zu erscheinen, die komische Vorstellung der anderen heiter über sich ergehen zu lassen» (148). So ist es. Humor hat nur derjenige, der seinen Witz auch gegen sich selbst richtet. Ähnlich sagt es Peter Sloterdijk: Wo der Witz «sich über sich selbst beugt», entsteht Humor (556). Zur Anschauung kann uns vielleicht der folgende Witz dienen. *Der Chef zu seinem kaufmännischen Lehrling: «Jetzt sind Sie zwei Jahre bei uns und haben viel gelernt.*

Und heute machen wir Pleite, damit Sie auch das lernen.» Solch eine liebenswerte Selbstverspottung wirkt souverän, so etwas darf man Humor nennen.

Eine dritte Art, Witz und Humor zu scheiden, liegt mir selbst am nächsten: Witz ist Kampf und Bewältigung, Humor ist ein Zeichen von Abgeklärtheit und souveräner Freiheit. Es war ja bisher oft genug davon die Rede, dass der Witz ein dramatischer Versuch ist, mit den eigenen Hemmungen (der Zensur) oder mit den eigenen Ängsten fertig zu werden. Der Humor spiegelt den Zustand danach, wenn man seinen Frieden mit sich und anderen gemacht hat. *Als der Freund ihrer Tochter anruft, ist die Mutter am Telefon, ohne dass der Freund das gleich merkt. Da unterbricht sie ihn: «Tut mir leid, mein Junge, aber hier ist nicht Ihre Luxusjacht, hier spricht der alte Schraubendampfer!»* In diesem Sinne hat Theodor Reik den Witz eine Waffe genannt und den Humor einen Trost (Lust, 90). Und Ernst Kris sagt vom Humor, dass er im Gegensatz zum Witz «postambivalent» sei (Karikatur, 465). Hier darf man auch noch eine Definition des Humors von Albert Camus nennen: «Die Einbildung tröstet die Menschen über das, was sie nicht sein können, und der Humor tröstet sie über das, was sie wirklich sind.»

Osterbeichte. «Zu was für an Herrn gengan denn Sie, Frau Meier? I geh zum Pater Hermann.» – «Na, i geh zum Pater Kosimo. Wissen's, der fragt oan scho nach so schöne Sünd'n, dass man sich glei dreißig Jahre jünger fühlt.»

Doch der Humor ist manchmal, weil er so altersweise und abgeklärt ist, etwas betulich. Ihm fehlen Biss und Bosheit. Er ist keine Hilfe in unserem inneren Befreiungskampf, wohl aber ein großes Vorbild für das, was wir gern auch einmal sein wollen. «Er scheint», schreibt Ernst Kris, «die späteste Form der Komik zu sein, die der Mensch auf seinem Lebenslauf auszubilden vermag» (ebd., 465). Der humorvolle Mensch ist nicht nur mit sich selbst im reinen, er kann auch anderen milde und nachsichtig begegnen. *An der Ampel ist der Kleinwagen eines Anfängers abgesoffen. Die Ampel zeigt Grün, dann Gelb, dann Rot, schließlich wieder Grün. Da der Wagen den Verkehr aufhält, tritt ein Polizist heran und fragt: «Haben wir denn keine Farbe, die Ihren Geschmack trifft?»*

Wie gesagt, ein Verdacht auf heile Welt besteht in solchen Fällen, alles klingt ein bisschen nach «Reader's Digest», aber manche Menschen lesen das durchaus lieber als die üblichen scharfen Witze mit ihrer Aggression, die sich auch noch an Tabus vergreifen. *Der Bus ist voll. Eine alte Dame steigt zu und drückt sich mit Mühe ins Wageninnere. Ein junger Mann sieht sie auf sich zukommen, macht die Augen zu und stellt sich schlafend. Die alte Dame, die das Spiel durchschaut hat, klopft ihm auf die Schulter und sagt milde: «Bei welcher Station möchten Sie denn geweckt werden?»*

Wie Sie merken, habe ich nicht die Absicht, den Humor, wie es deutscher Tradition entspricht, weit über den Witz zu stellen; er steht nicht über ihm, er kommt nach ihm – zeitlich gesehen. Allzu oft bietet er einen faulen Frieden und ist, wie Sloterdijk schreibt, ein Humor, der «kampflos» geworden ist (556). Er nimmt selbst das Böse «mit kühler Gelassenheit zur Kenntnis», meint Bergson (87), und das ist nicht immer am Platz. Die Wirklichkeit mit Humor zu verklären, das war deutsche Tradition, stellte nach dem Zweiten Weltkrieg der Schriftsteller Oscar Jancke fest (3). Und zur gleichen Zeit urteilt selbstkritisch der Philosoph Müller-Freienfels, dieser Humor habe, im Gegensatz zum Witz, oft Illusionen geschaffen (84). Ganz anders war übrigens der jüdische Humor; er sei, meint Jan Meyerowitz, «realitätsgewiss» gewesen und habe die nüchterne Wahrnehmung der Welt nicht in Frage gestellt (28).

Ein wenig geschönt – ganz im Trend der deutschen Vorliebe – scheint mir auch der weise Lausbub in folgendem Stückchen Humor. *Hochwürden repariert eigenhändig den Gartenzaun. Ein kleiner Junge geht vorbei, als sich der Pfarrer gerade auf den Daumen gehauen hat und verzweifelt aufstöhnt. «Gelt, Hochwürden», sagt der Kleine, «jetzt sollt man halt fluchen dürfen.»*

In seinem Buch über den Witz kommt Sigmund Freud auch auf den Humor zu sprechen, den er dabei ebenfalls ein wenig illusionistisch definierte, ganz in der deutschen Tradition. Er verstand ihn als eine der Abwehrleistungen, und zwar als die «höchststehende». Das bedeutet: Humor ist für ihn ein Mittel, Unangenehmes abzuwehren und, wie er sich ausdrückt, der «Unlustentbindung ihre Energie zu entziehen» (191). Humor ist für ihn der Standpunkt der Überlegenheit, der sich sagt: «Ich bin zu groß(artig), als dass diese Anlässe mich peinlich berühren sollten» (ebd.). Als sich Freud mit siebzig Jahren noch einmal des Themas Humor annahm, nannte er ihn einen «Triumph des Ichs» (Humor, 278). Dieses Stichwort kommt uns bekannt vor. Seit dem Lachen in der Urhorde scheint der Triumph ein Merkmal des Komischen und seiner Ausdrucksformen

Witz und Humor zu sein (siehe S. 9; 118). Nur lacht der Humor nicht mehr über andere, hier hat der Mensch seine eigene Unzulänglichkeit überwunden.

Frauen hätten größere Aussichten, die Reifestufe Humor zu erreichen, schrieb Martin Grotjahn; obwohl ihre Rolle schwieriger sei, gelangten sie öfter als die Männer ans Ziel (54). Diesem Urteil schließe ich mich gern an. Das folgende Beispiel mag ein liebenswerter Beleg sein. *Die jungen Eheleute müssen sehr sparen. Statt Gänsebraten steht zu Weihnachten nur ein falscher Hase auf dem Tisch. «Ein Weihnachten ohne Gans gab es bei uns zu Hause gar nicht», mäkelt er. «Aber Liebling», entgegnet sie, «dafür hast du doch jetzt mich.»*

Freud selbst übrigens, der doch den Humor so hoch rühmte, besaß vielleicht mehr Sarkasmus als Humor. Seine Persönlichkeit sei eher von Skepsis und Selbstkontrolle geprägt gewesen, urteilt Hans Strotzka, und seine Beziehung zum Humor erinnere an die Verehrung eines Troubadours für die ferne Geliebte (Witz, 318). Einige Schüler Freuds haben von seinem ironischen Witz berichtet. Ernest Jones schildert in seiner Biographie die Szene, wie Freud, vom Gaumenkrebs gezeichnet und durch seine Prothese behindert, sich an ein französisches Ehepaar wandte mit der Bemerkung: «Meine Prothese spricht nicht Französisch» (III, 128). Als Freud 1938 aus Wien emigrieren wollte, wurde er von der Gestapo gezwungen, eine Bestätigung zu unterschreiben, dass er «von den deutschen Behörden und im besonderen von der Gestapo mit der meinem wissenschaftlichen Ruf gebührenden Achtung und Rücksicht behandelt wurde». Freud erbat nur, noch einen Zusatz beifügen zu dürfen, und schrieb: *«Ich kann die Gestapo jedermann aufs beste empfehlen»* (III, 268). Eine ironische Bemerkung, die genau seiner Deutung des Humors entsprach: «Ich bin zu groß(artig), als dass diese Anlässe mich peinlich berühren sollten.»

Mir scheint, das habe ich schon angedeutet, Freuds Bestimmung des Humors ein wenig nach Galgenhumor oder überlegener Ironie zu schmecken. Noch lieber ist mir eine Definition des Humors, die betont, dass sich der Mensch im Humor selbst nicht wichtig nimmt. Also nicht nur (wie bei Freud) «Ich bin zu groß(artig)», sondern zugleich «Ich bin nicht so wichtig» – ein paradoxes Zugleich. Es ist nicht leicht, dafür ein passendes Beispiel zu finden. Nehmen wir dies: *In seinem Atelier wird ein Bildhauer gefragt: «Ist es nicht wahnsinnig schwer, solch einen Löwen zu meißeln?» «Eigentlich nicht», antwortet der Meister, «man schlägt vom Marmorblock einfach alles weg, was nicht nach Löwe aussieht.»* Das zeugt von einer souveränen Selbstsicherheit, die sich wahre Bescheidenheit leisten kann. Oder nehmen wir diesen gelassenen Zeitgenossen: *Der Börsianer murrt im Spielcasino: «Croupier, drehen Sie doch ein bisschen fixer. So langsam kann ich mein Geld auch an der Börse verlieren.»*

Der Philosoph Max Dessoir schrieb in seiner Ästhetik: «Unter Humor verstehen wir eine Gemütsstimmung, in der ein Mensch sich seiner Bedeutung und zugleich seiner Bedeutungslosigkeit bewusst ist.» Es handele sich hier um eine «merkwürdige Mischung von Selbstaufhebung und Selbstbestärkung», um ein «schmerzlich-friedliches Gefühl» (zit. nach Winterstein, 519f.). Diese Definition finde ich gelungen, nicht nur weil ich auch wieder beim Humor gern den paradoxen Selbstwiderspruch und die ambivalente Gefühlsmischung entdecken möchte, die wir so oft beim Witz und seiner Wirkung beobachtet haben. Zu der Definition Dessoirs passt die Anekdote von einem anderen großen Juden als kongeniale Illustration:

Der alte Max Liebermann zeigt einer noch sehr jungen Dame Bilder in seinem Atelier. Hocherfreut und bewegt gesteht die Verehrerin zum Schluss: «Meister, das war die schönste Stunde in meinem Leben!» «Na, na, Frollein», widerspricht Liebermann, «det wolln wa denn doch nich hoffen!»

Galgenhumor, die Sublimierung des Lachens

Während der Französischen Revolution wird ein Adliger aufs Schafott geführt. Als ihm der Henker die Augen verbindet, fragt der Verurteilte leise den Priester: «Sagen Sie, Hochwürden, was gibt man so einem Mann als Trinkgeld?» Der Galgenhumor ist nur ein Sonderfall des Humors; genauer, um mit Freud zu sprechen, «der gröbste Fall des Humors» (Witz, 187). Und doch ist er auch von ihm unterschieden, denn hier lacht der humorvolle Mensch nicht über seine eigene Unzulänglichkeit, sondern er lacht gleichsam sein Schicksal aus. Er erhebt sich nicht über sich selbst, sondern über die drohenden Gefahren. Weil hier also von aktueller Gefahr die Rede ist, hat der Galgenhumor sehr viel mehr als der Humor Ähnlichkeit mit dem Witz; denn wie beim Witz wird im Hörer Angst geweckt und überwunden. *Die Titanic sinkt. Das Chaos ist ausgebrochen. In einem Winkel, abseits der großen Panik, murmelt ein Passagier aus Sachsen, als ihm das Wasser bis an den Hals steigt, vor sich hin: «Eechentlich wollde ich mich ja verbrenn lassen.»*

Und noch etwas am Galgenhumor erinnert an den Witz: dass der Hörer in die Nähe der Schadenfreude gerät, erlebt er doch einen Menschen in großer Gefahr. Im Grunde müssten wir mit dem Betroffenen Mitleid haben, schreibt Freud, «aber dieses Mitleid wird gehemmt, weil wir verstehen, dass er, der näher Betroffene, sich aus der Situation nichts macht» (Witz, 188). Und weil wir kein Mitleid haben müssen, so Freud, können wir lachen. Dieses Lachen entstammt aber nur unserer Erleichterung, gewiss nicht einer aggressiven Stimmung. Im Gegenteil, der Held mit dem Galgenhumor hat ja unsere ganze Hochachtung. Darin ist der Galgenhumor dem Humor verwandt: Wir hätten ihn selbst auch gern.

Der alte Sheriff kommt zur Ranch, natürlich wieder zu spät. Die Indianer haben alles verwüstet und die Bewohner getötet. Plötzlich sieht der Sheriff den Farmer an einen Baum gebunden, mit einem Pfeil mitten durch die Brust. Aber er lebt! «Tut das nicht», fragt der Sheriff besorgt, «entsetzlich weh?» Der Farmer flüstert: «Nein, nur wenn ich lache.»

Ich nehme das Stichwort Lachen auf, weil mir auffällt, wie sehr es sich seit den Anfängen verändert hat. Aus dem Triumphgeheul über den besiegten Feind ist ein stilles Lachen geworden, das sich über das eigene Schicksal erhebt. Dazwischen liegt ein langer Weg. Das Lachen der Urzeit, sagt Gregory, scheine «einen Dolch in der Hand zu halten», heute zeige sich eine Entwicklung zur Sympathie, es werde immer weniger über Elend und Unglück gelacht (208). Das sadistische Element trete in den Hintergrund, schreibt Schweizer, das Lachen habe sich vergeistigt (163). Aber unser Sprachgebrauch verrät noch den kriegerischen Charakter, darauf hat der Journalist Paul Heinz Koesters aufmerksam gemacht: Wir redeten von Lachkanonen, von Lachsalven und davon, dass Lachen vernichtend oder tödlich sei. Ich nenne ein Beispiel, das noch halbwegs aus der alten Zeit stammt. *Ein berühmter General lag schwerkrank zu Bett. Um ihn mehrere Ärzte. Er überflog die Liste der verordneten Medikamente, sah die Ärzte missbilligend an und meinte: «Aber, aber, meine Herren, so viele Arzneien, um einen einzigen Menschen zu töten?»* Im Galgenhumor eines Sterbenden ein Anflug von Kritik am eigenen Beruf.

Lachend werden heute alte Ideale abgerüstet. Konrad Lorenz hat darauf viel Hoffnung gesetzt: «Manche Eigenschaften des Mannes, die vom Paläolithikum bis in die jüngste Vergangenheit als höchste Tugend galten, manche Wahlsprüche, wie ‹right or wrong, my country›, die eben noch in hohem Maße begeisterungsauslösend wirkten, scheinen heute schon jedem Denkenden gefährlich und jedem Humorbegabten komisch. Das muss günstig wirken!» (Böse, 411f.). Die Gelassenheit gegenüber dem Schicksal sollte sich nicht nur in der Todesstunde zeigen. Recht entspannt ist auch dieser Mensch: *Zum ersten Mal rasiert der Friseurlehrling einen Kunden. Nach der Rasur verlangt der Mann ein Glas Wasser. Höflich erkundigt sich der Lehrling: «Sie haben Durst, mein Herr?» «Nein, ich möchte nur mal prüfen, ob mein Hals noch dicht ist.»*

Das ist nicht nur eine ziemlich unkriegerische, ja unaggressive Haltung, auch das Lachen des Witzhörers ist ohne jenen abwertenden Triumph, den wir so oft beobachtet haben. Nichts als ansteckende Überlegenheit. *Die ältere Dame kommt aus dem Irland-Urlaub, auf den sie sich so lange gefreut hatte. Zufrieden meint sie: «Der Regenwechsel hat mir gut getan.»*

Als Oscar Wilde, wegen Homosexualität zu einer hohen Strafe verurteilt, mit Handschellen gefesselt im strömenden Regen stehen musste, empörte er sich: *«Wenn Ihre Majestät ihre Gefangenen so behandelt, dann verdient sie keine.»* Sicher zu Recht hat Martin Grotjahn aus diesem Wort ein Gefühl von Kraft und Stärke herausgehört (24).

Einen wohligen Schrecken bekommen, kein Mitleid aufwenden müssen und auch noch lachen können – was will man mehr. *Ein Mann ist aus dem fünften Stock gefallen. Viele Leute umringen die Unglücksstelle. Einer drängelt sich zum Opfer vor und fragt, was passiert sei. «Ich weiß es auch nicht», sagt der Verunglückte mit letzter Kraft, «ich bin auch gerade erst angekommen.»*

Jüdische Selbstironie wächst über sich selbst hinaus

«Herr Doktor, was haben Sie gegen den Zionismus?» «Prinzipiell nichts, nur ein paar kleine Einwände: Erstens, warum habt ihr euch ausgerechnet Palästina ausgewählt? Im Norden Sumpf, im Süden Wüste. Habt ihr kein besseres Land finden können? Zweitens, warum wollt ihr unbedingt eine tote Sprache wie Hebräisch dort

sprechen? Und drittens verstehe ich nicht, weshalb ihr euch ausgerechnet die Juden ausgesucht habt. Es gibt sympathischere Nationen.»

Kann es eine Form der Komik geben, die noch höher steht als Humor und Galgenhumor? Da mögen die Urteile auseinandergehen, für meinen Geschmack sind die Selbstverspottung und Selbstironie noch köstlicher. Denn im Humor und Galgenhumor überwindet der Mensch nur seine Selbstüberschätzung oder seine Angst vor dem Schicksal, in der Selbstironie aber befreit er sich von sich selbst, indem er seine eigenen Schwächen verspottet. Auf diese Weise über sich lachen zu können, ist die besondere Gabe des witzigen Juden. Angespielt hat er zum Beispiel auch gern auf das eigene Vorurteil, überall sei Feindseligkeit zu finden. *Im Wiener Stadtpark sitzen zwei Juden und klagen über den Antisemitismus. Da kommt ein Vogel vorbeigeflogen und lässt etwas auf Moisches Ärmel fallen. «Siehst du», sagt Moische bitter, «was ich dir gesagt hab: Für die Gojim singen sie!»*

Manchmal kann man im Zweifel sein, ob man einen Witz der antisemitischen Propaganda oder eine jüdische Selbstverspottung vor sich hat. Zwischen beiden liegen Welten – und doch gibt es Einflüsse, meint Jan Meyerowitz; die Juden hätten manche Gehässigkeit aufgenommen, weil sie eine große Toleranz besaßen, die nicht würdelos, sondern warmherzig und etwas fatalistisch war (63). Auch Martin Grotjahn glaubt, mancher jüdische Witz wirke wie ein Dolch, den sich ein Jude in die Brust stößt und den er « alsbald galant dem Antisemiten zurückreicht mit dem stillen Vorwurf: Nun sieh zu, ob du es auch nur halb so gut kannst» (26). Entwaffnend sympathisch finde ich diesen berühmten Dialog: *«Weißt du, warum Moses mit den Juden vierzig Jahre durch die Wüste gezogen ist?» «Weil er sich geschämt hat, mit der Mischpoche auf der Straße zu gehen.»*

Der jüdische Witz ist nicht sehr alt, er ist erst «als Folge der allgemeinen europäischen Witzmode» Anfang des neunzehnten Jahrhunderts entstanden, meint Meyerowitz (12). Möglicherweise sind die ersten jüdischen Witze von den Frommen über die emanzipierten Glaubensbrüder gemacht worden. Dass sich der jüdische Volkshumor später den kleinen Gaunern in den eigenen Reihen zugewandt hat, erklärt Jan Meyerowitz damit, dass dem jüdischen Volk die großen schrecklichen Helden gefehlt haben. Komisch waren diese moralischen Verfehlungen gerade deshalb, weil dieses Volk durch das religiöse Gesetz «gezähmt» war; «eigentlich nur Wahnsinnige konnten überhaupt noch ernstlich entgleisen» (66).

Um so lieber wurde die Unmoral parodiert: Ein Geschäftsmann sagt zu seinem Sozius: *«Du, der Kommis, den ich engagiert hab, der is garantiert ehrlich.» «Woher weißt du das?» «Ich hab zwanzig Pfennig auf'n Ladentisch gelegt, er hat se nich genommen.» «Zwanzig Pfennig! Zwei Mark musst du hinlegen!» «Wie heißt, zwei Mark – zwei Mark nehm ich auch.»*

Oft wird der jüdische Witz nicht richtig verstanden. Kuno Fischer wollte um 1890 sicherlich zum guten reden, als er die Juden mit den Buckligen verglich und meinte, Verspottete brauchten den Witz als spitzen Stachel «im Kampf ums Dasein» (67f.). Das kann aber nicht stimmen, weil sich der jüdische Witz in keinem Fall gegen die Umwelt, sondern nur gegen die eigenen Genossen richtet. Auch bei Salcia Landmann, die bei der Wiedergabe jüdischer Witze (1960) viele Fehler gemacht hat, taucht der Gedanke zweimal auf: «Der Witz ist die einzige Waffe des wehrlosen Juden» (34, ähnlich 47). Frau Landmann steigert den Irrtum noch dadurch, dass sie zwanzig Jahre später (1982) im Vorwort zu einem anderen Buch über jüdischen Humor diese eigene unzutreffende Einsicht einem anderen unterschiebt: «Freud hatte den Witz als die letzte und einzige Waffe des Wehrlosen bezeichnet» (9). Nein, bei Freud findet sich dieser Gedanke zum Glück nicht. Er sprach von der Selbstkritik jüdischer Witze, die «gegen jüdische Eigentümlichkeiten gerichtet sind» (Witz, 91).

Süss und Meier treffen sich nach fünfundzwanzig Jahren wieder. «Meyer, was is denn aus deinem Sohn geworden? Das war ein so kluges Kind.» «Mein Sohn is geworden ein deutscher Dichter.» «Dichter? Dichten? Wie macht mer das?» «No, man macht, dass es gleich ist.» «Gleich ist?» «No, zum Beispiel: Aaron Süss, brech der die Füß.» «Das kann ich auch: Salomon Meier, brech der den Hals.» «Nein! Es muss gleich sein.» «Es braucht nicht gleich zu sein; es kann auch morgen oder übermorgen sein.»

Theodor Reik hat das Stichwort «Selbstkritik» seines Lehrers Freud aufgegriffen und gesteigert zur «Grausamkeit der Selbstherabsetzung» (Lust, 34). Sie sei den Selbstanklagen des Melancholikers verwandt, die eigentlich unbewusste Anklagen gegen andere seien. So würden in den jüdischen Witzen unbewusst die Nichtjuden angeklagt: «Seht, zu wie kläglichen, schwachen, verängstigten und frechen, kleinlichen und gierigen Kreaturen ihr uns gemacht habt» (ebd., 40f.). Ich würde es schade finden, wenn man das sympathische Spiel mit der eigenen Schwäche so verstehen müsste. Zu meiner Erleichterung habe ich gesehen, dass sich Reik fünfundzwanzig Jahre später noch einmal dem jüdischen Witz zugewandt hat – und diesmal ganz anders, freilich ohne ausdrücklichen Widerruf. Wir lesen: «In einer Unterhaltung stimmte Freud mir darin zu, dass der selbstironische und manchmal sogar sich selbst herabsetzende Charakter des jüdischen Humors, psychologisch gesehen, nur erklärlich ist, wenn man annimmt, er beruhe auf einem unbewussten oder vorbewussten Gefühl für den hohen Wert des eigenen Volkes, auf einem verborgenen Nationalstolz. Nur ein Mensch, der erhöht steht, kann herabspringen; nur ein stolzer Mensch kann sich dazu herablassen, sich selbst zu verspotten» (Jewish Wit, 16). Na, endlich! (Übrigens, da hat wohl eher Reik dem Lehrer Freud zugestimmt als umgekehrt.)

Itzig zu Schlesinger, seinem Prokuristen: «Ich gehe jetzt in die Synagoge und will dort unter keinen Umständen gestört werden!» Kaum ist Itzig draußen, kommt ein Anruf aus der Börse: Skoda-Aktien sind auf vierhundertzehn gestiegen. Schlesinger wird unruhig. Eine Viertelstunde später: Skoda-Aktien stehen auf vierhundertdreißig! Schlesinger hält es kaum noch aus. Beim dritten Anruf: Skoda-Aktien vierhundertfünfzig, stürzt er zur Synagoge, Itzig zu verständigen. Darauf Itzig in tadelndem Ton: «Schlesinger, Sie haben drei schwere Fehler begangen. Erstens haben Sie mich gestört in meiner Andacht. Zweitens haben Sie meine Glaubensbrüder gestört in ihrer Andacht. Und drittens notieren Skoda-Aktien hier bereits vierhunderfünfundachtzig.»

Der jüdische Witz ist in Deutschland erst durch die Sammlung von Salcia Landmann in den sechziger Jahren populär geworden. Dass die Deutschen nach dem Holokaust so begierig nach diesen Witzen griffen, musste verdächtig sein. Der Humorist, Schriftsteller und kongeniale Übersetzer Ephraim Kishons, Friedrich Torberg, schrieb 1961 in einer polemischen Rezension, unbewusst hätten die Leser dieser Witze ein «angenehm prickelndes Gefühl», denn «sie haben die Vergangenheit bewältigt und haben sich dabei auch noch gut unterhalten. Mehr kann man nicht verlangen» (65). Und selbst der milde urteilende Jan Meyerowitz meint, auf viele Juden habe das

Buch «fast so abstoßend und schmerzlich gewirkt wie so manches in der Nazizeit Geschriebene» (14). Das lag daran, dass die Sammlung handwerklich schlecht gemacht ist, voller Fehler, in Wortlaut und Tonfall die Originale oft verfehlend, und dass auch die Auswahl dem antisemitischen Klischee oft nahekommt; Frau Landmann wurde vorgeworfen, weniger die feine Selbstironie als die groben Späße über Unreinlichkeit und Unredlichkeit veröffentlicht zu haben, so dass die Juden so erschienen, meinte Torberg, «wie es der übelste Vulgär-Antisemitismus seit jeher wahrhaben wollte» (62).

Mit zwei Witzbeispielen, die zeigen können, dass die jüdische Tradition auch in Israel nicht aufgehört hat, möchte ich dieses Kapitel und damit die Darstellung der Witz- und Humorarten beschließen. Vielleicht erscheinen auch Ihnen diese Witze als ein Beleg für meine These, dass Selbstironie eine besonders verfeinerte Form des Humors ist.

In den Anfangsjahren des Staates Israel erzählte man sich, der staatliche Rundfunk habe sich so gemeldet: «Hier ist der israelische Kurzwellensender auf Kanal 35», und dann, vertraulich geflüstert, «für Sie – 33!»

Der andere Witz stammt ebenfalls aus den Pionierjahren des neuen Staates. *Ein Jude musste aus seiner Heimat flüchten, nun betritt er israelischen Boden und seufzt: «Zweitausend Jahre haben wir vergeblich um Rückkehr gebetet – und ausgerechnet mich muss es treffen!»*

Teil III

Eine Theorie des Witzes

Der Witz in einer Nussschale

Das Komische entsteht auf sehr unterschiedliche Weise. Die Umstände sind so vielfältig, dass sie nicht auf einen Nenner gebracht werden können. Wäre es anders, wozu hätte man nach und nach so viele Techniken und Tendenzen des Witzes vorstellen müssen? Obwohl also niemand die Bedingungen des Komischen abstrakt definieren kann, sei dennoch eine These gewagt:

Als komisch empfinden wir eine Lage, die uns überfällt, uns überfordert und die doch Entspannung verheißt. Sie selbst nämlich wird sich entspannen – und damit auch uns.

Genau genommen löst diese Lage von Anfang an einen Prozess aus, und er vollzieht sich, wenn es gut geht, auf vier Ebenen nach einander: Zuerst wird der Verstand beschäftigt (das Verstehen), dann das Unbewusste, danach das Gemüt (man ist hin- und hergerissen in einer Ambivalenz der Gefühle), und schließlich ergreift dieser Prozess den Körper, der – gebeutelt von der plötzlichen Überforderung – im stoßweisen Ausatmen, genannt Lachen, die endgültige Entspannung sucht.

Der Witz wirkt in allen seinen Phasen sehr schnell. Wir verstehen ihn auf Anhieb. Aber der Witz selbst ist eben noch schneller, denn es gelingt ihm ja, uns zu erschrecken, bevor wir ihn wirklich verstehen können. Er scheint die Textsorte mit der schnellsten Kommunikation überhaupt zu sein. Ihn verstehen wir intuitiv und reflexhaft, nicht rational und deduktiv. Aber bloßes Verstehen ist eben nicht alles. Wie gesagt, anschließend sind auch andere Ebenen von uns beteiligt.

In allen Phasen ruft der Witz eine plötzliche Reaktion hervor, auf die, wie oft beobachtet worden ist, ein längeres Hin und Her folgt. In dieser Bewegung kann sich die Überraschung und Überforderung allmählich lösen. Die vier Ebenen oder Stationen sollen im folgenden dargestellt werden, wobei ich gelegentlich wieder auf die schon einmal referierte Literatur zurückgreife (ohne den Fundort erneut anzugeben).

Weil das Lachen ein großes Rätsel der Humorforschung bleibt, ist ihm am Schluss ein eigenes Kapitel gewidmet, bei dem es unter anderem darum geht, ob auch dieser letzte Akt des Komischen als ein Hin und Her zu deuten ist.

1. Das Verstehen

Als Prüfung

Zuerst etwas nicht so Wichtiges: Derjenige, dem ein Witz erzählt wird, fühlt sich vom Witzerzähler auf die Probe gestellt, denn er wird geprüft, ob er den Witz auch versteht. Wenn wir ihn tatsächlich verstehen, haben wir die Herausforderung bestanden, haben wir gewonnen, und das ist der erste kleine Triumph und Lohn, der uns befriedigt. Allein schon wegen der Erwartung dieses Glücks lässt man sich gern einen Witz erzählen.

Doch warum ist es eine Herausforderung? Weil es eigentlich gar nicht so selbstverständlich ist, einen Witz zu verstehen. Das ist nämlich eine besondere Sorte Text und gewiss keine einfache.

Zwei Gehirnhälften, zwei Wege

Jeder Witz ist eine unvollständige Mitteilung, missverständlich oder doppeldeutig, denn sie verwendet Techniken wie Anspielung, Auslassung, Wortspiel, Verdichtung oder Übertreibung. Der Witzhörer bekommt den Witz daher wie einen Bausatz, den er selbst erst fertig stellen muss. Das gelingt ihm meist auf Anhieb. Wieso?

Hier kommt ins Spiel, dass unserem Gehirn zwei recht verschiedene Wege des Begreifens zur Verfügung stehen, und erst wenn man sie kennt, ahnt man, wie eine solche Textsorte überhaupt verstanden werden kann – und warum uns dieses Verstehen sogar Spaß macht. Es war der Witzforscher R. S. Fouts, der die damals neuesten Ergebnisse der Gehirnforschung wohl als erster auf den Witz angewandt hat: Es sei von einigen Gehirnphysiologen nachgewiesen worden, berichtete er, dass die linke Hälfte des Gehirns mehr das aufnehme, was nach und nach zu verstehen sei, vor allem die Sprache, während die rechte Gehirnhälfte eher dazu neige, eine Situation intuitiv und plötzlich zu erfassen. Diese These wandte Fouts auf die Humorforschung an, indem er vermutete, zuerst nehme, wenn ein Witz erzählt wird, die linke Gehirnhälfte den Wortlaut nach und nach auf; dann aber sei, sobald die Pointe erscheint, die rechte Gehirnhälfte gefordert, die in der Lage ist, die verwirrende Information blitzschnell mit der gespeicherten Erwartung zu vergleichen und die Komik zu erfassen.

Beide Gehirnhälften seien also, meinte Fouts, gleichermaßen am Verstehen des Witzes beteiligt, jede auf ihre Art. Die «Lösung» findet jedoch durch Intuition erst die rechte Gehirnhälfte. Sie allein versteht nämlich das Ganze, und das schlagartig. Doch fragt nun die linke Gehirnhälfte nach dem plötzlichen Verstehen zurück, warum der Witz komisch sei und was die Pointe ausgelöst hat.

«Herr Richter, ich bin wirklich unschuldig!» «Das kenne ich, das sagen alle.» «Ja, wenn es alle sagen, dann muss es doch auch stimmen!» Zunächst hat die linke Gehirnhälfte eine absurde Unlogik nachzuvollziehen, dann löst die rechte diese Fehlverbindung, indem sie den Fehler und damit den Doppelsinn durchschaut. Fürs erste ist damit der Witz verstanden und der Sieg beglückend. Diese großartige Leistung erweist sich allerdings zugleich als Fehlschlag. Denn der erkannte Sinn ist im Grunde Unsinn! Solch ein Ergebnis ist die rechte Gehirnhälfte nicht gewohnt: dass sie nämlich versteht und doch zugleich nicht verstehen kann (beziehungsweise merkt, dass die Sache nicht wirklich verständlich ist). So etwas wirkt ungemütlich, denn es läuft gegen die Vorschriften unserer Ratio.

Gerade wegen des Scheiterns aber kommt der Hörer vom Versuch zu verstehen nicht los. Er selbst hat ja den nur halb fertigen Text vollendet. Dessen Sinn ist in seinem Kopf aufgegangen, der Gedanke ist (auf doppeltem Wege) nachvollzogen, nun ist es sein eigener Gedanke, jedoch ein verquerer Gedanke. Vorläufig endet unser Verstehen daher in einer Verlegenheit, doch irgendwie wird sich, meinen wir, die Sache aufklären.

Zwischen Überforderung und Entspannung

Wenn das stimmt, dann scheint sich die Definition, die wir versucht haben, zunächst zu bewähren: Als komisch empfinden wir eine Lage, die uns überfällt, uns überfordert und die doch Entspannung verheißt.

Das Verstehen eines Witzes, so ist oft gesagt worden, beginnt mit einem winzigen Schock oder doch mit einer kleinen Verwirrung; das gilt sogar von den scheinbar harmlosen Witzen, denn auch sie nehmen dem Hörer für einen Augenblick die Orientierung und stellen sein Verstehen auf die Probe. Obwohl der Hörer sofort intuitiv einen Sinn erfasst hat, hat er dabei doch auch Unsinn verstanden, und er wendet sich von der irreführenden hin zur durchschauten Fassung des Witzes, die ebenfalls unbefriedigend ist, und wieder zurück.

Was einem einleuchtet, wird zum Schlüssel. Doch ich möchte

nicht der Versuchung erliegen, im folgenden alles allein aus der verlockenden These von den zwei Gehirnhälften und ihren zwei Wegen des Erfassens abzuleiten. Es genügt ja festzustellen, dass jeder Witz zwei Deutungen anbietet und dass wir bei dem Versuch, sie zusammen zu sehen, überfordert sind. Mit anderen Worten, sowohl unsere Gehirnhälften konkurrieren als auch die beiden Bilder, die ein Witz anbietet; und ich will nicht versuchen, diese beiden Konkurrenzen exakt aufeinander zu beziehen.

Zur Veranschaulichung wird ein Beispiel auch hier willkommen sein. *Die Überschrift in einer Zeitung lautete: «Münchner Oktoberfest. Wiesn-Wirte unzufrieden mit dem Wetter. Wenig ausländerfeindliche Vorfälle. Trotzdem eine Riesen-Gaudi».* Als ich das in einer Sammlung mit Stilblüten las, hatte mich gleich die absurde Idee gepackt, die eigentliche Gaudi beim Oktoberfest könnte darin bestehen, ausländerfeindiche Zwischenfälle erleben zu können. Eine irre, aber auch höchst wirksame Vorstellung. Zugleich wurde mir immer wieder klar, wie dieses sprachliche Unglück zustande gekommen war, und damit drängte sich mir eine nüchterne Betrachtungsweise auf, bis sich wieder die absurd falsche Szene durchsetzte. Dabei merkte ich, wie meine Verwirrung zum guten Teil daher stammte, dass sich beide Vorstellungen ständig verdrängten, während ich offenbar versuchte, sie zugleich in den Blick zu bekommen.

Die Unvereinbarkeit der Bilder und wie beide sich gegenseitig wegschoben, scheint mir für das, was ich unsere Überforderung nenne, typisch zu sein. Das Absurde ist in unsere Vorstellungswelt eingebrochen, wir können es jedoch nicht integrieren, es höchstens in der Absicht hinauswerfen, dass damit die vernünftige Sicht Recht behält (in unserem Beispiel: dass es sich um einen Fehler des Redakteurs handelt). Und dann kehrt das Absurde zurück, immer wieder. Was mich lachen ließ, waren offenbar mein Unvermögen, beide Deutungen in eins zu sehen, und meine Freude, das auch nicht leisten zu müssen.

Ein Paradox

Es ist in der Literatur oft festgestellt worden, dass der Witz im Kern etwas Unsinniges bietet, was wir nicht fassen und mit dem wir schwer fertig werden können. Ich erinnere daran, wie schon Immanuel Kant feststellte: «Es muß in allem, was ein lebhaftes erschütterndes Lachen erregen soll, etwas Widersinniges sein», und er setzte hinzu: «woran der Verstand an sich kein Wohlgefallen finden kann». Friedrich Theodor Vischer schrieb 1837 vom Widerspruch oder der «Contradictio» beim Komischen: «Der Zuschauer ruft aus: So klug und in dieser Klugheit so töricht! So viel Sinn und in diesem Sinn so viel Unsinn! Wie ist es doch nur möglich, man meint ja fast, es könne nicht sein!» Bei Emil Kraepelin finden wir dann ausdrücklich das Stichwort «paradox» in der Beschreibung der Pointe; sie sei «die plötzliche paradoxe Lösung eines psychischen Spannungszustandes». Bergson sprach von einer Interferenz, bei der sich zwei Ideensysteme überschnitten. Und der kalifornische Anthropologe Gregory Bateson sagte: «Das Paradox ist das prototypische Paradigma des Humors.»

Unserem Verstehen erscheint das Paradox als Zumutung, denn es ist intellektuell nicht in ein einziges Konzept zu fassen und daher ebenso unerwünscht wie doch auch willkommen, weil es herausfordernd oder albern wirken kann. *«Lieber zu viel getrunken als zu wenig gegessen.»* Solchen Widersinn hat man nicht gern, den Paradoxa geht man aus dem Weg – oder genießt sie.

Es kommt zu einer Bewegung, zum Pendeln

Ein Paradox lässt sich also nicht aufheben, sein Widerspruch nicht vereinen, für uns bleiben daher wenigstens zwei Deutungen bestehen, und wir wenden uns von einer zur anderen. Beide Bedeutungen springen um wie ein Vexierbild, und wir scheitern. Wie wir den Doppelsinn zu fassen versuchen, erinnert an eine Slapstick-Szene, bei der ein Mensch zwei rutschige Pakete balanciert und nicht zu halten versteht; greift er das eine, entgleitet ihm das andere, und das immer wieder. Ein ähnliches Bild für die Wirkung des Komischen ersann schon Immanuel Kant. Gleich nach seiner Bemerkung über das Widersinnige meinte er, dass wir uns plötzlich in unserem ersten Verständnis der Witzgeschichte getäuscht sähen, aber «unsere verfolgte Idee wie einen Ball noch eine Zeitlang hin- und herschlagen, indem wir bloß meinen, ihn zu greifen und festzuhalten».

Kants Deutung hat bis heute Bestand. Wer je längere Zeit lachen musste, wird an sich selbst beobachtet haben, wie sich das Lachen immer wieder neu daran entzündet, daß Täuschung und Einsicht sich verdrängen. So sagt es auch Bergson: «Wir kommen vom falschen Urteil zum richtigen; wir pendeln zwischen dem möglichen und dem wirklichen Sinn». Auch Arthur Koestler sieht uns «pendeln» und beobachtet beim Verstehen «ein jähes Übertragen des Gedankenganges von einer Matrix auf eine andere».

Die Verstehensphase endet gewöhnlich damit, dass die Bewegung, also das Hin und Her, abklingt. Und doch setzt so mancher Witz, soweit er uns getroffen hat und nicht nur die Qualitäten einer intellektuellen Spielerei oder einer Denksportaufgabe zeigt, seine Wirksamkeit noch fort, und zwar zunächst auf verborgene Weise.

2. Im Unbewussten

Ein Witz, der uns wirklich erreicht, muss das Unbewusste getroffen haben, jenen Quellgrund verdrängter Wünsche und Ängste, aus dem Gefühle aufsteigen. Die These, dass es im Witz meist um das Verdrängte geht, mag übertrieben scheinen, weil auch harmlose und alberne Witze recht erheiternd sein können. Doch sollte man bedenken, wie sehr in unserer Kultur auch Unlogik und Albernheit verachtet und verdrängt sind. Erst der Witz schafft es, sie zur Geltung zu bringen.

Die These über die Rolle des Unbewussten lautet: Witze – überhaupt das Komische und alle Arten des Humors – sind deshalb so willkommen, weil sie auf eine ungefährliche Weise das Verdrängte für einen Augenblick befreien und damit halbwegs bewusst werden lassen. Wieso jedoch ist das erwünscht und wirkt befreiend? Um diese Frage zunächst einmal etwas pauschal zu beantworten, kann man sagen: Das Verdrängte wird im Witz nur ans Licht geholt, um sich als erlaubt oder harmlos zu erweisen und aufzulösen. Gibt es etwas Schöneres, als das sorgsam Verschlossene als ungefährlich zu erleben?

Aber das ist nur eine vorweggenommene, reichlich abstrakte Erklärung, die ich gleich noch mit der Unterscheidung zwischen Lustwitzen und Angstwitzen ausführlicher zu geben versuche. Zuvor sei jedoch ein einfühlsames Bild vom Unbewussten und seiner Rolle beim Witz erwähnt, das Karl Groos 1892, dreizehn Jahre vor Sigmund Freud, erdacht hat.

Angenommen wird dabei, die vermiedenen Gefühle könnten nur aufsteigen, wenn das Bewusstsein abgelenkt ist wie ein Kerkermeister bei der Befreiung des Gefangenen. Schon Emil Kraepelin, Freuds späterer Gegenspieler, hatte in seiner Jugendarbeit über das Komische festgestellt: Je einseitiger die Aufmerksamkeit im entscheidenden Moment beschäftigt sei, desto stärker drängten die Gefühle zum Lachen. Am allerbesten aber hat dasselbe, wie gesagt, Karl Groos in seiner Ästhetik beschrieben, weil er diese Ablenkung auch noch in ein treffendes Bild gekleidet hat: «Der gut vorgetragene Witz muss den Hörer überlisten, so dass es dem Bewusstsein ergeht wie jenem Hausbesitzer, der den zur Verbesserung des Torverschlusses bestellten Schlosser hereinließ und es im Dunkeln nicht sah, dass zu gleicher Zeit der gefürchtete Dieb durch die geöffnete Türe geschlüpft war.»

Bestechend an diesem Bild ist, dass hier das «Bewusstsein» wie ein Hausbesitzer überlistet wird, der nicht merkt, was im Dunkeln während des Witzes passiert. Man muss also kein Anhänger Freuds sein, um anzunehmen, das Unbewusste sei beim Witz jenes Dunkel, in dem das Entscheidende passiert. Das war schon Groos bekannt.

Sehen wir uns nun an, wie die beiden – nach der Tendenz unterschiedenen – Arten von Witzen unser Unbewusstes abzulenken wissen, so dass der Dieb eindringen kann. Tatsächlich scheint der Witz fähig, die Verdrängung aufzuheben. Denn er macht für einen Augenblick das Verbotene erlaubt und das Gefürchtete erfreulich.

Lustwitze

Man kann, wie gesagt, die Witze einteilen in Lust- und Angstwitze. Bei den Lustwitzen geht es um das, was zwar Spaß macht, aber leider verboten ist, sagen wir, es geht um Sexualität und Aggression, also um etwas, was unsere Erziehung unterdrückt hat und was sich jetzt für einen Moment zeigen darf. Beispielsweise sind Pornografie und Rache verpönt, der Wunsch danach ist jedoch in manchem von uns tief verschlossen gegenwärtig, ist also nur ‹verdrängt›. Über den Verschluss des Lustvollen wacht der Zensor, der Kerkermeister, oder, mit Karl Groos gesprochen, der Besitzer, der keinen Dieb ins Haus lassen will. Der psychoanalytische Fachausdruck für diese Instanz lautet Zensur oder auch Abwehr.

Wie schafft es nun der Witz, das Verdrängte zu befreien? Offenbar kann ihm das nur gelingen, wenn er die Forderung der Abwehr erfüllt. Darum erfüllen Lustwitze die Forderung der guten Erziehung, dass nichts gesagt wird, was in unserer Kultur verboten ist. Diese Bedingung können die meisten Lustwitze recht leicht erfüllen, denn sie verwenden weder ‹unanständige Ausdrücke› noch

Schimpfwörter. Daher brauchen sie sich nicht einmal am Zensor heimlich vorbeizudrücken und müssen keine Leibesvisitation fürchten. Im Gegenteil, Witze sind ja meist sogar geistreich, weil sie mit Auslassungen und Andeutungen arbeiten und damit den Intellekt herausfordern. Die Zensur zeigt sich von dieser Qualität beeindruckt, zumindest durch die elegante Form bestochen.

Selbst da, wo aggressive Witze schadenfroh und gemein klingen, wecken sie doch zugleich auch Mitgefühl für das Opfer oder lassen sich von anderen höchst anerkannten Regungen begleiten. Wenn das alles nicht reichen sollte, um die Zensur zu befriedigen, ja zu erfreuen, dann rechtfertigt sich der Lustwitz schließlich noch dadurch, dass er «nur Spaß macht» und deshalb gar nicht in die Zuständigkeit des Zensors fällt.

Angstwitze

Die Angstwitze bringen Themen zur Sprache, die viele Witzhörer als existenzielle Bedrohung empfinden: Grauen und Krankheit, Horror und Ekel, Scheitern und Tod. Und wieso ist das Bedrohliche, das wir im eigenen Interesse nicht gern ansehen möchten, im Witz plötzlich erwünscht? Wie kann überhaupt ein Mensch dazu gebracht werden, die Angst hervorzuholen, die er mit gutem Grund verschlossen hat? Um es zunächst ganz kurz zu sagen: Der Witz darf die verdrängte Angst nur deshalb ins Bewusstsein heben, weil er verspricht, sie dabei «ins Lächerliche zu ziehen». In einer Art Trainingsprogramm wird also diese Angst in kleiner Dosis erzeugt und – sobald sie erscheint – sofort verscheucht. Mit diesem Programm schaffen es die Angstwitze, an der Abwehr vorbeizukommen und Unlust am Ende in Lust zu wandeln. So können wir über unsere eigne Furcht endlich einmal triumphieren.

Und wieso kann das Bedrohliche so schnell aufgelöst und verscheucht werden? Die Antwort ist: Nicht das Verdrängte des Witzhörers selbst erscheint im Witz. Was der Witz benennt, erinnert den Hörer zwar an seine eigenen Ängste, aber nach dem ersten Schrecken merkt er, dass er gar nicht betroffen ist. Auf den Schock folgt die Freude: Das ist ja nur eine Gefahr, in der ein anderer steckt, nicht ich! Das festzustellen, ist an sich schon erleichternd.

«He, Sam», sagt ein Freund zu dem verurteilten Viehdieb im Wilden Westen, «noch irgend 'n letztes Wort, bevor sie dich raufziehen?» Sam, den Kopf in der Schlinge, nickt: «Ja, sag dem Richter,

dass er vollkommen recht hat, ich werde mir die Strafe eine Lehre sein lassen.» Das grausige Thema Todesstrafe klingt zwar an (und damit potenziell unsere Angst vor dem eigenen Tod), aber man ist doch nicht selbst betroffen. Hinzu kommt, dass die Szene durch die Paradoxie der letzten Worte gleich ins Absurde gewendet wird. Und außerdem spüren wir, dass wir uns (wie bei jedem Galgenhumor, von dem wir hören) unser Mitleid sparen können, weil das Opfer sich der Situation gewachsen zeigt.

Damit ist nun vielleicht klar: Der Angstwitz erfüllt am Ende doch die Forderung nach Verdrängung – wider allen Anschein. Er zeigt die traumatischen Befürchtungen genau so, wie wir sie uns wünschen müssen, nämlich als lächerliche Schatten, die sich gut verscheuchen lassen und fast nichts mit uns selbst zu tun haben.

Angst in Lust verwandeln, das gelingt außer dem Witz noch anderen Beschäftigungen des Menschen. Wer einen Schauerroman liest, einen Krimi ansieht oder Achterbahn fährt, weiß, wie das geht. Es ist eine alte Erfahrung: Ein kleiner Schrecken, der überwunden wird, nimmt die große Angst mit hinweg, jedenfalls für den Augenblick. Die kleine Dosis wird wie beim Impfen zu einer Immunisierung verwendet. In der Verhaltenstherapie gibt es verwandte Strategien gegen die Angst.

Über Lust- und Angstwitze

Fassen wir zusammen: Bei Lustwitzen hören wir die Stimme der Zensur, die fordert: «Das darf man nicht aussprechen!» Bei Angstwitzen empfindet man: «Davon will ich nichts hören!» Der Unterschied besteht also vor allem darin, dass die Zensur im ersten Fall ein anerzogenes Verbot ausspricht, im zweiten Fall die Verdrängung aber einen Selbstschutz darstellt. Bedingung für die Zulassung von Lustwitzen ist: «Es fällt kein schlimmes Wort.» Und bei den Angstwitzen das Versprechen: «Es geht gar nicht um deine eigene Angst, nur um die anderer Menschen.» So ausgestattet, holt der Witz in beiden Fällen das Verdrängte für einen schockierenden Augenblick ins Bewusstsein, um es sofort in das Reich des Unernstes zu entlassen. Um meine Worte zu wiederholen: Der Witz macht für einen Augenblick das Verbotene erlaubt und das Gefürchtete erfreulich.

Was mit uns geschieht, wenn wir einen Witz begreifen und seiner Wirkung unterliegen, hat sich auch hier, im Unbewussten, als ein Ablauf erwiesen. Im Intellekt hatte man versucht, zwei Deutungen gleichzeitig zu erfassen, was misslingen musste, so dass man den Ball noch eine Weile hin und her schlug, wie Kant es beschreibt. Hier im Unbewussten setzt sich die Bewegung ähnlich fort.

Das Spiel verläuft jetzt nur zwischen Zensur und Befreiung, zwischen der Lust am Verbotenen und der Rechtfertigung ihrer Zulassung, zwischen der alten Angst vor dem Verdrängten und dem Triumph, das Tabu ertragen zu haben (oder doch wenigstens dessen harmlosen Schatten).

So kommt es auch im Unbewussten zu einem Hin und Her, und verursacht wird es diesmal durch den Streit um Zulassen und Unterdrücken, durch den Wechsel von Risiko und Sieg. Am Schluss empfindet man die Genugtuung, der Abwehr ein Schnippchen geschlagen, die Lust befreit und die Unlustgefühle in lustvolle Erleichterung verwandelt zu haben. Doch auch diese Bewegung will nicht enden, wenn sie zu keiner Lösung führt, und setzt sich dann fort.

Wie könnte es auch anders sein? Schließlich hantiert mit Sprengstoff, wer das Verbotene oder das Bedrohliche hat hervorkommen lassen und nun zwischen Schrecken und Hochgefühl schwankt. Ängstlichkeit und Stolz, man kann auch sagen: Unlust und Lust kämpfen in uns weiter. Daher muss diese Tragik-Komödie noch fortgesetzt werden.

3. Die Ambivalenz der Gefühle

In der Literatur ist oft beschrieben worden, wie das Komische vor allem einen Kontrast der Gefühle wecke. Das leuchtet einem ja auch ein. Daher stelle ich diese Ansicht hier gern und ganz zustimmend dar. Nur könnte man sich fragen, ob die Ebene des Unbewussten und die der Gefühle wirklich zweierlei und nicht ein und dasselbe sind. Da bin auch ich im Zweifel. Möglicherweise ist das folgende nur eine Doublette, eine Art andere Sichtweise, und beschreibt fast den gleichen Vorgang, den wir eben im Unbewussten zu ergründen gesucht haben. Sicher ist jedenfalls, dass beim Begreifen eines Witzes etwas noch weit Wichtigeres zum bloßen intellektuellen Verstehen hinzutritt. Nennen wir es nun eine Dynamik der Gefühle.

Vielleicht als erster hat 1856 der deutsche Philosoph und Psychologe Moritz Lazarus in seinem einflussreichen Buch «Das Leben der Seele» beide Seiten – Gedanken und Gefühle – miteinander verknüpft. Er meinte, aus dem Kontrast im Denken entstehe beim

Witz ein «Widerspruch im Zustande der Seele», den man Affekt nenne. Ja, wirklich, aus dem einen Kontrast ergibt sich der andere, das leuchtet uns ein. Ebenso klar finden wir das 1885 bei Emil Kraepelin wieder, der seine ganze Untersuchung des Komischen unterteilt in den «intellektuellen Kontrast» und den «Gefühlskontrast» und beide abschließend auf einander bezieht. Komisch wirke, so Kraepelin, der «unerwartete intellektuelle Kontrast, der in uns einen Widerstreit der Gefühle erweckt». Nur so kann es sein! Auf die Gefühle, die aus dem intellektuellen Kontrast folgen, kommt es an.

Nach der Maueröffnung kommt ein Ostberliner in den Westen der Stadt und fragt einen Türken: «Wo jehts denn hia nach Aldi?» Antwortet der Türke: «... zu Aldi!» Sagt der Ossi: «Was? Aldi schon zu?» Der Doppelsinn von ‹zu Aldi› ließ mich, als ich den Witz zum ersten Mal hörte, nicht zur Ruhe kommen, die Bedeutung schien zu flimmern. Wie in vielen guten Witzen kamen Affekte hinzu, etwa durch die Überraschung, dass der Türke nicht nur besser Deutsch spricht, sondern den Alteingesessenen auch noch verbessert. Der wiederum glaubt, der Türke spreche Deutsch mit falscher Wortstellung und habe eigentlich «Aldi zu!» sagen wollen. In mir kämpften wohl die Sympathien für den Ostberliner und für den türkischen Berliner miteinander, jedenfalls brachte der Witz einen seelischen Widerstreit bei mir in Gang und weckte einen unwiderstehlichen Reiz.

Das Unvereinbare

Wenn ein Witz eine Dynamik der Gefühle auslöst, dann sind diese zwiespältig, sind gemischt, wie man früher sagte, oder ambivalent, wie es heutzutage heißt. Es sind also unvereinbare, oft sogar gegensätzliche Gefühle, die da gleichzeitig im Witzhörer aufsteigen und sich gegenseitig aufschaukeln. Das kann schwer erträglich und doch lustvoll sein.

Sagt ein Mann zu einer Frau: «Ich weiß einen neuen Blondinenwitz ...» Antwortet sie: «Bitte erzählen Sie ihn ganz langsam, ich bin blond.» Wenn wir diesen Witz als Beispiel für widerstreitende Gefühle nehmen, so können wir sagen, die Frau wirkt (abwechselnd) recht einfältig oder absolut souverän. Wir können uns nicht entscheiden, und Gefühle wie Mitleid oder Bewunderung kämpfen um die Oberhand. Viele jüdische Witze zeigen einen dumm-schlauen Menschen, der ähnlich zwiespältige Gefühle in uns erregt. Auch hier können Geringschätzung und Bewunderung miteinander streiten.

Die Gefühle, die ein Witz weckt, sind jeweils anders gefärbt, aber es sind im besten Fall unvereinbare, die sich da melden. Was uns nicht verwundern kann, wenn wir bedenken, wie zuvor (auf der intellektuellen Ebene) das Paradox uns ebenfalls Unvereinbares zugemutet hat. Dass ein Witz gemischte Gefühle auslöst, ist oft beschrieben worden. Als Karl Groos 1892 auf den inneren Widerspruch der Gefühle zu sprechen kam, nannte er diese Geschichte als Beispiel: *Ein armseliger kleiner Junge kommt zum Metzger und sagt: «Um zehn Pfennig a Hundsfutter – aber net so fett wie's letzte, weil 'n Vater drauf so schlecht worn is.»* Unsere Reaktion sei Schmerz und Lachen, schreibt Groos. Und tatsächlich, man glaubt zu bemerken, wie diese Verbindung einem zugleich schwer erträglich und doch willkommen ist.

Schon wieder also befinden wir uns in einer Situation, die keinen Ausweg kennt, ohne dass wir das allerdings einfach nur schlimm fänden. Und so mag sich die zu Anfang gegebene Definition auch in dieser Phase des Witzgeschehens bewähren: Als komisch empfinden wir eine Lage, die uns überfällt, uns überfordert und doch Entspannung verheißt.

Erneut kommt es zu einer Bewegung

Beide ambivalenten Gefühle steigern sich gegenseitig. Wegen ihrer Unvereinbarkeit scheint eine Gleichzeitigkeit unmöglich, daher entsteht ein Nacheinander, ein Hin- und Herspringen, bei dem die Gefühle zugleich getrennt und doch aufeinander bezogen sind. Sie können sogar einen Gefühlssturm entfachen, der an das Phänomen Rückkopplung erinnert, bei dem sich (zum Beispiel in der Elektroakustik) zwei Größen gegenseitig bis zur Unerträglichkeit steigern (siehe S. 116). Erst wenn sie nicht mehr aufeinander einwirken, klingt der Effekt ab.

Dazu noch eine Anmerkung: In der Humorliteratur wird die Kurve der Gefühlserregung verschieden angegeben; während es früher üblich war, eine «Abfuhr», also eine Abnahme von Spannung und Erregung, anzunehmen, hat die empirische Humorforschung gezeigt, dass Testpersonen, denen man Witze vorlegt, zunächst einen steilen Gefühlsanstieg verspüren. Der Unterschied lässt sich damit erklären, dass die Wissenschaftler früher mehr die Person im Auge hatten, die einen Witz spontan erfand und dabei angestauten Druck abließ, während die heutige Humorforschung den Witzkonsumenten testet, bei dem der Witz zunächst einmal den Reizpegel in die Höhe treibt, bevor es auch bei ihm zu einer Entspannung kommt.

Das folgende Beispiel weckt ebenfalls Gefühle, vielleicht finden sich darunter Vergnügen und eine leichte Aggression. *Ein Amerikaner wird durch die Ahnengalerie eines englischen Schlosses geführt. Der Führer erklärt, dies sei Lord Henry, der gegen die Armada gekämpft habe, jenes sei Lord Humphrey, der als Frau verkleidet den Feinden entrann … und so weiter. «Und das», sagt der Führer, während er vor dem größten Porträt stehenbleibt, «das ist Sir Gyles, der Gründer der Familie!» «Und was hat der gemacht?», fragt der Amerikaner. «Er war der Gründer der Familie.» «Ja, aber was hat er tagsüber gemacht?»*

Hat man einen Witz auf sich wirken lassen und ist der Streit der Gefühle abgeklungen, so wird meist die Lust die Oberhand behalten. Abgeschlossen aber muss der Witzvorgang mit diesem Prozess noch nicht sein. Manchmal schließt sich noch eine körperliche Phase an, das Lachen.

Ein Witz, der zwei recht unvereinbare Gefühle von sich aus zum Thema macht, sei hier zur Anschauung noch angeführt. *Drei Freunde fahren zum Angeln. Auf der Fahrt beschließen sie, einer von ihnen solle in den nächsten Tagen so lange kochen, bis ein anderer sich über das Essen beklagt, dann müsse der den Küchendienst übernehmen. Am Ferienort angekommen, bestimmen sie durch Los den Koch, und der übernimmt murrend sein Amt. Zu seinem Bedauern beklagt sich tagelang niemand, obwohl er sich redlich Mühe gibt, schlecht zu kochen, bis schließlich einer ausruft: «Es schmeckt wirklich nach Pferdemist! …» – und schnell hinzufügt: «aber sehr gut!»*

4. Ein Ende im Lachen

In der letzten Phase des Witzvorgangs setzt sich die Hin- und Herbewegung, soweit es noch keine Beruhigung gab, in einem körperlichen Geschehen fort, eben im Lachen. Das ist wohl nur dann der Fall, wenn die Bewegung, von der bislang auf allen drei Ebenen berichtet werden konnte, noch nicht zu Ende ist. Und wie sollte die

Bewegung auch beendet sein, wenn uns ein Witz wirklich getroffen hat, wir ihn weiterhin genießen wollen und ihn zugleich abwehren müssen? In dem Fall würde auch auf dieser vierten Stufe des Witzvorgangs unsere Definition gelten: Als komisch empfinden wir eine Lage, die uns überfällt, uns überfordert und die doch Entspannung verheißt, indem sie sich selbst entspannt und am Ende auch uns. Diese endgültige Entspannung soll nun also eine körperliche Reaktion, eben das ausagierende Lachen, bringen.

Es beginnt damit, dass einem der Atem stockt, weil sich zwei Reaktionen gegenseitig blockieren, das Ein- und das Ausatmen. Denn es stellt sich die Frage: Soll der Witzhörer vor Schreck Luft holen – oder soll er im Gegenteil das mit dem Atem ausstoßen, was an Gefühlen in ihm aufsteigt? Die Blockade löst sich auf in ein Nacheinander, und nach kurzem Luftschnappen «platzt man heraus».

In dieser elementaren Hin- und Herbewegung, die vom psychosomatischen Zentrum, dem Zwerchfell und dem Bauch, ausgeht, «schüttet man sich aus vor Lachen». Damit ist eigentlich alles gesagt. Es ist ein starker Wechsel: Erst nach Luft schnappen und dann die Erregung wegsprudeln. Das erinnert uns an die Bewegungen auf den vorigen Ebenen, wo es wegen der Unvereinbarkeit des Gegensätzlichen ebenfalls keine Gleichzeitigkeit geben konnte. Genauso will sich auch jetzt ein Nacheinander, dieses Hin- und Herpendeln, einstellen, ein körperliches. Das Lachen ist Ausdruck der höchsten Erregung, die das Komische auslösen kann, und doch zugleich Wellenbrecher im Sturm dieser Gefühle. Wie es dem Lachen gelingt, beides zu sein, Höhepunkt und Ausklang, ist ungeklärt.

Fassen wir alles zusammen: Es ist eine lange Spur, die der Witz gezogen hat, falls sich am Ende das Lachen einstellt. Vom Verstand intuitiv erfasst, im Unbewussten rebellierend, die Gefühle weckend und den Körper schüttelnd, löst der Witz immer die Spannung auf, die er uns mit dem Unvereinbaren zumutet. Wem dafür Worte wie «Befreiung der Lust», «Therapie der Angst» zu hoch gegriffen scheinen, kann doch wenigstens feststellen, dass der Mensch durch die heilsame Provokation des Witzes ein wenig Freiheit von sich selbst erlangt. Er wird für einen Augenblick locker.

Indem der Witz dafür sorgt, dass sich die Lage, in die er uns gebracht hat, entspannt, entspannt er auch uns. Entspannt und locker zu sein, ist aber heute ein Wert an sich.

Wie sich das Lachen verändert hat

Als eines der wenigen Programme, die in unserem Körper ebenso unwillkürlich wie offen erkennbar ablaufen, ähnelt das Lachen den anderen: Es ist so ansteckend wie das Gähnen, so befreiend wie das Niesen, kann uns so packen und hilflos machen wie das Weinen, und es wird ausgelöst durch einen fast so schmerzlich schönen Gefühlssturm wie der Orgasmus. Viel ist über das Lachen gerätselt worden, aber es hat sein Geheimnis bewahrt. Auch mir bleibt nichts, als ein wenig vom Ergebnis der Forschung zusammenzutragen. Dabei greife ich auch einiges auf, was ich im Buch verstreut bereits aus der Literatur berichtet habe.

Gründe des Lachens

Ein Säugling wird gekitzelt und quietscht vor Vergnügen, ja er lacht. Eine frühe Leistung, schon mit weniger als einem halben Jahr kann das Kleinkind beim Kitzeln quieken. Dieses Lachen gilt bei manchen Forschern, die sich damit befasst haben, als etwas ganz anderes als das Lachen über Komisches. Beim Kitzeln, sagen sie, lache man aus bloß körperlich verursachtem Anlass. Aber das scheint mir falsch. Gekitzelt zu werden, verursacht einen Gefühlsrausch, nicht viel anders als der, in den uns das Komische führen kann. Zu vermuten ist also, dass Lachen immer von einem sehr ähnlichen Grundmuster ausgelöst wird.

Was nun das Kitzeln betrifft, so ist das Muster klar: Es wechselt verwöhnendes Streicheln mit kleinen Reizungen. Der Kitzel kann (ähnlich wie Jucken) ziemlich unangenehm sein, aber der aggressive Zugriff wird immer wieder zurückgenommen und geht in handgemachte Liebesbezeugungen über. Dieser Wechsel, der eine Gefühlsmischung verursacht, löst das Lachen aus. Übrigens kann das Kitzeln nur von einer lieben, vertrauten Person vorgenommen werden (man weiß es), jeder andere Mensch würde auf den Säugling viel zu bedrohlich wirken. Andererseits ist die Bedrohung auch wichtig, deshalb kann man sich nicht selbst kitzeln.

Das ist oft so beschrieben worden. Am besten wohl hat Arthur Koestler das Kitzeln gedeutet, der es einen Scheinangriff nennt, «eine Liebkosung in leicht aggressivem Gewand». Die Mutter könne das bei ihrem Kind am besten. Die Spielregel für das Kind dabei laute: «Mach mir nur ein klein wenig Angst, damit ich es genieße, keine Angst mehr zu haben!» Diesen letzten Satz halte ich für sehr tiefschürfend.

Ist das Kleinkind schon etwas älter, spielt die Mutter mit ihm «Kuck-kuck-da!» Dazu verbirgt sie sich vor ihm, etwa unter dem Rand seines Bettchens, und ruft besagtes «Kuck-kuck», um dann mit ihrem Kopf plötzlich aufzutauchen und «da!» zu rufen. Wohl dosiert und gut abgestimmt auf die ständig wechselnden Gefühle des Kindes, kann das Spiel ein quietschvergnügtes Lachen hervorrufen. Auch hier ist der Grund für das Vergnügen leicht erkennbar. Das Rufen aus dem Verborgenen weckt Ängste, das plötzliche Auftauchen des Kopfes kann sogar erschreckend wirken. Dann aber erkennt das Kind das Gesicht der vertrauten Mutter und juchzt vor Erleichterung. Wieder haben wir den Wechsel der Gefühle, die unvereinbare Mischung der Empfindungen – und sie löst Lachen aus.

Die Abfolge ‹Schreck-Erleichterung›, das können wir schon vermuten, ist ein guter Auslöser. Dafür noch ein Beispiel aus der gleichen Kiste wie der Witz eben. *Vor mehr als hundert Jahren war der Dorfpfarrer bei einem Bauern zum Mittagessen erschienen, saß also am Küchentisch und langte wie alle anderen auch mit seinem Löffel in die große Schüssel. Verzweifelt kaute er auf einem harten Klumpen Fleisch herum, bis die Oma am Tisch zu ihm sagte: «Ach, Herr Pfarrer, tun Sie das Stück ruhig zurück, ich hab's auch nicht klein gekriegt.»*

Das Eklige, das Unappetitliche empfinden wir immer als latent bedrohlich, und hier werden wir mit ihm konfrontiert. Aber gleich klingt der Schrecken ab, denn das Erzählte ist doch zu unwahrscheinlich. Es war ja nur eine kleine Dosierung, wie beim Impfen. Oder, um Arthur Koestlers Wort über das Kitzeln auch auf den Witz anzuwenden: «Mach mir nur ein klein wenig Angst, damit ich es genieße, keine Angst mehr zu haben!»

Das Atmen hilft

Manchmal überfällt es uns, dann schüttelt uns das Lachen, da sitzen wir dann glucksend, keuchend, vielleicht auch nur mit einem Kichern oder doch mit brüllendem Gelächter, mit Tränen in den Augen, die wir uns wegwischen. Wenn man in der richtigen Stimmung ist, kann selbst ein harmloser Anlass ausreichen, wie diese Geschichte: *Ein Mann in den besten Jahren erzählt: Wenn man abends nach Feierabend geduscht ist und den Pyjama anhat, wenn die Bierflaschen alle geöffnet sind und die Stullen geschmiert und man sich in den Fernsehsessel fallen lässt – und wenn man dann merkt, dass die Fernbedienung auf dem Fernseher liegt, da wünscht man sich Kinder.*

Falls uns eine solche Pointe trifft, müssen wir lachen. Was ist passiert? Zuerst hat der kleine Schock, den das Komische uns beschert, wohl den Atem getroffen. Auf eine doppelte Weise, uns stockt der Atem, dann schnappen wir nach Luft, um sie stoßweise auszuatmen. Dabei zeigt sich der Gegensatz von Ein- und Ausatmen, denn beides hat eine eigene Bedeutung.

Nach einem Schrecken, etwa wenn einem einfällt, was man total vergessen hat, macht man ein «Haaah!», sehr kurz beim Einatmen gesprochen. So ähnlich seufzt man vor Kummer, wenn man an etwas Trauriges denkt, auch bei Schmerzen. Immer geht es dabei ums Einatmen. Man trinkt Luft, als könnte einen das retten.

Das Gegenteil des Seufzens, ein heftiges Ausatmen, nennt man Stöhnen. Das klingt, als wollte der bekümmerte, vielleicht sogar schwer getroffene Mensch seine Last mit dem Atem los werden, den Kummer keuchend wegblasen. Es kann auch genüsslich klingen: «Mein Gott ...!» Dieses Ausatmen beim Stöhnen hat etwas Erleichterndes. Einatmen und Ausatmen, das eine verheißt Rettung, das andere verspricht Erleichterung. Vom Ein- und Ausatmen schrieb schon Goethe: «Jenes bedrängt, dieses erfrischt, so wunderbar ist das Leben gemischt.»

Lachen ist vor allem Ausatmen. Darin erinnert es an das Stöhnen, das so erleichtert. Im Deutschen heißt es, man wolle «sich ausschütten vor Lachen». Ich glaube, das ist eine sehr gute Beobachtung. Auch Witze muten uns manchmal etwas zu, was wir zunächst abwehren müssen. Ein ganz harmloses Beispiel. *Auf einem Pfälzer Wochenmarkt sind zwei Standfrauen in Streit geraten, erst fliegen faule Früchte, dann hebt die eine einen Pferdeapfel auf, und der trifft doch tatsächlich die andere genau in die aufgerissene Gosch (ins Mundwerk). Umstehende eilen ihr zu Hilfe, aber sie wehrt ab und bringt kaum verständlich hervor: «Der bloibt dri, bisch die Bolizei kummt!»*

Es ist ein sogenannter Ekelwitz, und ein wenig Unbehagen verursacht er doch. Sind wir wirklich getroffen (aber anders als die

Marktfrau), dann atmen wir das heftig aus. Immer weg damit! Noch weniger als in den anderen Phasen des Witzvorgangs ist der Hörer hier beim Lachen Herr seines Tuns. Der Lachende hat die Fassung verloren und überläßt sich dem, was da herauswill und ihn schüttelt. Aber nicht alle Witze enden so, nur die nämlich, deren Themen uns so betreffen, daß wir kapitulieren.

Ist Lachen eine Fortsetzung des Hin und Her?

Es ist schon sonderbar – warum müssen wir nach der Witzattacke zur Entspannung und Klärung nicht, sagen wir, uns kratzen oder etwa niesen? Warum dieses Lachen? Das hängt wohl mit der Bedeutung des Zwerchfells zusammen und mit dem Umstand, dass Lachen im wesentlichen ein «sich Ausschütten» ist. Man schnappt nach Luft und prustet sie wieder heraus. Damit schüttet man die Reizung, das Unerträgliche, das quer Sitzende fort. Außerdem kann man, wenn das Lachen allein nicht zum Abreagieren ausreicht, sich auf die Schenkel schlagen, kann brüllen oder sogar Tränen fließen lassen.

Andere bewegende körperliche Reaktionen sind dem Lachen vergleichbar, etwa das Weinen (mit den Tränen scheint etwas fortzufließen), ebenso dienen Seufzen und Stöhnen der Ableitung des Schmerzes. Aber wieso ist Lachen die angemessene Reaktion auf die Gefühle, die das Komische in uns ausgelöst hat?

Die Vermutung liegt nahe, dass es Ähnlichkeiten gibt zwischen dem, was in unserem Verstand und Gefühl vorging, und dem, was sich danach als körperliche Fortsetzung zeigt. Eine Ähnlichkeit jedenfalls ist schnell erkennbar: Lachen ist (wie die Bewegung auf der Ebene des Verstandes und des Gemüts) eine Reaktion auf die unmögliche Gleichzeitigkeit von Schrecken und Erleichterung. Das hat auch Immanuel Kant vermutet, dessen Deutung ich mich gern anschließe.

Um das Lachen zu erklären, knüpft er an das Hin und Her der Gedanken an, die wir beim Erfassen des Witzes haben und von denen Kant gemeint hatte, wir schlügen sie noch eine Zeitlang wie einen Ball hin und her. Danach ist für Kant das Gemüt (wir würden heute sagen: das Gefühl) dran. Angeregt vom gedanklichen Hin und Her, reagiert es so, daß es «durch schnell hintereinander folgende Anspannung und Abspannung hin- und zurückschnellt und in Schwankung gesetzt wird». Da sind wir schon beim Lachen und finden es gut hergeleitet.

Das Gemüt nämlich vermittelt zwischen Verstand und Körper. Der ist nun an der Reihe, die Bewegung der Gedanken und Gefühle aufzunehmen. Kant beschreibt die letzte Etappe dieser Hin-und-Her-Bewegung als «eine wechselseitige Anspannung und Loslassung der elastischen Teile unserer Eingeweide, die sich dem Zwerchfell mitteilt... wobei die Lunge die Luft mit schnell aneinander folgenden Absätzen ausstößt». Das ist eine sehr frühe und ansprechende psychosomatische Erklärung des Lachens aus der ursprünglichen Tätigkeit des Kopfes und des Gefühls.

Das Lachen als An- und Abspannung, als Hin und Her. Wenn das stimmt, so erwiese es sich wirklich als eine körperliche Entsprechung zu den intellektuellen und emotionalen Vorgängen, die der Witz zuvor in uns ausgelöst hat.

Eine andere bis heute gültige Deutung des Lachens hat der englische Philosoph Herbert Spencer um 1860 begründet. Was sich als Witz herausstelle, meinte er, habe doch zuerst einmal alarmierend auf uns gewirkt. Weil sich dieser Schrecken aber als unbegründet erweise, lache man die aufgestaute und nun überflüssige psychische Energie weg. Das nahm Spencer nach dem Grundsatz an: «Nervenreizung strebt immer dazu, eine Muskelbewegung zu erzeugen».

Beide frühen Deutungen, die von Kant und die von Spencer, widersprechen sich auch keineswegs. Die eine (von Kant) zeigt die Ähnlichkeit der Körperreaktion mit der geistig-seelischen zuvor. Und die andere (von Spencer) zeigt, warum die Körperarbeit den Gefühlssturm zu beruhigen versteht: durch das Abfließen dessen, was sich da zusammengebraut und gestaut hatte.

Die Bedingungen, unter denen Lachen gelingt

Man lacht nur unwillkürlich, denn das Lachen lässt sich so wenig willentlich herstellen, wie man Trüffel züchten kann. Wir müssen in einer bestimmten Stimmung sein. Nennen wir einige Bedingungen. Lachen ist zum einen ansteckend, also wird es erleichtert, wenn man nicht allein ist und andere aus der Runde ebenfalls lachen. Zum anderen kommt es auf die Stimmung an; wenn man selbst schon über drei Witze hat lachen müssen, dann zündet der nächste, der erzählt wird, mit hoher Wahrscheinlichkeit ebenfalls. Ist man erst einmal hilflos gemacht, wirkt fast jeder Schwachsinn.

Natürlich kommt es drittens darauf an, wer einen Witz mit welcher Miene erzählt. Es gibt Komiker oder Witzeerzähler, die uns mitreißen können, obwohl sie selbst schon fast platzen vor Vergnügen. Der ewig gut gelaunte Heinz Erhard oder der amüsierte Harald Schmidt, dessen Augen sprühen und dessen Lippe zuckt, sind dafür Beispiele. Sie ermuntern uns zum Lachen, weil sie uns anstecken mit ihrem eigenen Vergnügen.

Andere bleiben todernst, wie die amerikanischen Komiker Buster Keaton, Charly Chaplin oder der ewig verlegene Woody Allen, was auf seine Weise ebenso zum Lachen reizt. Hier wird ein anderes Prinzip wirksam, nämlich das der in sich widersprüchlichen Botschaft: Der Komiker tut, als wüsste er nicht, was er anrichtet. Oder er wird ein Opfer der Umstände und unternimmt scheinbar nichts gegen sie, als ginge ihn das alles kaum etwas an. Er wirkt kreuzunglücklich, und das kontrastiert zu den komischen Dingen, die er vorbringt. Damit wird die Botschaft zu jenem Paradox, dessen Wirksamkeit wir so gut aus Witzen kennen.

Es gibt auch im Alltag Menschen, die uns leichter als andere zum Lachen bringen und oft ebenfalls einen (paradoxen) Gegensatz verkörpern. Der Frauenarzt, ganz Autorität, der mit schöner Gelassenheit halbseidene Witze erzählt, mag die Gabe haben, andere in eine laszive, entspannte Verfassung zu bringen, gerade weil er uns stillschweigend befiehlt: Sie dürfen sich jetzt gehen lassen. Komisch ist auch der strenge Intellektuelle, der ganz trocken absurde Bemerkungen fallen lässt, als rutschten sie ihm, dem Beherrschten, unabsichtlich heraus. Solch eine doppelte Botschaft ist wirksam.

Darum kann uns auch, weil man den Fehler nicht erwartet, unfreiwilliger Humor stark treffen. Etwa wenn Kinder etwas auf verrückte Weise Passendes sagen, was sie selbst kaum verstanden haben können. Ebenso überfällt uns der Druckfehler, selbst wenn wir ihn in einer Sammlung mit Fehlleistungen finden, wie mich dieses Exemplar aus einer Tageszeitung: *Die Täter verabredeten sich, um ihrem Bekannten gewaltsam weitere Gegenstände abzunehmen. Zunächst provozierten sie ihr Opfer in der eigenen Wohnung, sie stießen es zu Boden und tranchierten es mit Fußtritten.*

Schließlich sind Plötzlichkeit und Überraschung notwendige Bedingungen, denn soll ein Witz zünden, so liegt alles daran, dass der Hörer blitzartig versteht und doch zuvor bereits überrumpelt war. Es ist an sich schon erstaunlich, wie prompt der Mensch eine komische Botschaft begreifen kann.

Ein historischer Ursprung des Lachens

Wie kam es wohl zum ersten gemeinsamen Lachen in der Entwicklung des Menschengeschlechts? Auch darüber ist spekuliert worden. Es gibt bekanntlich das Lachen der Erleichterung, wenn ein furchtbarer Schrecken sich in Nichts auflöst. Historiker haben vermutet, dass sich das Lachen beim frühen Menschen in solchen Lagen gebildet hat.

Denkbar wäre etwa, dass eine Horde des frühen Homo sapiens nach langem Kampf ein Tier, sagen wir ein Mammut, besiegt hat und nun, noch von Angst und Schrecken gezeichnet, plötzlich den Triumph – oder doch jedenfalls die Rettung – erlebt. Angst und Seligkeit zugleich! Das könnte die Gruppe der Jäger zu brüllendem Gelächter gebracht haben; aggressiver Triumph und verbindendes Erlebnis in einem. Wahrscheinlich eine Urform des Lachens, jedenfalls des brüllenden Gruppenlachens (das sich vom kichernden Lachen des Säuglings deutlich unterscheidet).

Auch heute noch wirkt das laute Lachen wie der Nachhall eines harten Kampfes. Der Körper zuckt, man zeigt die Zähne, schlägt sich auf die Knie, der Atem geht schwer, ja der Mensch kann rasend scheinen. Ob man hierin einen Ursprung des Lachens sehen darf, ist in der Forschung umstritten. Und selbst wenn es stimmt, müsste man einschränken: Die Jäger können allenfalls das dröhnende Lachen einer Gruppe begründet haben. Das aber gibt es noch heute, es schweißt zusammen und kann Umstehende das Fürchten lehren. Verständlich wäre dann, warum bis heute die aggressiven Witze eher in männlichen Runden gedeihen und deren Lachen den Ausgeschlossenen wie Hohngelächter in den Ohren klingt.

In früheren Zeiten war es ein Auslachen

In der Geschichte, seit den Anfängen der Zivilisation, hat sich das Lachen erstaunlich stark gewandelt, bis heute. Aus der Antike ist das aggressive Auslachen des Gegners vor dem Kampf der Krieger überliefert, und man kann es sich ja auch gut vorstellen, wie aus dem Triumphgeheul nach dem Sieg ein Instrument zur Einschüchterung des Gegners vor dem Kampf werden konnte. Das sprichwörtliche homerische Gelächter in der Ilias und der Odyssee ist übrigens leider ein durchaus aggressives, und auch im Alten Testament ist – der

Zeit entsprechend – das Lachen, wenn es einmal erwähnt wird, ein höhnisches Auslachen. «Der Herr lacht ihrer», heißt es etwa von Gott und seinen Gegnern. Und auch das verheißene Lachen der Seligen hat den Beigeschmack des triumphalen Lachens in dem Augenblick, wo die Bösen ihr verdientes Schicksal erleiden.

Noch beim Denker Thomas Hobbes (um 1650) erscheint das Lachen als meist aggressiv, es galt damals in feinen Kreisen als pöbelhaft, roh und hochmütig. Das wandelte sich erst allmählich. Man begann über geistreiche Dinge zu lachen, und das Ansehen des Lachens stieg. Aber Auslachen blieb lange die *eine* Seite des Lachens, neben der harmlos-fröhlichen. Und noch heute kann man es als Außenstehender erleben, dass eine Gruppe von Männern, die gemeinsam über Witze brüllen, bedrohlich wirkt, besonders auf Frauen. Auch empfindet man das Lachen eines anderen Menschen, vor allem wenn man nicht beteiligt ist, leicht als ein Auslachen. Diese Seite hat das Lachen nicht ganz ablegen können.

Etwa bei den Berliner Witzen, die oft eine gewisse Schärfe haben. *«Du, Emil, heut nacht hab ick von deina Frau jeträumt», sagt der Nachbar. «Wat hat se denn jesacht?» «Nischt!» «Denn war det jar nich meine Frau.»*

Aus dem Mittelalter und der frühen Neuzeit wird berichtet, dass man über Krüppel lachte, die manchmal an Fürstenhöfen für Heiterkeit zu sorgen hatten. Noch um das Jahr 1900 mussten Kinder erst dazu erzogen werden, nicht über Missgebildete zu lachen. Wenn es dennoch geschah, so wahrscheinlich nicht nur aus Gefühllosigkeit und Roheit oder um sich einen Spaß zu machen, sondern zunächst um die eigene Angst los zu werden, die damals von allem Unglück ausgelöst wurde.

Das ist heute anders. Wenn wir uns gelegentlich fragen, ob die Menschheit eigentlich moralisch weitergekommen ist, dann müsste man sich nur an diesen kleinen Fortschritt erinnern, dass das Auslachen aus der Mode gekommen ist und die Missgestalteten nicht mehr als komisch gelten.

Virtuelle Anlässe des Lachens. Lachkonsum

Das Lachen entstand, wie gesagt, als eine Reaktion auf die Misshelligkeiten des wahren Lebens. Heute übt das Lachen meist eine andere Funktion aus. Der Alltag hat seine Unheimlichkeit verloren, wir kommen weit seltener in eine Lage, wo wir Angst und Schrecken weglachen müssen. Andererseits hat sich seit zweihundert Jahren geradezu eine Industrie entwickelt, die uns mit einer kleinen, harmlosen, gut formulierten Gelegenheit zum Lachen versorgen will wie mit einem Konsumgut. Es begann mit komischen Romanen, um das Jahr 1800 kamen Sammlungen witziger Aussprüche hinzu, es entstand das geistvoll-kalauernde Feuilleton , das man zuerst in Berlin kannte. Der alte Goethe hat es noch erlebt, was man damals den Berliner Witz nannte. Er stand in den Zeitungen, und aufgebracht hatte ihn der sehr begabte jüdische Journalist Moritz Saphir. Seine Bonmots waren auf aller Leute Lippen, etwa dieses: *«Inwiefern sind Minister und Pantoffel sich oft so gleich? Man gewinnt beide oft erst dann lieb, wenn sie abgetreten sind.»*

Damals entstand auch der gängige ‹Witz› als jene Gattung kurzer pointierter Geschichten oder Dialoge, die man nur erzählt, um seine Zuhörer zum Lachen zu bringen. Zu dieser Zeit entwickelte sich auch die Karikatur, die meist den gleichen Zweck hatte. Wir sehen, das Lachen löst sich vom wahren Leben ab und wird ein willkommener kleiner Luxusartikel, der gleichsam Selbstzweck ist. Man kann ihn anbieten, man kann ihn kaufen, und er ist heute längst eine Ware, die uns von den Spaßmachern und den Comedysendungen des Fernsehens als Massenprodukt aufgedrängt wird.

Parallel zeigt sich ein auffallender Wandel in den letzten zwanzig Jahren: Das Witzeerzählen nimmt ab. Es sind auch, scheint mir, weniger neue Witze im Umlauf, und die Könner, die sie anderen so gut zu erzählen wissen, sterben aus. Stattdessen blüht der Humor im Fernsehen, den man als einsamer Zuschauer stumm genießt. Gewiss, die notorischen Witzeerzähler konnten einem auch auf die Nerven gehen, aber wenn das Komische jetzt im Fernsehen stattfindet, bringt das doch einen Verlust an unmittelbarem Erleben im Kreis wirklicher Menschen. Einst eine Erfindung der Natur zur Bewältigung heikler Lebenssituationen, hat sich das Lachen auf diese Weise längst zum Komfort, zum begehrten Artikel gewandelt, den man neuerdings auch ganz allein zu sich nimmt.

Das Lachen ist künstlich geworden, jedenfalls in dem Sinn, dass es, wie gesagt, nicht mehr oft eine rettende Reaktion auf die Zumutungen des Lebens ist, sondern meist durch einen Auslöser erreicht wird, der dem Leben nur abgeschaut ist. Seine erregenden Lagen wurden dazu im Kleinen kunstvoll nachgebaut, denn natürlich arbeiten der Witz oder die Situationskomik der Sitcoms mit den gleichen Mechanismen wie das Leben selbst. Das Lachen wird offenbar von einem Gefühlszustand ausgelöst, den man eben auch im Kleinen kunstvoll herstellen kann.

Die therapeutische Wirkung

Die Entwicklung zur künstlichen Erzeugung des Lachens ließ sich offenbar noch steigern. Lachen ist gesund, sagt man. Also her damit als Therapie! Als der Psychologe J. R. Attkin aus Toronto auf einem Humorkongreß 1976 die Einrichtung von Lachzentren vorgeschlagen hatte, nannte das ein anderer, David Cohen, «schön absurd» und sprach von der «unfreiwillig komischen Seite der wissenschaftlichen Arbeit über Lachen».

Doch zur gleichen Zeit, in den siebziger Jahren des vorigen Jahrhunderts, als Dutzende von neuen Therapieformen entwickelt wurden, erfand man auch das Bauchlachen, zunächst als Partygag. Dazu legen sich die Teilnehmer im Kreis so auf den Boden, dass immer der Kopf des einen auf dem Bauch eines anderen liegt. Nun beginnt man ein künstliches Lachen. Wie man weiß, ist Lachen ansteckend. Und tatsächlich, vom absichtlich und grundlos erschütterten Zwerchfell überträgt sich das Kichern und Wimmern vom Bauch auf den Kopf in den Bauch. Alsbald lachen alle oder doch fast alle – und wissen nicht einmal, warum.

Das war aber nur der Anfang. Ein Inder – der Arzt Madan Kataria aus Bombay – gründete zwanzig Jahre später, 1995, den ersten aller Lach-Clubs, die es inzwischen fast überall gibt. Das sind Treffpunkte von Menschen, die gemeinsam lachen wollen, weil es ihnen gut tut. In Deutschland soll es schon 25 geben. Dort erzählt man sich zwar auch gelegentlich Witze, singt schräge Lieder oder tut irgendetwas anderes Komisches, aber das wird bald überflüssig. Man ahmt nämlich ganz einfach das echte Lachen nach, und diese Kunstlache schlägt ziemlich verlässlich um in wahre Fröhlichkeit. Lachen ist eben ansteckend, auch wenn es zunächst nicht ganz echt ist.

Das Lachen nach indischem Vorbild wird zur anlasslosen gymnastischen Übung, wobei die Bewegungen des Körpers offenbar auf das Gemüt effektvoll zurückwirken. Dass körperliche Reizungen wahres Lachen auslösen können, weiß man schließlich vom Kitzeln, das – zumindest bei Kindern – großes Vergnügen wecken kann. So ähnlich setzt nun auch für Erwachsene in den Clubs schon bald jene heitere, erlöste Gelassenheit ein, die als Folge des Lachens jedem vertraut ist. Nur dass die Wirkung jetzt umgekehrt – anders als beim komischen Lachen – verläuft: Nicht mehr eine seelische Anspannung löst sich im Lachen, sondern die körperlichen Vorgänge des Lachens bewirken direkt den erwünschten seelischen Zustand erlösten Behagens.

Zwischendurch bringe ich einen Witz, damit es wenigstens hier keine Heiterkeit ohne Anlass gibt. *Welches sind die häufigsten Worte, die man in der Kneipe hört? Nun, das sind: Schlange, Kino, Flur, Eishockey. Wieso? Das kann ich Ihnen erklären. Man hört nämlich (das folgende muss im besoffenen Ton genuschelt werden): «Sch'lange da?» «Ki'no'n Bier!» «Fl'uhr is es?» «A'es o.k.!»*

Noch einmal zurück zum therapeutischen Lachen. Es ist ja auffallend: Der körperliche Vorgang des Lachens soll nicht mehr die Folge eines seelischen Vorgangs sein, sondern Ursache und Wirkung werden vertauscht. Erst lachen, heißt das Motto, um dadurch innerlich locker zu werden. Die Jünger des Lachens kommen zusammen und rufen erst einmal gemeinsam Ha-ha und Ho-ho, bis die Stimmung so ist, wie das Verhalten sie imitierte.

Das erinnert mich an einen verwandten Vorgang. Es hat Psychologen gegeben, die einem das dauernde Lächeln empfohlen haben, weil nachgewiesen sei, dass diese Dauermaske auf das eigene Wohlbefinden zurückwirke. Vorstellen kann ich mir das. Es scheint eine Form der Selbstsuggestion zu sein. Und noch ein letztes Wort zum Lachen als Therapie. Es ist geradezu Mode geworden unter Psychotherapeuten, mit den Patienten eine humorvolle Sicht auf das eigene Leben einzuüben, denn Lachen oder Humor schaffen Leichtigkeit und Distanz. Darüber gibt es mittlerweile eine große Literatur.

Und auch körperliche Leiden können offenbar vom Lachen beeinflusst werden. Schon vor dreißig Jahren wurde ein Journalist, der an einer chronischen Gelenkerkrankung litt, mit seinem Bericht über die Selbstheilung in den USA und anderswo bekannt. Als die Ärzte ihn aufgegeben hatten, beschloss Norman Cousins, sich erheitern zu lassen. Er tat alles, um lachen zu können, und seine Symptome besserten sich.

Lachen vertreibt das Lächeln

Das grund- und anlasslose Lachen breitet sich auch in anderer Hinsicht aus. Es könnte sein, dass nicht nur im Osten, sondern auch in der westlichen Welt heutzutage viel gelacht wird, nur um andere Menschen freundlich zu stimmen. Das jedenfalls ist die These des amerikanischen Wissenschaftsjournalisten Robert Provine, der jetzt ein Buch über das Lachen veröffentlicht hat. Nach seinen Beobachtungen im Alltag lachen sich in den USA viele Menschen an, bloß um zu zeigen, dass sie gut gelaunt sind und das Gegenüber, mit dem sie im Gespräch sind, überaus mögen. Das würde bedeuten, dass heute ein Lachen – nämlich dieses nur scheinbare und ein wenig aufgesetzte Lachen – das alte Lächeln verdrängt, weil das offenbar nicht mehr als ausreichend gilt. Lächeln ist zu scheu, zu leise. Man muss schon zu hören sein mit seinen Gefühlen in unserer lauter gewordenen Gesellschaft. Lachen, anlassloses Lachen besagt dann: «Ich fühle mich hier und jetzt verdammt gut.» Diese amerikanische Mode könnte sich bald auch in Europa verbreiten und dann – man sieht es kommen – geradezu Pflicht werden.

Die These des Autors Robert Provine ist, Lachen werde bewusst eingesetzt zur Stärkung der Sozialbeziehungen. In Indien lachen Menschen, wenn sie sich an Mitglieder höherer Kasten wenden. In China kichert man sowieso, um die eigene Devotion und Höflichkeit zu zeigen; auch zur Abwehr eines schrecklichen Anblicks, wovon Reisende berichten, die in entlegenen Provinzen erlebt haben, wie Chinesen einen Verunglückten umstanden.

Etwas von Triumph bleibt dem Lachen erhalten

Lachen zur sozialen Verständigung, das ist ein neues, weites Thema. Sehen wir deshalb noch einmal auf uns selbst. Jede Komik, die uns erschreckt und danach erleichtert atmen lässt, befreit uns auch. Ein kleiner therapeutischer Erfolg ist das allemal. Vielleicht sogar ein Sieg. Heißt das, Lachen sei immer noch ein Siegesgeheul?

Es mag wohl so sein, daß Lachen immer noch dazu da ist, den Sieg über einen Feind zu feiern; freilich ist das gewöhnlich kein äußerer Feind mehr. Was als Triumph über den Feind im Zweikampf begonnen hat, ist längst zum Triumph über den eigenen inneren Feind, etwa Gewissensangst und Verklemmung, sublimiert worden. *Wohin fliegt ein schwuler Adler? Zu seinem Horst.*

Was da bei Ihnen vielleicht festsaß, das schütten Sie nun im Lachen aus; man sprudelt es mit dem Ausatmen weg (hier das Tabu Sexualität); vielleicht ist das, was da wegfließt, eine Hemmung, die Angst vor etwas moralisch Verbotenem oder ein unterdrückter Hass. Dann wäre Lachen wirklich ein therapeutischer Prozess. Wie schon Arthur Koestler über das Kitzeln sagte: «Mach mir nur ein klein wenig Angst, damit ich es genieße, keine Angst mehr zu haben.» *Wie heißt der bekannteste schwedische Sexualtherapeut? Lasse Samströhm.*

Es ist immer dieser kleine Schrecken zuerst da, wenn ein Lächeln oder Lachen folgt. Vielleicht hat auch Sie jetzt der Name Lasse Samströhm peinlich überrascht, das wäre gut. Dann hätten wir noch einmal erlebt, wie der Witz für einen Augenblick die Normen der guten Erziehung (darüber spricht man nicht!) und damit unsere alte Strafangst überwindet. Ein Lustwitz eben. Noch wichtiger ist, dass im Lachen auch die andere Angst, die existentielle, für Augenblicke bewältigt werden kann, weil sie ins Lächerliche gezogen wird. Das geschieht bei den Angstwitzen. Hier ist das Lachen nicht weniger befreiend und erfrischend.

Es gibt nur zwei Arten, Lust- und Angstwitze. Daraus folgt die Einsicht (die auch schon auf Seite 274 und 276 steht): Der Witz macht für einen Augenblick das Verbotene erlaubt und das Gefürchtete erfreulich. Mit anderen Worten, Strafangst und existentielle Angst lassen für den Moment nach.

Jedes Lachen zeigt diese Befreiung von Ängsten, es ist ein Triumph des Ich. Wer wäre, wo das Lachen sich doch unbewusst einstellt und meist recht unbeschwert wirkt, schon selber zu dieser Einsicht gekommen? Aber das ist nun das Ergebnis der wissenschaftlichen Untersuchungen, über die dieses Buch berichten wollte: Ein Witz, der uns trifft, schenkt uns Freiheit für den Augenblick, und das Lachen gönnt uns sogar einen kleinen Sieg.

Anhang

Anmerkungen

Blödeln als Regression (S. 16–18)
Apel nennt Lichtenberg und Mozart als Vorläufer des Blödelns. Er schreibt: «Der Widerstand des Blödelns gegen die systemgesteuerte Äußerung findet seinen Ausdruck darin, dass die Produkte niemals ein Ganzes sind, in dem Sinne, dass sie ein problem- oder strukturbestimmtes Ende hätten, wie etwa der Witz in der Pointe, sondern potenziell unendlich sind» (370).

Eine verkürzte Wiedergabe Freuds findet sich bei Bartels. Er behauptet, nach Freud erzähle man sich Witze «ausschließlich, um den Lustgewinn zu erreichen, der sich aus der irrationalen Redeweise des Witzes ergibt. Das Vergnügen am Witz erweist sich so als Lust an der Ungebundenheit des Redens und Denkens, kurz gesagt, als ‹Lust am befreiten Unsinn›» (25). Die Witztechnik besteht bei Freud jedoch nicht allein im befreiten Unsinn.

Gert Mattenklott berichtet in seinem «Versuch über Albernheit», sein Vater habe gegackert und geschluchzt über die Worte: «Die Uhr geht – und die Gurké.» Andere ließen sich anstecken: «War erst die Hürde der Peinlichkeit genommen, so winkte als Belohnung ein schmerzhaft-reizender Lustschwall, der seinesgleichen suchte» (221).

Unfreiwillige Komik. Worüber Kinder lachen (S. 18–20)
Wenigstens ein Humorforscher hat es geschafft, vor allem unfreiwilligen Humor vorzulegen, nämlich Karl Ueberhorst, Professor der Philosophie in Innsbruck, der 1896 den ersten, 1900 den zweiten Band seiner Ästhetik des Komischen veröffentlichte. Da dieser urwüchsige Westfale sich in den Kopf gesetzt hat, «komisch erscheint uns ein Zeichen einer schlechten Eigenschaft einer anderen Person» (I, S. 2), so sieht er sich gezwungen, erst mal auf zweihundert Seiten schlechte Eigenschaften aufzuzählen. Er beginnt mit den «Vorzügen des Körpers», und nun ist kein Halten mehr. Alles wird definiert: «Die sinnliche Reizfülle, welche besonders für den Geschlechtsverkehr eine große Bedeutung hat, gibt sich für den Gefühlssinn kund durch einen sanften Druck und eine mittlere Wärme der Hand, durch Weichheit und Wärme des Kusses und anderes ...» (23) Auch die Darstellung des Gegenteils bleibt uns nicht erspart, nämlich die Widerwärtigkeit «bei einem feuchten klebrigen Kuss, für den Geruchssinn in einem stinkenden Geruch aus Mund, Kopfhaar, Bart, Haut, Achselhöhlen usw. ...» (ebd.)

Im Vorwort zum zweiten Band rechnet Karl Ueberhorst, tief verletzt, mit den Kritikern seines ersten Bandes ab und meint: «Ich fürchte mich nicht zu sagen, dass spätere Zeiten mein Werk denen der Bahnbrecher der Wissenschaft, eines Kopernikus, Galilei, Descartes... zuzählen werden» (XVI).

Kalauer erleichtern die Last des Denkens (S. 21–23)
Über das Komische legt Arieti eine Theorie vor, die sich auf die Beobachtung aus seiner Kindheit in Italien stützt, dass Italiener, die zum ersten Mal Spanisch hören, das komisch finden. Seine These ist: «Man bekommt einen komischen Reiz, wenn man auf A reagieren wollte und merkt, dass man auf B reagiert – aufgrund einer Verwechslung von Identität und Ähnlichkeit von A und B» (58). Diese Theorie, das erkennt man leicht, ist zu speziell, um weitreichend zu sein.

Solche Verwechslungen findet Arieti auch in der Paläologik und bei Schizophrenen (59). Vom Witz sagt Arieti, etwas abgeändert: «Man empfängt einen komischen Reiz, wenn man auf Logik reagieren will und dann merkt, dass man statt dessen auf Paläologik reagiert oder auf andere Denkformen» (60).

Freud schildert den Witzbold als häufig krankhafte, exhibitionistische oder sogar sadistische Persönlichkeit (Witz, 115).

Schüttelreime, die lebendige Mechanik (S. 24–26)
Zweimal im 13. Jahrhundert seien regelrechte Schüttelreime vorgekommen und überliefert, meint Hanke (14), aber ein richtiger Unsinn kommt doch erst in dem Vers auf: «Ist das dort nicht der Suppenhahn, den gestern wir noch huppen sahn?», den man dem hessischen Staatsminister Grolmann (1775–1829) zuschreibe. Wenn man mal von dem «unbändigen Verseschmied» und Professor der Orientalistik Friedrich Rückert (1788–1866) absieht, der alles verdrehen konnte, entsteht das Schüttelreimen so richtig erst mit dem Juxklub «Allgemeiner Deutscher Reimverein» von 1882 in Berlin (Hanke, 23–30).

Die englischen Spoonerisms gehen auf einen Oxforder Geistlichen zurück, einen Albino übrigens, dem man nachsagt, er habe durch seine Konfusion auch seine Frau gewonnen: «Er habe zu einer Dame sagen wollen: ‹Will you make tea?› und eben dann doch gesagt ‹Will you take me?› – doch gehört diese Geschichte wohl ins Reich der Fabel», lesen wir bei Hanke (83). Dieses Beispiel allerdings wäre wirklich ein Schüttelreim.

Wortspiele, von der Technik gepaart (S. 27–29)
In seinem Buch über den Witz hat Freud formuliert: «Wenn wir unseren seelischen Apparat gerade nicht zur Erfüllung einer der unentbehrlichen Befriedigungen brauchen, lassen wir ihn selbst auf Lust arbeiten, suchen wir Lust aus seiner eigenen Tätigkeit zu ziehen» (77).

Ein Gemisch wird verdichtet. Ein Witz explodiert (S. 29–32)
Sophus Hochfeld, Lehrer in Ostpreußen, hat 1918 seine Untersuchung beendet; noch befindet sich sein geliebtes Vaterland «in dem titanenhaften Ringen wider Unkultur, Falschheit, Lüge, Bosheit, Barbarentum», und dennoch, meint er, habe er seine «nationalen Feinde nicht übler behandelt als meine deutschen wissenschaftlichen Gegner» (138f.). Das trifft sicherlich zu auf seinen (deutschen?) Gegner Freud; aber auch den Franzosen Bergson, der (unter anderem für seine Untersuchung über das Lachen) 1927 den Literatur-Nobelpreis bekam, behandelt er korrekt, schreibt er doch nachsichtig: «Wir sind doch nicht alle so stiefmütterlich von Mutter Natur begabt wie Monsieur Bergson ... Muss denn unter allen Umständen geschrieben werden? ... Selbst wenn ein noch so geringer Rest an einer Aufgabe ungelöst bliebe, ist es ratsam, sein Schnäbelchen zu halten» (130).

Volkelt über die «Entstehung des Witzes»: «Es müssen sich uns Wörter und Wendungen zur Verfügung stellen, die dadurch ausgezeichnet sind, dass sie durch augenblickliches Zerplatzen ihres unmittelbaren Sinnes sofort eine Verschmelzung mit fernliegenden, aber als treffend erkannten Vorstellungen bewirken» (502/503).

«Nicht umsonst reimt die Sprache das Wort Witz auf Blitz» (Dor, Federmann, 197).

Doppelsinn. Der Witzhörer erfindet mit (S. 32–35)
Koestler: «Je weniger anschaulich der Witz und je mehr in ihm nur angedeutet ist, um so mehr nähern sich die Reaktionen des Konsumenten denen des Produzenten, dessen geistige Anstrengung der Konsument nachzuvollziehen gezwungen ist» (92).

«Der Lustgewinn beim Hören von Witzen hängt zusammen mit diesem blitzschnellen Erraten einer Beziehung, die im Witz verschlüsselt ist» (Bausinger, 131).

Vom Wortspiel sagt Goffman, «der Betroffene entdeckt, dass er mit der so naheliegenden Deutung dessen, was zu ihm gesagt wurde, unrecht hatte und dass das Richtige – ganz anders als bei der Lüge – die ganze Zeit griffbereit vorhanden war» (475).

Seine Kritik an Bergsons und Freuds Theorie des Komischen fasst Koestler so zusammen: «Weder Bergsons noch Freuds Theorie wirft irgendein erhellendes Licht auf die Beziehungen des Humors zu Kunst und Forschung, also auf die Gemeinsamkeit im Spektrum schöpferischer Geistestätigkeit» (Insight and Outlook, 430).

Sprüche und Aussprüche – alles paradox (S. 36–40)
«Ein Paradox resultiert aus dem Aufeinandertreffen von zwei in sich jeweils stimmigen, aber miteinander unvereinbaren affektlogischen Bezugssystemen gleicher Ordnung.» Für seine Auffassung vom Paradox beruft sich Ciompi (197) auf den Philosophen Klaus Schäfer, der im «Handbuch der philosophischen Grundbegriffe» den «kreativen, bewusstseinserweiternden Aspekt der Paradoxie» betone. Ein Paradox entstehe, wenn ein Faktor, der auf ein System treffe, dieses System «komplexer, differenzierter, gehaltvoller, reicher, beweglicher, offener» macht. Schäfer definiert: «Das System bekommt durch das Paradox die Chance, sich zu kritisieren, zu verjüngen, zu überschreiten» (zit. bei Ciompi, 197).

«Im Anschluss an die phänomenologische Sprachtheorie» von Edmund Husserl und Hermann Schmalenbach will Donald Brinkmann den Witz analysieren. Dabei sieht er die Psychologie als gescheitert an, die «immer nur nach den Ursachen und Wirkungen» frage, statt «die Sache selbst» ins Auge zu fassen (139). Trotz dieses Hochmuts kommt bei Brinkmann etwas Annehmbares heraus, nämlich die Definition eines Paradoxes: «Das Wesen des Witzes besteht darin, dass Bedeutung und Erfüllung von Sätzen ... spielerisch so miteinander verknüpft werden, dass schließlich ein Sachverhalt in der Form von ‹etwas, als etwas, das es nicht ist› herausspringt» (140).

Einige der genannten Zitate habe ich in der Sammlung von Paradoxa, die Patrick Hughes und George Brecht herausgegeben haben, gefunden. auch dies: «Rote Rosen absorbieren alle Farben außer Rot; Rot ist also die einzige Farbe, die rote Rosen nicht haben» (Aleister Crowley).

«Die beste Art, die Versuchung zu bestehen, ist es, ihr zu erliegen», wird auch Clementina Stirling Graham zugeschrieben (so das Oxford Dictionary of Quotations).

Darstellung durchs Gegenteil, verblüffend (S. 40–43)
Zu Recht, meint Bergson, wirksam und komisch sei es, eine zweifelhafte, unredliche Sache ehrenhaft zu beschreiben (86).

Der Streit zwischen Lipps und Heymans geht darüber, ob das Verstehen als das spannende oder das entspannende Moment zu werten ist. Einig sind sich beide, dass es bei der Komik um die Abfolge «Spannung-Entspannung» geht. Doch Lipps korreliert diese Abfolge mit «Verstehen/Sich-Besinnen», und Heymans meint: «Nichtverstehen/Verstehen.» Der Streit ist müßig, weil beide Fälle vorkommen.

1. Fall: Mir wird eine «Fruchtschale» angekündigt, es ist aber nur die Schale einer Apfelsine (Beispiel bei Kraepelin), dann bin ich beim Verstehen enttäuscht und gleichzeitig angespannt.

2. Fall: Wenn mir ein verblüffendes Wort angeboten wird, bin ich zunächst angespannt, und im Verstehen entspanne ich mich (Beispiel: «famillionär»).

Es gibt also beides: Ein Witz kann mich verblüffen (spannen), bevor ich ihn verstehe; oder er kann mich enttäuschen (spannen), indem ich ihn verstehe.

Patricia Keith-Spiegel, die 1972 die wissenschaftliche Humordiskussion referiert hat, meint: «Die Elemente ‹Überraschung›, ‹Schock›, ‹Plötzlichkeit› und ‹Unerwartetsein› sind von vielen Theoretikern als notwendige (wenngleich nicht als ausreichende) Bedingungen für das Humorerlebnis angesehen worden» (9), wobei die Autoren sehr häufig Überraschung und Widersinnigkeit verknüpft sähen.

Auf dem Kopf, die doppelte Wirklichkeit (S. 43–46)
Der Witz macht die Wirklichkeit bewusst, nimmt ihr aber das Gefährliche, indem er sie ins Unernste zieht. «Lachen bestätigt die Übereinstimmung darin, dass dies ‹unwichtig›, ‹ein Spiel› ist» (Bateson, Position, 28). Gewöhnlich liefert der Scherzende den Hinweis «Dies ist Spaß» mit. Der Bateson-Schüler William F. Fry nennt dafür Beispiele: Die Unwirklichkeit eines Witzes könne unterstrichen werden durch den ungewöhnlichen Dialekt, in dem er erzählt wird; die scheinbare Wirklichkeit könne vorgetäuscht werden durch die scheinbar ernste Haltung («mock-serious attitude»), in der Witze oft erzählt würden; der Witzerzähler gebe sich dabei etwa wie sein eigener Großvater. Auch das sei ein Hinweis auf das Spielerische, meint Fry (144 und 145). «Das Ergebnis ist eine Karikatur des würdigen alten Herrn. Wenn die scheinbar ernste Haltung eine Besonderheit des Spiels ist, so können wir daran erkennen, dass sie ebenfalls paradox ist. Irgendetwas in der Haltung, vielleicht die Stimmlage, zeigt, ‹Dies ist unwirklich›. Damit wird das Wirklich-Unwirklich-Paradox offenbar» (145).

Man könnte eine Bemerkung Lauers als Stütze für die These, der Rahmen entscheide, heranziehen. Er schreibt: «Je klüger, intelligenter, seriöser, ‹normaler› die Person des Nonsens-Erzählers ist, desto größer wird das Vergnügen an ihrem ‹blühenden Blödsinn› sein» (177). Und er fragt sich zu Recht, «ob gewisse komische Reaktionen auf absurde Theaterstücke noch möglich wären, wenn man nicht gleichzeitig wüßte, dass Schauspieler, Autor usw. ‹in Wirklichkeit ganz anders› sind» (177).

«Für das Lachen, das entsteht, wenn die Schauspieler auf der Bühne sich küssen oder dort essen, ist vielleicht das Abschweifen der Aufmerksamkeit von der Pseudorealität der Bühne zur Wirklichkeit des Lebens verantwortlich. Die übernommene Illusion des Stückes fällt für einen Augenblick zugunsten eines Eindrucks von Realität. Darum wird der Kuss kein Kuss, weil das Publikum zugleich die Leidenschaft erwartet, die dabei sein sollte, und merkt, dass alles vorgetäuscht ist» (Gregory, 189).

«In einer Filmkomödie wird der Held aus dem Fenster geworfen, und wir lachen; in einer Tragödie erleidet der Held das gleiche Schicksal, und wir erstarren vor Schrecken. Was ist der Unterschied? Der Unterschied liegt allein in der Anordnung, in die ein solcher Vorgang eingebettet ist ... In der Tragödie werden unsere Gefühle und Sympathien geweckt, und wir empfinden mit dem Helden; in der Komödie finden wir keine subjektive Bindung, wir bleiben distanziert und betrachten das Ganze vergnügt. Wenn wir andere bitten, komische Begebenheiten zu erzählen, hören wir oft von Dingen, die, als sie passierten, tragisch waren» (Maier, 71).

Bergsons Theorie. Oder: was ist komisch? (S. 46–49)
Zu Beginn sagt Bergson vom Komischen, dies Problem entziehe «sich jedem, der es fassen will» (11). Und er wage seine Essays nur, weil er die Absicht habe, «die komische Phantasie auf keinen Fall in eine Definition zu zwängen» (11). In der Tat kann man nicht bestimmen wollen, wie Komik zustande kommt. Man kann nur zeigen, welche verschiedenen Mittel und Zutaten sie verwendet. Das komische Material ist nicht konstruierbar. Darum war es von Freud richtig, die ganze Kunst auf die Frage zu verwenden, was in den Menschen vorgeht, die beteiligt sind. Die Psychologie hat Aussichten zu lösen, was die Philosophie (Ästhetik) nicht erklären konnte.

Bergson hat nach der sozialen Funktion des Lachens gefragt (des Lachens, nicht so sehr der Komik). Das Lachen sah er als «Strafe» an (22) für sozial abweichendes Verhalten. Bergson sagt dann selbst, «die Formel ist zu einfach», will sie aber dennoch «als Leitmotiv unserer weiteren Ausführungen benutzen» (ebd.). Vierzig Seiten später ist die Formel immer noch da: «Das Lachen ist eine bestimmte soziale Geste, die eine bestimmte Art des Abweichens vom Lauf des Lebens und der Ereignisse sichtbar macht und gleichzeitig verurteilt» (63, ähnlich 93f.).

Übertreibungen schlagen den Ball hin und her (S. 49–53)
«Von kleinen Dingen sprechen, als wären es große, heißt übertreiben. Die Übertreibung ist komisch, wenn sie fortgesetzt wird, und vor allem, wenn sie systematisch ist, denn dann stellt sie ein echtes Transpositionsverfahren dar. Sie erregt so viel Heiterkeit, dass mehrere Autoren die Komik als Übertreibung bezeichneten, so wie andere sie als Degradierung sahen. In Wirklichkeit ist auch die Übertreibung nur eine bestimmte Form einer bestimmten Art von Komik» (Bergson, 86).

Wolfgang Hirsch will einen Unterschied machen: «Wenn eine tyrannische Ehefrau ihrem schüchtern widersprechenden Gatten zuruft: ‹Noch ein Wort, Anton, und du bist des Todes›, empfinden wir die in dieser Übertreibung enthaltene Unwahrheit als banal und daher nicht als komisch. Falls die erwähnte Ehefrau jedoch ruft: ‹Noch ein Wort, Anton, und ich bin Witwe›, ist die in der Übertreibung enthaltene Unwahrheit auf außergewöhnliche Weise formuliert und deshalb nicht banal. Wir sind geneigt, über diese Unwahrheit zu lächeln» (5). Hirsch definiert diese Übertreibung auch als «versuchte Täuschung», die er (neben dem Defekt) für die einzigen Quellen der Komik hält.

Auch Immanuel Kant hatte Vorgänger, unter anderem Johann Georg Sulzer, der in seiner «Allgemeinen Theorie der Schönen Künste» (1773-75) schrieb: «Die Dinge, worüber wir lachen, haben etwas ungereimtes oder etwas unmögliches, und der seltsame Zustand des Gemüths, der das Lachen verursachet, entsteht aus der Ungewißheit unseres Urtheils, nach welchem zwey widersprechende Dinge gleich wahr scheinen. In dem Augenblick, da wir urtheilen wollen, ein Ding sey so, empfinden wir das Gegentheil davon, indem wir das Urtheil bilden, wird es auch wieder zerstört.» Wir fühlten uns also zum Lachen geneigt, «weil wir Dinge beysammen zu sehen glauben, die unmöglich zugleich seyn können» (nach Rommel, S. 164f.).

Überbietungswitze. Wie man Orientierung gewinnt (S. 53–56)
Freud schreibt: «Von diesem Beispiel ist es nicht weit zu einer kleinen Gruppe, die man als Überbietungswitze benennen könnte. In ihnen wird das ‹Ja›, welches in der Reduktion am Platze wäre, durch ein ‹Nein› ersetzt, das aber mit einem noch verstärkten ‹Ja› infolge seines Inhalts gleichwertig ist, und ebenso im umgekehrten Falle. Der Widerspruch steht an Stelle einer Bestätigung mit Überbietung...» (57f.)

Watzlawick beschreibt, wie man einer Dame für «Vorsicht, Kamera!» einen Streich gespielt hat. Als sie zu ihrem Auto zurückkommt, steht es so, dass sie nicht verstehen kann, wie es so hingestellt worden ist. «Die unvorstellbare Unmöglichkeit der Situation jagt ihr sichtlich Schrecken ein.» Das beweise, «wie notwendig es ist, eine Ordnung im Laufe der Dinge zu sehen» (Kommunikation, 99).

Untertreibungen und Überlegenheit (S. 56–59)
Hofstätter meint, Witze förderten «einen flexiblen Denkstil, der in der Lage ist, überraschende Einfälle schnell zu verarbeiten. Sie lehren, das Alltägliche aus einer ungewohnten Perspektive und damit neu zu sehen» (Zeitungsartikel ohne Seitenzahl).

«Konservative bevorzugen eher einfachere Stimuli als komplexe, da mit zunehmender Komplexität auch die Unsicherheit, die ja vermieden werden soll, steigt» (Ruch 1981, 271, unter Berufung auf Wilson 1973).

Gegen Freuds These von der Ersparnis an Aufwand führt Patricia Keith-Spiegel die Ansicht Carpenters an, «die Lust rühre von dem richtig getroffenen Urteil her, dass eine Situation falsch sei, und je größer die Anstrengung sei, um den Fehler zu erkennen, desto größer sei die daraus sich ergebende Lust.» Andere wie Baillie (1921), Wallis (1922) und Maier (1932) hätten ganz ähnlich bemerkt, dass das Vergnügen am Humor, auf Dauer gesehen, sich aus der aufgewandten Geistestätigkeit ergibt (30f.).

«Lachen entsteht nach erhöhter Spannung oder Erregung, wenn zur gleichen Zeit die Lage als sicher oder belanglos erkannt wird» (Mary K. Rothbart, 274, unter Berufung auf Berlyne 1960).

Absurde Ideen erweitern den Horizont (S. 59–62)
Den surrealistischen Witz (Beispiel: Hund spielt Schach; Pferd in der Oper; Herr zieht Zahnbürste hinter sich her) versteht de Haas als «ein Vehikel, durch das eine fürchterliche Irritation sich befreit» (10); der Witz setze sich «mit dem Absurden, mit Sisyphos und den Tantalosqualen der technischen Existenz ausein-

ander» (ebd.). Das ist die Grundstimmung, die der Literat empfindet: «Vieles ist möglich geworden und alles denkbar. Die Phantasie wehrt sich gegen Grenzabschnürung und Usurpation. Ihre Schranken sind eingestürzt» (9).

Schweizer spricht vom «Spielwitz oder Unmöglichkeitswitz» und sagt davon: «Keine Form des Witzes erregt ein so reines, harmloses, gutmütiges Gelächter und ist so allgemein beliebt wie der Spielwitz, die witzige Absurdität, die Burleske, die verkehrte Welt ... Im Spielwitz wird keine menschliche Wirklichkeit verspottet, keine moralische, religiöse oder soziale Gesinnung verletzt. Was der Humorist gibt, ist reines, heiteres Spiel ...» (139).

Anspielung. Nur das Unvollständige wirkt komisch (S. 62–66)
Freud: «Die Anspielung ist vielleicht das gebräuchlichste und am leichtesten zu handhabende Mittel des Witzes und liegt den meisten der kurzlebigen Witzproduktionen zugrunde, die wir in unsere Unterhaltung einzuflechten gewohnt sind ...» (Witz, 64).

Angedeutete Vorwürfe – eine erste Tendenz (S. 66–69)
Jahn urteilt: «Ohne Zweifel hat Lazarus dadurch, dass er ein Verhältnis des Fühlens und Denkens in den Vordergrund seiner Betrachtung stellt, einen großen Schritt zur Lösung des Problems vorwärts getan», denn erst Lazarus habe deren Verhältnis geprüft, während Jean Paul, Hegel, Vischer und andere nur eben auch «die Gemütsseite beim Komischen» erwähnt haben. Lazarus aber «betont gerade ihre Zusammengehörigkeit und gegenseitige Bedingtheit» (76f.).

Zusammenfassend schildert Grotjahn Freuds Theorie so: «Die eigentliche Lust am Witz hat zwei verschiedene Quellen oder Komponenten: die Befreiungslust und die Spiellust» (21).

Und Ekmann fasst Freuds Theorie so zusammen: «Das unverantwortliche Kind in ihm (sc. dem Witzempfänger) kann sich ungestört über den frechen latenten Witzinhalt freuen, während das artige Über-Ich nur den manifesten Witzinhalt, d.h. die verspielte Ornamentik, versteht» (11).

Auslassung und doch kein Rätsel (S. 69–72)
Von «den gehobenen Formen» des Witzes sagt Koestler, sie nähmen «allmählich den Charakter eines Epigramms oder Rätsels an, einer intellektuellen Herausforderung: ‹Psychoanalyse ist die Krankheit, die sie zu heilen vorgibt› ...» (Funke, 85f.)

Nur dürfe das Besinnen nicht zu mühsam sein, sagt Vischer: «Die Mühe hebt das Spiel auf» (205).

Beim Hörer büße der Witz seinen Lacheffekt ein, schreibt Freud, sobald ihm «ein Aufwand von Denkarbeit zugemutet wird. Die Anspielungen des Witzes müssen augenfällige sein, die Auslassungen sich leicht ergänzen; mit der Erweckung des bewussten Denkinteresses ist in der Regel die Wirkung des Witzes unmöglich gemacht. Hierin liegt ein wichtiger Unterschied von Witz und Rätsel» (Witz, 121).

Hermann Bausinger hat in seinem Buch «Formen der ‹Volkspoesie›» zuerst das Rätsel, dann den Witz behandelt und sieht «eine enge Verbindung zwischen Worträtsel und Wortwitz» (121). Doch müsse beim Rätsel überlegt werden; die Lösung des Witzes aber «muss schnell erkannt werden; der ‹Lustgewinn› beim

Hören von Witzen hängt zusammen mit diesem blitzschnellen Erraten einer Beziehung, die im Witz verschlüsselt ist» (131).

Zunächst würden wir getäuscht und in die Irre geführt. «Aber sofort nachher blitzt uns das Verständnis auf; das Rätsel ist gelöst, und der gespannten Aufmerksamkeit wird mit einem Schlage der Gegenstand entzogen. Eben in diesem Momente tritt die komische Wirkung ein» (Heymanns, 37).

Fremdwörter als Beispiel für einen Kontrast (S. 73–76)
Die «Widerspruchs-Theorie» hat viele Anhänger. In Deutschland war sie durch Kant und Schopenhauer sehr einflussreich. Bei Keith-Spiegel finden wir aber notiert, dass Kant schon Vorgänger hatte: Gerard (1759) beschrieb komische Gegenstände als ungewöhnliche Verbindung von Beziehungen und ihrem Gegenteil; auch bei Beattie (1776) findet sich eine ähnliche Definition: Lachen erregt es, wenn zwei oder mehr unzusammenhängende oder zueinander nicht passende Umstände miteinander verbunden werden; auch Priestley (1777) sah den Grund zum Lachen in der Wahrnehmung eines Gegensatzes. Kant (1790) und erst recht Schopenhauer (1819) standen also schon in einer Tradition (Keith-Spiegel, 8).

Der heute übliche Witz entstand erst um 1850, hat aber viele Vorläufer, darunter den Aphorismus und das Oxymoron. Die Fazetie ist eine spätmittelalterliche Vorform des Witzes. Sammlungen solcher Fazetien gab es etwa von Poggio Bracciolini (um 1430), Angelo Poliziano (1477–79) oder Heinrich Bebel (1508). Alle Fazetiensammler betonen, «dass sie die von ihnen gesammelten Witze gehört und dann aufgeschrieben hätten» (Röcke, S. 83). Die Sammlungen des 15.–17. Jahrhunderts enthalten «neben Witzen im engeren Sinn auch Schwänke und Scherzreden unterschiedlichster Art, geistreiche Bemerkungen und ... erstaunliche Ereignisse ...» (Röcke, S. 85)

Otto Rommel, ein Wiener, der 1943 einen Aufsatz über das Komische veröffentlichte, nannte Freud nur umschreibend den «Begründer der Psychoanalyse» (184), als wolle er ihn verschweigen; kommt er doch auf ihn zu sprechen, wirft er ihm vor, er habe Deutungen vorgetragen, «als wären es neue Entdeckungen» (188). Hat Rommel die englischen und französischen Denker referiert, so schreibt er gleich: «Der Einfluss der neuen, von Westen kommenden Anregungen setzt sich in Deutschland nur langsam durch ... Im ganzen wirkt freilich die neue Betrachtungsweise ... eher verflachend als vertiefend. Sie ... hinterließ ... vielfach größte Rat- und Richtungslosigkeit, die noch durch die unerfreuliche Einwirkung jüdischer Schriftsteller vermehrt wurde ... Die Psychoanalyse wieder fand die Wurzel der komischen Lust ausschließlich in gestauter Sexualität. Sieht man aber auch von solchen Auswüchsen ab, so ...» (189)

Andrew zeigte in Versuchen mit Küken, dass eine Alarm-Reaktion am besten durch Kontrastreize hervorgerufen werde. Der Kontrast besteht dabei entweder zu dem Hintergrundgeräusch, zu dem als normal empfundenen Reiz oder dann, wenn ein Reiz Signalcharakter bekommen hat (Vocalization, 64).

Dummheit entblößt. Und ein Kontrast weckt Gefühle (S. 76–81)
Liebenswert ist die Bescheidenheit, mit der Kraepelin seine großartige Untersuchung beendet. Weitere Forschungen seien notwendig; «manche meiner Auffassungen werden dadurch vielleicht Bestätigung finden, andere werden sich als halb oder ganz unrichtig erweisen – mir muss es hier genügen, in den vorstehen-

den Andeutungen wenigstens an einzelnen Punkten eine schärfere Präzision der Begriffe wie der Fragestellungen erreicht zu haben» (361).

Auch Gregory zählt zu den wichtigen Elementen des Komischen und auch des Witzes: Befreiung (relief) und Widersinn (incongruity) und «einen Kontrast, der einen psychischen Schock verursacht» (144). Schon 1863 finde sich bei Leveque der Versuch einer Synthese von kognitiver Wahrnehmung und affektiver Reaktion, schreibt Renate Singer (19f.).

Kraepelin: «Nicht die feinen witzigen Spiele einer geschulten Intelligenz mit ihren schillernden Kontrasten sind es, welche unser Lachen herausfordern, sondern ganz im Gegenteile gerade die gewaltsame Vereinigung recht disparater Vorstellungen auf Grund einer rein äußerlichen Zusammengehörigkeit. Der eigentliche Kalauer und die bizarreren Formen des witzigen Urteils und Schlusses, namentlich die Hyperbel, haben die meiste Aussicht auf einen Lacherfolg...» (354f.) «Wir kommen somit zu dem Resultate, dass die drastische Wirkung des Komischen... einzig und allein abhängig ist von der Größe des psychologischen Kontrastes» (361).

Koestler: «Mit zwei x-beliebigen Systemen lässt sich in der Tat immer eine komische Wirkung erzielen, sofern man ein geeignetes Verbindungsglied zwischen ihnen findet und einen Tropfen Adrenalin hinzufügt» (60).

Wörtlich genommen. Vom Kontrast zur Integration (S. 81–83)
Wolfgang Hirsch hat sich vorgenommen, «das Wesen des Komischen darzustellen: jenes Wesen, das den einzelnen komischen Phänomenen unabänderlich zugrunde liegt» (Vorbemerkung). Er kommt zu dem Schluss: «Wir haben dargelegt, dass jedes komische Phänomen eine... Form der versuchten Täuschung oder der Abwesenheit richtiger Erkenntnis ist» (70). Es ist leicht einzusehen, dass sich diese Definition nicht umkehren lässt, es sind nicht alle «qualifizierten Unwahrheiten» komisch. Darum hat Hirsch noch eine Klausel eingebaut, es handele sich um eine «durch besondere Merkmale gekennzeichnete» Unwahrheit (70). Aber auch dieser Zusatz kann die Definition nicht retten. Sie ist zu ungenau.

Ein letztes Mal finden wir die einseitige Erklärung des Komischen aus der Inkongruenz bei Albert Wellek. Er definiert: «Das Wesen des Komischen nun liegt im Unverhältnis oder sogar im – halben bis völligen – Widerspruch, z. B. zwischen Erwartung und Erfolg, Angekündigtem und Gebotenem, Möglichkeit und Wirklichkeit...» (15) Ein wenig moderner wird Wellek, wenn er kurz darauf definiert: «Die Paradoxie – eben das Unverhältnis – ist die Grundform allen Witzes. Jedes Paradox ist irgendwie witzig, und jeder Witz ist irgendwie paradox» (21).

In der deutschen Tradition steht auch der Volkskundler Röhrich. Er ließ im Freiburger Institut für Volkskunde etwa 40.000 Erzählungen (Witze) sammeln, und zwar verwendete er dabei als «die wichtigsten Ordnungsprinzipien»: Konflikte mit Sprache, Logik, Realität, Moral, Konflikte der Geschlechter, mit menschlichen Schwächen; soziale und politische Konflikte (Aktuelle Probleme, 498).

Absichtlich missverstanden. Warum muss man lachen? (S. 83–87)
Herbert Spencer beruft sich bei der Darstellung des Lachens auf die Physiologie seiner Zeit. Nachdem er die automatischen Reflexbewegungen beschrieben hat, meint er, Ähnliches gelte auch von willentlichen Vorgängen. «Nicht nur bei Reflexbewegungen, ob mit oder ohne Empfindung, sehen wir, dass spezielle Ner-

ven, wenn sie in einen Spannungszustand gebracht wurden, sich in speziellen Muskeln, mit denen sie indirekt verbunden sind, entladen» (195). Nach diesem «Gesetz» erläutert Spencer dann auch das Lachen.

«Ich glaube, der Gesichtsausdruck des Lachens war ursprünglich das Ergebnis einer solchen plötzlichen Erleichterung nach einer ängstlichen Spannung ... Diese plötzliche Veränderung spiegelt sich in unseren Muskeln wider» (Reik, Geschlecht und Liebe, 157f., Anm.).

«Lachen ist Aggression (oder Angst), die ihrer logischen raison d'être beraubt ist – das ‹Verpuffen› eines Affekts, den das Denken verworfen hat» (Koestler, Funke, 49).

«Es dürfte deutlich sein, dass jemand, der entdeckt, dass er die Vorgänge falsch gerahmt hat und dass sein Denken und Handeln auf falschen Voraussetzungen beruht, ziemlich leicht aushakt und aus dem nicht mehr haltbaren Rahmen ausbricht» (Goffman, 388). Gemeint ist mit dem Ausbrechen zum Beispiel das Lachen.

Die Frage, ob Lächeln und Lachen verwandt sind, und wenn ja, in welchem Abstammungsverhältnis sie zueinander stehen, ist oft diskutiert worden. Über die englischsprachige Literatur gibt Keith-Spiegel einen Überblick (18f.). Statt einer der Lösungen zuzustimmen, meint die Autorin, es sei auch zu beachten, dass es sehr unterschiedliches Lachen gebe: Kichern, zwerchfellerschütterndes Lachen (belly laughter), vergnügtes und schreiendes Lachen etc. Ebenso kann das Lächeln verschieden sein: «Grinsen, Feixen, süßliches Lächeln, Hohnlächeln, das Mona-Lisa-Lächeln etc.» Es gebe da völlig verschiedene Bedeutungen und Absichten (19).

Bergler meint, dass Lachen sich aus dem Lächeln des Kindes entwickelt hat, das wiederum von der Entspannung jener Muskeln stammt, die mit Saugen beschäftigt waren, und das zeigt, dass der Hunger gestillt ist. Später, wenn dieser gleiche Gesichtsausdruck im Gesicht eines Erwachsenen erblickt wird, wird er vom Kind als das gedeutet, was es in seiner eigenen Erfahrung bedeutet, nämlich: «Ich bin nicht hungrig, ich werde dich nicht fressen.» Es ist daher ein Zeichen für «Keine Gefahr» (Berlyne, 804f.).

Während Lachen von Tieren, Kindern und sensiblen Menschen als aggressiv verstanden werde, sei das Lächeln anders, meint Szonn. «Lächeln ist eine Abwandlung des Lachens in der Weise, dass sie das Gegenteil aussagt» (89). Er beruft sich dafür auf die Verhaltensforschung und referiert, wie Konrad Lorenz die Befriedigungszeremonie der Kraniche beschreibt. Beim Lächeln werde ein «Ansatz zu der aggressiven Mimik ... nicht weitergeführt» (90).

Logikspiele und Double-bind (S. 87–93)
Froeschels hat solchen Respekt vor einigen Witzen, dass er ein Buch geschrieben hat, um zu beweisen, dass es nur an «angeborener Kenntnis der Philosophie» liegen könne, wenn diese Witze geschaffen worden seien und vom Lachenden verstanden würden.

Freud erzählt als Beispiel für Galgenhumor: «Der Spitzbube, der am Montag zur Exekution geführt wird, äußert: ‹Na, diese Woche fängt gut an.›» (Witz, 187). Ein Journalist, der im «Stern» das Lachen erklären will, beruft sich auf Freud und verpasst, indem er die Geschichte modernisieren möchte, die Pointe: «Ein Mann, der vom Arzt erfährt, er sei lebensgefährlich an Krebs erkrankt, und darauf erwidert: Die Woche fängt ja gut an!» Leider ist damit der logische Mechanismus, nämlich das Paradox, kaputt. Man muss schon am Montag sterben müssen, um diesen Witz machen zu können!

Automatische Dummheiten und Selbstentlarvungen (S. 93–95)
Die Aufgabe des Schadchens sieht Jan Meyerowitz ganz anders als Freud: Deshalb deutet er auch die Tendenz dieser Witze anders: «Die ‹praktischen› Heiraten wurden von dem Schadchen, dem Heiratsvermittler, ausgerechnet, nicht wie, sondern als Geschäfte – und er hielt seine Arbeit für eine gottgefällige Mission und Pflicht» (46).

Irrenwitze. Eine schizophrene Logik? (S. 96–99)
Psychisch Kranke finden anderes komisch als gesunde Menschen. Das haben auch Humortests (anhand von Witzzeichnungen) ergeben. Während neurotische Menschen Falsches in einen Cartoon hineinlesen, neigen psychotische Patienten dazu, entweder gleichgültig zu bleiben oder erschreckt zu werden (Levine, Responses, 34).

«Der Psychotiker neigt zu einer ‹humorlosen Einstellung› dem Humor bzw. Witz gegenüber», das ist ein Ergebnis der Doktorarbeit von R. Sanchez-Ruphy aus Costa Rica, die er in Mainz vorgelegt hat.

Verschiebung eines Gedankens (S. 99–101)
«Falsches Denken» sei, meint der Freudianer Feldmann, nach Freud der Grund für Witz, Komik und Humor (202). Dabei will er Freuds Bemerkung über Denkfehler, die sich nur auf einige Arten des Witzes bezogen haben, auf das ganze Feld des Witzigen ausweiten (204). Dadurch geraten ihm alle Freudschen Techniken zu «falschem Denken». «Etwas passiert, was nicht wirklich stattfindet, und umgekehrt» (214).

Unerwarteter Standpunkt und eine Auflösung in nichts (S. 101–104)
«Die Überraschung ist dem Schreck verwandt und daher an sich ein unangenehmes Gefühl; sie wird aber dennoch ... im Spiel lebhaft genossen – hier zeigt sich ... die große Anziehungskraft starker Reize» (Groos, Spiele, 204). «Eine Pointe wird also erwartet, die Pointe des jeweiligen Witzes muss freilich überraschen» (Ulrich, 188).

Dummschlau. Was steckt dahinter? (S. 104–107)
Während Elliott Oring die Witze, die Freud in seinem Buch verwendet hat, untersucht, um Rückschlüsse auf den zu ziehen, der sie auswählte, hat Theodor Reik auch von jüdischen Witzen berichtet, die Freud im Alltag erzählte; wobei Freud übrigens nur die Pointen zitierte als Kommentare zu dem, was er gerade erlebte. Strotzka erkennt bei Freud Sympathie «für eine intellektuelle Ironie als Hauptzug seines Humorverständnisses» (Witz, 313). Der englische Zeichner Ralph Steadman hat versucht, Freuds Witztheorie anhand von neuen Beispielen darzustellen, die er in Freuds Lebenslauf als Anekdoten eingebettet hat. Hinreißend schöne, scharfe und liebevolle Zeichnungen geben dem Ganzen Anschauung. Über die Theorie ist allerdings nicht allzu viel zu lernen.

«Der jüdische Witz ist das Fundament und die Krone allen Witzes. Fast will mir scheinen, als ob der Begriff ‹jüdischer Witz› auf einen Pleonasmus hinausläuft, auf eine Tautologie, denn die Grundelemente dieses Begriffes sind tatsächlich nicht zu trennen», schreibt der jüdische Humorist Moszkowski (8). Auch Theodor Reik ist stolz auf dieses jüdische Erbe. Von Freuds Beziehung zum jüdischen Witz schreibt er: «Freud zeigte uns den ungebrochenen Geist, den Stolz und die Würde seines Volkes. Er zeigte uns, dass es vom Lächerlichen zum Erhabenen auch nur ein Schritt ist» (Freud and Jewish Wit, 20).

Absichtlicher Unsinn gibt ein Signal (S. 107–110)
Als Schüler Batesons sah Fry überall ein Paradox, auch als er sich selbst betrachtete: «Wenn jemand in sich selbst hineinsehen will, wird er das Selbst treffen und dabei entdecken, dass das Selbst niemand anders als der Forscher ist, der hinein sieht. Vielleicht verdanken wir es teilweise diesem Paradox, wenn uns beim Studium der menschlichen Natur so große Freude und Zufriedenheit geschenkt wird» (172).

In seinem Buch über Aggression erkennt auch Hacker die Zweiteilung des Witzes: Er sei «Ausdruck von Aggression» und zugleich «Entschärfung» («es war nicht so gemeint»). Allerdings wählt Hacker die umgekehrte Reihenfolge (157).

«Es kommt im Witz eine gewisse Flucht vor der Verantwortung zutage», schreibt Karl Lenzberg, denn «der Erzählende kann sich hinter seinem Witz verbarrikadieren, er kann ihn als Maske, als einen Schein benutzen» und sich dabei «immer wieder herausreden: ‹Es ist ja nur ein Scherz, es ist ja nur ein Spiel›» (192).

Die Wahrheit der Narren (S. 111–113)
Es ist die These von Alfred Stern, «dass alle Witze sich auf Werte beziehen und diese Werte zu degradieren suchen» (108). Das lässt sich wohl nicht immer so sagen. Schwierig wird es für Stern, wenn er zum Beispiel einen Witz über den «zerstreuten Professor» erklären will. Welcher Wert sollte hier zur Debatte stehen? Er rettet sich in die Feststellung, es gehe hier um «die Instrumentalwerte des Gedächtnisses» (110). Bei Graf Bobby gehe es um die «Degradation intellektueller Werte» (108) – aber leider werden ja nicht diese Werte herabgesetzt, sondern der Graf, der diese Werte gerade nicht verkörpert.

Die am Talmud geschulte Fähigkeit, auch das Unmögliche noch zu denken, spiele im jüdischen Witz eine Rolle, meint Jan Meyerowitz, doch diese «Geisteshaltung und Denktechnik stehen natürlich den Rabbinern selbst am besten» (84). «Die um Rat gefragten Weisen scheinen ausweichende Antworten zu geben: in Wirklichkeit sind es aber die richtigen Antworten. Der Leser muss sie in diesem Sinne selbst interpretieren» (ebd.). Als Beispiel erzählt Meyerowitz die Anekdote, in der ein Rabbiner gefragt wird, ob man das Leben von innen nach außen lebt oder umgekehrt – und er antwortet: «Nein.»

Handgreifliche Situationskomik (S. 114–117)
Der Volkskundler Kurt Ranke schreibt, Schwank und Witz seien beide Schwundstufen älterer, längerer Erzählformen; dabei könne auch der Witz wiederum die Kurzform eines Schwanks sein (43). Es habe dabei auch eine «Umsetzung des Ernsten zum Heiteren» stattgefunden (59).

Will man die Witztheorie in die Volkskunde übertragen, dann «müssen die Überlegungen von der Wesensstruktur des Volksmenschen ausgehen», fordert Gerda Grober-Glück (57). Es gehe dabei um «das Gefühl des Getragenseins beim Volksmenschen» (ebd.) Diese Spezies ist mir allerdings nicht geläufig.

Die Beschränkung des Witzes auf einen sprachlichen Vorgang findet sich auch bei Johannes Volkelt (489, 501), bei Hochfeld («dass es sich bei jedem Witz um den Doppelsinn eines ... Wortes handelt», 130) und bei Winfried Ulrich: Der Witz habe «im Kern sentenzartigen Charakter» (Ansätze, 192).

Die Situation ist da – und das Lachen zwiespältig (S. 117–120)
In ihrem Übersichtsreferat weist Patricia Keith-Spiegel auf die Anlässe des Lachens hin: «Vielleicht die wichtigste Feststellung, die man treffen kann, ist die, dass das Lachen als Reaktion auf jede Art von Gefühlslage entstehen kann, nicht nur als Reaktion auf ein Vergnügen» (17). Man lache über fast alles. Einige Anlässe zum Lachen, die in der Humorforschung genannt würden, seien keineswegs lustig. Monro (1950) habe «nicht komische» Anlässe zum Lachen aufgezählt, unter anderem: Erleichterung nach einer Anstrengung; Abwehr im Weglachen; Ausdruck einer Hochstimmung; Befreiung von einer Unterdrückung; Siegesgeschrei, nachdem man ein Spiel gewonnen hat. Mir scheint jedoch, dass sich in der Reaktion auf Witze alle diese Stimmungen wiederfinden lassen. Vielleicht sind in dem Sinne alle Anlässe des Lachens «nicht-komisch».

Lachen sei komplex, so fasst Diserens seine Untersuchung zusammen: «Es ist zugleich ein biologischer Mechanismus der Anpassung, ein physiologisches Sicherheitsventil, eine psychologische Anregung und ein Regulator sozialer Beziehungen» (254).

Der Psychoanalytiker Brody erzählt mehrere Fallbeispiele aus seiner Praxis. Er urteilt: «Das Lachen, das so sehr ein Teil des Spaßes am Leben ist, wurzelt in einer Form der Feindseligkeit oder in einer plötzlichen Verringerung der Feindseligkeit» (197). Zusammenfassend meint er, hinter dem Lachen vor allem Angst und «eine plötzliche Verringerung der sadistischen Anspannung» entdecken zu müssen (201).

Das Lachen kann «große Energiemengen verschiedensten Ursprungs freisetzen: unterdrückten Sadismus, unterdrückte Sexualität, unterdrückte Furcht und sogar unterdrückte Langeweile», schreibt Koestler (Funke, 54).

Ein Detail wird nachgeschoben, die Gestalt wird erkennbar (S. 120–126)
Die Gestaltpsychologie meine, Humor ereigne sich, wenn zwei Elemente, die ursprünglich als unverbunden empfunden worden sind, plötzlich in eins zusammenfallen, referiert Keith-Spiegel (11). Von der Inkongruenz-Theorie unterscheide sie sich dadurch, dass diese die Wahrnehmung der Unverbundenheit betone, die Gestalttheorie aber die plötzliche Übereinstimmung.

Koestler wagt einen Kalauer, indem er an den einflussreichen Psychologen Karl Bühler erinnert. Der «prägte ein neues Wort für den ‹Blitz der Erleuchtung›, wenn die Einzelteile des Problems sich plötzlich zu einem geschlossenen Gesamtbild zusammenfügen: er nannte es das AHA-Erlebnis.» Koestler, der das Verstehen des Witzes durchaus zu den Erleuchtungen zählt, fährt fort: «Das Lachen kann man als HAHA-Reaktion bezeichnen» (Gespenst, 203f.).

Gegen eine bestimmte Schule der Gestalt-Theorie spricht sich Wolfgang

Schmidt aus, der 1940 eine Arbeit bei Konrad Lorenz in Königsberg angefertigt hat über die Wirkung komischer Attrappen. Er kommt zu dem Schluss, die Versuchspersonen hätten die einzelnen komischen Merkmale der Attrappen nicht als gesamte Gestalt wahrgenommen, sondern nur als «Summe ihrer Einzelwirkungen» (255).

Angedeutet – und die Aufmerksamkeit ist abgelenkt (S. 126–129)
Wie knapp ein Witz erzählt wird, sei eine Frage der Qualität, sagt Helmuth Plessner: «Die Pointe kann aber – und wird es bei den abgründigeren Witzen sogar meistens – verdeckt und indirekt gegeben werden, ohne selbst Vergegenwärtigung in einem bestimmten Ausdruck zu finden» (107).

Auch im Lustspielfilm sind wir so abgelenkt, dass wir erst lachen können, wenn das Unglück eintritt, denn dann löst sich die aufgebaute Spannung im Lachen, meint Gerhard Szonn (84).

Eine Auslassung – nicht für die rechte Gehirnhälfte (S. 130–134)
Wenn die linke und die rechte Gehirnhälfte abwechselnd tätig werden, so ergibt sich daraus eine Art Hin und Her, eine Rückkopplung, wie sie unter anderem für das Verstehen des Witzes typisch ist. Solche Querverbindungen, vorwärts und rückwärts verlaufend, haben Das, Kirby und Jarman (1975) festgestellt, referiert McGhee (Handbook, 25).

Verschiebung der Szene und eine Doppelrahmung (S. 134–137)
Außer dem Witz mit dem «B» führt Fry noch einen anderen vor, bei dem das Verhältnis umgekehrt sei: Zwei Männer liegen am Strand, als eine Möwe etwas auf die Glatze des einen fallen lässt. Da bietet der andere Klopapier an, und der Glatzkopf sagt: «Die Möwe ist schon zu weit weg.» Bloß als Episode gesehen, sei die Geschichte normal, nur die Pointe verrückt (nämlich die Annahme, das Klopapier sei für die Möwe). Den Umkehrschluss, der jetzt fällig wäre, vollzieht Fry aber lieber doch nicht: dass die Episode, als Witz betrachtet, verrückt, die Pointe aber normal sei (157f.).

Missdeutete Szene. Die Mehrdeutigkeit des Witzes (S. 137–140)
Die Fehldeutung könne schon, glaubt Bergson, durch eine Verkleidung provoziert werden: «Sie besitzt die angestammte Fähigkeit, Gelächter zu erregen. Der Satz: ‹Mein Alltagskleid ist ein Bestandteil meines Körpers› klingt für die Vernunft absurd. Die Phantasie hält ihn trotzdem für wahr. ‹Eine rote Nase ist eine bemalte Nase›, ‹ein Neger ist ein verkleideter Weißer› – ebenfalls lauter Absurditäten für den logisch arbeitenden Verstand und felsenfeste Wahrheiten für die reine Phantasie» (34).

«Witze sind gleichsam die Insekten der Geisteswelt: Manche sind harmlos spielerische Mücken, andere farbig schillernde Schmetterlinge; aber viele sind auch sehr giftig, mit einem bohrenden Stachel, und auch darin gleichen sie den Insekten, dass sie allgegenwärtig sind. Nirgends ist man sicher vor ihnen, und nicht überall sind sie willkommen» (Müller-Freienfels, 83).

Missverständliche Handlungen. Ein Test mit Gewichten (S. 140–143)
Das Experiment von Nerhardt ist mehrfach variiert und verfeinert worden, unter anderem von Deckers und Kizer (1974) und von Gerber und Routh (1975), die zu dem gleichen Ergebnis kommen. Nicht diskutiert wird in allen drei Arbeiten, warum eine unerwartete Diskrepanz überhaupt komisch wirkt. Es müssen wohl Gefühle im Spiel sein, die durch das Erlebnis der Inkongruenz geweckt werden. Es wird sich bei diesem Experiment wohl um die Abfolge handeln: leichter Schrecken, Einsicht, Erleichterung und Freude, davongekommen zu sein.

Zweistufen-Steigerung. Was steigert die Wiederholung? (S. 143–145)
Nach Koestler trägt der Clown dick auf: «Eines seiner wirksamsten Mittel ist die Wiederholung. Der Clown erzählt oder mimt endlose Geschichten, in denen der gleiche Einfall, die gleiche Struktur, die gleiche Situation und die gleichen Schlüsselwörter immer wieder vorkommen» (Funke, 77). Mich erinnern diese wiederholenden Varianten an das Hin und Her im Verstehen eines jeden Witzes. Auch dies Verstehen kann man als Wiederholung begreifen. Wer sich je dabei beobachtet hat, wie er lange hat lachen müssen, weiß, wie sich die Komik an denselben Eindrücken immer neu entzündet.

Das Gegenstück zum Situationswitz, der sich steigert, sind die Überbietungswitze, die ich auf S. 53ff. vorgestellt habe.

Unwirkliche Szenen. Der Witz ist wie ein Traum (S. 146–148)
Freuds naher Freund Wilhelm Fliess hatte im Herbst 1899, als er die Korrekturfahnen der «Traumdeutung» las, bemängelt, die Träume enthielten zu viele Witze, wie Freud in einer Fußnote der «Traumdeutung» erwähnt. Darin lag wahrscheinlich eine Anregung für Freud, sich dem Witz gesondert zuzuwenden.

Kindermund. Oder: Alle Witze haben eine Tendenz (S. 150–153)
Die Unterscheidung von Technik und Tendenz findet sich vor Freud unter anderem Namen etwa bei Kraepelin, der den intellektuellen vom Gefühlskontrast unterscheidet.

Freuds Leistung ist nicht immer anerkannt worden. Reik bedauert noch 1954, dass die psychologische Tiefe des Buches über den Witz noch nicht voll erkannt sei (Jewish Wit, 15). Zu weit geht allerdings Ruddies, wenn er meint, dass Freud «mit Nichtbeachtung bestraft wurde, was seine Beschäftigung mit Humor anging» (91).

Eine frühe Würdigung fand Freuds Buch bei dem Ästhetiker Johannes Volkelt: «So wenig ich im einzelnen mit den Ausführungen Sigmund Freuds einverstanden bin, so stimme ich ihm darin zu, dass die Witzarbeit sich im Unbewusst-Seelischen vollziehe.» Dazu die Anmerkung, Freuds Schrift sei «durch scharfen Spürsinn auch für das Verstecktere und einen starken Selbständigkeitsdrang des Suchens und Forschens ausgezeichnet» (503).

Ein Lob, das eine Schmähung ist, findet sich bei Hofstätter: Für einen Witz «sind mindestens drei Personen erforderlich. Das herausgearbeitet zu haben, halte ich für das Hauptverdienst des Freudschen Witz-Buches von 1905.»

Wer Freuds grundlegende Einsichten nicht aufnimmt, bleibt an der Oberfläche, wie der Ästhetiker Werner Schweizer, der das Komische im «Formtrieb» und im «Formsinn» begründet sieht; oder wie der Phänomenologe Albert Wellek, der es überhaupt vorzieht, die psychoanalytische Theorie «außerhalb der Betrachtung» zu lassen (13). Auch Hans Jürgen Eysenck rechnet den Humor noch immer «zur experimentellen Ästhetik» (Vorwort zu «The Psychology of Humor, XIII), so dass es niemanden verwundern muss, wenn er nicht einmal zwischen Technik und Tendenz unterscheidet (Appreciation, 297).

Freuds Bemerkung, Kinder hätten keinen Humor, ist oft kritisiert worden. So betont Zijderveld unter Berufung auf Eastman: «Freud muss das sagen, weil er Humor als einen Mechanismus definierte, der den Menschen vom Druck des Wirklichkeitsprinzips befreite – ein Mechanismus, den Kinder nicht brauchen, weil sie diesen Druck noch nicht erfahren. Aber diese Auffassung ist nach Eastman absurd» (177). Eine ähnliche Erklärung für Freuds Fehler sucht Ekmann in der Annahme, dass Freud «nicht erkannt hatte, was sein großer Schüler und Antagonist Adler überzeugend nachwies: mit welcher Angst die Kinder die Erzieher betrachten müssen» (42).

Helmers, der sich auch sehr darüber wundert, dass dem Analytiker Reik «die offensichtliche Tatsache entgehen konnte, dass es sich bei diesen Beispielen nicht um Witze der Kinder, sondern um Witze über Kinder handelt» (17), macht den Versuch, den Unterschied zwischen dem Humor des Kindes und des Erwachsenen zu definieren. Während der Humor der Erwachsenen die Norm aufhebe, stelle der Humor des Kindes die sprachliche Norm in Frage, um sie durch Lachen zu bestätigen (146).

Tiergeschichten zeigen die Ambivalenz der Gefühle (S. 154–158)
Das «Lexikon der Psychiatrie» (hrsg. von Christian Müller) definiert «affektive Ambivalenz» als «schizophrene Doppelbetonung von Gefühlsvorstellungen, in denen ein positiver und ein ebenso starker negativer Faktor liegt» (455).

«Eastman ist ängstlich darauf bedacht, das Lachen von jeder Spur von Unerfreulichem zu reinigen. Tatsächlich hat niemand eine so heldenhafte Anstrengung unternommen wie Eastman, Lachen als einen unschuldigen, charmanten und erfreulichen Zeitvertreib zu empfehlen», meint A. M. Ludovici in «The Secret of Laughter» (zit. nach Bergler, 202).

«Es mag zunächst paradox erscheinen, dass einige Autoren das Vergnügen, die Ausgelassenheit und die Erleichterung betont haben, während andere solche Voraussetzungen betont haben, die zu Unbehagen, Verwirrung oder Missfallen führen», meint Berlyne in seinem Übersichtsreferat (803). «Eine mögliche Lösung wird von einigen Autoren angedeutet, die (wie mehrere Erleichterungs-Theoretiker) meinen, dass es die wesentliche Bedingung für Lachen ist, dass Unangenehmes erscheint, gefolgt von seiner plötzlichen Aufhebung.»

Und Patricia Keith-Spiegel urteilt: «Die Ambivalenz-Theorie ist sehr oft vertreten worden. Sie glaubt, dass Lachen entstehe, wenn jemand gleichzeitig unvereinbare Gefühle oder Empfindungen hat» (10). Als Beispiele nennt die Autorin: Lust und Schmerz, Freude und Schrecken, Liebe und Hass, Manie und Depression, Über- und Unterlegenheitsgefühl, Spiel und Ernst, Zuneigung und Empfindlichkeit, Angst und Ausgelassenheit.

Witzblattfiguren, Opfer einer Herabsetzung? (S. 159–162)
Vom Witz sagt Alfred Adler: «Auch hier finden wir das Geltungsstreben wieder, das nach der Entwertung des anderen strebt» (96). Das ist eine der wenigen

deutschsprachigen Stimmen, die Herabsetzung oder Schadenfreude einräumen.

Otto Rommel veröffentlichte im Jahre 1943 einen Bericht über das Komische und nannte dabei die Überlegenheitstheorie von Hobbes «typisch englisch» (163), womit er sich überlegen erweisen wollte, indem er die Überlegenheitstheorie ablehnte.

James Sully, dessen Buch über das Lachen (1902) in England großen Einfluss erlangte, wollte sich nicht zwischen der «Theorie der Herabsetzung» und der «Theorie der Gegensätzlichkeit» als Erklärung des Komischen entscheiden. Er neigte zu der Ansicht, die erstgenannte Theorie erkläre den Humor der schlichten Köpfe, während der moderne Geist sein Vergnügen mehr im Widersinnigen finde (nach Kline, 424).

Der Überlegenheits- oder Herabsetzungstheorie stehen zwei Argumente entgegen, meint Berlyne. Erstens lache man oft auch über unbelebte Gegenstände; zum andern sei das Lachen über andere Menschen oft «verbunden mit einer herzlichen und liebevollen Haltung», wofür sich Berlyne auf Bain beruft (800). Ebenso schreibt Keith-Spiegel: «Sympathie, Mitgefühl, Nähe und Herzlichkeit können durchaus mit dem überlegenen Lachen verbunden sein», wofür sie sich auf verschiedene Autoren beruft (7).

Als einer der wenigen deutschsprachigen Autoren bekennt sich Gerhard Szonn zur Überlegenheitstheorie: «Vor allem aber ist das Lachen ein Ausdruck des Triumphes über den Dümmeren, nämlich die Witzfigur. Sie hat den Zusammenhang nicht durchschaut wie wir, ist uns also geistig unterlegen» (81). Für seine Ansicht beruft er sich auf Wilhelm Buschs Feststellung: «Lachen, Bedauern, Verachten sind nach der Wurzel zu intime Verwandte, gemeinsam erzeugt von dem wohltuenden Gefühl der Überlegenheit.» Noch tiefer scheint Szonn der Spott zu stehen: «Man ‹macht sich lustig über den anderen›. Das Wort lustig kommt von Lust. Der Spötter verschafft sich also Lust, indem er jemanden herabsetzt, wodurch er sich selbst relativ erhöht» (83f.).

Eigentore. Verbotene Gefühle werden annehmbar (S. 162–167)
Wo das Unglück selbstverschuldet sei, da lachten wir, von Mitleid weniger gehemmt, im Bewusstsein eigener «Überlegenheit», meint Kraepelin, «während wir dem unverschuldeten Missgeschicke nur mit der harmloseren Freude über die eigene Sicherheit gegenüberstehen» (338).

Noch bevor Freud sein Buch über den Witz veröffentlichte, referierte der Berliner Gymnasiallehrer Franz Jahn die Ansichten der Wissenschaft über das Komische. Eine Gruppe von Autoren, nämlich Bain, Hecker, Groos und Heymans, fasste er unter der Überschrift «Voluntaristische Theorien» zusammen (84ff.). Jahns Referat dieses Standpunkts zeigt, wie sehr Freuds Grundgedanken damals schon in der Luft lagen: «Überblicken wir die angeführten Theorien, so finden wir, dass sie alle auf den Gefühlscharakter des Komischen, die Lust- resp. Unlustbetonung, das Hauptgewicht legen. Und zwar scheinen sie diese Lust oder Unlust in eine gewisse Beziehung zum Trieb oder Willensstreben der Seele zu setzen.» Jahn erläutert dann, es sei ein «Trieb, der auf Selbstdurchsetzung und Selbststeigerung gerichtet ist» und der im gelungenen Witz «seine Befriedigung gefunden hat» (90).

Luc Ciompi spricht von den «fundamentalen Ambivalenzen» und der fundamentalen «Reversibilität» der Gefühle (74). Daher sei «jedes intensive Gefühlserlebnis (Liebe, Freude, Schmerz, Trauer, Angst etc.) nur auf dem Hintergrund seines Gegenteils möglich; das eine bedingt und konstituiert das andere. Ohne gewisse Ausschläge ... nach beiden Seiten hin erlebe ich schließlich überhaupt nichts mehr ... Liebe schlägt um in Hass, Ohnmacht in Machtgier, Masochismus in Sadismus und umgekehrt» (119). Diese Darstellung wendet Ciompi nicht auf den Witz an, man wird das aber tun dürfen.

Lachen mit dem Sieger – der Ursprung des Lachens? (S. 168–171)
Sehr selbstsicher beschließt Rapp seine Studie mit den Worten, dies sei eine Geschichte der Evolution des Witzes und des Humors. Sie beruhe zwar auf Vermutungen, aber «die Alternative ist die Annahme einer spontanen Zeugung» (96).

Leider ohne Quellenangabe berichtet Gerhard Szonn: «Der Affe versteht die mit dem Lachen verbundene mimische Veränderung unseres Gesichts durchaus in der ursprünglich aggressiven Weise, und es ist nicht auszuschließen, dass das Tier, wenn wir es anlachen, ‹zurückbeißt›. Durch das Lachen wird das Gesicht nämlich in genau der Weise verändert, die wir beim Tier mit ‹Zähnefletschen› bezeichnen» (85).

«Wir können das Lachen mit dem Triumphgeschrei vergleichen, das dem fliehenden Feinde nachgesandt wird. Bei kindlichen Gruppen-‹Schlachten› ist es schwer zu entscheiden, ob der unterlegene Feind mit Triumphgeschrei endgültig verjagt werden soll oder ob er ausgelacht wird. Vom äußeren Eindruck wie auch vom Gefühl der Beteiligten her handelt es sich hier um eine Mischung aus beidem, einen gleitenden Übergang», schreibt Szonn (85). Mit dieser Beobachtung wäre die Deutung der amerikanischen Autoren, die Szonn aber nicht erwähnt, gestützt. Unter Berufung auf Kris (1938) vermutet auch Berlyne einen Triumph: «Spuren von jener Angst, die früheren Triumphen vorausging, sind der Grund dafür, dass die Linie oft schmal ist, die Lachen von Spannung trennt» (804).

Als Beispiel dafür, dass Lachen ansteckend ist, nennt Moody das Party-Spiel «Bauchlachen»: «Die Teilnehmer bilden eine Kette, wobei jeder den Kopf auf den Bauch des anderen legt. Bald fängt jemand an zu lachen, und das Lachen setzt sich in einer Welle der Ansteckung fort; in kürzester Zeit lachen alle» (28f.).

Ausschließlich von historischen Stoffen (Mythen, Legenden, Literatur des 18. Jahrhunderts) handelt die Arbeit von Marie Ramondt, «Studien über das Lachen».

Witze über Gebrechen. Nicht nur solche Witze vergisst man (S. 172–175)
Die Eheleute Peters scheinen Kraepelin zu kritisieren, wenn sie schreiben: «Seltsam mutet an, dass Kraepelin ... ‹die mannigfachen Missbildungen und Verkrüppelungen der menschlichen Gestalt› als ‹sehr ergiebige Quelle der Anschauungskomik› erwähnt» (18). Allerdings hatte sich Kraepelin an dieser Stelle eindeutig von diesem Humor distanziert, indem er schrieb, komisch sei das «für das unerzogene Gemüt».

Selbst einem so sensiblen und urteilsfähigen Autor wie Karl Groos scheinen 1892 Gebrechen noch komisch: «Der normal gebaute Mensch ist geneigt, solche organischen Verkehrtheiten mit einem behaglichen Pharisäergefühl zu betrachten und sich lachend seiner eigenen Überlegenheit zu erfreuen» (Ästhetik, 379).

Recht unbekümmert erzählt Theodor Reik, wie in einer Anekdote ein österreichischer Politiker, den man für einen Hermaphroditen hielt, in einer Tischrede bedacht wurde mit der Anrede: «Meine sehr geehrten Damen und Herren, und du, mein lieber Stepanowitsch!» Reik fährt fort: «Worüber lachen wir hier? Doch wohl über die Sonderstellung, die der Redner seinem Freunde zwischen Damen und Herren eingeräumt hat...» (Lust, 17) Dieses Vergnügen kann man heutzutage wohl bei dem Scherz nicht mehr empfinden.

Wann man über Missbildungen lachen könne, hat Koestler beschrieben: «Wir wissen, dass das Scheusal des Karikaturisten mit der Gurkennase oder dem Riesenbauch biologisch unmöglich und damit nicht wirklich ist. Abbildungen von Elephantiasis oder krankhafter Fettleibigkeit dagegen wirken nicht komisch, weil diese Deformationen des Menschen als real bekannt sind, und erregen daher unser Mitleid» (Funke, 66). Ebenso lachten wir nur, wenn Stottern nachgemacht wird, während es sonst Verlegenheit hervorrufe. Wird es nur vorgetäuscht, so «wird unser Mitgefühl überflüssig, und wir können mit gutem Gewissen kindlich grausam sein» (Funke, 70).

Ein aggressives Element sieht Hacker im Lachen über den künstlich missgestalteten Spaßmacher: «Durch komische Unbeholfenheit wird der Clown zum legitimen Aggressionsobjekt. Ungestraft darf man schadenfroh über den einfältigen Tölpel lachen und ihn ‹zur Hetz› prügeln, da vom dummen August keine wirksame Gegengewalt zu befürchten ist» (157). Mir scheint das aber nicht das einzige Motiv unseres Vergnügens am Clown zu sein – wenn es überhaupt vorkommt.

Für die Unfähigkeit, sich Witze zu merken, gibt Grotjahn ein Beispiel. Eine Dame wollte ihre Hemmung, Witze zu erzählen, überwinden und erzählt: «Ein chinesischer Scharfrichter stellt die Gefangenen, die er enthaupten will, in Reih und Glied auf. Als sie alle da stehen, befiehlt er ihnen zu nicken. Ende der Geschichte. Ich muss etwas vergessen haben» (50). Tatsächlich hatte die Dame das grausame Kopfabschlagen verdrängt.

Dass der Witz im Unbewussten wurzelt, ist von der amerikanischen Psychologin Sylvia H. Bliss im Jahre 1915 noch einmal entdeckt worden. In ihrem Aufsatz versichert sie in der ersten Fußnote, ihre Ansichten seien unabhängig von Freud entstanden – was denkbar ist, weil Freuds Buch erst 1916 ins Englische übersetzt wurde. Bliss konstatiert die «ständige Verleugnung der Instinkte», zu der uns die Kulturgesetze zwingen (239). Die Spannung löse sich durch Nonsens (240), Lachen sei Ausdruck unbewusster Befriedigung (241). Ihr Menschenbild möge als degradierend zurückgewiesen werden, schreibt Sylvia H. Bliss, denn das Bewusste passe besser zur menschlichen Würde als das Unbewusste (246).

Aufsitzer. Dazu die Betrachtung einer Kleingruppe (S. 175–178)
Hofstätter meint, «dass der Erzähler sich irgendwie mit dem Helden des Witzes identifiziert», und sieht den Witzerzähler in einer heiklen Lage. «Mit seinem Lachen bestätigt der Zuhörer dem Erzähler den Erfolg... wie der Erzähler mit seinem eigenen Problem, das der Witz angepeilt hat, fertig wurde. Deshalb erscheint es mir nicht ganz unberechtigt, eine Ähnlichkeit zwischen der Rolle des Zuhörers und der des Beichtvaters anzudeuten.»

In der «Interaktion Witze-Erzählen» sei wichtiger als alles andere «die Tendenz einer systemtransgredierenden Interaktion», meint Michael Böhler (351), womit auf deutsch gemeint ist, dass Erzähler und Hörer sich durch den Witz verbunden fühlen. Statt Aggression sei das eine «Tendenz zur sozialen Integration»

(365), die Lachenden würden zu Gleichgesinnten (368). Diese These ist aber nicht so neu, wie der Autor vermutet, und gerade die Aufsitzer zeigen, dass es auch Aggression zwischen Erzähler und Hörer geben kann.

Missverständlich erzählt. Zuerst der Erregungs-Zacken (S. 178–182)
«Es scheint, dass alle – oder so gut wie alle – Faktoren, die die Erregung bestimmen, beim Humor eine Rolle spielen können», meint Berlyne; er zählt auf: Neuheit, Überraschung, Widersinnigkeit, Fremdartigkeit, Vielschichtigkeit, Doppelsinn, Verwirrung und offenbarer Widerspruch. Von all diesen Eigenschaften des Humors werde angenommen, dass sie Erregung durch Konflikt verursachten (807).

Die Erregung werde gemindert, wenn jemand seine Aggression ausdrücken könne; wenn sich ein bloß vorgestellter Schrecken als harmlos erweist; wenn sich die Umgebung als eine zeigt, in der Worte erlaubt sind, die normalerweise bestraft werden; und wenn offenbar feindselige Bemerkungen oder Gesten begleitet werden von Anzeichen, die zeigen, dass keine tief aggressive Absicht dahintersteht (zum Beispiel, wenn ein Witzbold lächelt, während er einen schneidenden Vorwurf vorbringt, oder wenn er dem Adressaten dabei auf die Schulter klopft), meint Berlyne (807).

Anekdoten zeigen die Abfuhr einer Stauung (S. 183–186)
Die Wirkung des Komischen ist so oft als Abfuhr, Entlastung oder Erleichterung beschrieben worden, dass man unmöglich alle Anhänger dieser Theorie aufzählen kann. Hier ein paar Beispiele: Die komische Wirkung gehe hervor «aus der plötzlichen Aufhebung eines auf dem Bewusstsein lastenden Druckes», schreibt Heymans (41). Der französische Psychologe L. Dugas bemerkt 1902: «Das Lachen ist also ein Symptom der Entspannung, und Entspannung ist ein Bedürfnis der menschlichen Natur» (zit. nach Rommel, 189). Auch Gregory erwähnt immer wieder, Lachen sei Entspannung (40, 201), und er bringt einen Vergleich: «Lachen und Feiertage, so kann man sagen, haben etwas gemein: Arbeit verlangt ständige Anstrengung und erhält dieses Verlangen aufrecht; Feiertage befreien den Lachenden von einem solchen ständigen Anspruch und erlauben es ihm, sich häufig in die Entspannung des Lachens fallen zu lassen» (206f.). Hayworth schließt sich an: «Ich möchte betonen, dass Lachen immer auf eine körperliche Anspannung folgt und von Entspannung begleitet ist» (373). Einen bildlichen Vergleich wählt Albert Rapp: «Lachen ist Entspannen. Ein bisschen Witz oder ein Humorblitz veranlassen uns, für einen kostbaren Augenblick unseren Bogen abzuspannen, so dass er mehr Spannkraft haben wird, wenn er wieder gebraucht wird» (Origins, 12).

Zu den Vertretern der «Erleichterungstheorie» zählt Keith-Spiegel unter anderen Spencer, Lipps und Bergson (20), Freud nennt sie «den bedeutendsten Erleichterungstheoretiker» (13), hält freilich sein Buch für «ein schwerfälliges, aber sehr einflussreiches Werk» (12).

Freuds Widerruf seiner These, Lust sei immer Verminderung von Erregung, findet sich 1924 in der Arbeit «Das ökonomische Problem des Masochismus» (Ges. Werke, Bd. 13, S. 372, zit. nach Nagera, 388). Trotz des Widerrufs wird Freud meist noch mit seinen früheren Ansichten zitiert, z. B. deutet Anneliese Blum die Witztheorie Freuds so: Witz und Humor dienten «als Ausgleichstendenzen im Dienste des Konstanzprinzips und zur Aufrechterhaltung eines gewissen Spannungs- und Erregungsniveaus» (38).

Koestlers Deutung der Witzwirkung geht auch von der Annahme aus: «Jedes Nachlassen von Spannungen, ob sie durch Hunger, Sex, Zorn oder Angst hervorgerufen werden, ist angenehm» (Funke, 43). Beim Humor «entlädt sich die überschüssige Spannung in lautem Gelächter oder verströmt in mildem Lächeln» (ebd.). Damit übergeht Koestler den umgekehrten Fall, dass der komische Effekt auch einen lustvollen Anstieg der Erregungskurve bewirken kann.

Chuzpe. Die Abwehr der Triebe (S. 186–191)
Zu unterscheiden sind Witz und (Galgen-)Humor. Der Witz lässt der Besetzung freien Lauf, wobei man annehmen kann, dass zugleich die Gegenbesetzung frei geworden ist. Strotzka meint, beim Witz «entsteht die Lust aus der plötzlichen Entladung der frei gewordenen Gegenbesetzung» (Witz, 316). Ähnlich auch diese Definition: «Der Witz kann als Gegenspieler der Abwehrmechanismen, nach Freud vor allem der Verdrängung (Hemmungen und Unterdrückungen), aufgefasst werden. Wir können mit anderen Worten sagen: Der Witz wehrt nicht ab, sondern er lässt zu. Auch alles, was tabu ist, darf zu Worte kommen» (Blum, 41). Blum möchte den Witz im Gegensatz zum Humor sehen, denn der werde von Freud schon im Buch über den Witz als «höchststehende Abwehrleistung» bezeichnet. Der (Galgen-)Humor ist also keine Aufhebung, sondern eine Verstärkung der Abwehr (Gegenbesetzung): «Der Humor ist ein im Rahmen der Gesundheit bleibender, spezifischer Abwehrmechanismus des Ichs sowohl gegen reale Gefahren als auch gegen Ambivalenzkonflikte innerhalb der Persönlichkeit» (Strotzka, Versuch über den Humor, 607).

Obwohl Freud selbst den Humor zweimal (1905; 1927) zu den Abwehrmechanismen gerechnet hat, zählte seine Tochter Anna Freud ihn nicht dazu. Befragt, warum nicht, hat sie Hans Strotzka geantwortet: «Wieso, Humor hat doch jeder» (briefliche Mitteilung Strotzkas an den Verfasser). Wenn Levitt zustimmend eine Liste üblicher Abwehrvorgänge aufzählt und dabei auch das Lachen erwähnt, so empfindet Taëni, unter Berufung auf Janov, das als «Ersatz für Lebensqualität» (89). So etwas (wie Lachen) diene nur «zur Aufrechterhaltung der abwehrenden Mechanismen» (ebd.).

Freud habe die Voraussage gemacht (wenn auch nicht in dieser Terminologie), dass Extrovertierte eher Nonsens liebten, Introvertierte aber Witze vom sexuellen und aggressiven Typ, meint Eysenck; der hingegen glaubt experimentell gezeigt zu haben, «dass Extrovertierte (das sind Menschen, die sexuell erfolgreich und eher aggressiv sind) tatsächlich Witze und Cartoons vom sexuellen und aggressiven Typ bevorzugten. Das bedeutet, dass das ‹typische› Verhalten eines Menschen auch bis zu seiner Vorliebe auf dem Gebiet des Humors reicht, statt dass ‹unterdrückte› Triebe im Humor ein Schlupfloch finden, wie Freud gemeint hat» (Vorwort zu «The Psychology of Humor», XVI). Richtiger schiene es mir zu sein, wenn Eysenck sich auf die Feststellung beschränkte, dass extrovertierte Typen sich eben unter experimentellen Bedingungen leichter zur Sexualität und zur Aggression bekennen.

Gegen Freuds Deutung gibt es heute nur noch selten eine so empörte Gegenstimme wie diese: «Wer Humor und Komik von der Prämisse aus betrachtet, dass der Mensch als angeblich asoziales Wesen primär von ‹niederen Bedürfnissen› gesteuert sei, verbaut sich den Zugang zum Phänomen des Komischen» (Helmers, 18).

Frauenfeindlich – zwei Parameter der Hörer(innen) (S. 191–196)
«Das Frauenbild der Bild-Witze», meinen Richard Albrecht und Joachim Gärtner, sei «durchweg patriarchalisch und gegenemanzipatorisch-reaktionär. Wichtiges Merkmal der ‹Frau› ist ihr ‹verführerischer› Körper. Selbstverständlich versagt sie in der Welt der Technik und der Männer» (73).

Männerphantasien. Zwei Parameter auch im Witz (S. 196–200)
In einer schematischen Zeichnung hat Mary K. Rothbart die Beziehung zwischen der Erregung durch einen Witz und seiner Auflösung dargestellt. Sie unterscheidet verschiedene Erregungsniveaus. Wirkt der Stimulus auf den Hörer, so muss er auch durch das Stadium «Problem-Lösung», erst danach kommt es zur Entspannung (250).

Volksgruppenwitze. Macht Angst aggressiv? (S. 200–203)
«Die Studenten aus Hongkong lachten über ganz andere Dinge als die amerikanischen und belgischen Studenten. Für die Amerikaner waren aggressive Witze die lustigsten – vielleicht ein Anzeichen dafür, dass in solchen Witzen der Druck, der in einer aggressiven Gesellschaft entsteht, ein Ventil findet» (Cohen, 57).

«Humor dient den meisten Menschen als Spannungslöser. Wer schlimmer dran ist und sich nicht auf diese Weise entspannen kann, wird Erlösung im Alkohol oder in einer pathologischen Flucht aus der Wirklichkeit suchen. Die Fähigkeit zu lachen ist ein Maß dafür, wie gut jemand seiner Umwelt angepasst ist» (Levine, Responses, 35).

«Oft hegen wir für eine komische Gestalt viel Sympathie ... Wir behandeln sie als Kameraden. Dem Lachen ist also zumindest ein Anschein von Wohlwollen, von liebenswürdiger Leutseligkeit eigen, und es wäre falsch, dieser Tatsache nicht Rechnung zu tragen. Vor allem aber enthält das Lachen ein Element der Entspannung», schreibt Bergson (129). Trotz dieses Bekenntnisses wirft Koestler ihm vor: Der schlimmste Mangel von Bergsons Theorie sei es, «dass er die Gefühlskräfte des Lachens und seine Fähigkeit, Spannung zu lösen, übersieht» (Koestler, Insight and Outlook, 421).

Die Bosheit des Witzboldes (S. 203–207)
Schon Jean Paul hatte Erfahrung mit witzigen Zeitgenossen: «Die beste Probe und Kontrolle (Wiederrechnung) des Witzes ist eben sein Überfluss; ein Einfall, welcher allein geschimmert hätte, erblasset in glänzender Gesellschaft; folglich wird der Vorwurf matter und gesuchter Einfälle gerade den Witz-Verschwender treffen» (183). Und kurz darauf: «In Gesellschaft ist das witzige Wetterleuchten darum beschwerlich, weil es finsterer darauf wird. Jeder Reiz macht einen zweiten nötig und so fort, damit dieselbe Erregung bleibe. Mithin muss der Witz – wenn man nicht welken soll – fortreizen» (184).

Von der «Unterhaltungsgabe mancher Personen» sagt Volkelt, dass «die in solchem Witz schwelgende Person unausstehlich zu werden droht» (508).

Am Beispiel von Hamlet zeigt Grotjahn Verständnis für den Witzigen: «Die Angst erträglich zu machen ist das große Verdienst des Künstlers. Ginge er dieser Angst aus dem Wege, böte er nur Unterhaltung ... Der Künstler befindet sich in einer ähnlichen Lage wie der witzige Mensch, der nicht anders kann als seinen Witz erzählen, ihn aber viel weniger genießt als die Zuhörer. Das Lachen des Witzigen ist mehr ein Echo auf das Lachen der anderen als eine Aufhebung eigener innerer Spannung. Er muss sich immer neue Witze ausdenken und – indem er sie erzählt – um Verzeihung bitten» (113f.).

Skeptische Witze ersparen Hemmungsaufwand (S. 207–212)
Gregory ist gegen die beiden Witztheorien, die Freud vertritt: 1. gegen «Abfuhr», 2. gegen «Ersparnis». Nachdem Gregory Freud vorgehalten hat, seine Witztheorie stelle die Befreiung von unterdrückten Trieben zu sehr in den Mittelpunkt, zitiert er Eastman, der Freud vorwerfe, er habe einen unglücklichen Versuch gemacht, diese Annahme zu verbinden mit der Theorie von der ersparten psychischen Energie. Freud habe auch eine schlecht gewählte Allianz zustande gebracht zwischen sich selbst, Herbert Spencer und Lipps; Abfuhr (discharge) von überflüssiger Energie sei die Formel für das Lachen, die seine beiden schlecht gewählten Verbündeten übernommen hätten» (Gregory, 194). Und weiter: «Eingesparter Unterdrückungsaufwand scheint eine misslungene Beschreibung für eine witzige Bemerkung, die Feindseligkeit (eben durch die Kraft des Witzes) aus seiner Verdrängung befreit» (194f.).

Eastman habe recht mit seiner Kritik an Freud, meint auch Eysenck, wenn er Freud vorwerfe, unkritisch «die mechanistische Spencer-Lipps-Theorie der Ersparnis» übernommen zu haben, die dem Rest seiner Einsichten fremd sei (Appreciation, 305).

Eidelberg, der seine Erläuterung stark an Freuds Dreiheit «Über-Ich, Ich, Es» orientiert, meint zusammenfassend: «Das Lachen bedeutet für den Hörer und den Erzähler einen Sieg des Ichs über das Es und das Über-Ich» (49). «Ersparnis an Energie» sei nicht allein verantwortlich für das Vergnügen am Lachen. «Diese Lust beruht auf der instinktiven Befriedigung exhibitionistischer und aggressiver Tendenzen, die im Lachen abgeführt werden. Obwohl Freud dieses Problem der Entladung im Lachen nicht vernachlässigt, hält er doch – so ist jedenfalls mein Eindruck – die Ersparnis des Aufwands für den wichtigsten Faktor, der für die Lust am Lachen verantwortlich ist» (59). Im folgenden versucht Eidelberg, der den inneren Widerspruch dieser beiden Erklärungen für die Lust so gut gesehen hat, doch einen Kompromiss.

Erotik. Die Rückkopplung pfeift (S. 213–217)
«Über die grobe Zote zu lachen, brächten wir aber nicht zustande, wir würden uns schämen, oder sie erschiene uns ekelhaft; wir können erst lachen, wenn uns der Witz seine Hilfe geliehen hat», schreibt Freud (Witz, 82).

Mit gutem Grund werden gewöhnlich Modelle «negativer Rückkopplung» dargestellt, weil sie die übliche Steuerung eines Verhaltens leisten (auch in William T. Powers Darstellung «Rückkopplungsprinzipien in der Organisation von Verhalten», Die Psychologie des 20. Jh.). Zum Prinzip der «positiven Rückkopplung» bei der Entstehung von Angst siehe Eysenck, Handbuch der Psychologie, a. a. O., 590ff. Dort finden sich auch die Ausdrücke «Kamin-Effekt» und «Inkubation».

Sexwitze sollen die Strafangst besiegen (S. 217–222)
Freud definiert die Zote recht eigenwillig so, dass er sie als sexuelle Aufforderung an eine Frau ansieht: «Die Zote ist also ursprünglich an das Weib gerichtet und einem Verführungsversuch gleichzusetzen» (Witz, 78). Ich meine, die Zote müsse sich nicht ursprünglich an die Frau selbst richten. Man kann sie sich auch (parallel zu den zynischen Witzen) als eine Verletzung der Norm und des Tabus denken. In jedem Fall könnte ich einer mehr allgemeinen Formulierung Freuds zustimmen: «Es ist nicht zu bezweifeln, dass die Lust, das Sexuelle entblößt zu sehen, das ursprüngliche Motiv der Zote ist» (79). «Das Sexuelle entblößt», kann ja auch abstrakt verstanden werden: das Verbotene aufgedeckt.

«Dem obszönen Wort wohnt eine eigentümliche Macht inne, die den Hörer gleichsam dazu zwingt, sich den darin benannten Gegenstand, das geschlechtliche Organ oder die geschlechtliche Tätigkeit, in dinglicher Wirklichkeit vorzustellen» (Ferenczi, Über obszöne Worte, 15).

Adolf Muschg lässt den Ich-Erzähler in «Albissers Grund» sich an seine Kindheit erinnern: «A. hatte sich schon als Kind vor diesem Feierabendhumor stärker gefürchtet als vor Strafen; vor dem Knie- und Schulterschlagen und den Witzen, die es locker machte ... Aber wenn sie dann über die Körperteile von Frauen lachten, so fürchtete er sich anders, bodenlos vor ihnen. Sie kamen ihm dann bald wie Schlächter, bald so kindisch vor, dass es nicht wahr sein durfte» (130).

«Für jeden ist der komischste Sexwitz der, der genau zwischen den Grenzen seiner Toleranz liegt, so dass er den größten Schock erfährt, den er noch scherzhaft aufnehmen kann» (Willmann, 84).

Was später als Triebe, als Strafangst erkannt wurde, findet sich bei Schopenhauer immerhin angedeutet: «Je mehr ein Mensch des ganzen Ernstes fähig ist, desto herzlicher kann er lachen» (Bd. 2, 108). Und diesen «Ernst» sieht er auch bei den «Geschlechtsverhältnissen», die am leichtesten den Stoff zu Witzen (Zoten) abgäben, und das könne «nicht sein, wenn nicht der tiefste Ernst gerade ihnen zum Grunde läge» (109). Das ist der Triebtheorie und dem Verständnis des Sexuellen näher als Friedrich Georg Jüngers Ansicht: «Das Plumpe an der Zote kommt daher, dass die komische Beziehung hier dem Geschlechtsakt, der nichts weniger als komisch ist, geradezu aufgezwungen wird... Die unruhige und quälende Macht des Triebes, seine Herrschsucht und Unerbittlichkeit stacheln dazu auf, sich gewaltsam über ihn lustig zu machen ...» (117).

Edmund Bergler schreibt (1956), dass Lachen «ein Prozess der Angst-Verringerung» sei (Vorwort, VIII). Aber er meint, es sei ein innerer Prozess, nicht an äußere Mächte gewandt. Das Wort ‹innerer› setzt er in Versalien. Und er fährt fort: «Die Tatsache, dass der Witz eine Methode ist, einen Teil des inneren Gewissens (das Ich-Ideal) anzugreifen, wurde zuerst vor zwei Jahrzehnten von mir in Zusammenarbeit mit Dr. Ludwig Jekels, der herausragenden Gestalt von Freuds alter Garde, gezeigt» (VIII).

Bergler begründet seine Ansicht vom Lachen mit einem eigenen Erlebnis. Einmal begegnete er einem Redakteur, der darüber seufzte, dass er sein Wochenende mit seiner alten Mutter zu verbringen hatte. Bergler lachte, aber er lachte nicht über den Redakteur, sondern «es war ein Triumph über mein Gewissen». Er sagte sich: «Dieser Mann ist so alt wie ich und leidet an der Abhängigkeit von seiner Mutter und ihren Launen. Ich habe dieses Problem schon vor dreißig Jahren gelöst – und habe gewonnen.» Die Begebenheit habe ich etwas verkürzt wiedergegeben, aber auch die Langfassung hat mich nicht davon überzeugen können, dass es in allem Witz und Humor um das Gewissen gehe. Bergler jedenfalls spürte in diesem Fall, «alle Angriffe des Über-Ichs wurden schließlich pariert mit der triumphierenden Verteidigung des Ichs: ‹Ich hab's geschafft!›» (69).

Über jeden Dreck lachen, als werde man gekitzelt (S. 222–226)
Jean Paul spricht vom «süßen Kitzel des erregten Verstandes, der im Komischen bis zur Empfindung steigt» (160). Das Komische ist oft durch das Kitzeln verdeutlicht worden. Auch Herbert Spencer beginnt seinen berühmten Essay über das Lachen mit dem Kitzeln, weil eine Antwort «nur durch die Physiologie gegeben werden kann» (195). Um das Lachen zu erforschen, müsse man alle seine Erscheinungen, körperliche und geistige, erforschen (209). Willmann geht ebenfalls bei seiner Beschreibung des Lachens vom Kitzeln aus: Humor könne als eine Art «geistiger Kitzel» angesehen werden. Zwischen Humor und Kitzeln gebe es eine «genaue Ähnlichkeit». Beim Gekitzelten finde sich Angst und Erregung ebenso wie Vergnügen. Das Gleiche sieht Willmann auch beim Humor (82).

Der Anthropologe Helmuth Plessner widerspricht zunächst der Analogie von Witz und Kitzeln: Die Theorie, im Witz lägen Lust und Unlust im Streit miteinander, sei nicht richtig. Es herrsche kein Wettstreit. Daher sei auch der Vergleich mit dem Kitzeln nicht richtig, «so dass selbst im übertragenen Sinn der Witz nicht als ein sublimer Geisteskitzel verstanden werden kann» (112). Dann sieht er aber doch das Gemeinsame von Kitzeln und Witz. «Situationen wie Kitzel, Spielen, Komik, Witz, Verlegenheit zeigen in ihrer Ambivalenz, Mehrdeutigkeit, Mehrsinnigkeit den Antagonismus zwischen Bindung und Abstoßung, Beantwortbarkeit und Unbeantwortbarkeit» (152f.).

«Interessanterweise konzentrieren sich die Fluchworte und Beschimpfungen der Deutschen auf den Verdauungstrakt, während die aller anderen Nationen – einschließlich der englischen! – die Funktionen des genitalen Systems für diese Zwecke heranziehen» (Neumann, Die Zeit 1/1964).

Schwarzer Humor weckt die Angstlust (S. 227–231)
Die Erstausgabe der Anthologie «Schwarzer Humor» von André Breton erschien, wie der deutsche Verlag anmerkt, 1940, vier Tage vor dem Fall von Paris und zwölf Tage vor dem deutsch-französischen Waffenstillstand. Unter die drei ältesten Ahnherren des Schwarzen Humors zählt Breton übrigens neben Jonathan Swift und De Sade auch Georg Christoph Lichtenberg. «Hierher gehört Swifts berühmter Vorschlag, die Kinder der Armen Irlands zu Pasteten zu verarbeiten», schreibt Henniger (31). «Ohne Zweifel sucht aller schwarze Humor das Lachen zu wahren, wenn das Lachen vergeht.» (34)

Dass der Schwarze Humor nicht erst mit Jonathan Swift beginne, sondern schon mit mittelalterlichen gruseligen Schwänken, will Volker Schupp nachweisen, indem er die vielfach überlieferte Geschichte vom grausamen Tod der «Mönche von Kolmar» vorführt.

Goethe fühlte sich an Friedrich II. «erinnert, der im prägnantesten Augenblick der Schlacht, da seine Truppen dem unvermeidlichen Tod entgegenzugehen stockten, verdrießlich ausrief: ‹Ihr Hunde, wollt ihr denn ewig leben!› So nah grenzt das Ungeheure ans Lächerliche» (Schriften zur Literatur, Hamburger Ausgabe 12, 307f.).

Vom Thrill sagt Kaiser, davon hätten unsere Vorfahren beim Kampf ums Dasein noch genug gehabt, heute müsse er künstlich erzeugt werden. Er schließt mit der Feststellung, Thrill befreie uns vorübergehend vom Stress, der durch die Verdrängung entsteht, mit der die Zivilisation unsere eher primitiven Wünsche und Taten unterdrückt (280). Hayworth beruft sich auf Kaisers Aufsatz über den Thrill für die These: «Die Menschen sind bereit, Ungewissheit zu ertragen, um das Glück zu erleben, dass sie in Sicherheit sind» (370). Balint kennt die Arbeit von Kaiser offenbar nicht.

«Spielen ist nach der psychoanalytischen Theorie ein Weg, mit der Angst fertig zu werden, den die meisten Menschen schon in früher Kindheit entwickeln. Nach schrecklichen Augenblicken beim Zahnarzt kann ein Kind nach Hause gehen und mit seiner Puppe Zahnarzt spielen. Die gewaltsame Phantasie der Comics lässt aggressive Impulse frei, die das Kind ungestraft genießen kann» (Levine, Responses, 35).

Sucht jemand die Angst bewusst zu erleben, so kann es sich um eine Reaktionsbildung handeln (das ist einer der Abwehrmechanismen). Diese besondere Art der Reaktionsbildung nennt man Überkompensation. «Ein solches überkompensatorisches Verhalten scheint auf einem inneren Zwang zu beruhen, in welchem sich der Trieb spiegelt, die Angst dadurch zu überwinden, dass man ihr trotzt. Irgendwie hat der Betreffende mehr Angst vor seiner Angst bekommen als vor dem Angst erregenden Reiz» (Levitt, 47). In diesem Sinne sagt, ein Paradox formulierend, Thomas Fuller: «Viele Leute wären Feiglinge, wenn sie nur genug Mut dazu hätten.»

Sick humor, der Witz als Therapie (S. 231–236)
So ganz weit entfernt von antisemitischen Witzen aus der Nazizeit sind die neuen Judenwitze nicht. 1933 berichtete das «Berliner Tageblatt», jemand habe vorgeschlagen, an einer besonders gefährlichen Straßenkurve in der Nähe des Bodensees ein Warnschild anzubringen mit der Aufschrift: «Achtung Todeskurve! Juden 120 Stundenkilometer!» Was als ironischer Vorschlag gemeint war, der die Tendenz der Zeit bloßstellen sollte, wurde von der zuständigen Straßenbehörde ernsthaft aufgegriffen. «Die Bewältigung jenes unbewussten Schreckens ist eine der verborgenen Voraussetzungen der Lustwirkung des Witzes ... Der Gegensatz dieses Lachens ist nicht Weinen, sondern Erschrecken» (Reik, Nachdenkliche Heiterkeit, 59).

Willi Butollo, Professor für Psychologie mit dem Arbeitsgebiet Angst, bietet in seinem populär angelegten Buch «Die Angst ist eine Kraft» auch «Lösungen» an. Die Lösung liege «im bewussten Aufsuchen des Kontaktes mit dem aversiven Gefühl», also mit der Angst (196). Er empfiehlt «das wirkliche Akzeptieren des So-Seins mit allen Fehlern, Störungen und Macken» (ebd.). Die «Kontaktaufnahme mit den eigenen Ängsten» (197) erinnert an den Witz, in dem das (wenigstens halb bewusst) ebenfalls geschieht.

In dem Buch «Fünf Minuten pro Patient» erläutert Enid Balint (die Frau Michael Balints) zusammen mit Mitarbeitern, wie auch in der Hektik der Sprechstunde eines praktischen Arztes die «Flash-Technik», eine Art psychotherapeutischer Schnellschuss, funktionieren kann. Das erinnert manchmal an die Art, wie im Witz eine Wahrheit vermittelbar wird.

Das Unheimliche im Lachen wegsprudeln (S. 236–241)
«Diese Funktion des Lachens (nämlich die Angst zu vertreiben und mit ihr fertig zu werden) beruht auf der Formel: ‹Ich brauche keine Angst zu haben; es ist lächerlich› – und, in der Sprache der Abwehr: ‹Lache ich, so habe ich keine Angst, weil der Lachende mächtig, stark und überlegen ist›» (Kris, Laughter, 332).

«Seelische Konflikte und Schwierigkeiten sind die treibende Kraft hinter dem Lachen und den Witzen, aber wenn jemand lacht und Scherze macht, dann geht er mit seinem Problem in einer gesunden Weise um, indem er es in Lust verwandelt» (Keith-Spiegel, 28). Die Autorin referiert denn auch: «Dass der Humor, was seine Ursachen angeht, auf Störungen beruht, die, wenn sie direkt zum Vorschein kämen, wahrscheinlich als krankhaft bezeichnet würden, als Unangepasstheit oder als schuld- und angsterregend, ist wohl der am meisten vertretene Standpunkt und besonders für die Psychoanalyse bezeichnend. In diesem Sinne wird eine Haltung, die sich humorvoll zeigt (auch lachend) zu einem ‹gesunden› oder sozial angepassten Weg, mit den eigenen Problemen umzugehen» (28f.).

Brody (1950) meinte, beim Lachen versuche der Mund, Freude in sich aufzunehmen, anstatt irgendetwas auszustoßen; das Lachen sei also eher ein Einnehmen als ein Herauslassen (195). Ich meine, dass Grotjahn recht hat mit seiner Beobachtung, dass Lachen vor allem Ausatmen ist.

Von debilen Personen sagt der Psychiater Petrilowitsch: «Die Dinge werden nicht aktiv angegangen, man lacht bloß über sie und entzieht sich dadurch der wirklich persönlichen Stellungnahme und der verstandesmäßigen Auseinandersetzung mit ihnen.» Das erklärt er zu Recht damit, dass diese Menschen sich «ständig in Grenzlagen befinden» (ebd.).

Auf krankhafte Formen des Lachens weist Moody des längeren hin. Siehe auch die Arbeit von Frank und Harrer über «pathologisches Lachen und Weinen»: Die Kranken hätten das Gefühl, dem Geschehen hilflos ausgeliefert zu sein.

Zynismus kann zum Lieblingswitz werden (S. 242–247)
«Durch nichts bezeichnen die Menschen mehr ihren Charakter als durch das, was sie lächerlich finden», sagt Goethe (Maximen und Reflexionen. Erfahrungen und Leben. Nummer 1209. Hamburger Ausgabe 12, 529. Diese Worte finden sich identisch auch in den Wahlverwandtschaften, Zweiter Teil, Fünftes Kapitel, Aus Ottiliens Tagebuch, Hamburger Ausgabe 6, 384).

Ganz anders Zijderveld: «Für das Witzemachen setzen wir gewissermaßen immer eine Maske auf. Das heißt, mittels Witzen kommunizieren wir mit anderen auf indirekte Weise … Unsere Witze sind nie ein intimes Bekenntnis, sondern machen einen Teil der kollektiven Lebenserfahrung aus» (85).

Zu Recht wendet sich Reik gegen die Meinung von Lipps (111), dass der Witz «gänzlich unpersönlich ist» und «mit der Individualität dessen, der ihn macht, nichts zu tun hat» (Lust, 72).

Cattel und Luborski wollen den oft vermuteten Zusammenhang messbar machen, der zwischen der Vorliebe des einzelnen für bestimmten Humor und seiner Verdrängung besteht (402). Sie haben dazu Gruppen von Witzen ermittelt, deren Aussagen sie mit Persönlichkeitsfaktoren korrelieren. Definitionen der Gruppen und Faktoren sollten in einer folgenden Arbeit beschrieben werden, die meines Wissens nicht erschienen ist. Ruch und Hehl wollen zeigen, dass man eine

Voraussage über konservative Einstellungen machen kann, wenn man weiß, dass eine Testperson einen bestimmten Witztyp, nämlich den Inkongruenz-Lösungs-Witz, besonders schätzt.

Nicht jeder Patient auf der Couch weiß einen Lieblingswitz; einige erzählen nur den, den sie zuletzt gehört haben; und andere Patienten leiden unter so vielen Symptomen, dass sie jeden Witz erzählen könnten, berichtet Israel Zwerling (113).

Siehe auch die Technik der «Symptomverschreibung» bei Watzlawick, Beavin, Jackson, 220ff. Sie «besteht darin, dem anderen dasjenige Verhalten vorzuschreiben, das er bereits an den Tag legt ... Wenn man nämlich aufgefordert wird, sich in einer bestimmten Weise spontan zu verhalten, dann kann man nicht mehr spontan sein ... Indem der Patient sich der Aufforderung des Therapeuten unterwirft, tritt er außerhalb des Rahmens seines symptomatischen Spiels ohne Ende, das bis zu diesem Augenblick keine Metaregeln für die Abänderung seiner Regeln hatte» (221f.). Während der Ausdruck «Symptomverschreibung» auf Gregory Bateson zurückgeht, nennt Viktor Frankl das gleiche Vorgehen «Paradoxe Intention» (Watzlawick, Beavin, Jackson, 224).

Levine hat in Experimenten herausgefunden, dass neurotische Menschen oft in eine Zeichnung etwas hineinlesen, was nicht beabsichtigt war. Einer Frau, die an einer Angstneurose litt, wurde eine Zeichnung gezeigt, auf der ein Mann seine Frau an einen Baum gefesselt hat und Laub sammelt, um sie zu verbrennen. Die Patientin sagte über die Zeichnung: «Der Mann will den anderen Mann verbrennen.» Der Cartoon, meint Levine, ähnelte ihrem Wunsch, Rache an ihrem Mann zu nehmen, so sehr, dass sie in dem Opfer ihren Mann sah.» Von Versuchspersonen, die bestimmte Witze nicht verstehen konnten, berichtet auch Hans Jürgen Eysenck im Vorwort zu «The Psychology of Humor» (XIVff.).

Vor Humor in der Analyse warnt Strotzka in seinem «Versuch über den Humor» (606). Die Debatte referiert ausführlich Juan Andres Bernhardt in «Humor in der Psychotherapie».

Der politische Witz, soziologisch gesehen (S. 247–251)
Für nicht richtig halte ich die These: «Im Witz werden sehr häufig soziale Spannungen ausgetragen», schon gar nicht die Verallgemeinerung: «Das Lachen einer Gesellschaft ist jedenfalls immer eine soziale Kritik» (Röhrich, Aktuelle Probleme, 495).

«In den Bild-Witzen wird ein mehr oder weniger offen rückschrittliches Gesellschaftsbild gerade in diese Witz-Bereiche transportiert» (Albrecht, Gärtner, 77). Allerdings scheinen mir die beiden Autoren die Wirkung («nicht ohne publizistische Bedeutung») dieser Witze zu überschätzen.

«Ich glaube – um meinerseits ein Paradoxon von mir zu geben –, dass wir heute den Humor noch nicht ernst genug nehmen. Ich glaube, dass er eine Segensmacht ist, die der in der heutigen Zeit schwer überforderten verantwortlichen Moral als starker Bundesgenosse zur Seite steht. Ich glaube, dass diese Macht nicht nur in kultureller Entwicklung, sondern auch stammesgeschichtlich im Wachsen ist» (Lorenz, Böse, 411).

Am Sakrileg zeigt sich das Wesen des Komischen (S. 251–255)
Friedrich Nietzsche, Ecce homo (Ges. Werke, ed. Schlechta, Bd. 2, 1088): «Viel-

leicht bin ich auf Stendhal neidisch? Er hat mir den besten Atheisten-Witz weggenommen, den gerade ich hätte machen können: ‹Die einzige Entschuldigung Gottes ist, dass er nicht existiert› ... Ich selbst habe irgendwo gesagt: was war der größte Einwand gegen das Dasein bisher? Gott ...» Grotjahn versucht, «das Fehlen des Lachens in der Bibel» zu erklären (31ff.).

Baudelaire meint einen moralischen Aufstieg zu sehen: «Die Menschheit steigt empor.» Wir «als Kinder eines besseren Gesetzes», wir als «Lieblingsjünger Jesu» besitzen «mehr komische Motive als das antike Heidentum» (19f.). «... Die Idole der Inder und Chinesen wissen nicht, dass sie lächerlich sind. Nur in uns Christen liegt die Komik» (20).

In einer Diskussion unter Germanisten hat Wolfgang Iser das Komische ein «Kipp-Phänomen» genannt, weil uns immer zwei Positionen gegeben werden, die sich gegenseitig negieren und somit «kippen». Das liefe auf die Deutung des Komischen hinaus: es entstehe ein Eindruck, der sich selbst aufhebt, der gekippt wird.

Von einem «Kippcharakter komischer Phänomene» hat auch Kris gesprochen, freilich nicht, weil sich hier die Positionen gegenseitig kippen, sondern weil ein Witz misslingen kann: weil «es sich bei ... misslungener komischer Leistung um ein Umkippen der Wirkung handelt» (Karikatur, 459).

Der Humor hat den Konflikt überwunden (S. 256–260)
In seiner Absicht, den Humor auf Kosten des Witzes herauszustreichen, geht Lützeler zu weit und zeigt, dass er vom Witz und seiner Technik nicht viel versteht: «Der Witz ist sprachlich abgerundet; der Humor ist sprachlich offen, weil gerade gewisse nicht erzählte Elemente für ihn entscheidend sind ... Die Sprache des Witzes stellt dar; die Sprache des Humors weist hin. Jene führt aus; diese löst aus» (20). Ganz falsch! Der Witz muss viel verschweigen, oft nur andeuten, und er überlässt dem Hörer viel Witzarbeit.

Die Völker unterscheiden sich heute kaum noch durch ihren Humor, dafür ist die internationale Witzproduktion zu gleichförmig. Einen völkerpsychologischen Vergleich versuchte F. Egner im Jahre 1932.

«Die wichtigste Aufgabe des Humors ist es vielleicht, uns von unserer Welt, von Gut und Böse, von Soll und Haben zu lösen und uns in die Lage zu versetzen, die Welt in der richtigen Perspektive zu sehen» (Kline, 438). «Der Humor ist die reichste, tiefste, verwickelteste Gestaltung der subjektiven Komik und der Komik überhaupt. Durch den Humor erhebt sich das Komische zu einem dem Tragischen an gehaltvoller Menschlichkeit ebenbürtigen Typus» (Volkelt, 529).

De Bra sieht im Humor «stets eine Wendung zum Universalismus» (13), daher empfiehlt er den Monismus als die dem Humor entsprechende Weltanschauung. Darin ist er Wilhelm Emanuel Backhaus verwandt, denn der empfindet den Humor als die Kraft, die «bestehenden Gegensätze zu begleichen und den Widerstreit unserer Gedanken und Empfindungen in Harmonie aufzulösen und künstlerisch zu veranschaulichen» (205). Diese Bewegung endet «in der unendlichen Idee, in der einen und einzigen Weltallindividualität, in Gott Monos» (208). «Humor erscheint mir in seinem Wesen als das Vermögen des Menschen, gegenüber allen Wechselfällen des Lebens in unbeirrbar lächelndem Gleichmut zu verharren, durchdrungen von der Erkenntnis der Relativität aller menschlichen Wertungen», meint der Stoiker Max Bruns (6).

Galgenhumor, die Sublimierung des Lachens (S. 260–262)
Ruddies meint, «Persönlichkeitsmerkmale im Lachen» erkennen zu können. Vitale Lebenskraft hört er im Lachen mit «haha». Ein verkrampfter Typ lache auf «hehe». Mit «hihi» lachten die Hexe, der Schadenfrohe und der Teenager. Errol Flynn habe als Piratenkapitän auf «hoho» gelacht, das deute auf Hohn oder Abwehr. «Huhu» drücke Erschrecken und Schaudern aus. Ein tonloses Grinsen könne als Berufslächeln oder als freche Herausforderung verstanden werden (17ff.).

Jüdische Selbstironie wächst über sich selbst hinaus (S. 262–266)
Der jüdische Witz könne, schreibt Jan Meyerowitz, im 18. Jahrhundert noch nicht entstanden sein, wie die Biographie Salomon Maimons (1793) zeige; auch Gottfried Seumes Bericht (1805) und Heines Reise nach Polen zeigten nur barbarische und zugleich naive Zustände (11). «Der jüdische Witz, die bedeutsame Anekdote mit der philosophischen oder sonst tiefsinnigen Pointe, ist wohl als Folge der allgemeinen europäischen Witzmode entstanden, die selbst ein Produkt der epigrammatischen Dichtung der Klassiker des 18. und 19. Jahrhunderts, des französischen Gesellschafts-Bonmots und der romantischen Ironie war. Die Juden haben späterhin ein besonderes Talent für die Kunstform des Witzes gezeigt...» (12)

In der Kaiserzeit war Alexander Moszkowski ein bekannter jüdischer Vortragskünstler. In einem Vortrag tritt er auch für die These ein, der Witz seines Volkes sei ein Angriff auf die Umwelt: «Des Judentums unbesiegliche Waffe ist die Pointe geworden; und trefflich bewährt hat sie sich in Schutz und Trutz» (9).

Der jüdische Witz sei doch nicht nur Selbstironie, sondern eine Reaktion auf Antisemitismus, vermutet der amerikanische Psychiater Silvano Arieti, der als Immigrant aus Italien in New York erfahren hat, wie sich eine Minderheit zu wehren pflegt. Der Freudschen Erklärung für den jüdischen Humor setzt er eine eigene entgegen: «Ich habe das Gefühl, dass diese Einstellung der Juden paradoxerweise eine unbewusste Verteidigung gegen Antisemitismus ist... Die Juden wollten mit diesen nicht allzu schlimmen Witzen erreichen, dass die Nichtjuden von ihrer Feindseligkeit abließen. Es ist besser, als geizig und schmutzig zu gelten als als Ritualmörder. Es ist besser, ausgelacht als gemeuchelt zu werden.» Der Verfasser beruft sich dabei auf das Verhalten von Italienern in New York, die selbst öffentlich das Spaghetti-Essen verspotteten, «weil es besser ist, beschuldigt zu werden, zu viel Spaghetti zu essen, als Gangster zu sein» (61).

Noch anders, als Ausdruck des Glaubenslebens, deutete der Literat Robert Neumann den jüdischen Witz, nämlich als eine selbst auferlegte Buße. Er sei tragisch, denn das jüdische Volk sei schließlich «das meist-unterdrückte, meist-ausgerottete Volk der Erde. Daher die Flucht in den Witz. Er ist so sehr eine inner-jüdische Angelegenheit, wie das mittelalterliche Flagellantentum eine innerchristliche gewesen ist. Daher die Ablehnung, die der nicht-jüdische Judenwitzproduzent erfährt. Er stört einen religiösen Akt» (Zeit 1/1964).

Hitschmann vergleicht den Juden mit einem Mann, der rote Haare oder eine Glatze hat. «Und nun glaubt dieser Defekte dem andern immer zuvorkommen zu sollen, indem er selbst die Röte seiner Haare oder seine Glatze scherzhaft entwertend erwähnt, quasi aus Vorsicht darüber witzelnd» (583). Das nennt Hitschmann auch eine «masochistische Exhibition». Aber ganz zum Schluss erkennt er doch einen Stolz: «Das heimliche Gefühl, durch Ethik, Intelligenz und Witz andere übertreffend, auf die Anwendung roher Gewalt verzichten zu können und gerade dadurch Gott näher zu stehen und ein Volk von ewigem Bestand zu sein, gestattet Gleichgültigkeit gegen kleine Enttäuschungen und Erniedrigungen in äußerlichen Dingen» (586).

Bibliographie

Adler, Alfred: Zusammenhänge von Neurose und Witz, in: Internationale Zeitschrift für Individualpsychologie 5, 1927, S. 94–96

Albrecht, Richard: ... fremd und doch vertraut. Skizzen zur politischen Kultur des Witzes gestern und heute, Münster (Lit) 1989 (Politische Soziologie Bd. 2)

– :/Gärtner, Joachim: Wie BILD mit Witzen Politik macht, in: Psychologie heute 9/4, 1982, S. 72–77

Alewyn, Richard: Die Literarische Angst, in: Ditfurth, Hoimar von (Hrsg.): Aspekte der Angst, München (Kindler-Taschenbücher) 1977

Andrew, R. J.: Vocalization in chicks, on the concept of ‹stimulus contrast›, in: Animal Behavior 12, 1964, S. 64–76

– : Evolution of facial expression, in: Science 142, 1963, S. 1034–41

Apel, Friedmar: Die Phantasie im Leerlauf. Zur Theorie des Blödelns, in: Sprache im technischen Zeitalter, 1977, S. 359–374

Arieti, Silvano: New views on the psychology and psychopathology of wit and of the comic, in: Psychiatry 13, 1950, S. 43–62

Backhaus, Wilhelm Emanuel: Das Wesen des Humors. Eine Untersuchung, Leipzig o. J. (1894)

Bahrdt, Hans Paul: Wie weh das tut ...! Gedanken zur Genealogie des surrealistischen Witzes, in: Deutsche Universitätszeitung, H. VII/20, 1952, S. 12–15

Balint, Enid/Norell, J.S.: Fünf Minuten pro Patient. Eine Studie über die Interaktion in der ärztlichen Allgemeinpraxis, Frankfurt/M. (Suhrkamp) 1975

Balint, Michael: Angstlust und Regression. Beitrag zur psychologischen Typenlehre, Stuttgart (Klett-Cotta) o. J. (ca. 1960)

Bally, Gustav: Einführung in die Psychoanalyse Sigmund Freuds. Unter Mitwirkung von Ambros Uchtenhagen, Reinbek (rde) 1974

Barloewen, Constantin von: Clown. Zur Phänomenologie des Stolperns, Berlin (Ullstein Sachbuch, Taschenbuch) 1984 (ursprünglich Königstein, Athenäum, 1981)

Bartels, Martin: Traum und Witz bei Freud. Die Paradigmen psychoanalytischer Dichtungstheorie, in: Literatur und Psychoanalyse. Vorträge des Kolloquiums am 6. und 7. Oktober 1980, hrsg. von Klaus Bohnen, Sven-Aage Jörgensen und Friedrich Schmöe (Text und Kontext, Sonderreihe, Bd. 10) Kopenhagen/München (Fink) 1981

Bateson, Gregory: The Position of Humor in Human Communication, in: Cybernetics, Transitions of the Ninth Conference, March 20–21, 1952, New York, ed. by Heinz von Foerster, New York (Josiah Macy, Jr. Foundation) 1953

– : The message ‹This is play›, in: Group Processes, Transactions of the 2nd Conference, ed. by Bertram Schaffner, New York (Madison Printing) 1956

Baudelaire, Charles: Vom Wesen des Lachens (übertragen von Wilhelm Fraenger), München/Leipzig 1922

Bausinger, Hermann: Schwank und Witz, in: Studium Generale 11, 1958, S. 699–710

– : Formen der ‹Volkspoesie›, Berlin 1968

Behr, Hans-Georg: Zur Lache der Nation, in: Kursbuch 71, Berlin 1983, S. 163–168

Berger, Peter L.: Erlösendes Lachen. Das Komische in der menschlichen Erfahrung, Berlin (de Gruyter) 1998
Bergler, Edmund: Laughter and the Sense of Humor, New York (International Medical Book Corporation) 1956
Bergson, Henri: Das Lachen. Ein Essay über die Bedeutung des Komischen, Zürich (Arche) 1972; frz. Orig. 1900
Berlyne, David E.: Laughter, humor and play, in: Lindzey, Gardner/Aronson, Elliot (eds.): The Handbook of Social Psychology, Reading, Mass. (Addison-Wesley Publishing Company) [2]1969, Vol. III, S. 795–852
Bernhardt, Juan Andrés: Humor in der Psychotherapie. Eine Einführung für Therapeuten und Klienten, Weinheim und Basel (Beltz) 1985
Best, Otto F.: Der Witz als Erkenntniskraft und Formprinzip, Darmstadt (Wiss. Buchges.) 1989 (Erträge der Forschung, Bd. 264)
– : Volk ohne Witz. Über ein deutsches Defizit, Frankfurt/M. (Fischer Taschenbuch) 1993
Bliss, Sylvia H.: The origin of laughter, in: The American Journal of Psychology 26, 1915, S. 236–246
Blum, Annelies: Humor und Witz. Eine psychologische Untersuchung, Diss. Zürich 1980
Böhler, Michael: Die verborgene Tendenz des Witzes. Zur Soziodynamik des Komischen, in: Deutsche Vierteljahrsschrift für Literaturwissenschaft und Geistesgeschichte 55, 1981, S. 351–378
Bokun, Branko: Wer lacht, lebt. Emotionale Intelligenz und gelassene Reife, Kreuzlingen, München (Ariston) 1996, (ursprüngl. Englisch 1986)
Bra, Kurt de: Beiträge zur Psychologie des Humors. Eine Studie über Stimmungszusammenhänge, Diss. Jena 1913
Bremmer, Jan und Herman Roodenburg (Hrsg.): Kulturgeschichte des Humors. Von der Antike bis heute, aus dem Englischen von Kai Brodersen, Darmstadt (Wiss. Buchges.) 1999
Breton, André: Anthologie des Schwarzen Humors, München (Rogner & Bernhard) 1972; frz. Orig. 1940
Brill, Abraham A.: The mechanisms of wit and humor in normal and psychopathic states, in: Psychiatric Quarterly 14, 1940, S. 731–749
Brinkmann, Donald: Beitrag zur sprachpsychologischen Analyse des Witzes, in: Schweizerische Zeitschrift für Psychologie und ihre Anwendungen 3, 1944, S. 138–140
Brody, Morris W.: The meaning of laughter, in: Psychoanalytic Quarterly 19, 1950, S. 192–201
Bruns, Max: Über den Humor, seine Wege und sein Ziel, Minden i. W. (Bruns) 1921
Bühler, Walther und Dorothea Rapp: Lach dich gesund! Die Heilkraft des Humors (Schriftenreihe Soziale Hygiene, Nr. 137), Bad Liebenzell (Verein für Anthroposophisches Heilwesen) 1990
Butollo, Willi: Die Angst ist eine Kraft. Über die konstruktive Bewältigung von Alltagsängsten, München (Piper) 1984
Carpenter, Ransom: Laughter, a glory in sanity, in: The American Journal of Psychology 33, 1922, S. 419–422
Cattell, Raymond B./Luborsky, Lester B.: Personality factors in response to humor, in: Journal of Abnormal and Social Psychology 42, 1947, S. 402–421

Chapman, Antony J./Foot, Hugh C. (eds.): Humour and Laughter. Theory, Research and Applications, London/New York/Sydney/Toronto (John Wiley), 1976
Chase, Jefferson S.: Inciting Laughter. The Development of «Jewish Humor» in 19th Century German Culture, Berlin New York (de Gruyter) 2000
Chorherr, Thomas: Über das Lachen, St. Pölten, Wien (NP Buchverlag) 2000
Ciompi, Luc: Affektlogik. Über die Struktur der Psyche und ihre Entwicklung. Ein Beitrag zur Schizophrenieforschung, Stuttgart (Klett-Cotta) 1982
Cohen, David: Lacht da jemand?, in: Psychologie heute 1, 1977, S. 56–57
Dalos, György: Proletarier aller Länder, entschuldigt mich. Das Ende des Ostblockwitzes, Bremen (Temmen) 1993
Damaskow, Friedrich: Der pornographische Witz. Beispiele und Analysen München (Heyne) 1972
Deckers, Lambert/Kizer, Philip: A note on weight discrepancy and humor, in: The Journal of Psychology 86, 1974, S. 309–312
Descartes, René: Über die Leidenschaften der Seele (Philosophische Bibliothek, Bd. 29), Leipzig (Verlag Felix Meiner) 1911; frz. Orig. 1649
Dimitri: Humor. Gespräche über die Komik, das Lachen und den Narren, herausgegeben und redigiert von Corina Lanfranchi, Dornach (Verlag am Goetheanum) 1995, ³2000.
Diserens, Charles M.: Recent theories of laughter, in: Psychological Bulletin 23, 1926, S. 247–255
–: Bonifield, Mabel: Humor and the ludicrous, in: The Psychological Bulletin 27, 1930, S. 108–118
Ditfurth, Hoimar von (Hrsg.): Aspekte der Angst (Geist und Psyche), München (Kindler) ²1977
Dor, Milo/Federmann, Reinhard: Der groteske Witz, München (Desch) 1968
Doris, John/Fierman, Ella: Humor and anxiety, in: Journal of Abnormal and Social Psychology 53, 1956, S. 59–62
Dundes, Alan: Sie mich auch! Das Hinter-Gründige in der deutschen Sprache, Weinheim (Beltz) 1985
Egner, F.: Humor und Witz unter strukturpsychologischem Gesichtspunkt, in: Archiv für die Gesamte Psychologie 84, 1932, S. 330–371
Eibl-Eibesfeldt, Irenäus: Liebe und Haß. Zur Naturgeschichte elementarer Verhaltensweisen, München (Piper) 1970
–: Krieg und Frieden aus der Sicht der Verhaltensforschung, Neuausgabe, München (Sammlung Piper) 1984; ¹1975
Eidelberg, Ludwig: A contribution to the study of wit, in: The Psychoanalytic Review 32, 1945, S. 33–61
Ekmann, Björn: Wieso und zu welchem Ende wir lachen. Zur Abgrenzung der Begriffe komisch, ironisch, humoristisch, satirisch, witzig, spaßhaft, in: Text und Kontext, Kopenhagen/München 1981
Eysenck, Hans Jürgen: The appreciation of humour: an experimental and theoretical study, in: The British Journal of Psychology 32, 1942, S. 295–309
–: Vorwort zu: The Psychology of Humor. Theoretical Perspectives and Empirical Issues, ed. by Jeffrey H. Goldstein and Paul E. McGhee, New York/London (Academic Press) 1972, S. XIII–XVII
–: Neurotizismus und Neurose, in: Handbuch der Psychologie, Bd. 8, 1. Halbbd., Göttingen (Verlag f. klin. Psychologie) 1977, S. 584–596

Feldmann, Sandor: A supplement to Freud's theory of wit, in: The Psychoanalytic Review 28, 1941, S. 201–217
Ferenczi, Sandor: The psycho-analysis of wit and the comical, in: ders.: First Contributions to Psychoanalysis, London (The international psycho-analytical library, No 45) 1952 (zuerst erschienen in: ders., Populäre Vorträge über Psychoanalyse, Kapitel VII)
– : Über obszöne Worte. Beitrag zur Psychologie der Latenzzeit, in: ders.: Bausteine zur Psychoanalyse, Bd. I, Bern/Stuttgart (Huber) ^{2}1964; ^{1}1911
– : Lachen, in: ders.: Bausteine zur Psychoanalyse, Bd. IV, Bern/Stuttgart (Huber) ^{2}1964; ^{1}1913
Fietz, Lothar, Joerg O. Fichte, Hans-Werner Ludwig: Semiotik, Rhetorik und Soziologie des Lachens. Vergleichende Studien zum Funktionswandel des Lachens vom Mittelalter zur Gegenwart, Tübingen (Niemeyer) 1996
Fischer, Kuno: Über den Witz (Kleine Schriften 2), Heidelberg (Carl Winter) o.J. (1889), zweite Auflage (zitiert wird die niedrigere Seitenzählung)
Frank, Christel/Harrer, Gerhart: Über pathologisches Lachen und Weinen, in: Zeitschrift für Klinische Psychologie, Psychopathologie und Psychotherapie 31/3, 1983, S. 247–257
Frankl, Viktor E.: Grundriss der Existenzanalyse und Logotherapie, in: Bally, Gustav, et al. (Hrsg.), Grundzüge der Neurosenlehre, Bd. 2, München/Berlin/Wien (Urban & Schwarzenberg) 1972, S. 655ff.
Freud, Sigmund: Der Witz und seine Beziehung zum Unbewussten, Frankfurt/M. (Fischer Taschenbuch) 1958; ^{1}1905
– : Das Unheimliche, in: Studienausgabe, Bd. IV, Frankfurt/M. (S. Fischer) 1974, S. 243–274; ^{1}1919
– : Der Humor, in: Studienausgabe, Bd. IV, Frankfurt/M. (S. Fischer) 1974, S. 277–282; ^{1}1927
Frijda, Nico H.: Mimik und Pantomimik, in: Handbuch der Psychologie, Bd. 5: Ausdruckspsychologie, Göttingen (Verlag f. klin. Psychologie) 1965
Froeschels, Emil: Philosophy in Wit, New York (Philosophical Library) 1948
Fry, William F. Jr.: Sweet Madness. A Study of Humor, Palo Alto (Pacific Books) 1963; ^{2}1968
Gerber, Wayne S./Routh, Donald K.: Humor response as related to violation of expectancies and to stimulus intensity in a weight-judgement task, in: Perceptual and Motor Skills 41, 1975, S. 673–674
Gernhardt, Robert: Was gibt's denn da zu lachen? Kritik der Komiker, Kritik der Kritiker, Kritik der Komik, Zürich (Haffmans) 1988
Goffman, Erving: Rahmen-Analyse. Ein Versuch über die Organisation von Alltagserfahrungen, Frankfurt/M. (Suhrkamp) 1977; amerik. Orig. 1974
Goldstein, Jeffrey H./McGhee, Paul E. (eds.): The Psychology of Humor, New York/London (Academic Press) 1972
Graefe, Frieda: Nichts fürs bloße Auge. Zum Gesamtwerk von Luis Bunuel, in: Süddeutsche Zeitung vom 17./18. Dezember 1983 (SZ am Wochenende)
Gregory, J. C.: The Nature of Laughter, London (Kegan Paul, Trench, Trubner) 1924
Grimm, Reinhold und Jost Hermand (Hrsg.): Laughter Unlimited, Essays on Humor, Satire, and the Comic, Madison (University of Wisconsin Press) 1991 (Monatshefte occasional volume; 11)

Grober-Glück, Gerda: Über Humor und Witz in der Volkskunde. Eine Standortbestimmung, in: Zeitschrift für Volkskunde 55, 1959, S. 52–66
Groos, Karl: Einleitung in die Aesthetik, Gießen (Rickert'sche Buchhandlung) 1892
–: Die Spiele der Menschen, Jena (G. Fischer) 1899
Grotjahn, Martin: Vom Sinn des Lachens. Psychoanalytische Betrachtungen über den Witz, den Humor und das Komische, München (Kindler) 1974; amerik. Orig. 1957
Haas, Helmuth de: Der surrealistische Witz, in: Welt und Wort 11, 1956, S. 8–10
Habermas, Jürgen: Der Universalitätsanspruch der Hermeneutik, in: ders. (Hrsg.): Hermeneutik und Ideologiekritik, Frankfurt/M. (Suhrkamp) 1975
Hacker, Friedrich: Aggression. Die Brutalisierung der modernen Welt, Reinbek (rororo) 1973
Hanke, Manfred: Die Schüttelreimer. Bericht über eine Reimschmiedezunft, Stuttgart (DVA) 1968
Hayworth, Donald: The social origin and function of laughter, in: Psychological Review 35, 1928, S. 367–384
Hecker, Ewald: Die Physiologie und Psychologie des Lachens und des Komischen. Ein Beitrag zur experimentellen Psychologie für Naturforscher, Philosophen und gebildete Laien, Berlin (Dümmler) 1873
Heer, Friedrich: Witz hat Hintergrund. Einführung zu: Der klerikale Witz, hrsg. v. Hans Bemmann, Olten (Walter) 1970; zitiert nach der Taschenbuchausgabe: München (dtv) 1976
Hegel, Georg Wilhelm Friedrich: Vorlesungen über die Ästhetik. Gesammelte Werke, Bd. 15, Frankfurt/M. (Suhrkamp) 1970; [1]1835
«Heilloses Lachen. Fragmente zum Witz», Themenheft der «Fragmente. Schriftenreihe für Kultur-, Medien- und Psychoanalyse», Band 46, Dezember 1994 (Gesamthochschule Kassel)
Heine, Heinrich: Reisebilder III, Italien, Die Bäder von Lucca, Sämtliche Werke, Bd. 3, Leipzig/Wien (Bibliographisches Institut) o.J.; [1]1829
Hellenthal, Michael: Schwarzer Humor. Theorie und Definition, Essen (Die Blaue Eule) 1989
Helmers, Hermann: Sprache und Humor des Kindes, Stuttgart (Klett) [2]1971
Henniger, Gerd: Zur Genealogie des schwarzen Humors, in: Neue Deutsche Hefte 110, 13. Jg., H. 2, 1966, S. 18–34
Heymans, Gerardus: Ästhetische Untersuchungen in Anschluss an die Lippsche Theorie des Komischen, in: Zeitschrift für Psychologie und Physiologie der Sinnesorgane 11, 1896, S. 31–43
Hirsch, Wolfgang: Das Wesen des Komischen, Amsterdam (L. J. Veen) o. J.
Hitschmann, Eduard: Zur Psychologie des jüdischen Witzes, in: Psychoanalytische Bewegung 2, Wien 1930, S. 580–586
Hochfeld, Sophus: Der Witz, Potsdam/Leipzig (Bonneß & Hachfeld) 1920
Hochwald, Abraham: Und wenn der Rabbi lacht. Jüdischer Humor, Wuppertal (R. Brockhaus) 1994, [4]2000
Höffding, Harald: Humor als Lebensgefühl (Der große Humor). Eine psychologische Studie, Leipzig (Reisland) 1930
Hörhammer, Dieter: Die Formation des literarischen Humors. Ein psychoanalytischer Beitrag zur bürgerlichen Subjektivität, München (Fink) 1984.

Hofstätter, Peter R.: Die funkelnde Waffe der Schwachen. Der Witz und das Erzählen von Witzen, in: Die Welt, 15. April 1978

Hollaender, Friedrich: Die Witzbombe. Und wie man sie legt, Percha (R. S. Schulz) 1972

Huffzky, Karin: Wer muss hier lachen? Das Frauenbild im Männerwitz. Eine Streitschrift, Darmstadt/Neuwied (Sammlung Luchterhand) 1979

Hughes, Patrick/Brecht, George: Die Scheinwelt des Paradoxons. Eine kommentierte Anthologie in Wort und Bild, Braunschweig (Vieweg) 1978

Iser, Wolfgang: Das Komische – ein Kipp-Phänomen, in: Preisendanz, Wolfgang/Warning, Rainer (Hrsg.): Das Komische, München (Fink) 1976, S. 398–402

Jahn, Franz: Das Problem des Komischen in seiner geschichtlichen Entwicklung, Potsdam (A. Steins Verlagsbuchhandlung) o. J. (1904)

Jancke, Oskar: Vom deutschen Humor, in: Welt und Wort, 1947, S. 3–7

Jean Paul: Vorschule der Ästhetik, Sämtliche Werke, I. Abt., Bd. 11, Weimar (Hermann Böhlaus Nachfolger) 1935; [1]1804, [2]1813

Jolles, André: Einfache Formen, Tübingen (Niemeyer) [5]1974

Jones, Ernest: Das Leben und Werk von Sigmund Freud, Bd. III: Die letzte Phase 1919-1939, Bern/Stuttgart/Wien (Huber) [3]1982

Jünger, Friedrich Georg: Über das Komische, Frankfurt/M. (Klostermann) [3]1948, [1]1936

Jurzik, Renate: Der Stoff des Lachens. Studien über Komik, Frankfurt/M. (Campus) 1985

– : Die Katastrophenlust des Lachens, In: «Was ist komisch?» Themenheft der «TheaterZeitSchrift», II/86

Kaiser, Irving R.: The Psychology of the Thrill, in: The pedagogical Seminary 27, 1920, S. 243–280

Kamper, Dietmar und Christoph Wulf (Hrsg.): Lachen – Gelächter – Lächeln. Reflexionen in 3 Spiegeln, Frankfurt /M. (Syndikat) 1986

Kant, Immanuel: Kritik der Urteilskraft, Werke, Bd. V, Berlin (Bruno Cassirer) 1914; [1]1790

–: Anthropologie, Werke, Bd. VIII, Berlin (Bruno Cassirer) 1922; [1]1798

Keith-Spiegel, Patricia: Early conceptions of humor: varieties and issues, in: Goldstein, Jeffrey H./McGhee, Paul E. (eds.): The Psychology of Humor, New York/London (Academic Press) 1972, S. 3–39

Kline, L. W.: The psychology of humor, in: The American Journal of Psychology 18, 1907, S. 421–441

Koch, Karl: Wie die Ostfriesenwitze laufen lernten ... Eine Hörfunksendung des Norddeutschen Rundfunks, Studio Oldenburg, 23. Juli 1980

Koesters, Paul-Heinz: Lachen bis zum bitteren Ende, in: Stern 49, 1977, S. 117ff.

Koestler, Arthur: Insight and Outlook. An Inquiry into the Common Foundations of Science, Art and the Social Ethics, Part 1: The Comic, New York (The Macmillan Company) 1949

–: Das Gespenst in der Maschine, Wien/München/Zürich (Molden) 1968; engl. Orig. 1967

– : Der göttliche Funke. Der schöpferische Akt in Kunst und Wissenschaft, Bern/München/Wien (Scherz) 1966

Kofman, Sarah: Die lachenden Dritten. Freud und der Witz, München und Wien (Intern. Psychoanalyse) 1990

Kohut, Heinz: Narzissmus. Eine Theorie der psychoanalytischen Behandlung narzisstischer Persönlichkeitsstörungen, Frankfurt/M. (Suhrkamp) 1973; amerik. Orig. 1971

Kolle, Kurt: Kraepelin und Freud. Beitrag zur neueren Geschichte der Psychiatrie, Stuttgart (Thieme) 1957

Kraepelin, Emil: Zur Psychologie des Komischen, in: Philosophische Studien, hrsg. v. Wilhelm Wundt, Bd. 2, Leipzig (Verlag Wilhelm Engelmann) 1885, S. 128-160 und 327–361

Kretz, Louis: Witz, Humor und Ironie bei Jesus. Mit einem Vorwort von Mario von Galli, Olten/Freiburg i.Br. (Walter) 1981

Kris, Ernst: Zur Psychologie der Karikatur, in: Imago 20, 1934, S. 450–466

– : Laughter as an expressive process. Contributions to the psycho-analysis of expressive behavior, in: International Journal of Psycho-Analysis 21, 1940, S. 314–334

Krohne, Heinz W.: Angst und Angstverarbeitung, Stuttgart (Kohlhammer) 1975

– : Theorien zur Angst, Stuttgart (Kohlhammer) 1976

Kuschel, Karl-Josef: Lachen. Gottes und der Menschen Kunst, Freiburg i. Br. (Herder) 1994

Läuffer, Hermann u. a.: Der Spaß ist ein Meister aus Deutschland. Geschichte der guten Laune 1933–1990, Köln (Scherrer und Schmidt) 1990

Landmann, Salcia: Jüdische Witze, München (dtv) 1963 (die Taschenbuchausgabe beruht auf der zweiten Auflage der Erstausgabe, Olten [2]1962)

– : Vorwort zu: Das große Buch des jüdischen Humors, hrsg. v. William Novak und Moshe Waldoks, Königstein (Athenäum) 1982

Laplanche, J./Pontalis, J.-B.: Das Vokabular der Psychoanalyse, 2 Bde., Frankfurt/M. (Suhrkamp) 1973

Laub, Gabriel: Was tut man mit Witwen? 124 Satiren, Hamburg (Knaus) 1978

Lauer, Werner: Humor als Ethos. Eine moralpsychologische Untersuchung, Bern (Huber) 1974

Legman, Gershon: Der unanständige Witz. Theorie und Praxis. Erste Serie (alles, was auf deutsch erschienen ist), Hamburg (Hoffmann und Campe) 1970; amerik. Orig. ‹Rationale of the Dirty Joke›, New York 1968

Lenzberg, Karl: Über Witz und Humor, in: Zeitschrift für Individual-Psychologie 8, 1930, S. 188–194

Leroy, Paul: Angst und Lachen. Versuch zur Würdigung des Gleichgewichts, Wien (Walter-Krieg-Verlag) 1954

Levine, Jacob/Redlich, Frederick C.: Failure to understand humor, in: Psychoanalytic Quarterly 24, 1955, S. 560–572

– : Responses to Humor, in: Scientific American 194/2, 1956, S. 31–35

– : /Robert Abelson: Humor as a Disturbing Stimulus, in: The Journal of General Psychology 60, 1959, S. 191–200

Levitt, Eugene E.: Die Psychologie der Angst, Stuttgart (Kohlhammer) 1971; amerik. Orig. 1967

Lipps, Theodor: Komik und Humor. Eine psychologisch-ästhetische Untersuchung (Beiträge zur Ästhetik, Bd. VI), Leipzig (Leopold Voss) [2]1922; [1]1898

Lorenz, Konrad: Das sogenannte Böse. Zur Naturgeschichte der Aggression, Wien (Borotha-Schoeler) 1963

– : Diskussionsbeitrag, in: Ditfurth, Hoimar von (Hrsg.): Aspekte der Angst, München (Kindler) ²1977
Lützeler, Heinrich: Philosophie des Kölner Humors, Hanau (Peters) 1954
– : Heinrich Lützelers fröhliche Wissenschaft, Freiburg i. Br. (Herder Taschenbuch) 1976
– : Rheinischer Humor. Nicht nur für Rheinländer, Bonn (Bouvier) ³1999
Maier, Norman R. F.: A Gestalt Theory of Humour, in: The British Journal of Psychology 23, 1932
Marquard, Odo: Exile der Heiterkeit, in: Preisendanz, Wolfgang/Warning, Rainer (Hrsg.): Das Komische, München (Fink) 1976, S. 133–151
Mattenklott, Gert: Versuch über Albernheit, in: Merkur 433, März 1985, S. 221–228
McGhee, Paul E.: Humor. Its Origin and Development, San Francisco (W. H. Freeman) 1979
– : The role of arousal and hemispheric lateralization in humor, in: ders. (Hrsg.): Handbook of Humor Research, Vol. I: Basic Issues, New York/Berlin/Heidelberg/Tokyo (Springer) 1983, S. 13ff.
– / Goldstein, Jeffrey H. (eds.): Handbook of Humor Research, Vol. I: Basic Issues; Vol. II: Applied Studies, New York/Berlin/Heidelberg/Tokyo (Springer) 1983
Metz-Göckel, Helmuth: Witzstrukturen. Gestalttheoretische Beiträge zur Witztechnik, Opladen (Westdeutscher Verl.) 1989 (Beiträge zur psychologischen Forschung, Band 15
Meyerowitz, Jan: Der echte jüdische Witz, Berlin (Colloquium) 1971; zweite Auflage Berlin (arani) 1997
Moody, Raymond A.: Lachen und Leiden. Über die heilende Kraft des Humors, Reinbek (Rowohlt) 1979; amerik. Orig. 1978
Moszkowski, Alexander: Der jüdische Witz und seine Philosophie, Berlin (Eysler) 1923
Müller, Christian (Hrsg.): Lexikon der Psychiatrie. Gesammelte Abhandlungen der gebräuchlichsten psychopathologischen Begriffe, Berlin/Heidelberg/New York (Springer) 1973
Müller-Freienfels, Richard: Das Lachen und das Lächeln. Komik und Humor als wissenschaftliche Probleme, Bonn (Leuchtturm) 1948
Muschg, Adolf: Albissers Grund, Frankfurt/M. (Suhrkamp) 1974
Nagera, Humberto (Hrsg.): Psychoanalytische Grundbegriffe. Eine Einführung in Sigmund Freuds Terminologie und Theoriebildung, Frankfurt/M. (Fischer Taschenbuch) 1977
Nerhardt, Göran: Humor and Inclination to Laugh, in: Scandinavian Journal of Psychology 11, 1970, S. 185–195
Neumann, Robert: Über das Erzählen von Witzen, in: Die Zeit 51 u. 52/1963 sowie 1/1964
Oring, Elliott: The Jokos of Sigmund Freud. A Study in Humor and Jewish Identity, Philadelphia (University Press) 1984
Orland, Nachum: Nebechdiker Samson – Über den israelischen Humor, Pfaffenweiler (Centaurus), 1990 (Reihe Sprach- und Literaturwissenschaft, Band 16)
Peters, Uwe Henrik/Peters, Johanne: Irre und Psychiater. Struktur und Soziologie des Irren- und Psychiaterwitzes (Geist und Psyche), München (Kindler) 1974

Petrilowitsch, Nikolaus: Beitrag zur Psychologie des Lachens, in: Jahrbuch für Psychologie und Psychotherapie 5, 1957, S. 149–154
Piddington, Ralph: The Psychology of Laughter. A Study in Social Adaption, New York (Gamut Press) [2]1963, [1]1933
Pinder, Wilhelm: Landkarte des Humors. Einführung in: Schöffler, Herbert: Kleine Geographie des deutschen Witzes, hrsg. v. Helmuth Plessner, Göttingen (Vandenhoeck & Ruprecht) 1955
Plessner, Helmuth: Lachen und Weinen, in: ders.: Philosophische Anthropologie, Frankfurt/M. (S. Fischer) 1970, S. 11–171; [1]1941
Powers, William T.: Rückkopplungsprinzipien in der Organisation von Verhalten, in: Die Psychologie des 20. Jahrhunderts, Bd. IV, München (Kindler) 1977, S. 573ff.
Preisendanz, Wolfgang: Über den Witz (Konstanzer Universitätsreden 13), Konstanz (Universitätsverlag) 1970
–: Warning, Rainer (Hrsg.): Das Komische, München (Fink) 1976
Provine, Robert R.: Laughter. A Scientific Investigation, New York (Viking Penguin) 2000
Racamier, Paul-Claude: Die Schizophrenen. Eine psychoanalytische Interpretation, Berlin/Heidelberg/New York (Springer) 1982
Raeithel, Gert: Lach, wenn du kannst. Der aggressive Witz von und über Amerikas Minderheiten, Frankfurt/M. (Fischer Taschenbuch) 1975; München [1]1972
Ramondt, Marie: Studien über das Lachen, Groningen (Wolters) 1962
Ranke, Kurt: Schwank und Witz als Schwundstufe, in: Festschrift für Will Erich Peuckert, hrsg. v. Helmut Dölker, Göttingen 1955, S. 41–59
Rapp, Albert: A phylogenetic theory of wit and humor, in: The Journal of Social Psychology 30, 1949, S. 81-96
–: The Origins of Wit and Humor, New York (Dutton) 1951
Raveling, Wiard: Die Geschichte der Ostfriesenwitze, Leer (Schuster) 1993
Reik, Theodor: Lust und Leid im Witz. Sechs psychoanalytische Studien, Wien (Internationaler Psychoanalytischer Verlag) 1929
–: Grenzland des Witzes, in: Psychoanalytische Bewegung 4/4, 1932, S. 289–322
–: Nachdenkliche Heiterkeit, Wien (Internationaler Psychoanalytischer Verlag) 1933 (enthält als ersten Teil ‹Grenzland des Witzes›)
–: Geschlecht und Liebe, Stuttgart (Klett) 1950; amerik. Orig. 1945
–: Freud and Jewish Wit, in: Psychoanalysis 2/3, 1954, S. 12–20
Reiners, Johann: Weh dem, der lacht. Gewagte Flüsterwitze und Spötteleien im ‹Dritten Reich› – Bremer Arbeiter widersetzen sich dem Naziregime. Ein Zeitzeuge berichtet ..., Fischerhude (Atelier im Bauernhaus) 1985
Richter, Horst-Eberhard: Zur Psychoanalyse der Angst, in: Ditfurth, Hoimar von (Hrsg.): Aspekte der Angst (Geist und Psyche), München (Kindler) [2]1977
Ritter, Joachim: Über das Lachen, in: ders.: Subjektivität, Frankfurt/M. (Bibliothek Suhrkamp) 1974; [1]1940
Röcke, Werner: Lizenzen des Witzes: Institutionen und Funktionsweisen der Fazetie im Spätmittelalter, In: Werner Röcke / Helga Neumann (Hrsg.): Komische Gegenwelten. Lachen und Literatur in Mittelalter und Früher Neuzeit, Paderborn (Schöningh) 1999, S. 79–101
Röhrich, Lutz: Der Witz. Figuren, Formen, Funktionen, Stuttgart (Metzler) 1977

–: Aktuelle Probleme der Witzforschung, in: Erzählung und Erzählforschung im 20. Jahrhundert, hrsg. v. Rolf Kloepfer und Gisela Janetzke-Dillner, Stuttgart (Kohlhammer) 1981, S. 491–502
Rommel, Otto: Die wissenschaftlichen Bemühungen um die Analyse des Komischen, in: Deutsche Vierteljahrsschrift f. Literaturwissenschaft und Geistesgeschichte 21, 1943, S. 161–195
Rothbart, Mary K.: Laughter in young children, in: Psychological Bulletin 80/3, 1973, S. 247–256
Ruch, Willibald: Witzbeurteilung und Persönlichkeit. Eine trimodale Analyse, in: Zeitschrift für differentielle und diagnostische Psychologie 2/4, 1981, S. 253–273
– (Hrsg.): The Sense of Humor. Explorations of a Personality Characteristic, Berlin/New York (Mouton de Gruyter) 1998 (Humor Research 3)
– /Hehl, Franz Josef: Gemeinsame Struktur in Witzbeurteilung und Einstellungen?, in: Bericht über den 33. Kongress der Deutschen Gesellschaft für Psychologie in Mainz 1982, Bd. 2, hrsg. v. Gerd Lüer, Göttingen/Toronto/Zürich (Verlag für Psychologie) 1983, S. 627–630
Ruddies, Günther H.: Vergnügliche Seelenkunde. Eine Psychologie des Humors, München (Kösel) 1983
Rullmann, Wilhelm: Witz und Humor, Berlin (Fleischel) o.J. (1910)
Sachs, Hanns: Der Witz, in: Federn/Meng (Hrsg.): Das psychoanalytische Volksbuch, Allgemeiner Teil zur Einführung in die Grundlagen der Psychoanalyse, Bern/Stuttgart (Huber) [5]1957; [1]1939
Sanchez-Ruphuy, Rodrigo: Witzverständnis bei Psychotikern und Normalen: Ein quantitativer und qualitativer experimenteller Vergleich, Diss. Mainz 1967
Schmidt, Wolfgang: Attrappenversuche zur Analyse des Lachens. Ein Beitrag zur Frage der kommunikativen Funktion des menschlichen Ausdrucks, in: Psychologische Beiträge 3, 1957, S. 223ff.
Schoenberner, Franz: Über Witz und Humor, in: Amerikanische Rundschau 10, 1946, S. 101–108
Schöffler, Herbert: Kleine Geographie des deutschen Witzes, Göttingen (Vandenhoeck & Ruprecht) 1955
Schöne, Annemarie: Das ‹Grausame› im deutschen und englischen literarischen Kinderhumor, in: Psychologische Beiträge 3, 1957, S. 108–125
Schopenhauer, Arthur: Die Welt als Wille und Vorstellung, Sämtliche Werke, Bd. 1, Wiesbaden (Brockhaus) 1949; [1]1819
– : Die Welt als Wille und Vorstellung, Sämtliche Werke, Bd. 2, Wiesbaden (Brockhaus) 1949 (Neudruck nach [3]1859); [1]1844
Schupp, Volker: Die Mönche von Kolmar. Ein Beitrag zur Phänomenologie und zum Begriff des schwarzen Humors, in: Festgabe für Friedrich Maurer, hrsg. v. Werner Besch, Siegfried Grosse und Heinz Rupp, Düsseldorf (Pädagogischer Verlag Schwann) 1968, S. 199–222
Schütz, Karl Otto: Witz und Humor, in: Schmidt-Hidding, Wolfgang (Hrsg.): Humor und Witz (Europ. Schlüsselwörter, Bd. 1), München (Hueber) 1963
Schweizer, Werner R.: Der Witz, Bern (Francke) 1964
Selye, Hans: Stress. Bewältigung und Lebensgewinn, München/Zürich (Piper) 1974
Simon, Karl Günter: Das Absurde lacht sich tot, in: Akzente 1958, S. 410–419

Singer, Renate: Experimente zur Struktur und Wirkungsweise des Witzes, Diss. Wien 1972
Sloterdijk, Peter: Kritik der zynischen Vernunft, 2 Bde. (durchnumeriert), Frankfurt/M. (Suhrkamp) 1983
Sommerfeld, Helmuth: Versuch einer Theorie des Komischen, Diss. Leipzig, gedruckt Danzig 1917
Speier, Hans: Witz und Politik. Essay über die Macht und das Lachen, Zürich (Edition Interfrom) 1975
Spencer, Herbert: The physiology of laughter, in: ders.: Essays, Vol. I, London 1883, S. 194–209; [1]1860
Sperber, Manès: Schmerzliches Gelächter, in: ders.: Nur eine Brücke zwischen Gestern und Morgen, Wien (Europa) 1980, S. 101–134
Steadman, Ralph: Sigmund Freud, Reinbek (Rowohlt) 1981; engl. Orig.: Id Unconscious, New York/London 1979
Stempel, Wolf-Dieter: Ironie als Sprechhandlung, in: Preisendanz, Wolfgang/Warning, Rainer (Hrsg.): Das Komische, München (Fink) 1976, S.205–235
Stern, Alfred: Philosophie des Lachens und Weinens, Wien (Oldenbourg) 1980
Stierle, Karlheinz: Komik der Handlung, Komik der Sprachhandlung, Komik der Komödie, in: Preisendanz, Wolfgang/Warning, Rainer (Hrsg.): Das Komische, München (Fink) 1976, S. 237–268
Strotzka, Hans: Versuch über den Humor, in: Psyche X/10, 1957, S. 597–609
– : Witz und Humor, in: Die Psychologie des 20. Jahrhunderts, Bd. 2, Zürich/München (Kindler) 1976, S. 305–321
Szafran, A. Willy und Adolphe Nysenholc (Hrsg.): Freud et le rire, Paris (Métailié) 1994
Szonn, Gerhard: Der Witz und das Lachen, in: Beiträge zur analytischen Kinder- und Jugendlichen-Psychotherapie 31-32, 1980, S. 79–91
Taëni, Rainer: Das Angst-Tabu und die Befreiung. Ich-Selbst – Abwehr oder Liebe. Gesellschaft – Kerker oder Heimat, Reinbek (rororo) 1981
Thiede, Werner: Das verheißene Lachen. Humor in theologischer Perspektive, Göttingen (Vandenhoeck & Ruprecht) 1986
Thierfelder, Andreas (Hrsg.): Philogelos, der Lachfreund, von Hierokles und Philagrios, München (Heimeran) 1968
Thomsen, Winfried: Witze der Wende … sagt der Strauß zum Kohl, Frankfurt/M. (Eichborn) 1983
Torberg, Friedrich: ‹Wai geschrien!› oder: Salcia Landmann ermordet den jüdischen Witz. Anmerkungen zu einem beunruhigenden Bestseller, in: Der Monat 14/157, 1961, S. 48–65
Uber, Heiner: Länder des Lachens. Reisen zu heiteren Menschen (Fotos von Papu Pramod Mondhe), München (Frederking und Thaler) 2000
Ueberhorst, Karl: Das Wirklich-Komische. Ein Beitrag zur Psychologie und Ästhetik und eine Darstellung des Ideals des Menschen, Leipzig (Verlag v. Georg Wigand) 1896
– : Das Fälschlich-Komische. Besondere Erscheinungen des Komischen. Witz, Spott und Scherz. Nachträge zur Lehre vom Wirklich-Komischen. Definitionen und Klassifikationen, Leipzig (Verlag v. Georg Wigand) 1900
Ulrich, Winfried: Ansätze zu einer Textsorten Semantik am Beispiel des Witzes, in: Sprache erkennen und verstehen. Akten des 16. Linguistischen Kolloqui-

ums, Kiel 1981, Bd. 2, hrsg. v. Klaus Detering, Jürgen Schmidt-Radefeldt u. Wolfgang Sucharowski, Tübingen (Niemeyer) 1982, S. 187–196

Vischer, Friedrich Theodor: Über das Erhabene und Komische. Ein Beitrag zu der Philosophie des Schönen, Stuttgart (Verlag von Imle und Krauss) 1837

Vogel, Susan C.: Humor: A semiogenetic Approach, Bochum (Studienverlag) 1989

Volkelt, Johannes: System der Ästhetik, Bd. 2, München (C. H. Beck) 1910

Watzlawick, Paul: Wir wirklich ist die Wirklichkeit? Wahn, Täuschung, Verstehen, München (Serie Piper) Neuausgabe 1978

– /Beavin, Janet H./Jackson, Don D.: Menschliche Kommunikation. Formen, Störungen, Paradoxien, Bern (Huber) 1969; amerik. Orig. 1967

Weigel, Hans: Blödeln für Anfänger. Aussichtsloser Versuch der Bewältigung eines in dieser Form nicht zu bewältigenden Gegenstandes, Zürich (Diogenes) 1963

Weinreich, Harald: Kleine Literaturgeschichte der Heiterkeit, München (Beck) 2001, [1]1988

Wellek, Albert: Zur Theorie und Phänomenologie des Witzes, in: Studium Generale 2, Mai 1949, S. 171–182; wieder abgedruckt in: ders.: Witz, Lyrik, Sprache. Beiträge zur Literatur- und Sprachtheorie mit einem Anhang über den Fortschritt der Wissenschaft, Bern (Francke) 1970, S. 13–42

Wellershoff, Dieter: Infantilismus als Revolte oder das ausgeschlagene Erbe. Zur Theorie des Blödelns, in: Preisendanz, Wolfgang/Warning, Rainer (Hrsg.): Das Komische, München (Fink) 1976; zuvor als Rundfunksendung und in: Merkur 342, 1976, S. 1029ff.

Wiener, Ralph: Gefährliches Lachen. Schwarzer Humor im Dritten Reich, Reinbek (rororo) 1994

Willmann, John M.: An Analysis of Humor and Laughter, in: The American Journal of Psychology 53, 1940, S. 70–85

Wilson, Christopher P.: Jokes. Form, Content, Use and Function (European Monographies in Social Psychology 16), London/New York/Toronto/Sydney/ San Francisco (Academic Press) 1979

Winterstein, Alfred: Beiträge zum Problem des Humors, in: Psychoanalytische Bewegung IV, 1932, S. 513–525

Wöhlert, Meike: Der politische Witz in der NS-Zeit am Beispiel ausgesuchter SD-Berichte und Gestapo-Akten, Frankfurt/M. (Lang) 1997 (Europäische Hochschulschriften, Reihe III, Band 725)

Zijderveld, Anton C.: Humor und Gesellschaft. Eine Soziologie des Humors und des Lachens, Graz (Styria) 1976; niederl. Orig. 1971

Zimmer, Dieter E.: Unsere erste Natur. Die biologischen Ursprünge menschlichen Verhaltens, München (Kösel) 1979

–: Die Vernunft der Gefühle. Ursprung, Natur und Sinn der menschlichen Emotion, München (Piper) 1981

Ziv, Avner: Personality and Sense of Humor, New York (Springer Publishing Company) 1984

Zwerling, Israel: The favorite joke in diagnostic and therapeutic interviewing, in: The psychoanalytic Quarterly 24, 1955, S. 104–114

Sachregister

Die Seiten, auf denen ein Stichwort hauptsächlich behandelt wird, sind durch *Kursivierung* hervorgehoben.

Namenregister